ALEXANDRA RIPLEY

CHARLESTON

Roman

Deutsche Erstausgabe

WILHELM HEYNE VERLAG

MÜNCHEN

HEYNE ALLGEMEINE REIHE
Nr. 01/8339

Titel der Originalausgabe
CHARLESTON
Aus dem Amerikanischen übersetzt
von Gunther Seipel

5. Auflage

Copyright © 1981 by Alexandra Ripley
Copyright © der deutschen Ausgabe 1991 by
Wilhelm Heyne Verlag GmbH & Co. KG, München
Printed in Germany 1993
Umschlagillustration: IFA-Bilderteam/LDW, Taufkirchen
Umschlaggestaltung: Atelier Ingrid Schütz, München
Satz: IBV Satz- und Datentechnik GmbH, Berlin
Druck und Bindung: Elsnerdruck, Berlin

ISBN 3-453-05268-4

Dieses Buch ist
JANE CLARK TWOHY
gewidmet.
In dankbarer Anerkennung
ihrer meisterhaften Bankführung,
die eines Medici würdig gewesen wäre.

Protziges, prahlerisches Charleston...
Schrecklich ist die selbst heraufbeschworene Vergeltung,
die die allwissende Vorsehung
für diesen Basiliskenhort erkoren hat...
O gefallenes Babylon! ...
New Yorker *Independent*, Februar 1865

Wenn die Bevölkerung irgendeiner Stadt jemals das Schicksal der Ausrottung und Vertreibung verdient hat, dann die
gottlose, eigensinnige, einfältige und treulose Oberklasse,
die so lange die Geschicke South Carolinas bestimmte...
Chicago *Tribune*, April 1865

Buch Eins

1863–1865

1

Ruhig und verlassen lag die breite Straße in der sengenden Sonne. Kraftlos hingen in den Gärten die Blätter an den Weinstöcken und Bäumen; und auch die Vögel hatten nicht mehr die Kraft, in der schwülen, stickigen Luft zu singen.

Nur der mehrmals auf- und abschwellende Klang einer Glocke durchbrach die Stille, und eine kräftige Stimme rief aus: »Die Uhr hat vier geschlagen! Alles ist in Ordnung!«

Kurze Zeit später hörte man aus der Ferne die Hufe eines galoppierenden Pferdes. Der Wächter im Kirchturm spähte aufmerksam in die Tiefe. Ein Reiter in grauer Uniform näherte sich und ritt dann unter ihm vorbei. Es war alles in Ordnung. Er erkannte den jungen Offizier. Andrew Anson war es, der zu seinem Haus weiter unten in der Meeting Street eilte.

›8. August 1863‹, schrieb Major Ellis in sein kleines Büchlein. Seine Handschrift war präzise, gefällig und gleichmäßig. ›Unsere Bemühungen, unentdeckt zu bleiben, waren von Erfolg gekrönt‹, marschierten die Worte in gleichen Abständen über die dünne Seite, ›und wir sind darauf vorbereitet, uns gegen die aufgescheuchten Rebellen zu verteidigen, wenn sie unsere Gegenwart bemerken. Viele von ihnen werden gegen uns wenige antreten, aber wir vertrauen auf Gottes Hilfe, denn unser Kampf gilt der Gerechtigkeit. Die Perritt-Kanone, die wir vom Schiff heruntergebracht haben, ist genau auf das Zentrum des Aufstandes gerichtet. Es wird uns eine besondere Ehre sein, die arrogante Brut der Konföderisten ein für allemal auszurotten. Gott gebe, daß die Verwundeten sterben mögen.‹

»Andrew!« Lucy Anson streckte ihrem Mann die Arme entgegen. Er küßte sie; es waren rastlose Küsse auf ihr Gesicht, auf Augen, Lippen, Haare, bis Lucy anfing, leise zu stöhnen. Dann nahm er ihre beiden Hände in die seinen und hielt sie an sein Gesicht. Andrews Augen glühten.

»Du bist so schön«, flüsterte er.

Tränen des Glücks schossen in Lucys große graue Augen. »Wie lange hast du frei?« fragte sie. »Du hättest mir sagen sollen, daß du kommst, dann hätte ich alles fertig haben können. Nein, das nehme ich zurück. Es war eine wundervolle Überraschung!«

Sie rieb ihre Wange an seiner Brust und atmete seinen Geruch ein. Er berauschte sie. Zunächst bekam sie gar nicht mit, was Andrew sagte. Er hatte nicht frei. Er hatte sich freiwillig dazu gemeldet, eine dringende Depesche von Wilmington nach Savannah zu bringen, nur damit er durch Charleston kommen und seine Frau und sein Baby sehen konnte. Er mußte sich ein frisches Pferd besorgen und sich dann sofort wieder auf den Weg machen. Vielleicht könnte er auf dem Rückweg eine Nacht bleiben...

»Nein, das kann ich nicht ertragen!« Lucy warf ihre Arme um seinen Hals. »Es ist nicht fair! Ich lasse dich einfach nicht gehen!«

»Pst! Leise, meine Liebe. Mach es mir nicht noch schwerer.« Seine Stimme war streng. Es war die Stimme eines Soldaten.

»Ich bin ja schon still«, wisperte sie. »Komm, sieh dir deinen Sohn an.«

Little Andrew schlief in einer in ein Netz gehüllten Wiege direkt neben Lucys Bett. Es war das erste Mal, daß Andrew ihn zu Gesicht bekam. Voller Staunen schaute er auf die winzige Gestalt. »Ich glaube, ich bin der glücklichste Mann der Welt«, sagte er ruhig. Lucy schlang ihre Arme um seine Hüften.

»Ich könnte die glücklichste Frau der Welt sein«, flüsterte sie. »Halt mich fest. Oh, Liebster, es ist doch erst vier Uhr.

Vor zehn wird es nicht dunkel. Du mußt nicht gleich gehen.« Sie führte seine Hand an ihre Brust.

Major Ellis las, was er geschrieben hatte. Dann nickte er voller Genugtuung. Er schloß das Buch, steckte es in die Tasche seiner schweißdurchtränkten, schlammigen Kniehose und legte dann den grauen wollenen Überwurf seiner Uniform an; Handschuhe und Hut folgten. Der Major konnte in der fast tropischen Hitze kaum atmen, aber er hatte ein Gespür für historische Momente und wollte für diesen schicksalsträchtigen Tag passend gekleidet sein. Er hob sein Schwert; die Kanoniere nahmen ihre Positionen ein und entfachten das Feuer der Fackel. Ellis blickte ein letztes Mal durch seinen Feldstecher. Hinter der ruhigen, weiten Wasserfläche des Hafens glänzte die alte Stadt Charleston in der vor Hitze flimmernden Luft wie ein Trugbild. Die Fensterläden der hohen schmalen Häuser der Stadt waren als Schutz vor der Sonne geschlossen. Die pastellfarbenen Wände der Häuser sahen blaß und unwirklich aus. Über den steilen ziegelgedeckten Dächern mit ihren Kaminen erhob sich der zart wirkende Turm der St. Michaels-Kirche. Vor dem Hintergrund sich auftürmender, eine Abkühlung der schwülen Luft versprechender heller Gewitterwolken wirkte er wie ein blendend weißer Pfeil.

Auf diesen Turm hatte es der Major abgesehen. Mit einer kurzen, zackigen Bewegung senkte er sein Schwert zum Zeichen des Feuers.

Die Kanonenkugel war von mattschwarzer Farbe. Sie stieg über die weite Wasserfläche hoch wie ein Aasgeier, hing einen Augenblick lang bewegungslos am höchsten Punkt ihrer Bahn und fiel dann träge auf die Stadt zu. Es war sechzehn Uhr zwölf.

Der Schuß ging zu weit. Die Kugel klatschte in den morastigen Küstenstreifen, der die Stadt im Westen begrenzte, und wurde vom dicken, blauschwarzen Schlick der Ebbe verschluckt. Major Ellis fluchte und stellte neue Berechnungen an.

Im Glockenturm der St. Michaels-Kirche rieb sich Edward Perkins die Augen. Seit fast zwanzig Jahren hielt er jeden Tag Wache, und er ging davon aus, dies noch mindestens zwanzig weitere Jahre lang zu tun. Mit achtunddreißig Jahren waren seine Augen ›schärfer als die eines Adlers‹, wie es der *Mercury* in einem Bericht über ihn formuliert hatte. Seine Hauptaufgabe war es, nach Rauch Ausschau zu halten, nicht nach dem dünnen, weißen Rauch, der fortwährend aus den Schornsteinen der Küchengebäude aufstieg, sondern nach den dunklen Rauchwolken, die auf einen Brand hinwiesen. Seit ihrer Gründung im Jahre 1670 war die bevölkerte Altstadt fünfmal durch Feuer zerstört worden. Die Bewohner hatten das gut in Erinnerung, der Schreck saß ihnen noch immer tief in den Knochen. Aber mit ununterbrochen über sie wachenden Adleraugen und den beiden leuchtendroten Pumpenwagen in der Feuerwache nahe den Hafenanlagen konnten die Einwohner von Charleston an den heißen Sommernachmittagen hinter den verschlossenen Fensterläden ihrer Häuser sicher vor sich hin dösen.

Da war sie wieder! Noch eine! Edward Perkins blickte angestrengt nach vorne, beschattete seine Augen mit der Hand. Der dunkle Fleck erhob sich von James Island aus, wurde größer, als er die Wasserfläche überquerte. Als er zu fallen begann, rannte Edward Perkins stolpernd zu dem dicken, verknoteten Seil, das von der größten Glocke des Kirchturms herabhing. Seine dünnen Arme spannten sich an, als er an dem Seil zu ziehen begann; sie streckten sich wieder, als die riesige Bronzeglocke zurückschwang und ihn fast von der Plattform hob. Das dumpfe Dröhnen der Alarmglocke erscholl über der Stadt.

Mary Ashley Tradd hatte ›eine kleine Unterredung‹ mit ihrem zehnjährigen Sohn Stuart. Diese verlief nicht gerade in ihrem Sinne. Als Stuarts Vater und sein älterer Bruder Pinckney Anfang des Krieges nach Virginia gingen, sagten sie ihm, er sei nun der einzige Mann im Haus. Stuart legte das so aus, daß er meinte, er könnte nun alle Entscheidungen selber treffen, ohne seine Mutter um Erlaubnis zu bitten oder sie um ihre Meinung zu fragen.

Mary starrte auf Stuarts störrisches, mit Sommersprossen gesprenkeltes Gesicht und war verzweifelt. Er war wie eine Miniaturausgabe seines Vaters Anson Tradd. Sogar sein Haar ist widerspenstig, dachte sie. Insgeheim hatte sie dieses drahtige, kupferfarbene Haar der Tradd-Familie immer gehaßt und gehofft, daß ihre Kinder so wie sie aussehen würden. Nicht eines von ihnen, stöhnte sie innerlich. Sie hätten ebensogut gar nicht meine Kinder sein können. Sie sehen aus wie Anson. Sogar die kleine Lizzie. Sie sind so rücksichtslos und störrisch wie Anson und sie hören auf nichts und niemanden außer auf ihn. Doch Anson ist tot und begraben, weil er aus reiner Dickschädeligkeit einen Auftrag für die Kavallerie ausführen mußte, und ich stehe jetzt ganz alleine da mit einem Haufen nichtsnutziger Bediensteter und widerborstiger Kinder und keinem, der mir hilft. Ihre großen dunklen Augen wurden langsam feucht vor Tränen, und ihre kleine rundliche Hand hob sich, um die Morgenbrosche zu berühren, die sie angelegt hatte. Stuart bewegte unruhig seine Füße. Wie Männer jedes Alters konnte er mit einer weinenden Frau überhaupt nicht umgehen. Als die Alarmglocke erscholl, sprang er erleichtert auf seine Füße.

»Ein Hurrikan!« rief er erfreut aus.

»Feuer!« Marys Stimme war ein erschreckter Aufschrei.

Sie stürzten auf den langen, von Säulen gestützten überdachten Balkon im zweiten Stock, der sich über die ganze Länge des Gebäudes zog.

Auf der anderen Seite der Meeting Street hob Andrew Anson seinen Kopf. »Was ist das?«

»Nichts, Liebling«, murmelte Lucy, »nur der alte Ed Perkins, der wieder einmal denkt, er sieht ein Feuer.« Sie griff nach Andrews dickem Haar, suchte und fand seinen Mund, damit er mit dem ihren verschmolz.

Überall in der Stadt öffneten sich die Fensterläden, und Köpfe wurden herausgestreckt. Die Menschen sogen prüfend die Luft ein und schauten zum Himmel hinauf. Es gab nichts Ungewöhnliches zu entdecken. Die Fensterläden schlossen sich wieder.

Nicht so in der Meeting Street. Die Kanonenkugel war in einem der ummauerten Gärten eingeschlagen und hatte eine riesige Magnolie zerschmettert. Die großen Blätter trieben über den halben Häuserblock hinweg und trudelten in großen Spiralen durch die Luft, mal dunkelgrün, mal hellbraun, je nachdem, ob ihre Ober- oder Unterseiten zu sehen waren.

»Was in aller Welt...?« Mary Tradd klammerte sich am Ärmel ihres Sohnes fest. Auf der ganzen Straße strömten Frauen und alte Männer ins Freie und füllten die überdachten Balkone. Unter ihnen öffneten sich die Haustüren. Bedienstete eilten auf den glatten Granitblöcken der Gehsteige hin und her und auf die gerundeten Pflastersteine der Straße. Sie waren hinausgeschickt worden, um zu erkunden, was vor sich gehe. »Stuart, sag Elias, er soll gehen und nachschauen, was passiert ist.«

»Ich gehe, Mama.«

»Nein, das wirst du nicht tun. Schick Elias hinaus!«

Aber Stuart war schon weg.

Auf James Island nahm Major Ellis seinen Feldstecher von den Augen und lächelte seit Wochen das erste Mal. »Die hat fast gereicht, Jungs! Ein bißchen mehr Pulver hinter die nächste, und wir blasen von diesem Kirchturm einfach die Spitze herunter.« Eine Kugel pfiff ihm um die Ohren, und instinktiv duckte er sich. Die Kämpfe waren an den Wällen entbrannt, die seine Männer rings um den Standort des in einer Vertiefung stehenden Geschützes aufgeschüttet hatten. Der Major lauschte gespannt. Hinter dem scharfen Krachen des Gewehrfeuers konnte er das dumpfe Dröhnen der Schiffskanonen vernehmen. Wie gut, daß uns der Admiral zu Hilfe kommt, dachte er. Solange er Fort Johnson ständig unter Beschuß nimmt, können die Aufständischen nicht zu viele ihrer Männer auf uns loslassen!

Auf der Feuerwache riefen die Zugführer den Feuerwehrleuten, die gerade die Pferde hochzerrten und die Ausrüstung auf den Pumpenwagen überprüften, ihre Befehle zu.

Der jüngste von ihnen ritt auf dem schnellsten Pferd zur St. Michaels-Kirche. »Wo brennt's?« schrie er. Edward Perkins gestikulierte wild mit den Armen und eilte zu seinem Seil zurück. Der junge Bursche wiederholte seinen Ruf. Als er abermals keine Antwort bekam, glitt er vom Pferd herab und rannte durch die enge Türöffnung auf die schmale eiserne Wendeltreppe zu.

Weiter unten auf der Meeting Street war es zu einem Menschenauflauf gekommen. Die Leute drängten sich vor einem großen schmiedeeisernen Tor mit verschlungenen Mustern zusammen und spähten durch die Arabesken hindurch. »Das muß wohl ein Blitz gewesen sein«, meinten die vorne Stehenden und verteidigten ihre Plätze gegen den Druck der weiter hinten Stehenden. Hinter dem Tor war die zierliche Geometrie des Gartens fast intakt geblieben. Kleine Fußwege aus blaßrosa Ziegelsteinen überkreuzten sich so, daß fünf Rauten entstanden. Dieses Muster wiederholte sich an der hinteren Mauer des Gartens in der Gitterwand, an der junge Pfirsichbäume angebunden waren. Späte Sommerrosen wuchsen dichtgedrängt auf den erhobenen Beeten an der Südbegrenzung.

In den vier Ecken lagen die rautenförmigen Rasenflächen. Eine riesige Magnolie erhob sich im Zentrum jeder dieser Rauten. Nur auf einer Fläche war lediglich ein zerborstener Stumpf übriggeblieben, mit riesigen Holzstücken um ihn herum verstreut, von denen sich einige über zerknickte Hekken hinweg bis auf die Fußwege verteilt hatten. Das Dröhnen der Alarmglocke war immer noch zu hören, aber in der Stadt konnte man sich keinen Reim darauf machen. In etlichen Häusern weckte die Glocke die Kinder, die mit ihrem Geschrei den allgemeinen Lärm verstärkten. In anderen Gebäuden kehrten die Menschen an die Fenster zurück, um erneut nach der Ursache des Ganzen Ausschau zu halten.

Man konnte nichts sehen. Auf James Island wurden die Männer von Major Ellis seitens der angreifenden Konföderisten unter starken Beschuß genommen. Einer der Kanoniere war erschossen worden. Er fiel in die Öffnung des Schutzwalles; deshalb wurde alles so lange unterbrochen, bis er weggetragen werden konnte. Schließlich nahm ein eingeschüchterter Ersatzmann seine Stellung ein. Das Gesicht des Majors sah aus, als stünde er kurz vor einem Schlaganfall. »Feuer!« rief er.

Während die Kugel noch in der Luft war, wurde die kleine alte Stadt lebendig. Der junge Feuerwehrmann stolperte brüllend durch die Seitentür der St. Michaels-Kirche nach außen. »Yankees!« schrie er aus Leibeskräften. »Yankee-Geschosse!« Seine Stimme wurde vom Dröhnen der Glocke übertönt. Er rannte auf die Menge zu, die sich ziellos vom Gartentor wegbewegte. Sein Verhalten erregte die Aufmerksamkeit aller Anwesenden. »Yankees«, keuchte er und zeigte nach oben. Dann eilte er davon, um die Nachricht weiterzugeben.

Einige Burschen in der Menge blickten so rechtzeitig nach oben, daß sie die Kanonenkugel sahen, die kurz danach in einen Stall auf der Church Street einen Gebäudeblock weiter im Osten einschlug. Sie hüpften halb erschreckt, halb wild vor der ganzen Aufregung von einem Bein aufs andere. »Yankees«, heulten sie auf. Innerhalb von Sekunden schnappte jemand in der Menge das Wort auf und gab die Nachricht mit einigen Ausschmückungen versehen weiter. »Die Yankees kommen, sie sind schon hinter den Befestigungen!« Die Menschen stoben in alle Richtungen auseinander, stießen zusammen, drängten sich und schrien durcheinander.

Eines der Zugpferde im Stall der Church Street litt an einer Kolik. Der Pferdeknecht hatte damit begonnen, einen warmen Brei fertigzumachen, als die Kanonenkugel das ziegelgedeckte Dach durchschlug. Die winzige Flamme unter dem Kessel wurde durch den plötzlichen Luftzug zu einer Feuerzunge, die sich in Windeseile durch das frisch gestreute Stroh auf dem Boden des Stalles fraß. Voller Panik scheuten die Pferde und stießen verzweifelt gegen die Türen der Stallungen. Doch sie waren fest angebunden, und der Knecht konnte sie nicht befreien; er war von dem Geschoß in den Kopf getroffen worden.

Das herzzerreißende Gebrüll der verbrennenden Pferde rief das Gesinde herbei, aber es war bereit zu spät. Das Feuer brach in großen Flammen durch jede Tür und jedes Fenster der Ställe. Ganze Klumpen brennenden Strohs schossen durch die Öffnung im Dach nach oben, wurden über die ganze Straße getragen und regneten auf die Leute herab, die aus ihren Häusern geeilt waren, als sie den fürchterlichen Lärm hörten.

Der beißende Geruch brennenden Holzes wurde vom ekelerregenden Gestank verkohlten Fleisches überlagert. Er hing schwer in der Luft der engen Gassen und wurde durch den wallenden Qualm nach unten gedrückt. Das Wiehern der erschreckten Pferde übertönte alles andere. Stalljungen versuchten, die Pferde heraus in Sicherheit zu bringen, aber die aufgescheuchten Tiere kämpften gegen die Seile an; gefährlich schlugen ihre Hufe durch die Luft.

»Wo bleibt nur der verfluchte Pumpenwagen?« bellte ein weißbärtiger Mann aus einem Toreingang. »Wofür bezahle ich diese Feuerwehr überhaupt?«

Am Pumpenwagen war alles festgezurrt, das Pferdegespann bewegte sich unruhig im Geschirr, bereit zum Aufbruch. Der Junge jedoch, der losgezogen war, um zu erfahren, wo das Feuer ausgebrochen war – bevor es überhaupt ein Feuer gab –, war noch eine halbe Meile entfernt. Er ritt durch die

Straßen und rief jedem, der längs seines Weges in den Fenstern auftauchte, zu: »Yankees!«

Hinter ihm blieb eine Woge der Panik zurück. Schwarze und weiße Menschen schossen aus ihren Häusern, riefen dem verschwindenden Reiter hinterher und fragten sich, als dieser nicht antwortete, schließlich gegenseitig.

Das Feuer dehnte sich weiter aus. Die Pumpenmannschaft, die in der aufgeschreckten Menge nicht vorankam, konnte nicht bis zum Brand vordringen. »Stuart!« Mary Tradd lehnte sich über das Geländer ihres überdachten Balkons und suchte in dem Durcheinander unter ihr nach dem hellen Haarschopf ihres Sohnes. »Stuart!« Hinter ihr wand sich die dreijährige Lizzie im unbarmherzigen Griff ihrer Amme Georgina. Das Kind war aus seinem Nickerchen erwacht und durch den ungewöhnlichen Aufruhr erschreckt. Als es zu weinen anfing, zog Georgina es an ihren kissenähnlichen Busen.

Ein allgemeines Wehklagen erhob sich aus dem Mob in der Meeting Street. Alle Gesichter wandten sich nach oben, um nach der schwarzen Kugel Ausschau zu halten, die in diesem Augenblick auf die Menge herabfiel. Kreischend stoben die Menschen auseinander. Das Geschoß durchfurchte das Pflaster und kam zwischen den grauen Halbkugeln der Pflastersteine als breitere, dunklere Masse zum Stillstand.

Andrew Anson stolperte fast darüber, als er aus seinem Haus stürmte. Er versuchte, eines der vorüberhastenden, wimmernden schwarzen Mädchen festzuhalten. Diese drängten ihn jedoch nur heftig zur Seite. Andrew stürzte sich in die Menge.

Auf der anderen Straßenseite vergaß Mary Tradd einen Moment lang ihre Furcht. »Ich wußte nicht, daß Andrew Anson zu Hause ist«, sagte sie zu Georgina. »Du erinnerst dich doch an Andrew? Sein Vater ist ein entfernter Verwandter von Mr. Tradd. Als Andrew Lucy Madison heiratete, war auch Pinckney ein sehr gefragter Hochzeitskandidat.« Im Haus gegenüber erschien Lucy auf der Veranda des Obergeschosses. Sie trug einen zerknitterten Morgenrock. Mary kicherte und verdrehte ihre Augen. Sie warf Georgina einen bezeichnenden Blick zu; die Amme zeigte jedoch keine Reaktion. Dann winkte Mary Lucy zu. Diese reagierte jedoch ebenfalls nicht, sie ließ Andrew nicht aus den Augen.

Ein lautes Grummeln erfüllte die Luft. Jeder schaute hoch. Der Himmel wurde vom dicken, abscheulichen Qualm des einen Gebäudeblock entfernt wütenden Feuers verdunkelt. Keiner konnte die Blitze sehen. Sie hörten Artilleriefeuer, das sich mit dem Donnergrollen vermischte.

Mary Tradd ging wütend auf der Veranda hin und her und fragte laut: »Wo steckt dieser Stuart?« Da erschien er plötzlich. Der Junge tänzelte die Mauer über dem Fahrweg entlang, sah seine Mutter und grinste. Seine Zähne blitzten hell in seinem rußgeschwärzten Gesicht. »Blinder Alarm, Mama«, rief er fröhlich, »die Yankees sind überhaupt nicht durchgebrochen. Sie haben lediglich eine einzige Kanone auf James Island, und die werden sie nicht lange behalten.« Er hielt sich mit seitlich ausgestreckten Armen im Gleichgewicht, als er die ganze Länge der Mauer in Richtung Meeting Street entlanglief. Dann setzte er sich hin, ließ seine Beine baumeln und rief die Neuigkeit den unter ihm hin- und herhuschenden Menschen zu.

»Was ist denn mit dem Feuer?« schrie Lucy Anson von der ganzen Seite der Straße herunter. »Stuart! He, sieh mich an! Was ist denn mit dem Feuer?«

»Oh, hallo Lucy! Wie geht's?«

»Das Feuer, Stuart!«

»Es ist wundervoll. Ich war drüben. Junge, Junge! Die Funken schießen hoch wie am 4. Juli. Aber die Pumpenwagen sind jetzt durchgekommen. Sie werden es bald gelöscht haben.« Stuart war offensichtlich enttäuscht.

Lucy lockerte ihren Griff um das Balkongeländer. Da siehst du es, sagte sie sich. Du Dummerchen, da hast du dich wegen nichts so aufgeregt. Andrew wird nicht von irgendwelchen Yankees gefangengenommen. Seine kostbare Depesche ist in Sicherheit, und er wird sich sogar kaum verspäten. Und selbst wenn er zu spät kommt, bringt er mehr Neuigkeiten mit als nur diese alten Papiere. Er kann ihnen alles über diese Kanone erzählen, die die Yankees im Sumpf aufgestellt haben. Es würde sich sicherlich lohnen, darauf eine Stunde länger zu warten.

Sie schaute verächtlich auf das aufgeregte Getümmel auf der Straße hinunter. Alle ignorierten Stuarts Rufe. Gänse, dachte sie. Ziellos hin und her zu laufen! Sie sollten einfach nach Hause gehen, wo sie hingehörten! Dann erspähte sie Andrew, der einen halben Häuserblock entfernt war. Er war auf dem Heimweg und drängte die Leute zur Seite. Lucys Hände überprüften den Sitz ihrer Frisur und arrangierten die zerzausten Locken um ihr lächelndes Gesicht.

Als Andrew nahe war, formte er seine Hände zu einem Sprachrohr und rief: »Sorgt euch nicht, alles in Ordnung!«

Lucy nickte bestätigend.

Die Leute in seiner Nähe hielten an und kamen fragend näher. Seine Uniform sprach für seine Glaubwürdigkeit. Andrew wurde zum Mittelpunkt einer kleinen und schließlich größeren Gruppe, die sich bald darauf auflöste. Die Leute schüttelten erleichtert die Köpfe und bereuten und schämten sich ihrer Panik. Ein Donnerschlag war zu hören. Plötzlich strömte in tropischer Stärke der Regen herab. Die davonstrebenden Leute begannen heimwärts zu laufen.

Auch Andrew tat dies. Lucy, die vom Dach der Veranda vor dem Regen geschützt war, lachte, als sie ihn auf eine Baumgruppe zurennen sah, die den Gehsteig säumte und Schutz bot. Die Kanonenkugel sah sie nicht. Sie fiel unbeobachtet von den sich zerstreuenden und vor dem Regen fliehenden Menschen als schwarze Kugel vor dem plötzlich dunklen Hintergrund des Himmels nach unten.

Mit einem peitschenden, krachenden Schlag landete sie auf dem von Marmorsäulen getragenen Portikus über dem Eingang des Hauses der Familie Clay. Lucy blickte für einen Augenblick von Andrew weg. Sie hatte Angst vor den Blitzen. Splitter aus weißem Marmor wurden in die Luft geschleudert, sie wirkten wie ein Halo über dem Türeingang unter dem Säulendach. Dann, langsam und scheinbar wie in Zeitlupe, bewegten sich die beiden dorischen Säulen voneinander weg. »Nein«, schrie Lucy, »Andrew!«

Sein Kopf war gegen den Regen nach unten geneigt. Andrew schaute im Laufen hoch zu seiner Frau. Er fühlte den Schatten der Säule mehr als daß er ihn sah und versuchte, schneller zu laufen, aber ein übermächtiges Gewicht traf ihn im Rücken, schleuderte ihn vorwärts. Dann lag er mit dem Gesicht in einer Pfütze. Er versuchte, sich wegzurollen, konnte sich aber nicht mehr bewegen.

Als die ersten schweren Tropfen herunterprasselten, hatte Georgina im Innern des Hauses auf Lizzie und ihre Mutter achtgegeben. Stuart, der die ganze Aufregung genoß, saß schutzlos draußen im Regen und wirkte wie ein lachender rothaariger Pan. Als die Säule auf Andrew fiel, gefror sein freudiger Gesichtsausdruck. Er sprang auf die Erde und hetzte zur Gasse, die zwischen den Häusern hindurch zur Church Street führte. Dr. Perigru war erst kurz vorher dort eingetroffen und behandelte die Verbrennungen der Feuerwehrleute.

Andrew eilte bald mit dem Doktor zurück. Der alte Mann schnaufte vor Anstrengung von dem kurzen, schnellen Lauf. Lucy saß in der Pfütze mit Andrews Kopf auf ihrem Schoß. Ihr Körper, den sie über ihn gebeugt hatte, schützte ihn vor dem schlimmsten Regen. Zu seinen Füßen banden die Männer Seile um die Marmorsäule, die über seinen Beinen lag. Es waren die Bediensteten aus den Nachbarhäusern, die von Andrews Butler Jeremias angeleitet wurden. Auf Jeremias Gesicht vermischten sich Tränen mit dem Regen.

Dr. Perigru hörte Andrews Puls ab und schaute aufmerksam in sein aschfahles Gesicht. »Hast du große Schmerzen, mein Junge?«

Andrew schüttelte den Kopf und versuchte zu lächeln. »Ich bin ganz schön erschrocken.«

»Bei uns bist du in guten Händen.« Der Doktor erhob sich, um zu überwachen, wie die Säule angehoben wurde.

»Oh, Andrew, daß du so leiden mußt! Tut es sehr weh?«

»Nein, meine Liebe, wirklich nicht. Ich bin fürchterlich naß, das ist alles. Du bist es auch. Du solltest bei diesem Regen nicht draußen sein.«

Ein lautes Schluchzen erschütterte Lucys Körper. Sie drehte ihr Gesicht zur Seite.

»Still jetzt, weine nicht. Willst du, daß ich dir etwas Lustiges erzähle?«

Lucy schluckte, holte tief Luft. Sie nickte.

Dr. Perigrus Stimme war gedämpft, aber deutlich. »Ich zähle jetzt. Wenn ich *drei* sage, dann zieht diese Seile hoch. Ich meine, richtig hoch! Zerrt nicht an ihnen herum.«

Andrew hielt Lucys Hand fester. »Ich wette, du weißt nicht, wie sie diese Kanone nennen«, sagte er. »Ich weiß nicht, wer damit angefangen hat, aber es ist typischer Soldatenhumor. Sie nennen sie *Sumpfengel*.«

»Drei!«

Andrew und Lucy klammerten sich aneinander.

Dr. Perigrus Kopf erschien über ihnen. »Es hätte schlimmer kommen können, mein Junge.« Unmißverständlich war die Erleichterung in seiner Stimme zu hören. Lucy fühlte sich, als ob ihr Herz aus einem Schraubstock befreit worden wäre. »Nun, es kann noch höllisch weh tun, wenn wir dich bewegen – tut mir leid, Lucy. Schrei nur, wenn es so ist. Es gibt jetzt keinen Grund, den Helden zu spielen.« Der alte Mann kniete neben Andrews Kopf nieder. Er legte seinen Arm unter dessen Schultern und hob ihn hoch, so hoch, daß Lucy entlastet war. »Geh ins Haus, Lucy, und bereite irgendeine heiße Suppe zu. Hol auch den Brandy! Dein Mann und ich werden ihn gleich nötig haben.«

»Jeremias, du unterstützt ihn in der Mitte«, befahl er weiter, »und du, Jubilo, hältst seine Beine. Wenn ich *hoch* sage, dann hebt ihn sanft und gleichmäßig hoch! ... *Hoch!* ... Tragt ihn ins Haus! Geht es, Andrew?«

»Doktor, ich spüre nichts, überhaupt nichts.«

Auf James Island stapfte Major Ellis wütend durch das Wasser, das sich im Mittelpunkt der Vertiefung angesammelt hatte. »Verdammter Regen! Mit nassem Pulver können wir gar nichts ausrichten. Haltet uns bloß diese Rebellen vom Hals, Jungs, dann versuchen wir es morgen noch einmal. Ein einziges, erbärmliches Feuer! Verdammt noch mal! Wir haben ihnen überhaupt keinen richtigen Schaden zugefügt.« Hinter dem Hafen beleuchtete ein Blitz den Turm der St. Michaels-Kirche.

»Verflucht seien sie alle miteinander!« schimpfte der Major.

2

Bei Tagesanbruch begann der Beschuß mit dem Sumpfengel von neuem. Jetzt war die Stadt jedoch darauf vorbereitet. Den ganzen Abend lang waren die Offiziere der Konföderierten von Haus zu Haus gegangen, hatten die Bewohner beruhigt und ihnen Ratschläge gegeben, wie sie sich gegen Feuer und herabfallendes Holz schützen konnten. Als der Beschuß wieder begann, wurde er verärgert und mit Neugier, aber ohne Panik aufgenommen. Die Balkone und Dächer füllten sich bald mit Menschen, die beobachteten, wie eine massive Eisenkugel nach der anderen aufstieg, in der Luft zu stehen schien und dann irgendwo in der Nähe der St. Michaels-Kirche einschlug. Als am Vormittag der überlastete Sumpfengel beim siebenunddreißigsten Abschuß explodierte, konnten alle Zuschauer das blendende Licht sehen. Der Explosionsdonner rollte über das Wasser auf die Stadt zu, wo er vom Jubel der Massen zurückgeworfen wurde.

Nur eine Stunde später eilten die vertrauten Gestalten der Hausjungen der Familie Brewton mit ihren rotschwarz gestreiften Westen überall in der Stadt herum. In der fast unleserlichen Handschrift Sally Brewtons war quer über das Papier der von ihnen verteilten Botschaften gekritzelt: »Tee im Freien, im Salon um vier Uhr, bitte kommt!«

Sally Brewton war eine kleinwüchsige Frau Mitte Dreißig. Sie hatte die Figur eines Knaben und ein winziges, affenartiges Gesicht. Ihre funkelnden Augen und ihre unerschütterliche gute Laune waren es gewesen, die Miles Brewtons Herz gewonnen hatten, nachdem jede bedeutende Schönheit der Stadt dies versucht hatte und damit gescheitert war. Auf ihren späteren weiten Reisen nach Europa, Asien und Afrika hatte Sally jeden, der ihr begegnete, für sich eingenommen. Ihre Parties wurden wegen des besonderen Flairs, den die Gastgeberin verbreitete, gerühmt. Voller Bewunderung wurde sie als ›Original‹ bezeichnet. Jede Frau in Charleston, die nicht gerade Trauer trug, machte sich kurz vor vier Uhr auf den Weg zum Haus der Brewtons und war neugierig auf das Neueste von Sally. Die ganze King Street war mehrere Häuserblöcke weit von Kutschen und Einspännern verstopft. Einem Gespann nach dem anderen entstiegen die Fahrgäste, deren Vorfreude durch diese Verzögerungen nur noch weiter erhöht wurde.

Sallys Gäste wurden nicht enttäuscht. Als die den ungemein schönen Salon aus dem 18. Jahrhundert betraten, hatte Sally hinter einem großen Teetisch in der Mitte des Raumes Platz genommen. Wie ein heller Scheinwerfer fiel das Sonnenlicht durch eine Öffnung in der Decke auf sie. Es hüllte sie in strahlenden Glanz, wurde vom georgianischen Teeservice aus Silber zurückgeworfen und tanzte in den glitzernden Prismen des Kristallüsters, der in gefährlicher Nähe des Loches hing. Sally trug ein weißes Batistkleid, um die Wirkung des Sonnenlichtes noch zu erhöhen. Das Licht schien sich in den weiten Rockfalten zu sammeln. Ihre winzigen Füße, auf die sie besonders stolz war, fielen in ihren roten Satinpantof-

feln mit den diamantbesetzten Schnallen besonders ins
Auge. Sie ruhten nebeneinander auf der dunklen Wölbung
der Kanonenkugel, die sich in das Parkett unter dem Tisch
eingegraben hatte.

»Herein«, rief Sally jedem Gast zu, der in der Tür erschien. »Wir wollen diesen historischen Moment feiern. Ich
fand Geschichte mit den ewigen Wiederholungen schon immer etwas langweilig. Jetzt wird es allmählich interessan-
ter.«

Die Damen freuten sich sehr, bewunderten Sally und
lachten. Jeder wußte, daß im Unabhängigkeitskrieg ein bri-
tisches Geschoß ins Haus der Brewtons eingeschlagen war
und den Kristallüster aus Waterford, einen der Schätze, die
dieses Haus beherbergte, nur knapp verfehlt hatte. Das Geschoß der Yankees war exakt der Bahn seines Vorgängers
gefolgt.

Jeder, der bei Sally Brewton beim Tee zu Gast gewesen
war, ging in besserer Stimmung als vorher nach Hause. So
gut hatte man sich schon lange nicht mehr gefühlt. Sallys
gute Laune war immer ansteckend, aber die Party hatte
noch eine tiefere und länger anhaltende Wirkung. Jeder der
Anwesenden war entweder direkt mit einer der Familien in
Charleston verwandt, die sich vor der Revolution in der
Stadt niedergelassen hatten, oder hatte in sie eingeheiratet.
Alle kannten sie die ganzen Episoden aus der Familienge-
schichte, die wie das Familiensilber und die Porträts von Generation zu Generation weitergegeben wurden. Es war gut,
daran erinnert zu werden, daß Charleston schon einmal be-
lagert worden war. Die Stadt war sogar eingenommen und
besetzt worden, das alte Leben hatte sich wieder eingestellt.
Die Stadt hatte zu allen Zeiten unentwegt ihr äußerst zivili-
siertes, individualistisches Menuett getanzt, und ihre Bewohner mußten dabei lediglich einige Unannehmlichkeiten
in Kauf nehmen. Man brauchte sich wirklich keine Sorgen
zu machen. Auch dieser Krieg würde eines Tages vorbei
sein. Das Haus der Brewtons und die ganzen anderen be-

schädigten Häuser würden an der einen oder anderen Stelle ausgebessert werden müssen, aber schon ein paar Jahre später würde man das nicht mehr erkennen können.

Sallys rote Pantoffeln besiegten ein ganzes Regiment.

In den folgenden Monaten hatten die Bewohner Charlestons jede Form von Beruhigung, derer sie habhaft werden konnten, bitter nötig. Die Atempause nach der Explosion des Sumpfengels war nur kurz. Nachdem die Yankees die Verwundbarkeit der Inseln, die den Hafen umgaben, entdeckt hatten, brachten die Streitkräfte der Unionsstaaten ihre Kanonen auf einer Insel nach der anderen in Stellung. James, Johns, Yonges, Wadmalaw, Folly – jede Insel wurde zu einer Bedrohung für die Stadt. Neuere Kanonenkugeln, die beim Aufschlag explodierten, ersetzten bald die eisernen Geschosse des Sumpfengels. Später kamen noch Granaten dazu, die eine hundertmal größere Schadenswirkung hatten als alles, was Charleston bis dahin kennengelernt hatte.

Die modernen Kanonen hatten auch eine größere Reichweite. Die Familien zogen weiter in die Oberstadt hinein, noch hinter die Broad Street, um dem Bombardement zu entgehen. Dann mußten sie noch weiter wegziehen, bis hinter Calhoun. Einige zogen ganz in die Städte des Landesinneren, wo sie Freunde oder Verwandte hatten, die sie aufnahmen. Ende November drängte sich jeder, der noch in Charleston geblieben war, im nördlichen Randbereich der Stadt auf einem Areal von etwa einer Viertelmeile zusammen. Der größte Teil Charlestons war verlassen und den Tag und Nacht herabheulenden Geschossen ausgeliefert.

Andrews imposante Mutter Emma schickte ihre Kutsche herüber, um ihren Sohn einen Tag nach seinem Unfall ›nach Hause‹ zu holen. Lucy ließ man zurück; sie folgte mit ihrem eigenen Einspänner mit Baby und Amme. Emma verwandelte ihr großes Haus in der Charlotte Street in ein Krankenzimmer. Die rechte Pflege, meinte sie, würde ihn schon heilen und die Funktionstüchtigkeit seiner Beine wiederherstel-

len. Als der Exodus aus der Unterstadt begann, weigerte sie
sich, irgendeinen ihrer zahlreichen Verwandten aufzunehmen. Sie wies sogar die Familie ihres Bruders ab. Andrew
brauchte Ruhe und Frieden.

Ihr nächster Nachbar, Julia Ashley, konnte sich nicht auf
diese Art herausreden. Julia war eine ältere Jungfer Mitte
vierzig. Sie lebte allein in dem großen Ziegelgebäude, das sie
geerbt hatte, als ihr bewunderter Vater vor zehn Jahren gestorben war. Seit diesem Tag trug sie Trauerkleidung. Julia
hatte keine Brüder. Ihre einzige Schwester war Mary Tradd,
acht Jahre jünger und in jeder Hinsicht das genaue Gegenteil
von ihr.

Mary war die hübschere von beiden, zierlich, rundlich,
weiblich, mit langem, lockigem dunklen Haar und großen
blauen Augen. Seit sie ihren Einstand gegeben hatte, war das
Haus bis zu dem Tag, als sie Anson Tradd aus den vielen Be-
werbern auswählte, von ihren Schönlingen bevölkert gewesen. Das Gebäude hatte auch Marys Lachen, ihre Freuden-
schreie und ihre Tränenausbrüche erlebt. Für Julia, die sich
verbittert auf eine Zukunft allein eingestellt hatte, waren
diese beiden Jahre ganz mit Marys Romanzen angefüllt und
die reine Agonie.

Nachdem Mary in ihr eigenes Haus gezogen war, war Julia
das erste Mal auf sich gestellt. Ohne den ständigen Vergleich
mit Marys Weichheit wirkten Julias großer dünner Körper
und die derben knochigen Gesichtszüge durchaus ansehnlich. Ihre ruhigen, sparsamen Kommentare konnte man sich
anhören und schätzen lernen. Sie schuf sich ihren eigenen
Freundeskreis, der an Literatur, Naturwissenschaft und Na-
turgeschichte sein Interesse hatte; sie reiste, sie unterstützte
das Sinfonieorchester und bekam den besten Platz im Theater. Als sie vierzig wurde, war Julia eine Person, die sich
deutlich von allen anderen unterschied, und darüber hinaus
eine recht glückliche Frau.

Jetzt wurden Julias geordnete Verhältnisse durch die lär-
mende Ankunft ihrer Schwester, deren Kinder und der Die-

nerschaft ihrer Schwester durcheinandergebracht. Mary öffnete die staubbedeckten Zimmer auf der dritten Etage für Lizzie, Stuart und Georgina, zog in ihr altes Zimmer zurück und beherrschte das Haus wie eh und je. Julia bekam Migräne.

In der ganzen Nachbarschaft öffneten auch andere Familien ihre verschlossenen Räume und arrangierten sich, aber für die meisten war das leicht, ja sogar normal. Weihnachten rückte näher, und man hatte in dieser Zeit immer das Haus voller Gäste gehabt.

Charleston war eine gesellige Stadt. Die Menschen erfreuten sich an einem konstanten Reigen großer und kleiner Festivitäten. Von Weihnachten bis Ende Januar wurde am meisten geboten. In normalen Jahren wurden Konzerte mit Orchestern aus London organisiert, Schauspiele von auswärtigen Ensembles mit weltbekannter Besetzung im Theater in der Dock Street aufgeführt, vollendete Bälle und Gala-Diners an drei oder vier Nächten der Woche abgehalten. Im Januar gab es Aufregendes im luxuriösen Klubhaus, von dem aus man die Rennbahn überblicken konnte, auf der die Eigentümer Tausende auf die Pferde mit ihren Farben setzten. Jedes Jahr fünf Wochen lang befand sich die heiterste Stadt Amerikas auf ihrem extravaganten, sich ständig steigernden Höhepunkt.

Der Krieg hatte diese vollendet organisierten Unterhaltungsveranstaltungen stark reduziert. Das Theater auf der Dock Street und die Rennbahn waren geschlossen, und es würde dieses Jahr auch keinen St. Cecilia-Ball geben, auf dem die jungen Mädchen der Gesellschaft vorgestellt wurden. Die festliche Stimmung jedoch war so deutlich vorhanden wie immer, vielleicht sogar noch deutlicher. Es war wichtig, trotz der Unterbrechung durch den Krieg bei Laune zu bleiben.

Am 20. Dezember schaute Mary Tradd auf die Szene, die sich ihr im Salonzimmer darbot, und war äußerst zufrieden. Die

Yankees hatten in diesem Monat drei Schiffe, die versucht hatten, die Blockade zu durchbrechen, versenkt. Das vierte kleine, schnelle Schiff hatte jedoch die Linie ihrer Kanonen durchbrochen. Es war Marys Glück, daß es das Schiff war, dessen Fracht sie am meisten interessierte. Die Weihnachtsgeschenke für die Kinder waren in knallbuntes Papier gehüllt und auf den tiefen Fenstersimsen zu Pyramiden aufgetürmt.

»Miß Tradd!« Mary schreckte hoch. Sie war so versunken gewesen, daß sie Elias' Schritte nicht gehört hatte. Als sie sein Gesicht sah, legte sie ihre Hand aufs Herz. Seine Lippen zitterten, seine Augen waren vor Angst geweitet. In seiner Hand hielt er ein Telegramm. Es war alles genau wie vor 18 Monaten, als die Nachricht vom Tode ihres Mannes eingetroffen war. Mary stöhnte. Sie nahm schnell den dünnen Brief aus Elias' Hand und riß ihn auf.

Dann brach sie in Tränen aus. »Es ist alles in Ordnung«, schluchzte sie. »Ich hatte nur solche Angst. Es ist genau so, wie es sein sollte, Elias. Die Nachricht ist von Mr. Pinckney. Er wird noch vor Weihnachten heimkommen. Erzähl es gleich den anderen!«

Vor Einbruch der Dunkelheit hatte jeder in der Stadt die gute Nachricht vernommen, und alle waren hocherfreut. Pinckney Tradd war allgemein beliebt.

Er war ein wilder Junge gewesen, aber niemals niederträchtig. Sein rotgoldenes Haar diente anderen Jungen als Erkennungszeichen, wenn sie ihm bei heldenmütigen Kletereien, Schwimmunternehmungen, Erkundungsgängen, Boots- und Pferderennen und Experimenten mit Zigarren und Schnaps nacheiferten. Seine Lehrer hatten sich die Haare gerauft, weil er seinen scharfen Verstand nicht für seine Studien nutzte, sondern die Ställe dem Klassenzimmer gegenüber bevorzugte. Gegen seine lachend abgegebenen Entschuldigungen kamen sie jedoch nicht an. Pinckney war ungehorsam, aber niemals ein Problemkind. Er gab seine

Fehltritte offen zu und akzeptierte die Prügel, die er bekam, ohne Ausflüchte.

Seine größte Schwäche war sein hitziges, jähzorniges Gemüt. Es verflog so schnell, wie es entflammt war, war es jedoch da, dann war es einfach nicht zum Aushalten. Als er älter wurde, lernte er, es zu kontrollieren und sich darüber hinaus auch ein galantes gutes Benehmen anzueignen. Er konnte sich verbeugen und lachen, wenn er auf Hindernisse traf, und nur seine engsten Freunde sahen den Sturm hinter seinem plötzlich erblaßten Gesicht und seinen dunklen blauen Augen.

Er wurde zu einem gründlich zivilisierten Tier. Noch immer liebte er körperliche Wagnisse, aber eine Schicht vornehm lächelnder Mattigkeit lag darüber. Sein geschmeidiger, muskulöser Körper konnte sowohl einen umgestürzten Baum als auch das spitze Ende eines Degens mit der gleichen Kraft hochheben. Er war der beste Reiter und der beste Tänzer weit und breit in Süd-Carolina.

Zur ungeheuren Freude seiner Mutter wurde Pinckney ein ansehnlicher Mann. Da er sich dauernd im Freien aufhielt, war er von der Sonne gebräunt, und im Gegensatz zu den meisten Rothaarigen bekam er keine Sommersprossen. Seine gebräunte Haut verlieh seinem schmalen, feingezeichneten Gesicht einen zigeunerhaften, romantischen Zug. Es war glatt rasiert. Sehr zum Entsetzen Pinckneys war sein Gesichtshaar braun und nicht rot; so konnte er nicht wie die meisten Männer einen Bart tragen, ohne lächerlich auszusehen.

Wenn er lächelte, was er sehr oft tat, verzog sich sein ziemlich kleiner, dünnlippiger Mund erstaunlich weit und enthüllte große weiße Zähne mit einer winzigen Zahnlücke in der Mitte; seine hellen Augen funkelten verschmitzt. Sally Brewton nannte ihn Apollo, und alle Frauen Charlestons dachten genauso.

Sein Vater war erleichtert, als er sah, daß es seinen Sohn nicht weiter kümmerte.

Als Pinckney siebzehn wurde, schickte man ihn im Sommer nach Oxford. Man erwartete von ihm, daß er es wie andere junge Männer aus Charleston und deren Väter und Großväter vor ihnen auch schaffen würde, ein gutes Examen ohne irgendwelche nennenswerten Skandale abzulegen und dann auf große Reise gehen würde. Statt dessen sagte sich jedoch Süd-Carolina ein Jahr später von den Unionsstaaten los. Pinckney kehrte nach Hause zurück. Er hatte sich oberflächliche Kenntnisse von Shakespeare erworben, einige Dutzend Freundschaften geschlossen und unbewußt einen englischen Akzent angenommen, der sich mit der langgezogenen Sprechweise der Südstaatler mischte. Im Mai 1861 ritt er an der Seite seines Vaters los, um sich Wade Hamptons Freiwilligen-Bataillon anzuschließen. Seitdem war er nicht wieder zu Hause gewesen.

In fast jedem Haus pflegten die Leute liebevoll das Andenken an Pinckneys Kindheits- und Jugendeskapaden und erzählten sich Geschichten über das, was sie von seinem Wagemut auf dem Schlachtfeld gehört hatten. Er hatte es zum Kommando einer eigenen Kavallerietruppe gebracht, und man munkelte, daß General Lee ihn den ›Zentauren‹ nannte.

In vielen Häusern musterten die Mütter mit kritischem Blick die Kleidung ihrer Töchter, deren Gesichtsfarbe und Haltung. Pinckney war jetzt zwanzig Jahre alt. Er hatte die Plantagen der Tradd-Familie und deren Vermögen geerbt, und jeder wußte, daß ein Held, der von den Schrecken der Schlachtfelder zurückkehrte, sehr empfänglich für eine weiche, mitfühlende Stimme und ein hübsches Gesicht war. Jeden Monat fand mindestens eine Hochzeit mit einem beurlaubten Soldaten statt.

Als Andrew Anson die Neuigkeit vernahm, war seine Heiterkeit das erste Mal nicht gespielt. Er und Pinckney waren zusammen aufgewachsen und unzertrennliche Freunde gewesen. Andrew hatte es sogar noch einmal reiflich überdacht, Lucy zu fragen, ob sie ihn heiraten würde, weil das bedeu-

tete, daß er nicht mit Pinckney nach Oxford gehen würde.
Lucys bewundernde graue Augen sprachen ihn jedoch mehr
an als seine Ausbildung. Pinckneys Ankunft im Nachbarhaus kam ihm überaus recht. Er ließ das Mobiliar in sein Zimmer kommen. Die Couch, auf der er seine Tage verbrachte,
wurde in die Nähe des Fensters gerückt, von dem aus man
den Eingang von Julias Haus übersehen konnte.

Andrews siebzehnjährige Schwester Lavinia rieb sich im
Zimmer nebenan mit einem wasserdampfgetränkten roten
Flanelltuch ihre Wangen. Sie hatte Pinckney verehrt, solange
sie denken konnte. Unter den bestickten Taschentüchern in
ihrem Ankleidetisch versteckt befand sich Lavinias kostbar-
ster Talisman: ein von Pinckney benutztes Mundtuch.
Manchmal verschloß sie ihre Tür und hielt es an ihre Lippen.
Sie fragte sich dabei, wie es sich wohl anfühlen mochte, geküßt zu werden.

In Julias Haus fegte Mary wie ein Wirbelwind durch die
Zimmer und Flure. Sie erteilte den Bediensteten wider-
sprüchliche Befehle, öffnete die Schränke, in denen Pinckneys Kleidungsstücke aufbewahrt wurden, und eilte zum
Küchengebäude, um Julias Koch daran zu erinnern, daß Mr.
Pinckney gesalzene Butter bevorzugte und Tee lieber mochte
als Kaffee.

Auch Stuart stellte sich wie Andrew an einem Fenster auf.
Pinckney war sein großes Vorbild.

Sogar Julia war ganz aus dem Häuschen geraten. Pinckney
hatte im Alter von sechs Jahren ihr Herz für alle Zeiten gewonnen, als er vorschlug, seine Mutter solle Julia ihre ganzen
Ringe schenken, weil die Hände seiner Tante ganz im Gegensatz zu Marys dicklichen Händen lang und anmutig waren.
Julia lüftete das Zimmer ihres Vaters, das die ganze Zeit über
verschlossen gehalten worden war, und befahl Elias, es so
herzurichten, wie Pinckney es gerne hatte.

Die einzige Person, die sich nicht über Pinckneys Ankunft
freute, war Lizzie. Sie wurde durch den ganzen Trubel nur
verwirrt. So sehr sie sich auch darum bemühte, sie konnte

sich weder an ihren Bruder noch an ihren Vater erinnern. Sie merkte nur, daß Georgina ihr beim Bürsten stärker als sonst an den Haaren zog und daß keiner mehr die Zeit zu haben schien, die Puppe zu bewundern, die sie einen Monat vorher zu ihrem vierten Geburtstag bekommen hatte. Diese Puppe hatte glänzende schwarze Stiefel, die Lizzie schon ganz alleine zuschnüren konnte. Nachdem sie vier Tage lang immer nur aufgefordert wurde, aus dem Weg zu gehen, während man sich auf Pinckneys Ankunft vorbereitete, entschied sich Lizzie, von zu Hause wegzulaufen. Mutig marschierte sie durch das Eingangstor nach draußen und die Straße hinab bis zur Ecke. Hinter einem Stechpalmenbusch, der in der Nähe des Gehsteigs im Garten der Wilsons wuchs, kauerte sie sich nieder und dachte darüber nach, wohin sie jetzt gehen sollte.

Da fiel ein Schatten auf sie. Eine tiefe Stimme sagte: »Hallo!« Lizzie kroch weiter in den Stechpalmenbusch hinein.

Der Fremde bückte sich und setzte sich dann auf den Gehsteig. »Wie geht es dir denn, meine kleine Dame?« fragte er. »Ich suche das Haus von Miß Elisabeth Tradd.«

Lizzie blickte ihn finster und argwöhnisch an. »Ich darf nicht mit Fremden sprechen.«

»Das ist sehr vernünftig«, sagte der Mann. »Aber genaugenommen sind wir uns gar nicht fremd... Magst du eigentlich gerne Ratespiele?«

Das kleine Mädchen kroch aus dem schützenden Stechpalmenbusch heraus. Sie liebte Spiele. Nur waren alle in letzter Zeit viel zu beschäftigt gewesen, als daß sie mit ihr gespielt hätten. Vorsichtig beäugte sie den Fremden. »Was denn für ein Ratespiel?« fragte sie.

Der Mann lächelte. »Es ist nicht schwer. Du mußt mich einfach anschauen und herausfinden, welcher rothaarige Mann mit dreckigem Gesicht bei Miß Tradd vorbeikommen will und auf eine Teegesellschaft hofft.«

Lizzie schrak zurück, sie starrte ihn an. Dann wurde eine

blasse Erinnerung deutlicher. »Pinny!« Sie warf ihm ihre kleinen Arme um den Hals. »Ich mag dich!«

»Ich bin so glücklich. Ich verehre dich.« Mit einer einzigen gleitenden Bewegung stand Pinckney auf und nahm Lizzie auf den Arm. Er ging zu Julias Haus hinüber.

»Halt an«, rief Lizzie. Pinckney hielt an. Einen Augenblick war Stille. »Ich bin doch gerade weggelaufen«, gestand Lizzie.

»Ich bin froh, daß du es dir noch einmal anders überlegt hast.«

»Erzählst du es denn auch nicht weiter?«

»Ich werde es keinem weitererzählen. Aber du mußt mir im Kinderzimmer Gesellschaft leisten!«

»Oh, das will ich gerne tun. Komm, schnell!«

Pinckney rannte los. Lizzie schrie vor Freude. Als er durch Julias Tor bog, schwang er Lizzie im Kreis um sich herum. Sie war ganz außer sich.

»Pinny!« Andrews Ruf kam wie ein lauter Donnerschlag. Pinckney drehte sich um und grinste den blonden Haarschopf an, der sich aus dem Nachbarfenster herausstreckte.

»Hallo, Andrew! Ich habe eine Verabredung mit dieser kleinen Dame hier, aber dann komme ich hinüber!«

3

Im Innern des Hauses wurde Pinckney sofort von seiner Familie und der Dienerschaft umringt. »Hallo, hallo«, rief er lachend. »Laßt einen alten Freund doch erst einmal Luft schnappen! Frohe Weihnachten!«

Trotz Marys Protest bestand er darauf, seinen Tee im Spielzimmer einzunehmen. Julia und Stuart fanden sich auf dem Boden des Kinderzimmers ein, und Lizzie reichte walnußgroße, mit Tee gefüllte Tassen herum, die Georgina hochgeholt hatte.

Als die Kanne leer war und jeder eine Gelegenheit zum Gespräch hatte, räkelte Pinckney sich und gähnte. »Was ich mir mehr als alles auf der Welt wünsche, ist ein Bad und saubere Wäsche. Ich glaube, der Wagen in diesem Zug war ein umgewandelter Viehwaggon.«

Er nahm die Hand seiner Mutter. »Dann muß ich unbedingt bei Andrew vorbei. Wie geht's ihm?«

Mary hielt Pinckneys Hand fest in der ihren. »Andrew geht's gut, einfach prächtig«, sagte sie. »Er ist immer so froh und glücklich.«

»Ah ja«, sagte Pinckney ruhig. Er drückte die Hand seiner Mutter und zog seine dann zurück. »Laß uns nach dem Bade schauen.«

»Es ist bereitet, Mist' Pinckney, in Mist' Ashleys Zimmer«, sagte Georgina.

»Danke, Georgina. Und danke, Tante Julia. Solange ich denken kann, wollte ich immer einmal in Opas großem Bett schlafen.«

»Geh nicht weg.« Ein Jammern war zu hören.

Pinckney küßte seine kleine Schwester. »Ich bin ja bald wieder zurück, und dann lese ich dir auch eine Geschichte vor.«

Als er sein Bad beendet hatte und frisch angezogen war, fühlte sich Pinckney allem gewachsen, sogar einem Besuch bei Andrew. Seine Mutter hatte ihn über Andrews Unfall unterrichtet, und er hatte versucht, seinem Freund zu schreiben, aber er fand einfach nicht die richtigen Worte. Er hatte viele verwundete Männer, ja sogar Getötete gesehen, aber er hatte sich nie daran gewöhnen können. Und Andrew war sein bester Freund! Er füllte eine Silberdose mit dünnen Manila-Zigarren, ließ sie in die Tasche gleiten, die genau die richtige Größe dafür hatte, und rannte die Treppe hinab. »Ich bin bald wieder zurück«, rief er allen, die möglicherweise zuhörten, zu.

Pinckney pochte an die Vordertür des Hauses der Familie

34

Anson und versuchte, sich an den Namen von Emma Ansons Butler zu erinnern. Als die Tür geöffnet wurde, weiteten sich seine Augen.

An eine Lavinia mit Zöpfen und unangenehmen roten Pickeln im Gesicht konnte er sich noch erinnern. Das jetzt vor ihm stehende Mädchen war atemberaubend schön. Leuchtendes Haar fiel von einem Punkt in langen Locken wie aus gesponnenem Gold herab. Es umrahmte ein herzförmiges Gesicht mit einer winzigen vorwitzigen Nase, vollen roten Lippen und weit auseinanderliegenden Augen, die die Farbe des Himmels an einem heiteren Wintertag besaßen. Ihre Haut war wie Porzellan und hatte mit Ausnahme der Stellen, an denen ein Anflug zarten Rosas ihre Wangen röteten, die Farbe von Milch. »Herein«, sagte sie und schritt mit einem Knicks zurück.

Pinckney trat in den Flur und verbeugte sich. »Lavinia? Frohe Weihnachten.«

Lavinia erhob sich und lächelte. Ein kleines, sichelförmiges Grübchen erschien in einem ihrer Mundwinkel. »Es ist schön, dich wiederzusehen, Pinny.« Sie sprach in einem weichen Flüsterton. »Andrew erwartet dich bereits. Ich führe dich nach oben.«

Pinckney folgte ihr die Treppen hoch und bemerkte, daß ihre winzige Taille in eine gazeähnliche Schärpe aus schillernden Seidenstreifen gehüllt war. Wenn sie zwei Stufen im voraus war, war ihr Kopf auf der gleichen Höhe wie der seine. Jasminduft strömte aus ihrem Haar.

Sie glitt den Flur zu Andrews Zimmer mit raschelndem Rock entlang und öffnete dann die Tür. »Andrew, mein Liebling, Pinny ist da!« Als sie zurücktrat, drückte sie ihren Reifrock zusammen, um Pinckney Platz zu machen. Die Vorderseite ihres Kleides verschob sich nach oben und gab den Blick auf wallende, geschnürte Petticoats und kleine Samtpantöffelchen unter hübschen, in Seide gekleideten Knöcheln frei.

»Ach du liebe Güte«, rief sie aus und drückte ihren Rock

nach unten. Dann rannte sie mit gesenkten Augenlidern davon, um ihre Verlegenheit zu verbergen.

Pinckney ließ sich in einen Stuhl fallen und schüttelte seinen Kopf. »Ich kann gar nicht glauben, daß das wirklich die kleine Lavinia war! Das letzte Mal, als ich sie gesehen habe, hatte sie noch ein Lätzchen um.«

Andrew kicherte. »Das letzte Mal, als du sie gesehen hast, hast du gar nicht richtig hingeschaut, Pinny. Es war auf meiner Hochzeit, und du warst viel zu sehr darum besorgt, die Pförtner nüchtern zu halten, bis wir zur Kirche kamen. Aber Lavinia hat dich durchaus wahrgenommen. Erinnerst du dich nicht daran, daß sie den Blumenstrauß auffing und dir eine Blume in dein Knopfloch steckte? Sie hatte bereits damals ein Auge auf dich geworfen.«

Pinckney lachte. »Natürlich, das verdammte Ding tropfte über den ganzen Mantel, den ich gerade neu bekommen hatte. Ich wollte ihr damals den Hals umdrehen. Ich habe nicht gemerkt, daß es Lavinia war.«

»Ich werde es ihr nicht erzählen. Es würde ihr das Herz brechen. Sie versucht, dich zu angeln.«

»Eher wie ein Amateurangler, würde ich sagen.«

»Na gut. Sag nicht irgendwann einmal, ich hätte dich nicht gewarnt.«

Pinckney lächelte. Dann wurde er ernst. Er blickte zur Tür, sah, daß sie fest verschlossen war, und zog dann seinen Stuhl näher an Andrews Couch heran. »Wie geht es dir wirklich, Drew?«

Andrew blickte auf seine Hände herab. Sie waren sorgfältig an der Oberseite seines wollenen Gewandes auf dem Schoß gefaltet. »Schmerzen habe ich nicht«, sagte er. Dann war er lange still. Er blickte zu Pinckney hoch. In seinen Augen lag keine Freude. »Du hältst mich vielleicht für verrückt, aber ich glaube, es wäre einfacher, wenn ich Schmerzen hätte. Dann wüßte ich, daß ich verletzt wurde. Ich vergesse das. Bei Gott, Pinny, ich wache morgens auf, die Sonne scheint, und ich liege in einem sauberen Bett statt in irgendeinem schlammigen Zelt und denke, was habe ich nur für ein Glück – wie im Urlaub –, und dann will ich gerade aus dem Bett springen... und meine Beine bewegen sich nicht!

Es passiert immer wieder. Man sollte meinen, ich würde es lernen... Es gibt nichts, gegen das ich ankämpfen könnte. Wenn ich irgendeinen Feind hätte, dann könnte ich ein Mann sein und ihn überwinden. Schmerz kann ich meistern. Aber so... Nichts!« Seine rechte Hand ballte sich zur Faust, und er fing an, auf die toten Glieder unter seinem Gewand einzuschlagen.

»He, was soll das?« Pinckney ergriff Andrews Handgelenk. Einen gräßlichen Moment lang kämpfte Andrew mit vor Wut verzerrtem Mund mit ihm. Dann entspannte er sich. Pinckney ließ Andrews Arm fallen. »Das war das erste Mal, daß du mich beim indianischen Ringkampf geschlagen hast. Versuchst du es noch einmal?«

Fünf Minuten später klopfte Lavinia sanft an die Tür und kam dann mit einem Tablett voller Gläser und einer Karaffe herein. Der Anblick der beiden Männer mit ihren ineinander gekrallten Händen, den geröteten Gesichtern und den angespannten Muskeln jagte ihr einen gehörigen Schreck ein. »Was machst du denn da«, schrie sie. »Du tust Andrew weh!«

Die Männer hörten nicht auf sie. Lavinia rannte auf den Flur zurück, das Tablett immer noch in ihren Händen; die Gläser klingelten gefährlich aneinander. Als sie mit Lucy zurückkam, lag Pinckneys Arm flach auf der Couch. Andrews Hand hielt sie immer noch fest umschlossen und drückte sie auf das Roßhaarpolster. Sie grinsten sich an wie zwei junge Burschen. »Bist du dir sicher, daß ich dich nicht absichtlich habe gewinnen lassen?«

»Sei kein Dummkopf. Ich werde dich auch das nächste Mal schlagen.«

Bevor sie jedoch von neuem beginnen konnten, rannten die beiden Frauen auf die Couch zu. Lavinia schimpfte als ersten Pinckney aus, ihre Grübchen traten dabei noch deutlicher hervor als sonst. Lucy tupfte Andrew mit einem mit Stickereien gesäumten Taschentuch den Schweiß von der Stirn.

Ganz in der Tradition vollendeter Kavaliere gaben die Männer nach. Pinckney nahm Lavinia das Tablett ab und goß Whiskey in die Gläser. Andrew zwang sich Lucy gegenüber ein Lächeln ab. Die Farbe wich aus seinem Gesicht.

»Lucy«, sagte er, »du weißt doch, Männer können nicht saufen, wenn Damen im Raum sind.«

Lucy warf Andrew einen letzten, ängstlichen Blick zu, dann scheuchte sie Lavinia aus dem Zimmer. Pinckney bot Andrew ein Glas an. Andrew leerte es und reichte es dann zurück, damit Pinckney es erneut füllen konnte.

»Sie werden mich noch totpflegen«, sagte er müde. »Sie nehmen mir die Luft zum Atmen.«

Pinckney stellte sein Glas ab. »Ich will immer noch Revanche. Noch einmal wirst du mich nicht so einfach schlagen. Es wird zwei zu eins enden.«

Andrew schüttelte den Kopf. »Vielleicht morgen. Wenn die Frauen aus dem Haus sind. Ich will Lucy nicht aufregen.« Sein Glas war wieder leer. Pinckney stellte die Karaffe auf den Tisch neben der Couch.

»Ich komme um vier herüber«, sagte er. »Wenn die Damen außer Haus sind, schick einen der Jungen her, damit ich davon weiß, dann werde ich dich schon kleinkriegen. Du mußt mir wenigstens eine Gelegenheit geben, nachzuziehen.« Er zwinkerte Andrew zu und verließ den Raum. Wie er erwartet hatte, hielt sich Lucy vor Andrews Zimmer auf. Er verneigte und verabschiedete sich. Lucy brachte ein blasses Lächeln zustande, dann schlüpfte sie durch Andrews Zimmertür.

Pinckney blieb eine Weile am Tor vor Julias Haus stehen. Im Westen wurde der Horizont durch den Sonnenuntergang in ein tiefes Dunkelrot mit purpurfarbenen Streifen getaucht. Der Donner der Belagerung hatte am Nachmittag aufgehört, und eine überraschende Weihnachtsruhe war eingetreten. Es war sehr still. Er holte eine lange dünne Zigarre aus seiner

Tasche und rauchte sie langsam auf. Ein Fenster nach dem anderen wurde hell, als die Bediensteten die Gaslampen in den Räumen anzündeten. Dann verengte sich die Helligkeit zu einem schmalen Streifen, und als die Vorhänge zugezogen wurden, verschwand sie schließlich ganz. Gebäude und Himmel lagen im Dunkeln. Pinckney schüttelte die niedergedrückte Stimmung von sich ab und ging hinein.

Heiligabend war eine ruhige Zeit für die Familie. Ein prasselndes Feuer aus Kiefernzapfen ließ die Funken in den Kamin schießen; Pinckney saß in einem tiefen Ohrensessel und hatte Lizzie auf seinen Knien. Mary, Julia und Stuart setzten sich hinzu.

Als jeder Platz genommen hatte, räusperte Pinckney sich und öffnete das in Leder gebundene Buch, das vor ihm auf dem Tisch neben seinem Stuhl lag.

»Es war die Nacht vor dem Heiligen Abend, und überall im Hause...«

Als die Geschichte vorbei war, willigte Lizzie nach einigem Zögern ein, ins Bett zu gehen, damit der Nikolaus auch kommen konnte. Sie ging so langsam wie möglich von einem Erwachsenen zum nächsten, sagte jedem gute Nacht und machte ihren Knicks.

Als sie gegangen war, leerte Pinckney einen ganzen Korb voller Kiefernzapfen über dem Feuer aus, ging zu seinem Ohrensessel zurück und streckte seine langen Beine dem Feuer entgegen. Mary begann, ihm den ganzen Klatsch der zwei Jahre, die er weggewesen war, zu erzählen. Die gewölbten Seiten des Sessels warfen einen tiefen Schatten über ihn. Seine Augen fielen zu.

Stuart weckte ihn auf. »Mama hat gesagt, ich soll dich aufwecken! Du hast gerade noch Zeit genug, Abend zu essen, bevor wir zur Kirche gehen.«

»Wie spät ist es denn?«

»Bereits nach zehn. Die hast drei Stunden geschlafen. Wir haben schon angefangen und ohne dich gegessen. Tante Julia meinte, du hast etwas Ruhe nötiger als Essen.«

Pinckney stand auf und reckte sich. »Autsch! Ich habe einen steifen Hals. Und ich sterbe vor Hunger. Komm, erzähl mir ein wenig von dir, während ich esse.«

Stuart war begierig darauf, zu erfahren, wie es war, im Krieg zu kämpfen. Den Mund voller Hühnerfrikassee, wehrte Pinckney seine Fragen ab und erzählte meist von den Pferden. Er aß rasch zu Ende, dann ging er nach oben und wechselte seine zerknitterte Kleidung.

Als Pinckney wieder herunterkam, standen alle in der Eingangshalle und waren bereit loszugehen. Lavinia stand dicht neben Mary. »Ich hoffe, daß ihr euch nicht daran stört, daß ich mich euch allen so aufdränge«, sagte sie. »Mama und Lucy bleiben bei Andrew, und da habe ich meine Kusine Mary gebeten, mit euch allen zur Kirche gehen zu dürfen. Es sieht nicht gut aus, wenn ich Jeremias auffordere, mich hinzubringen, jetzt, da nur einer von uns fährt.«

Die bischöfliche St. Pauls-Kirche auf der Ann Street war hoffnungslos überfüllt. Als das Bombardement begann, hatte man auch die Gemeindemitglieder der Kirchengemeinden aus der Unterstadt zum Gottesdienst in diese Kirche eingeladen.

An diesem Heiligabend drängten sich die älteren Kirchgänger in die für die Familien bestimmten Sitzreihen. Die jüngeren Leute wurden auf die Galerien verbannt, wo sie sich den Platz mit den Sklaven teilten, für die die Galerien ursprünglich gedacht waren.

Nach dem Gottesdienst war die kalte Luft im Freien eine willkommene Erfrischung. Unmengen von Kerzen und die zusammengedrängten Menschen ließen es im Innern der Kirche unerträglich eng werden. Alle verweilten sie noch auf den Stufen und Wegen vor der Kirchtür und tauschten ihre Weihnachtsgrüße aus. Pinckneys Anwesenheit erregte große Aufmerksamkeit. Er gab Antwort auf die Fragen nach dem Verbleib von Söhnen und Ehemännern, die in den Krieg gezogen waren, und wußte Ermutigendes von der Lage in Virginia zu berichten. Etliche junge Damen drängten ihre Mütter dazu, sich doch durch die um ihn herum versammelte Menge hindurchzuschieben und ›nach Papa zu fragen‹. Sie waren überrascht und verärgert, als sie sahen, daß Lavinia neben ihm stand. Die junge Frau schenkte jedem ein bezauberndes Lächeln, blickte mit großen Augen zu Pinckney auf, während er sprach, und ließ ihre Hand ganz beiläufig einen Augenblick lang in einer schmetterlingshaften Berührung auf seinem Arm liegen. Es war so zart, daß Pinckney, ganz in die Unterhaltung versunken, es gar nicht wahrnahm.

Am ersten Weihnachtstag standen alle im Haus schon bei Tagesanbruch auf. Lizzie war ganz außer sich vor Aufregung. Ihre laute Stimme war überall deutlich zu hören. »Wann kann ich endlich hinunter, Georgina? War der Nikolaus schon da?« Die Erwachsenen lächelten und beeilten sich mit dem Anziehen.

Nachdem all die verräterischen Ausbuchtungen an den Strümpfen der Großen eine nach der anderen verschwanden und die Geschenke bis zur im vordersten Strumpfende versteckten Mandarine herausgenommen worden waren, gingen alle außer Lizzie zum Frühstück. »Ich füttere Miß Lizzie später«, sagte Georgina bestimmt. »Bevor sie nicht herunter darf, wird sie nichts essen können.«

Eine klare, blasse Wintersonne fiel in steilem Winkel durch die hohen Fenster des Speisesaales. Das Sonnenlicht verfing sich im roten Haar des Mannes und des Jungen und ließ den Mahagonitisch in einem noch tieferen Rot aufglühen. Unter der Leitung von Elias bewegten sich mit weißen Handschuhen bekleidet Hausjungen in genau vorgeschriebener Reihenfolge und Bahn um den Tisch. Sie reichten die Servierschüsseln aus Silber und die flachen Schalen mit den Eiern herum – Rührei, Spiegelei, weich- und hartgekochte Eier, russische Eier – ganze Türme aus knusprigem gebratenem Schinken, Reihen dicker Würstchen, ganze Haufen winziger süßer Krabben, Pyramiden aus gesottenen Austern und

Berge aus glitzernd weißem Maisbrei. Vor jedem Gedeck befand sich auf jedem Platz ein bootförmiges Schüsselchen mit zisiliertem Rand. Die leinenen Servietten darin waren über einem Sortiment aus noch dampfend heißen gerösteten Semmeln, Heferöllchen und Buttermilchkeksen zusammengefaltet. Cremefarbene Käsekuchenteller, auf denen sich die Butter häufte, standen direkt daneben. Für Charleston war das ein durchaus normales Frühstück.

Während die Damen losplapperten, brüstete sich Stuart vor Pinckney mit seinem Heldenmut. Zusammen mit anderen Jungen aus Charleston, die noch nicht das Alter erreicht hatten, um in den Krieg zu ziehen, war Stuart nach der Schule dem neuen Artilleriebataillon der Konföderierten unterstellt worden, das auf der Sandbank im Fluß stationiert war.

»Das bedeutet jede Menge hirnloser Arbeit«, sagte er, und täuschte Bescheidenheit vor. »Wir überbringen Botschaften, schleppen Wasser, zählen Geschosse und Sandsäcke ab und so weiter. Wenn die Yankees es nämlich schaffen würden, eine ihrer Stellungen auf diese Seite des Waccamawbaches zu legen, dann könnten sie die Brücke der Straße nach Savannah in die Luft jagen. Um ihnen zuvorzukommen, müssen wir natürlich unsere Geschütze in dem Gebiet in Stellung bringen, wo sie es sonst versuchen würden.«

»Stuart, leg den Schinken wieder zurück und benutze gefälligst deine Gabel«, unterbrach Mary ihren Sohn. Stuart verzog sein Gesicht und gehorchte.

»Finger wurden vor der Gabel erfunden«, murrte er. Pinckney hielt sich die Serviette vor den Mund, um sein Lachen zu verbergen.

»Wie weit ist die Stellung von der Rennbahn entfernt?« fragte er.

»Sie liegt direkt auf dem Gelände. Das Oval bietet Platz genug für die ganzen Nachschublieferungen; dort kann alles hingebracht und entladen werden, und auch Ställe für die Pferde sind ja schon vorhanden.« Stuart war ganz begeistert, als er den Scharfsinn der von General Beauregard vorgenommenen Änderungen beschrieb.

Pinckney hörte ihm kaum zu. Die Briefe seiner Mutter hatten ihm von den Zerstörungen in der Unterstadt berichtet, von den ausgebrannten Häusern und den scherbenübersäten Straßen, den Gärten, die dem Unkraut überlassen blieben; aber bis jetzt hatte er nicht den Eindruck gewonnen, Charleston sei eine ernsthaft in ihrem Lebensnerv getroffene Stadt. Gebäude konnte man wieder instand setzen oder neu aufbauen. Und Marys Wehklagen über das Fehlen von Festsälen machte auf ihn keinerlei Eindruck. Hier schien das Leben so wie immer abzulaufen. Die Veränderungen auf der Rennbahn jedoch waren für ihn nur schwer zu verdauen. Die Rennwoche war vor dem Krieg für ihn das allerwichtigste Ereignis in seinem Leben gewesen. Mit Feuereifer hatte er die Stärken der Tiere mit deren Eigentümern, die sogar aus Saratoga, England und Irland kamen, diskutiert. Und das Wettfieber war, obwohl seine Einsätze viel geringer waren als die der Älteren, aufregender als alles, was er sonst erlebt hatte, ja sogar spannender als die von seinem Vater arrangierten Besuche in dem vom Geruch teurer Parfums erfüllten Gebäude auf der Chalmers Street, das ›nur für Herren‹ geöffnet war.

Bis jetzt hatte er nicht einen einzigen Pokal gewonnen, der einem der vielen Pokale seines Vaters glich. Er hatte große Hoffnungen in ein junges Fohlen namens Mary's Pride gesetzt. Der Krieg hatte all diese Hoffnungen jedoch zunichte gemacht. Mary's Pride war jetzt nur eines von Hunderten von Vollblutfüllen, die der Kavallerie der Konföderisten von den Bewohnern Charlestons übergeben worden waren, und es würde jetzt irgendwo in Virginia herumlaufen. Pinckney hatte es fertiggebracht, nicht darüber nachzudenken, was sich wirklich in Charleston abspielte. Jetzt stürzte es förmlich auf ihn ein. Der Krieg zerstörte genau das, was er, als er in den Krieg zog, vor einer Zerstörung zu bewahren gehofft hatte.

»Bist du soweit, Pinny?« Julias Stimme riß ihn aus seinen düsteren Gedanken. »Die Leute werden nach dir verlangen!«

»Oh, sicher, Tante Julia.« Pinckney ließ seine Serviette auf den Tisch fallen und folgte den anderen in den Salon.

Das ganze Jahr hindurch hielten sich die Bewohner Charlestons mit einem konstanten Reigen von Zusammenkünften auf Trab. Man kam zusammen, um den frischen Müttern zu gratulieren, den jungen Brautleuten ihr neues Heim einzusegnen, das Neueste von den Kindern und Verwandten zu vernehmen, zu tratschen, gegenseitig die Gärten zu bewundern und sich seine Kümmernisse zu erzählen. Bevor man alljährlich aufs Land fuhr, kam man zusammen, um sich voneinander zu verabschieden. Kehrte man aus den Plantagen wieder in die Stadt zurück, wurde ebenfalls ein Treffen anberaumt, damit die Rückkehr publik gemacht wurde und die Ereignisse der Monate, die man außerhalb der Stadt verbracht hatte, diskutiert werden konnten. Jeder wußte genau, an welchen Tagen die einzelnen Familien ›zu Hause‹ waren und Besucher erwarteten. Zu besonderen Zeiten wie beispielsweise an den Weihnachtstagen war dieses lebhafte Hin und Her von Besuchen und Gegenbesuchen weniger stark geregelt. Einige Leute schauten schon vormittags bei den anderen herein und empfingen ihre eigenen Gäste am Nachmittag. Andere gingen genau umgekehrt vor. Wenn jemand keinen antraf, dann ließ er seine Karte und handgeschriebene Weihnachtsgrüße zurück, und man war sich gewiß, daß dieser Brauch erwidert werden würde. Wenn nicht am gleichen Tag, so doch am Tag darauf oder an einem der folgenden Tage.

Für die Familie Tradd und Miß Ashley war es am Morgen des ersten Weihnachtstages üblich, Gäste zu empfangen. Drei Stunden lang kamen und gingen die Menschen ein und aus. Manchmal drängten sich mehr als dreißig Besucher im großen Salon, der aus zwei miteinander verbundenen Räumen bestand, nahmen ihren Tee ein, tranken Sherry oder aßen Käsegebäck. Ein wahres Stimmengewirr ertönte. Die Szene glich einem manierlichen Tollhaus, in dem die eigentümliche und für die Bewohner Charlestons charakteristi-

sche Aussprache der Vokale überall zu vernehmen war und
aus der nur hin und wieder Pinckneys britischer Akzent her-
ausstach.

Um halb drei gab es wie gewohnt das Mittagessen. Weil es
Weihnachten war, durfte Lizzie gemeinsam mit den Erwachsenen essen. Es war jedoch nur ein kurzer Genuß für sie. Als
Pinckney nämlich das Papier von ihrer Überraschungstüte
zerplatzen ließ, hielt sie sich mit beiden Händen ihre Ohren
zu und ließ den bewunderten großen Bruder nicht aus den
Augen. Der Preis war ein Armband aus falschen Perlen, und
er half ihr beim Anlegen. Seine Tüte enthielt ein dazu passen-
des Halskettchen. Als er ihr auch dieses gab, bedankte sie
sich mit so viel Getöse, daß ihre Mutter drohte, sie auf ihr
Zimmer zu schicken, wenn sie nicht sofort damit aufhörte.
»Damen sagen ›Dankeschön‹, Lizzie! Sie kreischen nicht los
wie Eulen.«
    Das Essen wurde fortgesetzt. Wie in Charleston üblich,
konnte man bei jedem Gang zwischen verschiedenen Gerich-
ten auswählen. Und wie immer gab es Reis; die Pflanze, auf
der die Plantagenwirtschaft und der ganze Wohlstand be-
ruhte. Jeder Einwohner Charlestons aß jeden Tag Reis,
manchmal sogar zweimal am Tag.
    Als die Hausjungen mit dem Soufflé erschienen, mit Obst-
törtchen und Nußkuchen, schüttelte Pinckney verneinend
den Kopf. »Meine Lust auf Süßes hebe ich mir fürs Abendessen auf«, sagte er. »Ich muß euch Damen sowieso noch wegen meines Zeitplanes um Rat fragen. Kann ich für morgen
abend mein Kommen auf dem Wandcrerball absagen?«
    »Oh, keinesfalls!« Mary war unerbittlich. »Es ist der große
Tag für Louise, und ich habe ihrer Mutter versprochen, daß
du da sein wirst. Es sind einfach nicht genug Männer zum
Tanzen da, und sie braucht dich, Pinny.«
    »Nun, dann muß ich jetzt direkt in die Pflanzungen losrei-
ten. Ich hatte eigentlich vor, das morgen zu tun, aber dann
bin ich nie und nimmer rechtzeitig zum Ball zurück.«

Mary kam mit vielen dringenden Gründen, aus denen Pinckney ihr bei ihren vielen Nachmittagsverabredungen Gesellschaft leisten mußte, aber Julias Stimme unterbrach sie.

»Hör auf, so dummes Zeug zu reden, Mary! Ich muß auch
noch mit Pinckney reden.« Sie blickte auf die Klappe der
Durchreiche. »Laß uns in die Bibliothek gehen. Da sind wir
unter uns.«

In dem hohen, von Büchern gesäumten Raum setzte sich
Julia hinter den mit Leder beschlagenen Sekretär und schloß
eines der Schiebefächer auf. Pinckneys Bewunderung für
seine Tante wuchs noch, als sie ihm die Dokumente zeigte,
die sie dem Fach entnahm.

Es waren Quittungen und säuberlich geordnete Belege
über alle Ausgaben, die Julia für Carlington, die Plantage der
Familie Tradd, getätigt hatte. Pinckneys Tante erklärte ihm
die wichtigsten Einzelheiten: Durch die Blockade des Hafens
war es unmöglich gewesen, Tonnen von Reis zu verschiffen,
die die Haupteinnahmequelle der Plantage darstellten. Die
laufenden Kosten jedoch waren so hoch wie nie. »Alles in allem, Pinckney, lebst du von deinem Kapital. Bis zum heutigen Datum ist es mein Kapital. Wenn es nötig war, habe ich
Eisenbahnobligationen verkauft. Hier ist eine Aufstellung
über das, was du mir schuldest. Und eine schriftliche Vollmacht. Du mußt mir vertrauen, daß ich deine Angelegenheiten ganz in deinem Sinne regele.

Ich habe bereits deinen Oberaufseher Ingram angewiesen,
nächstes Jahr eine Reisernte ausfallen zu lassen. Ich mache
das auch. Es ergibt einfach keinen Sinn, für eine Ernte anzu-
pflanzen, für die es keine Verwendung gibt. Die Speicher
sind schon fast alle voll. Außerdem sind deine Leute von all
diesem Gerede über Freiheit infiziert. Probieren wir doch einmal aus, wie schnell sie es leid sind, daß es nichts zu tun
gibt.«

Mit ›deine Leute‹ meinte Julia die Sklaven von Carlington.
Die Einwohner von Charleston benutzten das häßliche Wort
›Sklave‹ nie. Sie zogen es vor, die schwarzen Männer und

46

Frauen als eine Art Familienanhang anzusehen und über die Implikationen der Tatsache, daß ein Mensch Eigentum eines anderen Menschen war, hinwegzusehen. So war es immer gewesen. Man stellte das nicht in Frage.

Julia erzählte zum wiederholten Male die Geschichten von den Hausdienern, die besonderes Vertrauen genossen, und wegliefen, sobald das Bombardement begann. Sie zeigte keinerlei Gefühlsregung, aber Pinckney konnte ihre Angst spüren und verstehen. Die schwarze Bevölkerung in der Stadt war fünfmal so groß wie die weiße, und in den Plantagen kamen einhundert Schwarze auf einen Weißen. Die Angst vor einem Sklavenaufstand war immer vorhanden, obwohl keiner sie laut äußerte. In der Geschichte Charlestons war es zweimal zu Sklavenaufständen gekommen, und beide Male wurde er nur unter großen Verlusten bei beiden Rassen niedergeschlagen. Viele der Familien mit französischen Namen waren vor den blutigen Massakern in Haiti nach Charleston geflohen. Es gab einfach Dinge, an die man besser nicht denken sollte.

»John Ingram macht seine Arbeit gut und führt den Platz während deiner Abwesenheit, Pinny. Er schaut nach den Ernten und schickt uns Boote mit einer Menge Nachschub. Mein Aufseher macht dasselbe auf meinem Landgut. Ich habe Ingram alles geschickt, was er brauchte, um deinen Leuten ihre Weihnachtsgeschenke auszuteilen. Es ist gar nicht nötig, daß du nach Carlington gehst.«

Pinckney machte Einwendungen. Er konnte sich noch lebhaft daran erinnern, wie er mit seinem Vater von Hütte zu Hütte geritten war, mit jedem der Bewohner geredet hatte, die heranwachsenden Kinder bewunderte, ein offenes Ohr für die Beschwerden gehabt und bei Erfolgen Glückwünsche ausgesprochen hatte. »Es gibt keinen besseren Dünger als den Stiefel des Besitzers«, sagte er.

Julias Nasenflügel bebten. »Nun, dann bleib dabei, wenn du es dir in den Kopf gesetzt hast. Aber dann kriegt deine Mutter einen Anfall.«

»Tante Julia, das ist nicht fair.«

»Aber nichtsdestoweniger wahr.«

Pinckney zuckte geschlagen mit den Schultern. »Wo hast du es eigentlich gelernt, eine so gute Geschäftsfrau zu sein?« fragte er und wechselte damit in sichereres Fahrwasser.

»Bei deinem Großvater. Als deine Mutter geboren wurde, erzählten ihm die Ärzte, daß er nicht auf einen Sohn hoffen dürfe. Da hat er mir all das beigebracht, was sonst ein Sohn hätte lernen müssen. Als er starb und mir sein Erbe hinterließ, lernte ich durch das, was ich tat. Es war nicht schwer. Ich hatte immer einen guten weißen Aufseher. Und dann hatte ich immer Jesajah, der noch mehr weiß als der Aufseher. Beiden habe ich meine schriftlichen Instruktionen gegeben.«

»Wie? Jesajah kann doch gar nicht lesen.«

»Natürlich kann er das. Ich habe ihm Lesen und Schreiben beigebracht. Man kann sich auf ihn mehr als auf irgend jemand anderen verlassen. Außer vielleicht auf Salomon, meinen Zimmermann. Aber auch ihn habe ich ausgebildet. Er berichtet mir, in welchem Zustand sich die Gebäude befinden.«

»Aber Tante Julia, es ist gegen das Gesetz, einem Schwarzen das Lesen beizubringen.«

Julia lachte selten; jetzt war einer dieser seltenen Momente. Ihr Lachen klang wie ein Bellen. »Mein lieber Neffe«, sagte sie, »was haben die Gesetze mit mir zu tun? Ich bin eine aus der Familie der Ashleys... und du einer aus der Familie Tradd. Jetzt, da dein Vater nicht mehr ist, bist du das Familienoberhaupt. Du solltest allmählich anfangen, dich auch entsprechend zu verhalten, und nicht länger so tun, als seiest du ein sorgloser, ungebundener Junge.«

»Ich will ehrlich sein, Tante Julia. Es macht mir Angst. Dein Landgut, Ashley Barony, ist zehnmal so groß wie Carlington. Dir macht es nichts aus, die Verantwortung dafür zu tragen. Ich bin mir dagegen nicht so sicher, daß ich es schaffen werde.«

Julia fingerte nach den Papieren auf dem Sekretär. »Du wirst es schon hinkriegen«, sagte sie platt. »Zum einen bist du ein Mann, und die Leute werden es nicht wagen, dich wie einen Idioten zu behandeln. Zum anderen kannst du von mir jede Hilfe bekommen, die du nur brauchst. Sofern du das möchtest.«

Pinckney hob eine ihrer Hände und küßte sie. »Ich bin dir sehr dankbar«, sagte er. »Wo haben wir den Federhalter? Ich werde eine Zahlungsanweisung auf deinen Namen ausstellen und die Vollmacht unterschreiben, bevor du es dir anders überlegst.«

4

Mary war außer sich vor Freude, als Pinckney ihr erzählte, daß er zu ihrer freien Verfügung stünde und sie zu allen Anlässen begleiten würde. Der Zeitplan war zu dieser Jahreszeit so vollgepackt wie immer. Weil die großen Ballsäle in den Klubhäusern alle in der Unterstadt lagen und daher unerreichbar waren, ließen die Leute ihr Mobiliar aus den Salons und Speisesälen sowie den Eingangshallen herausschaffen, damit die von den einzelnen Klubs unterstützten Orchester jede Nacht bei irgend jemandem privat zum Tanz aufspielten. Sally Brewton, die mit ihren Verwandten auf der Elizabeth Street wohnte, hatte zum Silvesterabend dreihundertfünfzig Leute geladen. »Sie hat jeder alleinstehenden Seele dieser Stadt ihre Einladung geschickt«, meinte Mary bewundernd. »Wo bringt sie sie nur alle unter?«

»Solange Sally nichts von ihrem begnadeten Lebensgefühl verloren hat, Mama, schafft sie das mit links. Das Problem mit meinen Tanzschuhen ist im Augenblick viel wichtiger. Sie haben ein Loch.«

»Mach dir darüber keine Sorgen. Elias kann sie flicken.

Er kann das Leder von einem der Einbände der staubigen Schinken in der Bücherei nehmen.«

Pinckney lachte.

»So weit zu Aristoteles«, sagte er später und berichtete Andrew von dem Gespräch der beiden Frauen. »Ich bewundere meine liebe Mama, aber sie hat so viel Hirn wie ein Floh.«

»Nun, du möchtest bestimmt nicht, daß eine Frau zu schlau ist. Deine Mama ist so hübsch, wie sie als junges Mädchen war, und das ist es, was zählt. Es ist kein Wunder, daß Miß Julia unverheiratet geblieben ist.«

»Ich glaube, du hast ganz recht. Ich will dir aber dennoch so viel verraten: Nach nur einem einzigen Tag daheim mit den Frauen kann ich wirklich nur dasselbe empfinden wie du. Willst du einen kleinen Toddy?«

»Einen großen Toddy, mein Freund! Ich habe Lavinia gesagt, sie soll uns eine Karaffe und einige Gläser vernünftiger Größe hierlassen. Da es für dich sein sollte, war sie gefügig wie ein Lamm.« Pinckney goß vier Fingerbreit Whiskey in jedes Glas, reichte eines davon Andrew und warf sich in seinen Sessel.

»Ah, das tut gut«, sagte er.

»Schmeckt nach mehr«, erwiderte Andrew. Im Verlauf der Woche wurden diese beiden Sätze zu einer Art Ritual, mit dem Pinckneys tägliche Besuche eingeleitet wurden. Beide Männer brachten es dabei fertig, weder an Andrews nutzlosen Körper noch an die hohe Wahrscheinlichkeit, das Pinckney getötet oder verkrüppelt werden würde, wenn er wieder zurück in die Schlacht zog, zu denken.

Die Frauen nahmen durchaus den stets gegenwärtigen Geruch nach Whiskey wahr, aber sie machten sich ebenfalls keine Gedanken über die Hintergründe. Die Männer aus den Südstaaten tranken eben. Den feinen Herrn erkannte man hier daran, daß er sich nicht übergab, wenn er viel getrunken hatte.

Auch Pinckneys Rolle als galanter Begleiter der Damen tat

der Trinkerei keinen Abbruch. Jeden Nachmittag führte er
seine Mutter zu einem Tee-Empfang; jeden Abend ging er
mit ihr auf eine Tanzveranstaltung. Manchmal wurden sie
auch von Julia begleitet. Häufiger war es jedoch Lavinia, die
fragte, ob in der Kutsche noch Platz für sie wäre. Ihre leicht
zu durchschauenden Annäherungsversuche waren für Andrew ein willkommener Anlaß, seinen alten Freund zu nek-
ken. Er äußerte Pinckney gegenüber auch, daß er ihm aufrichtig dankbar dafür sei, daß er die Rolle des Ersatzvaters
und des großen Bruders zugleich spielen konnte.

»Sei bloß still, ja? Das ist eine gute Übung für die Zeit,
wenn Lizzie einmal größer wird.«

Lavinia verzog schmollend ihren Mund. Sie bewegte sich
auf Zehenspitzen von Andrews Zimmertür weg, an der sie
gerade gelauscht hatte. In ihrem Zimmer warf sie sich
schluchzend auf ihr Bett.

Am Silvesterabend unternahm Pinckney einen hoffnungslo-
sen Versuch, seine Mutter doch noch dazu zu bringen, nicht
auszugehen. »Ich muß doch morgen wieder los, Mama, und
ich würde die restliche Zeit, die noch bleibt, viel lieber im
Kreise der Familie verbringen.«

»Aber Pinny! Sally Brewton gibt doch eine Party!«

Pinckney zuckte mit den Achseln. Als er auf sein Zimmer
ging, um sich umzuziehen, hatte er die Karaffe dabei.

Sally Brewton erfüllte immer die in sie gesetzten Erwartungen. Als ihre vielen Freunde im Hause der Verwandten, bei
denen Sally zur Zeit lebte, eintrafen, wurden sie durch die
Empfangshalle zu einer Hintertür geführt. Dort entdeckten
sie einen langen, mit übereinandergelegten Perserteppichen
ausgekleideten Fußweg. Bedienstete in Livree säumten ihn
und hielten brennende Fackeln hoch, um so den Weg zum
Kutschenplatz und zu den Ställen zu beleuchten. Sally stand
mit ihren Verwandten, einem älteren Paar, das den verwirrten Eindruck von Menschen machte, die eine verheerende
Katastrophe überlebt hatten, hinter dem Eingang des Stalles.

Dort war es einladend warm. In den zwei riesigen Kaminen, die in die beiden Außenmauern des Gebäudes eingelassen waren, flackerten helle Feuer. Die Innenwände des Stallgebäudes waren frisch gekalkt. Zwei Pfostenreihen zogen sich durch die Mitte des langgestreckten Gebäudes. Sie waren mit Girlanden aus immergrünen Stechpalmzweigen und Efeuranken geschmückt. Die Unterteilungen in die einzelnen Stallungen existierten nicht mehr, und dort, wo sonst die Pferde schliefen, waren jetzt mit Brokat überzogene Sessel und Sofas gruppiert worden. Die Heurecken aus Metall an den Längswänden waren mit unzähligen leuchtendroten Poinsettias bedeckt. Überall auf den Tischen steckten rote Kerzen in den großen Kerzenleuchtern aus schwerem Silber, auch die Fußböden glühten im dunklen Rot orientalischer Teppiche.

Das angrenzende Gebäude, eigentlich als Unterstellplatz für die ganzen Fuhrwerke gedacht, hatte sich in einen märchenhaften Ballsaal verwandelt. Sechs riesige, in Gold gefaßte Spiegel hingen an jeder Mauer. Sie warfen das glänzende Licht der vergoldeten Kerzen in den vier Kristallüstern zurück, die von den über ihnen spitz zusammenlaufenden Balken herabhingen. Zwischen den Spiegeln waren die Wände mit Malereien von blühendem, sich emporrankendem Wein bedeckt. An den Balken der Dachkonstruktion kletterten Winden hoch und setzten die geschwungenen Bewegungen der Rankenbilder nach oben hin fort. Ganze Trauben aus Gardenien verströmten einen betörenden Duft. Der Fußboden aus roten Ziegelsteinen war grün angemalt worden und mit mehreren Schichten Wachs bedeckt. Der ganze Raum wirkte so wie mit Smaragden gepflastert.

In einer Ecke spielte ein Orchester. Die Musikanten waren durch eine Wand aus blühenden Zierkiefernzweigen vor jedem Blick geschützt, so daß die Musik wie durch einen Zauber aus der Luft zu dringen schien. In den anderen drei Ecken des Gebäudes waren die Tische mit Speisen und Getränken aufgestellt. Sie bogen sich förmlich unter ungeheuren Eiskübeln, aus denen die mit Goldfolie umwickelten Hälse der Champagnerflaschen herauslugten. Die Kellner, die die Tabletts mit den Gläsern herumreichten, trugen weiße Kniehosen und einen grünen Frack aus Satin im gleichen Farbton wie der Boden.

Sallys Gäste waren überwältigt. Die Gastgeberin freute sich über die Komplimente, wies jedoch Anschuldigungen, dies sei alles zu verschwenderisch, zurück. »Meine Lieben, ich hatte keine andere Wahl. Als ich aus der Unterstadt wegziehen mußte, bin ich noch einmal durch das Dachgeschoß des Gebäudes in der King Street gegangen und habe dort all diese Dinge gesehen, die jetzt hier angehäuft sind. Ich konnte sie einfach nicht dalassen. Stellt euch nur vor, eine Kanonenkugel hätte diese ganzen Spiegel zerschmettert? Dann hätte ich für immer Pech gehabt! Und diese Ballen aus grünem Satin – ich weiß gar nicht, welche Großmutter von Miles die gekauft hat, selber könnte ich damit jedenfalls nichts anfangen. Die Farbe ist mir viel zu auffällig. Ich habe nur so zum Spaß ein klein wenig davon genutzt.« Und Sally hob den Saum ihrer blaßroten Seidenröcke ein wenig hoch, so daß man die Spitzen ihrer hellen Satinpantöffelchen erkennen konnte.

Der märchenhafte Festsaal bescherte allen einen zauberhaften Abend. Jeder tanzte. Als der Ball eröffnet wurde, führte General Beauregard selbst Sally zum ersten Tanz, und es hatte den Anschein, als habe er alle ihm unterstehenden Offiziere mitgebracht. Das erste Mal seit Kriegsbeginn waren so viele Männer da, daß jede Frau einen Tanzpartner hatte. Die Mädchen wurden schwindlig vor Aufregung, als gleich mehrere Männer darum baten, ihre Namen auf die Tanzkarten zu schreiben. Als sich der erste Ansturm gelegt hatte, konnten sogar die Mütter und Großmütter noch etwas erleben! Siebzigjährige Frauen fanden sich auf der Tanzfläche wieder und drehten sich zu den Klängen der neuesten Walzermelodie.

Pinckney verfolgte das Schauspiel aus einer Ecke heraus,

die Champagnerflasche in Reichweite. Mitten im zweiten Walzer gesellte sich ein entfernter Verwandter, Bill Ashley, zu ihm. Pinckney kannte ihn kaum; Bill war acht Jahre älter und hatte ihn bisher nie beachtet. Pinckney war sehr erfreut, als Bill ihn ansprach. »Ruhst du dich eine Runde aus?«

»Ich ruhe mich die ganzen Runden aus. Nach der letzten Woche ist es mir durchaus willkommen, nicht tanzen zu müssen.«

Bill grunzte. »Das kann ich nicht sagen. Ich bin erst heute heimgekommen und komme gar nicht mit dem Mädchen, auf das ich es abgesehen habe, ins Gespräch. Wer sind überhaupt all diese Uniformierten?«

Pinckney grinste. »Wer weiß? Meine charmante, unbesonnene Mama, die nicht so dumm ist wie sie aussieht, hat eine Theorie dazu entwickelt. Sie glaubt, daß Sally Brewton General Beau weismachte, er dürfe nicht kommen, solange er nicht auch jeden Mann, der unter seinem Kommando steht, ebenfalls mitbringt. Ob der General nun ein Held ist oder nicht, mag dahingestellt bleiben – jedenfalls wagte er es nicht, zu widersprechen. Mrs. Beau würde ihn nicht mehr nach New Orleans lassen, wenn er nicht die Gelegenheit ergreifen würde, eine von Sally Brewtons Parties zu besuchen.«

Bill verschluckte sich beinahe an seinem Sekt. »Da hat sie wahrscheinlich recht«, prustete er. »Als ich neunundfünfzig in Paris war, war doch das erste, was mich die Leute fragten, ob ich Sally Brewton kennen würde. Als ich ja sagte, standen mir alle Türen offen.«

»In London war es genauso. Laß uns auf unsere gute Sally anstoßen!« Die Männer prosteten sich zu, leerten ihre Gläser und sahen sich nach neuen Getränken um.

Um halb elf machte das Orchester eine wohlverdiente Pause, während die Gäste ihr Abendessen in den ehemaligen Stallungen einnahmen. Pinckney suchte gerade Mary und Julia, als ihn jemand am Ärmel zog.

Es war Lavinia. »Pinny, könnte ich mich bitte einen Moment zu dir und Cousine Mary setzen? Ich tanze gern mit all diesen Fremden, aber ich weiß gar nicht, worüber ich mich mit ihnen beim Abendessen unterhalten soll, und ungefähr zwanzig von ihnen debattieren gerade darüber, wer nun die Ehre haben soll, mit mir zu speisen.

Lavinias zu ihm aufschauendes Gesicht wirkte so ungemein jung. Das Blut war ihr in die Wangen geschossen; eine kleine Locke ihres Haares war dem kunstvoll auf ihrem Kopf aufgetürmten Gebilde aus Ringellöckchen entglitten und klebte an einer feuchten Stelle ihres weißen Halses. Auch auf ihrer Oberlippe konnte man winzige Schweißtröpfchen erkennen. Pinckney lächelte. »Aber natürlich«, sagte er, »doch muß ich dich zunächst noch etwas erfrischen.« Er tupfte ihr das Gesicht mit seinem Taschentuch ab, dann bot er ihr seinen Arm.

Sogar Julia hatte das Tanzbein geschwungen, obwohl sie sehr schnell kundtat, daß keiner der Offiziere irgend jemand war, der in der Stadt bekannt war. Mary war genauso aufgekratzt wie Lavinia und plauderte mit ihr, als ob sie beide gleichen Alters wären. Pinckney beschwichtigte die Damen und konzentrierte sich vor allem darauf, daß sein Glas immer rechtzeitig nachgefüllt wurde. Als die Musik wieder erklang, forderten die Herren erneut die Damen zum Tanz auf. Zwei fremde Offiziere aus Beauregards Truppe näherten sich Pinckney. Sie stellten sich ihm vor. Als Pinckney aufstand und sich verbeugte, beobachtete Julia ihn ganz genau, aber seine Haltung blieb vollendet.

Auch als alle wieder im Ballsaal waren, blieb Pinckney in den Stallungen. Ein Kellner stellte eine Flasche Champagner neben ihm auf den Tisch. Zwanzig Minuten später war sie leer. Pinckneys Ellbogen ruhte neben der Flasche; er war sehr müde geworden. »Viel zu heiß hier drin«, sagte er laut. Er erhob sich und ging leichten Fußes in den Ballsaal. Auf der gegenüberliegenden Seite sah er seine Mutter in lebhafter Unterhaltung mit General Beauregard. Er drängte sich durch die Tanzenden, um sich zu ihnen zu gesellen.

Lavinia hatte beim Tanzen die Tür nicht aus den Augen gelassen. Als sie Pinckney erspähte, wurde ihr Lächeln noch strahlender, und auch ihre Grübchen waren noch deutlicher zu sehen. Er hatte jedoch keine Augen für sie. Lavinia blickte finster, dann machte sie wieder ein freundliches Gesicht. Sie mußte doch hübsch aussehen! Und sie mußte es irgendwie schaffen, daß er sie beachtete! Morgen würde er wieder abreisen, und dann wäre ihre Chance, ihn auf sie aufmerksam werden zu lassen, unwiederbringlich vertan. Sie hatte es ja immerhin schon fertiggebracht, jeden Tag, den er zu Hause verbrachte, in seiner Nähe zu sein, aber noch immer sah er in ihr nichts anderes als Andrews kleines Schwesterchen. Merkte er denn gar nicht, daß sie erwachsen geworden war? Sie mußte es ihm einfach zeigen, und sie würde es ihm schon beweisen! Ihre Wangen röteten sich vor Aufregung, ihre Augen blitzten vor Ärger.

Pinckney kam näher und wollte gerade ohne ein Wort an ihr vorübergehen. Lavinia blickte ihren Partner mit einem gekonnten Augenaufschlag an und lächelte gewinnend.

»Ich muß sagen, Miß Anson, Sie sind die hübscheste Frau, die ich in meinem ganzen Leben gesehen habe«, sagte der etwas schwerfällige Junge aus Tennessee, der mit ihr tanzte. Zu seinem großen Erstaunen zog ihn Lavinia am Arm und drehte ihn herum. Ihr Körper war dabei eng an den seinen gepreßt.

»Das darfst du nicht sagen«, sagte sie laut, »und drück mich nicht so an dich. Laß mich los.« Die Worte versagten ihr, und sie begann zu schluchzen.

Der Junge fühlte, wie ihn eine harte Hand fest an der Schulter packte. »Hände weg, Soldat«, ertönte eine tiefe Stimme hinter ihm. »So gehen wir hier nicht mit Damen um!« Lavinia schob ihn zur Seite; der junge Mann wandte sich zu Pinckney um.

»Ich habe doch gar nichts getan, Mister. Dieses kleine Mädchen hat mich plötzlich wie aus heiterem Himmel gepackt...«

»Ruhe! Sie sollten die Ehre dieser Dame nicht weiter besudeln, indem Sie ihr hier eine Szene machen. Entschuldigen Sie sich und überlassen Sie die Dame mir.« Pinckney zwang sich zu einem grimmigen Lächeln, damit es so aussah, als führe er ein freundliches Gespräch mit dem jungen Herrn.

Doch der Junge zeigte sich nicht im geringsten einsichtig. Mit der Kampfbereitschaft eines Frontsoldaten bellte er los: »Ich muß mich wegen überhaupt nichts entschuldigen, und das kann mir auch kein hochtrabender Dandy befehlen!«

Pinckneys Blick verfinsterte sich. »Sie haben meine Cousine beleidigt, und jetzt beleidigen Sie mich. Ich fordere Sie zum Duell!«

»Sagen Sie mir Ort und Zeit!«

»Ein Freund von mir wird Ihnen die Einzelheiten vor Ablauf einer Stunde unterbreiten.«

Lavinia beobachtete die Szene. Sie atmete schnell und flach. Pinckney ergriff ihren Arm und führte sie zu Mary.

»Guten Abend, Sir«, begrüßte er den General. »Ich hoffe, ihr vergebt mir, daß ich mich so einfach in euer Gespräch einmische, aber meiner Cousine ist ein wenig schwindlig von all dem Gedränge hier, und ich dachte, meine Mutter wüßte vielleicht am besten, wie man ihr helfen könnte.«

Lavinia ließ sich gegen Pinckneys Arm sacken. »Mein armes Kind«, wimmerte Mary, »komm, nimm meinen Fächer! Ich habe etwas Riechsalz in der Tasche. Pinny, such einen Stuhl für sie.«

General Beauregard streckte seine Hand weithin sichtbar in die Höhe. Sogleich erschien sein Adjutant und wurde nach einem Stuhl fortgeschickt. Keine Minute später war Lavinia von einer Gruppe besorgter Menschen umringt. Pinckney schlich sich davon, um Bill Ashley zu finden.

»Ich brauche einen Sekundanten«, sagte er zu ihm. »Wenn du ablehnst, bin ich dir allerdings nicht böse.«

»Werd nicht albern! Natürlich übernehme ich das. Wer ist es? Wenn es einer der Fremden hier sein sollte, ist es mir eine besondere Ehre.«

Während Bill mit einem Freund des Jungen aus Tennessee die notwendigen Vorbereitungen für das Duell traf, brachte Pinckney Lavinia und Julia nach Hause. Es war eine schweigsame Fahrt.

Julia zeigte ihr Mißfallen durch ihre streng zusammengekniffenen Lippen. Lavinia war von den Ergebnissen ihres unüberlegten Verhaltens so eingeschüchtert, daß sie gar nichts sagen konnte. Pinckney wurde von einem dumpfen Kopfschmerz geplagt, der sich nicht verjagen ließ.

Als er auf dem Ball wieder zu seiner Mutter zurückkehrte, hatte er gehofft, daß der ganze Vorfall unbemerkt geblieben war. Seine Hoffnungen waren jedoch trügerisch. Alle Köpfe drehten sich sofort zu ihm hin, als er das Gebäude betrat, dann wurden sie schnell wieder zurückgedreht, damit der Eindruck des Unbeteiligtseins gewahrt blieb. Als er ging und Sally Brewton seine Ehrerbietung erwies, durchbrach Sally alle Regeln des Protokolls und raunte seinem gebeugten Kopf ein ›Viel Glück!‹ zu.

Kaum fuhr die Kutsche an, als Mary loszureden begann. »Mama, bitte!« flehte Pinckney, »ich habe fürchterliche Kopfschmerzen!«

»Dann solltest du ein wenig schlafen«, war Marys Kommentar. »Obwohl ich kaum annehme, daß dir das groß hilft. So ein Landjunge wie der weiß wahrscheinlich nicht besser über Pistolen Bescheid als über Schuhe.

Pinny, du mußt mir ganz genau berichten, was geschieht. Es ist ja alles so fürchterlich aufregend! Und dabei so romantisch! Ich dachte nicht im Traum daran, daß du Lavinia wirklich den Hof machen würdest. Kannst du deinen Urlaub verlängern, oder kommst du zur Hochzeit erneut heim? Laß uns gleich, wenn wir nach Hause kommen, in meinem Schmuckkästchen nachschauen und einen Ring für sie auswählen. Ich glaube, ein Saphir dürfte das beste für sie sein, nicht wahr? Das paßt so gut zu ihrem hellen Haar. Es ist schade genug, daß ihre Augen eine so wäßrige Farbe haben. Der Saphir könnte vielleicht die Augen noch blasser wirken lassen. Ich sage wohlgemerkt nichts gegen Lavinia, wenn ich ihre Augen erwähne. Lavinia ist ein hinreißendes Mädchen, und sie gehört ja auch schon fast zur Familie.«

Pinckney konnte es kaum ertragen. Er dachte auf die gleiche Art an Lavinia, wie er auch an Lizzie denken würde. Marys Monolog ließ ihm jedoch seine Lage bewußt werden. Lavinia war nicht seine Schwester, sie war auch kein Kind mehr. Nur ihr Bruder oder ihr Vater oder ihr Ehemann besaßen das Recht, sich wegen einer Dame zu duellieren. Als er den jungen Burschen aus Tennessee herausgefordert hatte, hatte er gleichzeitig damit kundgetan, daß er Lavinias Beschützer war und in den Stand ihres künftigen Ehemannes zu treten gedachte. Nach geltendem Ehrenkodex mußte er sie jetzt heiraten.

Wenn er überlebte, hieß das. Pinckney wußte im Gegensatz zu seiner Mutter sehr wohl, daß die Männer aus den Bergen von Tennessee einen sehr guten Ruf als Scharfschützen besaßen.

5

Das Duell begann. Das fahle Licht des beginnenden Tages ließ keine Farben entstehen; alles war grau in grau. Der breite, sich langsam dahinwälzende Fluß wirkte metallisch und verschwommen und war zwischen den dünnen grauen Schwaden des Morgennebels hindurch kaum zu erkennen. Ein paar Nebelfetzen krochen vom Fluß zum Ufer hoch, wo sie die Füße und Knöchel der dort stehenden Männer einhüllten und mit dem Grau ihrer Uniformhosen verschmolzen. Von den dicken Ästen der Eichen über ihren Köpfen hing dichtes, feuchtes Moos herunter. Die beiden Sekundanten standen nahe zusammen und sprachen ruhig miteinander. Nichts bewegte sich. Die ganze Szene hätte auch ein Kupferstich sein können.

59

Pinckney dachte an den Tod. Es wäre nicht das fürchterlichste Ende; ein glatter Schuß ins Herz oder durch den Kopf, und sein Körper würde auf das weiche Gras sinken. Er verglich es mit dem Tod auf dem Schlachtfeld, dem Tod, wie er ihn dort mit ansehen mußte, mit den übereinanderliegenden, gewundenen Körpern von Menschen und Tieren; das Blut sickerte in den dicken, rötlichen Lehmboden Virginias; die Schreie der Männer beraubten sie der Würde, mit der sie dem, was nach dem Grabe auch immer auf sie wartete, entgegentreten sollten. So viele Männer hatte er sterben sehen – seinen Vater, alte Jugendfreunde, neue Freunde, die er in jenem Frühling kennengelernt hatte, als die besten und mutigsten Männer siegesgewiß mit flatternden Bannern losgezogen waren.

Pinckney wußte es jetzt, es würde keinen Sieg geben. Sie würden weiterkämpfen und ihr Blut lassen und sterben, bis keiner mehr übrig war; und dann erst würde der Krieg vorbei sein. Die Welt, wie er sie kannte, war sowieso schon am Ende, trotz der Oase, die Julias geordneter Haushalt darstellte.

Plötzlich wurde ihm ganz anders. Eiskalter Schweiß saß ihm an Schläfen und Genick. Er hatte sich gerade damit abgefunden, sterben zu müssen, aber plötzlich konnte er den Gedanken an den morastigen Schlamm Virginias in Mund und Nase nicht mehr ertragen. Seine ganze Seele lechzte nach der reichen, schwarzen Erde aus den Ebenen seiner Heimat. Dunkel war sie, wie es sich für ein Grab gehörte, und sie roch süßlich nach dem sanften Zerfall, der Ruhe und Frieden verhieß.

Eine plötzliche Bewegung ließ ihn hochschrecken. Bill Ashley watete durch den Dunst zu ihm hin, hielt das offene Behältnis mit der verbleibenden Pistole vor sich. Hinter Bills Kopf versprachen die ersten Tupfer eines leichten Orange am Horizont den heraufziehenden Tag. Während Pinckneys Blick auf Bill ruhte, wärmte ein weicher, pfirsichfarbener Farbton den auf dem Fluß wallenden Nebel. Der Zauber des

Morgenlichtes fiel auf das schwarze Gestrüpp an Pinckneys Seite und verwandelte es in das satte Dunkelgrün eines Kamelienbusches, der über und über mit weniger dunklen Schatten übersät war, die bei Sonnenaufgang juwelengleich funkelten und deren sattrote Blütenblätter und goldfarbene Staubfäden sich dann deutlich vom Rest der Umgebung abhoben.

Pinckney schüttelte seine düsteren Gedanken von sich ab und schämte sich der Schwäche, die von ihm Besitz ergriffen hatte. Verdammt, er war zwanzig Jahre jung. Der Tod mußte schon ganz schön schnell sein, wenn er ihn erwischen wollte. Er überprüfte mit fachmännischem Blick, ob seine Pistole geladen und somit schußbereit war. Es war schließlich nicht sein erstes Duell. Seine Freunde und er hatten seit ihrem siebzehnten Lebensjahr Streitigkeiten um die ›Ehre‹ auf diese Weise ausgetragen, aber seine Freunde hatte man dieselben Regeln gelehrt wie ihn; die feierliche Zeremonie endete immer damit, daß man ganz züchtig aufeinander feuerte, aber niemals traf. Von diesem Unbekannten konnte man ein solches Schaustück nicht erwarten. Hier ging es um Leben und Tod; zwei Männer trafen aufeinander, keine unreifen Jungs. Als er seinen Platz einnahm, grinste er vor jugendlichem Übermut.

Seine offensichtliche Freude machte den jungen Burschen auf der anderen Seite so nervös, daß er aufs Geratewohl losschoß und seinem eigenen Sekundanten den Hut vom Kopf holte. Pinckneys Geschoß streifte den Jungen an der Schulter, und genau das hatte Pinckney auch gewollt. Er lachte ausgelassen und holte das kleine Fläschchen Brandy aus seiner Tasche, um mit allen seinen Sieg zu feiern.

Das Zusammensein war so angenehm, daß Pinckney beinahe seinen Zug verpaßt hätte. Er hatte kaum noch Zeit, bei Julie einzukehren, sein Gepäck zu holen und sich zu verabschieden und bei der Familie Anson Andrew ganz offiziell um die Hand seiner Schwester zu bitten. Lavinia war noch dabei, sich zu entscheiden, welches Kleid wohl am angemessensten sein würde, als sie hörte, wie die Haustür hinter Pinckney zuschlug. Sie lief zum Fenster und schob es hoch.

»Pinny!« Er drehte sich um und warf ihr einen flüchtigen Kuß zu. Dann war er verschwunden. Lavinia blieb am Fenster stehen, mit offenem Mund, bis die feuchtkalte Luft sie daran erinnerte, daß sie nur ein schimmerndes Unterkleid am Leib hatte. Sie rannte zu ihrem Bett und vergrub das Gesicht in den Kissen; dann weinte sie los, ihrem davongeeilten Helden hinterher.

Noch vor dem Mittagessen sprach die ganze Stadt über die Verbindung zwischen Pinckney und Lavinia und über das Duell. In allen Häusern, in denen unverheiratete Töchter lebten, drängte man diese dazu, ein Gericht aus Erbsen und Reis in sich hineinzuschaufeln, das als traditionelles Neujahrsmahl galt und aus Gründen, die keiner kannte, ›Hoppin' John‹ genannt wurde. Wie es hieß, bemaß sich das Glück, das man im neuen Jahr hatte, an der Menge, die man von diesem Gericht am Neujahrstag aß. Einige Leute glaubten an die Wahrheit dieser Legende und behaupteten steif und fest, daß sie es selbst so erlebt hätten. Jeder war abergläubisch genug und hatte Angst genug, um dies nicht in Abrede zu stellen. Im Hause der Ansons neckte Lucy Lavinia mit den unzähligen Tellern, die sie vor einem Jahr gegessen haben mußte.

Lavinia strahlte. Sie hatte ihren Stuhl vom Tisch weggerückt, so daß sie auf ihre linke Hand schauen konnte, die auf einem Tuch auf ihrem Schoß ruhte. Ihre Haut schien so weiß zu sein wie das Leinen und stand damit in deutlichem Kontrast zu dem tiefen Blau des ovalen Saphirs an dem Ring, den Mary Tradd ihr herübergebracht hatte. Verlobt! Und das mit Pinckney Tradd, dem besten Heiratskandidaten in ganz Charleston, ja wahrscheinlich in ganz Süd-Carolina! Lavinia konnte kaum den Nachmittag abwarten, an dem die Leute vorbeikommen würden. Die anderen würden so eifersüchtig sein!

Nebenan war die Atmosphäre weniger festlich. Mary plapperte munter über die Party, die sie für Lavinia geben wollte, aber ihre Worte trafen auf verbissenes Schweigen. Julia zeigte deutlich ihr Mißfallen; sie weigerte sich, sich mit Mary über das romantische Drama zu freuen. Stuart und Lizzie hatte man natürlich nur erlaubt zu sprechen, wenn sie angesprochen wurden, und beiden war es sehr recht, in Ruhe gelassen zu werden. Als Julia ankündigte, daß sie jetzt aufstehen könnten, gingen sie betont langsam zur Tür. Dann rannte Stuart nach draußen, um wie an jedem Neujahrsfest mit seinen Freunden Knallfrösche krachen zu lassen. Lizzie kletterte die vielen Stufen zu ihrem Spielzimmer hinauf, um all ihren Puppen zu erzählen, daß Pinny eine Prinzessin heiraten würde und er mit einem Drachen gekämpft hatte, um ihre Hand zu gewinnen.

»Mein liebster zukünftiger Ehemann«, schrieb Lavinia in dieser Nacht in ihrem Brief an Pinckney, »mein Herz ist voll unaussprechlicher Freude, weil du mir soviel Ehre erwiesen hast, indem du mich fragtest, ob ich deine Frau werden will. In meiner Brust hüpft ein furchtsames, aber frohlockendes kleines Vögelchen; furchtsam, weil sein Käfig aus deiner Liebe so ungeheuer reich ist; frohlockend, weil meine Liebe es jubilieren läßt. Wenn wir wieder zusammen sind, dann wird es, fürchte ich, fast vor Glück vergehen, in einem Glück, das zu groß ist, als daß es noch in irgendeinem Herzen Platz finden könnte! Ich bin aber zuversichtlich, daß deine starken Arme meine schwache Form umfassen und den zu schnellen Herzschlag dieser Lerche etwas besänftigen – das Herz dieses Vogels, der nur für dich die himmlische Melodie der Seligkeit einer gemeinsamen Liebe und eines miteinander geteilten Lebens singen will...«

Ihre anmutige Handschrift mit ihrem eleganten Schwung füllte vier Seiten, dann hatte der Brief ein Ende. Sie hatte ihn aus ihrem Lieblingsroman abgeschrieben, einer Romanze voller Abenteuer und Gefahren aus den Tagen des guten Prinzen Charlie. Die Regale über ihrem Schreibpult waren voll von Büchern ähnlichen Inhalts, und so konnte sie Pinckney jede Nacht einen neuen, feurigen Liebesbrief schreiben. Er erhielt sie dann gleich dutzendweise, wenn es der Postkurier einmal schaffte, die unter großer Bedrängnis stehenden und immer weiter über die wellige Landschaft Virginias dahinziehenden Männer aus Hamptons Reitertruppe zu erwischen.

Wie in jedem Krieg, waren die Briefe aus der Heimat für die Männer an der Front sehr kostbar. Lavinias außergewöhnlich formulierte Gefühle waren für Pinckney besonders wertvoll. Im Verlauf der Monate vermischten sich die Erinnerungen an ihr weiches, duftendes Haar mit seiner Sehnsucht nach der Heimat und den langen, goldenen Stunden des Lebens, das er von früher her kannte. Sie wurde zur Verkörperung all dessen, was er verloren hatte, und er sehnte sich nach ihr.

Als der Frühling kam, entdeckte er einen Rotholzbaum, der wie durch ein Wunder die Artilleriegefechte in der Nähe von Fredericksburg überlebt hatte, und er preßte eine kleine Blüte dieses Baumes zwischen die verwitterten Seiten, die er in seinen Satteltaschen mit sich trug. Im Rücken des Gehäuses seiner Taschenuhr steckte ein winziges Foto von Lavinia, das Mary ihm einmal geschickt hatte und das er oft betrachtete. Daß allerdings der eine Brief, den er von Julia Ashley erhielt, für ihn viel wichtiger war, konnte er sogar vor sich selbst nie zugeben, obwohl er ihn immer wieder las. Er bekam ihn Ende Juni.

»11. Mai 1864, Charleston. Bin nach dem üblichen Besuch auf den Plantagen in die Stadt zurückgekehrt. Gute Ernten auf Ashley Barony und in Carlington zu erwarten. Alle Gebäude in tadellosem Zustand. Sehr gutes Heu. Bei der Bevölkerung von Carl. 14 Geburten und 3 Todesfälle. Vielversprechendes Fohlen von deiner alten kastanienbraunen Stute geboren. Hengst unbekannt. Alle guten Pferde sind Hampton unterstellt. Zwei Drittel des Viehs geschlachtet, vor allem Schweine und Schafe. Gesalzenes Fleisch zur Armee geschickt. Restlicher Tierbestand gesund und kräftig. Aufseher von Carl. hat sich als Dummkopf und Dieb erwiesen. Habe statt dessen einen verwundeten Veteranen aus dem Hügelland eingestellt. Die Wälder leiden sehr unter Wildverbiß. Ermutige die Bediensteten zu wildern. Genug Wildbret für uns alle vorhanden. Guter Zeitvertreib für deine Rückkehr. Riesiger Eber nahe des Zypressenstumpfes auf dem Landgut gesichtet. Familie geht es gut. Vorräte reichlich. Belagerung hat sich verstärkt, aber Charlotte Street ist davon unberührt. Gott behüte dich. Julia Ashley.«

Pinckney aß gerade sein karges Abendmahl, als er zum wiederholten Male Julias Brief im Licht des Lagerfeuers studierte. Das lederähnliche, gesalzene Rindfleisch, das seine einzige Nahrungsmittelration an diesem Tag darstellte, schmeckte ihm viel besser, wenn er sich vorstellte, es könnte vielleicht aus Carlington stammen. Obwohl ihm die Zähne weh taten und sein Zahnfleisch wegen der langandauernden schlechten Ernährung blutete, lächelte er beim Kauen.

»Ist das Tabak, Cap'n?«

Pinckney fuhr auf, dann drehte er sich wütend um. Jeder Mann bei der kämpfenden Truppe unterließ es wohlweislich, sich von hinten an jemand anderen heranzuschleichen. Es war ein ungeschriebenes Gesetz, sich von vorne zu nähern oder viel Lärm zu machen.

Sein Ärger legte sich ein wenig, als er den Eigentümer der Stimme vor sich stehen sah. Es war nur ein Jüngling, und dazu noch ein sehr bemitleidenswertes Exemplar, einer der neuen Rekruten, die auf die Rückkehr der Truppe gewartet hatten. »Wie heißen Sie, Soldat?«

»Joe Simmons, Sir!« Der Jüngling warf seine knochigen Schultern zurück und salutierte. Pinckney ließ ihn in unbehaglicher Haltung stehen, während er ihn musterte. Struppiges Haar, fahle Haut; vorstehende Rippen, Ellbogen und Schulterblätter; dünne, gebeugte Beine. Sein Körper war etwas kurz geraten, und der junge Mann wäre, bei ausreichen-

65

der Ernährung, wahrscheinlich recht stämmig gewesen. Seine blasse Gesichtsfarbe, die unförmigen Beine und die unreine, aufgedunsene Haut wiesen jedoch auf die klassische Fehlernährung armer Weißer und die damit verbundenen Mangelerkrankungen wie Pellagra und Rachitis hin. Der mörderische, stolze Ärger, der in dem Jungen anschwoll und in seinen blassen, hellbraunen Augen glomm, ließ seine Herkunft aus einfachen, ländlichen Verhältnissen vermuten.

»Rühren, Joe Simmons! Setz dich her, eins mußt du noch lernen.«

Der Junge lockerte sich, blieb jedoch stehen. »Wozu soll man es sich im Sommer am Feuer gemütlich machen?«

»Wie du meinst, aber wenn du nicht willst, daß dir jemand eine Kugel durch den Kopf jagt, dann hör gut zu, was ich dir jetzt sage. Schleich dich nie von hinten an jemanden heran, der eine Pistole bei sich hat, und frag ihn, was er gerade kaut. Du hättest dein Leben lassen können!«

Joe grinste. »Da hätte ich ja man wirklich dran denken sollen.« Er ließ sich neben Pinckney auf den Boden fallen. »Ich hab' mal mit meinem Papa auf 'nen Rehbock angesessen, und da kam mein Bruder ganz leise dahergeschlichen. Mein Pa feuerte seine ganze Flinte leer. Daß Sam nicht unter die Erde kam, lag einzig und allein daran, daß mein Papa immer vom Bestmöglichen ausgeht. Er zielte eben auf einen stattlichen Bock, und mein Bruder ist halt ziemlich klein.«

Pinckney erkannte den Akzent. »Du bist aus der Gegend von Fort Mill, Joe?«

»Jawoll. Aus Calhoun.«

»Der gute alte Joe Calhoun. Ihm haben wir es zu verdanken, daß wir jetzt hier sind. Ich nehme an, du konntest es kaum erwarten, in den Krieg zu ziehen. Du scheinst mir nicht sehr alt zu sein.«

Joe spuckte in die Kohlen. »Ich bin alt genug, um einen Mann umzulegen, und alt genug, um dafür in der Hölle zu braten. Da bin ich eben auf und davon, um ein paar Yankees zu erwischen, sonst hätte ich wahrscheinlich meinen Pa umgelegt. Es gibt, glaub' ich, ein Gebot in der Bibel zu diesen Dingen, aber die Bibel hat nichts dagegen, wenn es sich um Yankees handelt.«

»Warum ist denn dein Papa nicht bei der Truppe?«

Joe lachte. »Verdammt, Cap'n, was ist denn dieser Krieg für einfache Leute wie uns? Wir hatten niemals Nigger; wir haben selber unser kleines Baumwollfeld gehackt, und mein Pa hat schon mit dem Riemen darauf geachtet, daß wir alles richtig machten. Ich war der Größte, ich hab' immer das meiste abgekriegt. Mein Papa ist schnell bei der Sache, wenn irgendeiner es wagt, sein Land zu betreten, und da ist es ihm ganz egal, was der für einen Anzug anhat. Aber er sagte immer, er sieht gar nicht ein, sein Leben zu lassen, nur damit dieser hochnäsige Adel in Charleston seine Felder nicht verliert.

Ich hab' einen ganz schön trockenen Mund gekriegt von dem ganzen Gerede, Cap'n. Kann ich etwas von dem Bissen da abhaben?«

Pinckney reichte ihm mit einer ruckartigen Bewegung das restliche Fleisch. Joe steckte sich eine Ecke in den Mund, dann zog er sie wieder heraus.

»Ist ja gar kein Tabak!«

»Ich habe nie behauptet, es sei welcher.«

»Wie kommt es dann, daß du hier ganz alleine dein Fleisch ißt? Ich dachte, du hast da was Gutes, das nicht alle sehen sollen.«

»Nun, ich brauchte das Licht vom Feuer, um zu lesen.«

Joe starrte Pinckney an, als hätte dieser gerade behauptet, er könne über Wasser gehen. Dann verengten sich seine Augen zu schmalen Schlitzen, aus denen er Pinckney argwöhnisch musterte. »Laß mal sehen, was du da liest.«

Pinckney las ihm bereitwillig einige Sätze vor.

Joes Augen wurden wieder groß. »Was bist du denn für einer?«

»Einer von ›diesen Adligen aus Charleston‹, für die dein Kumpel nicht kämpfen will.«

67

Der Junge stand auf und ging langsam im Kreis um Pinckney und das Feuer herum, musterte Pinckneys abgetragene Kleidung und das ruhige Lächeln auf dessen sauber rasiertem Gesicht. »Ich glaube, mein Kumpel hat sich da wieder vertan«, sagte er schließlich. »Es wäre nicht das erste Mal. Ich kämpfe für dich, Cap'n!«

Von diesem Augenblick an wich der Junge nicht mehr von Pinckneys Seite. Er blieb immer ein kleines Stück rechts hinter ihm zurück. Die anderen Männer machten erst ihre Witze über ihn, nannten ihn ›Schatten‹, aber Joe hörte darüber hinweg. Nach einigen Monaten hatten sich alle an den Anblick dieses ungleichen Paares gewöhnt. Joe hatte seinen Spitznamen weg; er hieß jetzt nur noch ›Shad‹, und er war der einzige, der sich daran erinnerte, einmal anders geheißen zu haben.

In Charleston ähnelte Weihnachten 1864 zumindest oberflächlich den Weihnachtsfesten vor dem Krieg. Die gastfreundlichen Häuser platzten aus allen Nähten; die Mahlzeiten mußten in zwei oder mehr Schichten serviert werden, weil die Tafeln in den Speisesälen, so weit sie auch immer ausgezogen wurden, nicht mehr als dreißig Personen auf einmal Platz bieten konnten. Die Lebensmittel, die per Schiff von den Plantagen kamen, waren immer noch reichlich vorhanden, und ein Gang folgte auf den vorherigen, ohne daß irgendein Mangel sichtbar geworden wäre. Der scharfe, süßliche Geruch der Girlanden aus Immergrün erfüllte die Luft; die Rauchfänge waren hoch hinauf mit Kiefernzweigen geschmückt, lange Windenranken schlangen sich um die Treppengeländer, und auf jedem Tisch ruhten riesige Silberschüsseln voller Kamelienblüten. Trotz des unaufhörlichen Regens gingen die Damen mit ihren Kindern von Haus zu Haus und machten ihre Besuche, grüßten die Verwandten und Anverwandten, die sie oft jahrelang nicht gesehen hatten. Aber die angeregte Konversation hatte einen schrillen Unterton; Furcht schwang mit; es herrschte nicht nur Festtagsstimmung. Die Besucher waren vor dem unbarmherzigen Vordringen der Armee Shermans geflüchtet. die alles niederbrannte, was sich ihr in den Weg stellte. Sherman und seine Männer hatten Atlanta eingenommen und zogen brandschatzend und plündernd weiter nach Südwesten, Richtung Georgia. Hinter sich ließen sie eine sechzig Meilen breite Zone der Verwüstung und immer weiter wachsende Furcht. Jeder wußte, daß Sherman nach Norden ziehen und sich seinen Weg durch Carolina freikämpfen würde, sobald er bis zur Küste vorgestoßen war.

Die Besucher blieben einige Tage lang in der Stadt und fanden in einer Atmosphäre vorgetäuschter Normalität etwas Trost. Dann zogen sie weiter, anderen schützenden Häfen entgegen; ihre Angst blieb jedoch bei den Bewohnern Charlestons zurück. Die Truppen der Konföderierten versuchten den Stadtbewohnern neuen Mut einzuflößen, aber sie konnten ihnen nichts vormachen und wußten, daß sie sich vor dem Ansturm der Truppen der Unionsstaaten über kurz oder lang selber zurückziehen mußten. So gaben sie den Leuten den Rat, ihre Verwandten zu begleiten, wenn diese die Stadt verließen.

Julia Ashley traf auf ihre völlig in Tränen aufgelöste Schwester. Auf dem Boden des Schlafzimmers lagen verstreut bunte Haufen aus Ballgewändern. »Oh, Julia, ich weiß nicht, was ich tun soll!« heulte Mary auf. »Wenn ich diese Kleider nicht mitnehme, dann habe ich gar nichts anzuziehen! Aber es sind einfach zu viele! Ich kann sie nicht alle mitnehmen. Ich habe zwar noch Platz im Zug, aber sie erlauben es nicht, mehr als zwei Koffer als Gepäck zu haben.«

Julia stöhnte. »Das ist doch absolut idiotisch, Mary. Wohin, glaubst du denn, geht die Reise?«

»Nach Columbia natürlich. Alle gehen nach Columbia. Sie haben sogar schon Mr. Calhouns Sarg in den Zug nach Columbia geladen; die Glocken von der St. Michaels-Kirche ebenfalls.«

»Und du glaubst allen Ernstes, daß Sherman vor John C. Calhouns Geist Angst hat?«

»Ja, das tue ich. Immerhin sitzt er im selben Zug wie wir.« Mary schaute ihre Schwester höchst beunruhigt an. »Ich hoffe, es stört dich nicht weiter, Julia. Ich habe für deine Sachen eine Ecke im Koffer der Kinder freigelassen. Ich brauche all diese Sachen, wirklich! Und du hast dir noch nie etwas aus Kleidern und diesen ganzen Dingen gemacht.«

Julia schüttelte den Kopf. »Es ist mir wirklich egal. Ich bin nicht so dumm, nach Columbia zu gehen. Sherman wird auf seinem Zug nach Norden auch bis dahin kommen. Ich gehe aufs Landgut. Ich werde diesen Rohlingen nicht erlauben, mein Haus anzuzünden oder meine Leute zu terrorisieren.«

»Julia! Du mußt wirklich verrückt sein. Das kannst du nicht tun!«

»Sage mir nicht, daß ich etwas nicht tun kan, Mary Ashley! Ich werde gehen. Und du wirst Mumm genug haben, mit mir zu kommen, wenn du schon nicht hierbleiben willst. Jedes kleine Dummerchen von Charleston wird nach Columbia gehen wollen, und dort werden sie sich wie eine Schar Enten aneinanderdrängen.«

»Du meinst wohl, du wüßtest immer alles. Ich habe bereits Cousine Eulalia ein Telegramm geschickt, damit sie Pinckney ausrichtet, daß wir kommen. Sie hat genug Platz, es wird überhaupt nicht eng werden.«

Julia seufzte. »Keiner wird dir Vernunft beibringen können, Mary. Jedenfalls hat es einfach keinen Zweck, es jetzt zu versuchen. Wenn du dir deiner Sache so sicher bist, dann mimm wenigstens ein paar Lebensmittel mit. Du kannst dich nicht von Korsetthüllen ernähren.« Insgeheim war sie ganz erleichtert, daß Mary fortging. Sie wußte nicht, was sie auf den Plantagen erwartete, aber Marys Hysterie wäre noch eine zusätzliche Belastung gewesen, mit der sie hätte fertig werden müssen.

Mary Tradd, Stuart, Lizzie, Lizzies Kindermädchen Georgina, Marys Hausdienerin Sophie und drei Koffer wurden am nächsten Tag in den altersschwachen Zug geladen, der dann langsam aus der Stadt rumpelte. Sobald sie alle weg waren, begann Julia damit, die wenigen Wertgegenstände auszusortieren, die sie mit sich auf das Schiff zum Landgut nehmen wollte. Das Haus in der Charlotte Street würde wahrscheinlich zerstört werden; das wußte sie. Auch wenn Mary dies nicht mitbekommen hatte, Julia hatte von Shermans Telegramm an Lincoln gehört, in dem er ihm Savannah zu Weihnachten schenkte und versprach, Charleston zu einem modernen Karthago werden zu lassen und dem Erdboden gleichzumachen. Auf den Plantagen wartete natürlich die dort lebende Dienerschaft auf sie, aber Julia versprach allen Bediensteten, die in der Stadt blieben, das Boot zurückzuschicken, damit diejenigen unter ihnen, die das wollten, ebenfalls die Stadt verlassen konnten, gleichgültig, ob sie nun zu Marys oder ihrer eigenen Dienerschaft gehörten. Als sie auf Ashley Barony eintraf, war sie nicht besonders erstaunt darüber, daß nur ein kleiner Teil der Dienerschaft dageblieben war. Das Freiheitsfieber war ansteckend, auch in Charleston, und viele Schwarze warteten auf Shermans Männer, als handele es sich um eine Schar holder Engel. Ende Januar ließ sich Julie auf dem Landsitz nieder, wartete ab und schmiedete Pläne. Keiner, der ihr stolzes, regloses Gesicht sah, ahnte, daß sie sich gar nicht so sicher war, ob der Name Ashley genügte, um sie vor jedem Gegner zu schützen.

6

Hätte Julia Ashley sehen können, was in Charleston geschah, sie hätte inbrünstig dem Schöpfer gedankt, daß sie selbst nicht mehr in der Stadt weilte. Am 18. Februar drangen die Truppen der Unionsstaaten von Süden in die Stadt ein. Die Truppen der Konföderierten hatten sich im Nordteil der

Stadt verschanzt. Shermans Männer umgingen sie und stießen dann direkt nach Norden quer durch den ganzen Staat hindurch bis nach Columbia vor. Sherman hatte der arroganten Stadt, die den Krieg angezettelt hatte, Vergeltung geschworen, und an diesen Schwur hielt er sich auch. Er schickte eine wüste Truppe aus Raufbolden und Herumtreibern mit dem Befehl nach Süden, alle vor der Stadt liegenden Plantagen niederzubrennen, und er rechnete mit der tiefsitzenden Angst der weißen Bevölkerung vor der schwarzen Mehrheit, als er den Besatzertruppen eine Vorhut aus makellos uniformierten schwarzen Soldaten voranschickte. Das berühmte 54. Regiment aus Massachusetts, das nur aus Schwarzen bestand, marschierte mit zackigem Schritt durch die Meeting Street. Ein Seidenbanner, auf dem das Wort ›Freiheit‹ geschrieben stand, flatterte im Wind, und dazu sang man das alte Freiheitslied der Schwarzen: ›John Browns Body‹. Als sie in die Unterstadt einmarschierten, gingen ihre Stimmen fast in dem Getöse unter, mit dem ihre stiefelbewehrten Füße durch Berge aus zerbrochenem Fensterglas wateten, die die Straßen bedeckten. Ihre Gesichter strahlten jedoch die Freude von Befreiern aus, und sie wurden von tanzenden, lachenden Männern und Frauen umringt, die am Morgen noch Sklaven gewesen waren.

Nach dem Einmarsch befahlen die Offiziere, allesamt Weiße, den Soldaten, die nächsten Anordnungen auszuführen. Sie gingen in jedes Gebäude, in die Wohnhäuser, die Bürogebäude, die Kaufläden und Geschäfte. Alle Neger, die sie trafen, wurden umarmt, und man erzählte ihnen die guten Neuigkeiten von ihrer Befreiung. Alle Feuerwaffen und alles ›herrenlose‹ Eigentum wurde beschlagnahmt. Lucy Anson beobachtete voller Angst von Andrews Fenster aus, wie ein Soldatentrupp Julias Haus nebenan betrat. Keiner der Anson-Familie war geflüchtet. Andrew konnte sich nicht bewegen, und seine Mutter verbot jedem, ihn zu verlassen. Lavinia hatte sich in der Dachstube hinter der Altkleiderkammer versteckt; dort kroch sie in sich zusammen und dämpfte ihr unkontrolliertes Wimmern, indem sie sich alte Seidenstoffe in den Mund stopfte. Andrew hatte man mit einer in seinem Brandy aufgelösten Opiumtinktur außer Gefecht gesetzt, so daß er nicht das Leben der ganzen Familie aufs Spiel setzen konnte bei dem Versuch, das Haus und die Personen, die sich darin aufhielten, zu verteidigen. Mrs. Anson und Lucy standen in stillem Einvernehmen mitten in Andrews Zimmer zwischen der Tür und dem Bett, in dem Andrew schlief.

Der Lärm vor dem Haus ließ Lucy zum Fenster eilen. Sie starrte auf eine lange Reihe von Soldaten, die Silbergeschirr, Spiegel und Weinfässer aus Julias Haus schleppten. Durch die Ankunft eines beleibten, auf einem braunen Wallach reitenden Offiziers mit Epauletten auf den Schultern wurden sie jedoch in ihrem Tun unterbrochen. Lucy konnte nicht hören, was der Offizier sagte, aber die ameisenhaft hin und her eilenden Soldaten bewegten sich auf einmal in die Gegenrichtung. Die in blaue Uniformmäntel gekleideten Männer brachten alles, was sie erbeutet hatten, wieder an seinen Ursprungsort zurück. »Miß Emma«, flüsterte Lucy, »sie stehlen nicht mehr. Da ist ein weißer General, der hat dafür gesorgt, daß es aufhört. Oh, vielleicht bringt er sie noch dazu, uns in Ruhe zu lassen. Miß Emma, ich werde hinuntergehen und mit ihm sprechen.«

»Du kannst nicht mit einem Yankee-Soldaten sprechen, ob es nun ein General ist oder nicht«, fuhr ihre Schwiegermutter sie an.

»Aber es könnte uns alle retten. Als nächstes werden sie zu uns kommen, und wenn die Soldaten Andrew sehen, und der General hält sie nicht auf, wer weiß, was sie uns dann antun?«

Mrs. Anson ging grübelnd zum Fenster. Ohne den Kopf zu neigen, blickte sie an ihrer kräftigen Nase entlang hinunter auf die Szene vor ihren Augen. Plötzlich mußte sie lachen. Es war etwas, das sie seit Andrews Verletzung nicht mehr getan hatte. »Du liebe Güte, das ist ja Dan Sickles! Wir haben uns jedes Jahr im Sommer in Saratoga getroffen. Wir sind ja gemeinsam aufgewachsen, weißt du. Es war sehr schwer für ihn, als ich mich mit Andrews Vater verlobte. Dann ist ja alles in Ordnung.« Vor Erleichterung schossen ihr die Tränen in die Augen und liefen ihre Wangen herab. Verlegen stürzte sie aus dem Zimmer.

Lucy beobachtete, wie Emma Anson die Treppe vor dem Haus hinunterschritt und sich der Gestalt des Kommandanten auf dem großen Pferd näherte. Unwillkürlich hielt sie die Luft an. Die freudige Spannung in ihrer Brust entlud sich in einem tiefen Seufzer, als sie sah, wie der General Mrs. Anson erblickte, vom Pferd stieg und sich vor ihr verbeugte. Mrs. Ansons Verhalten war eine peinliche Parodie der Koketterie ihrer Tochter. Sie spannte ihren Spitzenfächer auf, legte ihn wieder zusammen und verbarg ihr Gesicht dann erneut. Nur ihre Augen spähten über den Rand des Fächers, als sie mit dem General sprach. Seine Antwort bewirkte jedoch einen drastischen Wandel ihres Verhaltens. Sie ließ den Fächer fallen; ihr Kopf stieß nach vorne wie der einer alten Schildkröte. Erregt bewegten sich ihre Lippen. Der General breitete flehend die Arme aus. Als sie weiterredete und anfing, ihm ihre Faust entgegenzuhalten, ging er auf Abstand und nahm seine militärisch steife Haltung wieder an. Jetzt hatte Sickles das Wort. Emma Anson wollte ihn am Ärmel festhalten, aber er wich ihr geschickt aus und drehte ihr seinen Rücken zu, der uneinnehmbar wie eine Mauer vor ihr aufragte. Der General rief einem neugierigen Offizier, der am Tor zum Haus der Familie Ashley stand, einen Befehl zu, stieg dann auf sein Pferd und ritt weg, ohne sich umzuschauen.

Mrs. Anson stand wie erstarrt da. Dann gewahrte sie den Offizier, der sie beobachtete. Sie warf den Kopf hochmütig zurück und hatte so die für sie charakteristische Haltung wieder eingenommen. Langsam ging sie zum Haus zurück. Lucy eilte ihr entgegen. Die Szene hatte ihr einen größeren Schrecken eingejagt als die eventuell drohenden Gefahren durch die eingefallenen Truppen. Andrews Mutter hatte sie immer eingeschüchtert. Jetzt tat sie ihr leid, und das war ihr gänzlich neu und jagte ihr Angst ein.

»Hast du alles gesehen, Lucy?«

»Ja, Ma'am.« Lucy blickte zu Boden.

»Gott sei Dank hat Andrew nicht mitbekommen, welcher Schmach seine Mutter und er ausgesetzt waren. Das war das letzte Mal, daß ich einen Yankee wegen irgendeiner Sache angesprochen habe. Und das gilt für alle Bewohner dieses Hauses.«

»Es tut mir leid, Miß Emma, aber was hat er denn gesagt?«

Mrs. Anson fuhr aus ihrer tranceähnlichen Starre. »Was er gesagt hat? Er sagte mir, daß er seiner Mutter erzählen würde, er habe mich gesehen und ich sähe gut aus. Dann eröffnete er mir, daß er in Julia Ashleys Haus sein Hauptquartier aufschlägt und daß die Armee mein Haus für einen anderen Offizier benötigt und hiermit beschlagnahmt. Und als ich ihm erzählte, Andrew vertrage keine Unruhe, da sagte er mir, er habe seinen Bruder und seinen Vater im Krieg verloren. Dann lachte er grimmig und zitierte die Worte seines Kommandanten: »Krieg ist die Hölle.« Er fügte noch hinzu, er würde eine Gruppe weißer Soldaten herbeordern, damit sie uns dabei helfen, unsere Sachen zu packen und Andrew herauszutragen. Außer dem Nötigsten müssen wir alles, was sich im Hause befindet, irgendeinem gottverdammten Yankee überlassen.«

»Was sollen wir denn jetzt tun?«

»Wir haben keine Wahl. Wir müssen die Bediensteten in die Unterstadt schicken, damit sie unser kleines Häuschen in der Meeting Street saubermachen, und dann werden wir Andrew irgendwie dorthin bringen.« Sie ging langsam die Treppe hoch. »Das heißt natürlich, wenn noch irgendwelche Diener da sind. Wenn nicht, dann werden du und Lavinia und ich es eben selber tun. Ich werde mich jetzt für ein paar Minuten auf mein Zimmer zurückziehen, Lucy. Ich will noch einmal durch jeden Augenblick dieser Schmach hindurchgehen, damit ich sicher bin, daß ich nichts vergesse. Wenn der

75

Krieg vorbei ist, werde ich für jede einzelne Sekunde Vergeltung fordern.«

Lucys Ruf hielt sie auf. »Was meinst du mit ›wenn der Krieg vorbei ist?‹ Charleston ist gefallen. Sie haben uns.«

Emma Anson drehte sich um und schaute nach unten. »Unsinn. Während der Revolution war Charleston über zwei Jahre lang besetzt, bis wir schließlich doch gewonnen haben. Die Geschichte neigt dazu, sich zu wiederholen. Bis auf den Punkt, daß die Briten wirkliche Gentlemen waren. Ich werde mit Sicherheit nie mehr nach Saratoga gehen. Mit diesem Haufen von Emporkömmlingen will ich nichts mehr zu tun haben.« Majestätisch schritt sie die letzten Stufen hoch. Lucy ließ sich auf die unterste Stufe sinken und schluchzte los, das Gesicht in ihrem Ellbogen.

Ein scharfes »Ssst!« ließ ihren Kopf hochschrecken. Es war Jeremias. »Was ist denn los, Miß Lucy? Wollen die Yankees Mist' Andrew holen?«

»O Jeremias, ich bin so glücklich, dich zu sehen! Ich dachte schon, du wärst auf und davon.«

Der große schwarze Mann schritt aus dem Dunkel der Eingangshalle heraus. »Ich habe mir nur die Parade angesehen, Ma'am. Die meisten anderen vergnügen sich in den Gärten von White Point. Dort gibt es ein Feuerwerk und solche Dinge. Aber ich konnte Mist' Andrew doch nicht so lange alleine lassen, jetzt, wo die blauen Soldaten hinter ihm her sind. Ich habe ihn doch von klein auf großgezogen, nicht wahr?«

Lucy wischte sich mit dem Saum ihres Rockes die Tränen vom Gesicht. »Danke, Jeremias«, sagte sie, »du bist wirklich ein guter Freund. Mr. Andrew wird deine Hilfe jetzt mehr denn je gebrauchen. Wir alle brauchen dich. Wir werden so bald wie möglich in die Meeting Street umziehen. Die Yankees kommen in die Charlotte Street, und wir wollen sie nicht als Nachbarn haben. Wenn du ein paar Koffer vom Dachboden herunterholst, dann können wir Mr. Andrews Sachen zusammenpacken.« Sie ging zur anderen Seite der Eingangs-

76

halle und nahm ein Gemälde ab, das Andrew als kleinen Jungen zeigte. »Dies werde ich als erstes einpacken. Sie sollen nicht den kleinsten Teil von Mr. Andrew bekommen. Nicht einmal ein Bild von ihm.«

Innerhalb der nächsten halben Stunde wurde Andrew, immer noch bewußtlos, auf Jeremias Armen in Emma Ansons Kutsche getragen. Lucy und Lavinia hielten ihn aufrecht, als Jeremias sie alle langsam durch die Meeting Street fuhr, an den von Geschoßspuren übersäten Ziegelhäusern und den ausgebrannten Holzskeletten ehemals prächtiger Fachwerkbauten vorbei. Emma Anson blieb alleine zurück, um das Aufladen ihrer Gepäckstücke auf den von General Sickles bereitgestellten Wagen zu überwachen. Unbeweglich stand sie in der warmen Luft des Zeichensaales und wartete auf den Wagen, der sie und die ihr erlaubten Besitztümer zum Haus ihres Sohnes bringen sollte. Sie war noch ganz geschockt und dermaßen benommen von den ganzen Ereignissen, daß sie es nicht fertigbrachte, ihre Augen zu schließen. Sie starrte auf die lachenden, munter schwatzenden schwarzen Soldaten, die all die kleinen Schmuckstücke von den Tischen in ihre Mützen schoben. Auch als dabei die Porzellanvase aus der T'ang-Dynastie vom Wandsims fiel und auf dem Boden zerschellte, zeigte sie keine Reaktion.

Zwölf Meilen flußaufwärts schaute Julia mit einem Teleskop aus einem Fenster im Dachgeschoß in die Ferne. Auf dem breiten, gewundenen Flußlauf war nicht die kleinste Bewegung zu erkennen. Auch auf dem Knüppeldamm, der in das Ende der langen Zufahrt zur anderen Seite des Hauses mündete, sah man nicht das geringste. Sie knirschte mit den Zähnen. Sherman war auf seinem Kriegszug. Es war nur eine Frage der Zeit, bis seine brandschatzenden Horden auf dem Landgut einfallen würden. Aber wieviel Zeit blieb noch? Man konnte es unmöglich voraussagen. Das Warten fiel ihr schwer.

Sie ließ den Deckel vor die Linse des Teleskops schnappen

und verließ das Fenster. An diesem Morgen war sie schon einmal ums Haus herumgegangen, doch faßte sie nun den Entschluß, sich diesen Gang noch ein zweites Mal zu gönnen. Sie hatte ein gutes Empfinden dafür, wann der Abschied nahte. Auch wenn ihr Plan aufging, hätte sie wahrscheinlich nicht mehr allzuoft die Möglichkeit gehabt, durch die schönen, aufgeräumten Zimmer und Gärten zu streifen. Sie wußte, mit der Stille auf dem Landgut würde es bald vorbei sein.

Die Bediensteten waren gut ausgebildet worden. Als sie Julias festen Schritt vernahmen, brachten sie sich alle außer Sichtweite. Sie hielten sich zwar zur Verfügung, wenn man sie rufen sollte, aber so, daß sie ihrer Herrin nicht über den Weg liefen. Langsam bewegte sie sich voran, berührte von Zeit zu Zeit ein kleines, zerbrechliches Figürchen aus Stein oder Porzellan, ordnete die durcheinandergeratenen Blüten der Lilien neu, die die Vasen in jedem Zimmer füllten, verharrte einen Moment lang vor den Gemälden ihrer Mutter, ihres Vaters, ihrer Groß- und Urgroßeltern, und vor dem Gemälde, das sie selbst und Mary als kleine Kinder zu Füßen ihrer wunderschönen Mutter zeigte. Ihr Lieblingsporträt war das des wilden Urahns der Familie, der das Landgut im Jahre 1675 mit großzügiger Unterstützung von König Charles gegründet hatte. Ihn mochte Julia besonders gerne. Er wirkte mit seiner ausgetüftelten Perücke und den Kniehosen aus Satin etwas verwegen. Ein ganz bestimmter Glanz lag in seinen Augen. Kein Wunder, daß ihn nichts dabei hatte aufhalten können, dieses Imperium aus der Wildnis Carolinas zu stampfen. Julia spürte neue Kraft. Auch sie würde nichts davon abhalten, es gegenüber allem zu verteidigen. Mit energischem Schritt durchquerte die Frau die große, breite Halle, die das ganze Gebäude durchzog, dann ging sie rasch über die von Säulen gestützte Veranda und die breiten, weißen Stufen hinab. Das stattliche Gebäude hinter ihrem Rücken wurde keines Blickes gewürdigt.

Geschwind eilte sie an den kleineren, aus Ziegeln errichteten Küchengebäuden und an der Räucherkammer vorüber, ging noch bis hinter die Ställe und Scheunen des Anwesens und dann den Weg mitten durch die Behausungen der Sklaven entlang. Im kleinen Kiefernwäldchen hinter den Hütten öffnete sie das schmiedeeiserne Tor in der Umfriedung der Familiengräber. Der Marmorkatafalk und das Tor auf der Rückseite des kleinen Friedhofes blieben hinter ihr zurück. Ihr Schritt wurde erst langsamer, als sie die winzige, halbverfallene Kate erreichte. Sie war aus einem Material gebaut worden, das aus gemahlenen Austernschalen bestand, ›Tabby‹ genannt wurde und von den ersten Siedlern wegen seiner Feuerbeständigkeit verwendet worden war. Der Landsitz strahlte den Wohlstand der Familie Ashley des 18. Jahrhunderts aus; in diesem Augenblick wollte Julia jedoch etwas von der Entschlossenheit spüren, die die ersten Siedler aus der Familie Ashley brauchten, als sie unter großen Mühen den Grundstein für die spätere Größe der Familie legten.

Sie drückte ihre Wange fest an die rauhe Mauer der kleinen Kate. Diese Mauer hatte allem standgehalten, und genauso würde sie es tun. Sie wandte sich um und ging den langen Weg zurück, bis sie ein Tor erreichte, das zu den Gärten führte. Dort ging sie ganz methodisch die Fußpfade ab, sah, daß die Azaleen bald blühen würden und daß die Gärtner den in kunstvolle Formen gebrachten Buchsbaum noch nicht beschnitten hatten, obwohl sie es ihnen bereits gestern aufgetragen hatte.

Ein kleiner Block Papier in ihrer Tasche diente ihr als Gedächtnisstütze und nahm ihre Notizen auf. Die Springbrunnen mußten wieder gesäubert werden. Eine weitere Notiz. Als sie ihre Runde beendet hatte, hatte sie drei Seiten mit ihrer kleinen, peinlich genauen Schrift gefüllt. Solange sie nicht den Mut verlor, würde das Leben auf Ashley Barony seinen gewohnten Gang gehen.

Jeder wußte allerdings, daß das nur noch eine Frage von Tagen sein konnte. Oder von Stunden. In der Zwischenzeit mußte sie sich mit irgend etwas beschäftigen, sonst bestand die Gefahr, daß sie unter der Last der Verantwortung zusammenbrach. Und das war unvorstellbar. Ihre Leute waren von ihrer Stärke abhängig. Man mußte ihnen immer wieder Mut machen. Sogar diejenigen von ihnen, die sich nicht so sehr auf sie stützten und die darauf brannten, den Yankees gegenüberzustehen – sie mußten gezügelt werden, damit sie die anderen nicht mit ihrem Übermut ansteckten, und auch das mußte sie kraft ihrer Persönlichkeit tun. Eine weiße Frau, die mit Hunderten von Sklaven allein dastand, konnte keine Angst oder Schwäche zeigen. Festen Schrittes ging Julia die Treppen hoch und ins Haus hinein. Es gab noch viel zu tun.

Sie überprüfte gerade mit Pansy die Leinentücher, als aus dem Hof plötzlich lautes Geschrei zu hören war. Julias Gesicht blieb ruhig; sie hatte sich auf diesen Augenblick vorbereitet und war bereit. Gott sei Dank war die Warterei nun fast vorbei. Sie schaute Pansy an, und die Kraft ihres Willens genügte, um das Zittern der Magd zu beenden. »Diese Laken werden noch für zwei Jahre ausreichen«, sagte sie, »und dann haben wir immer noch welche in den Koffern auf dem Dachboden.« Sie verschloß die Tür des großen Schrankes. »Du kannst gehen, Pansy. Richte Jefferson aus, daß ich nach unten komme.« Pansy hob ihre Röcke ein wenig an, machte eine Verbeugung und eilte zur Treppe.

Als Julia auf den Hof trat, bot Jonas, der von allen umringte erste Fuhrmann vom nachbarlichen Landgut der Middletons, das Bild eines religiösen Redners, der die Schrecken des Jüngsten Gerichtes heraufbeschwört. Seine Augen waren geweitet, er klagte laut, jammerte und schrie: »Alles verbrannt: Tiere, Ernten, Gebäude. Toby war der erste, der etwas sagte, und der Soldat spaltete mit seinem Säbel seinen Kopf wie eine Melone einfach entzwei. Sie sind wie leibhaftige blaue Teufel, denen selbst im Höllenfeuer das Lachen nicht vergeht.«

Um ihn herum lagen alle Sklaven auf den Knien, schaukelten vor und zurück, ihre Arme hatten sie hoch in den blassen

Winterhimmel gestreckt. »Verbrannt«, schrien sie, »verbrannt.« Ihr schrilles Wehklagen schwoll zu panischen, durchdringenden Schreien an.

Julia blickte hinunter in Richtung Middleton. Schwarze Rauchwolken stiegen dort in die dünne blaue Luft. Es war nicht mehr viel Zeit zu verlieren. Sie schlug gegen die große eiserne Triangel, die neben der rückwärtigen Tür des Hauptgebäudes hing. In das plötzliche Schweigen, das dem verklingenden Ton der Triangel folgte, fielen ihre eindringlichen und deutlichen Worte. »Die Yankees werden Ashley Barony nicht einäschern. Ich werde es nicht zulassen. Und sie werden euch nichts antun und euch auch nicht aushungern. Jessie, du holst die Kinder und bleibst mit ihnen im Speisesaal. Sie können sich da unter die Tische auf den Boden setzen. Gib ihnen einfach ein paar Süßigkeiten und sag ihnen, sie sollen so leise sein wie Schleichkatzen... Griffin... Dinah... Snippy... Hesekiel... Salomon... Jupiter...«

Julia rief die am besten ausgebildeten und mutigsten Sklaven aus der Menge und gab ihnen spezielle Befehle, damit die Strategie, die sie zur Verteidigung gegen die Yankees ersonnen hatte, auch zum Erfolg führen konnte. Kleintiere und Federvieh wurden ins Wohngebäude gebracht und bekamen ein unerwartetes Mahl, dem man Whiskey beigemischt hatte, damit sie ruhig schlafen würden, wenn die Yankees vor dem Haus standen. Das Großvieh und die ganzen Gerätschaften wurden in den Wäldern und Sümpfen versteckt. Aus Räucherkammer und Kühlhaus hatte man bereits alle Lebensmittel herausgeholt; Schinken und Käse stapelten sich in den Ecken des Ballsaales.

Julias Mitarbeiter wählten ihre Helfer aus und eilten los, um ihre Befehle auszuführen. Der Schrecken, den sie zunächst empfunden hatten, wich großer Aufregung. Wenn Miß Julia sagte, sie würde es nicht zulassen, daß die Yankees irgend jemandem etwas antun, dann gab es keinen Grund, ängstlich zu sein, und die Unterbrechung der Alltagsroutine wurde als willkommene Abwechslung empfunden. Nur we-

nige fragten sich, wie Julia es eigentlich schaffen wollte, eine
ganze Armee in die Flucht zu schlagen. Alle empfanden ihr
gegenüber eine derartige Ehrfurcht, daß sie annahmen, diese
Frau könne einfach alles schaffen.

Als die Bediensteten den Hof verlassen hatten, wandte
sich Julia dem verletzten Burschen aus Middleton zu. »Geh in
die Küche und sag Willie, sie soll mein Arzneiköfferchen holen. Ich komme gleich und verbinde dir deine Brandwunden.
Wie heißt du?«

»Jonas, Ma'am.«

»Mach dir keine Sorgen, Jonas. Du kommst wieder auf die
Beine. Beeil dich jetzt. Und sag Dinah, sie soll vier Gläser Erd-
beermarmelade aus der Vorratskammer holen. Kannst du dir
das merken?

»Ja, Ma'am.«

»Dann los.«

Julia stand noch einen Moment lang da und betrachtete
den leeren, aufgeräumten Hof. Sie wußte, daß ihr eine
schwere Prüfung bevorstand, und bereitete sich innerlich so
gut es eben ging darauf vor. Dann hob sich ihr energisches
Kinn, und sie ging ins Haus.

In der Küche war alles in heller Aufregung. Die zum Haus
gehörenden Sklaven waren dort zusammengekommen und
schrien wild durcheinander. Julia nahm einen großen Blech-
löffel und schlug gegen den Kupferkessel. »Aufhören!« rief
sie. Sofort war alles still. »Dinah«, sagte sie, »gib mir bitte die
Marmelade und einen kleinen Löffel und bitte eine deiner alten Schürzen, eine mit möglichst vielen Flecken.«

»Miß Julia, das ist doch nicht Ihr Ernst? Sie haben bestimmt
vergessen, daß Sie davon Ausschlag bekommen.«

»Das weiß ich durchaus. Gib mir die Marmelade und hol
mir eine Schürze.«

Kurz darauf lehnte Julia an der Wand in der Nähe des Vor-
dereingangs und spähte durch die winzigen Glasscheiben an
dessen Seite nach außen. Sie hatte das Gefühl, schon eine

halbe Ewigkeit dort zu verbringen. Wo blieben nur diese verdammten Yankees?

Sie machte einen äußerst heruntergekommenen Eindruck. Ihr dürrer Körper steckte in einem verwaschenen, uralten Kattunkleid von Pansy. Der Rock und das geschnürte Oberkleid waren voller Fettflecken, von denen ein ranziger, widerlicher Geruch ausging. Dinahs schmutzige Schürze war erst zerknüllt und dann mit Asche eingerieben worden. Julia trug sie über dem Kattunkleid. Ihr Haar war ein verfilzter Haufen schmutziger Strähnen. Sie hatte es wild durcheinandergebracht, bis es ein Gewirr von Knoten bildete, und dann mit Fett und Ruß eingeschmiert. Außer ihrem Gesicht und ihren Händen starrte jeder Zentimeter an ihr vor Dreck.

Die Hände waren ihr auf den Rücken gebunden. Wie ihr Gesicht und ihr ganzer Körper waren sie über und über mit einem blutroten Ausschlag bedeckt, den ihre Erdbeerallergie hervorrief. Alles juckte wie verrückt. Sie selbst hatte den Befehl gegeben, ihr die Hände auf dem Rücken festzubinden, damit sie sich nicht alles aufkratzte.

Die frühe Dämmerung des Wintertages brach an und wurde noch durch die düsteren Rauchschwaden verstärkt, die von den in Flammen stehenden Gebäuden in Middleton aus den Fluß hochtrieben. Es würde nicht mehr lange dauern, dann konnte man nichts mehr erkennen, und alle Vorbereitungen waren vergebens.

»Pansy«, sagte sie, »zünde die Kerosinlampe an und leg sie unter den Abfalleimer, damit das Licht abgeschirmt ist.« Das Sprechen war so anstrengend, daß sie zu würgen begann. Die Eingangshalle stank wie ein offenes Grab. Drei schwere, verwesende Fleischklumpen hingen vom Kerzenleuchter herab. Der üble Gestank des fauligen Fleisches wurde durch den scharfen Geruch des auf Teppiche und Vorhänge gesprenkelten Terpentins bis zur Unerträglichkeit gesteigert.

Das Geräusch, mit dem Pansy ein Streichholz anzündete, ließ Julia hochschrecken. Reiß dich zusammen, sagte sie sich innerlich. Dann hörte sie ein zweites Mal ein kratzendes Ge-

83

räusch, diesmal etwas leiser. Sie lehnte sich näher ans Fenster heran. Ja, da waren Pferde, die im Kies der Zufahrt scharrten. Das Herz schlug ihr bis zum Hals. Jetzt, da der entscheidende Moment gekommen war, fühlte Julia weder ihren juckenden Körper noch ihre Furcht. Sie war wie eine Spielerin, die alles auf eine Karte gesetzt hatte; ihre Nerven waren bis zum Zerreißen gespannt, alle ihre Sinne waren hellwach.

»Pansy«, flüsterte sie, »sie kommen. Bind mich los.«

Die Reitertruppe versammelte sich auf der breiten Zufahrt vor dem Haus. Der wegen seiner Brutalität berüchtigte Kilpatrick selber führte sie an, einer der übelsten Offiziere, die Sherman unterstanden. »Sieht völlig verlassen aus«, sagte er, »sind wahrscheinlich alle ausgeflogen.«

»Wenn sie erst einmal im Feuer braten, dann kommen sie schon heraus«, lachte sein Adjutant. Er räusperte sich und spuckte auf die weißen Marmorstufen.

»Immer dasselbe! Reite zurück zu den anderen und sag ihnen, sie sollen nachrücken. Wir errichten hier unser Lager und äschern morgen alles ein.«

Der Adjutant drehte sein müdes Pferd herum. Bevor er ihm jedoch die Sporen geben konnte, wurde die Eingangstür aufgestoßen, und eine verstörte Frau taumelte ins Freie. Sie wirkte wie eine Vogelscheuche und hielt eine Lampe vor sich hin.

»Gott sei Dank«, krächzte Julia. »Ist ein Arzt bei eurer Truppe? Sechzig Sklaven haben Pocken, und ich schaffe es einfach nicht mehr, das Nötigste für sie zu tun.« Sie hielt die Lampe hoch und schwang sie hin und her. Das flackernde Licht fiel auf ihr geschwollenes, mit Pusteln bedecktes Gesicht und auf ihre Hände; sie tauchte sie wieder ins Dunkel und beleuchtete sie dann erneut. Hinter ihr, von vorne nicht zu erkennen, stand Pansy in der Eingangshalle und fächelte mit zwei großen Palmwedeln die stinkende Luft nach außen.

Kilpatrick und seine Männer zogen die Zügel an und

wendeten die Pferde. »Wir können euch nicht helfen«, riefen sie. »Bleibt uns bloß vom Hals.«

Plötzlich wankte Julia auf Kilpatricks Pferd zu und versuchte, ihm mit ihrer geschwollenen Hand in die Zügel zu greifen. »Aber ihr müßt uns helfen«, stöhnte sie auf. »Vier sind schon tot, und keiner von uns hat noch die Kraft, sie überhaupt zu begraben. Bitte, helft uns!« Ein widerlicher Gestank ging von ihr aus.

Er traf Kilpatrick wie ein Schlag. »Himmel«, brüllte er, »bloß weg von hier!« Die Reiter galoppierten davon, um die anderen Soldaten zu erreichen. Hinter ihnen ertönte Julias Gewimmer. »Hilfe, so kommt doch zu Hilfe!« Dann hörte man nur noch Hufgetrappel.

Als auch das allmählich leiser wurde, entlud sich Julias Spannung in einem lauten Lachen. Sie saß auf den Stufen, ganz kraftlos, und lachte, bis ihr die Tränen die geschwollenen Wangen herunterliefen. »Pansy«, rief sie, »bring mir etwas Kamille. Es brennt alles wie Feuer.«

Buch Zwei

1865

7

Shad Simmons ruderte das undichte Boot den Cooper hinunter und verfluchte die ihm seit einer halben Stunde vom Meer entgegenflutende Strömung. Von Zeit zu Zeit drehte er sich um und betrachtete voller Sorge die zusammengesunkene Gestalt Pinckneys vorne im Bug. Er hoffte, daß Pinny lediglich eingeschlafen war. Beide waren durch die lange Reise von Virginia herunter so erschöpft wie nie zuvor in ihrem Leben.

Aber jetzt waren sie tatsächlich fast am Ziel angelangt. Rechts tauchten die Überreste der Hafenanlage und Speicherhäuser Charlestons auf und ragten weit in den Fluß hinein. Der beißende Geruch nach verkohltem Holz verschmolz mit dem schweren, süßen Blütenduft des Jasmin aus den verwilderten Gärten der hinter den Docks liegenden Stadt zu einer grotesken Geruchsmischung.

Ganz unerwartet flammte der Abendhimmel in einem leuchtenden Rot auf. Dieses hatte genau die Farbe des Explosionsblitzes schwerer Mörsergeschosse. Shad warf sich in das trübe Wasser im Kiel des Bootes, das daraufhin zu schaukeln begann. Pinckney wurde wach und hob seinen Kopf.

»Was, zum Teufel?« brummte er.

Shad setzte sich wieder hoch. »Es sind doch keine Geschosse. Der gottverdammte Krieg ist wirklich vorbei.« Soldaten der Unionsstaaten, die sie in einem verlassenen Eisenbahnwaggon im Schlaf überrascht hatten, hatten ihnen die Nachricht von General Lees Kapitulation übermittelt.

Aufmerksam musterten die beiden Männer den Himmel. Er leuchtete wieder auf, diesmal in grünen und gelben Farben. Ein Feuerwerk!

»Das darf doch wohl nicht wahr sein«, sagte Pinckney. Er

mußte lachen. »Kannst du dir vorstellen, daß es die Willkommensfeier für uns Heimkehrer ist?«

Sein Lachen wirkte etwas rauh und heiser, aber es kam von Herzen. Lange Tage hindurch hatte er seine Zweifel gehabt, daß sie überhaupt jemals nach Hause gelangen würden; jetzt tauchten jene unerklärlichen Raketen den weißen Kirchturm der St. Michaels-Kirche in grellbunte Farben. Charleston hatte ihn wieder. Er sog prüfend den süßlich-scharfen Geruch ein, der von den blauschwarzen Schlickflächen aufstieg, die die Ebbe bloßlegte. Schaumiger Schlick. Für Besucher eine Abscheulichkeit, aber für alle, die ihn von Geburt an kannten, ein schwefelhaltiges Parfüm. Eine Welle des Glücks durchflutete ihn.

»Steuer hier herüber, Shad«, sagte er und gestikulierte mit den Händen. »Da müßten Treppenstufen sein, wenn wir sie noch finden. Hinter diesem ganzen Unrat liegt das Ende der Tradd Street.«

Pinckneys Zuhause war nur drei Querstraßen vom Fluß entfernt, aber sie brauchten lange, um dahin zu gelangen. Shad verlangsamte seinen Schritt. Er wurde in schneller Folge mit ungewohnten Eindrücken bombardiert, die er erst einmal verdauen mußte. Noch nie war er in einer Stadt gewesen. Die großen Gebäude zu beiden Seiten der engen Tradd Street ragten steil über den beiden Männern hoch. Bei Shad entstand ein Gefühl, als laufe er durch eine enge Schlucht. Er fühlte sich eingeschlossen und beklommen. Mehrmals fiel sein Blick nach oben, und er erwartete unbewußt, auf Felsen sitzende Vögel zu erblicken. Hinter der ungleichmäßigen, gezackten Silhouette der Dächer wurde der Himmel in unregelmäßigen Abständen von den unsichtbaren Feuerwerksraketen erhellt. Leise waren ihre Explosionen zu hören. Shads Kiefer bewegten sich hastig. Nervös und aufgeregt beförderte er den Klumpen Kautabak von einer Backe in die andere.

Auch Pinckney blickte sich nach allen Seiten um. Die nahende Dunkelheit verbarg wohlwollend vieles von den Schäden, die die Stadt durch die Belagerung davongetragen hatte. Die vertrauten Gebäude, die immer noch am gleichen Platz standen, waren ein großer Trost für ihn. Er bewegte sich unsicher auf dem Gehsteig voran; immer wieder stieß er gegen die Mauern der links von ihm stehenden Gebäude. Noch konnte er seinen Körper nicht im Gleichgewicht halten, einem Gleichgewicht, das er für den Rest seines Lebens bitter nötig hatte. Sein rechter Ärmel flatterte unterhalb des Ellbogens leer im Wind. Er konnte damit seinen Körper nicht recht ausbalancieren.

Als sie auf der Meeting Street auftauchten, entspannte sich Shad ein wenig. Es war eine breite Straße, und direkt vor ihnen lag eine große Kirche mit zwei Türmen mitten in einem weitläufigen, freien Gelände aus Gärten und Kirchhof. Beide Männer beschleunigten ihren Schritt. »Wir sind zu Hause, Shad!«

Die Fensterläden am Haus der Familie Tradd waren alle geschlossen. Durch die von Granaten in die Läden gerissenen Löcher fiel jedoch etwas Licht nach außen. Sie eilten an der Vordertür und der hohen Ziegelmauer vorbei bis zu einem Eisentor, dessen eine Hälfte an verbogenen Angeln hing und ein gutes Stück abgesackt war. »Wir gehen nach hinten.« Pinckney konnte vor Anstrengung nur mühsam sprechen. »Wir sollten uns besser ein wenig säubern, bevor wir den Damen gegenübertreten.« Eine Kugel aus grünen Sternen zerplatzte über ihm und tauchte sein bärtiges Gesicht und sein verfilztes Haar in ein geisterhaftes Licht.

»Ich denke, da hast du recht, Cap'n!« Shad spie einen braunen Strahl Tabaksaft auf die Straße, blickte wieder auf die großen, fahlen Säulen der Balkone, zuckte mit den Achseln und zog den ganzen Klumpen aus dem Mund.

Sie gingen die gepflasterte Zufahrt für die Fuhrwerke entlang bis zu einem ungepflasterten Hof hinter dem zugewachsenen Garten. Eine junge schwarze Frau stand dort mit dem Rücken zu ihnen und hängte nasse Wäsche auf eine dünne Leine, die straff zwischen zwei Bäume gespannt war. Im

Dämmerlicht waren ihr Kattunkleid und ihr buntes Halstuch die einzigen Farben. Die Gebäude, die den Hof umsäumten, bestanden aus den altvertrauten graurosa Ziegelsteinen, die aus den Ziegeleien des Charlestons der Vorkriegszeit stammten. Die Kanten der Gebäude verschmolzen mit der grauen Dämmerung und wurden nur sporadisch vom Widerschein der roten Feuerwerksraketen erhellt.

»Bist du es, Sophie?« Pinckney konnte sie nicht genau erkennen.

Die Frau ließ den großen nassen Nachtrock, den sie im Arm hatte, fallen und drehte sich auf der Stelle um. »Gott sei's gedankt! Mist' Pinckney!« Sie faltete die Hände über der Brust. Als er näher kam, nahm sie ihren Kopf in beide Hände. »Was muß ich sehen?« stöhnte sie auf. »Nur Haut und Knochen! Und dann...« Sie stieß einen spitzen, durchdringenden Klagelaut aus.

»Sophie, hör auf damit. Heißt man so zwei Helden willkommen?« Pinckney hielt die gespielte Lustigkeit nicht lange durch. »Sophie, bitte«, flehte er sie an. Er hatte sich auf diese Begegnung vorbereitet, um nicht durch die Reaktionen seiner Familie auf seinen fehlenden Arm verletzt zu werden. In Virginia, bei der Armee, hatte er sich vollständig unter Kontrolle gehabt. Jetzt, wo er endlich zu Hause war, spürte er, wie ihm diese Kontrolle entglitt. Zu viele Gefühle stürmten auf ihn ein. Er spürte das wilde Verlangen, sich auf die Erde des so vertrauten Hofes zu werfen und sie zu küssen. Er wollte den Kopf in den Nacken legen und ein Klagegeheul anstimmen, als er sich schmerzhaft der geflickten Löcher in den Hausmauern gewahr wurde. Die Angst vor dem, was in Zukunft noch alles auf ihn zukommen würde, umfing ihn. Sein abgezehrtes Gesicht zeigte nichts von dem Gefühlssturm, der in seinem Innern tobte. Er lächelte Sophie an und tätschelte ihr die Schulter. »Es ist alles in Ordnung«, sagte er zu ihr.

Die Frau stopfte sich ihre Faust in den Mund, bis sie still war.

»So ist es schon besser«, meinte Pinckney. Er winkte Shad herbei. »Das ist Sophie, Shad. Sie kümmerte sich früher um meine Mutter und deren Wäsche, aber wenn ich diesen Wäscheberg hier sehe, dann scheint sie sich mittlerweile um die ganze Familie zu kümmern.«

»Ja, Sir«, murmelte Sophie. »Und um Miß Julia natürlich, ganz besonders auch um Miß Julia.«

»Miß Julia? Lebt sie jetzt auch hier?«

»Ja, Sir, Ein Yankee-General wohnt jetzt auf der Charlotte Street in Miß Julias Haus.«

»Ah ja. Nun... Das ist Mr. Simmons, Sophie. Er wird ebenfalls hier wohnen. Aber hab keine Angst! Er ist bei seiner Wäsche nicht sehr eigen, und ich bin es auch nicht. Kocht noch das Wasser in einem deiner Waschkessel?«

»Das Feuer ist aus, aber das Wasser habe ich noch nicht weggeschüttet.«

»Dann leg noch etwas Holz nach und mach bitte das Feuer noch einmal an, Sophie. Mr. Simmons und ich haben eine Bürste und Seifenlauge bitter nötig. Und die Sachen, die wir am Leib haben, sollten auch besser gekocht werden.«

»Ja, Mist' Pinckney. Ich sage Salomon, er soll den Badezuber auf Ihr Zimmer bringen.«

»Bitte nicht! Ich hab' noch ein paar blinde Passagiere am Leib, und die will ich besser nicht mit ins Haus nehmen. Wir werden uns hier im Hof waschen. Und schau uns ja nicht heimlich dabei zu, hörst du?«

»Oh, Mist' Pinckney.« Sophie kicherte überlaut los.

»Na gut, dann los! Und Sophie – wir brauchen noch Rasierzeug und frische Kleider. Ich habe damals noch etwas Wäsche im Kleiderschrank gelassen. Ist die noch da?«

»Ja, Sir!«

»Ich würde mich freuen, wenn du sie so schnell wie möglich holen könntest.«

»Ja, Sir... Mist' Pinckney? Ich bin schon weg, aber ich muß Euch doch sagen, daß wir alle sehr froh sein werden,

Euch wieder bei uns zu Hause zu haben. Ein Mann ist durch nichts zu ersetzen.«

»Danke, Sophie. Ein sauberer Mann noch weniger, oder?«

»Ja, Sir, bin ja schon weg.« Sie eilte zum Küchengebäude.

Pinckney hielt die Kerosinlampe hoch über sich und führte Shad zum Salon. Sie waren jetzt sauber, aber das war auch alles. Pinnies Kleidung stammte noch aus den Jahren vor dem Krieg und hing locker an seinem ausgemergelten Körper herab. Der Anblick wurde nur noch durch Shad übertroffen. »Meine Tante Julia ist ein Ungeheuer, Shad«, warnte er ihn. »Laß dich durch sie und durch das, was sie sagt, nicht aus der Fassung bringen.« Er klopfte an die offene Tür.

Julia schaute von ihrem Stickrahmen hoch. Sie stopfte gerade eines von Stuarts Hemden mit den ausgesuchten Satinstücken, die sie auch für ihre Schmuckstücke verwendete. »Guten Abend, Pinckney«, sagte sie ruhig. »Steh nicht in der Tür herum, komm herein und setz dich.«

Eine kleine Ewigkeit blieb Pinckney wie angewurzelt stehen. Seine Augen mußten erst forschend durch dieses Zimmer streifen, das er von Geburt an kannte. Was war alles beschädigt oder gestohlen worden? Die Silberschalen, in denen einst immer eine Mischung fein duftender Köstlichkeiten vorhanden gewesen war und die einmal auf glänzenden Mahagonitischen gestanden hatten, waren alle weg. Auch die Vasen aus schwerem Kristallglas mit ihren immer frischen Blumensträußen fehlten. Und die Tempelhunde aus Porzellan, die auf dem Herd Wache gehalten hatten, waren auch nicht mehr da. Das ganze Porzellan war verschwunden – der Schäfer und die Schäferin aus Dresden, deren Einfältigkeit ihn immer geärgert hatte, die kleine chinesische Tänzerin mit dem winzigen, blühenden Baum auf ihrem kleinen Fächer, die Dosen mit den kunstfertigen Deckeln, die immer voller Bonbons gewesen waren. Auch alles andere, an das er sich noch gut erinnern konnte – der ganze schöne Kitsch war nicht mehr.

Die silbrig-blauen Seidentapeten waren fleckig geworden, die Wandbehänge fehlten. An einer Wand hing in ungewöhnlicher Tiefe ein Bild. Die Wasserflecken, die es umgaben, verrieten, daß es ein notdürftig geflicktes, von einem Geschoß in die Mauer gerissenes Loch verdecken sollte. Es war das einzige Bild, das noch im Raum hing. Dunklere Rechtecke auf der Tapete kennzeichneten die Stellen, an denen einmal wunderschöne, lichtdurchflutete Landschaftsgemälde gehangen hatten.

Nicht einmal die Hälfte aller Möbelstücke war noch vorhanden, und jedes von ihnen hatte dicke Kratzer davongetragen. Dort, wo Männer ihre sporenbesetzten Stiefel gegen den Stuhl gelehnt hatten, sah man tiefe Einkerbungen in den Stuhlbeinen. Säuberlich aufgenähte Stoffstücke auf den Polstermöbeln, die auf Julias Schneiderkunst beruhten, zeigten, daß man das zerrissene Polster sorgfältig wieder geflickt hatte. Der abgenutzte Boden war wieder poliert worden, aber immer noch staken Splitter in den tiefen Kerben, die entstanden waren, als man das schwere Mobiliar herausgezerrt hatte. Es gab auch keine weichen, ausgeblichenen Perserteppiche mehr, mit denen sich diese Wunden kaschieren ließen.

Pinckney zwang sich, diesen Raum zu betreten. Vorsichtig setzte er seinen Fuß auf den nackten, abgestoßenen Holzboden. Julias Augen weiteten sich für einen kurzen Augenblick, als sie seinen hochgesteckten Ärmel erblickte. »Mein lieber Junge, es tut mir so leid. Hast du große Schmerzen?«

»Nicht mehr. Gott sei Dank! Tante Julia, darf ich dir meinen Freund Shad Simmons vorstellen? Ich habe meinen Arm verloren, und Shad hat mir das Leben gerettet.«

Julias Blick fiel auf Pinckneys Begleiter. Sie versuchte gar nicht erst, ihre Abneigung zu verbergen. Pinckney fühlte heiße Wut in sich hochsteigen. Mit herausfordernden, stahlblauen Augen sah er seine Tante an. »In diesem Falle ist uns natürlich auch Mr. Simmons herzlich willkommen«, sagte Julia. Sie versuchte nicht, überzeugend zu wirken.

Pinckney drehte sich zu Shad um, der noch zögernd im

Flur stand. »Ich habe es dir gesagt«, brummte er. »Komm herein. Sie bellt, aber sie beißt nicht. Tut mir leid, Shad.«

»Ich habe es mir schlimmer vorgestellt«, antwortete der Junge. Er betrat leicht schwankend den Raum. »Na, wie geht's, Ma'am?« sprach er Julia an. Dann nahm er in einem großen Ohrensessel Platz, dessen Wölbungen ihn vor ihrem Blick schützten. Und sie vor seinem.

Pinny zog sich einen Hocker neben den Stuhl seiner Tante. Seine Wangen hatten durch den Ärger richtig Farbe bekommen. Er wünschte sich verzweifelt, daß er ihr sagen konnte, was er dachte, aber Julia war immer noch seine Tante, älter als er und dazu noch eine Dame. »Vielen Dank für das schöne Feuerwerk«, sagte er schließlich.

Julia entging die Ironie nicht; sie ließ sich dadurch aber nicht aus ihrer mürrischen Arroganz bringen. Ohne von der Arbeit aufzublicken, erklärte sie ihm den Grund für das Feuerwerk: Es war der vierte Jahrestag der Kapitulation von Fort Sumter und das Datum des Kriegsbeginns. Seit der Besetzung von Charleston im Februar hatten die Unionstruppen vor allem darauf Wert gelegt, das alte Fort wieder aufzubauen und es wie früher zu nutzen. Das winzige Stück Land am Hafen, einst ein Symbol des Südens, war nun das Symbol des Nordens. Aus diesem Anlaß kamen jedes Jahr Dampfer aus New York und Boston heruntergefahren. Die bedeutendsten Männer der Sklavenbefreiungsbewegung zogen, angeführt von Henry Ward Beecher, im Triumphzug durch die Stadt. Major Anderson, der im April 1861 kapitulieren mußte und inzwischen zum Colonel befördert worden war, kam nun nach Charleston, um die Flagge zu hissen, die er vier Jahre früher hatte einziehen müssen.

»Den ganzen Tag haben sie mit ihren Kanonen Salut geschossen. Ich habe schon Kopfschmerzen davon. Und jetzt dieses Schauspiel. Es unterhält die betrunkenen Neger in den Gärten von White Point und erinnert uns alle immer wieder daran, wie es während der achtzehn Monate der

Belagerung gewesen ist. Natürlich habe ich alle Läden geschlossen. Ich will nichts davon hier hereinlassen.«

Für Pinckney war die Aufregung seiner Tante wie ein Trost.
Julia hatte sich nicht im geringsten verändert. Und sie hatte
sich nur zu einer einzigen Frage zu seinem fehlenden Arm hinreißen lassen und war dann nicht weiter in ihn gedrungen. Ihr
Gleichmut hatte eine überraschend heilsame Wirkung; ihre
scharfe und dennoch betrübte Stimme gab ihm endgültig das
Gefühl, trotz aller Veränderungen zu Hause zu sein.

»Wie geht es Stuart und Mama und Lizzie?« fragte er. »Sie
sind doch bestimmt nicht draußen und schauen sich das Feuerwerk an.«

»Da kannst du sicher sein. Lizzie ist wie gewöhnlich direkt
nach dem Tee ins Bett gebracht worden. Stuart begleitet
deine Mutter widerwillig auf eine Party. Gentlemen sind
heutzutage Mangelware, da muß sogar ein zwölfjähriger
Junge seine Pflicht erfüllen.«

Pinckney mußte lachen. »Der arme Stuart! Mit zwölf ist
man nicht gerade in einem Alter, in dem man die feinen Damen bewundert. Aber wo kann Mama denn in diesen Zeiten
noch auf eine Party gehen?«

»Jeden Freitag hat sie Gelegenheit dazu. Sally Brewton –
wer sonst – hat alle zusammengetrommelt und ein Fest ins
Leben gerufen, das sich als die ›Hungerparty‹ etabliert hat.
Jeder Haushalt, in dem noch ein Klavier steht, ist irgendwann einmal an der Reihe. Nachmittags stellen die Hausjungen das, was von Möbeln und Teppichen noch übriggeblieben ist, beiseite und wachsen den Fußboden. Abends wechseln sich dann die Mädchen beim Klavierspielen ab, und die
Jugend tanzt. Als Erfrischung werden mit Wasser gefüllte
Punschgläser gereicht. Irgend jemand schlug sogar vor, den
›Tanz zum Tee‹ in den ›Tanz zum Wasserglas‹ umzubenen-
nen, aber Sally hatte das Gefühl, das klinge nicht dramatisch
genug.«

Pinckney blickte auf den hageren Körper seiner Tante.
»Gibt es denn wirklich Hunger hier in Charleston?«

Julia verzog das Gesicht. »Es würde nicht viel fehlen, dann wäre es soweit. Die Yankees horten die ganzen Nahrungsmittel. In ihrem Kommissariat geben sie Lebensmittelmarken aus – Reis, Mehl, Essig, gepökeltes Schweinefleisch, Mais – und dafür stellen sich dann die ganzen Schwarzen an. Pansy und Salomon und Hattie vergeuden den halben Tag damit, das Mittagessen zusammenzubekommen.«

»Können Weiße nicht auch zum Kommissariat gehen?«

Julias Lachen klang wie ein Fluch. »Das können sie schon, aber sie tun es nicht. Diesen Triumph werden wir den blauen Teufeln auch nicht gönnen. In Virginia mag der Krieg ja vorüber sein, aber hier hat er gerade erst begonnen. Wir alle gegen die Yankees.«

Auf Nachfrage Pinckneys berichtete Julia gefühllos und detailliert über das, was sich seit seinem letztem Heimaturlaub alles in Charleston zugetragen hatte. Sie schilderte auch die Bedingungen, unter denen die Einwohner jetzt leben mußten.

Direkt nach der Eroberung der Stadt hatten die Soldaten der Unionsstaaten alle unbeschädigten Gebäude oberhalb der Calhoun Street besetzt und die früheren Bewohner in die Altstadt vertrieben. Sie hatten die mit Baumwolle und Reis gefüllten Speicherhäuser angezündet und dabei die ganzen Hafenanlagen eingeäschert. Eine Zeitlang sah es so aus, als ob die Soldaten in ihrem Übereifer die ganze Stadt in Schutt und Asche legen wollten, aber die Offiziere behielten die Kontrolle. Das einzige Haus, das tatsächlich dem Erdboden gleichgemacht worden war, gehörte dem französischen Konsul. In diesem Gebäude hatten einige Hugenotten aus Charleston Wertsachen aus aller Herren Länder aufbewahrt.

Die befreiten Sklaven aus den großen Villen und von den Plantagen kamen in einem unaufhörlichen Strom in die Stadt, schliefen in den Ruinen, in Parks und auf den Straßen. Nach einem Befehl Shermans wurde das ganze Land zwischen Beaufort und Charleston bis zu einer Entfernung von dreißig Meilen von der Küste beschlagnahmt und an die befreiten Sklaven, die sich seiner Armee in Georgia angeschlossen hatten, verteilt. Dazu gehörte auch das Landgut der Familie Ashley. Einer der zu Sherman gehörenden Generale namens Saxon hatte 194 000 Hektar Land zu vergeben. Er kam nach Charleston und hielt eine Ansprache, bei der er den Schwarzen mitteilte, dieses Land gehöre jetzt ihnen. Die meisten Schwarzen nahmen sich allerdings daraufhin irgendein Stück Land, das ihnen gerade zusagte. Überall in der Stadt tauchten an den Straßenecken auf einmal kleine Buden auf, in denen windige Geschäftemacher Holzpfähle für einen Dollar das Stück feilboten. Die Verkäufer behaupteten, daß jeder Schwarze einfach an einem Platz, der ihm gefiel, einen dieser Pfähle in den Boden rammen und dadurch die 16 umliegenden Hektar zu seinem Besitz erklären könne.

»Soweit ich das mitbekommen habe, haben sich daraufhin einige der neuen Grundbesitzer gegenseitig umgebracht«, sagte Julia. »Sie waren auch nicht allzu gut auf ihre Wohltäter zu sprechen.«

Wütend und mit dem Gefühl, betrogen worden zu sein, gingen die Schwarzen wieder zurück in die Stadt und begannen jeden Weißen, der ihnen über den Weg lief, anzugreifen. Sogar die Offiziere der Unionstruppen waren nicht mehr vor ihnen sicher. Julia lächelte. »Ein gewisser Colonel Gurney dachte dann, er habe die Lösung gefunden. Er befahl den Schwarzen, sie sollten wieder in die im Norden der Stadt gelegenen Plantagen zurückgehen und auf Lohnbasis für die Weißen arbeiten. Das beschlagnahmte Land im Süden sei nur für die befreiten Sklaven aus Georgia bestimmt. Jeder Mann, der noch arbeitsfähig war und in der Stadt blieb, mußte bei den Aufräumarbeiten auf den Straßen mithelfen, um die durch das Bombardement entstandenen Schäden zu beseitigen. Durch die Aufstände der Schwarzen konnten wir nachts kein Auge mehr zudrücken, einen derartigen Spektakel haben sie veranstaltet. Die Offiziere sind dann durch die Stadt gegangen und haben jeden Weißen, der den Yankees dabei half, die wütenden Arbeitskräfte unter Kontrolle zu bringen, mit einer Keule bewaffnet. Sie haben diesen Weißen sogar etwas Geld gezahlt. Es war ja noch jede Menge weißes Gesindel in der Stadt, einfache Leute, die aus dem Landesinneren in die Stadt gekommen waren.« Ihre Augen fielen flüchtig auf Joe, der hinter Pinckneys Hocker im Sessel saß. »Diese Leute waren ganz erfreut über die Chance, gegen Bezahlung ein paar Schwarze umzubringen. Außer Stuart wollte natürlich keiner aus unseren Kreisen da mitmachen. Stuart dachte tatsächlich, er könne dann unbemerkt ein paar Yankees erschlagen. Ich mußte ein ernsthaftes Wort mit ihm reden.«

»Stuart? Aber Stuart ist doch noch ein Kind.«

»Warte, bis du ihn siehst.« Julia fuhr mit ihrer Erzählung fort. Die Armee zerfiel in zwei Gruppen. Beide versuchten, die Lage zu kontrollieren. Auf der einen Seite gab es die regulären Besatzertruppen. Daneben gab es dann eine Gruppe, die sich ›Vereinigung der Befreiten und Flüchtlinge zur Nutzung verlassener Ländereien‹ nannte. »Das bedeutete einfach noch mehr Enteignungen!« Diese Gruppe beschlagnahmte alle Schulgebäude einschließlich der nebenan liegenden South Carolina Hall und eröffnete neun Schulen für schwarze Kinder und Erwachsene. »Natürlich waren in der ganzen Stadt keine neun Schulgebäude zu finden. Die meisten Leute hatten ja ihre Hauslehrer oder private Klassen für ihre Kinder. Da haben sie dann einfach irgendein Gebäude genommen und es für ihre Zwecke umgewandelt. Die St. Lukas-Kirche haben sie bis auf das letzte Altartuch leergeräumt. Jetzt ist es eine Schule für schwarze Mädchen.«

Pinckney dachte an den letzten Gottesdienst, den er in dieser Kirche erlebt hatte. Es war Heiligabend gewesen, und Lavinias lächelndes Gesicht hatte neben seiner Schulter zu ihm aufgeschaut. Wie würde sie jetzt auf den leeren Ärmel unterhalb dieser Schulter reagieren? Er zwang sich dazu, wieder den Ausführungen seiner Tante zuzuhören.

»... Zumindest ehrlich verdientes Geld. Und es ist viel

einfacher, einem kleinen Negerkind das ABC beizubringen, als ihm klarzumachen, wie man einen Tisch vernünftig deckt.«

»Entschuldige, Tante Julia. Ich habe gerade nicht alles mitbekommen.«

»Ich spreche nicht zu meiner eigenen Unterhaltung, Pinckney. Paß gefälligst besser auf!« Ihr schneidender Tonfall störte Pinckney nicht im geringsten. Er war einer der wenigen Dinge, die innerhalb dieser ganzen Veränderungen noch konstant geblieben waren. »Ich sagte, daß die meisten Lehrer Frauen sind.« Sie nannte ein Dutzend Namen. »Diese dämlichen Yankees haben neun oder zehn Besserwisser heruntergeschickt, was natürlich überhaupt nicht ausreichte. Sie mußten daher mehr als siebzig Leute aus Charleston als Lehrer einstellen, alte Männer für die Jungenschule und Frauen für die Mädchenklassen. Anabelle Marion bringt ihnen überraschenderweise Lesen bei. Ich dachte immer, sie sei Analphabetin! Sie erzählte mir, daß alles in allem über dreitausend Schüler in den Klassen sitzen. Deine eigene Mutter hatte vor, ihre Dienste als Lehrerin anzubieten, aber ich habe ihr gesagt, daß die Yankees noch nicht so tief gesunken sind, als daß sie ihre Dienste in Anspruch nehmen würden.«

»Mama?« rief Pinckney mit einem lauten Lachen aus. »Die kann doch nicht einmal ›Hut‹ buchstabieren! Warum in aller Welt will sie denn Lehrerin werden?«

»Das gehört alles zu ihren neuen Spinnereien. Sie ist zu einem religiösen Fanatiker geworden!«

»Mama?«

»Deine hohlköpfige Mutter, genau! Als die Leute wieder in die Altstadt zogen, begannen auch direkt wieder die Gottesdienste in der St. Michaels-Kirche. Am ersten Sonntag las Mr. Sanders wie immer seine Predigt herunter. Ein schlauer Yankee oben auf der Galerie hat dabei gut aufgepaßt, und ihm fiel auf, das Mr. Sanders das Gebet für den Präsidenten ausließ. Er hat das immer schon getan, keiner von uns hat sich ja viel aus Mr. Davis gemacht, aber der Yankee hat es ge-

meldet, und es wurde deswegen ein riesiger Aufstand veranstaltet. General Sickles bestand darauf, daß wir alle für Lincoln beteten, Mr. Sanders weigerte sich, und da haben sie
ihm kurzerhand sein Haus und die ganze Einrichtung und
sogar seine Meßgewänder weggenommen und ihn durch
einen Mann aus Rhode Island ersetzt. Edwards heißt er,
Adam Edwards. Einer von den ganz Strengen. Predigt die
ganze Zeit vom Straffeuer und von der Verdammung. Ich
nenne ihn Jonathan, was deine Mutter ganz verrückt macht,
auch wenn sie gar nicht weiß, auf was ich da anspiele.«

»Ich verstehe nicht ganz.«

»Sobald du ihn siehst, wird dir alles klar. Die bischöfliche
Kirche hat es fertiggebracht, Charleston wirklich in Gefahr zu
bringen. Der Mann ist hübsch wie ein Engel, betörend wie
eine Nachtigall und dazu noch Witwer. Jede zweite Frau in
Charleston ist völlig vernarrt in ihn, und sie lassen alle ihre
Künste spielen, um ihn auf sich aufmerksam zu machen. Ich
glaube allerdings nicht, daß sich viele so absurd aufführen
wie deine Mutter. Die meisten tun nur so, als ob sie seinen
Predigten Glauben schenkten, aber deine Mutter ist völlig
überzeugt von seiner Botschaft. Charleston ist Sodom und
Gomorrha in einem, und der Krieg ist die Strafe Gottes für die
Sünden, die wir begangen haben. Wie ein Papagei plappert
sie alles nach. Für mich ist das immer ausgesprochen langweilig. Die einzige Unterhaltung bieten die Schönheiten im
reifen Alter, die sich sonntags in der Kirche einfinden. Wie
ergriffen sie an seinen Lippen hängen! Wenn Edwards die
heilige Kommunion austeilt, dann muß er den Damen den
Kelch richtig aus den Händen reißen, um ihn weiterzugeben.

Ich denke, Mary will deswegen so gerne Lehrerin sein,
weil sich auf dem Feld der romantischen Verehrung so viele
Frauen drängeln, daß deine Mutter keinen bleibenden Eindruck hinterläßt. Aber dieser Edwards hat eine Tochter, und
die geht auf die Schule, die nebenan aufgemacht hat. Deine
reizende Mutter hat sich ausgemalt, alle zehn Minuten ins
Pfarrhaus gehen zu können und mit Prudence Schulangele-

genheiten zu besprechen. Dann, dachte sie, könnte sie sich
so lange dort aufhalten, bis irgendwann der liebe Papa von
Prudence auftaucht.«

8

Leise betrat Pansy den Raum und wartete, bis Julia auf ihre
Anwesenheit reagierte. Dann sagte sie ruhig: »Das Abendessen für Mist' Pinckney und den anderen Gentleman ist gerichtet, Ma'am.« Ein kurzes Lächeln blitzte Pinckney entgegen. »Die Kleider sind gekocht.« Mit einem Kichern eilte sie
wieder auf den Flur zurück.

Zwei Gedecke waren auf dem langen Tisch aufgebaut.
Pinckney zog einen dritten Stuhl für seine Tante an seine
Seite, doch als diese sah, wie Shad sich die heißen Biskuit-
küchlein in einem Stück in den Mund stopfte, lehnte sie ab.
»Ich bin nachher in der Bücherei, Pinckney. Wenn du nicht
zu müde bist, würde ich mich über deinen Besuch sehr
freuen.«

Die beiden jungen Männer aßen schweigsam. Beide kamen sie fast um vor Hunger, und die warme Mahlzeit erschien ihnen wie ein Geschenk des Himmels. Es war ein einfaches Gericht aus Maisbrei, gebratenem Schinken und Bis-
kuitküchlein, aber alles war sehr großzügig bemessen. Elias
teilte es aus, als würde er ein Bankett aus der Vorkriegszeit
servieren. Er trug seinen Samtfrack und Kniehosen mit weißen Seidenstrümpfen, an denen man die gestopften Stellen
kaum erkennen konnte. Als die prächtige Gestalt des Butlers
das erste Mal in der Tür erschien, fielen Shad fast die Augen
aus dem Kopf. Pinckney bemerkte es gar nicht. Er war völlig
damit beschäftigt, sich von seinem Stuhl zu erheben, um den
schwarzen Mann zu umarmen. »'lias, ich bin so froh, dich
wiederzusehen.«

»Ja, Sir, ich ja auch, Mist' Pinny, aber wenn Sie hier diesen

Maisbrei verschütten, dann bringen die anderen in der Küche mich um. Es ist alles, was wir haben.« Er stellte das Tablett auf den Tisch und nahm Pinckneys hageren Körper in seine starken Arme. Seine Augen wurden feucht.

Elias manövrierte Pinckney vorsichtig zu seinem Stuhl, was dieser bereitwillig geschehen ließ. »Sie müssen jetzt etwas essen. Meine Güte, Sie fallen ja fast vom Fleisch, sehen ja aus wie eine streunende Katze.« Elias nahm das Tablett vom Tisch und sah, daß Shad bereits über den ganzen Tisch gelangt und sich seinen Brei vom Tablett geschaufelt hatte und alle Schüsseln schon halb leer waren. Sein Blick verfinsterte sich.

»Shad, das ist Elias. Er ist für die ganze Familie verantwortlich«, sagte Pinckney rasch. »'lias, das ist Mr. Simmons. Er hat mir das Leben gerettet, als ich meinen Arm verloren habe. Ich hoffe, er wird eine Weile bei uns bleiben.«

»Ja, Sir«, sagte Elias. Der finstere Blick verschwand. Er reichte Pinckney das Tablett von der rechten Seite. »Die gute Miß Ashley, sie hat uns schon vor langer Zeit beigebracht, was zu tun ist, wenn ein Gast nur mit der linken Hand essen kann«, meinte er sanft. »Ich weiß es noch. Alles muß geschnitten werden. Ich mache es in der Küche fertig und bringe es dann wieder herein. Ich kann Ihnen auch einen Extralöffel geben, bis Sie gelernt haben, mit der Gabel umzugehen.« Für einen langen Augenblick traf sich der Blick der beiden Männer. Die warmen braunen Augen teilten den Schmerz, der in den blutunterlaufenen blauen Augen lag, und drückten alles aus, was man über Verlust, Liebe, Mitgefühl und frischen Mut nur ausdrücken konnte. Pinckney lächelte und sah mit einem Mal wieder sehr jung aus.

»Danke, 'lias«, murmelte er.

»Ich bin sehr froh, daß Elias noch bei uns ist«, sagte Pinckney nach dem Abendessen zu Julia.

Seine Tante lachte verächtlich. »Der alte Heuchler«, sagte sie. »Er wird dir erzählen, er sei weggeblieben, um ›nach den

Damen Ausschau zu halten‹, aber darauf würde ich nichts geben. Er rannte genauso zu den Yankees wie alle anderen. Deine Mutter wurde nie mit ihrer Dienerschaft fertig. Nach einigen Tagen kamen sie dann alle zurückgekrochen, weil sie gemerkt hatten, daß die Yankees ihnen nicht so schöne Quartiere wie diese hier zu bieten hatten und wir die gleichen Zimmer, die gleiche Verpflegung und die gleiche Kleidung bereitstellen und zusätzlich noch Lohn zahlen. Die meisten von ihnen konnten dann gehen. Ich weiß ja nicht einmal, wovon wir uns die leisten sollen, die noch da sind.«

»Wer ist denn noch da?«

»Elias und Sophie aus deinem Haus, Pansy und Salomon von Ashley Barony und mein Koch Dilcey aus dem Haus in der Charlotte Street. Salomon arbeitet als Gärtner und ist für alles, was an Reparaturen anfällt, zuständig. Elias ist zu edel, als daß man ihn irgendwelche niederen Arbeiten verrichten lassen könnte. Ich wollte ihn morgen auffordern, seine Sachen zu packen und zu gehen, aber deine Mutter will davon nichts hören. Er geht immer perfekt gekleidet zur Kirche hinter uns her und trägt das Gebetbuch deiner Mutter. So kann Mary auch erreichen, daß alle Blicke auf sie gerichtet sind.«

»Tante Julia, du hast wirklich eine spitze Zunge.«

Julia lächelte. »Das will ich meinen.«

Die Haustür fiel ins Schloß. »Stuart, wie oft soll ich dir noch sagen, daß du die Türen nicht so knallen sollst?« erscholl es von unten. Die Partygäste waren zurückgekehrt.

Mary Tradd, die überhaupt nicht auf die Begegnung vorbereitet war, schrie laut auf und brach in Tränen aus, als sie Pinckneys ausgezehrtes Gesicht und den leeren Ärmel sah. Sie versuchte dann weinerlich, sich zwischen ihren tiefen Schluchzern dafür zu entschuldigen, und machte dadurch alles nur noch schlimmer.

Stuart wollte seinem Bruder zunächst spontan um den Hals fallen. Dann erinnerte er sich jedoch daran, daß er jetzt zu alt für ein solch kindisches Benehmen war, und streckte ihm statt dessen seine Hand entgegen. Pinckney fühlte sich ganz hilflos. Was er auch tat, es würde falsch sein. Er versuchte, Stuarts rechte Hand mit seiner linken zu treffen. Wie er befürchtet hatte, verstärkte das nur die unglückliche Situation. Stuart zog seine Hand ruckartig wieder weg, errötete und blickte finster vor sich hin. Seine Handgelenke wurden durch die viel zu kurzen Ärmel seiner alten Jacke bloßgelegt, auch sie waren gerötet. Die nächste halbe Stunde war für alle sehr unangenehm. Als Pinckney Shad vorstellte, blickte dieser für einen Moment in zwei fassungslose Gesichter. Als sich die beiden wieder unter Kontrolle hatten, entstand ein gequältes Schweigen. Keiner wußte, was er sagen sollte. Stuart versuchte die Situation zu retten, indem er lebhaft von dem Club erzählte, den er mit seinem engsten Freund Alex Wentworth gegründet hatte.

»Wir standen jeden Tag alle acht auf der Brücke über den Ashley. Wenn die Yankee-Geschosse irgendwo Brände verursachten, dann zogen wir Wasser hoch und löschten sie. Unser Colonel sagte, wir wären genauso wichtig wie die Soldaten der Armee. Das stand sogar im *Messenger*. Wir haben alle acht bei unserem Blut geschworen, daß wir nicht aufhören werden, gegen die Yankees zu kämpfen, auch wenn unsere Armee sich zurückziehen muß und der Befehl zum Anzünden der Brücke kommt. Und wir werden uns an diesen Schwur halten. Die Yankees denken, wir seien bloß Kinder, aber irgendwann werden auch wir erwachsen. Und wir schmieden schon jetzt unsere Pläne. Der Tag wird kommen, an dem wir die verdammten Yankees vor uns herjagen werden und...«

»Stuart!«

»Mama, wenn man Yankees verdammt, dann ist das kein Fluchen.«

»Ich dulde in diesem Haus keine Gottlosigkeit!«

»Aber das ist doch gar keine...«

Pinckney fühlte sich unendlich müde. Er stand auf. »Wenn keiner etwas dagegen hat«, sagte er, »dann gehe ich jetzt ins Bett. Gute Nacht, Mama; gute Nacht, Tante Julia; gute Nacht,

Stuart. Komm, Shad. Ich habe 'lias gesagt, er soll dir in meinem Zimmer ein Bett richten.«

Shad nickte den Damen zu und sagte etwas, das keiner verstand. Der Junge war froh, den ganzen Spannungen und den abschätzigen, heimlichen Blicken zu entkommen. Er spürte, wie ihm der Schweiß den Rücken herunterrann, als er hinter Pinckney die Stufen hocheilte. Der Schein der Kerosinlampe in Pinckneys linker Hand vollführte wilde Sprünge.

Auf dem dritten Treppenabsatz blieb Pinckney stehen. Shad stieß beinahe gegen ihn. »Das ist das Zimmer meiner kleinen Schwester«, flüsterte Pinny. »Ich will mal kurz nachsehen, ob sie nicht ein gutes Stück gewachsen ist, seit ich sie zuletzt gesehen habe. Kommst du mit?«

»Vielleicht jage ich ihr einen Schrecken ein. Immerhin bin ich ihr ganz fremd.«

»Mach dir keine Sorgen um Lizzie. Sie ist das liebenswerteste Geschöpf auf der ganzen Welt. Außerdem schläft sie doch.« Er öffnete vorsichtig die Tür und ging auf Zehenspitzen in den dunklen Raum.

Lizzie hatte sich in dem engen Kinderbettchen zu einer Kugel zusammengerollt. Das ungleichmäßige Licht verriet, daß sie besorgniserregend abgemagert war. Dunkle Schatten fielen über ihre hohlen Wangen, und sie hatte tiefe Ringe unter ihren geschlossenen Augen. »Um Gottes willen«, rief Pinckney erschreckt aus.

Die Augen des Kindes öffneten sich. Lizzie starrte in die Lampe. Sie schützte geblendet ihre Augen mit ihren bis auf die Knochen abgezehrten Händen und fing laut an zu schreien.

Pinckney drückte Shad die Lampe in die Hand und fiel auf die Knie. »Pst, Lizzie! Pst, meine Liebe!« Er versuchte, ihr seinen Arm um die Schulter zu legen, aber sie trat nach ihm, wehrte sich und hörte nicht auf zu schreien. »Lizzie, ich bin's, Pinny. Liebe kleine Schwester, Pinny ist da.«

Sie wurde wieder ruhig. Einen Augenblick war Stille; dann hörte man ein fürchterliches, ersticktes Keuchen. Ihre Hände griffen verzweifelt in die Luft, als ob sie mit ihnen den Atem ergreifen wollte, der ihrem geschüttelten Körper so fehlte. Pinckney versuchte außer sich, sie zu beruhigen. Er sprach mit ihr, tätschelte sie.

»Weg da!« Das war Julia. »Willst du sie denn zu Tode erschrecken?« Sie zog an Pinckneys linkem Arm.

Er ließ sich von ihr auf den Flur ziehen. »Sie kriegt immer Erstickungsanfälle, wenn sie überrascht wird und sich erschreckt. Es klingt aber schlimmer, als es tatsächlich ist.«

Pinny versuchte, die qualvollen Laute zu überhören. »Sollten wir nicht den Arzt rufen?«

»Dr. Perigru hat sie sich schon angesehen. Er sagt, wenn sie älter wird, verliert sich das, und es sei auch nicht lebensgefährlich.«

»Aber, Tante Julia, das ist einfach herzlos.«

»Vielleicht. Aber so ist die Welt nun mal. Wenn du zuhörst, dann merkst du schon, daß es wieder besser wird.«

Pinny lauschte angespannt. Die erstickten Laute wurden tatsächlich von heftigen, keuchenden Einatmungen unterbrochen.

»Es ist schon spät. Geh jetzt ins Bett, Pinckney. Es gibt noch vieles, an das du dich gewöhnen mußt – vieles, an dem wir nichts ändern können.«

Als Pinckney aus seinem erschöpften Schlaf erwachte, war es schon fast Mittag. Ein paar glückselige Momente lang erlaubte ihm die vertraute Umgebung, sich wie der eifrige, lebenslustige Junge zu fühlen, der vor dem Krieg in diesem Bett aufgewacht war und dem der gleiche süße Duft aus dem blühenden Garten entgegengeweht hatte.

Doch dann bedrängte ihn die Erinnerung an all das, was zwischenzeitlich geschehen war, und die Angst vor dem, was die Zukunft noch alles bringen würde. Seine Glieder waren schwer; er konnte sich kaum bewegen.

»Pinny! Wach auf! Ich habe gute Nachrichten.« Stuart stürmte in den Raum und strahlte vor Freude. Pinckney setzte sich abrupt hoch. Sein jüngerer Bruder stand vor ihm. Er wirkte ganz anders als am Abend zuvor. Jetzt war er wieder der laute und übermütige Stuart, den Pinckney vor mehr als einem Jahr hier zurückgelassen hatte.

»Was ist passiert?«

»Der gute alte Abraham ist tot. Gestern nacht, als seine ganzen Freunde hier in Charleston feierten, haben sie ihn in Washington erschossen. Ich wünschte, wir könnten heute nacht ebenfalls ein Feuerwerk abbrennen. Wie das den Yankees wohl gefallen würde?«

Pinckney fühlte bittere Genugtuung. »Na, darauf sollten wir anstoßen! Sag Shad Bescheid und besorg uns etwas zu trinken. Wir sind im Speisesaal und werden die Neuigkeit gebührend zur Kenntnis nehmen. Und bring auch für dich etwas mit.«

Stuart salutierte. »Wird gemacht, Captain Tradd.« Dann rannte er aus dem Raum, ließ die Tür hinter sich zufallen und stürmte mit dem lauten Schlachtruf der Rebellen die Treppen hinunter.

Nach dem Attentat auf Abraham Lincoln rissen eine Woche lang die gewalttätigen Ausschreitungen in Charleston nicht ab. Wütende Gruppen schwarzer Soldaten und verzweifelte ehemalige Sklaven zogen durch die Stadt und schleuderten Stöcke und Steine gegen die verrammelten Türen und die verschlossenen Fensterläden der Gebäude der Weißen. Die Einwohner Charlestons warteten hinter den schützenden Mauern, bis das Schlimmste vorüber war. Die Offiziere der Unionstruppen galoppierten von einem Tumult zum anderen und stellten mit ihren Säbeln und Pistolen die Ordnung wieder her. Als es ruhiger wurde, patrouillierten sie noch lange Tage in den Straßen, auf denen sich keiner ohne triftige Gründe aufhalten durfte.

Während dieser einwöchigen Ausgangssperre, in der jede Familie besonders stark auf sich angewiesen war, verstärkten sich auch die Spannungen zwischen den so unterschiedlichen Persönlichkeiten im Hause der Familie Tradd. Immer wieder kam es zu Streitigkeiten, bis sich schließlich mühsam eine Ordnung etabliert hatte, die ein halbwegs erträgliches Zusammenleben ermöglichte. Pinckney trat in die Fußstapfen seines Vaters und hatte in dieser Ordnung die Stellung des Familienoberhauptes.

Er hatte gar keine Zeit, sich vorher über die unzähligen Anforderungen klar zu werden, die diese Position an ihn stellte: Er mußte andere führen, so wie er es auch auf dem Schlachtfeld in Virginia getan hatte; er mußte über das Grundstück gehen und die durch die Geschosse und das lange Leerstehen hervorgerufenen Schäden abschätzen; Elias mußte dazu gebracht werden, die ganzen Sachen, die er in zahllosen Verstecken vor den anrückenden Truppen in Sicherheit gebracht hatte, wieder dahin zu bringen, wo sie hingehörten; die Kleidung seines Vaters mußte zwischen Stuart und Shad aufgeteilt werden, und er mußte seine Tante dazu überreden, Pansy den Befehl zu geben, sie entsprechend umzuändern; Salomon mußte er zeigen, was mit einem hölzernen Arm gemeint war, den Pinckney sich anschnallen und dann in einer Schlinge tragen konnte, damit seine Mutter nicht jedes Mal losheulte, wenn sie ihn erblickte; wenigstens für ein paar Augenblicke mußte er die Zeit finden, schweigsam in Lizzies Zimmer zu sitzen, während das Kind auf seinem Stuhl hin- und herschaukelte und sich an seine Gegenwart gewöhnte; er mußte Stuart davon abhalten, auf die in den Straßen wütenden Horden loszugehen, und Shad und die Familie ein wenig voneinander abschirmen. Vor allem mußte er die ganze Zeit über Stärke und Zuversicht nach außen tragen und die quälenden, bedrückenden Sorgen ganz für sich behalten. In den stillen, dunklen Stunden im Schlafzimmer versuchte er, sie unbemerkt von allen anderen in den Griff zu bekommen.

Da er sein Zimmer mit Shad teilte, hatte er nicht einmal die Freiheit, nachts auf und ab zu gehen, wenn sein Verstand und Herz vor lauter Unruhe rasten. Pinckney mußte sich selbst dann noch dazu zwingen, still zu sein und seinen Atem in den langsamen, regelmäßigen Rhythmus zu bringen, mit dem er Schlaf vortäuschen konnte. Die ganze Zeit sehnte er sich danach, seinen Ärger und seine Angst laut herauszuschreien. Nichts hatte ihn während seiner langen Jugendzeit darauf vorbereitet, mit dem fertig zu werden, was jetzt auf ihn einstürmte. Die sorglosen, ausschweifenden Jahre seiner Jugend hatten ihn gelehrt, wie sich ein ungestümer junger Mann, dem alle finanziellen Möglichkeiten zur Verfügung standen, in feiner Gesellschaft zu benehmen hatte. Jetzt stand ihm kein Geld mehr zur Verfügung, und die herrschende Klasse, zu der er lange gehört hatte, mußte sich hinter verschlossenen Türen vor einer neuen, erschreckenden Welt voller Gewalt in Schutz nehmen.

Die Gefahren und Entbehrungen des Krieges waren für Pinckney nicht so schlimm gewesen wie das, was er jetzt durchmachen mußte. Auf dem Schlachtfeld konnte er zurückschlagen und Gewalt mit Gewalt beantworten. Jetzt mußte er die Demütigung ertragen, von seinen Feinden geschützt zu werden. Er wußte, was Kampf war. Es war eine Herausforderung, ein Wagnis, ein Spiel mit dem Tod, wild und aufregend. Ein Mann ließ sich davon mitreißen; es erforderte seine ganze Konzentration, und dann war es vorbei. Dieses neue Leben jedoch schien überhaupt nicht mehr vorbeizugehen; Pinckney verstand es nicht.

»Was wird nur von mir erwartet?« fragte er sich und wußte, daß keiner ihm eine Antwort geben würde. Er fühlte sich wie ein verwirrtes, ängstliches Kind und sehnte sich nach seinem Vater. Anson Tradd war den Heldentod gestorben; Pinckneys Stolz darüber hatte das Gefühl des großen Verlustes überdeckt. Jetzt fühlte er den tiefen Kummer über den Tod dieses Menschen, der für ihn alles bedeutet hatte, ohne daß er sich bis zu diesem Moment je darüber klargewesen wäre. Jetzt sah er diesen großen, stattlichen Mann vor sich, hörte dessen bedächtige Stimme, in der immer etwas Belustigung und tiefes Mitgefühl mitschwang, und fühlte die warme liebevolle Kraft der Gegenwart seines Vaters. Hilfe, Papa, schrie sein Herz. Ich brauche dich so sehr.

Aber er war allein.

Man hatte ihn dazu erziehen wollen, einmal die Plantagen von Carlington zu übernehmen; und sein Vater und der erfahrene Vorarbeiter wären seine Unterweiser gewesen. Es hätte Zeit genug zum Lernen gegeben und eine fest umrissene Ordnung, der er folgen konnte. Jetzt stürmte alles auf ihn ein, und die alte Ordnung gab es nicht mehr. Pinckney wurde schmerzlich bewußt, daß ihm niemand gesagt hatte, wie man eine große Plantage führte. Der Rhythmus der Jahreszeiten, die untrennbaren Verbindungen mit dem Land der Väter und der Landschaft mit dem Fluß, die Ehrfurcht vor einem Gott, der Tod und Erneuerung schenkte und mit seinen Stürmen den Menschen demütig werden ließ – das alles war ihm in die Wiege gelegt worden. Aber das reichte nicht. Gut, Tante Julia würde ihm helfen, das hatte sie versprochen. Aber auch das reichte nicht. Carlington war nicht enteignet worden. Die Plantagen lagen im Norden der Stadt und gehörten nicht zu denen, die Shermans Befehl entsprechend verteilt worden waren. Sie gehörten immer noch ihm. Wie sah es jetzt überhaupt dort aus? Julia war es nicht gelungen, konkrete Informationen zu bekommen. Sie hatte lediglich herausgefunden, daß der von ihr angestellte Vorarbeiter nicht mehr da war. In seiner letzten Nachricht an sie hatte er ihr noch mitgeteilt, daß die ganze Dienerschaft auf und davon war und mitgenommen hatte, was sie nur konnte.

Es ist mir egal, dachte Pinckney. Ich werde die Felder eben alleine bewirtschaften. Auch ein einarmiger Mann kann lernen, wie man pflügt und pflanzt. Meine Familie kann ich schon ernähren. Er fühlte frische Hoffnung, als er sich an die schwarzen Ackerfurchen und das viele Wild in den umliegenden Wäldern erinnerte. Dann jedoch fiel ihm ein, daß er weder Zugtiere noch Saatgut, weder ein Gewehr noch einen Pflug besaß. Ernüchtert stellte er fest, daß er ja auch kein Geld mehr hatte. Das Essen auf dem Tisch stammte von den

111

Lebensmittelrationen, die die schwarzen Bediensteten von den Yankees bekamen. Als er jetzt an Carlington dachte, überfiel ihn eine tiefe Wehmut. Er riß sich wieder zusammen und zwang sich, an etwas anderes zu denken. Trauer konnte er jetzt überhaupt nicht gebrauchen.

Es gab genug zu tun. Als erstes mußte er Arbeit finden. Er war ja schließlich nicht der einzige Mensch der Welt, der irgendeinen Broterwerb erlernen mußte, und er konnte durchaus hart arbeiten. Sobald der Aufruhr vorbei war und man sich wieder auf die Straße trauen konnte, würde er losgehen und sich eine Arbeit suchen.

Irgend etwas wirst du schon finden, sagte sein Verstand. Aber was? schrie sein Herz. Ich werde etwas finden, sagte er sich. Ich muß etwas finden. So viele Menschen hängen von mir ab – Mama, Tante Julia, Stuart, die kleine Lizzie, die Dienerschaft, ja sogar Shad. Die kann ich nicht alle im Stich lassen. Ein Mann ist nicht eher ein Mann, bis daß er seine Familie ernähren kann.

... und seine Frau. Lieber Himmel, was war eigentlich mit Lavinia? Er mußte an ihre leidenschaftlichen Briefe denken, und sein Körper spannte sich. Er versuchte, sich an ihr Gesicht zu erinnern, aber alles, was kam, war die Erinnerung an ihre weichen Haare und an den süßen Duft, der von ihr ausging. Sie stand für vieles, was er lange vermißt hatte. Sie war eine Frau, die man umsorgte und beschützte.

Ich kenne sie ja gar nicht, dachte er, und Furcht kroch in ihm hoch. Ich verlor die Beherrschung und bin so gut wie verheiratet. Was für eine Frau ist sie eigentlich? Jetzt muß sie bei mir bleiben, obwohl ich nur ein mittelloser Krüppel bin. Lavinia ist eine Dame, und sie ist durch die Regeln der Gesellschaft genauso gebunden wie ich.

Es kam ihm ins Bewußtsein, welchen Trost eine junge, zarte Frau spenden konnte, wenn sie sein neues Leben mit ihm teilte. Er wäre nie mehr allein!

Nein. Er verlangte zuviel von ihr. Die bereits eingeleitete Verbindung mußte wieder aufgehoben werden. Aber ande-

rerseits will sie das ja vielleicht gar nicht... Seine Schenkel
spannten sich. Zu lange hatte er während des Krieges seine
Leidenschaft zügeln müssen.

Er konzentrierte sich mit aller Kraft auf sein Denken, um
nicht von seinen Gefühlen übermannt zu werden. In diesem
ganzen Gefühlsaufruhr und dem Chaos der Welt um ihn
herum versuchte er verzweifelt, irgendwo Halt zu finden.

Da erschien ihm sein Vater so deutlich, als stünde er vor
ihm. Pinckney hörte seine Stimme. »Ein Mann muß seine
Ehre wahren, mein Sohn. Sie ist mehr wert als das Leben.«
Unzählige Male hatte Pinckney diese Worte aus dem Munde
seines Vaters vernommen. Wann immer Pinny wissen
wollte, warum es die ganzen Regeln gab, die sein junges Leben einschränkten, hatte er dies gehört. Als er älter wurde,
war es ihm fast in Vergessenheit geraten. Er hatte es jedoch
verinnerlicht, und jetzt kam es ihm wieder ins Bewußtsein
und ertönte mit der Stimme, der er vertraute wie keiner anderen. »Tu immer das Richtige, Pinny! Um jeden Preis! Dann
kannst du stolz auf dich sein, so wie es die Tradds immer gewesen sind.«

Danke, Papa, dachte Pinckney. Ich habe immer noch
Angst, aber das ist keine Schande. Solange ich weiter meine
Schritte tue und mich den Herausforderungen meines Le-
bens stelle, werde ich schon das Richtige finden.

Sein alter Optimismus kehrte wieder zurück. Die Tradds
hatten schon Schlimmeres als Armut hinter sich gebracht.
Auch er würde einen Ausweg finden.

9

Als die Woche des Aufruhrs vorbei war und in der Stadt eine
unsichere Ruhe einkehrte, wappnete sich Pinckney für den
Moment, den er so fürchtete und dem er so entgegenfieberte.

Am späten Vormittag schickte er Elias zum Haus der Familie Anson, um Lavinia davon in Kenntnis zu setzen, daß er um vier Uhr vorbeikommen würde. Den Tag über lenkte er sich mit Arbeit ab, dann schrubbte er jeden Zentimeter seines Körpers und legte seine feinste Kleidung an. Immer wieder probte er innerlich die kleine Rede, die er sich ausgedacht hatte, um im entscheidenden Moment auch die richtigen Worte parat zu haben.

Lavinia spähte durch die Vorhänge nach draußen. Das Herz schlug ihr bis zum Hals. Natürlich wußte sie über seinen fehlenden Arm Bescheid. Elias hatte es geschafft, ihr die schreckliche Nachricht zukommen zu lassen. Als sie es das erste Mal hörte, wurde ihr ganz übel. Ihre Mutter hielt ihr daraufhin eine Gardinenpredigt und herrschte sie an, sich besser zusammenzureißen. Lavinia litt danach tagelang unter fürchterlichen Kopfschmerzen. Eigentlich war es ihr egal, ob Pinckney ein Held war, aber bei dem Gedanken, mit einem Mann verheiratet zu sein, der statt eines Armes nur einen Stumpf hatte, wurde ihr immer noch ganz flau...

Als sie hinunterschaute, sah sie, daß Pinckney den Arm in einer Schlinge trug. Elias hatte sich bestimmt geirrt. Pinnys Arm war sicherlich nur gebrochen. Die Sonne glänzte auf seinem goldroten Haar. Sie hatte ganz vergessen, wie ansehnlich ihr zukünftiger Ehemann eigentlich war – auch wenn er im Moment ein wenig dünn aussah.

Auf sein Klopfen hin eilte sie zur Tür.

»Willkommen daheim, Pinckney.« Lavinia tat einen tiefen Knicks. Ihr weiter, rosarot wallender Rock fiel um sie herum auf den Boden wie die Blütenblätter einer großen Blume. Aus den an ihre Unterröcke gehefteten Riechkissen stiegen dabei kleine Duftwölkchen hoch, die einen süßen Geruch verströmten.

Ihr Reifrock wogte vor Pinckneys Augen, als er hinter ihr her ins Wohnzimmer ging. Pinckney hielt auf der Schwelle einen Augenblick inne. Er hatte Angst, bei ihrem Anblick die Worte zu vergessen, die er an sie richten wollte. Als er schließlich sprach, war seine Stimme ganz heiser.

»Lavinia, ich muß dir etwas sagen, und ich bitte dich, laß es mich ganz herausbringen«, platzte er los. »Ich habe versucht, den richtigen Weg zu finden, dir meine Gefühle mitzuteilen. Ich denke, ich war zu lange Soldat. Die eleganten Worte wollen nicht mehr kommen.« Verzweifelt wünschte er sich, den Schweiß von seiner Stirn tupfen zu können. Lavinias große Augen blickten ihn erwartungsvoll an.

»Ich bin nicht der Mann, der ich einmal war, Lavinia. Ein Teil von mir ist nicht mehr da, und vieles hat sich dadurch auch bei mir verändert. Auch die Welt, die ich kannte, ist nicht mehr. Wir alle...« Seine Gedanken rasten, und er versuchte verzweifelt, sich an die Worte zu erinnern, die er sich vorher zurechtgelegt hatte. Sie waren ihm jedoch entglitten.

Lavinias Augenlider zuckten. Es stimmte also doch! In dieser Schlinge steckte ein Holzarm. Sie hatte einen sauren Geschmack im Mund. Immerhin sieht man ihn nicht, sagte sie sich. Ich habe ihn nicht ständig vor Augen. Ich kann so tun, als sei er nur gebrochen, und alles andere ignorieren. Armer Pinny, es muß schlimm für ihn sein. Eine Träne kroch ihr ins Auge; sie tupfte sie mit ihrem Taschentuch weg. Pinny beeilte sich, mit seiner Ansprache fertig zu werden. »Ich hatte vor, dir anzubieten, unsere Verbindung wieder zu lösen, aber ich kann es einfach nicht. Ich wage es nicht. Du bist sehr tapfer und würdest dich bestimmt weigern. Das wäre für mich eine große Freude, auch wenn du vielleicht nicht glücklich damit wirst. Deine Tapferkeit soll dich jedoch nicht dazu bringen, dich zu binden, ohne daß du Zeit zum Nachdenken hast... Dein Vater kommt bald heim. Ich will mit ihm über die Veränderungen meiner Verhältnisse sprechen, und er wird dir dann den richtigen Rat geben. Wenn du willst, kannst du dich dann immer noch entscheiden, dich einem völlig mittellosen Soldaten in die Arme zu werfen.« Pinckney atmete schwer und war heilfroh, daß er es hinter sich gebracht hatte.

Lavinia seufzte. Sie schaute zu Boden. Was war das für eine wundervolle Rede gewesen! Genau wie bei Graf Roderigo in einem ihrer Romane. Wenn sie Pinckney nicht anblickte, konnte sie sich vorstellen, daß er wie der Graf auf der Titelseite im Brokatmantel und mit einem federbuschgeschmückten Hut vor ihr stand. Langsam hob sie ihre Augen, blickte über seine Schulter hinweg und schwankte auf ihn zu, den Mund zum Kuß gespitzt.

»Oh, mein Gott!« stöhnte Pinny auf. Er riß sie an sich und küßte sie auf eine Art, auf die sie keines ihrer Bücher vorbereitet hatte. Lavinia war viel zu geschockt, um noch protestieren zu können.

»Vergib mir«, murmelte Pinckney in ihr Haar. »Ich war so lange weg von dir und deine Weichheit und der Duft...« Er riß sich wieder los. Lavinia bemerkte, daß Pinckney sehr schnell und auf eigentümliche Art atmete. »Ich muß jetzt gehen«, sagte er. »Tut mir leid.« Sie hielt ihm ihre Hand zum Kuß entgegen, aber er nahm es gar nicht wahr. Als sie wieder allein war, schaute Lavinia in einen Spiegel und untersuchte ihre geschwollenen Lippen und ihr durcheinandergeratenes Haar. Ihre Augen funkelten. Man stelle sich nur vor, Pinckney Tradd geriet so außer sich! Lavinia spürte die Macht, die sie ausübte, und fand Gefallen daran.

Als Pinckney von seinem Besuch bei Lavinia zurückkam, reparierte Shad gerade das hölzerne Bettgestell, das er auf dem Dachboden gefunden hatte.

»Hast du jemals eine Frau gehabt, Shad?« Pinckney wirkte sehr blaß.

»Nee. Kann ich nicht behaupten«, entgegnete Shad.

»Dann wird's Zeit. Komm mit!« Shad ließ Hammer und Nägel fallen.

Pinckney eilte die Meeting Street hinauf. »Es ist nur ein paar Häuserblöcke entfernt«, sagte er. »Chalmers Street. Kurz vor meiner Abreise nach England hat mich mein Vater da hineingeführt. Ich war gerade siebzehn und recht wild. Auch recht unwissend. Ich dachte, ich sei bereits ein Mann, weil ich auf einem Pferd reiten und mit einem Gewehr umgehen konnte!« Er lächelte in sich hinein. »Als Papa mir sagte, wohin wir gehen würden, fühlte ich mich auf einmal sehr jung. Ich habe mir natürlich nichts anmerken lassen. Zumindest glaubte ich das. Ich bin mir jedoch ziemlich sicher, daß Papa nicht eine Sekunde darauf hereingefallen ist.

Nun ja, alles war bereits arrangiert. Es gibt da ein sehr kleines, sehr feines und sehr süßlich riechendes Gebäude, wo es sehr intim werden kann. Nur für Herren. Ich nehme an, es steht immer noch. Diese Branche verliert auch im Krieg nichts von ihrer Anziehung.«

Shad verlor seine Schüchternheit. »Gibt es dort viele Mädchen, Cap'n?«

»Das weiß ich eigentlich nicht so genau, Shad. Man gibt dem Butler an der Tür seine Karte, er führt dich dann in einen kleinen Saal, reicht dir ein Glas Madeira, und dann kommt Madame Dupuis mit einer Frau herein, stellt sie dir vor, bleibt ein paar Minuten bei euch, plaudert ein bißchen über das Wetter und geht dann. Ich nehme an, sie und mein Vater hatten für mich die Entscheidung bereits im voraus getroffen. Ich hatte jedenfalls keinen Grund, mich zu beschweren. Lily hieß die Kleine.«

»Glaubst du denn, sie ist immer noch da?«

»Ich verlasse mich darauf. Ich habe gar nicht das Geld, um mit einer Fremden Bekanntschaft zu machen.«

»Das ist ziemlich teuer, nicht wahr?«

»Nicht einmal das weiß ich, Shad. Mein Vater hat das alles geregelt. Und was immer er gezahlt haben mag, sie war es wert. Sie wußte alles, was man über Mann und Frau nur wissen kann. Ich habe mich damals fürchterlich in sie verliebt und jede freie Minute in ihrem Bett verbracht. Mein Gott, war ich wild! Wie ein Ziegenbock! Als ich abreisen mußte, hat mich das beinahe umgebracht. Ich hätte schwören können, es nie zu verwinden. Glücklicherweise hatte man mir ein paar Plätze in London empfohlen, da habe ich dann gemerkt, daß Lily nicht so einmalig war, wie ich zuerst angenommen hatte.«

117

»Nun, Cap'n, ich will dich nicht entmutigen, aber es scheint mir nicht gerade sehr wahrscheinlich zu sein, daß diese Lily die ganze Zeit darauf gewartet hat, daß du zurückkommst. Und diesmal kann auch dein Pa nicht für dich bezahlen.«

»Ich gebe dir in beiden Punkten recht. Allerdings bin ich ganz optimistisch. Wenn sie da ist, glaube ich, daß sie sich freut, mich wiederzusehen, auch wenn ich mit leeren Händen komme. Auch sie hat mich sehr gemocht, es kam nicht nur von meiner Seite.« Pinny zwinkerte. »Außerdem habe ich ihr damals zur Erinnerung ein sehr außergewöhnliches Geschenk überreicht: den größten Rubinring, den der Juwelier in seinem Tresor hatte. So ein Erinnerungsstück sollte zumindest einen kleinen Willkommensgruß für einen tapferen Soldaten und seinen Freund wert sein. So, wir sind gleich da.«

Chalmers Street wimmelte vor Menschen. Nur wenige Schritte von der Meeting Street entfernt stampften mehrere Soldaten zur Musik eines grinsenden Banjospielers mit den Füßen auf den Boden und klatschten im Takt. Etwas weiter wurden auf einer hölzernen Plattform Kerzenleuchter, Silbertabletts, Uhren und Spiegel versteigert. »Drei Dollar, zum ersten ... zum zweiten ... und zum dritten!« Ein untersetzter Mann mit buschigem, schwarzem Bart und kahlgeschorenem Kopf hielt dem Auktionator sein Geld entgegen und bekam dafür ein Paar großer, glänzender Kerzenleuchter.

Pinckney starrte auf die Szene. »Was wird denn hier versteigert!« fragte er einen Offizier, der sich an einen Einspänner lehnte.

»Irgendwelcher Kram von den Rebellen. Kriegsbeute. Schöne Geschenke. Kann man in die Heimat schicken. Unsere tapferen Jungs können damit ihr Taschengeld aufbessern. Der Auktionator behält nämlich nur die Hälfte.«

Shad zerrte Pinckney weg. »Ich weiß genau, daß diese Leuchter aus dem Haus von Lavinias Mutter stammen«, meinte Pinny störrisch. »Sie standen dort immer auf dem Tisch im Speisesaal.«

»Denk nicht weiter drüber nach, Cap'n. Da können wir nichts machen.«

»Aber da muß ich etwas tun.«

»Laß es! Es hat keinen Zweck. Denk an etwas anderes. Erzähl mir noch etwas mehr von dieser Lily.« Er schob Pinckney mit festem Griff durch die Menge. An der Ecke zur Church Street mußten sie eine große geschlossene Kutsche vorbeilassen, die den Blick auf das Ende der Chalmers Street versperrte.

Als die Kutsche vorbei war, bot sich ihnen das Bild eines ausschweifenden Gelages. Pinckney und Shad waren regelrecht erschrocken. Betrunkene Männer aller Hautfarben taumelten über die unebenen Pflastersteine, Whiskeyflaschen in den Händen. Viele der Männer hatte ihren Arm um aufwendig gekleidete, lachende Frauen gelegt, deren Gesichter in allen Brauntönen glänzten. Die Männer auf den Straßen und die Frauen in den Fenstern über den Kneipen riefen sich lachend etwas zu. Ein mißtönendes Durcheinander von Gelächter, Geschrei, Stimmen und Klavierklängen erscholl jedes Mal, wenn die Tür zu einer dieser Kneipen geöffnet wurde, um jemanden hinein- oder herauszulassen. Ein weißer Soldat in der Uniform eines Leutnants goß Champagner in den tief heruntergezogenen Ausschnitt seiner Begleiterin, die die Flasche ergriff und drohend ausholte. Dann ließ sie sie jedoch fallen und verschwand mit dem Mann in einer Tür.

»Laß uns machen, daß wir hier wegkommen«, sagte Pinckney. »Den Platz, den ich kenne, gibt es nicht mehr.« Der rohe Pöbel stieß ihn ab.

Shad hörte ihm gar nicht zu. Er war durch die Ausschweifungen vor seinen Augen wie hypnotisiert. »Ich sehe keinen Grund zu gehen, Cap'n. Sagt man nicht, schwarzes Fleisch sei das süßeste?«

Pinny zog ihn am Arm. »Hör auf damit und komm!«

Shad schüttelte den Kopf. »Du hast mich dazu gebracht, daß ich jetzt nur noch an Frauen denke; jetzt gehe ich nicht, bevor ich nicht eine gehabt habe. Geld habe ich. Irgend jemand muß wohl im Gedränge seine Geldbörse verloren haben; ich habe sie jedenfalls in meiner Tasche wiedergefunden. Da ist genug Geld drin für uns beide.«

»Es hat keinen Zweck. Ohne mich, Shad.«

»Wie du meinst, Cap'n. Ich bin da nicht so wählerisch. Vor der nächtlichen Ausgangssperre bin ich wieder zu Hause.« Er stürzte sich in die Menge und war bald verschwunden. Nach kurzem Zögern drehte Pinckney sich um und eilte zurück in Richtung Church Street.

In den nächsten Wochen kamen die Veteranen Charlestons einer nach dem anderen aus dem Krieg zurück. Die Heimkehr in die gefallene Stadt, der beschwerliche Gang zwischen den beschädigten Häusern hindurch und an den höhnischen Schwarzen vorbei, die auf den Straßen herumstanden, schmerzte mehr als jede Kriegsverletzung.

Joshua Anson wurde von seinem früheren Kutscher von der Tür seines Hauses verjagt. Dieser war mittlerweile zum Butler der Familie eines Colonel der Unionstruppen aufgestiegen. Joshua weigerte sich, die Hilfe eines in der Einfahrt stehenden Sergeanten in Anspruch zu nehmen, als er sein abgearbeitetes Pferd bestieg. Rücken und Schultern hielt er kerzengerade. Keiner konnte erkennen, wie nahe er dem Zusammenbruch war.

Als er sich mühsam die Stufen zu Andrews Tür hochschleppte, konnten ihn seine Beine kaum tragen. Emma Anson sammelte gerade die abgefallenen Blätter aus den Topfblumen auf der Veranda. Als Jeremias nicht auf das Klopfen an der Tür reagierte, schnalzte sie unwillig mit der Zunge und schritt würdevoll den Balkon entlang, um die Tür zu öffnen.

Auch Lucy hatte das Klopfen gehört. Sie kam aus Andrews Zimmer, in dem Jeremias den Hausherrn gerade badete. Die Szene, die sich vor ihren Augen abspielte, ließ sie zurückprallen. Ihre Schwiegermutter, diese furchteinflößende, imposante Frau im reifen Alter lag auf ihren Knien und weinte wie ein kleines Kind. Auf ihrem Schoß lag der Oberkörper Joshua Ansons, sein Kopf war an ihre Brust gepreßt.

»Liebster«, sagte Mrs. Anson. »Und ich dachte schon, ich würde dich niemals wiedersehen!« Ihr Mann antwortete nicht. Er hatte das Bewußtsein verloren.

Lucy zog sich leise wieder zurück. Sie schämte sich, daß sie Zeuge einer so intimen Begegnung geworden war. Auf der anderen Seite war sie aber auch froh darüber, da sie erstaunt entdecken mußte, daß auch Emma Anson ein Herz besaß. Sie liebt ihn, dachte Lucy völlig überrascht. Mehr noch als Lavinia und sogar mehr als Andrew. Ihre ganze Liebe spart sie sich für Mr. Joshua auf.

In den darauffolgenden Tagen und Wochen konnte Lucy feststellen, daß Joshua Anson die Liebe seiner untersetzten und schlichten Frau von Herzen erwiderte. Er war jedoch im Gegensatz zu seiner Frau auch eine beständige Quelle der Wärme und der Zuneigung für alle Familienmitglieder, ja sogar für die Kinder und die Frau seines Vetters Anson Tradd. Seine Gattin blieb für diese Menschen so unnahbar wie zuvor.

Joshua mußte oft an die Familie Tradd denken. Besonders Pinckney ging ihm nicht aus dem Kopf. Der Junge hatte versucht, mit ausgesuchten Worten seine Verbindung mit Lavinia bekanntzugeben, sobald Mr. Anson sich etwas erholt hatte. Joshua hatte ihn jedoch unterbrochen. »Das hat noch Zeit, Pinckney. Wir müssen uns alle an eine Menge Umstellungen gewöhnen, erst dann können wir über die Zukunft nachdenken. Laß uns jetzt erst einmal ein wenig bekannt miteinander werden. Am besten kommst du so oft es geht herüber und besuchst uns und Lavinia. Nimm sie mit auf diese traurigen kleinen Partys und sei so fröhlich, wie du nur kannst. Ich muß arbeiten, und du mußt dir ebenfalls eine Arbeit suchen. Laß uns danach noch einmal über die ganze Sache sprechen.«

Einen Monat später, Ende Mai, hatte Joshua Anson das, was von seiner Rechtsanwaltspraxis noch übrig war, wieder aufgebaut. Dabei war ihm nicht entgangen, welch grimmige Heiterkeit Pinny trotz seiner furchtlosen Versuche, Arbeit zu finden, aufrechterhielt. Joshua und Emma Anson hatten den Tradds einen Besuch abgestattet. Er hatte die Zustände dort gesehen und konnte sich vorstellen, welches Gewicht auf Pinnys Schultern lastete. Es schauderte ihn, wenn er an all das dachte, was er über die Situation der Familie Tradd wußte.

Seit er mit seiner Praxis angefangen hatte, war er Anson Tradds Rechtsanwalt gewesen, deshalb wußte er besser über die finanziellen Schwierigkeiten der Tradds Bescheid als Pinckney. Das erste Mal in seinem Leben fühlte er Feigheit in sich hochsteigen. Die ganze Welt war für ihn zusammengebrochen; er trauerte sehr um seine Freunde und die geliebte Stadt. Die Situation seines Patenkindes erschien ihm verzweifelt, und das quälte ihn. Er fürchtete den Augenblick, in dem er Pinckney das eröffnete, was dieser irgendwann erfahren mußte.

Dann brachte er es jedoch hinter sich.

»...Nun, wie du siehst, Pinny, mußt du wahrscheinlich Carlington verkaufen. Ich kann noch das brachliegende Stück Land, das dir am Wappoo gehört, zu Geld machen, aber das bringt dir nur gerade soviel ein, daß du die offenstehenden Forderungen gegenüber deinem Vater begleichen kannst und dann noch für ein paar Monate überlebst. Wenn du das Haus in der Meeting Street halten willst, dann wird es unmöglich sein, gleichzeitig die Plantagen zu halten. Du mußt Steuern zahlen und hast keinerlei Einkommen. Viele stecken zur Zeit in der gleichen Klemme. Einige verkaufen ihre Häuser in der Stadt und verlassen sich darauf, ihre Plantagen wiederaufbauen zu können. Diese Leute tragen allerdings nicht soviel Verantwortung wie du...«

»Und sie können noch mit beiden Händen zupacken.«

»Ich weiß, wie dir zumute ist, mein Junge, das kannst du mir glauben. Ich erinnere mich noch gut an Carlington. Es war ein kleines Paradies. Aber es ist nicht der richtige Platz für einen unverheirateten Mann, der sich dazu noch darum kümmern muß, zwei Frauen davon abzuhalten, sich gegenseitig an die Kehle zu gehen, und der dann noch zwei Kinder zu erziehen hat. Mit Julia Ashley könnte ich nicht einmal im Garten Eden zusammenleben.«

Pinckney war sichtlich überrascht.

Joshua Anson lächelte. »Du bist kein Kind mehr, Pinny. Du wirst dich daran gewöhnen müssen, daß auch Kavaliere mitunter Gedanken über Frauen hegen, die ganz und gar nicht höflich sind. Und sie scheuen sich auch nicht, diese Gedanken untereinander auszusprechen. Du findest in ganz Charleston bestimmt keine drei Männer, die sich nicht vor Julia Ashley fürchten. Und ich gehöre nicht zu ihnen.« Pinckney mußte ebenfalls lächeln. Joshua Anson stand auf. »Nun denn. Ich bin immer erleichtert, wenn schlechte Nachrichten überbracht sind. Ich muß jetzt gehen.«

Pinckney räusperte sich. »Da ist noch etwas anderes, Joshua. Und zwar betrifft es Lavinia und mich.«

Mr. Anson setzte sich langsam wieder hin. Er wollte nicht über Lavinia sprechen. Er wollte nicht einmal an sie denken, denn dann kam ihm sofort das ins Gedächtnis, was sie einmal gesagt hatte, als sie sich unbeobachtet glaubte, und was die Herzlosigkeit zeigte, die sie sonst hinter ihrem süßen Lächeln und ihrer freimütigen Art verbarg. Er liebte sie, sie war seine Tochter, aber sie war auch grausam, und er konnte es nicht zulassen, daß Pinckney dieser Grausamkeit zum Opfer fiel. Er schätzte diesen Jungen sehr. Joshua merkte, daß er Pinny gar nicht zuhörte, und zwang sich dazu, seinen Worten zu lauschen.

».. . Du weißt, wie es um mich steht, Joshua. Ich weiß wirklich nicht, ob ich jemals in der Lage sein werde, für sie zu sorgen. Aber ich bin fest entschlossen, jede ehrbare Arbeit anzunehmen, und ich glaube auch, daß ich irgendwie etwas finden werde. Ich habe Lavinia angeboten, die bereits bestehende Verbindung wieder aufzulösen, aber sie hat sich geweigert. Wenn du uns deinen Segen nicht geben willst, dann

123

werden wir eben warten. Schließlich sind wir beide noch jung genug.«

»Das seid ihr«, sagte Joshua Anson. Er überlegte, was er sagen sollte. Jetzt war der Zeitpunkt gekommen, an dem er Pinckney eigentlich eröffnen mußte, eine Heirat zwischen ihm und Lavinia sei unmöglich. Jede weitere Verzögerung konnte er vor seinem Gewissen nicht mehr verantworten. Aber wie sollte er es anfangen? Er hatte dem Jungen gerade gesagt, daß er das Land aufgeben mußte, von dem die Familie Tradd seit fast zwei Jahrhunderten gelebt hatte. Konnte Pinckney einen weiteren Schlag überhaupt verkraften?

Außerdem brauchte der Junge ihn noch, ob er es nun wußte oder nicht. Joshua war schließlich Pinckneys Patenonkel, und er wollte auch in Zukunft wie ein Vater zu ihm sein – soweit Pinckney es zuließ. Wenn er der Heirat nicht zustimmte, ohne Pinny den wahren Grund dafür zu sagen, dann würde eine Kluft zwischen beiden entstehen, die es ihm unmöglich machte, dem Jungen noch irgend etwas Gutes zu tun. Und außerdem würde Andrew von seinem engsten Freund getrennt – jetzt, wo er ihn am meisten brauchte.

Du solltest es ihm sagen, mahnte ihn sein Gewissen. Das bist du ihm einfach schuldig. Die Verbindung muß wieder aufgelöst werden.

Aber nicht jetzt, sagte sein Herz. Wie sie selber sagten, sie sind jung und bereit, aufeinander zu warten. Etwas später wird alles viel einfacher sein. Dann ist Pinckney auch nicht mehr so abgezehrt, so müde und so belastet.

Er hatte zu lange geschwiegen. Pinckney machte ihm den Eindruck, als wüßte er bereits von seiner Niederlage. Joshua entschied sich. Er würde es ihm jetzt nicht sagen.

»Entschuldige, Pinny. Ich mußte gerade daran denken, wie es war, als ich so jung war wie du. Da möchte ich um keinen Preis der Welt noch einmal durch. Ich war viel zu ruhelos. Natürlich habt ihr meinen Segen. Vorausgesetzt, ihr seid bereit, zu warten, bis ich einwillige, daß die Heirat stattfindet.«

Pinckney streckte ihm seine Hand entgegen. »Danke, Joshua.« Mr. Anson drückte sie kurz. »Danke«, wiederholte Pinny.

Dann verzog sich sein Gesicht zu einem jungenhaften Grinsen. »Und noch etwas, Onkel Joshua. Irgendwie werde ich es schaffen, Carlington zu behalten.«

Mr. Anson lachte. »Wenn es einer schafft, dann bist du es, mein Junge. Ich will dir alle Hilfe geben, die du brauchst.«

Mr. Anson überquerte die Meeting Street und grüßte voller Freude die beiden Offiziere, die dort auf und ab patrouillierten. Bei Gott, dachte er, der Junge könnte es tatsächlich fertigbringen. Ganz in sich versunken stellte er sich vor, wie schön es wäre, Pinckney Tradd als Schwiegersohn zu haben und einmal Enkel mit diesem leuchtenden Haar und diesem Enthusiasmus zu bekommen.

Er seufzte und ging ins Haus seines Sohnes. Die weichen Stimmen seiner Tochter und seiner Schwiegertochter waren vom Balkon herab zu hören; sie klangen so süß wie Musik, wie schlaftrunkene Vögel in der frühesten Dämmerung, wie das Leben vor dem Krieg. Deshalb hatte er auch damals im Halbschlaf die Nacht über schweigend in jener dunklen Ecke gesessen und den Duft der Magnolienblüten eingeatmet. Eigentlich hätte er sich bemerkbar machen und so die beiden wissen lassen sollen, daß er da war. Aber irgendwann merkte er, worüber sich die beiden da eigentlich unterhielten.

»Das ist nicht dein Ernst, Lavinia.«

»Natürlich ist es das. Wenn Mikell Johnson nur das geringste Interesse für mich hätte, würde ich keinen Moment zögern, Pinckney den Laufpaß zu geben. Aber Mikell hat nur Augen für Sarah Leslie. Da bleibt mir dann wohl nichts anderes übrig, als bei Pinny zu bleiben.«

Lucy entgegnete etwas, aber Lavinia blieb hart. »Ich habe mir auf diesen Partys wirklich jeden angesehen. Alle sind sie

125

wieder da, und alle sind sie traurige, schäbige Gestalten. Mikell ist von denen die einzige halbwegs gute Partie. Und da Papa zu arm ist, um mich nach Saratoga oder Newport zu schicken, wo ich mir einen reichen Mann angeln kann, werde ich mich mit dem Mann zufriedengeben, den ich habe. Wenn das drüben aber tatsächlich mein Haus werden sollte, dann wird es dort keinen Platz mehr für diesen Taugenichts Shad oder die alte Schreckschraube Miß Ashley geben. Oder für irgendeines dieser Kinder. Kinder in diesem Haus werden meine Kinder sein. Cousine Mary kann ja meinetwegen dableiben. Ich bin sowieso ihr großes Vorbild.«

10

Ende Juni war das Leben in der Stadt das erste Mal seit den turbulenten Jahren des Krieges wieder zu dem ihm eigenen uralten Rhythmus zurückgekehrt, einem Gleichmaß, das den klimatischen Anforderungen an die Menschen und der Fülle, die dieses Klima schenkte, Rechnung trug. Schon vor Beginn der Morgendämmerung drangen die dumpfen Molltöne der von den schwarzen Fischern geblasenen Muscheln vom Meer aus in die hohen Zimmer. Die Menschen drehten sich unruhig im Schlaf, wenn diese Warnrufe im Dunkeln zu hören waren. Bei Sonnenaufgang fiel das erste schwache Morgenlicht auf die Mastspitzen und tauchte die Segel in ein kühles Rosa. Im Innern der Boote schaukelten Körbe voller Gemüse, Fische, Austern, Krabben und Blumen; alles glühte in vielen Farben und glänzte vor Feuchtigkeit. So war es in den Sommermonaten immer gewesen, und auch ein neuer Eigentümer der fruchtbaren Ländereien änderte nichts daran.

Um fünf Uhr öffnete der Markt. Schläfrige, schwarze Hausjungen und die Köche trafen allmählich ein und füllten ihre leeren Körbe mit den Früchten und dem Gemüse, das zu sen und hielt sich aus allen Streitgesprächen heraus. Manchmal fiel es überhaupt nicht auf, daß er mit am Tisch saß. Wenn er im Haus war, arbeitete er normalerweise irgendwo im Fuhrwerkschuppen oder im Garten, reparierte alte Sachen, die er auf dem Dachboden fand, oder jätete geduldig das Unkraut, das Salomon übersehen hatte. Er sprach mit niemandem, kaute seinen Tabak und spie den Saft ins Rosenbeet, das dies sehr gut vertragen konnte.

Auch die kleine Lizzie war sehr still. Das war für Pinckney jedoch ein größeres Alarmzeichen als die lauten Streitereien zwischen den anderen Familienmitgliedern. Lizzie blieb allein auf ihrem Zimmer und kam nur zu den Mahlzeiten und für die beiden Kirchgänge am Sonntag herunter. Bei Tisch mühte sie sich mit Messer und Gabel ab, während Julia sie unablässig korrigierte. Nach dem Essen säuberte sie ihren Teller, wie man es ihr aufgetragen hatte. Sie antwortete höflich, wenn sie angesprochen wurde, vergaß nie ihren Knicks und auch nicht, schön ›Danke‹ zu sagen, wenn sie gehen durfte. Aber immer noch war sie ungewöhnlich dünn und zuckte vor jedem zurück, der in ihre Nähe kam. Pinckney schaffte es, jeden Tag für eine Weile bei ihr zu sein, aber er wußte nicht, worüber er sich mit einem fünfjährigen Kind unterhalten sollte, und Lizzie war ihm in dieser Frage auch keine Hilfe.

Er verschob das Problem auf die Zeit nach dem vierten Juli. In diesem Jahr wurde der Unabhängigkeitstag nämlich zur Feuerprobe für die ›Rifle Clubs‹, und das intensive Training zuvor war überwiegend als Vorbereitung auf diesen entscheidenden Tag gedacht. Sickles hatte die Männer davor gewarnt, daß Daddy Cain eine Unabhängigkeit predigte, die die Vernichtung jedes Weißen in der Stadt bedeutete. Der General trat dem entgegen, indem er den ganzen Tag über ein großes Fest in den Gärten von White Point veranstaltete, dem ein Feuerwerk folgen sollte. »Brot und Spiele«, meinte er trocken. »Wenn es bei den Cäsaren geklappt hat, dann wollen wir hoffen, daß es auch bei der US-Armee hinhaut.«

tun. Jede Woche erschien ein Offizier der Unionstruppen bei ihr und forderte sie auf, den Eid abzulegen. Julia saß dann jedesmal wie eine Kaiserin auf ihrem Stuhl und schleuderte dem Offizier mit reglosem Gesicht ein scharfes ›Nein!‹ entgegen. Dann entließ sie ihn. Verließ er nicht umgehend den Raum, dann tat sie es, ohne sich noch einmal nach ihm umzuschauen.

Julias Weigerung war bald in aller Munde. Stuart war unheimlich stolz auf seine Tante. Er ärgerte sich, daß er zu jung war, um den Eid ablegen zu müssen, sonst, so sagte er immer und immer wieder, hätte er sich auch geweigert, selbst wenn man ihn dafür gehängt hätte. Solche Bemerkungen verstärkten Pinckneys Widerwillen, zu Hause zu sein, denn er verspürte nicht die geringste Lust, sich mit solchen Dingen auseinanderzusetzen. Mary fürchtete um ihren guten Ruf.

Auch die verbliebene Dienerschaft machte Pinckney das Leben schwer. Jeder einzelne lauerte ihm irgendwo auf und beschwerte sich über zu viel Arbeit, zu wenig Kleidung oder Geld oder brauchte ihn als Schlichter bei irgendwelchen Streitigkeiten. Elias war der schlimmste von allen. Er verschwand einfach für mehrere Stunden und erklärte hinterher, er habe auf der Schule Lesen gelernt. Pinckney sah keine Veranlassung ihm das zu glauben; andererseits konnte er dem alten Mann auch nicht verbieten, sich zu bilden. Außerdem gehörte Elias zu den Tradds, und es war deren Sache, sich um ihn zu kümmern. Elias hatte sich der Familie gegenüber loyal verhalten, und so hatte die Familie keine andere Wahl, als sich auch ihm gegenüber loyal zu verhalten.

Ähnlich wie Elias war auch Shad ohne Erklärung stundenlang verschwunden. Pinckney wußte, daß er manchmal auswärts arbeitete. Es war durchaus möglich, daß Shad sein Geld dann in die Bordelle auf der Chalmers Street trug, die jetzt auch ›Mulattengasse‹ hieß.

Zumindest Shad war ein stiller Mensch, und dafür war ihm Pinckney aus vollem Herzen dankbar. Stumm aß er sein Es-

129

Die Männer der ›Rifle Clubs‹ wurden unauffällig am Eingang der zu den Wohngebieten führenden Straßen aufgestellt. Offiziere der Unionstruppen ritten der Parade, die die Festlichkeiten eröffnete, voran und behielten die feiernden Menschen auch nach Ende des Umzugs im Auge. Wenn es irgendwo Schlägereien gab, schritten sie ein, damit sich diese nicht zu einem Aufstand ausweiten konnten. Es war ein überaus ermüdender, langer Tag und eine noch längere Nacht, aber irgendwann war es zu Ende, und alles war friedlich verlaufen.

Nach dem Unabhängigkeitstag brauchte Pinckney nur noch zweimal pro Woche zum Dienst. Das gab ihm die Zeit, sich um die Spannungen im Haus zu kümmern. Schon am frühen Abend gesellte er sich zu seiner Mutter und Tante Julia auf den Balkon. Die beiden Frauen debattierten über Gott. Mary zitierte Reverend Edwards und Julia Voltaire. Pinckney setzte sich schweigend in eine Ecke, rauchte eine Zigarre und genoß die leichte Brise. Er zog den Stuhl mit dem Rücken an das Balkongeländer, schlug ein Bein über das andere und schloß die Augen.

Nach einer Weile verstummten auch die Frauen. Mary seufzte. »Genauso hat dein Papa immer dagesessen, Pinny. Manchmal gingen wir nach dem Abendessen noch nach draußen, damit er rauchen konnte, und dann haben wir oft einfach geschwiegen, bis es dunkel wurde. Es war immer sehr friedlich... Ich vermisse ihn.«

»Das tun wir alle, Mama.«

»Ich wünschte, alles wäre wieder so wie früher.«

»Durch fromme Wünsche kriegen die Kinder auch nichts Anständiges zum Anziehen«, fuhr Julia sie an. Sie erhob sich und wandte sich zum Gehen.

»Bitte, bleibt noch einen Moment«, bat Pinckney. »Ich möchte, daß ihr mir einen Rat gebt.«

Julia kehrte zu ihrem Stuhl zurück.

»Ich mache mir Sorgen um Lizzie. Sie ist so still und so fürchterlich ängstlich. Da stimmt doch etwas nicht. Aller-

131

dings weiß ich so gut wie nichts über Kinder. Ich bin nur ein Mann, und da müßt ihr Frauen mir ein wenig helfen.«

Mary rang ihre Hände. »Ich tue, was ich kann, Pinny, aber gegen diese Kinder komme ich einfach nicht an. Was soll ich denn tun? Stuarts Hauslehrer ist schon vor Kriegsbeginn zum Militär gegangen. So hatte ich gar keine andere Wahl, als Stuart zum Hauslehrer der Wentworths zu schicken und ihn mit seinem Freund Alex Wentworth zusammen lernen zu lassen. Man bekam einfach keine Lehrer mehr, und immerhin war dieser Hauslehrer so alt, daß er nie eingezogen wurde. Stuart ist nun mal recht ungestüm, Alex auch, und der alte Mann wird einfach nicht mit den beiden fertig.«

»Ich spreche nicht von Stuart, Mama. Er ist wie jeder andere Junge seines Alters auch. Ich spreche von Lizzie.«

»Aber Lizzie ist doch ein vorbildliches Kind. Sie macht überhaupt keine Schwierigkeiten.«

»Genau darum geht es, Mama. Sie macht überhaupt keine Schwierigkeiten, daher achtet auch kein Mensch auf sie. Sie war doch so ein glückliches kleines Mädchen; jetzt verhält sie sich wie eine eingeschüchterte Maus.«

»Sie lernt, wie sie sich zu benehmen hat. Das ist alles. Kleine Mädchen müssen irgendwann kleine Damen werden.«

»Aber Mama, sie traut sich nie aus ihrem Zimmer. Das kann doch unmöglich gut für sie sein. Und sie sieht so traurig aus.«

»Sie braucht einfach eine gute Kinderfrau. Ich habe Sophie gesagt, sie soll mit ihr in den Garten gehen und dort mit ihr spielen, aber Sophie hat ja nie Zeit. Alle Kinder brauchen jemanden, der sich mit ihnen beschäftigt. Ich glaube, Lizzie trauert immer noch Georgina hinterher.«

»Unsinn«, sagte Julia. »Lizzie ist viel zu alt für eine Kinderfrau. Sie wird im November sechs. Das Kind sollte allmählich in die Schule gehen. Pinckney, du mußt einfach das Geld auftreiben, damit wir sie zu Madame Talvande schicken können.«

132

»Julia«, entgegnete Mary, »ich habe dir schon hundertmal gesagt, daß ich nicht bereit bin, sie zu Madame Talvande zu schicken. Eleanor Allston wird in ihrem Haus eine Schule aufmachen, und da ist Lizzie wahrscheinlich viel besser aufgehoben. Eleanor ist eine sehr liebenswürdige Person und ein gutes Vorbild.«

»Eleanor Allston hat absolut keine Ahnung von der Schule. Madame Talvande dagegen unterrichtet schon seit Jahren. Und außerdem spricht sie Französisch. Ein junges Mädchen sollte so früh wie möglich Französisch lernen.«

»Ich spreche kein einziges Wort Französisch. Unsere Mademoiselle konnte da tun, was sie wollte. Ich kann nicht einsehen, daß Französisch so wichtig sein soll.«

»Du bist und bleibst eben ein Einfaltspinsel. Jeder gebildete Mensch spricht Französisch.«

»Ich weiß wirklich nicht...«

Pinckney hörte nicht mehr zu. Er dachte über das nach, was seine Mutter gesagt hatte. Natürlich, Lizzie mußte eine Kinderfrau bekommen und mit anderen Kindern ihres Alters spielen. Kein Wunder, daß sie traurig war. Sie lebte in einem Haus voller älterer Leute. Selbst Stuart war für sie wie ein Erwachsener. Sie war einfach einsam. »Mama«, sagte er, »ich werde Sophie sagen, daß sie jeden Tag nach dem Mittagessen mit Lizzie einen kleinen Spaziergang machen soll. Und laß dich nicht wieder von ihr umstimmen.« Ihm fiel ein Stein vom Herzen.

Am Nachmittag des nächsten Tages begann Sophie, mit Lizzie in die Gärten von White Point zu gehen. Zuerst war sie nicht sehr erfreut darüber, aber das änderte sich sehr schnell, als sie die anderen Kindermädchen auf den Bänken sitzen sah und etliche alte Freunde unter ihnen fand. Die anderen Frauen machten ihr bezüglich Lizzies Aufmachung mit der frisch gestärkten weißen Kinderschürze Komplimente. Am Ende des Nachmittags war Sophie sehr zufrieden. Im Gegensatz zu den anderen Kindern hatte sich Lizzie überhaupt nicht dreckig gemacht. Während die anderen Kinder hin und her rannten, herumtollten und ins Gras fielen, saß Lizzie abseits bei einem Oleanderbusch und machte aus den herabgefallenen Blättern und Blüten kleine Häufchen. Sie fiel wirklich keinem zur Last.

Pinckney wartete schon auf die beiden, als sie zurückkehrten. »Wie war's, meine kleine Schwester?«

Lizzie nickte mechanisch. »Ja, Sir.«

Pinny machte ein langes Gesicht. »Es dauert eine Weile, bis sich die Kinder umgewöhnen«, meinte Sophie.

»Ja. Das glaube ich auch.« Pinny schenkte Lizzie ein Lächeln. Das Kind verzog sein Gesicht bei dem Versuch, ebenfalls zu lächeln. Das Ergebnis war jedoch nicht sehr überzeugend.

Das Haus der Ansons war ein wichtiger Zufluchtsort für Pinckney geworden. Jeden Tag ging er hinüber. Man erwartete auch von ihm, daß er Lavinia täglich einen Besuch abstattete. Immerhin waren sie so gut wie verlobt, auch wenn die besonderen Umstände ihrer Verbindung es erforderlich machten, einige Regeln ihrer Zusammenkünfte abzuändern. Pinckney konnte Lavinia auf die vielen Partys begleiten und bei ihr zu Hause neben ihr auf dem Sofa sitzen und ihre Hand halten. Man ließ die beiden jedoch nie allein. Mary Tradd war auf den Partys zugegen und Lucy Anson stets in der Wohnung. Joshua Anson hatte einmal zu Pinny gesagt: »Vielleicht wirst du nicht die Mittel haben, um zu heiraten, Pinny; wir wissen nicht, was uns noch alles bevorsteht. Aber du willst bestimmt nicht ihre Ehre aufs Spiel setzen.«

Das wolle er wahrhaftig nicht, entgegnete Pinckney. Und er meinte es auch so. Er bedauerte zutiefst, die Kontrolle über sich verloren zu haben, als er sie zum ersten Mal geküßt hatte, und er war dankbar dafür, daß er niemals mit Lavinia alleingelassen wurde und dadurch nie in Versuchung geraten konnte. Pinckney glaubte, Lavinia könne ja unmöglich wissen, welche Gefahren in der Art und Weise steckten, in der sie mit ihm flirtete. Sie war so schön und vertrauensvoll, legte ihre kleine Hand in seine und lehnte sich an seine Schulter, wenn Lucy ihre Augen einmal auf die Stopfsachen richtete, die sie immer dabeihatte.

Die arme Lucy, dachte Pinckney. Immer sieht sie müde aus. Es wird nicht leicht sein, Andrew zu pflegen.

Nach seiner Stunde mit Lavinia und Lucy ging Pinckney jeden Tag zu Andrew hoch. Sein Freund trank jetzt viel weniger, was dazu führte, daß er gesünder wirkte. Ohne den betäubenden Whiskey jedoch war er übellauniger denn je. Sein Vater versuchte, ihm das nötige Wissen für eine Karriere als Rechtsanwalt zu vermitteln. Das war immerhin eine Arbeit, bei der Andrew nicht laufen mußte. Aber dem jungen Mann fiel das Lernen schwer.

»Zur Hölle, Pinny. Außer Reiten und Walzertanzen habe ich noch nie etwas richtig gut gekonnt. Mein Hauslehrer mußte den Stoff förmlich in mich hineinprügeln. Ich kann mit diesen geschraubten Formulierungen einfach nichts anfangen. Ich bemühe mich zwar, und auch Lucy paukt es noch einmal regelmäßig mit mir durch. Papa hat die Geduld eines Heiligen, aber es nutzt nichts.«

Pinckney wußte auch keinen Rat. Weder für Andrew, noch für sich. Sie konnten nichts anderes tun, als jeden Tag so gut es eben ging hinter sich zu bringen. Manchmal lief das darauf hinaus, wieder auf die Karaffe mit Wein in Andrews Zimmer zurückzukommen. Zumindest konnte man dabei alles für einen Moment vergessen. Pinckney vergaß dann, daß das Land am Wappoo nur sehr wenig Geld eingebracht hatte und daß dieses wenige Geld jeden Tag dahinschwand, obwohl an allem gespart wurde. Und vor allem konnte er vergessen, daß der Zeitpunkt immer näherrückte, an dem Carlington verkauft werden mußte.

Sein Herz trauerte um Carlington. Er träumte Tag und Nacht von diesem Platz. Aber er hatte nie den Mut, die kurze Entfernung bis zu seiner Heimat zu überwinden. Der Platz war ihm zu wertvoll. Nur Shad wußte, was er fühlte. Er hatte

Pinckneys Unwillen, über die Plantagen zu sprechen, bemerkt, als seine Mutter sie erwähnte. »Was ist los, Cap'n?« hatte er sanft gefragt. »Hast du Angst, Sherman hätte sie eingeäschert?«

Pinckney konnte sich nicht länger zurückhalten. Er war dankbar, daß er dem schweigsamen, unaufdringlichen jungen Mann seine Ängste mitteilen konnte.

»Wenn dieser Platz nicht mehr da ist«, erzählte er Shad, »dann ist das so, als ob er niemals existiert hat oder als ob mein Vater oder dessen Vater niemals existiert haben. Wahrscheinlich haben ihn die Yankees in Flammen aufgehen lassen, aber ich weiß es eben nicht. Ich will es auch gar nicht wissen. Ich muß einfach weiter die Möglichkeit haben, mir vorzustellen, Carlington sei noch so, wie mein Vater und ich es bei unserem Aufbruch nach Virginia zurückgelassen haben. Es besteht ein Riesenunterschied zwischen der Möglichkeit, daß das uns vertraute Leben ein für allemal vorbei ist, und der Gewißheit. Ich muß die Möglichkeit in Betracht ziehen, daß es den Platz, an dem ich so hänge, nicht mehr gibt, aber ich muß es nicht unbedingt wissen. Ich könnte es einfach noch nicht verkraften, es zu wissen.«

11

Mary fummelte an der Krause ihres grauen Gewandes herum. »Oh, Pinny«, sagte sie, als ihr Sohn das Eßzimmer betrat. »Meinst du, ich kann das so tragen? Ich will so aussehen, wie ich mich fühle: sanftmütig und bescheiden, eben so, wie man sich im Gotteshaus fühlen sollte. Was meinst du, geht das so?«

»Aber sicher, Mama.«

»Immerhin trage ich ja auch keinen Schmuck...« Mary plapperte weiter. Pinckney fühlte, wie sich der Schmerz hinter seinen Augäpfeln über die Schläfen zu seinem Scheitel hinzog. Er hätte letzte Nacht nicht so lange mit Andrew aufbleiben sollen. Sie hatten auch viel zuviel getrunken. Vor allem verwünschte er, daß er seiner Mutter bei einem ihrer Streite mit Julia versprochen hatte, sie entgegen seinen sonstigen Gewohnheiten in die Kirche zu begleiten.

»Es ist erst halb acht. Hör auf, so unruhig zu sein, Mary.« Julia betrat den Raum und setzte sich auf den Stuhl, den Elias für sie zurechtrückte. Auch Stuart nahm verdrießlich am Tisch Platz; Lizzie folgte blaß und in sich gekehrt. Shads Platz blieb leer. Er war schon früh aus dem Haus gegangen.

Es war ein kurzes Frühstück. Marys Aufregung ließ keine Ruhe aufkommen. Schon um Viertel vor acht waren sie alle auf dem Weg in die St. Michaels-Kirche. Mary schritt vorneweg, ihre Hand stolz auf den linken Arm ihres Sohnes gelegt. Pinckney sah wirklich prächtig aus. Dilceys Kochkünste hatten dazu geführt, daß sein grauer Gehrock jetzt wie angegossen saß. Sein rechter Ärmel wirkte durch den von Salomon hergestellten künstlichen Arm in der unauffälligen schwarzen Seidenschlinge und der Holzhand im Handschuh ganz normal.

Wie immer trafen sich alle vor der Kirche und grüßten sich gegenseitig. Pinckney geleitete seine Mutter zu der für die Familie Tradd reservierten Bank. Während Lizzie und Stuart sich an ihr vorbeischoben, wechselte Mary flüsternd ein paar Worte mit Julia. »Mach schon, Pinny«, sagte seine Tante dann mit deutlich vernehmbarer Stimme. »Geh hinter mir her und laß deine Mutter außen am Mittelgang sitzen.« Marys Gesichtsausdruck spiegelte ihre Andacht; reglos wartete sie, bis ihr Sohn an ihr vorübergegangen war. Dann ging auch sie in das Gestühl und sank anmutig auf die Knie.

Mit einem dumpfen Ton erdröhnte die Orgel, dann erscholl der Beginn des Prozessionsgesangs. Alle erhoben sich. Pinny hörte Reverend Adam Edwards' Stimme weit hinter sich im Kirchenschiff. Sie war tief, voll und laut, und durch den Gesang des Chores und die Klänge der Orgel hindurch deutlich zu vernehmen. Als das Kreuz hereingetragen wúrde, neigte Pinckney seinen Kopf und schaute sich verstohlen um. Reverend Edwards war wirklich eine beeindruckende Erscheinung. Sein weißes Übergewand wallte von seinen Armen herab wie Engelsflügel. Auch sein volles Haar war schlohweiß. Es fiel in elegantem Schwung nach hinten und legte eine edle Stirn über einem großen Gesicht mit breiten Wangenknochen frei. Eine dünne, ausgesprochen gerade Nase beherrschte dieses Gesicht und das sauber rasierte kantige Kinn mit der tiefen Spalte in der Mitte. Pinckney schaute wieder nach vorne. Er wollte auf keinen Fall den Blick seiner Tante auf sich ziehen, weil er Angst hatte, lachen zu müssen. Sie hatte wahrlich nicht übertrieben. Ein sanftes seidenes Rascheln begleitete den Reverend, als sich alle Damen der Gemeinde wie von einem Magneten angezogen zu ihm hindrehten.

Als der Hymnus vorbei war, hatte die Gemeinde kaum Zeit, Platz zu nehmen, so schnell klang Edwards' volle Stimme von der Kanzel herab. »Gott verlangt viele Opfer von uns«, rief er aus, »und ein entmutigtes, reuevolles Herz weist uns den Weg zu Ihm. O Gott, Du wirst keinen zurückweisen, der an Deine Pforte klopft.« Er hob seinen Arm und blickte scheinbar gen Himmel. Die Menschen knieten nieder. Edwards hielt inne; auch die Gemeinde wartete, bis kein Laut mehr zu hören war, keiner sich mehr seine Kleider zurechtrücken mußte. Ein gespanntes Schweigen erfüllte die Kirche. Und dann kam wieder diese goldene Stimme; sie floß über die geneigten Köpfe. »Geliebte Brüder und Schwestern!« Seine Worte waren eine Liebkosung. »Gottes Wege sind vielfältig und wunderbar.« Seine Stimme hob sich. »Wir müssen unsere Sünden bekennen.« Pinckney konnte die tönende Stimme des Reverend mit dem ganzen Körper spüren. Erst ein einziges Mal hatte er eine Stimme so intensiv gefühlt; es war in London gewesen, als Patti *Lakme* gesungen hatte. Eigentlich war er nur aus Neugier und zur Abwechslung in die Kirche gekommen, aber all das war jetzt völlig vergessen.

138

Auch er stand ganz im Bann von Reverend Edwards. Wie alle Leute um ihn herum stimmte er in die von Edwards mit markiger Stimme vorgetragenen Worte ein. »Wir sind zu sehr unseren eigenen, selbstsüchtigen Zielen gefolgt und haben so gegen die heiligen Gesetze verstoßen...« Der Gottesdienst verlief in seinen gewohnten Bahnen, aber die Gemeinde war wie verzückt. Edwards beherrschte alle mit seiner vollen Stimme. Als er die vor ihm auf dem Pult liegende Bibel aufschlug, sah er in erwartungsvoll zu ihm aufblickende Gesichter.

Direkt vor der Kanzel saß Prudence Edwards. Sie hielt den Kopf ein wenig schräg, damit es so aussah, als ob sie ganz gespannt ihrem Vater lauschte. Dort war ihr Lieblingsplatz, denn die überhängenden Galerien schufen in diesem Bereich eine akustisch tote Zone, so daß sie nur etwa jedes zehnte Wort der Predigt hören konnte. Die erstaunliche Stimme ihres Vaters, mit der sie von Geburt an vertraut war, versetzte sie nicht mehr in Entzücken. Sie kannte sie zur Genüge. Aus den Augenwinkeln schielte sie auf die Gemeinde. Wie immer waren sie alle wie verzaubert. Sie konnte völlig unbemerkt ihren Kopf noch ein Stück weiter drehen und so die eine Frau suchen, die von der flammenden Predigt ungerührt blieb. Ja, da war sie wieder. Alles war wie immer. Die hagere Frau mit dem arroganten Gesicht langweilte sich ganz offensichtlich. In all den vielen Jahren und den so unterschiedlichen Gemeinden war diese Frau die einzige, die nicht in Edwards' Bann geriet. Prudence war erleichtert. Jeden Sonntag befürchtete sie, daß sich auch diese Frau von der allgemeinen Ergriffenheit anstecken lassen würde. In den Gemeinden hatte es immer einige gegeben, die sich zunächst immun zeigten, dann aber dem Zauber ihres Vaters erlagen.

Wie üblich saßen das kleine Mädchen und der Junge artig neben dieser Frau. Doch irgend etwas hatte sich geändert. Prudence wußte, daß bald ein heller Sonnenstrahl durch das obere Fenster fallen und diese kupferfarbenen Haarschöpfe beleuchten würde. Dann würde sie erkennen können, was

139

anders war. Ein großer Haarschopf wurde bereits von der Sonne bestrahlt und leuchtete wie von einem Heiligenschein umflort auf. Das war es! Prudence vergaß jede Vorsicht und drehte ihren Kopf ganz zur Seite, um besser hinschauen zu können. Sofort hob sich die Hand ihres Vaters und mahnte sie zur Aufmerksamkeit. Doch sie hatte bereits das wunderbare Gesicht des unbekannten Mannes gesehen. Dem Rest des Gottesdienstes folgte sie ganz automatisch, sagte die erwarteten Sätze und sang die Lieder, ohne wirklich dabeizusein. Äußerlich wirkte sie vollkommen konzentriert, aber innerlich konnte sie es kaum erwarten, daß der Gottesdienst zu seinem Ende kam. Als der feierliche Auszug aus der Kirche begann, schlüpfte sie zum Seiteneingang hinaus, rannte über den Kirchhof und stellte sich dann in den Halbschatten der Säulen neben dem Eingang; und von dort beobachtete sie die herausströmende Menge. Vielleicht hatte sie die Chance, ein Wort dieses Unbekannten aufzuschnappen. Vielleicht würde er sie sogar anlächeln. Dieser Mann wirkte, als habe er seit langer Zeit keinen Grund mehr zum Lächeln gehabt.

Shad war an jenem Sonntagmorgen nicht zufällig weggeblieben. Auch an den anderen Tagen hatte er seine Gründe. Schon nach ein paar Wochen im Hause der Tradds überkam ihn das Gefühl, daß nur etwas, das völlig außerhalb Pinckneys üblichem Erfahrungsbereich lag, die verfahrene Situation ändern konnte. Er war unterwegs, um herauszufinden, was es war.

Der Junge war ein sehr stiller Mensch, äußerlich wie innerlich. Er hatte keine Schulbildung genossen, er konnte sich nicht gewandt ausdrücken und seine Gedanken auch nicht gut in Worte fassen. Aber er war ungewöhnlich empfänglich für das, was ihn umgab, hatte ein gutes Gespür und konnte seinem Gefühl trauen. Die Dankbarkeit, die er gegenüber Pinny für dessen Kameradschaft und das Zuhause, das er ihm gab, empfand, konnte er nur schlecht vermitteln. Es war für ihn jedoch selbstverständlich, daß es seine Aufgabe war,

dafür zu sorgen, daß Pinckney und dieses Zuhause nicht in
Gefahr geriet, und er war sich sicher, das auch zu schaffen. Er
spürte, daß ihn die Unerbittlichkeit, die ihn die harten Jahre
seiner Kindheit gelehrt hatten, dazu befähigen würde, in der
Nachkriegszeit zu überleben. Sobald die wesentlichen Reparaturen am Gebäude in der Meeting Street gemacht waren,
wanderte er ziellos durch die Stadt, nahm alles bewußt wahr,
was er sah, und beobachtete die Menschen, die die Geschicke
Charlestons lenkten. Irgendwann hatte er dann den Ort gefunden, an dem Entscheidungen getroffen wurden und an
dem er sich Chancen ausrechnete, selber mitmischen zu können.

Das Charleston Hotel war das größte Gebäude, das er jemals gesehen hatte. Es erstreckte sich über einen ganzen
Straßenblock und war drei Stockwerke hoch. Breite, mit
grünlichen und gelben Marmorplatten ausgelegte Balkone
reichten von den dorischen Säulen des Eingangs bis zu den
riesigen Flügeltüren und den hohen Hotelfenstern. Die
ganze Fassade erstrahlte in dem glänzenden Weiß, das
Sickles' Soldaten anläßlich des Einzugs in Fort Sunder aufgetragen hatten. Die anderen Seiten des Gebäudes wiesen nach
wie vor tiefe Geschoßspuren auf, der weiße Putz war an vielen Stellen abgebröckelt und legte die alte Ziegelsteinmauer
frei.

Fast jeden Tag schlenderte Shad in der vom Dämmerlicht
erfüllten, höhlenartigen Vorhalle des Hotels auf und ab. An
diesem Ort wurden die wichtigen Geschäfte in der Stadt ab-
gewickelt. Überall standen Männer in sich immer wieder neu
formierenden Gruppen beieinander und unterhielten sich,
teils verschwörerisch flüsternd, teils überlaut prahlend. Das
Hotel beherbergte eine große Zahl von Abenteurern, die aus
dem Norden in die Südstaaten gekommen waren, um hier
aus den Veränderungen ihren Nutzen zu ziehen und zu
schnellem Geld zu kommen. Die Vorhalle des Hotels war der
Platz, an dem sie ihre zwielichtigen Geschäfte tätigten.

Shad hielt sich vornehmlich im Halbschatten des Raumes

141

auf, wanderte hierhin und dahin, war aber nie sehr weit von den Männern entfernt. Er trug eine abgetragene Hose und ein altes Hemd und lächelte leicht einfältig. Ziellos wanderten seine Augen hin und her. Es hatte den Anschein, als sei er zufällig in diese hehren Hallen geraten und von dem ganzen Prunk und den stattlichen Herren um ihn herum wie erschlagen.

Doch dieser Schein trog. Seine Sinne waren geschärft; er hörte und sah alles, merkte sich die Gesichter, die Stimmen, die Konstellationen der Zusammenkünfte, die Handschläge und die Gespräche.

»In der Eisenbahn, da steckt das große Geld«, rief ein gebeugter Mann mit dichtem Bart dem Kreis der um ihm herum stehenden Zuhörer zu. »Die drei Linien hier stehen bestimmt bald zum Verkauf an. Die Bewohner Charlestons haben genug Sorgen, als daß sie sich darum kümmern könnten. Die Gleise sind weg, und das Wegerecht wird einem nachgeschmissen.«

»Und du fängst es dann auf, was?« tönte es ihm entgegen. Shad ging weiter.

»Nun, Al hat den Vertrag für die Schulbücher bekommen und das alleinige Recht, alle Schulen, auch die in Zukunft noch zu gründenden, zu beliefern. Der Senator hat groß herausgestellt, wie viele kleine Negerkinder durch diese Maßnahme Shakespeare lesen können, der Kongreß hat das Geld bewilligt, und unser guter Al verdient auf einen Schlag ein Vermögen.«

»Wieviel mußte er denn dem Senator dafür zahlen?«

»Nichts!« Der Sprecher zwinkerte. »Aber irgend jemand muß seiner Frau einen neuen Einspänner und zwei rotbraune Pferde mit versilbertem Geschirr geschenkt haben.« Shad schlich sich davon.

»Sobald die Steuerbescheide draußen sind, kannst du Land für weniger als zwei Dollar den Hektar bekommen. Dann stellst du einfach ein paar mittellose Weiße an, die dir das Land bewirtschaften. Die Baumwollpreise werden nur so

142

in die Höhe schnellen... Unsinn. Das dicke Geld ist mit einer Fabrik zu machen, nicht mit Landbesitz... Mit Souvenirs läßt sich oben in New York schnelles Geld machen. Warte noch eine Weile und die Leute hier sind hungrig genug, daß sie ihre alten Abzeichen und Uniformen verkaufen. Jede Rebellenflagge ist im Norden Gold wert, solange sie wirklich aus dem Süden kommt... Ich hörte, Harry hat den Auftrag bekommen, das Holz für den Wiederaufbau der Speicher zu besorgen?... Nein, der alte Ardsley hat sich diesen Auftrag geschnappt. Harry hat nur den Auftrag für die Lieferung der Steine...« Shad hielt sich nie sehr lange bei einer Gruppe auf. Er wollte nicht, daß man seine Anwesenheit bemerkte.

Nach nur einem Monat wußte er mehr über die ablaufenden Geschäfte als die Männer, die sie tätigten. Nach zwei Monaten hatte er ein paar Leute gefunden, denen man trauen konnte – zumindest bis zu einem gewissen Punkt. Dann war Shad soweit, daß er selber aktiv wurde.

Er ließ sich von Pansy den alten Anzug, den Pinny ihm geschenkt hatte, zurechtschneidern, und als Pinckney am Sonntag seine Mutter zur Kirche begleitete, lieh er sich seine Taschenuhr und die wertvolle Uhrkette aus, nahm einen Spazierstock vom Kleiderständer und trat dann das erste Mal in seinem Leben als Geschäftsmann auf.

Sein hinterwäldlerischer Akzent erweckte bei seinem Ansprechpartner ein abfälliges Lächeln. Er wollte sich schon zum Gehen wenden, aber Shad redete weiter auf ihn ein. Bald war es soweit; der Mann drehte sich wieder zu ihm um. »Sagten Sie ›Tradd‹ wie ›Tradd Street‹ Tradd?«

»Sie haben mich schon verstanden. Die und alle anderen wirklich reichen Leute dieser Stadt.«

»Wie sind Sie denn an die herangekommen?«

»Solange ich das Gewünschte liefern kann, überlassen Sie das besser mir, mein Herr.«

»Laß uns in den Speisesaal gehen, mein Junge. Eine warme Mahlzeit kann ja bestimmt nicht schaden, oder?«

»Ich bin nicht Ihr Junge, also nennen Sie mich bitte auch nicht so. Aber ich nehme Ihre Einladung durchaus an.«

Shad verließ das Hotel mit vollem Bauch und ein paar Pfefferminzbonbons für Lizzie. Er war zufrieden; es war zum Geschäft gekommen.

Verdammt, dachte sein Gastgeber, er ist ein härterer Verhandlungspartner als ich. Und ich habe das Gefühl, er ist noch so jung, daß er sich noch nicht einmal rasieren muß.

Wieder daheim, berichtete Shad Pinckney von seinem Treiben. »Cap'n, deine reichen Freunde hier in Charleston schicken alle die Neger los, um ihre Wertsachen zu verkaufen, damit sie genug Geld zum Essen haben. Die werden da natürlich nur so ausgenommen. Ich habe aber jetzt einen Mann an der Hand, der einen wirklich guten Preis zahlt.«

Pinckney war ganz erzürnt. Er verkniff sich jedoch die barschen Worte, die ihm auf der Zunge lagen, und wandte Shad den Rücken zu, um sich wieder zu beruhigen. Dann hörte er auf das, was Shad sagte; und langsam drehte er sich wieder zu ihm um. Seine Schultern sackten nach unten; sein Kopf hing herab. Er konnte nicht umhin, die Wahrheit in Shads Worten zu erkennen.

»Irgend jemand muß doch die Geschäfte mit ihnen abwickeln. Ich bin nicht aus der Stadt, daher habe ich keine Hemmungen beim Verkauf. Du könntest es unmöglich selber tun. Aber du kannst deinen Leuten helfen. Sie geben dir die Sachen, du gibst sie mir, und ich verkaufe sie. Für Gold. Ich kann weder lesen noch schreiben, Cap'n, aber ich kann verdammt gut rechnen. Mich zieht keiner über den Tisch.

Der Verkauf hat ja schon begonnen, Cap'n. Kleine Dinge zunächst, Silberlöffel und so etwas. Du hast doch selber diese Auktion gesehen. Es kommen immer mehr Sachen unter den Hammer. Willst du, daß die Besitzer ihre Sachen billiger verkaufen als nötig?«

Pinckney nickte. »Du hast recht. Und ich sollte dir dankbar sein. Es ist nur so traurig, Shad.« Seine Augen wurden feucht.

144

Dieses Mal war es Shad, der sich wegdrehen mußte. Er entschied sich, Pinckney nichts von dem Geld zu erzählen, das sie an dem Handel verdienen würden.

12

Im Sommer lief der Verkauf dann in kleinem Maßstab an. Pinckney sprach als erstes mit Joshua Anson über die Sache. Sein Patenonkel stimmte völlig mit Shad überein und übernahm die Buchführung. »Ich mache das so lange, bis du selber mit dem linken Arm schreiben kannst, mein Junge. Und ich werde dir diese Arbeit in Rechnung stellen. Du mußt lernen, daß die Zeit eines Mannes genausoviel wert ist wie die Ernten, die seine Felder abwerfen. Du tust deine Arbeit, und ich tue meine Arbeit, indem ich dir deine Bücher führe. Es besteht kein Grund, sich dafür zu schämen, für seine Dienste Geld zu verlangen. Ich habe erfahren, daß Eleanor Allston unbedingt Geld braucht, um ihre Schule einzurichten. Sie wollte schon eine Hypothek auf ihr Haus nehmen. Eleanor täte viel besser daran, diese unförmige Marmornymphe aus ihrem Garten zu verkaufen. Die ist dazu noch nackt und wird bestimmt eine ganz besondere Art von Kunstsammlern ansprechen. Geh bei ihr vorbei. Und nimm auch das Geld, das der Junge bei dem Handel verdient. Wo hast du ihn überhaupt getroffen?«

Pinckney erzählte das erste Mal die ganze Geschichte von Shad, und warum er so an dem Jungen hing. »Er hat den Yankee, der mich aus dem Hinterhalt unter Beschuß nahm, mit dem Messer getötet, das er immer bei sich trug. Ein weiterer Schuß hätte die anderen Yankees auf uns aufmerksam gemacht. Dann zerriß er seinen Mantel, preßte mir damit das Blut ab und trug mich auf dem Rücken bis in sicheres Gebiet. An den Rest kann ich mich kaum erinnern. Er machte ein Feuer und legte sein Messer hinein, dann setzte er mich mit einem Kinnhaken außer Gefecht, und als ich wieder zu Bewußtsein kam, lag ich in einem Sanitätszelt und hatte einen sauberen Verband um und einen sauberen Armstumpf. Ich bin jetzt einen Kopf größer und zwanzig Pfund schwerer, und er muß mich bestimmt fünf Meilen weit geschleppt haben, aber er läßt es einfach nicht zu, daß ich ihm dafür danke.«

»Deswegen hast du ihn also mit nach Hause gebracht.«

»Er brachte mich nach Hause! Ich war viel zu schwach, um alleine zurückzufinden. Ich wünschte, ich wüßte, wie ich es ihm vergelten könnte.«

»Ein Menschenleben ist unbezahlbar, Pinny. Das einzige, was du tun kannst, tust du bereits. Gib ihm ein Zuhause, denn allem Anschein nach hat er nie eines besessen. Und wenn du darüber hinaus noch etwas tun willst, dann laß es zu, daß er sich ein wenig um dich kümmert. Um ihn sollte sich auch jemand kümmern. Er ist bestimmt noch keine sechzehn, aber ich glaube, er ist ein Mann, der nie ein Junge sein konnte. Ich wäre stolz darauf, sein Freund zu sein.«

»Da steht er ja hoch in deiner Achtung, Joshua. Ich werde ihm davon berichten.«

»Besser nicht. Es gibt kaum empfindlichere Menschen als arme Weiße. Das habe ich bei meiner Gerichtsarbeit oft genug erlebt. Gönn deinem Freund Shad den Freiraum und alle Zeit, die er braucht. Vielleicht kann er dann eines Tages deinen Dank ganz selbstverständlich annehmen. Geh jetzt zu Eleanor. Sie kommt fast um vor Sorge um ihr Geld.«

Zwei- bis dreimal die Woche besuchte Pinckney alte Freunde, die ihm von Joshua Anson genannt wurden. Da er seine Aktivitäten in einer so kleinen Stadt wie Charleston unmöglich geheimhalten konnte, berichtete er nach seinen ersten Besuchen seiner Mutter davon. Ihre Reaktion war für ihn völlig überraschend. Mary klatschte erfreut in die Hände und strahlte ihn und Shad an.

»Was für eine wunderbare Idee! Dann könnten wir ja Lizzie und Stuart endlich ein paar anständige Sachen kaufen! Ich glaube, ich habe sogar noch etwas da, das die Yankees damals nicht mitgenommen haben. Laß mich mal überlegen. Da wäre einmal diese riesige silberne Schale im Fuhrwerkschuppen. Sie sieht abscheulich aus, aber sie ist bestimmt sehr wertvoll.«

Shad räusperte sich. »Ich will da nicht widersprechen, aber im Augenblick gibt es so viel Silber, daß man die Straßen damit pflastern könnte. Wenn Sie Schmuckstücke hätten, dann wüßte ich schon den richtigen Kunden.«

»Die Juwelen meinst du. O je! Mein Schmuckkästchen ist doch damals in Columbia gestohlen worden.«

Shad zuckte die Achseln.

»Was ist eigentlich damals in Columbia geschehen, Mama? Du hast nie davon erzählt«, fragte Pinckney.

»Oh, ich will auch nichts davon erzählen, Pinny. Es war einfach zu schrecklich. Können wir uns nicht über etwas Netteres unterhalten?« Ihr Lächeln wirkte fast natürlich.

Shad starrte Pinckneys Mutter ungläubig an. Entweder hatte diese Frau mehr Mut, als man ihr ansah, oder sie war die dümmste Frau unter der Sonne. Nichts davon erzählen zu wollen! Jeder hatte doch von den Greueltaten gehört, die Shermans Truppen in Columbia begangen hatten. Der Bürgermeister der Stadt hatte Sherman damals die Kapitulation überbracht. Der Offizier war daraufhin zum Lagerplatz der Armee am Stadtrand zurückgekehrt. Drei Stunden später entfachten die Soldaten einen Ring aus loderndem Feuer, dessen Flammen die Stadt lückenlos einhüllten. Es gab kein Entkommen. Der schwarze Rauch, der den Himmel verdunkelte, vergrößerte die Panik unter den Bewohnern, die in ihrer Stadt eingeschlossen waren. Nachts zuckte das flakkernde, rötliche Licht der Flammen über das Straßenpflaster, auf denen die Menschen schreiend umherliefen. Der Ring aus Feuer fraß sich immer weiter ins Innere der Stadt vor, und diejenigen, die zu alt, zu schwach oder nicht schnell genug waren, um davonzulaufen, kamen elend in den Flam-

147

men um. Verzweifelt drängten sich die anderen schließlich in dem großen Park mitten in der Stadt zusammen. Mit Hüten, Kapuzen, Schuhen und Stiefeln versuchten sie wie rasend, Wasser aus dem See zu schöpfen, um es sich über den Leib zu gießen und sich die brennenden Äste vom Körper reißen zu können. Noch zwei Tage später glühten überall in der Stadt die Trümmer. Rußgeschwärzte Gestalten taumelten aus der verwüsteten Hauptstadt Süd-Carolinas heraus. Nie würde das, was in Columbia geschah, in Vergessenheit geraten!

Shad blickte wieder Mary Tradd an. Er fühlte, welche Kraft es diese Frau kostete, nicht zusammenzubrechen. Sie will nicht, daß der Cap'n die Wunden sieht, die der Krieg geschlagen hat, dachte der Junge, und Respekt vor dieser so verwöhnten und kindischen Frau stieg in ihm auf. »Wo ist denn diese Schale?« fragte er, um dem quälenden Schweigen ein Ende zu bereiten.

»Du mußt dazu aufs Dach klettern. Stuart hat sie dort versteckt. Dieser Junge kann ja klettern wie ein Affe. Oh! Da fällt mir noch etwas ein. Wo steckt Stuart? Er hatte nämlich damals meinen Hochzeitsschmuck ganz oben im Nußbaum in ein Loch gesteckt. Da, wo er immer das Baumhaus mit seinem Freund Alex Wentworth zusammen gehabt hat. Erinnerst du dich noch an das Baumhaus, Pinny? Als ihr noch klein gewesen seid, hattest du dich dort immer mit Andrew und eurer Bande getroffen. Stuart hat das Baumhaus wieder repariert. Als wir dann zu Julia ziehen mußten, riß er es ab, damit die Yankees nicht auf die Idee kamen, auf den Baum zu klettern. Ich glaube, das war sehr klug von ihm. Da oben müßte mein Hochzeitsschmuck eigentlich noch sein. Julia hat immer versucht, mir diesen Schmuck madig zu machen. Sie war so eifersüchtig auf mich, als dein Vater sich in mich verliebte...« Mary entdeckte plötzlich, daß sie alleine dastand. Pinny und Shad standen schon im Hof, riefen nach Stuart und schauten zum Nußbaum hoch.

Stuart erklomm in Windeseile den Wipfel des Baumes und warf kurze Zeit später drei gepolsterte Beutel aus gelblichem

148

Leder herunter. Shad hob sie auf und überreichte sie Pinckney. »Besser, du gibst sie deiner Mutter, Pinny«, sagte er. »Ich passe solange auf Stuart auf.«

»Gute Arbeit«, lobte er den Jungen, als dieser wieder auf dem Boden vor ihm stand.

»Du weißt noch gar nicht, wie gut sie wirklich war, Shad. Ich wußte ja, wie vergeßlich Mama ist, und da habe ich zusammen mit dem Hochzeitsschmuck noch einen ganzen Haufen anderer Juwelen da oben hineingelegt. Laß uns hingehen.«

»Warte noch einen Augenblick. Sag mal, ich hörte gerade, du warst in Columbia mit dabei. Stimmt das?«

»Ob das stimmt? Natürlich war ich dabei. Ich kann dir da einiges erzählen...«

Ausführlich berichtete Stuart von seinen Erfahrungen. Während sie alle versucht hatten, sich in Sicherheit zu bringen, hatte er durchaus ein paar Mal Heldenmut gezeigt und seine Mutter beschützt.

»War das Baby auf der Flucht vor dem Feuer dabei?« fragte Shad.

»Lizzie? Die hat uns beinahe alle ins Grab gebracht! Als wir aus Tante Eulalias Haus rannten, ließ Lizzie ihren alten Teddybären dort liegen. Wir waren schon auf halbem Weg zum Park, da fiel er ihr wieder ein und sie fing an, fürchterlich zu schreien. Sie wollte unbedingt umdrehen, hielt Mama fest, während ich sie voranzog. Es war unmöglich! Georgina nahm sie dann hoch und trug sie. Das Kind schrie wie am Spieß und trat wild um sich, aber wir rannten weiter. Dann wurden wir jedoch irgendwie getrennt und verloren uns aus den Augen. Mama schrie immer wieder ihren Namen, aber Lizzie tauchte nicht mehr auf. Ich sage dir, ich habe in diesen Stunden einiges mitgemacht!«

»Immerhin habt ihr es alle geschafft; das alleine zählt. Wie habt ihr denn Georgina wiedergefunden?«

»Gar nicht. Mama nimmt an, sie sei im Feuer umgekommen, aber ich glaube, sie hat sich nur irgendwo versteckt.

Mama hätte sie umgebracht, wenn sie ohne Lizzie zurückgekommen wäre.«

»Georgina hat das Kind alleine gelassen?«

»Muß sie wohl. Wir haben jedenfalls Lizzie nicht eher wiedergesehen, bis wir am Bahnhof auf den Zug warteten, den die Yankees für alle, die die Stadt verlassen wollten, zur Verfügung gestellt hatten. Da haben wir sie dann zusammen mit den Hutchinsons getroffen. Die hatten sie im Gewühl herumirren sehen, immer und immer wieder nach diesem dämlichen Bären rufend, und haben sie sich einfach geschnappt. Junge, war Mama wütend! Sie war ja fast umgekommen vor Sorge. Lizzie lief sowieso immer weg, weißt du. Sobald ihr etwas nicht paßte, war sie weg! Mama gab ihr links und rechts welche hinter die Ohren, mitten auf dem Bahnsteig. Ich wette, so leicht läuft Lizzie nicht noch einmal davon.«

Shad dachte an das stille, kleine Mädchen. »Das glaube ich auch«, meinte er nachdenklich.

Als die beiden das Haus betraten, tanzte Mary im Speisesaal umher. Sie hatte die Arme hochgestreckt, damit sich das Sonnenlicht in den Diamanten und Rubinen der Armreifen und Ringe an beiden Handgelenken und Händen brach. Lange Diamantohrringe baumelten an ihren Ohrläppchen, und um ihren Hals lag so viel Geschmeide, daß Shad von dessen Glanz fast geblendet wurde.

Das Hochzeitsgeschenk war eine üppige Kette aus mehreren Reihen Diamanten, die an einem Punkt weit unten auf Marys einfachem grauen Gewand zusammenliefen. Dort ruhte ein riesiger einzelner, birnenförmiger Diamant schwer zwischen ihren vollen Brüsten. Pinckney mußte grinsen. »Das regt ja wirklich die Fantasie an, Mama. Was hat sich denn Papa dabei gedacht?«

Mary hielt inne. Ihr weiter Rock schwang um ihren Körper. Sie nahm ihre funkelnden Hände ans Gesicht, um ihre rot anlaufenden Wangen zu bedecken, und fing an zu kichern. »Er dachte etwas sehr Unanständiges; ich werde dir aber nicht er-

150

zählen, was. Manchmal hatte auch Vulgäres seinen Platz bei
ihm. Es war sein privates Hochzeitsgeschenk an mich. Da ich
es anderen nicht zeigen sollte, schenkte er mir noch Perlen.
Die konnte ich dann jedem zeigen.«

»Ich denke, damit sind unsere finanziellen Probleme ge-
löst«, meinte Pinckney nach einer Weile. »Shads Geschäftspartner wird wohl kaum etwas Aufregenderes finden.«

Es dauerte eine Weile, bis Shad Mary Tradds Juwelen verkauft hatte. Er hielt die Käufer so lange hin, wie es nur ging.
Irgendwann sagte ihm dann sein Instinkt, daß sie die Grenze
ihrer Geduld und ihres Geldbeutels erreicht hatten. Gemes-
sen an den schwierigen Bedingungen, unter denen der Verkauf stattfand, erzielte er ein kleines Vermögen.

Pinckney war von dem Haufen Goldmünzen, der vor seinen Augen auf den Tisch purzelte, wie überwältigt. Carlington war gerettet! »Mein Gott, Shad! Jetzt können wir leben
wie die Könige. Neue Schuhe für uns alle, einen Hut für
Mama, den sie in der Kirche tragen kann und mit dem sie bestimmt Edwards Blicke anziehen und vielleicht sein Herz gewinnen wird. Vielleicht sogar ein Pferd...«

»Cap'n, bald werden die neuen Steuerbescheide kommen.
Es wäre besser, das Haus zu halten als ein Pferd zu kaufen.«

Pinckney schlug ihm auf die Schulter. »Ich bin so erleichtert, Shad, daß wir jetzt dieses Gold haben, ich bin dir nicht
einmal böse, daß du recht hast. Wir kaufen nur das, was wir
unbedingt brauchen, und heben uns den Rest für schwierige
Zeiten auf... Was ist denn das?« Er spähte durch das zerknitterte Papier einer Schachtel, die Shad ihm hinhielt. Der Junge
stellte sie auf den Tisch.

»Es ist etwas, das wir beide brauchen können.«

Pinny nahm den Deckel hoch. Ein paar Schiefertafeln und
eine kleine Packung Kreide kamen zum Vorschein. Darunter
sah er eine Fibel. »Du sagtest doch, Mr. Anson habe dir geraten, mit der linken Hand schreiben zu lernen. Ich hoffe, du
kannst auch mir dabei etwas Bildung beibringen.«

Pinny war viel zu gerührt, als daß er hätte antworten können. Stumm sah er Shad an. Dieser mied seinen Blick und sprach einfach weiter.

»Ich habe auch dem Kind noch etwas mitgebracht. Gib du es ihr.« Er wickelte einen schlichten rundlichen Teddybären aus, der beide mit glänzenden schwarzen Knopfaugen anblickte. Pinny fand seine Stimme wieder.

»Wie schön von dir, Shad. Du warst es, der an sie gedacht hat, also gib du es ihr auch! Sie hat seit Ewigkeiten kein Spielzeug mehr bekommen.«

»Es ist besser, wenn sie es von dir bekommt. Sie kennt mich ja kaum, und sie ist so ein schüchternes, kleines Wesen. Ich will sie nicht erschrecken.«

Pinny nahm den Bär hoch. »Vielleicht hast du recht«, sagte er, »aber du solltest allmählich ihr Vertrauen gewinnen. Komm mit, wir suchen sie.«

Ein Spielzeug, dachte er, als sie die Treppen hochgingen. Wäre ich der Meinung, daß ein Spielzeug sie glücklich macht, würde ich dieses Haus und alles, was darin ist, verkaufen, um ihr jedes Spielzeug der Welt zu besorgen. Immerhin, Shad meint es wirklich gut mit ihr! Er ist ein seltsamer Vogel, so still, fast so schüchtern wie Lizzie. Ich hoffe, er nimmt es ihr nicht übel, wenn sie keine Reaktion zeigt. Sie ist wie eine kleine Marionette, macht alles, was man von ihr verlangt. Bestimmt fällt es ihr schwer, den Verlust von Georgina zu verkraften. Ich bete zu Gott, daß sie irgendwie darüber hinwegkommt! Pinckney klopfte sachte an Lizzies Tür, dann öffnete er sie und verbarg den Bären hinter seinem Rücken. Shad folgte ihm in den Raum.

Lizzie saß direkt am Fenster in ihrem kleinen Schaukelstuhl. Die Dielen knarrten im immer gleichen Rhythmus ihrer Bewegungen. Pinckney wußte, daß sich dieser Rhythmus nie veränderte. Jedes Mal, wenn er zu seinem eigenen Zimmer hochging, hörte er dieses beständige Knarren. »Hallo, Lizzie«, sagte er. »Shad hat dir ein wundervolles Geschenk mitgebracht.«

Lizzie stellte beide Füße nebeneinander auf den Fußboden

und stand auf. »Danke schön, Mr. Simmons«, sagte sie, tat einen Knicks und stand dann reglos da.

»Nun komm schon, Lizzie. Hat er nicht ein Lächeln verdient?«

Gehorsam verzog sie ihr Gesicht und zog ihre Mundwinkel nach oben. Ihre Augen blieben jedoch trübe. Pinckney fühlte die so wohlbekannte Verzweiflung in sich hochsteigen. Sie wurde immer größer, je geringer ihm die Chance erschien, seine kleine Schwester zu erreichen. »Willst du denn gar nicht wissen, was es ist? Schau mal!« In einem weiten Bogen schwang er das Tier nach vorne. Bei Gott, dachte er, laß sie endlich wieder wissen, wie man lächelt! Er zwang sich selber ein Lächeln ab, um ihr so ein Vorbild zu geben. Dann blieb ihm der Mund offenstehen vor Erstaunen. Lizzie rannte mit ausgebreiteten Armen auf ihn zu, ihre Augen strahlten.

»Bär!« rief sie. Pinckney kniete sich gerade noch rechtzeitig hin, um von ihr umarmt zu werden. Lizzie ließ sich auf den Boden fallen und drückte den Bär an ihre Schulter. Ein fröhliches Lachen erscholl, und sie begann, den Bären zu küssen. Dann hielt sie ihn von sich weg und runzelte die Stirn. Erst blickte sie den Bären an, dann Pinny.

»Das ist nicht der Bär«, sagte sie finster.

Pinckney war völlig verwirrt. Erst das Lachen, und jetzt der plötzliche Wandel. Was war denn nur falsch gelaufen?

Shad kauerte sich nieder. »Oh, das ist schon der Bär, keine Sorge. Zumindest erzählte er, das sei sein Name. Er hat mich ganz dreist auf der Straße festgehalten, erzählte, er hätte eine weite Reise hinter sich und arbeite im Moment im Zirkus. Die Leute haben ihm da so viele Süßigkeiten gegeben, daß er ganz dick geworden ist und auch einen neuen Mantel brauchte. Und als er dann so fein aussah, da wollte er gleich nach Hause kommen und sich dir zeigen. Der hält eine ganze Menge von sich, dieser Bär.« Shad schaute Lizzie mit todernstem Gesicht an.

Das Mädchen blickte auf den Bären, dann wieder zu

153

Pinckney. »Er hat sich das nur ausgedacht«, sagte sie niedergeschlagen. Pinckney versuchte zu lächeln.

Lizzie schaute wieder zu Shad hin. »Du hast dir das ausgedacht!«

Für einen langen Augenblick trafen sich ihre Augen. Keiner von beiden bewegte auch nur einen Muskel. Dann sagte Shad leichthin: »Das überlasse ich dir, Kleines. Willst du denn, daß es eine erfundene Geschichte ist?«

Lizzie runzelte gedankenvoll die Stirn. Noch immer ließ sie Shad nicht aus ihrem Blick. Pinckney hielt den Atem an. Er spürte, daß etwas Wichtiges vor sich ging. Dann wurde Lizzies Stirn wieder glatt. »Nein«, sagte sie und hielt den Bären fest umklammert, schüttelte ihn hin und her und sprach dann zu ihm: »Du gieriger kleiner Bär, du! Hier kriegst du aber keine Süßigkeiten mehr!« Sie umarmte den Stoffbären und drückte ihn fest an ihren kleinen Körper.

Shad erhob sich und machte Pinckney ein Zeichen. Beide verließen auf Zehenspitzen das Zimmer.

Als sie schon beinahe wieder unten waren, erschien Lizzies Kopf über dem Geländer auf dem Treppenabsatz. Neben ihr lugte der Kopf des Stoffbären herunter. »Mr. Simmons«, wisperte sie. Die beiden Männer schauten zu ihr hoch. »Ein Zahn wackelt schon!« Das kleine Mädchen grinste verschmitzt und spielte mit der Zunge an ihrem Zahn. Dann verschwanden Bär und Kopf.

»Ich hole etwas zu trinken«, murmelte Pinckney und ging voran. Schweigsam goß er zwei Gläser voll.

»Kannst du mir erklären, was da passiert ist, Shad?«

»Etwas Glück, das war alles. Stuart erwähnte, daß das Kind damals in Columbia im ganzen Durcheinander seinen Stoffbären verloren hat und nie darüber hinweggekommen ist. Ich habe schon immer gemerkt, daß alle kleinen Kinder ein besonderes Spielzeug haben, an dem sie sehr stark hängen. Dachte daher, vielleicht vermißt sie den Bären mehr als diese schwarze Kinderfrau.« Shad kippte seinen

154

Whiskey hinunter. »Davon könnte ich noch einen gebrauchen.« Pinckney schenkte ihm nach.

»Sie ist ganz schön clever, die Kleine«, kicherte Shad. »Sie wußte genau, daß das nicht der Bär war, den sie verloren hatte, aber dann hat sie sich entschieden, sich selbst einzureden, er wäre es. Hat noch einmal darüber nachgedacht und dann ihren Entschluß gefaßt. Ich mag Leute, die den Tatsachen ins Gesicht schauen.«

Pinny reichte ihm das Glas. »Ich danke dir, Shad.«

»Keine Ursache.«

Pinckney hob sein Glas und prostete dem Jungen zu. Shad hatte sein Glas schon leer.

13

Shads geglücktes Geschenk war ein Wendepunkt in Lizzies Leben. Immer noch war sie sehr still und übertrieben höflich in Gegenwart der anderen Familienmitglieder. Shad jedoch war wie ein anderes Kind für sie, und ganz vorsichtig wurde sie warm mit ihm, während sie bei ihren Nachmittagsausflügen zu keinem der anderen Kinder Kontakt hatte. Pinckney war sehr froh, daß sie aus der beunruhigenden Starre, in der sie gewesen war, heraustrat. Allerdings mußte er zugeben, daß er ein wenig eifersüchtig auf Shad war, da Lizzie diesem gegenüber viel offener war als ihm gegenüber.

Rein zufällig eröffnete sich jedoch auch ihm ein Zugang zu dem kleinen Mädchen. Bei einem der häufigen Gewitter im August blieb Sophie mit Lizzie im Haus. Das kleine Mädchen streifte ziellos umher. Die Damen des Hauses hielten ihren Mittagsschlaf, Stuart war bei Freunden, und diese Zeit nutzte Pinckney wie immer dazu, Shad heimlich Schreiben und Lesen beizubringen und selber mit seiner linken Hand schreiben zu üben. »Oh, Pinny«, rief sie, als sie die beiden vor ihren Tafeln sah, »bitte, laß es mich auch versuchen, ja? Bitte!«

Ganz aufgeregt berührte sie seinen Arm. Es war das erste Mal seit der Sache mit dem Bär, daß sie von sich aus auf Pinckney zuging.

Wortlos schob Shad ihr seine Schiefertafel hin. »Das ist ein C«, sagte er. »Ich glaube, das kann man ziemlich schnell erkennen.« Lizzie seufzte beglückt.

»Pinny kann es mir bestimmt beibringen«, meinte sie. »Er ist der schlaueste Mensch auf der ganzen Welt!«

Unglücklicherweise war Pinckney nicht schlau genug, um sich dem dichtgespannten Netz weiblicher Intrigen zu entziehen, das seine Mutter um ihn wob. Mary hatte von Julia gehört, daß Prudence Edwards ein Auge auf ihren Sohn geworfen hatte, und um an deren Vater heranzukommen, war Mary jedes Mittel recht.

Es war allgemein bekannt, daß Prudence Edwards sich nicht so verhielt, wie man es von einer Dame erwartete. Sie trug keine weiten Reifröcke und ging mit langen Schritten die Straße entlang, so daß man sehen konnte, wie sich ihre Beine bewegten. Immer war sie ohne Begleitung, wenn sie den Weg vom Pfarrhaus zu ihrer Schule zurücklegte, an der sie schwarze Kinder unterrichtete. Genau da wollte Mary ansetzen.

Das erste Mal war Pinckney völlig ahnungslos. Seine Mutter bat ihn, sie auf ihrem Gang zur Apotheke auf der Broad Street zu begleiten, damit sie ein von Sally Brewton empfohlenes Riechsalz ausprobieren könne. Als er ihr vor der Apotheke die Stufen herunterhalf, bewegte sie sich sehr langsam, da, wie sie sagte, sich die Hacke ihres Schuhs im Kleid verfangen habe. Sie kam erst los, als Prudence Edwards vor das nebenan liegende Haus trat. Mary lief auf sie zu und plauderte angeregt mit ihr, dann stellte sie ihr Pinckney vor. »Wir sollten Sie kurz nach Hause begleiten, Miß Edwards. Heutzutage kann man nie wissen, wem man auf der Straße begegnet.« Als sie die Pfarrei erreichten, bot Miß Edwards den beiden natürlich einen Tee an. Mary willigte sofort ein. »Es wäre fürchterlich unhöflich gewesen, diese Einladung auszuschlagen, Pinny!« flüsterte sie ihm später zu, als Prudence ihren Vater holte. Mary und der Reverend unterhielten sich eine halbe Stunde lang über den beklagenswerten Zustand der Chorgewänder in diesen Zeiten; Prudence starrte stumm auf ihre Fingernägel, und Pinckney versuchte, seine Unruhe zu verbergen.

Beim nächsten Vorfall dieser Art wurde er jedoch wütend und sagte nach einer quälenden Stunde im Hause der Edwards auf dem Heimweg zu seiner Mutter: »So geht es aber nicht! Miß Edwards ist sichtlich nicht erfreut über unseren Besuch, und deine Absichten sind mehr als deutlich!«

Mary änderte daraufhin ihre Taktik. Prudence Edwards' abweisende Haltung war für sie der beste Beweis, daß sie sich in Pinckney verliebt hatte. Sie lud Prudence ein, sich bei schlechtem Wetter bei ihr im Hause aufzuhalten, bis ihr Vater sie abholen konnte. Das, so hoffte sie, wäre dann eine willkommene Gelegenheit, den Reverend ihrerseits zum Tee einzuladen. Da Pinckney so gut wie verlobt war, würde Prudence ihr Ziel sowieso nicht erreichen, und ihr Vater wäre sicherlich froh über die Gelegenheit, aus seiner Abgeschiedenheit herauszukommen.

Und die Rechnung ging auf. Adam Edwards fühlte sich in Charleston tatsächlich sehr einsam. Als bedeutender Geistlicher war er es auch aus anderen Städten gewöhnt, zu allen wichtigen Anlässen geladen zu sein, zumal er damals in Neu-England einer der feurigsten Redner der Sklavenbefreiungsbewegung gewesen war. Seine Religiosität und sein Gefühl der Berufung waren echt.

Charleston jedoch war für ihn fremdes Territorium; eine Stadt, in der man ihn außerhalb der Kirche gerade wegen seiner Herkunft und seiner früheren Aktivitäten mied. Mary Tradds Frömmigkeit gab ihm das warme Gefühl, in dieser schwierigen Gemeinde Erfüllendes zu vollbringen. Auch ihre weiche Stimme und ihre unablässige Aufmerksamkeit für ihn trugen dazu bei, daß er sich bei dieser Frau angenehm wohl fühlte.

Es dauerte nicht lange, da kamen die beiden regelmäßig jeden Dienstag und Freitag zum Tee, auch wenn die Sonne schien. Pinckney beschwerte sich heftig darüber, daß er immer zugegen sein sollte. Mary brach in Tränen aus. Pinckney konnte dann nicht anders: Er saß immer dabei, lauschte den langen Monologen des Reverend und wunderte sich darüber, daß Prudence so wenig zum Gespräch beitrug. Pinckney war Frauen gewöhnt, die bei ihm das Gefühl entstehen ließen, wichtig zu sein. Bei Prudence war das alles anders.

Mary blühte auf. Schon wenn sie den Tee für die erwarteten Gäste vorbereitete, summte sie fröhlich vor sich hin. Julia brachte den Edwards die gleiche Grimmigkeit entgegen, die sie gegenüber allen Yankees an den Tag legte.

»Verdammt«, fluchte Pinckney. Lange Zeit über hatte man nur das Klicken und Quietschen der Kreide auf der Schiefertafel gehört.

Lizzie und Shad schauten von ihrer Tafel hoch. »Entschuldigung«, murmelte Pinckney. »Meine Kreide ist abgebrochen.« Er bewegte seine steifen Finger. »Ich denke, ich höre auf für heute.« Mit einem Ruck setzte er seinen Stuhl zurück, stand auf und schlug die Tür ins Schloß.

Lizzies Fingerchen schlossen sich enger um ihre Kreide. Sie blickte angestrengt auf die langen unregelmäßigen Reihen, in denen sie ein W nach dem anderen auf die Tafel malte. Ihre Hand zitterte.

Shad blickte zum Deckenleuchter hoch. Draußen war ein Gewitter aufgezogen; der Himmel war dunkel, und die Gaslampe brannte schon. Die Gasversorgung war wiederhergestellt; das grelle Licht fiel erbarmungslos auf die notdürftig geflickte Einrichtung. »Hast du jemals versucht, mit der linken Hand zu schreiben? Das ist ganz schön schwierig«, meinte er zu Lizzie. Das kleine Mädchen setzte einen Buchstaben neben den anderen. »Es ist schwer genug für mich,

158

mit der rechten Hand schreiben zu lernen, weil ich es noch nie gemacht habe. Du bist zwar noch nicht groß, aber du schreibst schon besser als ich.«

Lizzie unterbrach ihre Arbeit. »Du lügst«, meinte sie, die Augen fest auf ihre Buchstaben gerichtet.

»Nein. Schau mal.« Shad zeigte ihr seine Tafel. Das kleine Mädchen blickte argwöhnisch herüber. Auf der verschmierten Oberfläche sah man dicht zusammengedrängt die Buchstaben V, W und M.

»Aber das sind doch drei verschiedene Buchstaben!« rief sie aus.

»Das sind nicht alles Ws?«

»Nicht alle. Die ja.« Sie zeigte mit dem Zeigefinger auf einen Buchstaben. Ihre Hand war jetzt ganz ruhig.

»Und das?« Shad zeigte auf ein M. »Das sieht doch genauso aus, nur steht es auf dem Kopf. Was ist denn daran falsch? Dreh mal die Tafel herum, dann siehst du, was ich meine.«

Lizzie drehte die Tafel auf den Kopf. Ihre Augen weiteten sich. Dann runzelte sie konzentriert die Stirn. »Da muß ich erst mal nachdenken«, kündigte sie an. Shad wartete geduldig.

»Jetzt weiß ich es!« Sie schaute ihm mit einem erfreuten Lächeln ins Gesicht. »Guck mal, die falschen von vorher sind jetzt richtig. Und die richtigen von eben sind jetzt falsch. Es ist nur dann ein W, wenn du es richtig machst und es dann so läßt. Sonst ist es eben ein M.«

Shad brummte vor sich hin und kratzte sich an der Nase. Lizzie blickte ihn besorgt an. Endlich lachten Shads Augen wieder. »Da hast du recht, Kleines. Jetzt habe ich's kapiert.«

Lizzie strahlte. Dann zog sie an seinem Ärmel. Ihre großen Augen funkelten. »Aber nur, wenn du dich nicht auf den Kopf stellst«, meinte sie und prustete laut kichernd los.

Shad sah sie liebevoll an. Er hatte sich noch nie gefragt, wieso er dieses bleiche, verängstigte kleine Mädchen vom ersten Augenblick an in sein Herz geschlossen hatte. Er freute

159

sich, daß die Verbindung zwischen ihm und dem Mädchen da war und wuchs, und daß das Kind ihm allmählich sein Vertrauen schenkte, obwohl es seine eigenen Brüder und seine Mutter ohne ersichtlichen Grund fürchtete. Daß Julia ihr nicht geheuer war, konnte er gut verstehen; auch er nahm sich vor dieser Frau in acht.

»Mr. Simmons?«

»Was denn, Kleines?«

»Warum ist Pinny denn so wütend auf mich?«

»Er ist nicht wütend auf dich, sondern auf den Yankee, der ihm seinen Arm abgeschossen hat. Jetzt muß er anfangen, zu lernen, wie er den anderen Arm benutzen kann. Er braucht ihn ja nicht nur zum Schreiben, sondern auch zu ganz alltäglichen Dingen wie Anziehen und Zeitunglesen.«

»Aber er kann doch noch lesen.«

»Ja, natürlich. Man braucht keine Arme, um lesen zu können, aber man braucht sie, um Seiten umzublättern.«

»Kannst du denn lesen?«

»Nein. Ich dachte, du bringst mir das bald bei.«

»Ich? Aber das kann ich doch gar nicht. Ich lese dem Teddy Bilderbücher vor, aber die Geschichten denke ich mir dann selber aus.« Tatsächlich verbrachte Lizzie viel Zeit damit, mit ihrem Bären auf dem Schoß auf der Veranda zu sitzen, in einem Buch zu blättern und dabei mit gedämpfter Stimme dem Bären, der mit glitzernden Augen zuhörte, etwas vorzulesen.

»Aber du gehst doch bald in die Schule. Da lernst du lesen, und dann bringst du es mir bei.«

»Willst du wirklich?«

»Ich wäre dir sehr dankbar.«

»Dann will ich es tun.« Sie klatschte in die Hände. »Wir können Schule spielen. Ich bin der Lehrer, und du und der Bär seid die Kinder. Dann könnte ich euch in die Ecke stellen! Das machen Lehrer auch.« Ein boshaftes Funkeln lag in ihren Augen.

Shad sah schon ganz besorgt aus. Lizzie kicherte. Dann fiel jedoch ein Schatten über ihr Gesicht. »Mr. Simmons?«

160

»Ja?«

»Ich gehe aber nicht besonders gern zur Schule.«

»Warum denn das nicht?«

»Da sind so viele andere Kinder.«

Shad wollte dieses kleine zierliche Händchen in seine große warme Hand nehmen, aber er wußte, daß das Kind sehr viel Angst vor Berührungen hatte. Sorgsam legte er sich seine Worte zurecht. »Aber die anderen Kinder tun dir nichts, Lizzie. Wenn dich jemand anrempelt, dann hat er wahrscheinlich gerade nicht aufgepaßt. Da will dir keiner etwas Böses.«

Sie schien nicht sehr überzeugt.

»Noch etwas, Kind, und das hört sich vielleicht sehr erwachsen an: Jeder Mensch muß irgendwann einmal Dinge tun, die er nicht gerne tut. Als ich nach Virginia zog, da hatte ich unheimliche Angst! Ich wollte auf keinen Fall gehen. Aber ich hatte keine andere Wahl. Jetzt ist es vorbei. Es war bestimmt kein Zuckerschlecken, aber es war auch nicht so schlimm, wie ich es mir vorgestellt hatte.«

»Du hattest Angst?«

»Fürchterliche Angst! Jeder hat vor irgend etwas Angst.«

»Sogar Pinny?«

Trauer schwang in Shads Stimme mit. »Sogar Pinny.«

Lizzie legte ihr Gesicht in nachdenkliche Falten. Shad wartete still. Schließlich sprach sie mit fester Stimme. »Ich zeige es einfach nicht. Ich glaube, das kann ich. Ich kann einfach zur Schule gehen, und keiner merkt, daß ich Angst habe.«

»Ich bin mir ganz sicher, daß du das schaffst, Kind. Wenn du nur fest entschlossen genug bist, schaffst du alles.«

14

»Diese Idioten!« Pinckney zerknüllte die Zeitung in seiner Faust. Julia strickte ungerührt weiter.

»Was ist denn, Pinny?« fragte Mary.

»Politik, Mama. Nichts für dich.«

»Ah!« Die Antwort stellte Mary durchaus zufrieden. »Es tut mir so leid, mein Lieber. Warum gehst du nicht zu Andrew und sprichst mit ihm darüber? Ihr Männer versteht doch so viel mehr von diesen Dingen.«

Pinckney konnte ihr unaufhörliches Geplapper nicht ertragen. Er mußte den Raum verlassen. Shad ließ ein paar Minuten verstreichen, dann folgte er ihm auf den Balkon. »Etwas zu rauchen, Cap'n?« Pinny nahm die angebotene Zigarre dankbar an.

»Du weißt also, was sie vorhaben? Es wird unser Ruin.«

»Ich weiß.« Shad hatte es schon länger gewußt, er hatte entsprechende Gespräche mitbekommen. Die Militärregierung hatte die Erlaubnis zu einer neuen Gesetzgebung erteilt. Ihr nahestehende Südstaatler hatten daraufhin umgehend etliche Gesetze erlassen, die als der ›Black Code‹ bekannt wurden. Danach wurden Schwarze und Weiße jetzt auf die gleiche Weise behandelt, erstmals durften die Schwarzen auch mitbestimmen.

Eine Woche später wurde der Provinzgouverneur durch einen Armeeoffizier ersetzt. Neue Verordnungen wurden von einem Komitee erlassen, das zu zwei Dritteln aus Schwarzen bestand. Die wenigen Weißen in diesem Komitee waren fast alle frühere Anhänger der Sklavenbefreiungsbewegung. Für Charleston bedeutete das tiefgreifende Veränderungen.

In der ersten Novemberwoche teilten uniformierte Brigaden überall in der Stadt kanariengelbe Umschläge aus. In ihnen steckten die von vielen gefürchteten Steuerbescheide. Die Bewohner Charlestons hatten einen Monat Zeit, ihre Steuern zu bezahlen.

Einen Tag später erschienen die Spekulanten. Wo immer jemand auf ihr Klopfen reagierte und die Tür öffnete, stellten sie sich persönlich vor und erklärten, sie seien gekommen, den Witwen, Waisen und Verwundeten zu helfen. Sie boten an, die Häuser für ein paar Hundert Dollar zu kaufen und dann alle auf den Häusern lastenden Verpflichtungen und Steuern zu übernehmen. Blieb ihnen die Tür verschlossen, dann schoben sie einen entsprechenden Brief unter der Tür durch oder kündigten sich durch laute Ansprachen auf öffentlichen Plätzen an.

»Diese Geier«, schnaubte Julia. »Woher wissen sie nur, auf wen sie sich stürzen können? Sie lassen keine Ruhe und versuchen ausgerechnet den Ärmsten noch ihr letztes Hab und Gut abzuknöpfen. Sie sollen es nur wagen, sich hier blicken zu lassen! Ich wüßte schon, wie ich mit ihnen umgehe! Aber um dieses Haus machen sie natürlich einen Bogen.«

»Es ist alles eine Strafe Gottes, Julia, eine Strafe Gottes für unsere vielen Sünden und Vergehen!«

»Hör bloß auf mit diesem haarsträubenden Unsinn, Mary, sonst vergesse ich mich noch.« Nachdem Mary das Gesicht ihrer Schwester gesehen hatte, zog sie es vor, sich wieder in die Lektüre des Buches Hiob zu vertiefen. Sie hatte schon etliche Textstellen gefunden, die dringend einer Erklärung durch Reverend Edwards bedurften.

Julia sprach Pinckney darauf an, ob die Männer des ›Rifle Clubs‹ dem Treiben der Spekulanten keinen Einhalt gebieten könnten, aber auch ihnen waren die Hände gebunden.

Dieser für die Bewohner der Stadt so harte Monat ließ alle enger zusammenrücken. Überall traf man sich in den Häusern und beratschlagte die Lage. Die Ängstlichsten und Hilflosesten wurden von Freunden getröstet; Rechtsanwälte boten ihre Hilfe an; die Frauen überlegten, was man noch verkaufen konnte. Gemeinsam wurde für das Wohl der Stadt gebetet. Eine spontan entstandene Solidarität innerhalb der Stadt gewann Gestalt, fand Ausdruck und war ein beständiger Trost und ein Quell der Hoffnung auf eine bessere Zukunft.

Viele schoben den drohenden Bankrott hinaus, indem sie Pinckney ihren Familienschmuck anvertrauten, den dieser dann zu lächerlichen Summen verkaufen ließ. Seine Rolle bei diesem Handel stimmte ihn wütend und verzweifelt. Daß die Aufkäufer die Notlage der Stadtbewohner so schamlos ausnutzten, war nicht anders zu erwarten. So waren eben die Verhältnisse. Die echte Dankbarkeit, die seine Freunde ihm gegenüber für seine Dienste zeigten, machte ihn jedoch fast wahnsinnig. Es ärgerte ihn maßlos, daß er nicht mehr unternehmen konnte, als das Ausmaß des Ausverkaufs ein wenig in Grenzen zu halten. Es brach ihm das Herz, wenn die Frauen, die er seit langer Zeit kannte, über das wenige Geld, das er ihnen geben konnte, so glücklich waren, als hätte er ihnen Schmuck geschenkt und nicht abgenommen.

Jeden Tag stattete Pinckney Lavinia seinen Pflichtbesuch ab. Sie machte sich immer aufs neue schön für ihn und überlegte sich schon vorher, was sie ihm erzählen konnte, um ihn ein wenig aufzuheitern. Dann plapperte sie munter drauflos. Pinckneys Zerstreutheit irritierte sie. Wenn schließlich unweigerlich der Moment nahte, wo er sich entschuldigte und zu Andrew ging, war sie immer wütend auf ihn. Gleichzeitig spürte sie jedoch Erleichterung.

Mit Pinckney so gut wie verlobt zu sein war nicht so einfach, wie sie es sich vorgestellt hatte. Doch ihr blieb nichts anderes übrig, als sich auf ihn einzulassen. Über vielen Gesichtern ihrer gleichaltrigen Freundinnen lag bereits der Schatten einer Einsamkeit und Resignation, wie man ihn sonst bei alten Jungfern findet. Es gab einfach zu wenige Männer im heiratsfähigen Alter; und Mikell Johnson war inzwischen mit Sarah Leslie liiert. Pinny war der einzige Mann, mit dem sie rechnen konnte. Sollte doch Andrew mit seinen befremdlichen Stimmungen fertigwerden! Ihr waren sie mehr oder weniger gleichgültig.

Andrew empfing seinen alten Freund mit einer Schweigsamkeit, die das genaue Gegenteil von Lavinias Gesprächigkeit war. Oft leerten die beiden Männer die Karaffe, ohne ein Wort miteinander zu wechseln. Spät am Abend lag Pinny dann in seinem Bett und starrte stundenlang in die ihn umgebende Dunkelheit.

Wäre er noch lange der Verzweiflung seiner Freunde ausgesetzt gewesen, hätte auch er es nicht mehr ertragen können. Aber auch das tagelange Rechnen kam irgendwann an sein Ende. Im Dezember hatten die Menschen, denen Haus und Boden genommen worden waren, eine neue Bleibe gefunden. Die Bewohner der Stadt hatten auch diese Krise wie so viele davor gemeistert. Charleston lebte weiter. Diese Stadt hatte schon verheerende Feuersbrünste, wütende Wirbelstürme und Seuchen gesehen, in den frühen Jahren den Angriffen der Indianer und Spanier getrotzt und erst im letzten Jahrhundert zwei Belagerungen der Briten standgehalten. Anfang Dezember schon tanzten die Menschen die ganze Nacht hindurch auf der größten und spektakulärsten Hungerparty, die die Stadt je erlebt hatte – weit über die Sperrstunde hinaus und den neuen Machthabern zum Trotz.

Es lebten jetzt viel weniger Menschen in der Stadt, aber die, die geblieben waren, hielten stärker zusammen als je zuvor.

Shad blickte auf die kleine orangefarbene Kugel in seiner Hand. Er wußte weder, was das war, noch verstand er die ganze Aufregung, die entstand, als auch Pinckney eine aus dem alten Strumpf am Kaminsims zog. Der junge Mann stellte keine Fragen. Er beobachtete still und zog daraus seine Schlüsse. Auf diese Art Weihnachten im Kreise einer großen Familie zu feiern, war neu für ihn.

»Was ist das?« Auch für Lizzie waren die kleinen Mandarinen etwas Fremdes. Mary legte ihr einen Arm um die Schulter. »Das arme Kind«, rief sie. »Sie hat alles vergessen.« Das kleine Mädchen gefror in ihrer Umarmung.

Pinckney blickte seine kleine Schwester an. »Mandarinen

sind das, und sie sind sehr lecker. Ganz süß. Und schon fertig in kleinen Bissen im Innern dieser Schale. Schau!« Mit lange geübter Leichtigkeit ritzte er die Frucht mit dem Fingernagel auf und schälte sie. »Probier ein Stückchen. Du magst es bestimmt.«

Alle Augen waren auf Lizzie gerichtet. Shad nutzte den Moment, um auch seine Frucht zu schälen. Die Mandarine faszinierte ihn. Er atmete das exotische Aroma ein, das ihm aus der geöffneten Frucht in die Nase stieg. Ganz plötzlich empfand er etwas, das er nicht benennen konnte. Diese Leute, diese Tradds, mit allem, was sie von den Menschen unterschied, die er bisher gekannt hatte, mit ihrem ganzen Gerede über das, was man zu tun und zu lassen hatte – sie hatten ihn ganz natürlich in ihrem Kreis aufgenommen. Sie taten so, als wüßten sie nicht, was er eigentlich war, als was man ihn gewöhnlicherweise ansah: als weißen Abschaum. Er verstand nicht, daß man ihm gegenüber so offen war, und er entschloß sich, darüber nachzudenken.

»Magst du keine Mandarinen, Shad?« ertönte plötzlich Pinckneys Stimme. »Wenn du sie nicht ißt, dann gib sie Lizzie oder mir.«

»Oh, sie sind gut, Cap'n!« Shad steckte ein großes Stück in den Mund. Erleichtert stellte er fest, daß es ihm tatsächlich schmeckte.

Nach Weihnachten begann ein neuer Reigen von Festlichkeiten, zahlreich wie in den Jahren vor dem Krieg, aber bei weitem nicht so prunkvoll. Shad schlug alle Einladungen aus. Er wußte, daß er bei den anderen alteingesessenen Familien trotz seiner besonderen Stellung bei den Tradds eigentlich nicht willkommen war. Darüber hinaus hatte er seine eigenen Pläne.

Jeden Tag ging er auf Erkundungsgang in die Stadt. Diesmal suchte er nicht den Ort, an dem sich die wichtigen Männer trafen; dieses Mal versuchte er, die Familie, in der er lebte, zu verstehen. Und dies konnte er am ehesten, wenn er

ziellos durch die engen Gassen der Altstadt schlenderte und
sich vorwiegend dort aufhielt, wo er mit den großen, alten
Bäumen und den stattlichen Gebäuden alleine war. Dies war
die Stadt, die dieser Familie ihren Stempel aufgesetzt hatte.
Wenn er das Besondere dieser Stadt verstand, dann verstand
er auch die Familie Tradd.

Als Shad noch ein Kind war, hatte sein Vater ihm immer
gesagt, die Bewohner Charlestons seien anders als alle anderen Leute. Er hatte das aus tiefem Haß gesagt. Aber da er immer schon alles und jeden gehaßt hatte, hatte das auf Shad
keinen großen Eindruck gemacht. Allmählich begriff er, daß
sein Vater vielleicht recht gehabt hatte. Nicht mit seinem
Haß, aber mit der Andersartigkeit der Menschen hier. Sie waren wirklich anders.

Immer wieder mußte er auch an Pinckney denken. Nicht
an die unbedingte Loyalität, die er ihm gegenüber empfand.
Das war eine Tatsache, darüber brauchte man nicht nachzudenken. Das war der Cap'n.

Aber Pinckney war nicht nur der Cap'n, der flammende
Kavallerieoffizier. Dieser Mann hatte noch viele andere Seiten. Er war Familienoberhaupt, gleichzeitig jedoch respekt-
voller Sohn und Neffe; er war ein Dandy, der abends die
Damen auf die Partys begleitete. Tagsüber war er ein Mann,
der im Schweiße seines Angesichts arbeitete; beim Tee ergriff
er die Tasse aus hauchdünnem Porzellan mit einer Zartheit,
die Shad erstaunte, etwas später kippte er so viel Alkohol in
sich hinein, daß jeder normale Mann dabei umkippen
würde, er aber zeigte keinerlei Ausfallerscheinungen. Er
konnte sich fürchterlich über die kleinsten Dinge aufregen
und andererseits ganz unbekümmert über böse Überraschungen hinweggehen. Er lebte nach Regeln, die Shad einfach nicht einsichtig waren, und hatte das ungestüme Gemüt, das ihn auf dem Schlachtfeld immer wieder hatte Un-
mögliches vollbringen lassen, nicht verloren. Mit diesen so
unterschiedlichen Seiten und Stimmungen – Fröhlichkeit,
tiefer Depression, Zartheit, Wut, Frustration, Apathie,

Freundlichkeit und kalter Ablehnung – schien er doch wie aus einem Guß zu sein. Irgendwo war dieser Mann unveränderbar, aufrichtig und fest. Tief in seinem Innern gab es einen unerschütterlichen Punkt, an dem man immer auf den gleichen, unverwechselbaren Pinckney stieß. Dieser Mann war ein Rätsel für Shad.

Auch die Stadt blieb für ihn voller Rätsel. Schon lange hatte er sich an die Größe der Gebäude gewöhnt. Jetzt nahm er wahr, daß sich die Stadt aus unterschiedlichen Vierteln zusammensetzte, daß sich die Altstadt von der übrigen Stadt unterschied und jeder einzelne Bereich der Stadt doch Bestandteil einer einzigen, alles vereinigenden, größeren Struktur war. Charleston war wie eine vielschichtige Persönlichkeit, schwer zu durchschauen und voller Überraschungen. Immer traf man auf Unerwartetes. Wo sonst würde man die Häuser blau, rosa und grün anstreichen und diese Häuser auch noch mit einfachen Ziegelgebäuden und weiß getünchten Bauten zusammenstellen? Und wo sonst würde der mürrischste Greis, dem Shad je begegnet war – seinen Vater einmal ausgenommen –, in einem Haus leben, das in den süßlichsten Pastelltönen gestrichen war?

Shad blieb kurz stehen und blickte auf den polierten Türklopfer in Form eines Löwenkopfes. Die Bewohner Charlestons nahmen Kleinigkeiten ganz schön wichtig. Man mochte meinen, bei diesem Haus wollte keiner die Aufmerksamkeit der Vorübergehenden auf die alte, von rissiger und abblätternder Farbe bedeckte Haustür lenken. Und dann ein Löwenkopf als Blickfänger!

Es gab keine offenen Veranden, auf denen die Leute saßen und mit anderen plauderten. Keiner konnte in den privaten Bereich dieser Häuser hineinsehen. Hohe Ziegelmauern umgaben die Gärten, und die Häuser berührten die Straße überwiegend mit ihren Schmalseiten. Dem Vorübergehenden zeigten sie nur ihre kalte Schulter – wie die Bewohner.

Die Stadt wirkte sehr verführerisch mit ihren grünen Gärten und den mit schmiedeeisernen Gittern verschlossenen Öffnungen in den Mauern. Man konnte sich alles anschauen, aber man durfte nichts berühren. Unmißverständlich strahlte alles diese Botschaft aus. Wenn eine Stadt menschliche Züge hatte, dann war Charleston eindeutig eine Frau. Darüber gab es für Shad keinen Zweifel.

Seine Finger glitten über die Enden des schmiedeeisernen Tores, vor dem er stand. Spitze, nach oben gerichtete Schwerter krönten es. Ein vom Wetter verblichenes Schild sprang ihm in die Augen: ›Auf Anordnung der Militärbehörden geschlossen‹. Er stand vor Madame Talvandes Schule. Sie war geschlossen worden, als sich die Frau geweigert hatte, die Tochter von General Sickles zu unterrichten. Shad war froh, daß Lizzie nicht hinter diesen Schwertspitzen zur Schule gehen mußte.

Mary hatte das Kind nach langem Hin und Her zu Mrs. Allston geschickt. Tapfer machte sich Lizzie jeden Tag auf den Weg und ging zur Schule. Shad konnte sehen, wie schwer es ihr fiel, auch wenn es sonst keiner merkte. Aber sie machte es einfach und klagte nicht. Auch zu Hause saß sie konzentriert bei den Schularbeiten. Genauso konzentriert brachte sie ihm das Lesen bei. Wenigstens dabei gab es für sie manchmal etwas zu lachen. Seine Fehler amüsierten sie.

Sie war überhaupt eine gute Lehrerin für ihn. Beim Mittagessen richtete er sich nach ihr und machte alles so, wie sie es tat. Auch aus den ständigen, an sie gerichteten Belehrungen durch Tante Julia und ihre Mutter zog Shad seinen Nutzen. Die Schelte konnte er Lizzie allerdings nicht ersparen.

Das kleine Mädchen lachte selten. Scheinbar konnte es das nur in seiner Gegenwart. Den anderen gegenüber empfand sie einfach zu viel Angst. Sie schien zu spüren, daß er alles für sie zu tun bereit war, und sie wirklich keine Angst vor ihm zu haben brauchte.

Lauter Hufschlag schreckte den jungen Mann aus seinen Gedanken hoch. Schnell verfiel er wieder in seinen Schlenderschritt. Die Patrouillen der Yankees sprangen mit herum-

169

lungernden Weißen nicht gerade zimperlich um. Außerdem war es sowieso Zeit zum Mittagessen. Shad hoffte, daß es wieder gesottene Austern gab. Wenn man nicht weiter darüber nachdachte, was man auf seinem Teller hatte, dann schmeckten sie einfach gut.

Buch Drei

1866–1867

15

»Mama, diese große Vase voller Blumen sieht wirklich sehr hübsch aus. Für Blumenarrangements hast du ein gutes Händchen. Guten Morgen, Tante Julia. Ich habe dir den *Messenger* mitgebracht. Da ist von einem Gerücht zu lesen, das dich interessieren dürfte.« Pinckneys Versuch, die Damen etwas aufzuheitern, war von vornherein zum Scheitern verurteilt. Mary hatte schlechte Laune; Julias Gesichtsausdruck war wie aus Stein gehauen. Pinckney verdrehte die Augen und warf Shad einen bezeichnenden Blick zu. Beide nahmen sie am Frühstückstisch Platz. Pinckney ließ sich nicht einschüchtern. Die Sonne strahlte, alles stand in voller Blüte, die Vögel zwitscherten, und dem Zauber des Frühlings konnte er sich nicht entziehen. An einem Tag wie diesem fühlte sich ein Mann einfach glücklich und hoffnungsvoll, ganz gleich, was ihn auch sonst belasten mochte.

Seine Mutter verbarg ihre Tränen hinter einer hochgehaltenen Serviette.

»Hör auf zu weinen, Mary«, erklang die barsche Stimme Julia Ashleys. »Ich habe dich nicht ein einziges Mal darum gebeten, die Unannehmlichkeiten zu bedenken, die mir die Anwesenheit dieses Pfaffen im Salon bereitet. Heute kannst du meine Geduld honorieren, indem du es für vierundzwanzig Stunden unterläßt, deine absurde Jagd auf den ritterlichen Reverend fortzusetzen. Pinckney, es wird dich wahrscheinlich nicht weiter in Bestürzung versetzen, zu hören, daß du das Ansehen deiner Mutter diesen Nachmittag nicht durch deine Gegenwart bestärken mußt. Ich brauche jemanden, der mich zu Sally Brewton begleitet.«

»Zu Sally? Aber ich bin nicht eingeladen worden. Wenn ich nicht mehr auf ihrer Einladungsliste stehe, dann muß

172

ich wahrscheinlich sowieso bald ins Kloster. Ich kann mich ja dann nirgends mehr blicken lassen.«

»Es ist diesmal eine reine Frauenrunde. Du wirst mich hinbegleiten und wieder abholen. Dazwischen kannst du ja machen, was du willst.«

Pinckney hätte beinahe einen lauten Freudenruf ausgestoßen. Dies war wahrhaftig nicht der Tag, an dem er im Haus bleiben wollte. »Mit Vergnügen«, entgegnete er. Er wandte sich wieder seiner Mutter zu und lächelte gewinnend. »Keine Diskussionen, Mama. Schließlich kannst du Reverend Edwards jeden Tag sehen. Eine Party bei Sally, das ist schon etwas anderes!«

»Aber ich kann nicht hin!« schluchzte Mary.

»Warum denn nicht?«

Julia schnaubte verächtlich. »Weil sie ein scheinheiliges Dummerchen ist, darum!«

Mary schleuderte wutentbrannt ihre Serviette auf den Boden, trat mit dem Fuß auf sie ein und rannte heulend aus dem Raum. Julia erhob sich majestätisch und bewegte sich auf Marys Stuhl zu. »Ich läute zum Frühstück«, sagte sie. »Gieß schon mal den Kaffee ein!« Sie war irritierend ruhig. »Deine Mutter bedauert sehr, daß sie nicht mit auf Sallys Party gehen kann. Es soll dort Whist gespielt werden, und nicht einmal um Geld. Aber das Glücksspiel ist dem Herrn zuwider, und deshalb kann deine Mutter natürlich nicht mitkommen. Und sie ginge so gerne hin!« Ihre Lippen zuckten verräterisch.

Pinckney lachte laut los.

An acht Tischen wurde Karten gespielt. Sally hatte jedem mit sicherem Gespür für dessen spielerisches Können und dem Grad der Vertrautheit miteinander einen Platz zugewiesen. An ihrem Tisch hatten Emma Anson, Julia Ashley und Eleanor Allston Platz genommen. Während der übrige Raum vom sanften Geplauder der Damen erfüllt war, wurde an diesem Tisch mit verbissener Konzentration und großem Wagemut gespielt. Außer den knapp abgegebenen Geboten und

Einsätzen wechselten die vier Frauen kein einziges Wort miteinander, bis die Hausmädchen den Tee reichten.

Julia schob die Karten in einer Ecke des Tisches zusammen und lächelte. »Das war ein gutes Spiel. Ich danke euch!« Die anderen pflichteten ihr bei. Julia Ashley war wie verwandelt. Nichts erinnerte an die spöttische, ewig tadelnde, scharfzüngige Frau im Haus der Tradds. Die anderen am Tisch waren ihre engsten Freundinnen, so intelligent wie sie, lebenserfahren, und genau wie sie hatten sie ihre Freude an den Finessen des Glücksspiels. Früher hatte jede von ihnen große Beträge im Spielcasino zu Baden-Baden riskiert. Derselbe Reiz war für sie vorhanden, wenn sie um Salz und Zucker spielten. Es ging eben ums Spielen, nicht um den Gewinn.

Und natürlich ging es ihnen auch darum, sich angeregt miteinander zu unterhalten. Die vier Frauen hatten schließlich kaum Gelegenheit, sich in dieser Konstellation zu treffen und beieinander zu bleiben, denn normalerweise sahen sie sich auf irgendwelchen Partys, bei denen man fortwährend von einer Person zur anderen ging und nur kurze Gespräche führte. Und man wollte doch in dieser so mühseligen Zeit ein wenig Fröhlichkeit an den Tag legen. Niedergeschlagenheit zu zeigen konnte sich keiner leisten.

»Wie läuft die Schule, Eleanor?« fragte Julia. »Bei Lizzie bewirkst du ja wahre Wunder. Sie liest alles, was ihr in die Hände fällt, ob sie es nun versteht oder nicht. Allmählich beginne ich sie zu mögen.«

»Sie ist eine gute Schülerin. Ich wünschte, ich hätte mehr davon. Die meisten von ihnen scheinen mir nur feinsten Marmor aus Carrara im Kopf zu haben. Doch ich will nicht klagen. Ich kann meine Rechnungen bezahlen und behalte noch ein bißchen übrig, so daß ich mir den Madeira leisten kann, den ich für die Korrekturarbeit brauche.«

»Madeira! Du bist und bleibst eine Dame, Eleanor«, spottete Sally. »Mir ist Brandy recht. Wenn Miles heimkommt, dann ist sein wertvoller Weinkeller so trocken wie die Wüste Sahara.«

174

»Gibt es Neues von Miles?«

»Nicht viel. Er treibt sich noch immer in London herum und versucht irgend jemanden zu finden, der freundlich oder bestechlich genug ist, ihm zu ermöglichen, etwas Gold in irgendeine Diplomatentasche oder den Geldbeutel eines Herzogs zu schleusen und es so vor dem Zugriff dieser Regierung zu schützen. Und es ist ja nicht nur unser eigenes Geld! Er vertritt praktisch jeden hier in Süd-Carolina, der in England investiert hat. Sonst wäre er bestimmt schon vor Monaten zurückgekommen.«

Für einige Minuten stritten sie erbittert über englische Literatur. Dann erwähnte Sally leichthin, daß sie vorhatte, sich zu verkleiden, um so eine Reihe von Opern besuchen zu können, die durch die Initiative General Sickles' aufgeführt wurden.

Julia kniff die Lippen zusammen. »Das kannst du uns nicht antun, Sally!«

»Ach Julia, wieso denn nicht? Wir können uns doch nicht ewig vormachen, daß die Yankees nicht da sind. Warum sollten wir uns nicht ein wenig Vergnügen gönnen? Außer ein paar Arien, die von den Kindern unserer Freunde gesungen werden, wird uns doch nichts geboten.«

Emma versuchte, Sally zu bändigen. »Wir haben doch die Vortragsreihe zur Förderung der Mädchenschulen wieder ins Leben gerufen. Habe ich dir denn keine Einladung geschickt?«

»Meine liebe Emma, das hast du wohl, und ich will auch gerne kommen. Aber etwas Vergnügen ist mir momentan wichtiger als höhere Bildung. Worum ging es denn beim letzten Vortrag?«

Mrs. Anson versuchte verzweifelt, ein Lachen zu unterdrücken.

»Emma, es ist kein Verrat, zu lachen!« Julia und Eleanor lächelten sanft.

»Nun, Emma?« Auch Sally ließ keine Ruhe.

Emma Anson konnte sich nicht mehr beherrschen und

175

lachte, bis ihr die Tränen die Wangen herunterliefen. Als sie sich wieder beruhigt hatte, lüftete Eleanor Allston das Geheimnis.

»Beschreibungen des Vesuvs«, sprudelte es aus ihr heraus, dann mußte auch sie anfangen zu lachen.

»...und der Aurora Borealis«, ergänzte Julia.

»...von Professor Francis S. Holmes«, schloß Sally.

Emma Anson schüttete sich schon wieder aus vor Lachen. »Wie konntet ihr das nur verpassen?« Ihre tiefe, sonore Stimme rollte durch den Raum und verlor sich im Stimmengewirr.

»Aber Julia hat ganz recht«, meinte Eleanor ruhig. »Wir sollten uns nicht mit der Armee und den Spekulanten verbrüdern.«

»Ganz meine Meinung«, pflichtete Emma bei. »Wir sollten vielmehr vergnüglich beobachten, ob die Yankees mit dem Schlamassel, den sie angerichtet haben, fertig werden. Ich kann es kaum erwarten, daß es wieder Sommer wird. Alle litten sie letztes Jahr entsetzlich unter der Hitze!«

»Bei der Armee vielleicht. Aber einigen Yankees ging es doch wirklich gut!«

»Aber auch die haben Angst vor den Schwarzen!«

»Worüber beschweren sie sich denn? Sie wollten sie doch befreien!«

»Nun, sie rechneten wahrscheinlich nicht damit, daß auch Schwarze einmal essen müssen. Jetzt starren sie in all diese hungrigen Gesichter, die von ihren neuen Herren erwarten, versorgt zu werden.«

»Ich hörte, sie schicken jeden, der will, kostenlos zurück nach Afrika.«

»Das stimmt. Joshua verdient gutes Geld mit dem Aufsetzen der dafür nötigen Schriftstücke.«

Julia blickte finster drein. »Wie kann Joshua nur mit diesen Leuten Geschäfte abschließen!«

»Sei nicht albern, Julia. Mit wem soll er denn sonst seine Geschäfte machen? Joshua muß einen verkrüppelten Sohn

und eine fette alte Frau und eine unterbelichtete Tochter ernähren.«

»Und Lucy«, fügte Sally hinzu.

Emma seufzte. »Und Lucy. Ich bin eine einfache alte Frau.
Dieses Mädchen ist demütig wie ein Lamm, Andrew ganz
hingegeben, behandelt mich mit Respekt, bringt Lavinia gegenüber sehr viel Geduld auf und ist Joshua eine bessere
Tochter als Lavinia. Und dennoch kann ich sie nicht ausstehen.«

Eleanor tröstete sie. »Dafür kann ich den Mann von der
kleinen Eleanor nicht ab. Er hat ein derart häßliches Mutter-
mal hinten am Hals, das kann ich einfach nicht ignorieren.«

Sally übertraf sie noch. »Mir geht mein einziges Enkelkind
fürchterlich auf die Nerven. Die Kleine sieht aus wie eine
fette Kröte und hat noch dazu ständig Blähungen.«

»Jetzt bist du dran, Julia. Wen kannst du nicht ausstehen?«

»Jeden im ganzen Staate Washington. Und fast jeden an
fast jedem anderen Ort.«

Alle stimmten darin überein, daß Julia nicht zu übertreffen
war.

Sie mischte die Karten. Während Emma austeilte, wurde
Sally überredet, auf ihren geplanten Opernbesuch zu verzichten.

»Na gut«, meinte sie schließlich. »Aber ihr könnt mir nicht
verbieten, diese neuen Straßenbahnen auszuprobieren, die
sie jetzt einführen.«

Eleanor schaute sie an und grinste. »Das ist auch etwas
ganz anderes«, sagte sie. »Sie haben die Preise für Schuhe
dermaßen in die Höhe getrieben, daß es sich ja keiner mehr
leisten kann, zu Fuß zu gehen.«

Sally eröffnete die nächste Runde.

Nachdem Pinckney seine Tante vor dem Haus der Brewtons
abgesetzt hatte, ging er die King Street hinunter und schlenderte zum Hafen. Dort stand er und schaute aufs Wasser. Ein
frischer Wind blies ihm entgegen, die Nachmittagssonne

wärmte seine Schultern. Weit entfernt hörte man hinter ihm die Stimmen der spielenden Kinder im Park. Vor ihm schwebten vier Möwen in der Luft, tauchten immer wieder abwärts, wenn sie einen Bissen entdeckt hatten, kreisten dann wieder nach oben und suchten sich eine neue Luftströmung, die sie trug und mühelos dahingleiten ließ. Ein Lächeln flog über Pinckneys Gesicht, und einen Moment lang verlor er sich in seiner Freude an der Anmut und Freiheit ihrer Bewegungen.

Jemand zerrte ihn am Mantel und warf ihn unsanft aus seinen Träumereien. Es war Lizzie. »Bringst du mich nach Hause, Pinny? Sophie spricht mit ihren Freundinnen und bleibt noch im Park, aber ich will vor den Hausaufgaben das Buch zu Ende lesen, das ich angefangen habe.«

Pinckney bückte sich zu ihr hinab. »Habe die Ehre, Miß Tradd! Aber sag vorher noch Sophie Bescheid!«

Kurze Zeit später ging das ungleiche Paar durch den duftenden Park. Daheim angekommen, rannte Lizzie schnurstracks nach oben auf ihr Zimmer. Elias überreichte Pinckney eine Notiz von Mary, in der sie ihn aufforderte, sie bei den Edwards abzuholen. Auf seine Nachfrage hin erklärte Elias, Mary habe Stuart herausgeputzt und sei dann mit ihm davongezogen.

Pinckneys Laune sank. Schlimm genug, daß Reverend Edwards dauernd bei ihnen auftauchte! Jetzt mußte Stuart sogar für einen Besuch bei ihm herhalten!

Im Pfarrhaus öffnete ihm Prudence Edwards die Tür. »Guten Tag, Mr. Tradd, kommen Sie doch herein«, empfing sie ihn. Sie ging auf dem Weg in den Salon voran.

Pinckney blieb an der Schwelle zum Salon stehen. Weder seine Mutter noch Mr. Edwards befanden sich im Raum. Sofort nahm er an, daß Mary den Reverend umgehend in sein Studierzimmer manövriert hatte, um dort seinen geistlichen Rat einzuholen. Seine Kinnbacken spannten sich. Mary hatte kein Recht, irgendwelche Leute durch ihr Betragen in Verlegenheit zu bringen, nicht einmal Reverend Edwards. »Ich hole sie«, sagte er.

Prudence Edwards' Worte ließen ihn regungslos verharren. »Mach dir keine Mühe. Sie ist nicht da.«

»Aber sie hat mir doch eine Nachricht...«

»Das war ich. Deine liebe Mutter und mein seliger Vater sind beide auf dem Gründungstreffen der Jugendgemeinde. Dein störrischer Bruder ist einer der Jugendlichen.«

Pinckney wartete auf eine Erklärung.

»Komm, setz dich her«, forderte Prudence ihn auf. Sie ließ sich in eine Ecke des brokatüberzogenen Sofas sinken und deutete ihm an, neben ihr Platz zu nehmen. »Ich werde dich schon nicht auffressen.« Ihr Mund lächelte, aber ihr Blick war verärgert.

Er gehorchte. »Wenn Sie sich mit mir über unsere werten Eltern unterhalten wollen, Miß Edwards, dann sage ich Ihnen gleich, daß ich dazu nicht bereit bin.«

»Ich könnte mir kein langweiligeres Thema vorstellen. Wenn wir uns überhaupt über irgend etwas unterhalten müssen, dann bitte über uns. Warum weichst du mir aus, Pinckney? Bestimmt nicht, weil ich dich langweile. Ich bin alles andere als langweilig.«

»Miß Edwards, ich...«

»Und nenn mich bitte nicht dauernd ›Miß Edwards‹! Meine Güte, ich habe dich hierhergelockt! Ich bin in einem leeren Haus ohne Begleitung mit dir zusammen. Du bist doch nicht so dumm, die Form wahren zu wollen.« Ihr ärgerlicher Blick forderte ihn heraus.

Pinckney fühlte, wie auch er ärgerlich wurde. »Ich weiß nicht, was ich davon halten soll«, warf er zurück.

»Dann laß es bleiben und küß mich!« Sie drehte ihr Gesicht zu ihm hoch und lockte ihn mit halbgeschlossenen Augen und leicht geöffnetem Mund.

»Du benimmst dich...«

»...wie die legendäre Hure von Babylon?« Prudence öffnete die Augen und lachte. »Du bist ja richtig schockiert! Damen sagen nicht ›Hure‹, stimmt's? Aber streng genommen bin ich ja auch keine Dame, nicht wahr? Ich bin eine Yankee-

179

Frau, und jeder weiß, daß nur diese bleichen Südstaaten-
frauen echte Damen sind. So nett und elegant! Fallen beim
erstbesten angelsächsischen Wort in Ohnmacht! Weißt du,
warum? Weil sie in ihren dämlichen Eisenkorsetts, in die sie
ihre Hüften zwängen, nicht richtig atmen können! Oh, oh,
schon wieder so ein schlimmes Wort. ›Korsett‹. Viel zu intim,
als daß man es laut aussprechen dürfte. Wie wär's mit ›Beinen‹? Man könnte glatt meinen, sie hätten unter ihren absur-
den Rücken Räder. Aber du weißt, daß ich Beine aus Fleisch
und Blut habe, nicht wahr? Ich habe genau gesehen, wie du
sie dir angeschaut hast, als der Wind meine Röcke hochhob.
Willst du das etwa leugnen? Nur zu!«

»Ich gehe jetzt.« Er erhob sich, stand unsicher vor ihr.

»Feigling«, zischte Prudence. »Du weißt genau, daß du
mich insgeheim küssen willst, daß du den Körper einer richtigen Frau spüren willst und nicht ein Metallkorsett. Wie ist
es denn, wenn du deine Allerliebste küßt? Wahrscheinlich ist
sie wie eine Holzpuppe, passend zu deinem Arm!«

Ihr bösartiges Geflüster drang auf Pinckney ein wie ein
Schwarm stechender Hornissen. »Hör auf damit!« schrie er.
»Sei still!«

Sie atmete heftig vor Wut. Auf ihren Wangen glänzte der
Schweiß, ihr Busen wogte mit jedem Atemzug auf und ab.
Pinckney konnte seinen Blick nicht von ihm lösen. Das bis
oben zugeknöpfte braune Kleid lag sehr eng an und unterstrich die Konturen ihres Körpers. Ihre Brustwarzen waren
deutlich zu erkennen. Unter dem Kleid war sie nackt!

»Hast du etwa Angst?« Sie lachte ihn offenherzig an.

Er ließ sich wieder auf das Sofa sinken und ergriff ihren
Kopf; sie schlang ihre Arme um seinen Hals und drückte sich
eng an ihn. Als sie gegenseitig hemmungslos Gesicht, Augen
und Mund mit wilden Küssen erforschten, zog er ihr die Nadeln aus dem Haar, das seidenweich und üppig über ihre
Schultern fiel und leicht nach Kalkstaub roch. Dann riß er
sich plötzlich von ihr los. Er lehnte sich zurück, um von ihr
freizukommen. Prudence öffnete ihre Arme. Er schaute auf

sie hinunter. Ihr Gesicht glühte. Es war leicht gerötet. Da lag sie nun, unter ihm ausgestreckt, verführerisch, begehrenswert und zu allem bereit, ihr Haar weit über den Brokat des Sofas ausgebreitet.

Mit kundigen Fingern öffnete sie ihr Kleid und zog seinen Kopf auf ihre nackten Brüste.

»Verdammt, hilf mir gefälligst, meine Haarnadeln zu suchen. Wir haben nicht mehr viel Zeit!« Prudence rutschte auf den Knien hinter dem Sofa herum und suchte den Boden ab. Pinckney saß zusammengesunken da, hörte und fühlte nichts als Scham und Verzweiflung. Sie hatten sich ausschweifend ihrer Lust hingegeben, waren wie wilde Tiere auf dem Perserteppich hin und her gerollt. Seine ganze unterdrückte Begierde, seine Frustration und seine Wut, all dies hatte er bei ihr herausgelassen. Nicht einmal die Prostituierten hatte er so zu behandeln gewagt. Ganz unvorsichtig war er gewesen, brutal und roh. Er fand keine Worte, nichts, das er tun konnte, um diesen abscheulichen Fehltritt wiedergutzumachen.

Prudence brachte rasch ihr Haar wieder in Ordnung, blickte prüfend in den Spiegel und wandte sich zu ihm hin. »Du solltest jetzt besser verschwinden«, sagte sie knapp. »Für deine Anwesenheit läßt sich unmöglich ein vernünftiger Grund finden.«

Pinny riß sich aus seinen qualvollen Gefühlen. »Was?«

»Ich sagte, du sollst endlich verschwinden!«

»Ich mach ja schon.« Schwankend kam er auf die Beine. »Ich werde morgen alle nötigen Vorkehrungen treffen.«

»Vorkehrungen? Wofür?«

»Für unsere Heirat. Lavinia muß mich freigeben. Danach spreche ich mit deinem Vater.«

Prudence schob ihn zur Tür. »Das wirst du schön bleiben lassen, Pinckney. Geh jetzt! Treff mich morgen um drei Uhr an der Schule, und paß auf, daß dich keiner dabei sieht. Dann können wir noch einmal über alles reden. Und kein Wort zu irgend jemandem.«

»Natürlich nicht, Prudence, ich...«

»Mach voran, Pinckney. Los!«

Durch die Schlitze in den geschlossenen Läden des Studierzimmers beobachtete sie ihn, bis er sicher auf der Straße war. Dann erst erlaubte sie sich, zu lachen.

Julia kam bestens gelaunt nach Hause. Sie hatte so viel Zukker gewonnen, daß sie nun eine ihrer Lieblingstorten backen konnte. »Die Zeitungsnotiz von heute morgen fand ich äußerst interessant, Pinckney«, sagte sie. »Vielleicht begleite ich dich heute abend zu den Ansons und spreche mit Joshua darüber. Wann gehst du?«

»Was? Es tut mir leid, Tante Julia, aber ich fühle mich heute nicht gut!«

»Die Frühjahrsmüdigkeit. Aber du bist alt genug, um dagegen anzugehen. Ich fragte, wann du Lavinia besuchen willst.«

Pinckney wurde derart blaß, daß Julia doch von seiner Unpäßlichkeit überzeugt war. Sie bestand darauf, daß er direkt ins Bett ging. Glücklich befolgte er ihren Rat.

Als sein Kopf auf das Kissen sank, fiel er unmittelbar in einen tiefen, friedlichen Schlaf. Alles fiel von ihm ab, sogar die quälenden Schuldgefühle, von denen er befürchtet hatte, sie würden ihn die ganze Nacht wachhalten.

Julia entschuldigte Pinckney bei Emma Anson. Sie war darüber verärgert, daß sie jetzt nicht mit Joshua über die Zeitungsnotiz sprechen konnte. Dort hatte es geheißen, es bestünden Pläne, das von Sherman konfiszierte Land den früheren Eigentümern zurückzugeben. Doch Julia verbot sich, irgendwelche Hoffnungen zu haben, bevor solche Absichten tatsächlich Wirklichkeit wurden.

Ihre gute Laune war verflogen. Sie entschloß sich, die Torte doch nicht zu backen.

182

16

Als Pinckney die breiten, flachen Stufen zur South Carolina Hall hochstieg, war er zu aufgewühlt, um den richtigen Schritt zu finden. Drei Jahre lang war er nur widerwillig diese Stufen hochgegangen, um jeden Freitag die Tanzstunde zu besuchen. Das erste Mal war es im Alter von dreizehn Jahren gewesen; das letzte Mal mit sechzehn. Jetzt waren seine Beine um einiges länger.

Er wollte sich aber nicht von Erinnerungen betören lassen. Der Geruch nach Kreide brachte ihn wieder in die Gegenwart zurück und zu dem fürchterlichen Dilemma, in dem er steckte. Um fünf Uhr wurde er bei den Ansons erwartet. Was sollte er bloß Lavinia erzählen?

Der Geruch erinnerte ihn unwillkürlich an Prudence und ihren Körper. Eine unwillkommene Erregung ergriff ihn. Er spürte, wie sich seine Schenkel zusammenzogen, schämte sich seiner Empfindungen und mußte sich zwingen, weiterzugehen.

Der altvertraute Ballsaal machte einen ziemlich heruntergekommenen Eindruck. Die Fenster waren schmutzig, und viele Absätze hatten ihre Spuren auf dem einstmals glänzenden Parkett hinterlassen. Jetzt standen dort frisch gestrichene Schulbänke. Auf der ihm am nächsten gelegenen war ein riesiges B eingraviert.

»Da lernt zumindest jemand, allmählich zu schreiben«, erscholl hinter ihm die spröde Stimme von Prudence. Pinny drehte sich um.

Sie legte ihm einen tintenbefleckten Finger auf die Lippen, um zu verhindern, daß er irgend etwas sagte. »Du siehst ja aus wie ein Gespenst. Setz dich bitte auf dieses wunderschöne B und hör mir zu. Ich kann mir genau vorstellen, was du mir sagen willst, und ich will nichts davon hören.« Pinny gehorchte.

Prudence ging vor ihm auf und ab, sprach mit flacher Stimme, in abgehackten Sätzen völlig gefühllos mit ihm, ohne ihn dabei anzuschauen. »Du kannst alle Entschuldigungen und Schuldgefühle vergessen, Pinckney. Du hast mir nicht wehgetan. Ich habe dich verführt. Du warst nicht der erste, und du wirst bestimmt nicht der letzte sein. Wenn man als Kind ständig etwas über die Sündhaftigkeit des Menschen hört, dann wird man irgendwann natürlich neugierig. Ich habe meine Unschuld schon mit dreizehn verloren, und ich habe es nie bereut. Als ich dich das erste Mal sah, wußte ich, daß ich dich haben wollte. Ich ließ keine Gelegenheit ungenutzt, um in deine Gegenwart zu kommen, aber du warst viel zu sehr Gentleman, um dir einzugestehen, mich zu begehren. Selbst dir hast du da etwas vorgemacht. Irgendwann war ich es dann einfach leid, zu warten.

Obwohl du dich lange geziert hast, hast du doch alle meine Erwartungen erfüllt. Ich denke, ein Tier erkennt instinktiv ein anderes Tier seiner Art. Wenn du die Regeln und Beschränkungen Charlestons einen Moment lang fallen läßt, dann wirst du es selber zugeben. Ich will dich nicht ein zweites Mal vergewaltigen.« Sie baute sich vor ihm auf. »Nun?«

Pinckneys Mund schloß sich um ihre Lippen. Sie biß ihn in die Unterlippe, dann zog sie ihn am Ärmel und verschwand mit ihm im Umkleideraum. Dort kam es zu einer wilden Vereinigung.

Als sie hinterher warm und entspannt dalagen, fühlte Pinckney eine Geborgenheit und Dankbarkeit, die er beinahe mit Liebe verwechselte. Sie lag an seiner Brust, er murmelte zärtliche Worte. Als sie mit kundigen Händen begann, seine Lebensgeister wieder zu erwecken, akzeptierte er sie so, wie sie sich gab: als Hure.

Die Schale Wasser und das Handtuch, das sie ihm danach reichte, waren nicht so warm und duftend, wie er es von Lily her kannte, aber sie bekräftigten den Eindruck, den er von Prudence hatte. Sie vereinbarten, sich in zwei Tagen wiederzusehen; dann gingen sie auseinander. Bester Laune sprang Pinckney die Treppen hinab. Am Nachmittag begrüßte er Lavinia mit einem zarten Kuß. Ihrer Unschuld wohnte jetzt ein

184

Zauber inne, den er bislang nicht wahrgenommen hatte. Die Frustration, die er ihr sonst gegenüber empfunden hatte, war verschwunden. Er hatte auch keinerlei Schuldgefühle mehr.

Zumindest redete er sich das ein.

Pinckney Tradd konnte sich bezüglich seiner Schwächen nicht lange etwas vormachen. Er war von seinem Vater so erzogen worden, daß er die Ehre eines Mannes als dessen höchstes Gut ansah. Die ganze Gesellschaft, in der er lebte, baute darauf auf. Das Ziel, nichts zu tun, was dieser Ehre zuwiderhandelte, ließ sich vielleicht nie erreichen, aber ein Mann sollte zumindest immer danach trachten. Wenn Pinckney gegen diese Regeln verstieß, dann gab es dafür keine Entschuldigung.

Seine Affäre mit Prudence war falsch. Es war dabei völlig gleichgültig, daß sie alles eingefädelt hatte und sich in ihrem Verhalten nicht groß von den Frauen auf der Chalmers Street unterschied. Er tat ihr unrecht. Und natürlich auch Lavinia, seiner zukünftigen Frau. Darüber hinaus hinterging er seine Mutter und riskierte einen Skandal, der das Glück, das sie aus ihren Zusammenkünften mit dem Reverend zog, ein für allemal zerstören konnte. Er beleidigte Reverend Edwards auf eine Weise, die gegen die ungeschriebenen Gesetze der Menschen und die Gebote Gottes gleichermaßen verstieß.

Und dennoch konnte er es nicht lassen. Prudence Edwards steckte wie eine mächtige Droge in seinem Körper. Sie beherrschte seine Gedanken; er war von ihr wie besessen.

Gefühle waren bei Pinckney immer äußerst stark ausgeprägt gewesen. Er war noch jung und hitzig und hatte in den langen Jahren des Krieges und den noch längeren Monaten des chaotischen Friedens, der darauf gefolgt war, keine Möglichkeit gehabt, mit einer Frau zusammenzusein. Nicht von ungefähr war Prudence außerdem zu einer Zeit in sein Leben getreten, in der er mit jedem Atemzug die üppige Fruchtbarkeit des Frühlings in Charleston einsog. Unmengen blühender Bäume und Sträucher verströmten ihren verführerischen

Duft in einer Fülle, die einen berauschen konnte. Wohin man auch sah, überall sproß das frische Grün, und leuchtende Blüten verkündeten, daß das Leben in vollen Zügen gelebt werden wollte. Die Erde selbst roch nach sinnlicher Erfüllung.

In den folgenden Tagen und Wochen focht Pinckney einen stillen, heimlichen, kräftezehrenden Kampf gegen sich selbst, einen Kampf, der seine Tage durchzog und ihn in seinen Träumen quälte. Immer noch kamen die Edwards zweimal die Woche zum Tee. Prudence schien unverändert. Sie gab das Bild einer schweigsamen, gefaßten, wohlerzogenen jungen Frau ab. Mary war ganz außer sich vor Aufregung; Adam Edwards sprach unaufhörlich. Für Pinckney war es die reine Hölle. Er wagte es nicht, Prudence anzuschauen, konnte aber nicht verhindern, daß seine Blicke über ihren Körper glitten und er sich schuldbewußt an ihn erinnerte. Insgeheim verfluchte er die Einfältigkeit des Reverend. Manchmal mußte er sich gewaltsam zusammenreißen, um nicht aufzuspringen, seine Vergehen hinauszuschreien und ihren Vater um Bestrafung zu bitten.

Sonntags im Gottesdienst war es noch schlimmer. Edwards' mächtige Stimme ließ seine Nerven erbeben. Die majestätischen Worte der Litanei schienen direkt auf seine Gefühle der Angst, der Schuld und seine Scham anzuspielen. Die Sätze aus dem Mund des Reverend trafen seinen Kopf wie Blitze: »Von allem Übel; von der Sünde, von den Versuchungen des Teufels, von Deinem Zorn und ewiger Verdammnis.«

Aus Pinckney sprach die ganze Qual einer gemarterten Seele: »Gütiger Herr, erlöse uns.«

»Von der Unzucht und allen anderen Todsünden und von allen hinterlistigen Täuschungen der Welt, des Fleisches und des Teufels.«

»Gütiger Herr, erlöse uns.«

Mit all seiner Kraft betete er die ganze Zeit und wußte, daß unter dem Kissen, auf dem er kniete, eine Nachricht von Prudence lag, in der sie ihn wissen ließ, wo sie sich das nächste Mal treffen konnten.

Pinckney hatte sich ins Studierzimmer zurückgezogen. Dort konnte er ungestört über seine verzwickte Lage nachsinnen. Doch heute hatte er sich kaum gesetzt, als er hörte, wie sich hinter ihm der Türgriff drehte. Langsam wandte er seinen Kopf. Es war Lizzie. Sein Ärger verschwand. Das ernste Gesicht des kleinen Mädchens lugte durch die Tür und wirkte wie ein kleiner blasser Vollmond. »Kann ich hereinkommen?«

»Natürlich. Ich freue mich, dich zu sehen. Was kann ich für dich tun?« Der schlanke Körper des Kindes zwängte sich durch die enge Türöffnung.

»Ich suche mein Buch«, sagte sie. »Wenn ich es nicht wiederfinde, ist Mama böse auf mich.«

Sie entdeckte das Buch auf dem kleinen Tisch und holte es sich erfreut. »Pansy muß es hier hingelegt haben, als sie saubergemacht hat.« Ihr Gesicht hellte sich erleichtert auf.

»Ist es denn spannend?«

»Ich lese es doch nicht, Pinny!« Sie war sehr erstaunt, daß er nicht wußte, wozu sie es benutzte.

»Nein? Was machst du denn damit?« Pinckney blickte sie voller Zuneigung an.

»Ich lege es auf meinen Kopf und gehe dann die Treppen hoch und runter.«

»Warum denn das?«

»Für meine gute Haltung.« Sie balancierte mit dem Buch auf dem Kopf mit zaghaften Schritten durch den Raum. »Macht dir denn das Spaß?« fragte Pinckney.

»Na ja.« Beim ersten Wort rutschte das Buch von ihrem Kopf und fiel auf den Boden. Schnell hob sie es wieder auf. »Man kann nicht gleichzeitig sprechen und gehen! Wir lernen in der Schule, wie man richtig geht und sitzt und aufsteht, damit wir richtige Damen werden. Ich übe noch. Caroline Wragg kann es nämlich schon viel besser. Doch eigentlich würde ich viel lieber etwas anderes machen.«

187

»Was denn, meine kleine Schwester?«

Sie zeigte auf den Kaminsims. »So wie die möchte ich gerne sein. Sie sind sehr schön. Ich denke mir immer Geschichten mit ihnen aus.«

Pinckney stand auf und stellte sich neben sie vor den Kamin. Ein paar kunstvoll geformte Figuren standen auf dem Sims. Es waren anmutige Nymphen, die barfuß und mit flatterndem Gewand umhertanzten. Ihre weit ausgestreckten Arme und ihre geneigten Köpfe waren Ausdruck reiner Lebensfreude.

»Sie sind sehr schön«, meinte Pinckney. »Ich glaube, ich verstehe, was du meinst. Aber hier ist genug Platz zum Tanzen. Du brauchst es nur zu tun.«

»Nein, das kann ich nicht. Es sieht bestimmt nicht so gut aus.«

»Mach nur. Solange es dir Spaß macht, gefällt es mir auch. Wirf einfach die Arme hoch und hüpf ein wenig herum. Komm, ich schnür dir deine Schuhe fester.«

Schüchtern begann das kleine Mädchen, sich zu drehen. Zuerst waren ihre Bewegungen so steif, als hätte sie das Buch immer noch auf dem Kopf. Als sie merkte, daß Pinckney sie nicht auslachte, wurde sie allmählich mutiger. Es dauerte nicht lange, und sie wirbelte stürmisch im Raum herum, drehte sich und sprang in die Luft.

Er beobachtete sie und nickte ihr ermutigend zu. Doch da kam sie ins Stolpern. Bevor er sie auffangen konnte, fiel sie gegen den Schreibtisch, schrie auf und stürzte auf den Boden. Mit den Händen umklammerte sie ihr Knie. Pinckney konnte gerade noch die wackelnde Schreibtischlampe festhalten. Das alte Tintenfaß jedoch rutschte unaufhaltsam von der Tischplatte, hing noch einen Augenblick lang über der Kante und fiel dann in den Papierkorb aus Kupfer.

»Alles in Ordnung? Wo tut's denn weh?«

Lizzie hörte gar nicht auf die Frage. Sie blickte ihn erschrocken an. »Ist irgend etwas kaputtgegangen?«

»Nein, mein Kind. Die Tinte ist herausgeflossen, aber

glücklicherweise genau in den Papierkorb.« Er griff hinein und fühlte, daß eine Ecke aus dem Tintenfaß herausgebrochen war.

Lizzie wußte sofort, was geschehen war. »Es ist zerbrochen«, sagte sie hoffnungslos. Sie fing an zu schluchzen, mühsam rang sie nach Atem.

»Hör bitte auf damit, Lizzie. Ein bißchen Klebstoff, und alles ist wieder in Ordnung.« Pinckney raste innerlich und versuchte verzweifelt, eine Lösung zu finden. Wenn sich das kleine Mädchen nicht bald beruhigen würde, würde es wieder einen seiner Erstickungsanfälle bekommen! »Salomon hat bestimmt etwas Klebstoff. Ich kann das Tintenfaß nur nicht mit einer Hand zusammenfügen. Da brauche ich dann etwas Unterstützung.« Gebe Gott, daß es klappen möge! Pinckney beugte sich beschützend über das kleine Mädchen und verfluchte seine Hilflosigkeit.

Die Anstrengung, mit der sie um Atem rang, ließ ihren Körper erzittern. Nur ganz allmählich beruhigte sie sich; der kleine Körper begann sich wieder zu entspannen. Dann konnte sie wieder sprechen. »Es tut mir ja so leid, Pinny!«

»Ich weiß. Aber es ist wirklich nicht schlimm.«

»Wirklich wahr?«

»Ich schwöre es dir.« Die schlimmsten Befürchtungen standen Lizzie noch im Gesicht geschrieben. Pinny hätte laut losheulen können. Verdammt. Wenn sie endlich einmal einen zaghaften Versuch unternahm, Vertrauen aufzubauen, mußte so etwas passieren! »Komm, ich helfe dir auf! Tut dein Knie noch weh?« Wenn er sie doch nur in den Arm nehmen, ihr ein wenig Trost spenden könnte! Es wäre auch für ihn ein gewaltiger Trost gewesen.

Aber sie kam ohne seine Hilfe rasch auf ihre Beine. »Es tut überhaupt nicht weh«, sagte sie. Es war ganz offensichtlich eine Lüge. »Ich gehe schnell zu Salomon und frage ihn, ob er etwas Klebstoff hat.« Lizzie wich seiner ausgestreckten Hand aus und eilte aus dem Zimmer.

»Verdammt«, fluchte Pinckney.

189

Lizzie strich sorgsam den Klebstoff auf die Bruchstücke des kleinen Tintenfasses und preßte sie mit zitternden, unsicheren Fingern zusammen. »Salomon sagte, ich solle sie zusammendrücken, bis sie festkleben. Meinst du, das dauert sehr lange? Ich muß mir doch noch Gesicht und Hände waschen, bevor Tante Julia mich sieht.«

»Es dauert nur ein paar Minuten. Soll ich dir die Geschichte dieses Tintenfasses erzählen?«

»Eine Geschichte? O ja, bitte, Pinny, erzähl mir die Geschichte!« Lizzie seufzte erleichtert auf. Ihre Befürchtungen waren fast vergessen.

»Es war einmal ein kleiner Junge, der hieß Anson Tradd.«

»Papa?«

»Ganz richtig, unser Papa. Er war damals noch klein. Sein Papa, unser Großpapa, hatte ihm ein Pony zum Geburtstag geschenkt.«

»Wie hieß das Pony denn?«

»Prinz! Papa liebte Prinz mehr als alles andere auf der Welt. Das Pony mußte immer und überall dabeisein. Doch irgendwann geschah etwas ganz Schreckliches. Papa wurde immer größer, aber Prinz blieb so klein, wie er schon immer gewesen war. Bald konnte Papa nicht mehr auf dem Pony reiten. Er nahm es an die Leine und ging mit ihm in den Parks spazieren.«

Lizzie kicherte.

»Tja, jeder lachte darüber so wie du. Aber Papa war das ganz egal. Er liebte sein Pferdchen immer noch. Prinz war immerhin sein bester Freund. Irgendwann wurde das Pony dann so alt, daß es nicht mehr herumlaufen wollte, und eines Tages ist es dann gestorben. Es ist sehr alt geworden; Papa war schon fast erwachsen. Sie haben das Pony unter seinem Lieblingsbaum begraben, und als Erinnerung hat Papa den rechten Huf des Pferdchens aufgehoben, ihn kunstvoll bearbeiten lassen und dann auf seinem Schreibtisch aufgestellt und als Tintenfaß benutzt.«

Lizzie zog ihre Nase kraus. »Wenn jemand meinen Fuß auf

seinen Schreibtisch stellt, dann finde ich das aber gar nicht schön!«

»Nun, bei Ponys ist das etwas anderes. Papa jedenfalls lernte irgendwann eine wunderschöne Frau kennen und heiratete...«

»Mama!«

»Genau! Und bald bekamen sie ein Baby, einen kleinen Jungen, der hieß...« Er wartete.

»Pinckney!«

»Genau. Und dieser Junge war sehr böse.«

Lizzie lächelte. »Nein«, flüsterte sie.

»O doch! Ich kletterte immer aus dem Fenster, sobald mir der Lehrer auch nur für einen kurzen Moment den Rücken zudrehte. Papa hat mich deswegen oft ausgeschimpft, aber es hat alles nichts genutzt. Doch er wußte, daß es etwas gab, das ich unbedingt haben wollte: das Tintenfaß. Und so sagte er mir irgendwann einmal, wenn ich mit Tinte schreiben könnte, dann würde ich das Tintenfaß geschenkt bekommen.«

»Und? Hast du es bekommen?«

»Ja. Es dauerte noch eine ganze Zeit, bis ich schreiben konnte. Und dann hat er es mir geschenkt. Und weißt du was? Wenn du mit Tinte schreiben kannst, Lizzie, dann schenke ich es dir!«

»Ja, Pinny? Ist das wirklich wahr? Ich werde ganz schnell schreiben lernen!«

Pinckney sah ihr glückliches, aufgeregtes Gesicht. Er nutzte den günstigen Moment. »Schenkst du mir denn auch etwas?«

Lizzies Gesicht verdunkelte sich. »Ich habe doch nichts«, sagte sie. »Außer dem Bären. Aber ich weiß nicht, ob ich ohne den Bären leben kann, Pinny. Ich könnte es ja versuchen.«

Pinckneys Augen wurden feucht. Was war das nur für eine Welt, in der ein Mann nicht das Geld zusammenbekam, um einem Kind mehr als etwas zum Essen und die billigsten

191

Schuhe zu kaufen? »Behalte den Bär, mein Kind. Eine Umarmung wäre für mich viel schöner.«

Lizzie holte tief Luft. Dann stellte sie mit bleichem, entschlossenem Gesicht das Tintenfaß auf den Schreibtisch und ging auf Pinckney zu. Ihre kleinen Hände berührten vorsichtig sein Knie, dann seine Brust. Er blieb völlig reglos, wagte es kaum, zu atmen. Ihre Arme krochen um seinen Hals. Er konnte spüren, wie ihr zerbrechlicher Körper zitterte. Plötzlich drückte sie sich fest an ihn und lehnte ihren Kopf an seine Wange. »Das ist mein Pinny«, sagte sie zu sich.

Pinckney bewegte langsam seinen Arm nach vorn, um ihn um die dünne Gestalt zu legen. Für einen langen Moment hielt er sie fest, dann gab er sie behutsam wieder frei.

Lizzie ging ein paar Schritte zurück. Erschöpft und innerlich zufrieden sagte sie: »Ich glaube, ich würde mich gerne auf deinen Schoß setzen.«

Pinckney schluckte. »Ich glaube, das würde mir sehr gefallen«, sagte er sanft. Er lächelte. Lizzie kletterte auf seine Knie und kuschelte sich eng an ihn. Pinckney hielt sie, während der Raum langsam ins wachsende Dämmerlicht getaucht wurde. Beide waren ganz still. Die Tränen, die ein Mann nicht zeigen durfte, schnürten Pinckney die Kehle zu.

17

Endlich war Lizzie wieder so, wie man sie von früher her kannte. Stück für Stück gewann sie ihr Vertrauen zurück; im gleichen Maße kam ihr impulsives Wesen wieder zum Vorschein. Ihr lautes Lachen und ihre überall im Haus zu hörenden flinken Fußtritte führten dazu, daß sich Julia fortwährend über sie beschwerte.

Lizzies Wandlung bedeutete für alle im Haus dramatische Veränderungen. Pinckney spürte ein lange vermißtes, tiefes Glück. Er fühlte sich dem kleinen Mädchen gegenüber nicht länger als Versager. Mary sah die Wandlung des kleinen Mädchens als Beweis für die allmächtige Kraft des Gebetes und der beständigen Liebe Gottes an. Shad merkte, daß er nicht mehr der einzige war, den Lizzie in ihr Vertrauen zog. Das erste Mal in seinem Leben war er eifersüchtig. Wenn sich Lizzie auf seinen Schoß setzte, nahm er es dankbar und bescheiden an. Lizzie thronte auf ihm und legte ihm ihren kleinen Arm um die Schulter. Diese einfache Liebesbezeugung war ein Geschenk, das Shad nie zuvor empfangen hatte.

Stuart hatte jetzt, wo alle sich auf Lizzie konzentrierten, mehr Freiraum für seine Aktivitäten gewonnen. Mit seinem Club zusammen zeichnete er Karten von Mauern und Dächern, von denen sich die patrouillierenden Feinde beobachten und später sicherlich einmal angreifen ließen. Er hatte aus der Schule ein dickes Schreibheft mitgehen lassen, in dem in verschlüsselter Sprache genau über die geheimen Missionen des Clubs Buch geführt wurde.

Auch Stuart freute sich über das Glück seiner kleinen Schwester. Er mochte sie sehr.

Die Temperaturen stiegen wieder an, und die Spannungen des heißen, engen Sommers des letzten Jahres begannen sich zu wiederholen. Erleichterung kam von einer gänzlich unerwarteten Seite, nämlich von den Yankees.

Im Juni gab die Regierung in Washington ihre Entscheidung bekannt, das beschlagnahmte Land zwischen Charleston und Beaufort seinen früheren Eigentümern zurückzugeben. Pinckney prostete Julia zu, als er ihr die Nachricht überbrachte.

»Es ist wahrscheinlich wieder eine Lüge«, erwiderte sie knapp. »Man kann ihnen einfach nicht trauen.«

»Nein, Tante Julia, dieses Mal ist es wirklich soweit. Shad hat es von Leuten gehört, die es wissen müssen.«

Julia widmete Shad einen längeren Blick.

»Stimmt das, junger Mann?«

»Ja, Ma'am. Sie stellen nur noch ein paar Bedingungen.«

»Aha! Wußte ich's doch! Bei allem, was sie machen, gibt es

irgendwo einen Haken.« Offensichtlich war auch Shad für sie einer von ›ihnen‹.

Pinny unternahm einen Versuch zur Rettung. »Nichts Schlimmes, Tante Julia. Du mußt halt Urkunden vorlegen, die beweisen, daß dir das Land gehört und, eh, den Eid ablegen.« Er wartete auf die Explosion.

Zu seiner großen Verwunderung lächelte ihn seine Tante an. »Die glauben zweifelsohne, daß das mich davon abhält, mein Recht zu beanspruchen. Doch da täuschen sie sich gewaltig! Was muß unternommen werden?«

»Es hat alles noch Zeit, Julia. Erst in drei Monaten kann man wieder auf die Plantagen.« Mary lächelte sanft. Seit Jahrhunderten wußten die Bewohner der Stadt, daß man sich als Weißer bis zum 10. Mai aus den Niederungen zurückziehen mußte und nicht vor Oktober wiederkommen konnte, wollte man nicht am Sumpffieber erkranken.

»Unsinn. Jeder Tag, der ungenützt verstreicht, wird meinem Besitz nur schaden. Ich habe keine Angst vor dem Sumpffieber. Mein alter Aufseher wohnt in dem kleinen Kiefernwäldchen im Norden des Landguts und wurde nie krank. Dort kann ich bis zum ersten Frost einziehen. Solange ich vor Dunkelheit dort zurück bin, kann mir nichts passieren. Und der ganze Tag bleibt für die Arbeit.

Pinckney und Mr. Simmons, ihr beide müßt direkt nach dem Mittagessen dafür sorgen, daß ich eine bewaffnete Militäreskorte mit auf den Weg bekomme. Es treiben sich wahrscheinlich noch etliche Schwarze auf dem Gut herum, die da nichts zu suchen haben.

Lizzie, iß vernünftig! Wir können nicht dauernd auf dich warten.

Stuart, du gehst mit Salomon heute nachmittag in die Stadt. Findet heraus, wer vom alten Hauspersonal noch aufzufinden ist, und bringt mir deren Namen. Die, mit denen ich gute Erfahrungen gemacht habe, werde ich wieder einstellen. Nun mach schon voran, Stuart, es gibt keine Zeit zu verlieren!«

194

»Tante Julia!« Pinckney hatte Mühe, sich zwischen ihren Anordnungen Gehör zu verschaffen.

»Was gibt's?«

»Wir haben leider kein Geld, um Arbeitskräfte einzustellen, damit du das Landgut wieder in Ordnung bringen kannst. Wenn wir es hätten, wäre ich schon lange in Carlington.«

»Ich habe genug Geld«, sagte Julia mit königlicher Miene. Ihre Antwort verschlug allen die Sprache.

Mary fand als erste ihre Worte wieder. »Du hast mich meinen Schmuck verkaufen lassen und die ganze Zeit über genug Geld gehabt? Wie konntest du uns das antun!«

»Das Geld stammt von Ashley Barony, und ich habe es für Ashley Barony aufgehoben.«

Mary war erneut sprachlos. Sie traute ihren Ohren nicht. Pinckney hielt sich mit sichtbarer Anstrengung zurück. Eine quälende Spannung lag im Raum. Mit einem Ruck schob Pinckney seinen Stuhl zurück und erhob sich.

»Ich bitte um Entschuldigung, aber ich habe noch eine Menge zu tun. Stuart wird nicht mit Salomon in die Stadt gehen, das wäre viel zu gefährlich. Ich werde selber gehen, sobald ich mir eine Waffe besorgt habe. Dann wird alles weitere so schnell wie möglich organisiert, Tante Julia. Du kannst schon anfangen, deine Sachen zu packen.«

Shad murmelte den beiden Frauen etwas Unverständliches zu, verließ den Raum und folgte Pinckney.

Vier Tage später stand Julia Ashley im Salonzimmer ihres ehemaligen Hauses in der Charlotte Street vor dessen jetzigem Bewohner, General Sickles. Sie schaute ihm direkt in die Augen, als sie ihre Hand auf die Bibel legte, die er ihr hinhielt, und wiederholte die von ihm gesprochenen Worte.

»Ich schwöre bei Gott, dem Allmächtigen, daß ich hiermit die Verfassung der Vereinigten Staaten von Amerika unterstütze, beschütze und verteidige werde und alle Gesetze und Anordnungen befolge, die während der Rebellion erlassen wurden und in Zukunft zur Förderung einer Gleichbehandlung der Sklaven erlassen werden, so wahr mir Gott helfe!«

Eine Woche später machte sich Julia mit der steigenden Flut auf den Weg zu ihrem Landgut und trieb auf einem Boot den Ashley hinauf. Sie trug ein makelloses Gewand aus glänzendem, schwarzem Bombasin. Ein riesiger Hut mit glänzenden, schwarzen Federn prangte stolz auf ihrem Kopf; ein breiter Seidenschirm schützte sie vor dem urplötzlich herunterprasselnden Regenguß, der ihrer Entschlossenheit jedoch nicht den geringsten Abbruch tat. Das kleine Kanu aus Zypressenholz wurde durch ihre majestätische Erscheinung zur königlichen Barke. Vier Flachboote mit ihrem Gepäck, den Bediensteten und einer ganzen Kompanie tropfnasser Unionssoldaten folgten.

Pinckney drehte sich vom Fluß weg. »Meinetwegen könnte sie der Blitz treffen«, meinte er.

»Das würde Gott nicht wagen«, entgegnete Shad.

Pinny stieß einen lauten Ruf aus. »Da hast du sicherlich recht. Komm, laß uns machen, daß wir ins Trockene kommen.«

In den darauffolgenden Monaten hörte man von Salomon immer wieder etwas über Julia, wenn er auf seinem Weg in die Stadt, wo er für sie Materialien bestellte, bei der Familie Tradd vorbeikam. Pinckney zügelte seine Neugier und fragte nicht weiter nach, wieviel sie bestellte und wie sie es bezahlte. Keiner der neuen Händler würde auf den Namen Ashley Kredit geben. Man hatte jetzt im voraus zu zahlen oder fünfzehn bis zwanzig Prozent Zinsen in Kauf zu nehmen.

Um keine unnötigen Streitereien zu entfachen, wurde alles, was Julia betraf, im Hause Tradd weitgehend totgeschwiegen. Mary Tradd hatte sich von ihrem Schock erholt und ließ sich mit beredten Worten über die Selbstsüchtigkeit ihrer Schwester aus. Der einzige, der ihr dabei zuhörte, war Reverend Edwards. Er betete mit Mary zusammen darum, daß sie von der Sünde des Ärgers erlöst und Julia Einsicht in die Sündhaftigkeit ihres materialistischen Lebens gewährt werde. Mary fand den geistlichen Beistand des Reverend überaus wertvoll. Nach jedem Besuch von ihm fühlte sie sich leichter.

Julias Auszug schenkte der Familie Tradd einen lange vermißten Frieden. Elias fand einen neuen Koch und ein neues Hausmädchen, durch die Dilcey und Pansy ersetzt werden konnten. Salomons Fortgang hinterließ eine Lücke. Ein junger Bursche namens Billy versuchte, so gut es ging, sie zu füllen und besaß erstaunliches gärtnerisches Geschick. Die Küche unterstand der weisen Regentschaft von Elias. Für Pinckney war es jetzt eine Freude, mit seiner Familie zusammenzusein. Sein Zuhause war wie vor langer Zeit einmal zu einem Hort der Ruhe und Entspannung geworden. Noch immer spürte er die Last der Verantwortung für die anderen auf seinen Schultern, aber die gute Laune im Hause und speziell Lizzies überschäumende Fröhlichkeit trugen ihren Teil dazu bei, den ihm eigentlich innewohnenden Optimismus wieder hervorzulocken. Er traute sich allmählich zu, die äußere Armut und seine Unfähigkeit, eine akzeptable Arbeit zu finden, bewältigen zu können. Er war sich sicher, den Schaden, den er seiner Ehre durch das Verhältnis mit Prudence antat, wiedergutmachen zu können. Er gestand sich ein, daß er Lavinia nicht liebte und sie auch nie geliebt hatte, allenfalls ein Bild von ihr, das nur in seiner Vorstellung existierte. Sein wildes Verlangen nach Prudence war in ein tieferes Gefühl verwandelt worden. Vielleicht hatte das etwas damit zu tun, daß Prudence keine Schwierigkeiten damit hatte, seinen Armstumpf zu akzeptieren. Außer Shad hatte ihn sonst keiner zu Gesicht bekommen. Da er Prudence gegenüber keinen Teil seines Körpers verstecken mußte, machte es ihm auch immer weniger aus, ihr gegenüber seine innersten Gefühle zu offenbaren. Er konnte ihr zeigen, daß er es eigentlich verabscheute, sich nicht von ihr lösen zu können. Gleichzeitig

197

konnte er sie und ihr Verhalten ihm gegenüber heftig angreifen. Und sie versuchte nicht, ihn zu besänftigen, wie er es sonst von Frauen her kannte. Sie lachte ihn aus, und konnte auch über sich selbst lachen; mitleidig machte sie ihm klar, daß sie die Ansprüche, die er an sich selbst stellte, für fragwürdig hielt und seine Schuldgefühle als Zeitverschwendung ansah. Allmählich merkte er, daß er mit dieser Frau über alles sprechen konnte, was ihn beschäftigte, sogar über seine Unfähigkeit, nach Carlington zu gehen und das zu akzeptieren, was er dort vorfinden würde. Prudence begegnete seinen Eigenarten nicht unbedingt mit Sympathie, aber sie verstand ihn. Ihre Intelligenz, die sie nie versteckte, faszinierte ihn und forderte ihn heraus. Prudence wurde ihm eine wichtige Vertraute; als Geliebte konnte er schon lange nicht mehr von ihr lassen. Er entschied sich, Lavinia aufzufordern, ihn freizugeben. Nie bezweifelte er, daß Prudence ihn auch heiraten würde, obwohl er fast bankrott war. Er hegte auch keinerlei Zweifel an ihrer Kraft und ihrem Vermögen, eine wie auch immer geartete Zukunft zu bewältigen.

Als er Lavinia von seinem Entschluß berichtete, sich von ihr zu trennen, trat sie ihm mit einer Entschiedenheit und schonungslosen Direktheit entgegen, die ihn zutiefst schokkierte. Sie war ganz außer sich vor Wut und vergaß darüber jede Vorsicht. "Du bist wohl völlig verrückt geworden!« herrschte sie ihn an. »Selbst wenn du mich auf Knien anflehen würdest, ich würde dich nie freigeben.« Ihre Stimme war eisig. »Nicht etwa, weil ich dich liebe. Das tue ich keineswegs. Deinen widerlichen Holzarm kann ich kaum ertragen; mir wird speiübel, wenn ich mir vorstelle, du nimmst ihn ab. Aber selbst wenn ich mich jeden Tag übergeben müßte, wäre mir das noch lieber, als ein Leben als vertrocknete alte Jungfer zu führen. Du wirst schön bei mir bleiben müssen, Pinny, und ich bei dir. Sieh zu, wie du damit fertig wirst. Du kannst mich nicht sitzen lassen; dazu sind dir mein Vater und die gute Meinung, die er von dir hat, viel zu wichtig. Und ich werde dich nicht verlassen, weil es keinen gibt, mit dem ich dich verlassen könnte. Du kannst gerne aufhören, mich jeden Tag zu besuchen. Du langweilst mich sowieso. Aber du wirst mich zu jeder Party begleiten, zu der ich gehe, und wenn ich dich auffordere, mit mir zu tanzen, dann wirst du das tun. Du wirst ein Gentleman sein, und ich werde eine Dame sein, und wir werden es irgendwie miteinander aushalten. Und du wirst mich nie mehr auf dieses Thema ansprechen!«

Als Pinckney wenig später Prudence davon berichtete, daß Lavinia ihn nicht freigeben würde, war ihre Antwort ein genauso großer Schock für ihn, weil sie keinen Sinn ergab. »Ich werde dich nie heiraten, mein Lieber, dafür bist du mir viel zuviel wert.«

Ihm blieb nichts anderes übrig, als eine Situation zu akzeptieren, die eigentlich in jeder Hinsicht unerträglich für ihn war. Letztendlich siegte jedoch die ihm angeborene Fähigkeit, widrige Umstände von sich abprallen zu lassen, und verhinderte, daß er sich geschlagen gab und in einen Zustand gefühlloser Apathie versank. Er lernte es, sein doppeltes Leben zu leben und seine Abscheu vor seinem Lebenswandel zu ertragen. In den seltenen Augenblicken, in denen er die Welt um sich herum vergessen konnte, schöpfte er Kraft. Manchmal ging er völlig in den Aktivitäten für den ›Rifle Club‹ auf, manchmal konnte er sich einfach an Lizzies Gegenwart erfreuen oder über die Tatsache froh sein, alles mit Prudence teilen zu können. Er redete sich nicht ein, glücklich zu sein, aber er schaffte es, mit sich selbst einen unsicheren Frieden zu schließen.

Shad war für ihn eine unerwartete Unterstützung. Er war jetzt viel häufiger im Haus. Wie er zugeben mußte, war für ihn seit der Abreise Julia Ashleys vieles sehr viel einfacher geworden. Stundenlang saß er mit Lizzie auf dem Balkon und spielte ›Schule‹. Viele schweigsame Stunden war er mit Pinckney zusammen. Manchmal interessierte es ihn, etwas über die Geschichte Charlestons zu erfahren. Seine unausgesprochene Zuneigung und die Vertrautheit, die er Pinckney schenkte, waren für diesen überaus heilsam. Er brachte Shad wachsenden Respekt entgegen, der diesem wiederum sehr gut tat, zumal Shad wußte, daß er ihn verdiente. Mary ignorierte ihn zwar, aber genauso behandelte sie auch ihre Kinder. Stuart erzählte ihm unablässig von irgendwelchen Großtaten.

Am gesellschaftlichen Leben der Stadt teilzunehmen, blieb Shad jedoch weiterhin verwehrt, doch kümmerte es ihn auch nicht besonders. Schmerzlicher war für ihn die Tatsache, daß er keinerlei Verantwortung für die Familie übernehmen durfte. Pinckney hatte sich immer dagegen gesträubt, daß er sich an den laufenden Kosten für das Haus beteiligte. Mit dem Geld, das Shad durch die Verkäufe verdiente, konnte er machen, was er wollte. Pinckney bestand darauf, daß er es für sich nutzte, und Shad blieb nichts anderes übrig, als sich seinem Wunsch zu beugen.

Mit dem ihm eigenen Instinkt schaffte er es, durch geschickte Geschäfte einen beträchtlichen Betrag an Geld zusammenzubekommen, den er zur Bank brachte, um für schwierigere Zeiten gewappnet zu sein.

Im November 1866 schien der Zeitpunkt gekommen zu sein, wo es nötig zu werden schien, auf dieses Geld zurückzugreifen. Obwohl Marys Schmuck seinerzeit für ein kleines Vermögen verkauft worden war, reichte das verbliebene Geld ein Jahr später nicht einmal mehr aus, die fälligen Grundsteuern zu zahlen. Alles, was sich zu Geld machen ließ, war bereits verkauft.

»Es ist soweit. Jetzt bleibt mir nichts anderes übrig, als Carlington zu verkaufen«, gestand Pinckney eines Tages deprimiert ein. »Ich würde lieber meinen zweiten Arm abstoßen.« Er war verzweifelt. Shad wußte, daß Carlington für Pinckney von entscheidender Bedeutung war. Er spürte, daß seine Stunde nahte. Um Carlingtons willen würde Pinckney auch Geld von ihm akzeptieren. Carlington war ihm mehr wert als sein Stolz. »Ich werde mal schauen, was sich da machen läßt«, sagte er und verschwand.

200

Er ging zum Hotel, um seine Geschäftspartner zu treffen. Was er jedoch dort erfuhr, verschlug ihm den Atem.

18

Shad betrat die Bücherei. Er wirkte ungewöhnlich aufgeregt. »Cap'n, was ist ›Mergel‹?«

Pinckney unterbrach seine Berechnungen und blickte zu dem jungen Mann auf. »Du bist früh zurück. Willst du ein Glas Wein?«

»Nein, danke. Kannst du mir erklären, was es ist?«

Pinny lachte. »Dir wird nie jemand vorwerfen, unnützes Zeug zu reden. ›Mergel‹ ist eine kalkhaltige Ablagerung, die man an manchen Orten im Boden findet. Sie steckt oft voller Fossilien. Es gibt Leute, die haben darin schon Knochen prähistorischer Tiere und Fische und vielleicht sogar Menschen gefunden. Warum fragst du? Treiben sich jetzt schon Archäologen im Hotel herum?«

Shad schenkte Pinckney ein Glas Madeira ein und reichte es ihm. »Es soll angeblich ein hervorragender Dünger sein«, sagte er. Er war derart aufgeregt, daß er ein Zittern nicht vermeiden konnte.

»Das kann ich mir nicht vorstellen. Auf Mergelboden wächst so gut wie gar nichts mehr. Ein Teil von Carlington steht auf mergeligem Boden. Dort wachsen nicht einmal die anspruchslosesten Pflanzen. Wenn der Mergel tief genug unter dem Erdboden liegt, geht es noch. Aber besonders fruchtbar ist es nicht.«

Shad entspannte sich ein wenig. »Als du im Krankenhaus lagst, hast du mir doch einiges über ein kleines Pferd erzählt.«

»Tatsächlich? Ich kann mich gar nicht daran erinnern. Komisch, daß ich im Fieber ausgerechnet darüber gesprochen habe. Als ich noch klein war, hat mein Vater ein neues Kühlhaus bauen wollen und dazu die Erde ausschachten lassen. Dieser kalkhaltige Boden ist für Kühlzwecke hervorragend geeignet. Er isoliert wohl gut. Als sie etwa einen Meter tief gegraben hatten, stießen sie auf das vollständige Skelett eines Urpferdchens. Die Schwarzen erschraken sich zu Tode, als sie es fanden. Mein Vater war damals sehr aufgeregt. Das Kühlhaus ist nie gebaut worden.

Papa und ich haben uns den Fund angesehen und ihn saubergemacht. Dann hat er im Lexikon nachgeschlagen, und ich mußte ihm vorlesen, was dort über das ›Urpferdchen‹ geschrieben stand. Es ist ein Urahn unserer heutigen Pferde, und seit etlichen...«

Shad räusperte sich vernehmlich. »Das ist äußerst interessant, Professor.«

Pinny grinste. »Das ist es wirklich. Aber ich glaube, es interessiert dich nicht weiter.«

»Ich habe ein paar Informationen über diesen ›Mergel‹, die dich interessieren werden. Er soll voller – wie hieß es doch gleich? – Phosphate stecken. Und überall, wo man Weizen anbaut, braucht man diese Phosphate zum Düngen. Einige Leute aus Philadelphia sind in der Stadt aufgetaucht und haben mit jemandem aus der Gegend hier, der ein ähnliches Stück Land wie du besitzt, eine Firma aufgemacht. Eine Million Dollar wollen sie in das Projekt stecken! Kein Mensch investiert so viel Geld in eine Sache, wenn er sich nicht hundertprozentig sicher sein kann, daß er das Fünfzigfache davon wieder herausholt.«

»Phosphate? Habe ich noch nie gehört.«

»Nun, vielleicht solltest du mal in deinem Lexikon nachschlagen. Das ist wichtiger als diese Pferdchen. Vielleicht liegt die Lösung unserer Probleme in Carlington selbst. Hinterher brauchen wir das Geld nur aus der Erde zu holen.«

Das schmale Boot wackelte bedenklich. Wasser spritzte hinein. »Entschuldigung, Mist' Pinckney«, meinte Billy grinsend, »ich habe einen Moment nicht aufgepaßt.« Pinckney nickte mechanisch und lächelte abwesend. Er war mit seiner ganzen Aufmerksamkeit dabei, am Flußufer nach den vertrauten Stellen zu suchen, an denen er sich orientieren konnte.

Hinter der nächsten Flußbiegung müßte jene knorrige, mit Schlingpflanzen bewachsene Eiche auftauchen, die den so altvertrauten Platz ankündigte. Sie hatten bereits das verfallene Bootshaus hinter sich gelassen. Das fahle Gras der sumpfigen Niederung lag goldbraun in der Herbstsonne. Die unsichtbare Strömung ließ es sanft hin und her schwanken. Die langsamen, rhythmischen, sich wellenförmig fortpflanzenden Bewegungen hatten etwas Hypnotisches an sich. Die künstlichen Deiche, die das Wasser einmal von den Feldern ferngehalten hatten, waren wohl in der Zwischenzeit weggespült worden; die ehemaligen Reisfelder waren wieder zur Wildnis geworden. Wenn Shad recht behielt, dann würde hier kein Reis mehr gepflanzt werden. Die Sumpflandschaft war ein Teil des alten Flusses und bot vielen Vögeln Zuflucht und Nistmöglichkeiten. Viele Wildenten machten hier Rast auf ihren jährlichen Wanderungen. Pinckney mochte diese ursprüngliche Landschaft.

Der Baum konnte nicht mehr weit entfernt sein. Die landeinwärts strömende Flut trieb das Boot voran. Pinckney konnte spüren, wie sein Herz schneller schlug. Zu viele Erinnerungen stürmten auf ihn ein.

Es konnte nicht mehr lange dauern. War es möglich, daß die jungen Kiefern derart gewuchert waren? Man konnte hinter ihnen kaum etwas erkennen. Vielleicht war es doch eine andere Biegung gewesen. Viel Zeit war vergangen, seit er das letzte Mal hier gewesen war. Pinckney wurde unsicher. Doch da war der Baum, sein Baum. Er starrte voller Wehmut und Dankbarkeit auf den so vertrauten Umriß. Da war der lange breite Ast, der fast waagrecht vom Stamm abging und an dem er früher Zügel aus Seilen befestigt hatte und dann immer auf und ab gewippt war, als müsse er ein wildes Pferd bändigen. Als er noch klein und leicht war,

203

hatte er das Gefühl gehabt, jedes Mal fast in den Himmel zu fliegen, der Schwerkraft zum Trotz, und auf den Wolken davonreiten zu können. Später hatte er dann die schier unzerreißbaren Kletterpflanzen entdeckt, an denen man sich mit einem kräftigen Schwung vom Baum wegstoßen und dann ins atemberaubend kalte Wasser des Flusses fallen lassen konnte.

»Wieder daheim«, sagte er andächtig. Er vergaß den Anlaß ihres Kommens und betete zu Gott, daß das Haus, sein Haus, noch stehen möge, der Platz, den er mehr liebte als alles andere auf der Welt. Gleich würde die kurze Allee aus Maulbeerbäumen im Blickfeld erscheinen...

Der Anlegeplatz tauchte auf. Ihn gab es zumindest noch. Pinckney legte Shad die Hand auf die Schulter. Da waren sie, die großen, weit ausladenden Bäume, deren Blätter sich schon leicht verfärbt hatten. Mit den Maulbeerbäumen hatten seine Ahnen nicht die beste Wahl getroffen. Magnolien oder Eichen hätten den ganzen Winter über ihre Blätter behalten und eine prächtige Allee abgegeben. Aber irgendein Vorfahr hatte Seidenraupen züchten wollen und zu diesem Zweck diese Bäume gepflanzt. Die Äste waren dick mit Moos überzogen.

Pinckney stieß den Freudenruf der Rebellen aus. »Da ist es! Billy, Shad, da ist das Haus! Hallelujah – das ist Carlington! Zieht die Ruder ein und laßt uns anlegen!«

Das Haus war niedriger als die großen Gebäude in der Stadt. Es hatte nur zwei Stockwerke. In der Mitte beherrschte eine halbkreisförmige überdachte, von weißgestrichenen Säulen gestützte Veranda die Fassade. Links und rechts davon erstreckten sich die Seitenflügel des Hauses zehn Fenster weit den ersten Stock entlang, darunter sah man im Erdgeschoß fünf Fenster und fünf Türen. Die Mauern bestanden aus dem grauroten Stein, der in dieser Gegend gefunden wurde, die Fensterbrüstungen aus Kalkstein hoben sich deutlich davon ab. Klobige grüne Läden hingen neben den Fenstern, einige nur noch an einer einzigen Angel. In den meisten Fensterflügeln fehlte das Glas, viele Scheiben waren zerbrochen. Efeu war am größten Teil der Fassade hochgewuchert und schon in einige Räume eingedrungen.

Pinckney nahm die Beschädigungen gar nicht wahr. Mit Shad zusammen verschaffte er sich Zutritt zum Haus. Innen war alles leer. Nur Spinnweben und in den Ecken der Räume mit den zerbrochenen Fensterscheiben kleine Haufen hineingewehter Blätter, das war alles, was noch zu finden war. Pinckney suchte jeden Raum ab. »Sie haben alles mitgenommen, was nicht niet- und nagelfest war«, seufzte er und zuckte mit den Achseln. Sein Gesichtsausdruck verriet keinerlei Gefühle.

»Komm, Shad, ich zeige dir die Stelle.«

Der Aushub war etwa drei Meter lang und einen Meter tief. Die beiden Männer setzten sich an den Rand und ließen ihre Beine in die Grube baumeln. Der Boden lag voller alter Blätter, so daß man nicht sehen konnte, was sich darunter verbarg. Stillschweigend waren sich beide darüber einig, nicht hineinzuspringen und die Grube möglichst so zu hinterlassen, wie sie sie vorgefunden hatten. Shad brach vorsichtig einige Klumpen aus der Wand des Loches. »Wir sollten das analysieren lassen, Cap'n.«

»Machen wir, Shad. Jetzt laß uns gehen. Bald ist Ebbe.«

»Ich bin bereit, Cap'n!«

Als sie ins Boot stiegen, hörten sie, wie ihnen jemand laut einen Gruß zurief. Pinckney blickte flußaufwärts und erspähte ein kleines Kanu, das in rascher Fahrt auf sie zukam. Als es so nah war, daß sie es deutlicher sehen konnten, erkannten sie einen unglaublich alten Neger, der an den Rudern saß. Er grinste Pinckney mit zahnlosem Mund an.

»Das ist Cudjo«, rief Pinckney aus, »Daddy Cudjo!« Er kletterte wieder auf den Holzsteg und hielt dem weißhaarigen, runzligen alten Mann seine Hand entgegen.

»Gott segne Sie, Mist' Pinckney. Ich hätte nie gedacht, daß wir uns je wiedersehen.« Cudjo erklomm überraschend

205

behende den Steg und verschwand fast in Pinckneys Armen.

Es blieb nicht viel Zeit für das Wiedersehen. Die Gezeiten warteten nicht. Pinny erfuhr, daß Cudjo immer noch in der kleinen Hütte lebte, die er seit fünfzig Jahren bewohnte, und daß seine Enkel, die ›Jungs‹, wie er sie nannte, ihn mit Nahrung und Feuerholz versorgten. Dann mußte Pinny gehen. »Ich komme zurück, Cudjo!« versprach er.

»Ich werde auf Sie warten, Mist' Pinckney.«

Auf der Rückfahrt in die Stadt erzählte Pinny Shad und Billy, wer dieser alte Mann war. »Ihm unterstanden die Ställe, solange ich denken kann. Er hat meinem Papa und mir das Reiten beigebracht. Stuart auch. Und er hat die Pferde wirklich geliebt. Er konnte sich mit ihnen auf eine ganz besondere Art unterhalten, und ich bin sicher, sie verstanden jedes Wort, das er sagte. Alle hielten Cudjo für den Züchter schlechthin. Jedes Pferd, das wir jemals aufgezogen haben, ging durch seine Hände. Dieser unglaubliche Mann hat vier Frauen überlebt und mehr als dreißig Kinder in die Welt gesetzt! Daß ich ihn wiedersehen durfte, ist das Beste, was passieren konnte. Shad, es geht wieder aufwärts mit uns! Irgendwann stehen auch wir wieder auf der Gewinnerseite. Du wirst es erleben.«

Am darauffolgenden Tag brachte Shad in Erfahrung, wohin er die Bodenproben zur Analyse schicken konnte. Er wartete einen günstigen Moment ab, in dem ihn keiner beobachten konnte, und traf auf dem Postamt und in der Bank die nötigen Vorkehrungen. Mit einem auf Pinckneys Namen ausgestellten Scheck in den Händen kehrte er wieder zurück. »Ich habe einen gefunden, der sich auf die Sache einläßt«, sagte er. »In einigen Monaten wissen wir, woran wir sind. Mit dem Geld hier kommen wir bis dahin über die Runden.«

Er verriet nicht, wer der großzügige Geldgeber war.

19

»Emma, sind deine Füße gesund?«

»Joshua Anson! Was ist das nur für eine komische Frage? Als nächstes fragst du mich wahrscheinlich, ob mit meiner Leber alles in Ordnung ist.«

Ihr Mann verbeugte sich tief vor ihr. »Gnädige Frau, es wäre mir eine Ehre, den nächsten Walzer mit Ihnen tanzen zu dürfen.«

»Du bist wohl von allen guten Geistern verlassen! Kümmer dich um deine Arbeit; ich muß die Sachen stopfen.«

Ein unglaublich jungenhaft wirkendes Lächeln flog über Mr. Ansons Gesicht. Seine Frau konnte es kaum glauben. Es war das erste Mal seit seiner Rückkehr aus dem Krieg, daß sie ihn so hatte lächeln sehen. »Meine liebe Emma«, verkündete er feierlich, »wir sind übereingekommen, daß es an der Zeit ist, den Förderverein wieder aufleben zu lassen. Wir haben uns alle heute morgen getroffen – alle, die noch übriggeblieben sind – und die nötigen Vorkehrungen getroffen. In sechs Wochen wird der St. Cecilia-Ball wieder stattfinden.«

Emma Anson schnappte nach Luft. Ihr Gatte brauchte keine weiteren Erklärungen abzugeben. Das war in der Tat eine Nachricht von allerhöchster Bedeutung! Die St. Cecilia-Gesellschaft war die Essenz all dessen, was diese Stadt früher ausgezeichnet hatte. Sie war schon in den Gründungsjahren Charlestons ins Leben gerufen worden und seitdem zum Symbol des Frohsinns und der verschwenderischen, prunkvollen, eleganten Lebensart dieser Stadt geworden. Der jedes Jahr zur Rennsaison stattfindende Ball war immer das wichtigste gesellschaftliche Ereignis des Jahres gewesen. In jede größere Stadt Europas und Amerikas gingen die Einladungen. Für die Bewohner Charlestons war es der wichtigste Moment im Leben einer Frau, wenn sie sich auf diesem Ball das erste Mal der Gesellschaft präsentieren durfte. Der Verlust an Besitz und Geld, der Verlust des Gesindes oder des Familienschmuckes – nichts wog so schwer wie der Verlust der geheiligten Tradition dieses Balles. Sollte er wieder stattfinden, dann würde das jedem, der diese unruhigen Zeiten überlebt hatte, neues Leben einflößen. Nichts anderes konnte eine vergleichbare Wirkung erzielen. »Joshua!« hauchte Emma. Wortlos umklammerte sie die Hände ihres Mannes.

Dann sprudelte sie über vor Fragen. Woher sollten sie die Zutaten für den traditionellen St. Cecilia-Punsch nehmen? Wo würde man die erlesenen Speisen und Getränke, die Orchester mit den besten Musikern Europas, das Geld, um das alles zu bezahlen, finden?

»Das ist Sorge des Vereinsvorstandes.«

Mrs. Anson biß sich auf die Unterlippe. Nur Männer konnten im Vorstand sein. So war es immer schon gewesen und so würde es immer bleiben. Männer trafen alle Vorbereitungen; sie bestimmten die Tanzpaare.

»Ich hoffe, ich kann zumindest mein Kleid selbst auswählen.«

»Nein, auch das ist unsere Sache. Ich möchte, daß du auf dem Ball das gleiche Kleid trägst wie beim letzten Mal. Während des Krieges habe ich immer und immer wieder daran denken müssen. Dann wußte ich, wofür ich kämpfe.«

»Oh, Joshua!« Mrs. Ansons Lippen begannen zu zucken.

»Und ich bestehe besonders auf diesem dummen blauen Federfächer. Das verdammte Ding hat mich damals immer in der Nase gekitzelt.« Er blickte seine Frau mit strahlenden Augen an. Ja, sie hatte sich wieder gefangen. Er schaffte es immer aufs neue, Emma aufzuheitern, wenn sie in Tränen auszubrechen drohte.

»Ich habe ihn irgendwo versteckt. Aber ich finde ihn. Die Yankees haben ihn bestimmt nicht mitgenommen, so schäbig, wie er zuletzt aussah.«

»Du wirst ihn tragen, egal, wie er aussieht.«

»Ich werde ihn gerne tragen und bin stolz darauf.«

»Da ist noch etwas, das ihr für den Ball tun müßt, Emma.«

»Natürlich. Was denn? Die Blumengestecke, die Dekorationen?«

»Ihr müßt euch General Sickles erkenntlich zeigen.«
Emma Anson schaute ihn ungläubig an.

»Ich weiß schon, was du sagen willst«, sagte er sanft,
»und du kannst mir glauben, daß ich euch verstehe. Ihr
werdet den Yankees nie vergessen, daß sie uns geschlagen
haben, daß sie uns alle zu Verlierern gemacht haben.

Und es fällt mir wahrlich nicht leicht, dich darum zu bitten, Emma, aber in diesem Punkt sind wir alle von euch abhängig. Wir müssen den General und seine Frau einladen.
Nur unter dieser Bedingung hat er den Ball genehmigt. Ich
möchte, daß du mir sagst, wer von euch mit ihm tanzen
wird. Ich frage dann die Männer um deren Einwilligung.«

»Aber Joshua, das können wir nicht tun. Die Unver-
schämtheit dieses Menschen ist ja wohl schier grenzenlos.
Unter diesen Umständen wäre es besser, den ganzen Ball
abzusagen, als diese Geier dabei zu haben und ihnen Ein-
blick in unser Privatleben zu gewähren.«

»Emma. Bedenke bitte, was dieser Ball für uns alle bedeutet! Wir werden mindestens fünfhundert Leute sein. Da
können wir zwei Eindringlinge sicherlich verkraften. Die gehen doch in der Menge unter. Aber wir brauchen eure Unterstützung.«

»Nein. Es würde alles verderben.«

Joshua war sehr erstaunt. Das erste Mal in zweiundzwanzig Jahren Ehe wagte es seine Frau, sich ihm zu widersetzen.

»Emma, bitte, ich flehe dich an!«

Seine Frau war erschüttert. Noch nie hatte Joshua diese
Worte gebraucht. Sie mußte daran denken, wie Dan Sickles
sie gedemütigt hatte, wie sie sich selber hatte demütigen lassen. Es wäre nicht auszudenken, wenn er irgend jemandem
auf dem Ball etwas darüber erzählen würde. Vielleicht
wußte ja ihr Mann bereits davon! Sie blickte Joshua mit trä-
nenverschleierten Augen an. Oh, Gott, er wirkte jetzt so
niedergeschlagen. Und erst vor wenigen Minuten war er so
stolz und glücklich gewesen!

209

»Joshua, verzeih mir. Ich bin wohl heute zum Streiten aufgelegt. Ich werde langsam alt.«

»Das will ich nicht hoffen.« Sein Lachen wirkte wenig überzeugend.

»Sally Brewton ist bestimmt dabei. Ich werde morgen zu ihr gehen. Dann mache ich eine Liste.«

»Emma, ich danke dir.« Er legte seine Arme um ihre Schultern.

»Joshua, bring mir nicht meine Frisur in Unordnung.« Gewandt entzog sie sich seinem Griff. Es war alles wieder wie immer.

Pinckney schwenkte den Scheck durch die Luft, als wäre es eine Flagge. Seine Augen funkelten. Shad kannte diesen Blick. Vor jedem Kavallerieeinsatz hatte der Cap'n so ausgesehen.

»Wenn ein Fremder in dieses Geschäft einsteigt, dann werden auch wir unser Geschäft machen. Dieses Jahr Weihnachten wird ein Weihnachten, wie es sein sollte!« Pinckney warf seinen roten Haarschopf zurück und stieß einen lauten Jubelruf aus. Shad stimmte begeistert ein.

Zu Weihnachten hatte die Familie Tradd ein Dutzend Freunde zu Gast; Einladungen waren allerdings nicht verschickt worden. Einige arme Witwen in der Stadt, die mit der Familie Tradd verbunden waren und die nur ein mageres Stückchen Hühnerfleisch erwartet hatten, gerade genug, um den ärgsten Hunger ihrer Kinder zu stillen, fanden plötzlich einen ganzen Schinken vor ihrer Tür, Briefe vom Nikolaus, Spielsachen für die Kinder und ganze Körbe voller Obst und Kuchen.

Lizzie und Mary trugen ihre neuen Samtkleider und saßen am neuen Eßtisch, auf dem sechs Gedecke ausgelegt worden waren. Stuart schaute alle zehn Minuten auf seine neue Taschenuhr aus Silber und verstaute sie sorgsam in seiner Kleidung. Er trug jetzt einen Anzug, der ihm paßte, und wirkte sehr männlich. Pinckney ließ Shad zum ersten Mal in dessen Leben Sekt probieren. Auch für die Bediensteten gab es neue Kleidung. Ihren Lohn konnten sie das erste Mal auf ein Sparkonto einzahlen.

Julia Ashley hatte einen riesigen Wildbraten mitgebracht und einen großen Korb voller Stechpalmenzweige, mit denen das Haus geschmückt wurde. Sie war vor einer Woche vom Landgut in die Stadt gekommen und so hager wie nie zuvor. Sie erzählte nicht viel über das Leben auf dem Landgut und ihre Plantagen, aber sie verströmte eine Wärme und ein stilles Glück, das alle in Erstaunen versetzte.

Als sie zu Emma Anson gegangen war, um sich dort mit ihren Freundinnen zu treffen, rätselten Mary und Pinckney darüber, was wohl mit ihr geschehen sein mochte. Shads Kommentar bot die Lösung. »Solange ich Miß Ashley kenne, sucht sie sich etwas, gegen das sie ankämpfen kann. Ich denke, jetzt, wo sie ihr Landgut wieder aufbaut, gibt es Schwierigkeiten genug, mit denen sie zu kämpfen hat. Manche Leute brauchen das einfach, um glücklich zu sein.«

Der erste St. Cecilia-Ball nach dem Krieg bestand aus einem wirbelnden Durcheinander der verschiedensten Strömungen und Gegenströmungen, aus Unausgedrücktem, nur unterschwellig Wahrnehmbarem und einem Geflecht von Rückwirkungen – so wie alle guten Partys. Ganz offensichtlich war es eine fröhliche Zusammenkunft aller Bewohner Charlestons, auch derer, die die Stadt während des Krieges hatten verlassen müssen. Ohne Ausnahme fanden sie alle eine Möglichkeit, zu diesem besonderen Anlaß in die Stadt zu kommen, alte Freunde zu begrüßen und Verwandte wiederzusehen, die Neuigkeiten der vergangenen Monate oder Jahre, in denen man nichts voneinander gehört hatte, auszutauschen und sich auf eine Art daheim zu fühlen, als hätte es die Zeit und die Unterbrechung des Krieges nie gegeben, als hätte diese lange Tradition unaufhörlich fortbestanden.

Weniger offenkundig, aber genauso bedeutsam war die

Präsentation der jungen Mädchen, die das erste Mal auf diesem Ball erschienen, und auch das erste Auftreten der Frauen, die durch den Krieg um ›ihren‹ Ball gebracht worden waren. Diese Frauen waren weiß gekleidet und wurden auf der großen Eröffnungsparade von ihren Vätern, ihren Brüdern oder ihren Großvätern begleitet. Alle Teilnehmer hielten ihre Köpfe stolz erhoben und trugen ein selbstsicheres Lächeln zur Schau. Stillschweigend hatten sich auch die Zuschauer mit ihnen verbündet, auch sie trugen dazu bei, daß keiner genau herausfinden konnte, wie viele Männer eigentlich fehlten. Keiner nahm Anstoß an der Tatsache, daß ein viel zu großes Mädchen an der Hand eines Bruders, der fast noch ein Kind war, durch die Menge schritt. Mr. Anson begleitete Lavinia, obwohl sie bereits fest vergeben war. Ein Mädchen sollte immer die Gelegenheit haben, sich der Öffentlichkeit in würdiger Weise zu präsentieren. Lavinia würde immer daran zurückdenken können. Natürlich war Pinckney einer ihrer Tanzpartner und teilte den sechzehnten Tanz mit ihr; den Tanz, der für die Verliebten und fest vermählten Paare reserviert war.

Die weiten Röcke der Ballkleider schwangen hin und her im ständigen Auf und Ab der Bewegungen und unzähliger Knickse. Reich verzierte Spitzen, die man auf irgendwelchen Dachböden aufbewahrt hatte, prangten auf jungen Schultern; weiße Gardenien, die ganz frisch gepflückt worden waren, unterstrichen die geröteten Wangen der aufgeregten Trägerinnen. Jede Mutter verglich verstohlen das Weiß der langen Handschuhe ihrer Tochter mit dem der anderen. Sie hatten sie in Maismehl gebleicht, seit feststand, daß der Ball stattfinden würde. Jeder, der das Geld dazu aufbringen konnte, sich ein neues Paar zu leisten, hatte freiwillig darauf verzichtet, um so seine Freunde nicht in Verlegenheit zu bringen. Miß Sickles fühlte sich sichtlich unwohl angesichts der Tatsache, daß sie die einzige war, die sich von oben bis unten neu eingekleidet hatte, und dadurch von allen anderen abstach. Die Damen der Stadt waren höflich genug, ihre

212

tiefe Genugtuung über Miß Sickles Unbehaglichkeit zu verbergen.

Vor Beginn der Tänze hatten die jungen Mädchen bereits heimliche Blicke auf die Namen riskiert, die auf ihren Tanzkarten standen. Seit über einem Jahrhundert rief dies immer die gleichen Reaktionen hervor: Erleichterung über einige Namen, Verzweiflung angesichts anderer, blankes Entsetzen über mindestens einen. Und doch wurde es ein Ball, von dem man noch lange sprechen würde, ein Ball, den viele der weißgekleideten Geschöpfe zum ersten Mal erlebten. Die Musik war einfach hinreißend; gestandene Männer und junge Burschen wirkten in ihren herausgeputzten Anzügen gleichermaßen romantisch. Keiner konnte sich der allgemeinen Erregung entziehen. Alle würden diesen Ball ihr ganzes Leben lang nicht vergessen.

Mr. Anson verbeugte sich tief vor einem Mädchen mit kleiner Statur, die in einem weißen Satinkleid vor ihm stand. General Sickles ging einen Schritt nach vorne, aber eine kleine, entschlossene Hand hielt ihn am Arm fest. »Sie werden doch jetzt keine Szene machen«, raunte ihm Sally Brewton zu. Es war eine Feststellung, keine Frage.

»Es wäre seine Pflicht gewesen, meine Frau zum ersten Tanz aufzufordern«, flüsterte ihr Sickles zischend zu.

»Aber lieber General!« Sally blickte mit einem bezaubernden Lächeln zu ihm auf. »Nicht auf dem St. Cecilia-Ball! Der frischgebackenen Braut wird *immer* dadurch eine besondere Ehre zuteil, daß sie ihr Hochzeitskleid tragen darf und mit dem Präsidenten der St. Cecilia-Gesellschaft den Ball eröffnet. Ich kenne junge Mädchen, die würden jeden heiraten, wenn sie sicher wären, daß die Vermählung genau zur rechten Zeit für den Ball stattfinden würde. Und die armen Geistlichen! Der Terminplan für die Hochzeiten im Laufe eines Jahres verlangt von ihnen eine Diplomatie, die, wie ich fürchte, etliche zur Flasche greifen läßt.«

Sickles mußte lächeln: die Krise war entschärft.

Den ganzen, nicht enden wollenden, atemberaubenden

Abend lang sah sich General Daniel Sickles, der große Held von Gettysburg, einer Prüfung ausgesetzt, gegen die sich der Krieg wie ein Vergnügungsspaziergang ausnahm. Keiner kränkte ihn, man zollte ihm und seiner Frau den Respekt, den beide erwarteten. Die Bewohner Charlestons begegneten ihnen mit einer Herzlichkeit und einem Charme, einer derartigen Sorge um ihr Wohlbefinden, daß sogar Mrs. Sickles, eine nicht gerade aufmerksame Frau, irgendwann das Gefühl bekam, sie müßte wie selbstverständlich in die allgemeine Fröhlichkeit einstimmen. Der arme General, der nur deswegen auf der Einladung bestanden hatte, weil seine Frau ihn immer und immer wieder dazu gedrängt hatte, mußte zu seinem Leidwesen entdecken, daß er sich unerklärlicherweise sehr unbeholfen, ja beinahe tolpatschig aufführte. Immer wieder trat er versehentlich seiner Tanzpartnerin auf die Füße. Das passierte ihm sogar bei Sally Brewton, die als eine der gewandtesten Tänzerinnen überhaupt galt. Die Damen ließen seine Entschuldigungen mit einer Heftigkeit von sich abprallen, die ihm seine Tapsigkeit schmerzhaft vor Augen führte. Es war keine Stunde vergangen, da schwitzte er am ganzen Leib. Nach zwei Stunden hätte er seine Gattin, die ihm das alles eingebrockt hatte, am liebsten erdrosselt. Als das Abendessen serviert wurde, wünschte er sich nichts sehnlicher als einen schnellen Tod.

Für die Bürger Charlestons bedeutete die Anwesenheit ihrer Unterdrücker eine ungeahnte Schärfung der Sinne und eine ganz besondere Freude. »Nur wirklich zivilisierte Menschen erkennen den Wert der Subtilität«, sagte Julia Ashley zu ihrem Neffen. »Ich habe gehört, daß die Chinesen die Kunst beherrschen, Messer derart scharf zu schleifen, daß man dicke Streifen aus jemandem herausschneiden kann, ohne daß dieser zunächst irgend etwas bemerkt. So gut habe ich mich seit über zwanzig Jahren nicht mehr amüsiert!«

Als letzten Tanz spielte das Orchester ›An der schönen blauen Donau‹. Emma Ansons Kinn zitterte, als sie den Walzer hörte, aber sie bezwang sich, und ihre Ergriffenheit fand keinen sichtbaren Ausdruck. Das war der Abschlußtanz beim letzten St. Cecilia-Ball gewesen, dem letzten Ball vor dem Krieg! Das Orchester setzte sich jetzt aus ganz anderen Musikern zusammen, auch die Bewohner Charlestons waren auf eine ganz andere Art herausgeputzt als vor sechs Jahren. Nichts von Bedeutung hatte sich jedoch verändert. Der abgenutzte blaue Fächer verbarg die untere Hälfte ihres Gesichtes, bis sie sich wieder vollständig im Griff hatte. »Ich flirte mit dir, Joshua Anson«, sagte sie, als sich ihr Mann vor ihr verbeugte.

»Meine Liebe, ich finde dich hinreißend! Sollen wir diesen jungen Hüpfern einmal zeigen, wie man Walzer tanzt?«

Emma Anson erhob sich, machte einen tiefen Knicks und schritt dann vorwärts, in die Arme ihres Mannes. Jeder Anflug von Wehmut war wie weggeblasen.

Innerhalb der nächsten Monate trafen die Glocken der St. Michaels-Kirche, die in England in den alten Formen nachgegossen worden waren, in Charleston ein. Die General Sickles unterstehenden Zöllner erhoben einen Zoll von zweitausend Dollar. Jeder war bereit, von dem wenigen, das er besaß, etwas für die Glocken zu geben. Diese Glockenschläge hatten die Bewohner Charlestons ihr ganzes Leben lang begleitet. Nicht nur ihnen, auch der Generation ihrer Eltern und Großeltern waren sie bestens vertraut. Mit den Glocken kehrte auch der Wächter in den Turm zurück und seine beruhigende Botschaft zu jeder vollen Stunde: »Alles ist in Ordnung!« Diese Botschaft ließ zusammen mit dem nachhallenden Ton der tiefsten Glocke bei jedem das Gefühl entstehen, daß es wirklich so war. Die Stadt hatte zu ihrem Erbe zurückgefunden.

Eine weitere Tradition, der Cotillion Club, wurde ebenfalls wieder zu neuem Leben erweckt. Dieser Club organisierte einen für das gesellschaftliche Leben Charlestons äußerst bedeutsamen Ball im März. Der Cotillion Club war eine viel jüngere Einrichtung als die St. Cecilia-Gesellschaft. Er war erst im Jahre 1800 gegründet worden und hatte eine weniger starre Satzung. Nur Junggesellen durften Mitglied werden. Mit der Heirat endete die Mitgliedschaft, und der Vorstand wurde jeweils für ein Jahr gewählt. Bei der St. Cecilia-Gesellschaft gab es einen Präsidenten auf Lebenszeit; der übrige Vorstand wurde jedes Jahr wiedergewählt, es sei denn, jemand bat darum, nicht mehr kandidieren zu dürfen. Pinckney war Mitglied des Cotillion Club, hatte aber keinerlei Pflichten übernehmen müssen und war dafür sehr dankbar.

Im Februar kam das Ergebnis der Analyse der Bodenprobe. Dadurch wurde Pinckney von einem Tag zum anderen überaus aktiv.

Die Buchstaben und Zahlen sagten weder ihm noch Shad etwas. Pinckney mußte jemanden suchen, der ihm beibrachte, wie sie zu entziffern waren, damit er wußte, ob er eine gute oder schlechte Nachricht in seinen Händen hielt. Wieder einmal mußte er die Schulbank drücken.

Er vertraute Prudence die Aufgabe an, ihm dieses neue Wissen zu vermitteln. Sie war Lehrerin, außerdem kam sie sowieso regelmäßig ins Haus der Tradds. Mit seinem Anliegen konnte er ein von keiner Seite Argwohn hervorrufendes Band mit Prudence knüpfen. Wie sich Pinckney eingestand, genoß er es weiterhin, alles mit dieser Frau zu teilen.

Die fürchterliche Zeit der Schauspielerei war damit endlich vorbei. Prudence und er hatten einen triftigen Grund, sich gemeinsam zu ihren Unterweisungen zurückzuziehen. Während Mary weiterhin mit wahrem Feuereifer die frommen Sprüche des Reverend nachbetete, hockten der junge Mann und die Frau über ihren Büchern und ihren Arbeitspapieren, die sie auf einem Tisch in einer Ecke des Raumes vor sich ausgebreitet hatten. Es dauerte nur wenige Wochen, dann wußte Pinckney, was er wissen wollte.

Der Kalkboden in Carlington bestand zu 60% aus Phosphaten, eine überaus hohe Konzentration. Die Phosphate traten in einer Form auf, die für die Herstellung von Kunstdünger genutzt werden konnte. Der Anteil der Verunreinigungen betrug lediglich sechs Prozent. Auf der ganzen Welt kannte man bisher lediglich vier Herkunftsorte dermaßen hochwertiger Phosphate: Deutschland, England, das Gebiet um Bordeaux in Frankreich und einen nahezu unzugänglichen, völlig unerschlossenen Fleck auf der Landkarte, Raza Island. Die Vorkommen von Carlington waren reiner als die europäischen und leichter zugänglich als die Vorkommen auf Raza Island.

Pinckney und Shad waren völlig euphorisch. »Na, was habe ich dir gesagt?« Eine seltene Ausgelassenheit lag in Shads Stimme. »Wir brauchen das Geld nur aus der Erde zu holen!« Auch Prudence freute sich mit Pinckney. Besser als jeder andere wußte sie, wie sehr ihn seine Schwierigkeiten, seine Familie zu versorgen, gequält hatten. Er beschäftigte sich jedoch derart intensiv mit allem, was mit Carlington zusammenhing, daß ihre Macht über ihn zu schwinden drohte. Er brauchte weder sie noch ihren Körper mehr, um seinem Leben etwas Glück abzugewinnen, und die neue Entwicklung nahm ihn völlig in Beschlag. Auch liebte er Carlington auf eine Weise, zu der keine Frau der Welt in Konkurrenz treten konnte. Die heimlichen Treffen im Klassenzimmer wurden immer seltener. Im wilden Herzen seiner Geliebten keimte der Groll.

Als der Cotillion Club die Räumlichkeiten der Schule wieder für seine Tanzveranstaltungen nutzen wollte, wuchs dieser Groll. Pinckney hätte es durchaus so arrangieren können, daß er derjenige war, der deswegen bei ihr vorsprach. Dann hätten sie eine ganze Stunde lang Zeit gehabt, sich miteinander zu vergnügen. Prudence mußte sich gewaltsam dazu zwingen, nicht an ihn zu denken und sich nicht auszumalen, wie er mit Lavinia an seiner Seite zu den Klängen der Musik und beim fröhlichen Lachen der Bewohner Charlestons das Tanzbein schwang, während dieselben Leute die Familie Edwards gerade einige Stunden am Sonntagvormittag ertragen konnten. Eifersucht war ihrer nicht würdig und außerdem recht kindisch, redete sie sich ein.

217

Als Pinckney ihr jedoch eröffnete, daß er Shad auf den Ball eingeladen hatte, brach sie fast in Tränen aus. Wie konnte es nur möglich sein, daß dieser Mann, ein völliger Außenseiter, so leicht die ungeschriebenen Grenzen überwand, die für sie als Frau so unüberwindlich waren? Es war nur ein geringer Trost, daß Shad versuchte, sich dieser Einladung nach besten Kräften zu widersetzen.

»Du bist verrückt geworden, Cap'n«, sagte er, als Pinckney ihm seine Einladungskarte überreichte.

»Es ist mein völliger Ernst, Shad«, entgegnete dieser. »Und keine Widerrede! Es wird dir schon gefallen.«

»Überall sonst würde es mir viel besser gefallen.«

Pinny ließ sich nicht erweichen. Immer wieder drang er auf Shad ein. Dann fand er dessen schwache Stelle. Er legte den Anzug seines Vaters auf Shads Bett. Dieser war auf seine Größe umgearbeitet worden, und Shad wußte, daß für Pinckney sein verstorbener Vater alles bedeutete. Den Anzug hätte er vielleicht noch ablehnen können, aber daß er für ihn passend gemacht worden war, machte jeden Widerstand unmöglich. Shad äußerte keine Bedenken mehr, ging zum Barbier und ließ sich Bart und Haare schneiden. Am Abend des Balles blickte er in den hohen Spiegel im Salon und kannte sich selbst kaum wieder. Er hatte einiges zugenommen. Der immer noch stattlich wirkende Frack verlangte von ihm, die gewohnte, zusammengekauerte Haltung aufzugeben. Mühelos streckte er seinen Rücken; stolz und beinahe herrschaftlich sah er aus. Sein struppiges Haar war geglättet worden und hatte durch die Kunstfertigkeit des Barbiers einen blonden Farbton angenommen. Sein kümmerlicher Schnurrbart war in eine geometrisch exakte Form gebracht worden. Die spärlichen Barthaare auf seinem Kinn gab es nicht mehr. Shad sah jetzt aus wie ein richtiger Gentleman.

Pinckneys Kopf erschien hinter ihm im Spiegel. »Na, wie fühlst du dich?« Stolz blickte er auf die stattliche Gestalt vor ihm.

»Nun, ich bin durchaus mit meiner Erscheinung einverstanden. Solange ich keinem verrate, daß kein blaues Blut in meinen Adern fließt...«

»Hör auf damit. Laß uns lieber gehen. Ich muß noch Lavinia und Lucy abholen. Wenn du uns über die Straße kommen siehst, dann gesellst du dich einfach dazu. Bis dahin kannst du dich ja um dieses komische Mädchen kümmern, das sich die ganze Zeit hinter dem Sessel versteckt und nur darauf wartet, dich bewundern zu können.«

Kichernd kroch Lizzie aus ihrem Versteck hervor.

20

»Wie ist das nur möglich, Cap'n?«

»Wie ist was möglich, Shad?«

»Nun, schau selbst. Diese Damen wedeln mit ihren Fächern herum, verdrehen ihre Augen, tanzen und plaudern, als hätten sie nicht die geringsten Sorgen. Dabei habe ich das meiste, was sie einmal besessen haben, zu Geld gemacht, und man mag meinen, es kümmert sie überhaupt nicht.«

Pinckney blickte auf das, was sich vor ihnen abspielte. Alle Bänke und Stühle im langen Ballsaal der South Carolina Hall waren entfernt worden. Den Boden hatte man derart gewachst, daß es gefährlich war, sich zu gewagt auf ihm zu drehen. Am hinteren Ende des Raumes hatte eine Acht-Mann-Kapelle in makellosen Anzügen auf einer mit Blumen gesäumten Plattform Platz genommen. Sie spielte einen Walzer nach dem anderen. Auf den Fensterbänken türmten sich Pfirsichblüten. Jedes Mal, wenn der Wind mit leichtem Hauch in den Raum strich, fielen einige der cremefarbenen Blütenblätter herunter auf den Boden. Mit dunklem Frack gekleidete schwarze Butler verteilten an jedem Ende des langen Tisches aus großen Schalen Punsch. Unzählige Tabletts voller winziger Sandwichs waren auf dem Rest des Tisches aufgebaut. Auf dem breiten, von Säulen gestützten überdachten

Balkon standen die Herren in Gruppen um einen kleineren Tisch herum, an dem Elias mit einem breiten Grinsen hinter einer weiteren Punschschale thronte. Pinckney zündete sich eine dünne Manila-Zigarre an. Er stand mit Shad ebenfalls auf dem Balkon.

»Ich werde so gut es geht versuchen, es dir begreiflich zu machen, Shad. Am leichtesten erfaßt du es wahrscheinlich mit deinem Gespür. Ich würde nicht den Versuch machen, es verstehen zu wollen. Solange ich zurückdenken kann, hat der Cotillion Club diesen Ball in diesem Saal veranstaltet. Jetzt findet wieder einer statt. Das Orchester ist ein bißchen kleiner, die Erfrischungen sind nicht gerade reichlich, die Damen tragen keine neuen Kleider und keinerlei Schmuck, aber alle freuen sich ihres Lebens. Teilweise liegt das daran, daß Charleston immer ein Platz gewesen ist, an dem die Menschen sehr viel vom Frohsinn hielten – ganz anders als in den puritanischen Siedlungen Neu-Englands. Teilweise liegt es auch daran, daß wir so viel Wert auf unsere Traditionen legen. Wir sind unheimlich stolz auf unsere Vorfahren. Und es liegt daran, daß wir in den letzten zwei Jahren etwas zu schätzen gelernt haben, wovon wir gar nicht wußten, daß wir es besitzen, nämlich gute Manieren. In den Geschichtsbüchern ist es genau das, was ›Zivilisation‹ ausmacht. Hier bedeutet es, daß keiner mehr als eines dieser kümmerlichen Sandwichs ißt, damit es so aussieht, als ob es mehr als reichlich zu essen gibt. Früher waren drei oder vier Schinken, Hunderte von Biskuits und etliche Liter köstlichster Austernsuppe sowie ein halbes Dutzend Puten erst der Anfang! Wird dir die ganze Sache allmählich klarer?«

Um Shads wache Augen entstanden unzählige kleine Fältchen. Wie immer brachte Shad auf diese Weise seine Belustigung zum Ausdruck. »Ich kann nicht gerade sagen, daß ich da viel klarer sehe, aber ich kann es durchaus bewundern.« Er wies mit einem Daumen nach hinten. »Die da draußen läßt das Ganze bestimmt nicht unbehelligt.« Auf der unter ihnen liegenden Straße standen Soldaten und in auffälligen Farben gekleidete Zivilisten und blickten nach oben.

Pinckney grinste. »Es ärgert sie maßlos, daß wir uns hier so gut amüsieren. Das erhöht natürlich nur unser Vergnügen. Komm, laß uns zu Elias gehen. Hier draußen dürfen wir rauchen, und Elias verteilt richtigen Punsch mit genügend Branntwein darin, nicht diese wäßrige Brühe von drinnen. Danach sollten wir aber hineingehen, unsere Pflicht erfüllen und den Damen Gesellschaft leisten.«

Wie Pinckney gewußt hatte, ignorierte Shad die verstohlenen Blicke der erwartungsfreudigen Debütantinnen. Pinny hatte mittlerweile gelernt, Shads Instinkt für die unsichtbaren Grenzen, die ihm in seinen Beziehungen zu den Bewohnern Charlestons gesetzt waren, zu vertrauen. Shad wußte ganz genau, wie weit er gehen konnte, auf wen er sich einlassen durfte – und wen er besser mied. Die Debütantinnen, die ihr Interesse an dem gutaussehenden Begleiter Pinckneys nicht verbargen, gehörten eindeutig zu den Menschen, mit denen ein engerer Kontakt nicht angesagt war. Trotzdem war es Pinckney ein besonderes Anliegen, seinem Freund so viel wie möglich von dem zu zeigen, was er selbst an dieser Stadt und dem Leben hier so schätzte. Shad steuerte auf Lucy Anson zu und verbeugte sich linkisch.

»Shad! Wie schön, daß du zu mir kommst. Willst du dich nicht neben mich setzen?« Shad nahm behutsam auf einem zerbrechlich wirkenden Stuhl Platz.

»Nun, gefällt es dir hier, Shad?«

Der junge Mann begriff, daß sie an einer ehrlichen Antwort interessiert war. »Teils, teils«, entgegnete er.

»Welcher Teil gefällt dir denn?«

»Die schöne Seite. Ich habe noch nie eine so zauberhafte Musik gehört. Und ich habe noch nie eine so stattliche Erscheinung abgegeben.« Er staunte über seine eigenen Worte.

Lucy schenkte ihm ein warmes Lächeln. »Ich danke dir für das Vertrauen, das du mir entgegenbringst«, sagte sie ruhig.

»Es ist gerechtfertigt, und ich weiß, daß ich auch dir vertrauen kann.«

Shad fehlten die Worte. »Ja, natürlich«, stammelte er.

»Ich möchte dich um einen großen Gefallen bitten. Ich möchte, daß du so tust, als wärest du ganz fasziniert von mir.«

»Nun, das bin ich auch, Miß Anson.«

Lucy kicherte. Für einen Augenblick wirkte sie so jung wie Lizzie. »Bitte nenn mich nicht Miß Anson. Ich nenne dich ja auch nicht Mr. Simmons. Sag Lucy zu mir und vergiß das ›Sie‹.« Die junge Frau nahm Shads Aufmerksamkeit so dankbar an wie ein ausgedörrter Garten den lange vermißten Regenguß und unterhielt sich mit einer ungewohnten Anteilnahme und Unbefangenheit mit ihm. »Ich hatte jede Hoffnung aufgegeben, hier dabeisein zu können«, erzählte sie ihm, »aber Joshua hat darauf bestanden. Jetzt bin ich ihm unendlich dankbar dafür. Ich wußte gar nicht, wie sehr ich die Gesellschaft anderer Menschen und fröhliche Feste vermißt habe. Du weißt ja, wie es bei mir war. Erst war ich wie all die anderen jungen Mädchen, flirtete und tanzte, und dann war ich urplötzlich eine verheiratete Frau und Mutter. Andrew und ich waren ja noch so jung. Und dann kam der Krieg, und dann – eigentlich ist es sehr egoistisch von mir, wenn ich dem Tanzen nachtrauere und mein Mann kann nicht einmal laufen. Aber ich tue es nun mal. Wie alt bist du eigentlich, Shad?«

»Ich weiß es nicht genau. Ungefähr achtzehn Jahre.«

»Du liebe Güte! Und ich dachte, ich wäre noch jung. Ich werde morgen einundzwanzig!« Sie verzog ihr Gesicht. »Ich glaube, ich finde es schade, daß ich mich jetzt so verhalten müßte wie alle anderen erwachsenen, verheirateten Frauen. Statt dessen sitze ich hier mitten im Trubel mit einem ansehnlichen jungen Mann zusammen und riskiere einen Skandal!«

»Oh, ich möchte Sie nicht in Schwierigkeiten bringen, Lucy!«

»Das tust du auch nicht. Du und Pinckney, ihr seid da sowieso der Damenwelt gegenüber völlig unempfänglich. Schau dir Pinny an. Fast alle jungen Frauen und einige der älteren Damen haben ein Auge auf ihn geworfen, aber er merkt nichts davon.«

»Er ist doch auch so gut wie verheiratet!«

»Sei doch kein Dummkopf, Shad! Schau dir Lavinia an. Wirkt sie denn wie eine Frau, die sich bald mit ihrem geliebten Mann vermählen wird?«

Wenn es irgendwo auf dem Ball einen Skandal geben würde, dann betraf dieser tatsächlich eher das Verhalten Lavinias. Sie genoß es sichtlich, der Kontrolle ihrer Eltern entronnen zu sein; sie machte den Eindruck, sich völlig frei und ungebunden zu fühlen. Sie strahlte etwas aus, das alle Männer in ihren Bann zog. Auch wenn sie nicht genau wußte, was es war: Sie spürte die Macht, die sie besaß, und fühlte sich prächtig. Lavinia war unglaublich verführerisch. Keine der Debütantinnen konnte da mithalten. Etwas von ihrer früheren Unschuld war verschwunden, obwohl sie nach wie vor unwissend war. Unbewußt reagierten auch ältere Männer auf sie. Die jüngeren umkreisten sie wie Motten das Licht. Pinckney hatte keine Sinne für ihren Zauber. Auch Shad reagierte nicht auf sie. Die älteren Frauen, die auf Lavinia aufpassen sollten, waren entsetzt über ihr Verhalten.

Der Ball jedoch wurde dadurch zu einem überaus großen Erfolg. Es gab nichts Besseres als einen handfesten Skandal, über den sich die Bewohner Charlestons noch lange nach einem solchen Ereignis die Mäuler zerreißen konnten. Und es hatte schon so lange keinen mehr gegeben! Shads Anwesenheit war dadurch völlig in Vergessenheit geraten, und er genoß das unerwartete Geschenk, ungestört Freundschaft schließen zu können.

Doch er wußte, daß er in dieser aristokratischen Gesellschaft eigentlich nicht willkommen war, ganz gleich, was Pinckney ihm da einzureden versuchte. Er schwor sich, alle künftigen Einladungen zu solchen Anlässen auszu-

223

schlagen und irgendwann einmal die allerfeinsten Anzüge von allen zu tragen.

Nach dem Ball besorgten Pinckney und Shad sich zwei Pferde und ritten durch das Mondlicht hinaus nach Carlington. Ein kalter Nieselregen hatte eingesetzt. Im frühen, trüben Morgengrauen erreichten sie durchnäßt ihr Ziel. Doch nichts konnte ihre gute Laune dämpfen. Sie hockten am Rande der Grube, der Regen tropfte von ihren Hutkrempen, und sie leerten den Whiskey, den sie mitgebracht hatten. Gemeinsam stießen sie auf die Gründung der Tradd-Simmons Phosphatgesellschaft an. Die Rollen waren wie üblich zwischen ihnen aufgeteilt: Pinckney stellte das Material, Shad verkaufte es. »Die mageren Jahre sind vorbei!« rief Pinny in die grauen Wolken hinein. »Jetzt kann uns nichts mehr aufhalten!«

Es war jedoch, als hätte Pinny das Schicksal herausgefordert. Der Regen, der an diesem Morgen eingesetzt hatte, verstärkte sich; die Sonne war in den nächsten drei Monaten so gut wie gar nicht mehr zu sehen; keiner konnte sich erinnern, jemals eine so lange Regenperiode erlebt zu haben. Die Erbsen und Stangenbohnen verrotteten auf den Feldern, die sich in riesige Schlammpfützen verwandelt hatten. Neue Saat konnte nicht mehr eingebracht werden. In der Stadt konnten irgendwann die Schlucksteine der Kanalisation die Wassermassen auf den Straßen nicht mehr fassen; es gab Überschwemmungen. Der Fluß trat über die Ufer. Carlington war wegen des Hochwassers und der völlig im Morast versunkenen Wege unerreichbar. Pinckney mußte seine Aktivitäten auf den Bereich der Stadt beschränken, obwohl ihn jetzt, wo er eine Möglichkeit sah, Carlington zu retten, nichts mehr in Charleston hielt. Immer wieder verließ er das Haus. Er verbrachte viel Zeit im Pulvermagazin. Dort traf er sich mit anderen Mitgliedern des ›Rifle Clubs‹, mit Männern, die wie er aus ihren Häusern geflüchtet waren und versuchten, gemeinsam das Gefühl des Eingeschlossenseins zu bewältigen. Die Existenz des ›Rifle Clubs‹ war wichtiger denn je. Die

Spannungen zwischen Schwarzen und Weißen erreichten während der Regenmonate einen neuen Höhepunkt.

Die Schwarzen, die in den alten Häusern, die die kleinen Gassen in der Hafengegend säumten, wohnten, waren von den langen Regenwochen besonders stark betroffen. Wenn man sich die ganzen Tage auf der Straße aufhielt, dann machte es nichts, daß sich oft vier oder fünf Menschen ein Zimmer teilten. Jetzt schwelten die Spannungen unter denjenigen, die sich unter undichten Dächern zusammenkauerten. Bald flehten alle inständig um ein Ende des Regens. Die Medizinfrauen, die immer noch alte Formen der Heilkunst und der Beschwörung praktizierten, fanden mehr und mehr Gehör. Von ihnen ging das abstruse Gerücht aus, daß die Ursache für den Regen ein gefangenes Meerlebewesen in der Apotheke der Weißen sei. Der Regen würde erst dann aufhören, wenn es wieder frei käme und zurück in sein natürliches Element, das Wasser, könne.

Eine Stunde, nachdem diese Botschaft die Runde gemacht hatte, drang eine Gruppe aufgebrachter Schwarzer in die Apotheke ein und schlug alles, was dort an Gläsern und Flaschen vorhanden war, kurz und klein. Die Männer des ›Rifle Clubs‹ kamen gerade noch rechtzeitig, um das Schlimmste für den Apotheker, Mr. Trott, zu verhüten. Das einzige Wasserwesen, das gefunden wurde, war ein kleines, in Alkohollösung aufbewahrtes Seepferdchen.

Der Regen gefährdete auch die Baumwollernte im Umland; ein Umstand, der besonders Shad zu schaffen machte. Er verdiente seit längerem gutes Geld damit, Baumwolle aufzukaufen und an die Händler weiterzugeben. Von frühester Kindheit an war ihm dieses Gewerbe vertraut, nur daß er damals zu denen gehörte, die von den Aufkäufern ausgebeutet worden waren. Er wußte genau, wie man aus der Not und Armut der kleinen Bauern auf den Baumwollfeldern seinen Profit ziehen konnte. Der Regen machte auch dieses Geschäft zunichte.

Im Juni brach endlich wieder die Sonne durch die dicken

Wolken. Die Straßen dampften. Rosen, von denen man längst geglaubt hatte, sie wären in den Wassermassen abgestorben, erblühten über Nacht. Shad hielt es nicht länger in der Stadt. Er packte seinen kleinen Koffer, verließ Charleston auf einer der drei neuen Eisenbahnlinien und reiste ins Landesinnere, um in seiner Heimat und auf den Baumwollfeldern nach dem Rechten zu sehen. Was er vorfand, versetzte ihn in nicht geringes Erstaunen.

Während des Winters waren entlang der Eisenbahnlinien einige neue Städte entstanden. Viele Fremde waren in die Gegend gekommen, die während der Kriegszeit Gewinne gemacht hatten und diese jetzt in Baumwollspinnereien investierten. Dadurch war es nicht länger nötig, die Baumwolle nach England zu verschiffen; man konnte sie vor Ort verarbeiten. An Arbeitskräften herrschte kein Mangel. Viele arme Weiße waren froh, in den Spinnereien arbeiten zu können. Dort bekamen sie einen festen Lohn, brauchten sonntags keine Hand zu rühren und hatten eine frisch erstellte Holzhütte als Unterkunft. Zehn Stunden Arbeit am Tag erschien ihnen nach den Plackereien auf den Feldern wie ein Paradies. Am Samstagabend floß der Branntwein in Strömen, am Sonntagmorgen baten alle um die Vergebung ihrer Sünden vom Vortag.

Shad kaufte sich von dem Geld, das er noch besaß, ein Stück Land. Dort wollte er einmal selbst eine Spinnerei aufmachen. Durch das Spinnen konnte man das Tausendfache des Erlöses der Rohbaumwolle erzielen.

Charleston, das traditionell vom Reisanbau lebte, schaute mit Verachtung auf das Treiben in den Baumwollfeldern landeinwärts. Es war ein Gewerbe, mit dem ein ehrenwerter Bürger der Stadt nichts zu tun haben wollte. Auch Pinckney sah das, was er von Shads Aktivitäten mitbekam, mit einigem Mißbehagen. Er hatte vieles von den Vorurteilen aus der Schicht seiner Eltern übernommen, ohne zu wissen, daß er diese Vorurteile hatte oder daß es Vorurteile waren. Auch der Markt und der Handel selbst interessierten ihn herzlich wenig. Shad würde das mit den Leuten regeln, die er im Hotel kennengelernt hatte. Pinckney wollte so schnell wie möglich nach Carlington.

21

Pinckneys Abreise bedeutete für alle im Hause Tradd Veränderungen. Die Person, die darunter am meisten litt, war jedoch jemand, der nicht zum Hause gehörte: Prudence Edwards. Pinckney und sie hatten die Rollen getauscht. Zuletzt war es Pinckney gewesen, der bestimmt hatte, wann ihre heimlichen Rendezvous stattfanden. Prudence war jetzt diejenige, die vom anderen wie besessen war. Während der Regenmonate hatten ihn die wachsenden Spannungen in seinem Haus wieder öfter in ihre Arme getrieben. Dann jedoch war alles abrupt vorbei, und er war fort.

Auch im Hause der Ansons wurde Pinny vermißt. Zwar hatte er Lavinia kaum noch besucht, aber er war seinem Freund Andrew treu geblieben und leistete ihm jeden zweiten oder dritten Tag für eine Weile Gesellschaft. Er hatte ihn dazu ermutigt, seine Studien der Rechtswissenschaft fortzusetzen, obwohl es Andrew nach wie vor sehr schwerfiel. Als Pinckney nicht mehr kam, gab Andrew diese Studien ganz auf. Besonders für seinen Vater war das ein schwerer Schlag. Er und seine Frau fanden nichts, was Andrew neue Kraft geben konnte.

Auch Lizzie hatte sich seit Pinckneys Fortgang verändert. Sie war weinerlich und ungehorsam geworden. Shad war nur selten daheim, er mußte ›sich ums Geld kümmern‹, wie er sich ausdrückte, und kümmerte sich kaum noch um Lizzie. Das kleine Mädchen bemühte sich neuerdings, bei ihrem nachmittäglichen Ausflug in den Park so dreckig wie möglich zu werden.

Eines heißen Nachmittags mitten im Sommer versprach ihr

227

Sophie, eine Fahrt mit der Straßenbahn zu unternehmen.
Lizzie war erst einmal in ihrem Leben mit diesen aufregenden roten Wagen gefahren, und auch nur bis zum nahe gelegenen Park. Sie konnte es kaum abwarten, hineinzuklettern,
und quietschte vor Vergnügen, als der Fahrer die Glocke läutete und die Pferde antrieb. Als Lizzie merkte, daß sie an der
nächsten Station nicht ausstiegen, wurden ihre Augen noch
größer. Was für ein Abenteuer! Broad Street war die Grenze
des Wohnviertels; das kleine Mädchen hatte die anderen
Teile der Stadt noch nie bewußt gesehen. Alles war neu für
sie.

Als die Bahn langsam auf die Meeting Street bog, steigerte
sich ihre Aufregung noch. Überall hatten es die Leute eilig;
geschäftig liefen sie hin und her. Auf beiden Seiten der Straße
wurden neue Gebäude errichtet oder alte ausgebaut. Hammerschläge waren überall zu hören. Männer und Frauen be-
stiegen die Bahn und verließen sie wieder. Keiner schien Zeit
zu haben.

Kurze Zeit später bog die Bahn um eine Kurve, und vor
Lizzies erstaunten Augen lagen die mit Schießscharten versehenen Mauern der großen Zitadelle. Vor ihr, auf dem Exerzierplatz, wurde gerade eine Parade abgehalten. Dumpfe
Trommelwirbel begleiteten die zackigen Bewegungen der
uniformierten Gestalten. Lizzie kauerte sich ängstlich auf ihrem Sitz zusammen und rückte so nah es ging an Sophie
heran. Am hinteren Ende des Platzes hielt die Bahn wieder
an. Sophie bedeutete dem kleinen Mädchen, hier auszustei-
gen. »Nein, ich will aber nicht!« schrie Lizzie. Sophie zog sie
am Oberarm hoch und zerrte sie die Treppen hinab in das
dichte Gedränge auf dem Gehsteig.

Sie bahnte sich einen Weg durch die Menge und zog Lizzie
mit unbarmherzigem Griff hinter sich her. Lizzie kam kaum
mit. Ihre Tränen ließen sie alles nur noch verschwommen
wahrnehmen. Schwitzende Körper berührten sie; der Geruch nach billigem Whiskey kroch ihr in die Nase. Alles war
fremd, bedrohlich und unheimlich. Immer wieder berührten

fremde Hände die bunten Bänder an ihrem Hut oder ihre frisch gestärkte Schürze. Auch ihre helle Hautfarbe und ihr rotes Haar erregten allgemeines Aufsehen. Lizzie kriegte kaum Luft.

Sophie zerrte sie über das holprige Pflaster und einen fast menschenleeren Gehsteig entlang. Dann kamen sie plötzlich zum Stehen. »Sieh dir das genau an«, zischte Sophie. Sie drehte Lizzie zur Straße hin. Gegenüber umgab eine hohe, düstere Ziegelmauer einen leeren Hof. Schwere Eisentore, gekrönt von einer Reihe bedrohlich spitzer Enden waren halb geöffnet. Hinter ihnen konnte Lizzie ein riesiges Steingebäude erkennen. Es wirkte übermächtig und bedrohlich. Das kleine Mädchen begann nach Luft zu schnappen. Sophie rüttelte sie hin und her. »Hör auf damit und hör genau zu, was ich dir sage«, zischte sie. »Du bist ein böses, böses Mädchen, und ich zeige dir, was mit bösen Mädchen passiert. Dieses Haus ist ein Waisenhaus, und dort kommen alle bösen Kinder hin, die sich nicht benehmen können. Willst du wissen, was sie da zu essen bekommen? Einmal am Tag kriegen sie etwas Maisbrei und Wasser. Mehr nicht. Manchmal kriegen sie auch gar nichts. Die waren einmal alle genauso böse wie du, und jetzt müssen sie da auf dem kalten Boden schlafen. Nachts kommen die Flöhe und beißen sie. Und dorthin wird dich deine Mutter schicken, wenn du nicht augenblicklich aufhörst, deine Schürze dreckig zu machen, und nicht genau das machst, was ich dir sage. Haben wir uns da verstanden?«

Lizzie japste. Sophie verdrehte ihr den Arm. »Ich habe dich etwas gefragt! Haben wir uns da verstanden?« Lizzie nickte. »Dann gehen wir jetzt wieder nach Hause. Und erzähl ja keinem etwas davon, daß wir mit der Straßenbahn gefahren sind, sonst kommen die Soldaten und schleppen dich ins Waisenhaus.« Lizzie sackte ohnmächtig in sich zusammen.

»Jessas«, stöhnte Sophie. Dann nahm sie Lizzie auf die Arme und trug sie zurück zur King Street. In der Straßenbahn hatte sie das kleine Mädchen auf dem Schoß und schaukelte es rhythmisch hin und her. Erst kurz vor der Broad Street kam Lizzie wieder zu Bewußtsein. Als das kleine Mädchen die vertrauten Häuser sah, beruhigte sich ihr Atem wieder.

»Ich verspreche dir, von jetzt an immer lieb zu sein, Sophie«, sagte sie. »Aber bitte, bitte, bring mich nie mehr an diesen Platz.«

Nach einigen Tagen stellte Mary Tradd zufrieden fest, daß Lizzie sich besser benahm als jemals zuvor. »Pinny muß sie fürchterlich verwöhnt haben«, behauptete sie jetzt des öfteren.

Pinckney war für Monate in Carlington. Mary blieb nichts anderes übrig, als die Situation in Charleston alleine zu bewältigen. Vielen fiel das durch die verregneten Ernten auf den Plantagen schwerer als je zuvor. Die Kriegswitwen traf es am härtesten. Sie mußten teilweise von ihren ebenfalls ums Überleben kämpfenden Verwandten durchgeschleppt werden. Die Bewohner der Stadt mußten alle etwas enger zusammenrücken. Die Snowdens, selber verwitwet, nahmen eine Hypothek auf ihr Haus auf und mieteten ein kleines Hotel in der Broad Street an. Dieses Gebäude wurde für viele Witwen, die gar nichts mehr hatten, ein neues Zuhause. Jeder schaffte es, mit dem wenigen, das er noch besaß, auch dieses Haus zu unterstützen.

Im September wurde General Sickles von einem neuen Befehlshaber abgelöst. Seitdem wehte ein frischer, rauher Wind durch Charleston. Als erstes wurde eine für alle geltende Sperrstunde eingeführt. Sie galt auch für die Gäste der Hungerpartys, was diesen mittlerweile zu einer lieben Tradition gewordenen Brauch mit dem Gefühl erneuter Demütigung belastete: Alle Gäste mußten jetzt spätestens um neun Uhr wieder zu Hause sein. Wer sich nicht an diese Regelung hielt, auf den wartete eine ungemütliche und schändliche Nacht in der Arrestzelle. Die Männer der ›Rifle Clubs‹ wurden zu reinen Befehlsempfängern degradiert; jegliche Eigen-

230

initiative war ihnen untersagt. Kurze Zeit nach seinem Amts-
antritt entschloß sich General Canby, in das Haus von Miles
Brewton zu ziehen, da ihm die Wohnung von Julia Ashley
nicht stattlich genug war. Mit diesem Schritt versetzte er
dem gesellschaftlichen Leben Charlestons einen schweren
Schlag. Sally Brewton verließ die Stadt und ging nach England zu ihrem Mann. Die Wache vor ihrem Haus erinnerte
alle ständig daran, wer in dieser Stadt eigentlich das Sagen
hatte.

Mary Tradd bat Pinckney in ihren Briefen inständig, wieder in die Stadt zu kommen und sie zu unterstützen, aber
Pinckney mußte schließlich die Arbeiten in Carlington voran-
treiben und brauchte dazu Abgeschiedenheit. Alle lebten sie
ja von den in der Erde verborgenen Schätzen des alten Fami-
liengrundes. Pinckney drehte sich das Herz um, wenn er
daran dachte, daß diese Erde, die seine Vorfahren ernährt
und ihnen als letzte Ruhestätte gedient hatte, jetzt aufgerissen und durchwühlt wurde, nur um an die darunterliegen-
den Schätze zu kommen. Außerdem versuchte er, seine regelmäßigen Fieberattacken zu vertuschen.

Auch Shad bestellte er nur dann nach Carlington, wenn er
wußte, daß er gesund sein würde. Jeden dritten Tag nämlich
ließ ihn das Sumpffieber nachmittags ermattet auf sein Lager
sinken. Schüttelfrost begleitete sein hohes Fieber; Cudjo
stand ihm in diesen schweren Stunden zur Seite. Irgendwann fielen sie dann beide in einen erschöpften Schlaf.

Doch im November traf Shad ganz ohne Vorwarnung in
Carlington ein. Er hielt den Vertrag in der Hand, der ihnen
gutes Geld einbringen würde, und hatte eine Flasche Champagner dabei, mit der er mit Pinckney anstoßen wollte.

Cudjo wollte ihn schon vor der Tür abfangen, aber Shad
hörte die schweren Atemzüge seines Freundes und stieß
Cudjo zur Seite. Er betrat den großen, schattigen Raum, in
dem Anson Tradd einmal mit seinem Sohn über das Tintenfaß verhandelt hatte. Pinckney erkannte seinen Freund und
versuchte sich aufzurichten. Die Muskelzuckungen waren

231

jedoch stärker als sein Wille; schwer fiel er auf das schweiß-
durchtränkte Laken zurück. Sein Gesicht war aschfahl; auch
konnte er nichts gegen das heftige Klappern seiner Zähne
unternehmen. Shad kniete am Bett nieder und hielt seine
Hand. Alles Blut war aus ihr gewichen, die Fingernägel hatten sich blau verfärbt. »Mein Gott, er stirbt ja!« rief Shad aus.

»Morgen früh ist er wieder auf den Beinen«, beruhigte ihn
Cudjo.

Shad konnte es ihm nicht glauben. Er blieb an Pinckneys
Seite, bis dessen Fieber langsam schwächer wurde. Irgendwann ging es dann ganz zurück. Pinckney war sehr geschwächt, aber klar. »Warum bist du heute gekommen?«
fragte er Shad. »Und schau mich gefälligst nicht so mitleidig
an. Ich habe ein bißchen Schüttelfrost, das ist alles. Ich brauche ein wenig Ruhe, und morgen bin ich wieder ganz der
alte. Laß dir von Cudjo dein Bett zeigen.« Pinckney schloß
die Augen und war sofort eingeschlafen. Shad beleuchtete
sein Gesicht. Pinny sah wieder erstaunlich gesund aus, aber
diese Nacht wich Shad nicht von seiner Seite.

Bei Tagesanbruch erwachte Pinckney und war so kraftvoll
wie immer. Shad war irritiert. »Was ist nur mit dir los?«

»Nun, ich habe wie immer erst gehandelt, und dann den
Preis dafür gezahlt. Irgendwie dachte ich, das Sumpffieber
könne mir nichts anhaben. Ich wußte zwar, daß jeder Weiße
daran erkrankt, wenn er sich hier im Sommer aufhält, aber
ich konnte nach dem langen Regen einfach nicht noch länger
warten. Nun, da hat es mich eben auch erwischt.«

»Gibt es denn nichts, was du dagegen tun kannst?«

»Es gibt ein Mittel aus der Rinde eines peruanischen Baumes, das das Fieber dämpft und die Schmerzen vertreibt,
aber es ist alle.«

»Bist du denn noch bei Sinnen? Du kommst jetzt mit in die
Stadt, und wenn ich dich an den Haaren hier herauszerren
muß! So wirst du ja nie gesund!« Pinckneys lautstarker Protest verhallte ungehört. Eigentlich gab es für ihn auch kaum
noch etwas zu tun. Dort, wo die Phosphatvorkommen nahe

232

an der Oberfläche lagen, waren sie bereits freigelegt. Es war jetzt auch genau bekannt, in welcher Richtung man weitergraben mußte, und es gab genug Phosphat, um alle jahrelang in Atem zu halten.

Auch die alte Hüttensiedlung der Sklaven war wiederaufgebaut worden; die Fassade des Hauptgebäudes glänzte in frischem Weiß. Drei Räume waren schon mit neuen Fenstern versehen. Alles war vorbereitet. Man hätte direkt neue Arbeitskräfte anheuern und dann mit der Produktion beginnen können. Vor Neujahr würde es jedoch unmöglich sein, irgend jemanden einzustellen. Zu diesem Zeitpunkt traten nämlich neue Gesetze in Kraft, nach denen die Schwarzen zu den gleichen Bedingungen wie die Weißen eingestellt werden mußten. Keiner würde sich so kurz vor diesem Tag noch einstellen lassen.

In der Stadt versorgte Dr. Trott Pinckney mit dem nötigen Chinin. Dieser nahm das Anderthalbfache der verschriebenen Dosis und erreichte dadurch für einige Zeit ein Ende der Fieberattacken. Doch Entspannung gönnte er sich nicht. Er inspizierte die von Shad eingekauften und für Carlington bestimmten Güter, wollte Freunde und Familie besuchen und mußte seiner Tante Julia, der ihr altes Haus wiedergegeben worden war, und Lavinia einen Besuch abstatten. Bei beiden Frauen warteten schockierende Neuigkeiten auf ihn.

Lavinia wollte das Datum für ihre Hochzeit festsetzen lassen. »Schließlich«, meinte sie mit gekünstelter Ehrbarkeit, »sind wir dieses Jahr Weihnachten seit vier Jahren so gut wie verlobt. Ich habe volles Verständnis dafür, daß es eine so lange Zeit gewesen ist. Papa hat mir erklärt, daß du ja erst einmal sehen mußt, wie du eine Familie ernähren kannst. Du kannst dir sicher sein, daß ich das voll verstehe und dich dafür nur um so mehr liebe. Aber es fällt mir schwer, zu sehen, wie sich alle auf dich stützen und du dich so tapfer abmühst, ohne selbst Unterstützung zu finden. Ich möchte nichts sehnlicher, als diejenige zu sein, die dich umsorgt und deine

Last teilt. Daß ich das bisher nicht konnte, war auch der Grund dafür, daß ich so gemein zu dir war.«

Ihre großen blauen Augen sahen ihn flehend an. Sie standen voller Tränen. Pinckney stammelte eine unverständliche Antwort. Lavinia legte ihm ihre zarten Arme um den Hals und hauchte einen jungfräulichen Kuß auf seine Wange. »Oh, mein liebster Gatte, mein Engel«, wisperte sie in sein Ohr. »Ich wußte, daß du mir nicht mehr böse bist! Auch ich werde dir nie wieder böse sein, was du auch tun magst!« Sie ließ ihn wieder los und kuschelte sich an seine Schulter. Lächelnd sah sie zu ihm hoch. »Papa hat mir auch erzählt, daß ihr mit dem Zeug, das ihr da aus dem Boden holt, richtig gute Geschäfte macht. Wie schlau von dir, den Yankees ein paar alte Steine anzudrehen! Jetzt steht unserer Hochzeit nichts mehr im Wege. Ich glaube, du machst mich zur glücklichsten Frau der Welt.«

Pinckney klammerte sich an die letzte Rettung, die ihm noch verfügbar schien. »Ich muß noch mit deinem Vater darüber sprechen«, sagte er hastig.

»Natürlich. Aber nicht gerade jetzt, Liebster. Er ist gerade mit Mama in die Charlotte Street zurückgezogen und völlig aufgebracht über die Schäden, die die Yankees dort angerichtet haben. Ich würde ihm im Moment aus dem Weg gehen.«

Jeder denkbare Aufschub konnte Pinckney nur recht sein. Er willigte ein, eine Weile damit zu warten, Joshua Anson bezüglich der Heirat anzusprechen, und merkte dabei gar nicht, daß er damit Lavinia indirekt sein Jawort zur Hochzeit gegeben hatte.

Einige Tage später traf er ihren Vater, aber es ergab sich keine Möglichkeit zu einem Gespräch. Beide wurden Zeugen eines erbitterten Streites zwischen Emma Anson und Julia Ashley. Der Grund dafür lag in Julias Plan, das Haus zu vermieten, und zwar nicht als Ganzes, sondern Zimmer für Zimmer. »Zum einen hat der Regen sämtliche Erträge aus dem Reisanbau für dieses Jahr zunichte gemacht«, begründete sie ihre Entscheidung. »Ich brauche also Geld. Zum anderen muß ich sowieso das ganze Jahr über auf dem Landgut anwesend sein, um nach dem Rechten zu sehen. Und schließlich hat sich auch die Stadt verändert. In der Oberstadt wohnen ja nur noch Schwarze und arme Weiße. Wenn ich das Haus schon vermieten muß, dann kann ich es auch an die vermieten, die es haben wollen. Ich habe einem Makler das ganze Geschäft übertragen. Wir vermieten jeder Familie ein Zimmer. Im Hauptgebäude wohnen nur Weiße, in den Nebengebäuden nur Schwarze.«

Mrs. Anson geriet so in Rage, daß die beiden Männer hilflos danebenstanden und keine Möglichkeit hatten einzugreifen. »Joshua hat mir dieses Haus zur Hochzeit geschenkt«, rief Emma. »Jeden Tag haben wir unter diesem Dach verbracht, bis die Yankees es uns gestohlen haben. Und jetzt, da sie es uns wieder zurückgeben, will ich auch jeden weiteren Tag unter diesem Dach verbringen!«

Julia jedoch ließ sich nicht erweichen. Sie stand mit ihrem Vorhaben auch nicht allein da. Die Stadt veränderte sich tatsächlich. Die Einwohner zogen sich vor den ständigen Demütigungen und der immerwährenden Bedrohung unbewußt auf das Gebiet zurück, das jenseits einer Verteidigungslinie lag, die die ersten Siedler der Stadt gegen die Gefahren von außen errichtet hatten. Broad Street bildete diese unsichtbare Grenze. Alles, was weiter nördlich lag, überließ man den Eindringlingen. Das wirkliche Charleston lag erst südlich davon, und solange man die alten Traditionen weiterführen konnte, würde man schon nicht untergehen. Und diese Traditionen ließen sich am besten dort weiterführen, wo sie ihren Ursprung hatten.

Pinckney wirkte die Tage nach dem Streit sehr niedergeschlagen. Er machte die hohen Dosen Chinin dafür verantwortlich. Sonst, sagte er sich, stand doch alles gar nicht so schlecht. Bald würde Carlington einen regelmäßigen Ertrag abwerfen. Lizzie war zwar nicht so zutraulich wie sonst, aber brav, und ihr Benehmen gab keinerlei Grund zu Beanstandungen. Julia genoß nach ihrer langen Abgeschiedenheit auf dem Landgut die Geselligkeit der Stadt und hatte vieles von ihren anstrengenden Eigenschaften verloren. Pinckney war es fast entfallen, wie intelligent und klug seine Tante sein konnte. Er lauschte fasziniert, wenn sie etwas über den Reisanbau erzählte, und war sehr interessiert daran, mehr über das Leben der Menschen zu erfahren, die das taten, was auch seine Vorfahren generationenlang getan hatten und was normalerweise auch zum Mittelpunkt seines Lebens geworden wäre. Ihre Erzählungen gestatteten es ihm, einen Rückblick auf das Leben zu nehmen, das er damals als Kind selbst miterlebt, aber für selbstverständlich gehalten hatte.

Es betrübte Pinckney, daß selbst die regelmäßige Einnahme von Chinin ihn nicht auf Dauer von seinen Fieberanfällen befreien konnte. Regelrecht beunruhigt war er jedoch von der Aussicht, bald mit Lavinia verheiratet zu sein.

22

Bald jedoch kehrte sein alter Optimismus wieder zurück. Er hatte viel zu erledigen gehabt, und die Aktivitäten hatten viel zu seiner guten Laune beigetragen. Zu Hause lief Mary an diesem Abend aufgeregt hin und her und gab das Bild einer klassischen, überängstlichen Mutter ab. Es war Mittwoch, der Abend, an dem Stuart zur Tanzschule ging; sein Bad war gerichtet, aber der Junge nicht da. »Es ist doch erst sechs Uhr!« meinte Pinckney. »Er wird schon rechtzeitig kommen.« Doch seine Mutter ignorierte seine Worte.

»Wo steckt der Junge nur? Nie ist er da, wo er sein soll. Stuart!«

Doch Stuart konnte seine Mutter nicht hören. Die frühe Dunkelheit der Wintertage hatte dazu geführt, daß die heimlichen Aktivitäten seines Clubs einen immer größeren Raum einnahmen. Der Abenteuerdurst der jungen Burschen war ungebrochen, und sie schoben sich durch die Ruinen ausgebrannter Gebäude und die unvollendeten Bauten der gerade neu errichteten Häuser immer näher ans Zentrum der militärischen Aktivitäten der Unionstruppen heran: an die Zitadelle. Alex war der Anführer der Gruppe, aber Stuart war es gewesen, der alles ausgeheckt hatte. Und mit Stolz sah Stuart, daß es nicht mehr lange dauern würde, bis es ihnen möglich sein würde, völlig unentdeckt bis zum großen Platz vorzudringen. Sie hatten bereits herausgefunden, wann die Patrouillen ihre Runden drehten. Morgen sollte Stuarts großer Tag sein.

Er würde sich wie gewohnt um das Arsenal herumtreiben. Stuart wußte nicht genau, wer morgen Wache hatte, aber Pinny war es mit Sicherheit nicht. Wenn die anderen vom Club die diensthabenden Männer ablenkten, würde seine Stunde gekommen sein, denn er würde hinter dem Rücken der Wache das Schießpulver aus dem Arsenal stehlen.

Auf ihn würden dann die anderen warten, nicht auf Alex. Noch bevor sie dann zum Abendessen daheim sein mußten, wollten sie die Bombe basteln. Auf ihren geheimen Wegen würden sie sich an den Platz mit der Zitadelle heranpirschen, einen günstigen Moment abwarten, die Bombe zünden und durch das offene Fenster des Arsenals werfen. Alles würde so schnell passieren, daß die Yankees keine Möglichkeiten hatten, ihr Vorhaben zu vereiteln.

»Mach schon, Stuart. Da kommen Leute!« Alex zerrte an seinem Arm. Stuart riß sich aus seinen heldenhaften Träumereien und schaute nach unten. Alex war schon hinabgeklettert. »Schnell«, sagte er und rannte davon.

Der Gesang kehliger Stimmen ließ Stuart seinen Kopf wenden. Fast direkt unter ihm marschierte eine Gruppe angeheiterter Schwarzer im Takt ihrer eigenen Stimmen. »John Brown's body...« Die Fackel, die einer von ihnen in den Händen hielt, warf grotesk hin und her zuckende Schatten auf die Männer und die Baustelle, in der Stuart sich versteckt hielt. Der Junge hatte keine Möglichkeit mehr, zu entkommen, und verharrte regungslos in seiner Nische.

237

»Hey! Wen haben wir denn da?« Der Mann mit der Fackel stoppte. »Schau an, einen kleinen komischen Vogel mit rotem Haar!« Er hielt die Fackel höher; das Licht fiel direkt auf Stuart. Der Junge versuchte, sich weiter in die Mauernische hineinzudrücken.

Grölend durchbrachen die Schwarzen die notdürftige Einfriedung des Bauplatzes. Stuarts Füße hatten kaum den Boden berührt, da legte sich ihm ein muskulöser Arm um den Hals. Die Fackel loderte bedrohlich vor ihm auf.

»Schaut mal, was ich hier gefunden habe!« Der Schwarze grinste. »Einen kleinen Weißen! Was hast du denn hier zu suchen? Weißt du etwa nicht, daß die Nacht nur für uns Schwarze da ist? Hat deine liebe Mama dir denn gar nicht erzählt, daß du besser zu Hause bleibst, wenn es dunkel wird?«

»Ich glaube, dieser böse Junge hört nicht auf seine Mama«, sagte ein anderer, lehnte sich zu Stuart herunter und stierte ihm ins Gesicht. Der kleine Junge wand sich verzweifelt im unbarmherzigen Griff. »Er hört auf nichts und niemanden. Ich glaube, er hat eine kräftige Abreibung von seinem Papa verdient.«

»Vielleicht ist sein Papa ja im Krieg gestorben!« Das falsche Lächeln ließ Stuart erschauern. »Vielleicht hat ja die Armee seinen armen Papa gefangen und am Spieß geröstet!« Mit einem Ruck wurde Stuart die Fackel direkt vor die Nase gehalten. Stuart fühlte einen sengenden Schmerz auf der rechten Seite seines Kopfes. Der Mann, der ihn festhielt, stieß die Fackel weg.

»Du mußt ihn ja nicht gleich anzünden, Toby. Ich glaube, er hat einfach eine Tracht Prügel verdient. Das reicht. Wir wollen ja, daß er sich bessert. Wir sollten dem Weißen zeigen, wer hier das Sagen hat, und zwar so, wie wir es von ihnen gezeigt bekommen haben. Gleiches Recht für alle.« Ein harter Schlag traf Stuarts Hinterkopf. Der Junge taumelte in den Kreis hinein, den die Männer um ihn herum bildeten. Es gab kein Entrinnen.

Unbarmherzig kamen die Fäuste von allen Seiten, schlugen auf seine schützend erhobenen Arme, seine Rippen, sein Gesicht ein, trafen seine Ohren, seinen Bauch, seine Nieren, seine Zähne. Dunkelrotes Blut tropfte in unregelmäßigem Muster auf die hellen Bretter der Baustelle. Wie aus einer anderen Welt hörte Stuart Fußtritte heraneilen. Männerstimmen riefen sich etwas zu. Plötzlich hörten die Schläge auf. Stuart sackte auf den Boden. Gerettet! Er war gerettet! Er zwang sich, seine geschwollenen, blutverschmierten Augen zu öffnen. Verschwommen sah er die aufgerissenen Augen seines Freundes Alex. Er versuchte, etwas zu sagen, aber plötzlich wurde es Nacht um ihn.

Rasch ging Elias durch den Eingang der Archer Hall. Er stellte zufrieden fest, daß sich doppelt so viele Menschen wie sonst hier eingefunden hatten. Das bedeutete neue Mitglieder für die Union League. Elias gehörte ihr jetzt seit über einem Jahr an. Erfreut konnten die Mitglieder der League beobachten, daß die Weißen ihre alten Machtpositionen nicht mehr zurückgewannen. Seit Pinckney und Tante Julia wieder im Hause waren, hatte Elias aufmerksam zugehört, wenn sie bei ihren Gesprächen politische Themen anschnitten. Nach dem, was er da mitbekommen hatte, sahen die Weißen keine Möglichkeit mehr, die neue Verfassung, die im Januar in Kraft treten würde, aufzuhalten. Elias wußte, daß damit ein wichtiger Sieg für alle Schwarzen errungen war. Dann würden es nämlich Schwarze sein, die bestimmten, was geschah. Jeder Weiße und jeder Schwarze hatten jeweils eine Stimme. Die Weißen würden einfach überstimmt werden. Schwarze machten dann die Gesetze; keiner würde es mehr wagen, einen Schwarzen ins Gefängnis zu bringen. Und alles, was sie dafür tun mußten, war einfach, die Republikaner zu wählen. So hatten es ihm zumindest die Männer der Union League erzählt.

Er grüßte einige Leute, die er vom Sehen kannte. Sie erzählten ihm den Grund für die Anwesenheit der vielen Menschen. Daddy Cain hatte zugesagt, heute abend zu ihnen zu sprechen! Elias klatschte in die Hände vor Aufregung. Daddy Cains Name war in aller Munde, aber er war meistens woanders unterwegs, um seine Reden zu halten, und Elias hatte ihn selbst noch nie getroffen. Er drängte sich weiter in den Raum hinein. Wie immer stand dort ein Altar, geschmückt mit der Flagge der Vereinigten Staaten. Auf ihm lag eine aufgeschlagene Bibel, ferner jeweils eine Kopie der neuen Verfassung und der Unabhängigkeitserklärung. Hinter diesem Altar würde Daddy Cain zu ihnen sprechen. Elias schob sich so nahe wie möglich an ihn heran.

Immer wieder öffneten und schlossen sich die Türen. Die Versammlung war heimlich organisiert worden. Die Mitglieder der Union League verständigten sich auf der Straße nur mit Zeichen. Nachts waren Ort und Zeit des Treffens durch Elias offenes Fenster geflüstert worden. Doch das Aufregendste stand ihm noch bevor. Elias konnte die Spannung spüren, die im Raum lag. Es war soweit. Mit einem Schlag gingen alle Lichter aus. Hinter dem Altar entzündete jemand die Freiheitsfackel. »John Brown's body...«, erklang es. Alle stimmten ein, klatschten in die Hände und stampften mit den Füßen zu den vertrauten Klängen.

Aus dem Schatten in der Nähe des Feuers drang auf einmal eine neue Stimme, heller und kräftiger als die der anderen im Raum. Und dann sprang mit einem Satz ein großer Mann in einem flammendroten Gewand ins Licht. Daddy Cain! Er hielt seine Arme hoch in die Luft; die weiten Ärmel flatterten hin und her wie lodernde Flammen.

»Guter Gott«, stöhnte Elias. Die geweiteten Augen fielen ihm fast aus dem Kopf vor Erstaunen.

»Brüder und Schwestern!« rief die kräftige Stimme. Sie klang jetzt etwas tiefer. »Wißt ihr, wer ich bin? Ich sagte, wißt ihr, wer ich bin, Brüder?«

»Ja, ja, ja, Bruder«, kam es aus der Menge.

»Sie nennen mich ›Daddy Cain‹! Erkennt ihr mich, Brüder?«

»Ja! Daddy Cain! Daddy Cain!«

»Aber ich habe noch andere Namen, Namen, die keiner kennt. Wollt ihr wissen, wie man mich noch nennt?«

»Ja, ja, Bruder! Sag's uns, Bruder!«

»Man nennt mich ›die Rache‹. Man nennt mich ›das Blut‹. Man nennt mich ›den Tod‹. Das und noch viel mehr. Wollt ihr alles wissen?«

»Ja!« Die Antwort war ein einziger Aufschrei.

»Man nennt mich ›Nigger‹, man nennt mich ›Sklave‹, man nennt mich ›Laufbursche‹.«

»Nein, nein! Niemals!« Man hörte vereinzeltes Schluchzen.

»Man nennt mich ›das Blut‹!« Das Klatschen fing an.

»Ja, ja.« Tosendes, rhythmisches Klatschen.

»Man nennt mich ›den Tod‹!« Das Klatschen wurde lauter.

»Ja! Genau! So ist's!« Das Klatschen schwoll weiter an. Vereinzelt hörte man Fußstampfen.

»Man nennt mich ›die Rache‹!« Das Fußstampfen wurde lauter.

»Ja, ja!« Das dröhnende Fußstampfen übertönte das Händeklatschen.

»Man nennt mich ›Daddy Cain‹! Daddy Cain! Sprecht mir nach! Daddy Cain!«

»Ja! Großer Gott, ja! Daddy Cain! Daddy Cain!« Der Raum erzitterte unter dem Donner der stampfenden Füße.

Daddy Cain griff sich eine lodernde Fackel und hielt sie über seinen Kopf. Durch eine Bewegung seiner anderen Hand fiel der Raum in tiefes Schweigen. »Brüder und Schwestern«, stöhnte er auf. »Seht das Kainszeichen! Ich trage das Kainsmal! So wie Kain, der seinen Bruder Abel erschlug, vom gerechten Zorn des Herrn getroffen wurde und für immer gezeichnet war, so bin ich vom Herrn gezeichnet, um zu einem Symbol des gerechten Zorns meiner Brüder und Schwestern zu werden. Schaut her zu mir. Schaut in dieses Gesicht, meine Brüder und Schwestern; schaut es euch genau an. Seht die Schande! Es ist das Gesicht eines Weißen. Es ist das Ge-

241

sicht einer Sünde, die nie vergeben wird.« Die lodernde
Flamme erhellte sein bleiches, scharf geschnittenes Gesicht.
Die Flammen spiegelten sich in seinen großen Augen, die dadurch einen dämonischen Ausdruck bekamen. Die Menge
stöhnte auf und fing an, sich hin und her zu wiegen.

»Habt Mitleid mit mir!«

Schluchzen und Klagen erfüllte den Raum. Irgendwo
schrie eine Frau laut auf.

Der rote Arm schuf erneut Stille. »Wißt ihr, wie es zu diesem Gesicht, diesem Kainszeichen, gekommen ist? Ihr wißt
es! Ihr wißt es alle! Habe ich es vielleicht von meinem Vater
bekommen? Nein! Oder gar von meiner Mutter? Nein! Es ist
das Gesicht eines Weißen und das Gesicht seines Vaters und
Vatersvaters.

Wie ist das geschehen? Ihr wißt, wie es geschah. Ich weiß
es; wir alle wissen es. Als der weiße Mann sich meine Mutter
genommen hat, hat er sie etwa gefragt, ob sie will? Nein! Als
sein Vater die Mutter meiner Mutter genommen hat, hat der
sie etwa gefragt, ob sie will? Und mein Vater, und der Vater
meines Vaters, als er sah, wie der weiße Mann seine Frau
nahm, konnte der etwa ›nein!‹ sagen? Nun? Konnte er ›nein‹
sagen?«

»Nein! Konnte er nicht!« klang es aus vielen Kehlen.

»Konnte er vielleicht sagen: ›Laß meine Frau in Ruhe‹?«

»Nein!«

»Und wenn dann das Baby kam, das Mulattenkind, der Bastard, das Kind mit dem weißen Schandmal auf seiner Stirn,
konnte da mein Vater sagen: ›Weißer Mann, nimm dieses
Kind, ich habe nichts damit zu tun‹? Konnte mein Vater das
sagen?«

»Nein!«

»Konnte euer Vater das sagen?«

»Nein!«

»Brüder und Schwestern! Können wir es denn jetzt sagen?
Können wir ihnen jetzt sagen: ›Laßt unsere Frauen in
Ruhe‹?«

»Ja! Gelobt sei Gott! Ja!«

»Ja! Wir können es jetzt sagen. Und wir sagen es auch! Wir schreien es dem weißen Mann ins Gesicht: Jetzt ist die Zeit der Vergeltung! Hier, seht unsere Schande. Der weiße Mann wird das, was er uns angetan hat, nicht leugnen können. Hier kann er es immer sehen! Er wird das Kainszeichen im flammenden Licht der Fackeln erkennen! Er wird es sehen und wissen, was es bedeutet. Nie mehr wird er unsere Frauen anrühren wollen! Überall ist Kain. Das Feuer, das von Fackel zu Fackel getragen wird, wird ihm das Kainszeichen zeigen. Das Feuer wird ihn reinigen. Feuer ist das Zeichen Gottes. Die Kinder Israels folgten einer Flammensäule. Feuer! Das Feuer wird die Schande wegbrennen. Feuer! Zündet es an! Verbrennt die Häuser des weißen Mannes! Verbrennt seine Ernten! Verbrennt den weißen Mann! Ich sage euch, ich schwöre euch: Der Tag der Vergeltung, der Tag des Gerichtes ist nahe, der Tag des Feuers. Der Tag, an dem unsere Schmach getilgt sein wird. Der Tag, an dem wir Gerechtigkeit bekommen. Der Tag des Blutes. Der Tag des Todes. Der Tag Kains.

Folgt mir, Brüder und Schwestern. Folgt mir zum Feuer der Freiheit! Folgt mir nach!«

Die Menge drängte nach vorne, sang, schrie, stampfte mit den Füßen und rief die Erkennungsworte der Union League.

»Freiheit!«

»Lincoln!«

»League!«

Sie brüllten, bis sie heiser waren. Dann hob Daddy Cain dankend beide Hände. Und sie sprachen ihm nach und schworen alle, die Republikaner zu wählen.

Elias drängte mit den anderen auf die Straße. Er konnte kaum gehen. Der Schock saß ihm noch tief in den Knochen. Das Gesicht Daddy Cains war ihm bestens bekannt! Die Haut war zwar dunkler und die Gesichtszüge älter, aber sonst war es genau das Gesicht von Alex Wentworth!

Elias fuhr mit der Straßenbahn zurück. »O Gott«, flehte er. »Laß es nicht zu, daß Mist' Pinckney mich fragt, wo ich gewesen bin!«

Keiner stellte ihm irgendwelche Fragen oder bemerkte überhaupt, daß er weggewesen war. Die anderen Schwarzen hielten sich in der Küche auf. Lizzie war in ihrem Zimmer und wurde gerade von Shad in den Schlaf gewiegt. Mary und Pinckney und Julia waren im Krankenhaus bei Stuart.

Drei Wochen kämpfte Stuart mit dem Tod. Die meiste Zeit lag er im Koma; kam er zu Bewußtsein, waren die Schmerzen so stark, daß ihm sofort Laudanum verabreicht werden mußte, um zu verhindern, daß er sich hin und her wälzte und seine mühsam gerichteten Knochen erneut schädigte. Zwei Tage vor Heiligabend konnte er dann endlich wieder nach Hause.

Julia hatte bis dahin beschlossen, ihn und Lizzie im neuen Jahr mit auf ihr Landgut zu nehmen. Auf ihre herrschaftliche Art gab sie ihre Entscheidung bekannt. »Der Junge muß unbedingt in eine andere Umgebung kommen. Ich nehme auch Lizzie mit. Sie muß endlich anständig erzogen werden, eine Sache, die ihre Mutter nie zuwege bringen wird.« Mary protestierte und brach in Tränen aus. Doch Pinckney ergriff überraschend Julias Partei. Er dachte an seine eigene goldene Kindheit und Jugendzeit auf dem Landgut der Familie Tradd zurück. Wenn er selbst seinem Bruder und seiner Schwester dieses Leben schon nicht in Carlington bieten konnte, dann würde Ashley Barony dem am nächsten kommen. Diese Kinder hatten ein Recht auf dieses Leben. Von Geburt an.

Buch Vier

1868–1875

23

Die beiden Kinder verbrachten das ganze nächste Jahr auf
dem Landgut der Familie Ashley. Für Stuart war es ein Jahr
der Heilung, sowohl des Körpers als auch der unsichtbaren
Wunden, die er davongetragen hatte. Er hatte bis zum Alter
von acht Jahren das ruhige Leben auf den Feldern miterlebt.
Dann begann der Krieg, und sein Vater und sein Bruder ließen ihn in einer zerfallenden Welt bei den Frauen und zwischen den herunterheulenden Geschossen zurück. Das Leben auf Ashley Barony folgte dem Rhythmus der Jahreszeiten, dem Auf und Ab des Flusses und dem ewigen Kreislauf
von Wachsen und Reifen, Ernten und Säen. Diese starke Na-
turverbundenheit war das, was Stuart aus dieser Zeit im Gedächtnis behalten hatte, und sie verband sich für ihn mit einem Gefühl des Glücks, der Liebe und der Sicherheit. Die
Reise zum Landgut war für ihn wie eine Rückkehr in den
Garten Eden.

Lizzie konnte sich nicht mehr an Carlington erinnern; sie
hatte diesen Ort verlassen, bevor sie zwei Jahre alt geworden
war. Für sie waren die Reisfelder eine völlig neue Welt; ein
Märchenland mit weiten Horizonten und den schillernden
Farben der Pfauen, die auf dem Rasenstück zwischen dem
Haus und dem Fluß herumstolzierten. Als sie gehört hatte,
daß sie woanders hinziehen sollte, war sie zunächst entsetzt
darüber, ihr Zuhause verlassen zu müssen. Sie hatte Angst
vor der strengen Tante Julia und fürchtete sich vor Sophie.
Auf der langsamen Bootsfahrt den Fluß hinauf hockte das
kleine Mädchen mit geschlossenen Augen da, wollte nichts
sehen und nichts hören, fror in der kalten Winterluft und war
der festen Überzeugung, daß Ashley Barony mindestens so
schrecklich sein würde wie das Waisenhaus. Und dabei hatte
sie sich in letzter Zeit doch so gut benommen! Als das Boot

sanft gegen den Landungssteg stieß, öffnete sie ihre Augen und sah in einiger Entfernung ein einladendes Ziegelgebäude. Zwei Pfauen, die sich von dem ganzen Lärm gestört fühlten, schritten majestätisch über den Rasen und zogen ihre langen Schwanzfedern hinter sich her. Dann hielten sie inne und schlugen wie auf ein geheimes Kommando hin beide gleichzeitig ein Rad. Lizzie, die völlig gebannt auf die Vögel starrte, war sich von diesem Moment an sicher, ein verwunschenes Land zu betreten.

Das von Julia gehortete Gold hatte es möglich gemacht, auf dem Landgut die Zeit fast völlig stillstehen zu lassen. Es gab natürlich Unterschiede zum Leben früher, aber diese Unterschiede waren nur gradueller und nicht grundsätzlicher Natur. Das Landgut der Ashleys war tatsächlich eine kleine Insel wohlgeordneter Schönheit, denn immerhin war es das einzige Landgut, das Shermans Armee nicht heimgesucht hatte.

Direkt nach ihrer Ankunft gab Julia bekannt, wie sie sich das Zusammenleben vorstellte. »Lizzie wird nach einem regelmäßigen Stundenplan alles lernen, was ihre Mutter ihr nicht beibringen konnte. Und sie wird lernen, sich wie eine richtige Dame zu benehmen. Stuart wird die meiste Zeit im Freien verbringen. Das wird seinem Körper am besten bekommen.«

Am nächsten Tag nahm Julia die beiden mit auf ihre tägliche Inspektionstour. Wegen Stuarts Verletzungen konnten sie nicht reiten, sondern mußten sich mit einem kleinen Pferdewagen fortbewegen.

Als erstes inspizierte Julia das kleine Sommerhaus. Sie zeigte auf die kleinen Kästen, die überall ringsherum an den Nadelbäumen hingen. »Die Yankees zapfen Ahorn an, um an den Sirup zu kommen«, erklärte sie. »Wir gewinnen Terpentin aus dem Harz dieser Bäume.«

Große Teile des Landguts waren bewaldet. Durch Mischwald hindurch gelangten sie an einen stillen Teich. Die runzlige, fahle und gespenstisch wirkende Rinde der Sumpfzy-

247

pressen mit ihren grotesken Auswüchsen spiegelte sich in ihm. Moos und Flechten hingen reglos in dicken Fetzen von den Ästen herab. Die ewig schweigende, alles verschluckende Wasserfläche wirkte unheimlich. Auch Julias kühle Stimme konnte die gespenstische Atmosphäre nicht vertreiben. »Geht hier nicht alleine hin!« mahnte sie. »Es gibt hier Baumschlangen, die sich manchmal herunterfallen lassen. Aus dem Holz der Zypressen lassen sich wasserdichte Schindeln für die Dächer der Hütten und Einbäume anfertigen. Das Holz wird so hart wie Eisen. Solange es oft genug gewässert wird und keine Risse bekommen kann, ist es praktisch unverwüstlich.«

Sie kamen an eingezäunten Feldern vorbei. Ein paar Rebhühner flogen auf. »Es gibt viel Wild hier«, sagte Julia zufrieden. »Rotwild, Hasen, Enten, Wildgänse... Wenn wir wollten, könnten wir uns vom Wild ernähren. Auch im Fluß wimmelt es von eßbaren Fischen: Barsch, Brassen, Forellen.« Sie schaute sich um und lächelte Stuart und Lizzie an. Der ungewohnte Gesichtsausdruck ließ sie ganz fremd wirken. »Habt ihr Hunger? Ich glaube, wir könnten eine kleine Stärkung vertragen.«

Sie schlangen die Brote mit kaltem Schinken nur so in sich hinein. Die klare, kalte Luft und die kräftige Sonne hatte sie alle hungrig gemacht. Als sie durch den Obstgarten fuhren, verspeisten sie die dort gewachsenen leckeren Birnen.

Es dauerte nicht lange, dann tauchte vor ihnen eine Reihe heller Hütten auf. Aus einigen Schornsteinen drang Rauch. »Die Wohnungen der Landarbeiter. Da hinten ist die Kirche«, meinte Julia. Sie deutete auf ein kleines Fachwerkgebäude mit einem viereckigen Glockentürmchen. »Alle, die auf dem Landgut arbeiten, sind uns gut bekannt. Entweder haben sie Ashley Barony nie verlassen, oder sie haben das Leben in der Stadt ausprobiert und sich dann wieder entschlossen, hierhin zurückzukehren. Die meisten wollen jetzt in Freiheit leben, und dazu gehören nun mal eigene vier Wände. Unten am Weg zur Stadt habe ich daher noch weitere

248

Hütten errichten lassen. Die Arbeiter haben jetzt auch ein Stück Land, das sie selbst bewirtschaften können. Ich verlange dafür einen Dollar Miete den Monat. Dem Mann und manchmal auch der Frau gebe ich Geld für die Arbeit, die sie hier leisten. Eigentlich ist fast alles so wie früher. Die Yankees – sie wissen ja immer alles besser – haben allerdings einen Lohn von zehn Dollar im Monat für jeden Landarbeiter festgesetzt. Das kommt mich dann billiger als früher, wo ich eine ganze Familie ernähren mußte! Die Schwarzen zahlen durchaus ihren Preis für diese Freiheit. Sie behaupten zwar, das mache nichts... Dahinten sind die Scheunen und das Räucherhaus und die Schmiede und so weiter. Das schauen wir uns dann ein anderes Mal an. Laßt uns jetzt zu den Reisfeldern fahren. Sie haben immerhin das alles hier möglich gemacht.«

Als sie sich dem Fluß näherten, raubte ein übler Gestank Stuart und Lizzie fast den Atem. »Man gewöhnt sich daran«, meinte Julia trocken. »Die Leute in der Stadt mögen den Geruch des Schlicks, der bei Ebbe freiliegt; hier ist es dieser Geruch, der einfach dazugehört. Die Felder werden gerade trockengelegt, damit man bald mit dem Pflügen beginnen kann. Stellt euch hin, dann könnt ihr es besser sehen.«

Vor ihnen lag ein breiter Graben, der sich rechts und links bis zum Horizont erstreckte. Hinter ihm konnte man große Vierecke blauschwarzen Schlamms erkennen, die sich bis zum weiter entfernten Fluß hinzogen. Sie glänzten wie Satin. Tante Julia kniff die Augen zusammen und blickte zum wolkenlosen, blaßblauen Winterhimmel hoch. »Wenn sich das Wetter hält, sind die Felder bald trocken genug, um nächste Woche mit dem Pflügen anzufangen. Dieser breite Entwässerungsgraben umgibt die Felder auf drei Seiten. An der vierten Seite liegt der Fluß. Wißt ihr ungebildeten Kinder eigentlich etwas von Ägypten?« Sie mußten zugeben, daß sie nichts darüber wußten. Julia schnaubte verächtlich. »Natürlich nicht. Was hätte ich auch erwarten können? Ägypten war einmal eine der Hochkulturen auf dieser Erde. Und diese

Kultur war völlig vom Fluß abhängig. Allerdings hatten sie ihn nicht so im Griff wie wir.« Es war Stuart klar, daß seine Tante davon überzeugt war, die Ägypter hätten besser alles so wie sie gemacht.

Als sie wieder zum Hauptgebäude kamen, mußte Stuart sich vor dem Mittagessen ein wenig hinlegen. Er war immer noch recht geschwächt und litt unter gräßlichen Kopfschmerzen, wenn er müde wurde. Seit Julia die Stadt verlassen hatte, hatten ihre Migräneanfälle ganz aufgehört. Sie konnte sich aber noch gut daran erinnern und sich sehr gut in den Jungen einfühlen. Ein Schädelbruch war bestimmt etwas, was ihren beißenden Schmerzen damals sehr ähnlich war. Das Landgut hatte sie geheilt; es würde bestimmt auch Stuart heilen.

Zum Mittagessen gab es Geflügelbraten. Er schmeckte köstlich. Stuart meinte, die Soße sei das Beste, was er je zu essen bekommen habe. Er kippte sich als Nachschlag eine große Kelle davon über den Berg Reis auf seinem Teller. Lizzie wollte es ihm gerade nachtun, als Julia beiläufig erwähnte, daß es Pfau gewesen sei, der da auf ihrem Teller lag. Das kleine Mädchen hatte auf einmal keinen Appetit mehr. »Stell dich nicht so an, Lizzie. Wir essen nur die Hennen. Die männlichen Tiere laufen weiterhin herum und schlagen ihr Rad.« Aber Lizzie war der Hunger vergangen.

Am Nachmittag begann Julia mit ihren Unterweisungen. Die langen, schlanken Finger der Tante bewegten sich meisterhaft über die Tasten eines riesigen, eckigen Klaviers. Lizzie war von den ungewohnten Klängen wie verzaubert. Dann brachte Julia ihr bei, wie man die C-Tonleiter spielt. »Übe das eine Stunde lang«, sagte sie. »Zuerst mit der rechten Hand, dann mit der linken. Morgen arbeiten wir mit dem Metronom; übermorgen wirst du dann mit beiden Händen spielen!« Für die nächste Stunde holperten Lizzies kleine Hände schwerfällig über die Tasten.

Mit Stuart ging Julia währenddessen zu den großen Schüsseln mit wasserdurchtränkter Baumwolle. Sie streute Reis-

250

körner darauf und seufzte. »Wenn es dieses Jahr wieder nicht klappt, dann müßte ich Saatgut kaufen. Wer weiß, wo ich welches finde! Es war schon schwer genug, an diesen Samen zu kommen; der Regen hatte letztes Jahr ja alle Ernten zerstört.« Sie schüttelte ihren Kopf. »Geh da vorne über die Brücke. Wir wollen noch zum Vieh.« Stuart und Lizzie lernten bald, daß Julia unermüdlich rund um die Uhr auf den Beinen war.

Bei Tagesbeginn setzte sie fest, was Lizzie zu lernen hatte. Dann nahm sie Stuart mit auf ihre Inspektionsrunde. Während der Junge vor dem Mittagessen ruhte, gab sie Lizzie Klavierunterricht und unterwies sie in Haushaltsführung. Nachmittags lehrte sie Lizzie das Sticken und nahm Stuart mit zum Reiten, während Lizzie am Klavier saß und übte. Während Stuart sich wieder ausruhte, hatte Lizzie ihre Stunden in französischer Konversation. Danach mußte das Kind den Tee bereiten und unter der strengen Aufsicht ihrer Tante servieren. Während des Abendessens hielt Julia beiden Vorträge über die Geschichte Charlestons, des Landguts und der Familie Ashley. Abends las sie ihnen aus Reisebeschreibungen und Büchern über europäische Geschichte vor. Lizzie übte dabei die Stiche, die sie tagsüber nicht richtig gemacht hatte und die Julia wieder herausgerissen hatte. Wenn die beiden Kinder dann zu Bett gingen, machte Julia ihre Buchführung, korrigierte Lizzies Hausaufgaben und bestimmte, was am nächsten Tag zu tun war. Lizzie war sich ganz sicher, daß ihre Tante niemals schlief.

Während sich das kleine Mädchen mit seinen Schularbeiten abmühte, wurde Stuart immer mehr von den zur Führung eines Landguts nötigen Arbeiten in Bann gezogen. Mit den schwarzen Arbeitern kam er so gut wie nie in Berührung. Die Fäuste seiner Peiniger hatten bei ihm in jener Nacht eine tiefe Angst und einen glühenden Haß auf alle Neger hinterlassen. Nur Salomon bildete eine Ausnahme. Stuart kannte ihn zu gut, als daß er ihn als Vertreter der verhaßten Rasse hätte ansehen können. Salomon war immerhin ein alter

Freund von ihm. Gewöhnlich wich Stuart nicht von der Seite seiner Tante, beobachtete und lernte viel. Im Januar und Februar wurden die Felder gepflügt. Er inspizierte mit Julia die Schutzdämme am Fluß und den Zustand der Wehre, die in die Wälle eingesetzt waren. Er sah, wie Hafer und Erbsen gepflanzt wurden, und ritt sogar einmal auf einem der Pferde, das an einem langen Seil einen trockenen Busch hinter sich herzog, um die frische Saat mit Erde zu bedecken. Er nahm wahr, wie der Frühling in die Wälder zog und die unterschiedlichsten Farbnuancen an den verschiedenen Bäumen hervorlockte. Im März zogen Salomon und er die schweren Netze voller Heringe an Land. Die Fische waren auf dem Weg zu ihren Laichplätzen; ihr Rogen galt als besondere Delikatesse. Lizzie lernte viel von der Köchin Dilcey.

Am 15. März begann dann feierlich die Pflanzsaison. Lizzie war an jenem Morgen von all ihren Verpflichtungen freigestellt und durfte mit in die Scheune kommen und zusehen, wie die Körner mit Lehm vermischt wurden. »Ohne den Lehm wären die Körner viel zu leicht und würden direkt vom Wasser weggespült«, erklärte Julia. »Die großen Fässer draußen sind mit einer Mischung aus Lehm und Wasser gefüllt. Ancrum rührt beständig darin herum, so daß es einen ziemlich zähen Brei ergibt.« Mit ihren letzten Worten ging über ihnen eine trichterförmige Öffnung im Dachboden auf; ein lautes Rieseln war zu hören, dann fiel mit einem Schlag eine ganze Ladung Reiskörner auf den gewaschenen Fußboden der Scheune. Drei Männer standen grinsend in der Ecke und stimmten ihre Banjos und eine Geige aufeinander ein. Von der anderen Seite sprang eine Gruppe lachender, junger schwarzer Mädchen nach vorne, und fing an, den Reis mit bloßen Füßen auf dem Boden zu verteilen. Sie hatten ihre langen Kattunröcke und ihre Petticoats mit einer Schärpe über ihren Hüften hochgebunden, so daß ihre Beine frei waren und sie sich ungehindert bewegen konnten.

Kleine Jungen trugen die schmalen Gefäße aus Zypressenholz herein und schütteten den Lehmbrei auf den Boden. Die

252

Musik begann. Am Rande des Innenraumes hatten sich viele Männer und Frauen versammelt und klatschten im fröhlichen Rhythmus der Banjos in die Hände, während die Mädchen ihre Arme in die Luft warfen, lostanzten und so die Körner in den Lehmbrei zu ihren Füßen arbeiteten. Ihre Beine glänzten im gedämpften Sonnenlicht, das durch das geöffnete Scheunentor in den Raum fiel. Die Jungen kamen immer wieder mit neuem Lehmbrei angelaufen, wichen geschickt den Bewegungen der Tänzerinnen aus und schütteten ihre Fracht auf die Körnerschicht. Ab und zu öffnete sich auch die Öffnung zum Dachboden wieder, und eine erneute Ladung Körner rieselte herunter. Dann purzelten sie über die Schultern und die hellen, buntgefleckten Kopftücher der Tänzerinnen wie eine goldfarbene Dusche. Die fröhliche, ausgelassene Stimmung war ansteckend, die Musik mitreißend. Es dauerte nicht lange, da standen auch Lizzie, Stuart und Julia lachend an der Seite und klatschten in die Hände. Lizzie versuchte, die Bewegungen der Tänzerinnen nachzuahmen, und hob die Hände über ihrem Kopf hoch. Als sie von der hölzernen Plattform, auf der sie stand, herunterstolperte, fing sie eine der Tänzerinnen auf und reichte sie, immer noch tanzend, in die ausgestreckten Arme ihres Bruders. Keiner nahm Anstoß daran, daß Lizzie dabei ganz dreckig geworden war. Julia sammelte sorgfältig die Körner von der Kleidung des Kindes und warf sie auf den Boden zurück.

Nach einer ausgelassenen, fröhlichen Stunde war der Reis mit dem Lehm vermischt. Die Musik spielte weiter, während die Männer den Reis zu einer großen, glänzenden Pyramide aufhäuften. Die Musiker führten dann eine Tanzparade an, die sich zu den Tischen im Hof hinbewegte. Dort stand das Essen schon bereit. »Komm jetzt, Lizzie«, sagte Julia. »Du mußt unbedingt in die Badewanne.«

Am nächsten Tag wurde der lehmbedeckte Reis in kleine Säckchen abgefüllt, die zu Paaren zusammengestellt wurden. Unter den Augen Julias und der Kinder wurde das erste Feld bestellt. Eine von einem Ochsengespann gezogene Maschine zog lange Saatfurchen in die Erde. Einige Männer richteten die zackigen Spitzen des Gerätes immer so aus, daß die Furchen möglichst tief und gleichmäßig waren und eng beieinander lagen. Andere führten die Ochsen. Hinter dem Gespann folgten die Frauen mit hochgekrempelten Röcken und zwei um ihre Hüften gebundenen Säcken mit dem Saatgut. Sie bogen sich weit nach unten, um den in ihren Petticoats wühlenden Windstößen zu entgehen und streuten die klebrigen Körner mit unregelmäßigen, schnellen Fingerbewegungen in die Furchen. Rhythmisch griffen sie immer wieder in die beiden Säcke. Alle sangen bei der Arbeit, und die tiefen Stimmen der Männer verschmolzen mit den Sopranstimmen der Frauen. Die Melodie des alten Spirituals ließ genug Zeit für ihre langsamen Schritte.

Jede Stunde wurden die Männer und Frauen ausgewechselt. Die Frauen rieben sich den schmerzenden Rücken, die Männer dehnten ihre angespannten Schultern. Dann gingen sie davon. »Wohin gehen sie eigentlich?« fragte Stuart, als er es das erste Mal beobachtete. »Es ist doch noch früh, und der größte Teil des Feldes muß doch noch bestellt werden.«

»Oh, sie kommen heute nachmittag wieder zurück«, antwortete Julia. »Ich zahle ein Extrageld für das Aussäen und einen Preis für das beste Team.«

Stuart runzelte die Stirn. »Das würde ich aber nicht tun. Du bezahlst sie doch schon für ihre Arbeit! Dann sollten sie auch einen ganzen Tag arbeiten.«

»Du redest wie ein Yankee, Stuart! Diese Leute arbeiten immer noch nach dem alten System. Auch ihre Freiheit ändert nichts daran. Bisher hatten wir eigentlich immer zuviel Arbeitskräfte. Es gab ja auch genug zu essen für alle. Man mußte also früher ein System finden, das alle auf Trab hielt. Und so haben wir sie damals nicht mehr nach Zeit bezahlt, sondern eine bestimmte Fläche als Tagespensum festgesetzt, ob es nun ums Säen, Unkrautjäten oder Ernten ging. Das Pensum war immer gleich, und jeder konnte sich dafür soviel Zeit lassen, wie er wollte. Nur mußte es am Ende des Tages

254

geschafft sein. Manche brauchten wirklich den ganzen Tag dafür, aber das machte nichts; schließlich hatten wir mehr als zweihundert Helfer. Jetzt sind es nur noch achtundzwanzig, aber sie glauben immer noch, daß das alte Pensum reicht. Wenn ich mehr von ihnen verlange, dann muß ich sie regelrecht dazu überreden. Wir selbst haben ihnen immerhin einmal die Sache mit dem täglichen Pensum schmackhaft gemacht; jetzt müssen wir sehen, wie wir damit fertig werden.«

»Diese faulen Nigger!«

Julia gab ihm eine Ohrfeige. »Wenn du dieses Wort noch einmal aussprichst, lasse ich dich die Rute spüren, egal ob du noch krank bist oder nicht. Nur weißer Abschaum gebraucht dieses Wort. Es sind ›Farbige‹ oder ›Schwarze‹, oder ›Landarbeiter‹ oder ›Helfer‹. Früher sagten wir einfach ›unsere Leute‹. Einen Gentleman erkennt man daran, wie er mit seinen Leuten umgeht. Merk dir das!«

Am späten Nachmittag war das Feld bestellt. Auf ein Signal Julias hin öffnete Ancrum eines der Wehre. Wasser vom Fluß strömte in den breiten Graben. Über eine Stunde dauerte es, bis es seinen Weg bis zur vor ihnen liegenden Stelle gefunden hatte. Dann füllte sich der Graben langsam. Erst bei Sonnenuntergang stand das Wasser darin so hoch, daß es in die flacheren Bewässerungsgräben der einzelnen Felder fließen konnte. Das Abendrot färbte es blutrot, und die vielen Kanäle sahen aus wie ein Netz lebensspendender Adern. Erst bei Eintritt der Dunkelheit wurde die Wasserzufuhr wieder etwas gedrosselt. Julia schickte die beiden Kinder zum Abendessen. Sie selbst blieb mit Ancrum noch bis tief in die Nacht draußen und verließ das Feld erst, als es im Mondlicht von einer zehn Zentimeter tiefen Schicht silbern schimmernden Wassers bedeckt war. Julia kam erst kurz vor dem Morgengrauen ins Bett. Sie lächelte glücklich. Die erste Saat war in der Erde!

Die ganze nächste Zeit wurde Reis gesät; Mitte April wurde diese Tätigkeit lediglich durch die Erbsen- und Erdbeerernte unterbrochen. Am 1. Mai beschloß Julia, in das Sommerhaus im Kiefernwäldchen zu ziehen. Traditionsgemäß galt erst der zehnte Mai als das Datum, von dem ab man am Sumpffieber erkranken konnte. Julias scharfem Blick jedoch war Pinckneys Malaria nicht entgangen, und sie war vorsichtiger geworden. Keiner wußte, wodurch man diese Krankheit eigentlich bekam; man wußte aber, daß Schwarze immun dagegen waren, daß man das Fieber ab Mai und bis zum ersten Frost im Oktober bekommen konnte, im Nadelwald jedoch davor geschützt war. Dazu kam, daß man sich die Krankheit nur nachts holen konnte, und besonders, wenn man sich im Freien aufhielt.

Lizzie liebte das luftige, einfache Waldhaus. Am besten gefiel ihr die große Hängematte auf der breiten Veranda, und eine breite Hängeschaukel mit Lehne, so groß wie eine Bank. Nur unwillig ging sie jeden Tag nach dem Frühstück zum Haupthaus, wo das Klavier und die Schulbücher auf sie warteten.

Im Mai durfte Stuart die Wehre bedienen. Er freute sich so sehr über diese ihm anvertraute Aufgabe, daß er vier- oder fünfmal am Tag den Wasserstand auf den Reisfeldern überprüfte. Wenn er dann endlich ein Wehr öffnen konnte und das Wasser auf ein Feld strömte, war er glücklich.

Bald war Stuart von der Sonne gebräunt und deutlich kräftiger. Allerdings wurde er nicht sehr viel größer, was ihn sehr bekümmerte. Er war jetzt fünfzehn Jahre alt, und seine Stimme hatte eine tiefere Tonlage als früher; sein Körper jedoch schien nicht größer als ein Meter sechzig werden zu wollen. Stuart kompensierte diesen Mangel, indem er seine Muskeln trainierte. Jeden Tag ruderte er eines der schweren, flachen Boote eine Meile weit gegen die Strömung, dann ließ er sich vom Fluß zurücktreiben und steuerte das Boot mit dem dicken Ruder am Heck. Er wurde auch ein leidenschaftlicher Reiter und versuchte Pinckney dabei nachzueifern. Jeder Zaun und jeder umgestürzte Baum war eine Herausforderung für seine Reitkünste. Glücklicherweise waren die

Pferde des Landguts nicht mehr so feurig wie in früheren Jahren; sie scheuten öfter zurück, als daß sie den Sprung wagten. Stuarts Schädel blieb jedenfalls von weiteren Verletzungen verschont.

Am zehnten Juni war der ganze Reis in der Erde. Julia spähte jetzt jeden Tag gespannt auf die vom Wind gekräuselte Oberfläche des in den Reisfeldern stehenden Wassers. »Es müßte längst keimen«, meinte sie argwöhnisch. »Wenn der Samen etwas taugt, dann müßte man jetzt jeden Tag die grünen Hälmchen im Wasser erkennen können.«

»Die Probesamen sind doch alle aufgegangen«, meinte Stuart.

»Das weiß ich selber«, entgegnete Julia schroff. »Und ich habe sogar das Anderthalbfache der normalen Menge an Körnern einsäen lassen, um unfruchtbaren Samen auszugleichen. Aber keimender Probesamen ist etwas anderes als sprießende Felder. Ich will sehen, wie die Felder sprießen!«

Entgegen Julias Befürchtungen taten sie das dann auch. Doch die Hitze des Sommers wurde bald zu ihrem ärgsten Feind. Jeden Tag waren neue Anstrengungen nötig, um die Felder mit der genau passenden Menge an Feuchtigkeit zu versorgen, damit sie nicht austrockneten und andererseits das Unkraut gejätet werden konnte. Der Umgang mit den Wehren erforderte jetzt viel Fingerspitzengefühl. Das gleiche galt für den Umgang mit den Landarbeitern. Es ging nicht mehr darum, sie dazu zu überreden, mehr als ihr Pensum zu arbeiten, sie mußten irgendwie dazu gebracht werden, ihr Pensum überhaupt zu bewältigen.

Da Julia nicht wollte, daß Stuart bei ihren Verhandlungen mit den Schwarzen dabei war, übertrug sie die Bedienung der Wehre wieder Ancrum. Ganz in der Tradition seiner Familie bekam Stuart einen Wutanfall. Gegen Julias Unbeugsamkeit kam er allerdings nicht an. Einer der Söhne Ancrums erinnerte ihn jedoch wenige Tage später daran, daß der Fluß für einen Jungen seines Alters genug Möglichkeiten bot, sich auf angenehmste Weise die Zeit zu vertreiben. Er mußte an den mit Lianen bewachsenen Baum in Carlington denken. Das kalte Wasser dort hatte ihn damals davon abgehalten, Pinckneys wilden Sprüngen nachzueifern. Jetzt war es jedoch Juli und nicht mehr April. Das Wasser hätte wahrscheinlich genau die richtige Temperatur!

Tatsächlich war es überhaupt nicht mehr kalt. Die unregelmäßig sich auf- und abbewegenden kühlen Strömungen im ansonsten warmen Wasser des Flusses waren eine willkommene Erfrischung. Stuart hielt sich jetzt jeden Tag stundenlang im Wasser auf. Nach einer Woche überredete er Salomon dazu, ihm ein Seil zu geben, befestigte es an einem passenden Baum und war dann in der Lage, sich mit kräftigem Schwung ins Wasser fallen zu lassen.

Wahrscheinlich machte er das sogar noch besser als Pinckney früher, prahlte er gegenüber Lizzie. »Warum willst du es nicht einmal versuchen?«

»Ich kann doch nicht schwimmen.«

»Dann lern es halt. Ich kann es dir zeigen.«

»Ich will aber nicht.«

»Feigling!«

»Bin kein Feigling!«

»Bist du wohl!«

Lizzie streckte ihrem Bruder die Zunge heraus und stolzierte davon. Auch sie hatte das Temperament der Tradds. Sie wußte zwar, daß Stuart recht hatte, aber das machte alles nur noch schlimmer. Der Fluß war ihr überhaupt nicht geheuer. Sie stellte sich vor, daß darin jede Menge Schlangen und andere Untiere auf sie warteten. Soweit möglich, versuchte sie, ihn zu meiden.

Zwei Tage später jedoch war es ihr nicht mehr möglich. »Geh und hol Stuart«, befahl ihr Julia. »Ich muß ihn zum Waldhaus schicken.«

»Aber ich übe doch gerade Klavier, Tante Julia!«

»Das höre ich selber. Du mußt auch noch lernen, sauberer zu spielen. Jetzt geh und hol Stuart.«

258

Lizzie klappte gehorsam den Klavierdeckel zu. »Komm, Bär, ich nehme dich mit auf einen Spaziergang.« Der Bär hörte ihr immer gerne beim Klavierspielen zu.

Es war die heißeste Stunde des Tages. Als Lizzie das Stück Rasen überquert hatte, klebte ihr das Kleid am Rücken; ihre vom Schweiß feuchten Füße rutschten in den bis obenhin zugeknöpften Kinderstiefeln hin und her. Sie rief nach Stuart, aber es kam keine Antwort. Lizzie schaute verstohlen zum Haus zurück. Damen durften ja nicht laut schreien. Da hörte sie vor sich ein lautes Plätschern. Stuart war nicht zu sehen, er hatte sich unter dem Landungssteg versteckt. Lizzie lief auf ihn zu und stampfte mit ihren Füßen auf die hölzernen Planken. »Komm darunter weg, Stuart; Tante Julia braucht dich.«

»Ich kann jetzt nicht hochkommen.«

»Natürlich kannst du das! Ich werfe dir ein Seil hin. Mach schon! Tante Julia will unbedingt, daß du ihr etwas aus dem Waldhaus holst.«

»Na gut. Du mußt mir nur die Kniehose reichen. Ich habe nämlich nichts an.«

Lizzie war schockiert. Julia bestand sehr darauf, daß Stuart nur mit dem Badeanzug ins Wasser ging.

»Na komm schon!« drang die Stimme durch die warmen Holzbretter.

»Wo ist sie denn?«

»Hinten am Ende des Stegs. Reich sie mir herunter und mach die Augen zu!«

Lizzie setzte den Stoffbären behutsam auf die Mitte des Steges, dann ging sie zu dessen Ende, legte sich auf den Bauch, kniff die Augen zusammen und ließ ihren Arm mit Stuarts Hemd und Hose in der Hand an der Seite herabhängen. Sie fühlte einen leichten Ruck und ließ los.

»Laß ja die Augen zu!«

»Mach ich ja!«

Wieder plätscherte es unter ihr. Dann war alles still. »Stuart?« Immer noch hielt sie die Augen geschlossen.

»Hier bin ich«, ertönte seine Stimme hinter ihrem Rücken. Sie drehte ihren Kopf. »Bist du jetzt angezogen?«

»Ja! Du kannst die Augen aufmachen!«

Die Sonne blendete sie, aber hinter den tanzenden Lichtpunkten konnte sie schnell erkennen, daß Stuart ihren geliebten Bären hochhielt. »Stuart!« schrie sie. »Leg sofort den Bären da wieder hin! Du machst ihn noch ganz naß!« Sie kam behende auf die Beine.

Ihr Bruder tanzte auf dem Steg herum und hielt den Bären so hoch, daß sie mit ihren ausgestreckten Armen nicht an ihn heran reichte. »Stuart! Hör auf, mich zu ärgern! Gib mir den Bären wieder. Sei nicht so gemein, Stuart!« Sie konnte ihn jedoch nicht erreichen. »Stuart!« Lizzie blieb stehen. »Stuart Tradd! Ich erzähle Tante Julia, daß du nackt gebadet hast!«

Stuart blieb ebenfalls stehen. »Das wagst du nicht.«

»O doch! Wenn du mir nicht sofort den Bären wiedergibst, sage ich es Tante Julia!«

Stuarts gerötetes Gesicht wurde noch dunkler. »Blöde Petze!« rief er. »Hier hast du deinen verdammten Bären!« Mit voller Wucht warf er ihn auf das kleine Mädchen. Das Stofftier traf sie genau auf die Brust, prallte dann ab und plumpste in das rasch dahinfließende Wasser hinter ihr.

Der Stoß hatte Lizzie den Atem genommen; sie rang nach Luft, versuchte zu schreien, aber kein Ton drang aus ihrer Kehle. Sie rannte zum Ende des Stegs, stieß einen winselnden Laut aus und sprang dann hinter dem braunweißen Bären her, der in der Strömung auf und ab tanzte.

Wild um sich schlagend, schaffte es das kleine Mädchen, sich dem Bären zu nähern, ihn zu packen und fest an sich zu drücken. Dann wurde sie von der Strömung unter Wasser gezogen.

Stuart sprang mit einem Satz in den Fluß und tauchte hinter dem Mädchen her. Sie trieb im Wasser, hatte Augen und Mund erschreckt aufgerissen. Er packte sie an den Haaren und zog sie an die Wasseroberfläche, dann ans Ufer. Die Strömung hatte beide bis zu den Reisfeldern getrieben. Eines der Wehre bot den ersehnten Halt. Stuart ergriff das starke Holz und schrie um Hilfe.

In der Nähe des Flusses jäteten gerade drei Frauen Unkraut. Sie ließen ihre Hacken fallen; die grünen Halme der Reispflänzchen zerknickten unter ihren Füßen, als sie auf die beiden Kinder zurannten.

Als erstes holten sie Lizzie an Land, dann kletterte Stuart über das Wehr und ließ sich auf das Feld fallen. Eine der Frauen hatte Lizzie wie ein Baby über ihre Schulter gelegt. Ihre mit Schwielen bedeckte Faust hämmerte rhythmisch auf den Rücken des Mädchens. Lizzie hustete, spuckte Wasser, keuchte und mußte sich schließlich übergeben. »Gut so, Kind, jetzt atmest du wieder.« Die Faust wurde zur sanften Hand, die Lizzie sachte den Rücken tätschelte.

Noch einige Minuten lang hustete und spuckte das kleine Mädchen. Besorgt beugten sich die beiden anderen Frauen über sie. Dann kamen ihre ersten Worte: »Puh, ich hasse diesen Gestank!« Sie meinte den Geruch des feuchten Schlamms auf den Reisfeldern.

Die Spannung löste sich bei allen in einem befreienden Lachen.

Julia verprügelte Stuart mit dem Lederriemen und Lizzie mit einem großen Holzlöffel. Geduldig ließen beide die Schläge über sich ergehen. Sie hatten ihrer Tante erzählt, daß Lizzie in ein Reisfeld gefallen war, als sie Stuart beim Klettern über ein Wehr behilflich sein wollte. In Julias Augen hatten sie sich vor allem deswegen etwas zuschulden kommen lassen, weil sie die Reispflanzen geschädigt hatten. Mit der Solidarität von Kindern gegenüber Erwachsenen und der Familie Tradd gegenüber der Familie Ashley waren beide stillschweigend darin übereingekommen, besser nichts von Stuarts Ungehorsam und Lizzies Leichtsinn zu erwähnen. Die Frauen auf dem Feld würden sowieso nichts sagen.

Als Julia an diesem Abend über ihrer Buchführung saß,

schlich sich Lizzie auf Zehenspitzen in Stuarts Zimmer. »Bist du noch wach?« flüsterte sie.

»Natürlich bin ich noch wach. Tante Julia schickt mich ja so früh ins Bett wie ein kleines Baby. Was willst du denn?«

»Ich habe noch einmal darüber nachgedacht. Ich glaube, ich will doch schwimmen lernen.«

Den ganzen August über war die Hitze fast unerträglich. Julia beobachtete jeden Tag besorgt den Himmel und hielt nach den trüben, gelbgrünen Wolken Ausschau, die einen Hurrikan ankündigten. Das war das einzige, das jetzt noch die Ernte ernsthaft gefährden konnte. Die Reispflanzen standen voll ›im Saft‹, Stuart durfte wieder zusammen mit Ancrum an die Wehre. Wenn die weißen Gewitterwolken, die sich jeden Nachmittag im brennendheißen Himmel auftürmten, unten allmälich bedrohlich dunkel wurden, gingen die beiden am Ufer in Stellung. Brach das Gewitter endlich los, rasten sie wie von der Tarantel gestochen durch die Windböen und den einsetzenden Regen, um die Wehre zu öffnen und Wasser auf die Felder zu lassen, damit der Wind die Halme nicht abknicken konnte. Sie ignorierten die hinter ihnen in den Fluß einschlagenden Blitze. Der Reis war wichtiger als ihre Angst.

Lizzie schaute den Stürmen von der breiten Veranda des Waldhauses aus zu. Das schüchterne kleine Mädchen liebte seltsamerweise das laute Krachen des Donners und das scharfe Zischen der Blitze. Ihre Pflichten erledigte sie gewissenhaft. Wenn es nicht gerade regnete, hielt sie das kleine Feuer im Wohnzimmer am Brennen, das dafür sorgte, daß immer ein frischer Luftzug durch die Fenster ins Haus strich und im Kamin nach oben strömte. Jede Stunde schlug sie das Barometer im Flur herunter, damit man den plötzlichen Luftdruckabfall, der einen Hurrikan ankündigte, rechtzeitig bemerken konnte. Insgeheim hoffte sie, einmal so einen Wirbelsturm mitzuerleben. Sie stellte sich das wie ein spannendes Abenteuer vor und verachtete Stuart wegen seiner Sorge um die Pflanzen. Früher hatte er sich noch um jedes Abenteuer gerissen. Jetzt war er der Feigling. Er war mehr und mehr zu einem Reisbauern geworden, der sich bei den kleinsten Wetterveränderungen Gedanken machte. Pah!

24

Während sich auf Ashley Barony die eine Hälfte der Familie über Stürme den Kopf zerbrach, war die andere Hälfte in der Meeting Street recht dankbar, daß die Stürme im Hause der Tradds vorüber waren. Alle dort genossen die Ruhe, die sich jetzt eingestellt hatte.

Kurz nach Julias Abreise war Pinckney nach Carlington geeilt, um die neuen Arbeiter einzustellen. Die ganzen Tage über war er mit ihnen unterwegs, zeigte ihnen, was sie zu tun hatten, und probierte die unterschiedlichsten Methoden aus, um die einzelnen Tätigkeiten möglichst effizient miteinander zu kombinieren.

Verglichen mit der ungleich schwierigeren Aufgabe, eine große Reisplantage zu führen, war der Abbau der Phosphate ein Kinderspiel. Man mußte lediglich dafür sorgen, daß das weiße Gestein abgegraben, gewaschen und abtransportiert wurde. Dabei war man nicht einmal vom Wetter abhängig; nichts konnte verfaulen oder von Schädlingen befallen werden.

Aber ganz so einfach war es denn doch nicht. Schließlich waren es Menschen, die die nötigen Arbeiten zu tun hatten, und die waren genauso unterschiedlich und unbeständig wie die Natur. Das erste Problem bestand darin, ein angemessenes Arbeitspensum festzulegen. Die alten Arbeitsbedingungen auf den Feldern hatten in den Gewohnheiten der Arbeiter tiefe Spuren hinterlassen; die Männer erwarteten, daß die ganze Arbeit an einem halben Tag oder in noch kürzerer Zeit zu bewältigen sei. Pinckney war es gewohnt, anderen Befehle zu erteilen. Sie zu irgend etwas überreden zu müssen, stellte ihn vor ganz neue Probleme. Es reichte nicht mehr aus, sich auf seine Autorität zu berufen; die Arbeiter mußten dazu gebracht werden, auch von sich aus zu kooperieren. Mit einem halben Tag Arbeit war es einfach nicht getan.

Wochenlang versuchte er es immer wieder aufs neue, die Arbeiter zu motivieren – mit wechselndem Erfolg. Er lernte dabei viel über die unterschiedlichen Persönlichkeiten der Männer. Bald wußte Pinckney, wer besonders ausdauernd oder intelligent war, wer andere führen konnte oder es eher gewohnt war, Anordnungen auszuführen. Bald hatte er Unruhestifter identifiziert und sie nacheinander gefeuert. Ende Februar war die Phase des Herumprobierens vorbei. Ab März wurde nach einem neuen System gearbeitet.

Die Männer waren in Vierergruppen aufgeteilt worden, bei deren Zusammenstellung sehr stark auf die Stärken und Schwächen der einzelnen Persönlichkeiten geachtet worden war. Jedes Team mußte ein bestimmtes Pensum am Tag bewältigen. Innerhalb der Vierergruppen waren die Rollen genau verteilt. Alle vier schaufelten zunächst die Erdschicht über dem weißen Gestein weg. Einer hackte es dann mit einer Spitzhacke los und warf es aus der Grube heraus, ein anderer fuhr es mit einer Schubkarre zum Fluß, wo es von den beiden restlichen Männern in einen Käfig geladen wurde, der dann in den Fluß hinabgelassen werden konnte. Auf diese Art wusch man das Gestein. Zu guter Letzt wurde es in ein wartendes Boot gekippt. Die Teams wurden nicht nach Zeit, sondern nach der Menge des in den Booten abgefüllten Gesteins bezahlt. Wie Pinckney es erwartet hatte, ergab sich bald ein sportlicher Wettstreit zwischen den einzelnen Teams, wobei innerhalb eines Teams die Stärkeren die Schwächeren unterstützten. Nach anfänglichen Widerständen klappte die Zusammenarbeit ganz gut. Das System war fair und leicht nachzuvollziehen, die einzelnen Arbeiter gut ausgewählt und die Gruppen sehr harmonisch zusammengestellt.

Ende März waren bereits mehr als einhundert Tonnen

Phosphat verschifft worden. Noch einen Monat, dann würde man allmählich mit Carlington Gewinn machen können. Pinny ritt durch den atemberaubend schönen Frühlingswald und wußte, daß eigentlich alles zum besten stand. Wieso, fragte er sich, fühlte er sich eigentlich so unglücklich?

In der Meeting Street stellte gerade seine Mutter Lucy Anson dieselbe Frage.

Lucy tätschelte Marys Hand. »Warum du so unglücklich bist, Mary? Das kann ich dir wohl sagen. Du hast jetzt keinen mehr, um den du dich kümmern kannst! Eine Frau wie du braucht einfach eine Familie, die sie fordert, damit sie eine Aufgabe hat. Und von deiner Familie ist jetzt keiner mehr da!« Marys Augen wurden feucht. Lucy war immer wieder beeindruckt von Marys Tränen. Sie kamen stets im passenden Moment.

»Wie gut, daß du da bist, Lucy«, entgegnete Mary. »Ich wüßte gar nicht, was ich ohne dich tun sollte.«

Seit Pinckney und die Kinder aufs Land gegangen waren, war für Mary der Kontakt zu Lucy sehr wichtig geworden. Lucy war als verheiratete Frau eine von der Gesellschaft Charlestons akzeptierte Bezugsperson für eine Witwe wie Mary, die immerhin zwanzig Jahre älter war. Seit drei Monaten war sie jetzt ein regelmäßiger Gast im Hause der Tradds. Zweimal die Woche kam sie zum Tee, und das machte es möglich, daß auch Reverend Adam Edwards sich wieder einfinden konnte.

Als Lucy die Einladung zum Tee bei Mary Tradd das erste Mal in der Hand gehalten hatte, war sie zunächst nicht sehr erfreut gewesen. Schließlich hatte sie genug zu tun. Andrew verlangte viel Aufmerksamkeit und Gesellschaft von ihr; ihr Kind, der kleine Andrew, war so lebendig und fordernd wie alle Jungen seines Alters; ihre Schwiegereltern, Emma und Joshua Anson, waren wieder in ihr altes Haus zurückgezogen und hatten außer der Kinderschwester des kleinen Jungen die ganze Dienerschaft mitgenommen. Lavinia war einfach dageblieben und ging Lucy mächtig auf die Nerven.

Jetzt mußte sie alle anfallenden Arbeiten selber erledigen: Kochen, Nähen, Stopfen. Sie lebte von dem, was ihr Vater ihnen zukommen ließ. Das war ihr überaus peinlich, und sie tat alles, um die Ausgaben so klein wie möglich zu halten. Und sie machte nicht viel Aufhebens um ihre ganzen Pflichten. Lucy war eine sehr bescheidene Person. Viele Leute übersahen sie deshalb leicht.

Aus diesem Grund war sie auch schon lange nicht mehr bei irgend jemandem eingeladen gewesen. Und weil das so war, nahm sie Marys Einladung doch an.

Sobald sie einmal aus ihrer Abgeschiedenheit herausgekommen war, freute sie sich jedoch sehr auf ihre Treffen mit Mary Tradd. Lucy hatte sie nie besonders gut gekannt. Lavinia war öfters drüben gewesen, hatte mit Mary große Pläne für eine pompöse Hochzeit mit Pinckney geschmiedet und sich mit ihr gemeinsam darüber ausgelassen, wie sehr Pinckney sie beide vernachlässigte. Lucy war eigentlich nicht sehr darauf erpicht, Marys engste Vertraute zu werden, aber sie war neugierig genug, um die Gelegenheit wahrzunehmen, herauszufinden, ob etwas Wahres an den Gerüchten über Mary und Reverend Edwards dran war. Würden dieser Reverend und seine Tochter es wirklich schaffen, Mary Tradd zu einer Anhängerin der Sklavenbefreiung zu machen? Die unmoralischen Gerüchte über weltlichere Kontakte zwischen Mary und dem Reverend waren ihr allerdings nicht zu Ohren gekommen. Solche Dinge erzählte man keinen jungen Damen, ob sie nun verheiratet sein mochten oder nicht.

Lucy merkte sehr bald, daß Mary und Adam Edwards sich mit einer derart unverfälschten Unschuld und Einfalt begegneten, daß sie deren Beziehung äußerst langweilig fand. Sie hatte jedoch ein gutes Herz, gönnte den beiden ihren einfachen Kontakt und ihre Sympathie füreinander und konnte sich mit ihnen freuen. Beim dritten Tee war Prudence zugegen, und von da an war es mit Lucys Langeweile vorbei.

Beide Frauen waren etwa gleich alt und dermaßen unterschiedlich, daß sie sich gegenseitig auf reizvolle Art exotisch fanden. Beide waren sie einsam: Prudence kannte außer den Tradds keinen Menschen in Charleston; Lucy kannte alle, hatte aber keine engeren Freunde.

Ihre Eltern hatten sie früher nicht aus dem Haus gelassen. Ihre Mutter hatte fürchterliche Angst davor gehabt, Lucy könne sich eine der vielen Krankheiten holen, die damals grassierten. Ironischerweise starben dann Lucys Eltern 1858 während der großen Gelbfieber-Epidemie in Charleston. Sie überlebte als einzige diese furchtbaren Wochen und wuchs dann unter der Obhut des Bruders ihres Vaters bei ihren Cousinen in Savannah auf. Dieser Mann sorgte auch dafür, daß sie den St. Cecilia-Ball in Charleston nicht verpaßte, und willigte dankbar ein, als Andrew Anson um Lucys Hand anhielt. Lucy hatte zwar viele Verwandte, aber sie fühlte sich ihrer eigenen Familie weit weniger verbunden als der Familie Anson. Im stillen hatte sie gehofft, Lavinia könne so etwas wie eine Schwester für sie werden, aber sie mußte sich eingestehen, daß sie sie überhaupt nicht mochte, sondern sie insgeheim sogar verabscheute.

Prudence Edwards war ihr von Anfang an sehr sympathisch. Und Lucy bot ihr so offenherzig ihre Freundschaft an, daß Prudence keinen Zweifel an der Aufrichtigkeit ihres Angebotes hegen konnte und gerne darauf einging. Bald freute sich auch Prudence auf den Tee bei der Familie Tradd, und das seltsame Quartett gab eine recht fröhliche Runde ab. Um so weniger verstand Lucy Marys Kummer. Sie blieb bei ihr und tröstete sie, bis sich die ältere Frau ein wenig beruhigt hatte.

Im Hause der Ansons spielte sich fast die gleiche Szene ab. Joshua versuchte die schluchzende Lavinia zu trösten. »Ich habe es ja vielleicht auch wirklich nicht verdient«, klagte sie. »Ich war einfach unausstehlich, als Pinckney aus dem Krieg zurückkam. Ich hatte Angst und war völlig durcheinander, sonst hätte ich diese Dinge doch niemals sagen können! Es war einfach ein bißchen viel für mich. Die Yankees vertrieben uns aus unserem Haus; dann mußten wir uns alle hier zusammendrängen und wußten nie, was am nächsten Tag geschehen würde. Als du aus dem Krieg kamst, da warst du auch so anders, so verändert, gar nicht mehr der liebe Papa, den ich so sehr vermißt hatte. Und Pinny, er war auch nicht sehr liebevoll zu mir. Ich weiß, ich habe alles falsch gemacht, aber es tut mir doch leid! Ich bin jetzt etwas älter, und ich mag Pinckney sehr, ich kann ihm jetzt mit Respekt begegnen. Und ich liebe ihn wirklich. Wenn du nicht in die Hochzeit einwilligst, dann bricht es mir das Herz! Bitte, Papa! Sag ja! Damals bei Lucy war ich einfach wütend auf sie, und da habe ich diese Dinge nur gesagt, um sie zu ärgern. Bitte erzähl Pinny nichts davon, ja? Und sei bitte nicht mehr so ärgerlich auf mich!«

Mr. Anson seufzte. Er schaute in ihre großen, tränenüberströmten Augen und sah in seiner Erinnerung das kleine Mädchen in ihr, das immer zu ihrem Papa gerannt war, damit er sie tröstete, wenn sie Trost brauchte. Er konnte seiner Tochter keinen Wunsch verwehren. Und er wollte ihren Worten glauben. »Ich werde Pinckney einen Brief schreiben«, sagte er bedächtig.

Lavinia schaute zu ihm hoch.

»Und ihm sagen, er solle sich bei mir wegen der nötigen Vorkehrungen für die Hochzeit melden. Du wirst sicherlich verstehen, daß es eine Hochzeit im kleinen Kreis sein wird.«

Lavinia warf ihrem Vater die Arme um den Hals und drückte ihre tränennasse Wange fest an ihn.

Pinckney eilte direkt in die Stadt, als ihn Joshua Ansons Brief erreichte. Er wollte sich umziehen und platzte mitten in die Teerunde seiner Mutter. Obwohl er nur die Zeit fand, die Anwesenden kurz zu grüßen und seiner Mutter einen flüchtigen Kuß auf die Wange zu drücken, um sich dann zu entschuldigen, war Lucy die Wirkung nicht entgangen, die seine Anwesenheit auf Prudence gehabt hatte. Beide ließen sich nichts anmerken, es war mehr so etwas wie eine plötzliche Energie im Raum, die die feinen Härchen an Lucys Nakken aufrecht stehen ließ. Lucy kannte dieses Gefühl nur zu gut; sie hatte sich in Andrews Gegenwart immer so gefühlt. Und sie wußte aus eigener Erfahrung, daß gelebte Leidenschaft dahinter stand und nicht die verträumte, formlose Sehnsucht eines unerfahrenen Mädchens. Du lieber Himmel, sagte sie sich, darüber habe ich aber keinerlei Gerüchte gehört. Und ich werde auch nichts unternehmen, welche in die Welt zu setzen. Prudence ist immerhin meine Freundin. Zur Hölle mit Lavinia!

Pinckney war nur widerstrebend dem Ansinnen von Lavinias Vater gefolgt. Als er aber in Joshua Ansons vertraute Gesichtszüge schaute, hatte er das Gefühl, wieder bei seinem gütigen Patenonkel zu sein. Daß dieser Mensch auch noch der Vater des Mädchens war, das er widerwillig ehelichen sollte, trat rasch in den Hintergrund der Begegnung. Bei Mr. Anson war es genau dasselbe. Seine Zuneigung zu seinem Patenkind verdrängte die Befürchtungen, die er hinsichtlich der Verehelichung seiner Tochter mit Pinckney hatte. Er legte ihm seinen Arm um die Schulter und führte ihn in die Bibliothek.

»Nun, Pinckney, laß uns erst einmal auf unser Wiedersehen anstoßen. Gut siehst du aus. Setz dich und erzähl mir ein wenig, wie es in Carlington aussieht.«

Pinckney ergriff freudig die Gelegenheit, etwas von den guten Fortschritten bei der Organisation der Förderung zu erzählen. »Die einzige Schwachstelle«, sagte er, »ist das Waschen der Gesteinsbrocken. Manchmal machen sie den Deckel des Waschbehälters nicht richtig zu, dann geht die Hälfte der Ladung verloren. Manchmal reißt die Strömung ihnen das Seil mit dem Käfig aus den Händen, dann ist alles weg, das Seil, die Ladung, der ganze Waschbehälter, alles. Die andere Fördergesellschaft hier in Charleston hat ein großes Waschhaus errichtet, wo diese Arbeit maschinell gemacht wird. Na ja, die haben auch das ganze Geld aus Philadelphia im Rücken.«

»Wenn es dir an Geld fehlt, wüßte ich schon, wer in Philadelphia Geld für dein Projekt bereitstellen würde.«

»Ich will nicht, daß irgendwelche Yankees in Carlington mitmischen. Ich will auch kein Geld von ihnen. Irgendwann übernehmen sie hinterher das ganze Geschäft.«

»Pinny, Philadelphia ist nicht New York!«

Pinckney mußte zugeben, daß sein Patenonkel nicht ganz unrecht hatte. Philadelphia, Baltimore und Boston galten bei den Bewohnern Charlestons noch als ›richtige‹ Städte, weil sie eine lange Geschichte und Tradition hatten. Die anderen Städte waren zu jung, um wirkliche Bedeutung zu haben.

»Wir sollten mit Shad darüber sprechen«, meinte Joshua und erhob sich. »Ich muß jetzt leider weg, kann dich aber noch auf dem Weg in die Stadt begleiten.«

»Schön ... Oh, wir haben noch gar nicht über die Hochzeit gesprochen.«

»Stimmt. Die Damen wollen mit den Vorbereitungen anfangen. Nun, wir haben jetzt April. Bis du die nötigen Maschinen für das Waschhaus hast, wird einige Zeit ins Land gehen. Im Sommer ist es sowieso zu heiß. Sollen wir die Hochzeit nicht für den nächsten Januar ins Auge fassen? Jeder wird dann wegen des Balls in der Stadt sein, und Emma würde sich sehr freuen, wenn die Kirche voller Freunde ist. Sie kann sich ja dann mit deiner Mutter den Kopf darüber zerbrechen, wie man das Datum für die Hochzeit so festsetzt, daß Lavinia die Braut wird, die den Ball eröffnet. Damit sind die Frauen auch erst einmal gut beschäftigt.«

Pinckney war dieser Vorschlag sehr recht. Eins nach dem anderen. Eine Hochzeit im Sommer würde mit dieser Entscheidung nicht anstehen, und wer weiß, was bis Januar noch alles geschehen würde.

Während des nächsten Monats benutzte Joshua Anson sein ganzes Geschick, sein Wissen und seine Menschenkenntnis dazu, die Entwicklung der Tradd-Simmons Phosphatgesellschaft in möglichst erfolgversprechende Bahnen zu lenken. Es fand sich bald ein verläßlicher Aufseher für die

270

Produktion in Carlington; Pinckney und Shad hatten ihr
Büro auf der Broad Street, und eine Bank in Philadelphia
hatte einen Kredit zugesagt und wollte einen ihrer Repräsen-
tanten zur Überprüfung der Kreditfähigkeit des Unterneh-
mens nach Carlington schicken.

Pinckney ging es besser als je zuvor. Er mußte jetzt nicht
mehr Tag für Tag beobachten, wie die Felder, die seine Vorfahren bestellt hatten, nach und nach durchwühlt wurden.

Auch Shad war sehr zufrieden. Er hoffte, mit dem Erlös
aus der diesjährigen Baumwollernte und einem von Mr. Anson vermittelten Bankkredit seine Baumwollspinnerei errichten zu können.

Der wahrscheinlich zufriedenste aller Beteiligten saß jedoch in Philadelphia. Es war der Bankier Edward Pennington. Er wußte, daß der Kredit sich auszahlen würde. Seit
Joshua Anson und er nach Princeton gegangen waren, waren
sie gute Freunde, und er hatte die Familie Anson oft in deren
Haus in der Charlotte Street besucht. Darüber hinaus war
dieser Kredit eine wunderbare Gelegenheit für seinen Sohn
Ned, sich zu bewähren. Ned Pennington würde als Reprä-
sentant der Bank nach Charleston kommen, in eine Stadt, die
er, Edward Pennington, seinem Sohn schon immer einmal
hatte nahebringen wollen. Dank der einflußreichen Stellung
seines Vaters hatte Ned nie zum Militär gehen müssen.
Wahrscheinlich würde er daher während seiner Mission
keine Ressentiments schüren. Außerdem vertraute Edward
ganz auf seinen alten Freund Joshua Anson.

25

Joshua Anson blickte bestürzt auf die zwei großen Koffer und
die drei Reisetaschen, die neben dem fülligen jungen Mann
standen; der Sohn seines Freundes war gerade mit dem Zug
gekommen. Joshua verbarg seine wahren Gefühle hinter ei-

nem freundlichen Lächeln. »Wie geht es dir, Ned? Ich hoffe, du hast nichts dagegen, daß ich Ned zu dir sage. Immerhin habe ich dich schon auf meinen Knien geschaukelt. Kein Platz also für übertriebene Förmlichkeiten! Ich werde mich um einen Wagen kümmern, der dein Gepäck mitnehmen kann. Wir können zu Fuß gehen. Es ist nicht weit, und den ganzen Weg sind wir im Schatten.«

Im stillen fragte er sich, ob er den Jungen nicht mit dem Gepäck zusammen ins Haus fahren lassen sollte. Es waren nach dem großen Thermometer im Bahnhof über dreißig Grad im Schatten, und Ned trug einen Wollanzug und einen Hut aus Biberpelz. Sein steifer Kragen war frisch gestärkt und saß tadellos; Ned mußte sich kurz vor Ankunft des Zuges noch umgezogen haben. Er war bis oben zugeknöpft. Keine Stunde würde es dauern, dann wäre sein Hals voller Hitzepickel. Der Junge sah nicht allzu kräftig aus; sein Gesicht war blaß. Mit einem seidenen Taschentuch tupfte er sich behutsam den Schweiß von Schläfen und Kinn, nickte höflich und versprach, auf Joshua zu warten.

Er stellt sich tatsächlich in die pralle Sonne, wenn direkt daneben Schatten ist, dachte Anson. Er ist nicht nur ein Muttersöhnchen, sondern ein Dummkopf dazu. Ich hoffe, ich kann den Kredit noch von ihm bekommen, bevor er vor Hitze umkippt.

Aber in diesem Fall hatte sich Joshua Anson getäuscht. Ned Pennington war sich der Verantwortung seiner Mission durchaus bewußt. Es war das erste Mal, daß man ihm die selbständige Abwicklung eines Geschäftes übertragen hatte, und dabei wollte er auf gar keinen Fall ein Risiko eingehen. Erst einmal würde er alle verfügbaren Informationen über Phosphate einholen müssen, erklärte er Joshua. Dazu gehörten Daten über die spezifische chemische Zusammensetzung des Gesteins in Carlington und der geologischen Entstehung der Fundstelle. Dann hatte er die Bücher der Gesellschaft zu studieren und jede Eintragung zu überprüfen. Natürlich würde er auch einige Zeit die Arbeiten in Carlington selbst beobachten wollen, um sich ein bestmögliches Bild von den Verhältnissen dort zu machen. Und es mußten selbstverständlich eine Reihe von Testbohrungen getätigt werden, damit man auch wirklich sichergehen konnte, daß die Lagerstätte von ihrer Größe und Dicke her auch den in sie gesetzten Erwartungen entsprach. Sein Vater hatte ihm einen Monat Zeit für seine Aufgabe gegeben. Ned war sich nicht sicher, ob das reichen würde.

Als die beiden am Haus der Ansons ankamen, war Neds Jacke schweißdurchtränkt, der Kragen in sich zusammengefallen. Wankend lehnte der junge Mann am Tor. Gewaltsam erinnerte Joshua sich daran, daß der Sohn eines alten Freundes vor ihm stand. »Du solltest noch eine weitere Sache einplanen«, meinte er in freundlichem Ton. »Ein Anzug aus Baumwolle ist bei der Hitze hier unbedingt notwendig. Ich werde morgen mit dir zu einem guten Schneider gehen.«

»Wie sollen wir nur diesen Vielfraß ernähren?« fragte Joshua seine Frau nach dem Abendessen. Er hatte Ned auf sein Zimmer geschickt, damit er sich von den Anstrengungen der Reise erholen konnte.

»Er kriegt nicht mehr, als ihm zusteht«, sagte Emma. »Wenn das nicht reicht, muß er eben hungern, so wie wir auch. Es würde ihm sowieso nicht schaden, ein bißchen weniger zu essen.«

»Emma, wir müssen ihn bei Laune halten. Immerhin entscheidet er über den Kredit, den Pinckney so dringend braucht.«

»Dann soll Mary Tradd ihn durchfüttern. Ich werde morgen zu ihr gehen und mit ihr reden.«

Mary war sichtlich erfreut von ihrer neuen Aufgabe. Sie beschloß, zusätzlich noch Reverend Edwards und seine Tochter einzuladen, damit sich Ned unter so vielen Südstaatlern nicht verloren vorkommen würde.

Wie sich allerdings herausstellte, waren es gar nicht so viele Südstaatler, die sich regelmäßig zum Mittagessen im

Hause der Tradds einfanden. Nach dem ersten gemeinsamen Essen fanden Emma und Joshua Anson genug andere Verpflichtungen, um nicht mehr erscheinen zu können. Immerhin mußten sie sich noch jeden Abend mit Ned herumschlagen, und letztendlich brauchte Pinckney den Kredit, nicht Joshua. Auch Shad und Lucy entschuldigten sich. Somit blieben sechs Leute übrig. Mary kümmerte sich mit einem wahren Feuereifer um die Gestecke, die Speisefolge, die Servietten und ihre Kleider; so bemerkte sie gar nicht die Spannung, die zwischen den jungen Leuten am Tisch herrschte. Prudence quälte Pinckney damit, daß sie ihn heimlich unter dem Tisch am Bein berührte, während sie sich mit Ned über die chemischen Eigenschaften von Mergel unterhielt. Ned wiederum konnte ihr kaum zuhören, da er wie gebannt auf Lavinias Grübchen schauen mußte, das immer dann zu sehen war, wenn sie Pinckney und in wachsendem Maße auch ihm zulächelte.

Ned Pennington war sechsundzwanzig. Viele junge Frauen hatten ihn in Philadelphia angelächelt; er war guterzogen, gebildet und der einzige Sohn eines reichen Bankiers. Aber noch nie hatte er jemanden so lächeln sehen wie Lavinia Anson. Er hatte das Gefühl, ihre weichen, ein wenig zugespitzten Lippen strahlten etwas ganz Besonderes aus, wenn sie ihm von unten herauf zulächelten. Das Grübchen und ihre großen blauen Augen ließen ihn schmachten und enthielten ein Versprechen, das er gar nicht als ein solches erkannte, sehr wohl aber darauf reagierte. Nie zuvor war Ned dieser ehrfürchtigen Bewunderung der Überlegenheit des männlichen Geschlechts begegnet, die die Mädchen aus dem Süden verkörperten. Er war auch noch niemals in seinem Leben für längere Zeit allein unterwegs gewesen. Die von ihm als lässig empfundene Lebensart der Südstaatler verwirrte ihn; die unregelmäßigen Geschäftszeiten und das Gewicht, das das Vergnügen für diese Menschen hatte, waren ihm fremd. Pinckney hatte sich mehrmals dafür entschuldigt, daß er ihn nicht mit auf die Partys nehmen konnte, die die Be-

274

wohner Charlestons unablässig zu feiern schienen. Lavinia hatte vorgeschlagen, eine eigene Party zu feiern, um damit dieses Defizit wieder wettzumachen. Eines Nachmittags spielte dann Mary Tradd Klavier, und die jungen Leute begannen zu tanzen. Es war schockierend für Ned, zu bemerken, welche Gedanken sich ihm aufdrängten, als er seinen Arm um Lavinias zerbrechlich wirkende Hüfte legte, den süßen Duft ihres Haars einatmete und spürte, wie ihre Fingerspitzen seinen Hals berührten...

Mit seiner Arbeit machte Ned jedenfalls gute Fortschritte. Er war überzeugt, daß bald der Zeitpunkt gekommen war, an dem er genug Informationen hatte, um sich vor Ort in Carlington ein Bild von den Verhältnissen machen zu können.

Ned schloß das letzte der Geschäftsbücher, die vor ihm auf dem Tisch lagen. Er saß in Pinckneys Büro und schaute auf seine schwere goldene Taschenuhr. Pinckney mußte jetzt jeden Moment kommen. Dann würden sie einen Zeitplan für seinen Besuch in Carlington ausarbeiten. Pinckney wollte damit eigentlich bis zum Unabhängigkeitstag am 4. Juli warten. Dann hätten die Arbeiter Urlaub und um so mehr Zeit, auf Neds Fragen zu antworten, meinte er. Ned hielt das für die typische Saumseligkeit der Südstaatler. Es war doch erst der 29. Juni, und es gab keinen Grund, fünf Tage zu verschenken! Erneut blickte Ned auf seine Uhr. Pinckney kam zu spät.

Zwei Häuserblocks entfernt schaute auch Pinckney auf seine Uhr. Er saß im Lagerbüro und ärgerte sich, daß Ned sich verspätet hatte. Wahrscheinlich hat er sich verlaufen, sagte er sich. Der arme Kerl muß alles sechsmal machen, bis es ihm gelingt, und bisher ist er hier erst zweimal aufgekreuzt, um die Transportunterlagen zu überprüfen. Allerdings war es unüblich, daß Ned ein vereinbartes Treffen nicht einhielt. Seine Nachricht war eindeutig gewesen. Aber so wichtig war die ganze Sache sowieso nicht. Pinckney lehnte sich gegen die Wand, verschränkte die Beine und versuchte, nicht an Prudence Edwards zu denken.

Joshua Ansons Einspänner hielt vor dem Eingang des Bürogebäudes. »Soll ich noch einen Brief für Sie abgeben, Lavinia?« fragte Jeremias.

»Nein, danke. Warte eine Weile. Ich muß kurz hochgehen und Mr. Tradd sprechen.«

»Aber Mist' Pinckney ist hinten am Lager. Ich habe erst vor einer Stunde den anderen Brief dort abgegeben, und der Mann an der Tür sagte mir, Mist' Pinckney sei oben.«

»Laß das mal meine Sorge sein, Jeremias.« Lavinia kicherte. »Warte einfach, bis ich wieder zurückkomme.«

»Miß Emma wird wütend, wenn ich mit dem Wagen zu lange unterwegs bin. Sie sagte, ich solle Sie zu einer Teeparty fahren. Sie sagte nichts über Besuche im Büro.«

»Sei jetzt still. Was Mama nicht weiß, macht sie nicht heiß. Du wartest hier auf mich!« Lavinia strich ihr Haar glatt und ging hinein. Während sie die Treppen zu den Büroräumen der Tradd-Simmons Phosphatgesellschaft hochstieg, zog sie ihre fein gewirkten Fingerhandschuhe aus. Dann leckte sie sich über die Lippen und öffnete die Tür.

»Ist Mr. Tradd da? Oh, wenn das nicht Mr. Pennington ist! Wie schön!« Lavinia streckte ihm ihre süß duftende Hand entgegen. Ned ergriff sie und fühlte, wie sein Gesicht zu glühen begann. Er beugte sich über ihre Finger, die sich einen Moment lang um die seinen gekrümmt hatten und jetzt wieder ausgestreckt in seiner Hand lagen. Lavinia achtete darauf, daß sie ihre Hand etwas langsamer aus der seinen löste, als es sonst der Fall war. Sie spannte ihren Fächer auf und hielt ihn vor ihr Gesicht. »Es muß sehr warm hier drin sein«, meinte sie leichthin. »Ich wüßte sonst gar nicht, warum mir so heiß geworden ist.« Ned beeilte sich, ein Fenster zu öffnen, stieß dabei mit dem Knie gegen den Schreibtisch.

Als er Lavinia den Rücken zugedreht hatte, bewegte sie sich drei Schritte vorwärts. Jetzt stand sie genau zwischen ihm und dem Besucherstuhl. Als er sich wieder umdrehte, fächelte sie sich mit raschen Bewegungen Luft zu. »Sie sind wirklich nett, Mr. Pennington«, sagte sie mit kläglicher

Stimme. »Ich bin sicher, daß ein bißchen frische Luft mir gut-tun wird.« Sie schwankte leicht. »Könnte ich mich wohl für einen Moment hinsetzen?«

Ned rannte fast, als er sich hastig auf sie zu bewegte. Was sollte er nur tun, wenn sie ohnmächtig wurde? Es war unver-zeihlich, daß er ihr nicht längst einen Stuhl angeboten hatte. »Aber bitte«, versuchte er zu sagen, brachte aber keinen Ton mehr heraus. Stumm zeigte er auf den Stuhl und eilte auf sie zu. Sie bewegte sich im selben Moment nach vorne und zu seinem Entsetzen strich seine Hand ungewollt an der Wöl-bung ihrer Brust entlang. Gott sei Dank schien Lavinia es nicht bemerkt zu haben. Mit raschelnden Petticoats sank sie anmutig in den Stuhl und lehnte sich zurück. Neds Arm be-mühte sich, den Stuhl in eine bessere Lage zu rücken. Lavinia keuchte. »Bitte um Vergebung«, stammelte er. »Ich wollte wirklich nicht...«

Mit einem Ruck saß sie wieder aufrecht; gerade rechtzeitig konnte Ned noch einen Schritt zurückweichen. Sein Arm prickelte, seine Hand schien ihm nicht mehr gehorchen zu wollen, zuckte gegen seinen Willen nach vorne, wollte diese weichen Wölbungen erneut berühren, diese Rundung, die sich so sehr in seine Sinne eingegraben hatte, daß er an nichts anderes mehr denken konnte.

»Oh, entschuldigen Sie sich nicht, Mr. Pennington. Es war alleine mein Fehler. Pinckney – ich meine, Mr. Tradd – er schimpft auch immer, daß ich so ungeschickt bin.«

»Aber das stimmt doch gar nicht, Miß Anson. Mit Ihnen zu tanzen war wie das Schweben auf einer Wolke.«

Lavinia sah ihn mit großen Augen an. Dann blickte sie auf den Fächer auf ihrem Schoß. Das Grübchen an ihrem Mund-winkel und das herausfordernde Lächeln ließ Neds Knie weich werden. Oh, mein Gott, dachte er, am liebsten würde ich mit meiner Zungenspitze ihr Grübchen berühren. Ich muß verrückt geworden sein. Lavinias helles Lachen drang durch den dumpfen Nebel seiner Selbstvorwürfe.

»Das dürfen Sie aber nicht sagen, Mr. Pennington. Sie ver-

drehen mir ja ganz den Kopf!« Sie warf einen schnellen Blick
auf seine feuchten Schläfen und blickte kurz in seine ängstlichen Augen. Dann schaute sie mit einem schnellen Augenaufschlag wieder zu Boden. »Wenn ich Mr. Tradd erzählen
würde, daß Sie mit mir flirten, dann wäre er Ihnen bestimmt
sehr böse.« Das Grübchen lächelte Ned wieder an. »Immerhin gibt es ja noch einige Regeln, denen wir folgen müssen,
auch wenn Pinckney und ich nur der Form halber miteinander liiert sind.« Die schweren Augenlider bewegten sich
langsam nach oben; Ned hatte genug Zeit, ihre Worte zu verdauen. Dann richteten sich ihre riesigen, unschuldigen
blauen Augen direkt auf ihn.

»Ich... Aber ich dachte... Ich habe nichts davon gehört,
daß...«, stammelte Ned.

»Du meinst, du hast nichts darüber gewußt? Natürlich
nicht! Wie solltest du auch?« Ihre großen Augen füllten sich
mit Tränen. »Es war Krieg. Da war dieser Junge – ich war eigentlich noch viel zu jung, hatte noch Zöpfe, aber ich him-
melte ihn an. Und dann fiel er auf dem Schlachtfeld. Mir
brach das Herz. Auch kleine Mädchen haben schon ein großes Herz.« Die Tränen standen ihr in den Augen, zwei große,
glänzende Tropfen liefen ihr die Wangen hinunter. Einer
blieb in Lavinias zitterndem Mundwinkel hängen. Sie lächelte tapfer; die Träne saß in ihrem Grübchen fest und
schimmerte. Neds Mund war wie ausgedörrt. »Wahrscheinlich hältst du mich jetzt für ein dummes Ding. Ich war damals
wirklich noch sehr dumm und wollte einfach nichts mehr mit
Jungen zu tun haben. Nach dem Krieg war ich dann alt genug, um auf dem Ball vorgestellt zu werden. Aber das bedeutete auch, daß man um meine Hand anhalten konnte. Es
wäre nicht aufrichtig von mir gewesen, mich auf irgend jemanden einzulassen. So bin ich zu Pinckney geflüchtet. Er ist
wie ein großer Bruder zu mir!« Lavinia faltete die Hände über
ihrem Busen zusammen. »Er beschützt mich. Natürlich versprach ich ihm, ihn freizugeben, wann immer er eine andere
heiraten wollte. Ich habe es nie für möglich gehalten, daß ich

selber je das Verlangen verspüren würde, mich mit einem Mann zusammenzutun.« Sie hob eine Hand zum Mund, öffnete ihn leicht und kaute auf ihrem Zeigefinger. Ned konnte das Weiß ihrer Zähne glänzen sehen und dahinter ein warmes, lebendiges Rosa. Das Atmen fiel ihm schwer. Verzweifelt suchte er nach passenden Worten.

Lavinia schluchzte. Sie konnte ihre Tränen nicht länger zurückhalten.

»Bitte weine nicht.« Flehend streckte er ihr die Arme entgegen. Lavinia zögerte keinen Moment und warf sich an seine Brust. Unwillkürlich schlossen sich seine Arme um ihren zitternden Körper.

»Tröste mich«, wisperte Lavinia in sein Ohr.

Ned verlor jede Kontrolle. Seine Lippen erkundeten Lavinias Grübchen und ihre Mundwinkel, dann wanderten sie willenlos auf ihren Mund, zwischen ihre Lippen. Seine Hände berührten ihr tränennasses Gesicht, ihr weiches Haar und dann die verbotenen Rundungen ihrer Brüste. Er war ganz von Sinnen.

»Sag, daß du mich liebst, Ned.«

»Ich liebe dich; ich liebe dich wirklich!«

»Sag, daß du ganz verrückt nach mir bist.«

»Ja, das bin ich. O Gott, ja!«

Lavinia küßte lächelnd sein Ohr. »Ich bin ja so glücklich«, hauchte sie.

Als Pinckney später in sein Büro kam, war Ned schon lange weg. Lavinia erwartete ihn, gestand alles und bat ihn leidenschaftlich um Verständnis und Vergebung. Pinny gab sie ohne Zögern frei. Als er Shad erzählte, Lavinia würde jetzt bald Ned heiraten, konnte sein Freund nur bestätigend nikken. Als Pinckney jedoch weg war, mußte er sich den Bauch halten vor Lachen. Unbemerkt von Ned und Lavinia war er die ganze Zeit in seinem Büro gewesen und hatte durch die einen Spalt weit geöffnete Tür alles mitbekommen. »Ich habe noch nie gesehen, wie jemand so sauber aufs Kreuz gelegt wurde«, rief er schallend aus. »Diese kleine Nummer sollten sie in der Politik einführen. Diese fetten Gauner könnten allesamt noch etwas von Lavinia lernen!«

Auch Joshua Anson hatte keinerlei Bedenken, der Verbindung zwischen Lavinia und Ned seinen Segen zu geben. Er mochte den Jungen sowieso nicht, und auch Lavinia war ihm nicht sonderlich sympathisch, wie er seiner Frau mit einem traurigen Lächeln eingestand. Ihre herzlose Doppelzüngigkeit war einfach zu offensichtlich, als daß sie sich noch irgendwie entschuldigen ließe. Während Ned sein Glück gar nicht fassen konnte, bat Mr. Anson Reverend Edwards, die beiden im Salon des Hauses in der Charlotte Street zu trauen. Dann kaufte er ihnen Zugfahrkarten nach Philadelphia und konnte Pinckney die unterzeichneten Vereinbarungen über den Kredit aushändigen. Um dem Gerede in der Stadt zu entgehen, flüchtete Joshua mit seiner Frau zu deren Schwester nach Savannah. Die plötzliche Heirat Lavinias mit Ned war einen Monat lang das vorherrschende Gesprächsthema in Charleston.

Pinckney stürzte sich auf die Vorbereitungen für die Errichtung des Waschhauses und war eine Woche lang betrunken. Es ging ihm so gut wie nie zuvor. Shad reiste erneut nach Norden.

Lucy Anson lud Prudence bei sich zum Tee ein. Sie hoffte, einen Weg zu finden, ihrer Freundin möglichst taktvoll zu verstehen zu geben, daß sie alles tun würde, um ihr den Weg in eine Ehe mit Pinckney zu ebnen. Schließlich gab es eigentlich keinen Grund mehr, der gegen ihre Heirat sprach. Und der Name Tradd hatte nach wie vor ein solches Gewicht, daß Pinckney Abraham Lincolns Tochter hätte heiraten können, und jeder in Charleston das bereitwillig akzeptiert hätte, sobald die Erwählte ihren alten Namen ablegte.

Doch nach ihrem ersten zaghaften Versuch wurde sie von Prudence unterbrochen. »Pinckney und ich? Du bist verrückt!« Dann brach sie in Tränen aus. Natürlich liebte sie ihn, sagte sie und ließ ihrem Schmerz und ihrer Verzweiflung freien Lauf. Sie hatte es nie für möglich gehalten, irgend jemanden zu lieben; sie hatte auch Pinckney anfangs nicht geliebt; gut, sie hatte ihn begehrt, aber Liebe war das zunächst nicht gewesen. Sie wußte nicht einmal, was Liebe war. Bis es dann zu spät war.

»Aber Prudence, Pinny muß dich lieben. Sonst würde er doch nie so weit gegangen sein und... Ich meine, seine Gefühle müssen ihn doch überwältigt haben. Sonst hätte er doch nie...« Prudence lachte verächtlich auf. Sie unterbrach Lucy erneut und umriß mit kühlen Worten ihre Laufbahn und ihre Erfahrungen als Frau, bevor sie Pinckney getroffen hatte. Und sie erzählte ihr von dem, was sie seit dieser Zeit getrieben hatte.

»Ich schmeiße mich jetzt jedem rothaarigen Mann um den Hals, der mich haben will. Oder jedem Einarmigen. Ich kann mir dann immer vorstellen, ich wäre mit Pinckney zusammen. Sogar in der Kirche habee ich einen Mann verführt.«

Lucy stöhnte auf.

Prudence sah die Betroffenheit auf dem Gesicht ihrer einzigen Freundin. »Ganz gleich, was du auch immer von mir denken magst, Lucy, ich bin noch schlimmer. Von früher Kindheit an hat mich die Sündhaftigkeit des Menschen begleitet. Immer war ich schlecht. Alles, was ich tat, war Sünde. Das fing damit an, daß ich meine Mutter tötete, als ich auf die Welt kam. Ich habe keine Sünde ausgelassen – Faulheit, Gier, Neid, Völlerei, meinen Vater nicht zu ehren, Gott nicht zu lieben, alles. Ich denke, irgendwann bin ich dann auf den Geschmack gekommen. Und Ehebruch war eine ganz natürliche Ergänzung.

Du siehst es selber: Wenn ich jemanden liebe, dann ist es das beste, ich lasse ihn in Ruhe. Pinckney liebe ich so sehr, daß ich nicht einmal das fertigbringe. Was soll ich nur tun?«

Lucy nahm sie in ihre Arme. Beide Frauen weinten. Irgendwann nahm Lucy dann die Hand ihrer Freundin und

hielt sie fest umschlossen. »Du hast mir erzählt, eure Schule
sei halb leer?«

Prudence nickte. »Nicht nur meine Schule. Alle Schulen.
Wir waren uns so sicher, daß wir alles wußten. Zerreißt die
Fesseln der Schwarzen und gebt ihnen eine gute Ausbildung, hieß es. Dann werden sie wie wir und werden uns
darüber hinaus mit Liebe begegnen. Nun, sie haben ihre
Kinder in unsere Schulen geschickt. Aber sobald sie ›Hut‹
buchstabieren und ihren Namen schreiben konnten, kamen
sie nicht mehr. Und ihre Straßenbanden schlagen alle Weißen zusammen. Auch die Missionare der Sklavenbefreiung,
auch Yankees, es macht keinen Unterschied. Was dachten
wir uns eigentlich dabei, als wir diese armen Teufel befreiten, aber dann sich selbst überließen. Es war unfair. O Gott,
Lucy, alles, was ich anfange, ist falsch! Und ich bin so wütend, ich könnte der ganzen Welt etwas antun!«

»Sogar Pinckney?«

»Zuallererst Pinckney. Weil er viel zu fein ist, um wieder
mit mir ins Bett zu gehen. Er hätte immer noch seinen Spaß
daran, allerdings auf andere Weise, aber er will nicht mehr.
Er ist viel zu sehr ein Gentleman von Format. Ich hasse
ihn.«

Lucy war verstummt.

»Schon gut!« rief Prudence. »Ich hasse ihn nicht. Ich liebe
ihn und ich will ihn, und ich kann ihn nicht bekommen.
Was soll ich also tun? Mich vom Kirchturm stürzen, nachdem dieser dämliche Nachtwächter sein ›Alles in Ordnung‹
gerufen hat?«

»Das beste ist wahrscheinlich, du gehst woanders hin, solange es möglich ist. Sonst quälst du dich die ganze Zeit damit, daß du ihn haben willst. Wenn es unmöglich ist, zu ihm
zu gelangen, dann akzeptierst du es nach einer Weile auch,
und irgendwann willst du es dann gar nicht mehr.« Lucys
Stimme war fest; sie war sich ihrer Sache sehr sicher.

Prudence blickte kurz zur Decke hoch. Sie hatte Andrew
ganz vergessen und fühlte eine ungewohnte Scham. »Wie

konnte ich nur so mit dir sprechen, Lucy? Es tut mir wirklich leid. Kannst du mir noch einmal verzeihen?«

Lucy lächelte. »Du hast doch nichts getan. Ich habe dich sehr liebgewonnen, Prudence. Ich kann dich nicht leiden sehen. Bitte lerne aus meiner Erfahrung. Dann bekommt mein eigenes Leid etwas Sinn. Und wenn ich glauben kann, daß es einen Sinn hat, dann scheint alles auch nicht länger so ungerecht zu sein.«

Jetzt war es Prudence, die spontan ihre Freundin umarmte. »Du hast recht«, sagte sie sanft. »Ich habe es ja Pinckney einmal selbst gesagt, daß ich mich nicht mit ihm zusammentun würde, weil ich ihn zu sehr schätze. Das war eigentlich ganz vernünftig, allerdings etwas vorlaut. Ich glaube, ich sollte selber befolgen, was ich da so überzeugend vertreten habe.« Sie löste sich von Lucy und erhob sich. »Ich werde dich vermissen, Lucy.«

»Ich dich auch. Wirst du mir schreiben?«

»Nein. Und ich möchte auch nicht, daß du mir schreibst. Dann wünschte ich nämlich, wieder zurückkommen zu können.«

»Wohin willst du denn gehen?«

»Das weiß ich noch nicht. Die Kirche hat ihre Missionsschulen an den unglaublichsten Plätzen. Wir werden uns noch sehen, bevor ich weggehe. Es wird auch eine Weile dauern, bis ich eine neue Stelle bekommen kann.«

»Ich bin fast immer zu Hause. Wenn du einmal eine gute Freundin brauchst, dann komm einfach.«

»Ich weiß. Gott segne dich, Lucy.« Prudence mußte lachen. »Ich klinge schon wie der Erzengel persönlich. Aber es war wenigstens ehrlich.« Sie küßte Lucy auf die Wange und ging rasch davon.

Sechs Wochen später gab Mary Tradd ein Essen zur Verabschiedung von Prudence Edwards. Der Skandal, den Lavinia hervorgerufen hatte, war nicht länger Gesprächsthema in Charleston. Die Leute schwatzten jetzt viel lieber über den neuen Gouverneur der Yankees, der angeblich so viel trank, daß man ihn manchmal in sein Büro tragen mußte.

Prudence verließ die Stadt am darauffolgenden Tag. Sie fuhr nach Baltimore und bestieg dort ein Schiff zu den Sandwich-Inseln, wo sie bald in einer Schule der anglikanischen Mission eine neue Tätigkeit fand.

Im Hause der Tradds kehrte eine schläfrige Sommerruhe ein, die Mary und Pinckney sehr genossen.

26

Auf Ashley Barony gab es allerdings nur wenig Ruhe. Die Erntezeit rückte immer näher. Am 10. September wurden die Felder wieder entwässert, damit der Lehm trocknen konnte. Lizzie half bei der Gemüseernte und in der Küche bei der Zubereitung der verschiedenen Gerichte. Morgens ging sie jetzt immer mit Stuart schwimmen. Sie war eine gute Schwimmerin geworden und schwang sich sogar mit dem Seil ins Wasser, wobei sie sich mit zwei Fingern die Nase zuhielt. Mit dem Kopf unter Wasser zu kommen war ihr allerdings nach wie vor unheimlich. Im Oktober wurden die Nächte kühler, die Tage kürzer und die Temperaturen angenehmer. Die Familie zog wieder ins große Haus. Julia erklärte die Schwimmsaison für beendet, und Lizzie saß wieder über ihren Schulbüchern. Sie durfte nur bei den drei bedeutendsten Ereignissen der Erntezeit ihre Schularbeiten liegenlassen: dem ersten Reisschnitt, dem Dreschen und dem Worfeln.

Die Ernte war für Lizzie wie ein wunderschöner langsamer Tanz. Sie schaute zu, wie sich die Männer und Frauen sachte durch den hohen goldenen Reis bewegten, als wateten sie durch ein Meer aus Sonnenlicht. Die Reispflanzen wogten hin und her, öffneten sich vor den voranschreitenden Gestalten und schlossen sich mit einer wellenförmigen Bewegung hinter ihnen wieder zusammen. Die kleinen Sicheln waren

284

fast unsichtbar, nur manchmal blitzten sie kurz im Sonnenlicht auf. Von weitem sah es aus, als würden die langen goldenen Köpfe der Pflanzen wie durch Zauberhand entfernt. Die Männer und Frauen bewegten sich singend mit langsamen, kräftigen, gleichmäßigen Schritten voran. Jeder schaffte an diesem Tag das doppelte Pensum. Der Reis stand voll im Saft; das Wetter konnte gar nicht besser sein; die Mühen des Jahres hatten zu reichlichen Erträgen geführt. Wenn der ganze Reis geerntet sein würde, hatte man wahrlich einen Grund, zu feiern.

Die abgeschnittenen Pflanzen wurden auf dem Feld zum Trocknen liegengelassen. Am nächsten Tag kamen die Frauen wieder und bündelten sie mit schnellen und anmutigen Bewegungen zu kleinen Garben. Die Männer legten diese dann auf kleinen Haufen zusammen.

Fast zwei Wochen dauerte die Ernte. Das Stroh auf den Feldern würde im Winter gutes Viehfutter geben. Der geerntete Reis wurde mit flachen Booten auf dem Wasserweg von den Feldern wegtransportiert. Julia jubelte. Es war sehr viel Reis geerntet worden, und die Qualität war ausgezeichnet. Die Arbeit hatte sich gelohnt, und es würde gutes Geld dafür in die Kasse kommen.

»Werden wir wieder reich sein, Tante Julia?« fragte Stuart.

»Das werden wir wohl nie mehr sein. Aber wir haben den Verlust durch den Ernteausfall vom letzten Jahr wieder wettgemacht, die Kosten dieses Jahres sind gedeckt, und wir haben eine Menge erstklassiges Saatgut für das nächste Jahr. Das scheint mir erst einmal das Beste zu sein, das wir erwarten können.«

Das Dreschen des Saatguts geschah von Hand. Die Reismühlen hätten die Körner und damit die neue Saat beschädigen können. Lizzie war froh, wieder einen Tag von ihren Büchern wegkommen zu können und in der Scheune bei dieser Arbeit zuzusehen.

Immer im Wechsel schlugen die Frauen die Reisbündel auf den langen Holzstamm in der Mitte der Scheune. Lizzie

285

quietschte vor Vergnügen, als die Körner vom Halm sprangen und auf den Boden purzelten. Sie wollte das unbedingt einmal selbst versuchen. Die Frauen unterbrachen ihre Arbeit, und eine korpulente Frau mit Goldzahn zeigte ihr mit einem breiten Grinsen, was zu tun war. Die ganze Sache war viel schwieriger, als sie aussah. Lizzie schlich ganz betrübt zu ihrer Plattform zurück. Als die Frauen die meisten Körner aus den Pflanzen herausgehauen hatten, kamen die Männer nach vorne. Sie schlugen mit schweren, hölzernen Dreschflegeln auch noch die letzten Körner von den Halmen. Dieses Mal war es Stuart, der gerne seine Kräfte messen wollte. Er gab allerdings ein noch traurigeres Bild ab als Lizzie, worauf diese sich schon gleich viel besser fühlte. Julia schickte die beiden zum Abendessen ins Haus. Sie selbst verließ die Scheune erst, als das ganze Saatgut für das nächste Jahr sicher auf dem Dachboden lag.

Bevor der Reis nun für das tägliche Mittagessen verwendet werden konnte, mußten die Reiskörner noch von der Spreu getrennt werden. Wenn der richtige Wind wehte, machte Dilcey das mit einer riesigen Schwinge. Es war eine einfache, urtümliche Tätigkeit.

Zunächst kamen die Reiskörner in einen Stampftrog aus Zypressenholz. Dort wurden sie mit einem langen Holzmörser so lange bearbeitet, bis ihre Schalen aufgebrochen waren. Dann wurde alles in eine ungeheuer große, runde, flache Getreideschwinge gekippt. Während Dilcey die Schwinge in einem kleinen Kreis von einer Seite zur anderen bewegte, ließ sie den Reis immer wieder mit kurzen, ruckartigen Bewegungen von der Schwinge hochhüpfen, damit die leichte Brise die ganze Spreu wegblasen konnte. Die hypnotischen Bewegungen der Schwinge und der silbrig glänzende Reis, der immer wieder in sie hineinregnete, zogen das Mädchen unweigerlich in ihren Bann. Dazu sang Dilcey die ganze Zeit mit ihrer vollen Stimme. Seit Lizzie diese beeindruckende Arbeit vor Monaten das erste Mal beobachtet hatte, wünschte sie sich nichts sehnlicher, als es einmal selber machen zu dürfen.

Ihre Arme waren allerdings viel zu kurz, um die riesige Schwinge halten zu können.

Doch das kleine Mädchen wuchs ungeheuer schnell, und als sie im November neun Jahre alt wurde, schenkte ihr Dilcey die verkleinerte Ausgabe einer Schwinge und ließ sie damit üben. Es war das schönste Geschenk, das man Lizzie hatte machen können.

Julia ließ die beiden gewähren. Das Jahr auf dem Landgut war sowieso bald vorüber, und es würde Lizzie bestimmt nichts schaden, wenn sie ein bißchen weniger vor dem Klavier saß. Sie war nicht die beste Klavierschülerin, hatte aber durchaus die Anlage zu einer guten Köchin. So wie die Welt außerhalb des Landguts aussah, würde ihr das wahrscheinlich auch viel mehr nutzen als das Musizieren.

Mitte Dezember traf Julia mit den Kindern wieder in der Meeting Street ein. Stuart fiel der Abschied vom freien Leben auf dem Landgut sehr schwer. Als die Abreise nahte, kämpfte er verzweifelt gegen seine Tränen an. Lizzie sang ihrem Bären Weihnachtslieder vor. Sie hatte die ganze Tasche voller Geschenke: ein in Kattun eingeschlagenes Herbarium für Shad, einen mit seinen Initialen versehenen Tintenwischer für Pinckney, einen Stickrahmen mit den Ergebnissen ihrer mühevollen Arbeit für ihre Mutter. Lizzie konnte jetzt furchtlos schwimmen, nach dem Essen den Tisch abräumen und wieder herrichten, ein wenig Französisch sprechen, recht gut sticken, nicht besonders gut Klavier spielen, aber sich in der Küche nützlich machen. Das Wichtigste, was sie auf dem Landgut gelernt hatte, war jedoch für Tante Julia zweierlei: Sie behandelte den Reis mit Respekt und wußte jetzt, daß das männliche Geschlecht das überlegenere und wichtigere war.

Eleanor Allston gestattete Lizzie am ersten Schultag, ein wenig von ihren neuen Fähigkeiten zu demonstrieren, und ließ sie Tee servieren und Französisch sprechen. Den Tag darauf wurde sie behandelt wie alle anderen auch.

Stuart ging jetzt ebenfalls zur Schule; der Privatunterricht hörte auf. Reverend Dr. A. Toomer Porter, ein renommierter Geistlicher aus Charleston, hatte eine Schule eröffnet, die speziell für die Söhne der Plantagenbesitzer gedacht war. Ein altes Waffenlager wurde dafür umgebaut. Direkt vor dem Gebäude lag der alte Exerzierplatz mit der Fahnenstange in der Mitte. Er diente jetzt als Schulhof, und es dauerte nicht lange, da spielten die Jungen Soldaten. Stuart wurde als der große Held gefeiert. Alle hatten sie davon gehört, daß er den Schergen Daddy Cains in die Hände gefallen war, und mit großen Augen lauschten sie, wenn Stuart unablässig Rache schwor, Stuart war zwar erst fünfzehn und ziemlich klein für sein Alter, aber keiner zweifelte daran, daß er später einmal seinen Rachefeldzug durchführen würde.

Die mittägliche Runde im Hause der Tradds hatte nicht nur Ned und Lavinia zusammengebracht. Auch Mary und Reverend Edwards waren sich nähergekommen. Das Herz des Reverend ließ sich nicht unbedingt durch gutes Essen gewinnen. Statt dessen war es das Gefühl der Behaglichkeit und eines ungeheuren Wohlbefindens, das ihn jedesmal überkam, wenn er den wohlgeführten Haushalt von Mary Tradd genoß. Prudence hatte für solche Dinge überhaupt kein Gespür. Als die gemeinsamen Essen dann plötzlich vorbei waren, fühlte sich Reverend Edwards von allen Annehmlichkeiten des Lebens ausgeschlossen. Und er meinte zu erkennen, daß Mary Tradd ihm die Wärme und Geborgenheit schenken konnte, die seinem Leben fehlte. Mit einer langen, gestelzten Rede machte er ihr einen Hochzeitsantrag. Mary weinte vor Glück und legte ihre Hand in seine. Im Mai war die Hochzeit.

Als erstes hatte Mary Pinckney von ihren Heiratsplänen unterrichtet. Immerhin war er ja der Familienvorstand. Pinckney hatte natürlich keinerlei Einwände. Er dachte jedoch an das, was ihm Prudence über ihren Vater und die Wirkung seiner Erziehung berichtet hatte, und bestand darauf, daß Lizzie und Stuart auf alle Fälle in Charleston bleiben sollten. Reverend Edwards wurde nach Pennsylvania abberufen. Mary vergoß weitere Tränen, aber im Grunde war sie sehr glücklich über die ganze Entwicklung. »Ich konnte eigentlich nie etwas mit Kindern anfangen«, gestand sie Pinckney in einem seltenen Moment der Selbsteinsicht.

Die kommenden Wochen hatte Mary alle Hände voll zu tun, ihre Garderobe ihrem neuen Stand und ihrem neuen Wohnort anzupassen. Dabei fielen viele Kleider für Lizzie ab, die sich stolz in ihren neuen Gewändern präsentierte. Sie waren auf ihre Größe umgearbeitet worden, und Lizzie kam sich vor wie eine kleine Dame.

Das Beste, was Mary Lizzie antun konnte, war jedoch ihre Entscheidung, Sophie mit nach Pennsylvania zu nehmen. Als Lizzie Shad ganz arglos von Sophies Erziehungsmethoden erzählte, nahm er sie sanft auf seinen Schoß und drückte sie eng an sich.

Nachdem Mary das Haus verlassen hatte, wurde Lizzie automatisch die neue Herrin. Sie saß jetzt am Kopf des Tisches, ihr wurde als erstes serviert; sie läutete die Tischglocke, wenn der nächste Gang kommen sollte, bestimmte, was es zu essen gab, lud zum Tee und kommandierte alle herum.

Es war ein exzentrischer Haushalt: Zwei junge Männer standen unter der Fuchtel eines kleinen Mädchens. In Charleston hatte man jedoch schon immer eine besondere Schwäche für das Exzentrische gehabt. Und es funktionierte! Julias rigoroses Training hatte Lizzie sehr gefordert; sie hatte dabei in kurzer Zeit sehr viel lernen müssen. Sobald die Bediensteten merkten, daß sie wußte, was sie tat, zollten sie ihr den gebührenden Respekt, ohne daß die ihr entgegengebrachte Zuneigung darunter litt. Pinckney und Shad sahen in ihr immer noch das kleine Baby; sie konnten Lizzies Verhalten nicht begreifen. Die beiden Männer waren auch viel zu sehr beschäftigt, als daß sie sich fragten, warum Lizzie wohl so oft auf ihrem Schoß Zuflucht nahm und dort die Zeit ihrer Kindheit wieder aufleben ließ.

Pinckney wurde mit Einladungen zu gesellschaftlichen Anlässen förmlich überschüttet. Als sechsundzwanzigjähriger Junggeselle mit einem gutgehenden Geschäft und dem wohlklingenden Namen Tradd ließ er die Mütter heiratsfähiger Töchter reihenweise erschauern. Die jungen Frauen achteten nur auf seinen muskulösen Körper, sein strahlendes Lächeln und sein galantes Benehmen. Sie waren alle hinter ihm her, aber Pinny kannte die Regeln. Er achtete sorgsam darauf, sich nicht auf irgendein bestimmtes Mädchen zu konzentrieren. Zuviel Aufmerksamkeit seinerseits konnte ihm schnell als Bevorzugung oder Liebeserklärung ausgelegt werden. Und er wußte jetzt, wie schwierig es war, sich von den Folgen einer einzigen unbesonnenen Handlung wieder zu befreien.

Er hatte auch nicht das Gefühl, bald heiraten zu müssen. Die Einladungen nahm er jedoch an.

Auch Shad verschwendete weiter keine Gedanken ans Heiraten. Er kümmerte sich um die Errichtung seiner Baumwollspinnerei und die darum herum wachsende Siedlung. Er nannte sie Simmonsville und hatte das Gefühl, ein kleiner König zu sein.

Stuart war derjenige, der am ehesten Lizzies ungewohnte Autorität hätte in Frage stellen können. Doch er war kaum zu Hause. In den Schulferien zog es ihn zum Landgut. Nur zur Weihnachtszeit, wenn Julia in der Stadt war, waren sie alle zusammen; und in diesen Wochen übernahm Julia das Kommando im Haus und verdrängte Lizzie aus ihrer neuen Stellung. Für Lizzie war das eine schwere Zeit.

In der alten Stadt verlief das Leben in den gewohnten Bahnen und zu den vertrauten Klängen der Glocken der St. Michaels-Kirche. Die Oberstadt blühte auf; neue Gebäude und Geschäfte wurden überall hochgezogen. Viele der alten Bewohner fanden dort Arbeit, aber alle kehrten sie zum Mittagessen und nach der Arbeit in den Bezirk der Stadt zurück, der sich als Hort der alten Traditionen und Lebensart bewährt hatte. Die Grenzen zwischen diesem altehrwürdigen Leben und dem hektischen Treiben in der Oberstadt blieben scharf gezogen. Überschneidungen gab es kaum. Jenseits der Broad

Street konnte man etwas Geld verdienen, aber leben konnte man dort als echter, alteingesessener Bewohner dieser Stadt nicht.

»Pinny, ich habe etwas Wichtiges mit dir zu besprechen.«

Pinckney legte die Zeitung auf den Tisch und versuchte, sein Lächeln zu verbergen. Lizzies Chefallüren amüsierten ihn, aber er wußte, daß es ihr sehr ernst damit war. »Was gibt es denn, Schwesterlein?«

»Schau dir mal meine Arme an!« Sie streckte sie ihm entgegen. Pinckney saß mit einem Ruck aufrecht.

»Was denn? Bekommst du einen Ausschlag?«

»Natürlich nicht. Damit könnte ich selber fertig werden. Nein, meine Arme sind viel zu lang für das Kleid. Ich bin in letzter Zeit unheimlich gewachsen.«

Pinckney wußte mit einem Schlag, daß sie recht hatte. Wie konnte er das nur übersehen haben? Ihr Rock reichte ihr praktisch nur noch bis zu den Knien, und ihre dünnen Arme waren bestimmt zehn Zentimeter länger als die Ärmel ihres Kleides. Die Handkrausen waren ganz abgewetzt. »Wie alt ist das Kleid eigentlich?« fragte er.

»Ich habe es seit Mamas Hochzeit.«

»Aber das ist mehr als zwei Jahre her! Hast du denn seitdem keine neuen Kleider mehr bekommen?«

»Stiefel. Das war alles. Und die waren bitter nötig. Aber ich wachse im Moment einfach zu schnell. Nichts paßt mehr.«

»Du sollst neue Sachen bekommen. Das Dumme ist nur, daß ich von diesen Dingen absolut keine Ahnung habe. Weißt du denn, wo es solche Sachen gibt?«

»Nein.«

»Wir sollten dann vielleicht Lucy Anson fragen. Sie müßte da ganz gut Bescheid wissen. Was meinst du?«

Lizzie runzelte die Stirn. »Ich weiß nicht recht. Sie zieht sich eigentlich nicht besonders hübsch an.«

»Sie zieht sich eben an wie eine Dame.«

Lizzie dachte kurz nach. »Wann gehen wir?« fragte sie dann nach einer Weile.

»Jetzt?«

»Gut. Aber da ist noch etwas, Pinckney. Ich will jetzt richtige Mädchenkleider, keine Kindersachen mehr. Immerhin bin ich bald zwölf.«

»Aber selbstverständlich, Miß Tradd.«

Lucy öffnete selbst die Tür, an die Pinckney geklopft hatte. »Geht sofort wieder weg«, rief sie. »Kommt nicht näher. Andrew ist krank. Dr. Perigru meint, es könnte Gelbfieber sein.«

Pinckney riß Lizzie gewaltsam von der Tür weg und zerrte sie über die Straße. Dann trommelte er die Bediensteten zusammen. »Keiner verläßt das Haus. Und laßt auch keinen herein. Gelbfieber!« Clara und Hattie warfen ihre Schürzen über ihre Köpfe und fingen an, laut loszuheulen.

Lizzie saß noch in dem Stuhl, auf dem Pinckney sie abgesetzt hatte. Ihre Augen waren weit aufgerissen; ihre Lippen zitterten. Pinny kam zu ihr herüber und kniete sich neben sie. »Es tut mir leid, daß ich dich so erschreckt habe. Aber es mußte alles schnell gehen. Weißt du, was Gelbfieber ist?« Lizzie schüttelte den Kopf. Pinckney hielt ihre Hand. »Es ist eine Art Fieber, ein fürchterlich ansteckendes Fieber. Urplötzlich ist es da; viele Leute werden sehr krank davon; manche sterben daran. Ich wollte nicht, daß du es bekommst, deswegen bin ich so gerannt. Wenn Andrew es hat, dann kann es jeder bekommen, der in sein Haus geht.«

»Warum ist Lucy dann noch da?«

»Lucy hat es schon einmal gehabt. Sie kann es dann nicht noch einmal bekommen. Auch ich habe es schon gehabt, noch bevor du geboren wurdest.«

»Müssen wir jetzt alle wegrennen?«

»Nein. Ich wüßte auch nicht wohin. Es kann jetzt überall losbrechen. Das sicherste ist, einfach zu Hause zu bleiben. Ich werde bei Dr. Trott etwas Pyrethrum-Pulver besorgen.

Halte dir ein Taschentuch vor Mund und Nase und verstreu das Pulver im Haus. Zieh auch Handschuhe dabei an. Ich gehe jetzt rüber und helfe Lucy und Andrew. Er ist mein ältester Freund, und beide brauchen sie jetzt meine Hilfe.«

»Und wenn ich es kriege?«

»Dann streckst du eine Hand aus dem Fenster und winkst, und sofort bin ich wieder zurück.«

»Bestimmt?«

»Hand aufs Herz!«

»Na gut, dann mach aber schnell! Lucy war ganz schön durcheinander.«

Pinckney drückte seine kleine Schwester, dann eilte er aus dem Haus.

27

»Da sitze ich ganz schön in der Patsche«, meinte Andrew, als Pinckney in sein Zimmer trat. Seine Stimme war kläglich, und seine Angst ließ sich nur schlecht von seinen Versuchen überdecken, einen gezwungenen Humor an den Tag zu legen.

»Ich war jetzt über eine Woche nicht mehr hier. Kannst du nicht wenigstens erst einen alten Freund begrüßen?«

»Lucy erzählte mir, du seiest damit beschäftigt, dir die ganzen Debütantinnen vom Hals zu halten. Ich fühle mich verdammt schwach, Pinckney. Mir ist fürchterlich kalt – im Juli. Und meine Beine tun mir weh... Wie ist das nur möglich? Da liege ich hier jahrelang herum und spüre nichts, und wenn dann langsam die Empfindungen zurückkehren, dann habe ich Fieber und Gliederschmerzen.«

Pinckney ergriff Andrews Hand. Er konnte nichts tun. Andrews Blick war bereits ganz glasig, sein Gesicht gerötet. Als er den Mund öffnete, sah Pinckney seine scharlachrote Zunge. Eindeutig Gelbfieber. Lucy hatte ihm gesagt, er habe bereits Temperatur. Pinckney wußte aus leidvoller Erfahrung, daß das Fieber jetzt sehr schnell steigen würde.

Mit einer Schüssel Wasser betrat Lucy den Raum. »Pinckney, könntest du uns für einen Moment alleine lassen? Ich will Andrew mit dem Schwamm abreiben.«

»Das kann ich auch tun, Lucy.«

»Nein. Überlaß es mir. Ich weiß genau, wie er es gerne hat. Ich bade ihn immer so. Wenn du mir helfen willst, dann brich ein paar Stücke Eis aus dem Kühler.«

Pinckney war keine Viertelstunde unten, da kam Lucy wieder herab. »Vierzig Grad Fieber«, flüsterte sie. »Er fängt allmählich an zu fantasieren.«

Die nächsten beiden Tage pflegten Pinckney und Lucy den kranken Mann nach besten Kräften gemeinsam. Sie legten ihm Eisstückchen in den Mund, wuschen seinen sich hin und her wälzenden Körper mit dem Schwamm ab und hielten ihn fest, wenn er sich in Fieberkrämpfen wand. In seinem Fieberwahn konnte er nicht einmal Pinckney mehr erkennen, sah dessen roten Haarschopf im Schein der Lampe und hielt seinen alten Freund schließlich für den Leibhaftigen. Da wimmerte er dann los, warf sich an Lucys Brust und flehte sie an, ihn zu retten. Lucy wiegte ihn wie ein Kind sanft hin und her. »Ist ja schon gut«, murmelte sie immer wieder. »Ist ja schon gut! Hier, nimm!« Behutsam schob sie ihm einen Löffel mit Eisstückchen in den Mund.

Pinckney mußte plötzlich daran denken, daß seine Mutter ihn auf die gleiche Weise gehalten hatte, als er selbst im Fieber fantasiert hatte. »Lucy«, fragte er, »wo steckt eigentlich der kleine Andrew?«

»Er ist in der Charlotte Street bei seinen Großeltern gut aufgehoben... Es wird alles wieder gut, Andrew. Ich bin ja bei dir. Bei mir bist du sicher.«

Das Fieber stieg und stieg. Andrew kamen in seiner Raserei immer mehr Wahnideen. Er verlor seine Angst vor Pinckney, klammerte sich jetzt an ihn, zog dessen Kopf zu seinen aufgesprungenen roten Lippen herunter und flüsterte mit heiserer Stimme in sein Ohr: »Du weißt es ja auch. Sie ist an allem schuld, diese verdammte Hure. Du mußt es wissen. Sie hat mich in ihrem Bett festgehalten, als ich gehen wollte. Ich hatte ja die Depeschen dabei. Wichtige Depeschen von entscheidender Bedeutung. Wenn ich sie überbracht hätte, hätten wir den Krieg gewonnen. Sie war ein verdammter Yankee-Spion. Auch das hast du gewußt. Warum hast du es nur zugelassen? Warum hast du zugelassen, daß sie ihre Beine breit machte und mich nicht mehr losließ? Du hättest sie stoppen können! Dann wäre ich weiter nach Savannah geritten, und wir hätten den Krieg gewonnen! Meine Beine wären noch heil. Diese Hure hat mir meine Beine genommen! Alles hat sie mir geraubt. Sie hat mich fertiggemacht. Sie hat uns alle fertiggemacht. Du weißt es; du weißt das alles.«

»Jetzt denkt er, du bist der liebe Gott«, ließ sich Lucy vernehmen.

Andrew stieß Pinckney beiseite und wandte sich jetzt seiner Frau zu, begann sie zu beschimpfen.

»Hör auf damit, Andrew!« Pinckney legte ihm seine Hand über den Mund. Andrew biß mit aller Kraft zu, erwischte Pinckneys Daumen. Blut quoll heraus, färbte den Schaum in Andrews Mundwinkeln rot. Andrew heulte wieder auf; Pinny riß seine Hand weg, aber der Fiebernde hielt ihn fest.

»Bitte«, schluchzte er, »gütiger Vater, hab Erbarmen mit mir. Laß mich endlich sterben. Ich will nicht länger leben!« Ein neuer Krampf verzerrte sein blutverschmiertes, tränennasses Gesicht. Sein ganzer Körper begann sich wieder hin und her zu winden, dann verlor Andrew das Bewußtsein.

Lucy tauchte den Schwamm ins Wasser und wischte dem Kranken das Gesicht ab. »Oh, Pinny, es tut mir so leid«, sagte sie mit einer Stimme, die so sanft war wie die Bewegungen ihrer Hände auf den geschlossenen Augenlidern ihres Mannes. »Er weiß nicht, was er tut. Hinterher wird er sich an nichts mehr erinnern können. Wir sollten versuchen, es ebenfalls zu vergessen. Es muß schlimm für dich sein, ihn so zu erleben.«

»Für mich? Du bist doch diejenige, die er die ganze Zeit beleidigt.«

Sie blickte ihn mit leeren Augen an. »Ich habe mich daran gewöhnt«, sagte sie. Mit ihren Fingern tröpfelte sie kühles Wasser auf Andrews ausgedörrte Lippen. »Das Eis ist ausgegangen. Könntest du vielleicht hinuntergehen?«

Das Läuten der Glocken der St. Michaels-Kirche riß Pinckney aus einem kurzen, erschöpften Schlaf. Es war Sonntag; bald würde der Gottesdienst beginnen. Langsam hob er den Kopf, rieb sich den steifen Nacken. Dann erinnerte er sich daran, wo er war, und blinzelte zu der Person hinüber, die ausgestreckt auf dem Bett lag. Sein Freund war jetzt ruhig und still; Lucy saß neben ihm und hielt seine Hand.

»Warum hast du mich nicht geweckt?« flüsterte Pinckney.

»Sein Fieber ist wieder gesunken, und du warst völlig erschöpft. Du hast nicht lange geschlafen. Sein Puls ist wieder normal.« Ein Lächeln flog über ihr erschöpftes Gesicht.

Pinckney blickte auf Andrew. Seine Haut hatte sich jetzt gelb verfärbt. Er berührte seine Schläfe. Sie war kühl, aber der Puls war schwach und unregelmäßig. »Warum legst du dich nicht für eine Weile hin, Lucy? Er schläft doch jetzt.«

Lucy nickte. »Das werde ich auch tun. Bitte versprich mir, mich zu wecken, wenn irgend etwas passiert.«

»Ich wecke dich.«

»Ehrenwort?«

»Ehrenwort!« Sie wußten beide, daß die Krise noch kommen würde.

Eine Stunde hatten sie Ruhe, dann wurden sie erneut gefordert. Andrew stieß einen tiefen Seufzer aus; er begann zu husten. Eine klare Flüssigkeit quoll aus seinem Mund. Pinckney wischte ihm das Gesicht ab, dann ging er zur Chaiselongue am Fenster, auf der Lucy lag. Durch die Ritzen der Fensterläden drangen dünne Streifen Sonnenlicht ins Zimmer und tauchten die harten, erschöpften Gesichtszüge der tapferen Frau in ein unbarmherziges Licht. Sie hatte dicke

Ränder unter den Augen; tiefe Falten hatten sich in ihr Gesicht eingegraben. Durch ihre blasse Haut sah man die blauen Adern auf ihrer Stirn. Pinckney zögerte. Aber er hatte ihr sein Wort gegeben und berührte sie an der Schulter.

Lucy schlug die Augen auf. »Er hat angefangen, sich zu übergeben«, sagte Pinckney ernst. Er streckte ihr seine Hand entgegen und half ihr, auf die Beine zu kommen.

»Danke, Pinny.«

Den ganzen Rest des Tages hielt Lucy Andrews Kopf auf ihrem Arm, während er immer wieder in eine Schüssel hineinwürgte, die direkt vor seinem Mund stand. Pinny holte ständig frisches Wasser herbei, damit sie die Schüssel ausspülen konnten. Als der Seewind an den Fensterläden rüttelte, öffnete er sie. Für beide war die salzige Luft eine willkommene Erfrischung. Kurz darauf quoll zusammen mit der klaren Flüssigkeit das erste Blut aus Andrews Mund. Lucy blickte verzweifelt zu Pinckney hoch. »Hoffentlich werde ich nicht ohnmächtig«, sagte sie.

Er nahm die Schüssel von ihr weg. »Laß mich bei ihm sein.«

»Nein, Pinny. Er könnte wieder gegen dich ankämpfen. Wenn du mir helfen willst, dann stell dich einfach hinter mich und halt mich fest, wenn ich umkippen sollte. Ich glaube, Andrew hat das Schlimmste bald überstanden.«

Pinckney leerte die Schüssel und spülte sie, dann gab er sie Lucy zurück. Sie zog sie schnell unter Andrews Lippen, um den neuen Schwall aufzufangen. Jetzt war die Flüssigkeit, die aus seinem Mund schoß, ganz dunkel. Pinckney ergriff Andrews Handgelenk und fühlte seinen Puls. Einen Moment lang glaubte er, das Herz seines Freundes habe aufgehört zu schlagen. Aber dann spürte er doch noch etwas, ganz schwach, und mit beängstigend langen Unterbrechungen.

»Wie ist sein Puls?« fragte Lucy.

»Ganz gut.«

»Du kannst nicht gut lügen, Pinckney. O Gott!« Andrew mußte sich erneut übergeben; mit einem Schwall war die halbe Schüssel voll, die Flüssigkeit war tiefschwarz. Lucy schwankte. Pinckney hielt ihren Kopf fest. Ihr Körper zitterte, dann hatte sie sich wieder im Griff. Tief atmete sie durch. »Es geht schon wieder.« Die Schüssel war ihr aus der Hand geglitten, sie spülte sie aus.

»Wenn es jetzt nicht aufhört, dann wird er es nicht überleben«, sagte sie. Unsicher schwankend kam sie auf die Beine. Ihr Kleid war fleckig. »Ich zieh mich eben um und hole neues Bettzeug. Im Eßzimmer steht noch Brandy. Hol bitte zwei Gläser.«

Der Alkohol gab Lucys Gesicht wieder ein wenig Farbe. »Ich kann gut verstehen, daß ihr Männer euch dauernd betrinkt«, sagte sie. »Es belebt.«

Pinckney schenkte ihr nach. Bald würden sie wissen, ob Andrew durchkommen würde oder nicht. Sein alter Freund sah aus wie der Tod. Die gelbliche Haut spannte sich über seinen eingefallenen Wangen. Sein Atem war so flach, daß man ihn kaum noch wahrnehmen konnte.

Pinckney suchte verzweifelt nach einer Möglichkeit, die Situation erträglicher zu machen, aber ihm fiel nichts ein. Er war am Ende seiner Kräfte. Unwillkürlich mußte er weinen. »Entschuldige«, sagte er, »ich weiß nicht, warum ich weine.«

»Aber ich«, sagte Lucy mitfühlend und berührte seine Hand.

Da stöhnte Andrew wieder auf. Sein Körper bewegte sich. Sie rannten zu seinem Bett. Lucy schlug die Decke zurück. Ein dunkler Urinfleck breitete sich um seine Beine herum aus. Das war ein gutes Zeichen! Lucy schossen die Tränen in die Augen. Sie lehnte sich an Pinckneys Brust; er tätschelte ihren Rücken. »Wir haben es tatsächlich geschafft. Er wird durchkommen. Oh, Pinny, wie soll ich dir nur danken?«

Lucy und Pinckney wuschen Andrews Beine, wechselten die Bettwäsche. Kurz vor der Morgendämmerung war es dann soweit: Andrews Atem wurde wieder kräftiger. Sein Puls war immer noch schwach, aber regelmäßig. Bald fiel er in einen tiefen, erschöpften Schlaf.

Lucy strich das frische Laken über seiner Schulter glatt. Dann lächelte sie dünn. »Ich komme um vor Hunger. Wir sollten etwas essen.«

Pinckney merkte erst jetzt, daß er seit drei Tagen fast nichts zu sich genommen hatte. »Ich könnte eine ganze Herde Büffel verputzen«, meinte er. »Wo ist die Speisekammer?«

Ein zartes rosa Licht erfüllte den Hof zwischen Haus und Küchengebäude. Die Schritte der beiden auf dem feuchten Pflaster hallten ungewöhnlich laut von den Mauern zurück. Lucy wankte vor Müdigkeit. »Glaubst du, ich bin betrunken?« fragte sie Pinckney.

»Nein. Aber es würde dir nichts schaden.«

Sie aßen mit wahrem Heißhunger. Als sie fertig waren, begrüßte ein Vogel im Feigenbaum fröhlich zwitschernd die ersten Sonnenstrahlen. Lucy schaute Pinckney mit kleinen Augen an. »Mir ist nie aufgefallen, daß dein Bart braun ist«, sagte sie. Dann mußte sie lachen. Im nächsten Moment sank sie über dem Tisch zusammen.

Pinckney gönnte ihr den wohlverdienten Schlaf. Leise stieg er wieder hoch in Andrews Zimmer und blieb neben ihm am Bett.

Fünfeinhalb Wochen wütete das Gelbfieber in Charleston. Über dreitausend Tote waren zu beklagen, darunter allein zweihundertsiebenundzwanzig alteingesessene Bewohner der Stadt. Auch Eleanor Allston war unter den Opfern; vier ihrer Schülerinnen waren ebenfalls der Krankheit erlegen.

Für Lizzie war es das erste Mal, daß jemand starb, den sie gut kannte. Sie ertrug den Verlust tapfer, aber man konnte merken, wie schwer es sie getroffen hatte.

Zwischen Lucy und Pinckney war durch die gemeinsam durchwachten bangen Nächte das Gefühl einer tiefen Verbundenheit entstanden. Wortlos vertrauten sie einander.

Pinckney wandte sich ganz selbstverständlich an Lucy, wenn er mit der Erziehung seiner kleinen Schwester Probleme hatte; Lucy ihrerseits wandte sich an ihn, wenn es um den kleinen Andrew ging. So wuchsen beide Familien zusammen, und alle fühlten sich dadurch bereichert.

In gewisser Weise war Pinckney jetzt das Oberhaupt beider Familien. Die zusätzliche Verantwortung empfand er nicht als Last, sondern als willkommene Ergänzung seines bisherigen Lebens. Lucy war wie eine Mutter für Lizzie und wie eine Schwester für ihn. Als Shad aus Simmonsville zurückkam, war er zunächst irritiert darüber, daß Pinckney Andrew Anson zum Rechtsberater der Tradd-Simmons Phosphatgesellschaft gemacht hatte. Aber bald lernte Shad, dessen Beistand zu schätzen. Andrew war lebendiger denn je. Und immerhin stand auch sein Vater zur Verfügung, wenn er einmal nicht mehr weiter wußte.

Shad war es auch, der nicht vergessen hatte, wie glücklich Lucy auf dem Ball des Cotillion Club gewesen war. Er drängte jetzt darauf, daß Lucy wieder unter die Leute ging. Lucy stellte einen Koch ein, kaufte sich neue Kleider und fing wieder an, Kontakte nach außen zu pflegen. Als Andrew mit seinem neuen Rollstuhl umgehen konnte, gab sie sogar ein Abendessen und somit Andrew die Gelegenheit, seit langer Zeit wieder einmal Gastgeber sein zu können.

»Es ist wunderbar«, gestand sie Pinckney. »Ich habe mir immer einen Bruder oder eine Schwester gewünscht. Jetzt seid ihr, du und Shad, wie zwei Brüder für mich, und Lizzie ist eine Mischung aus kleiner Schwester für mich und großer Schwester für Andrew!« Häufig unternahm die erweiterte Familie jetzt gemeinsame Ausflüge.

Lizzie ging ab Oktober auf eine neue Schule. Der Unterricht war teurer als der bei Eleanor Allston, aber Pinckney hatte jetzt genug Geld, um ihr darüber hinaus noch Mal- und Zeichenunterricht zu bezahlen und sie in französischer Konversation unterweisen zu lassen. Er wollte sie auch für den Musikunterricht anmelden, aber nachdem Lizzie Lucy und ihm eine Sonate von Mozart vorgespielt hatte, entschied er sich dagegen.

Dem Mädchen gefiel es in der neuen Schule gut. Ihre alte Freundin Caroline Wragg war ebenfalls in ihrer Klasse. Sie war jedoch ein wenig verwirrt darüber, daß sie die Einladungen der Mädchen aus der Oberstadt nicht annehmen durfte. Außerdem ärgerte es sie beträchtlich, daß sie nicht so viele Kleider hatte wie die anderen und insbesondere keinen Mantel mit Pelzkragen und Muff. Für die Mädchen aus der Oberstadt waren solch ein Mantel und der Muff fast so etwas wie eine Uniform. Pinckney war sehr erleichtert, daß Lucy ihm die Auseinandersetzung mit diesen Fragen abnahm.

»Aber alle anderen Mädchen haben einen Muff, Tante Lucy! Ich habe Pinny gesagt, daß ich mir nichts sehnlicher zum Geburtstag wünsche als das. Wenn jemand zwölf Jahre alt wird, dann ist das doch etwas ganz Besonderes! Da sollte man doch auch etwas ganz Besonderes geschenkt bekommen! Statt dessen hat er mir eine Haarbürste geschenkt. Dabei habe ich doch schon eine.«

Lucy, die die Haarbürste mit dem silbernen Griff und den Kamm dazu selber für Pinckney ausgewählt hatte, wünschte sich, sie könnte Lizzie wie früher noch durch einfaches Überreden von der Richtigkeit ihrer Ansichten überzeugen. Doch mit zwölf Jahren, so befürchtete sie, mußte sie es ihr schon genauer erklären und darauf hoffen, daß sie alt genug war, es auch zu verstehen.

»Lizzie, nicht ›alle anderen Mädchen‹ haben einen Muff. Das wissen wir beide. Mädchen aus Charleston tragen keinen Muff. Es ist auch gar nicht nötig. Bei dem Wetter hier wird es nie so kalt, daß man so etwas tragen müßte. Vielleicht kommen die Familien der anderen Mädchen aus Gegenden, in denen es einfach kühler ist. Ich will ja nicht kleinlich sein, aber man erwartet inzwischen von dir, daß du dich verhältst wie eine Dame.«

»Du redest schon wie Tante Julia. ›Damen tun dies‹ und ›Damen lassen das‹. Ich kann das nicht haben.«

Lucy lächelte. »Mir gefiel es auch nie, aber auch ich mußte dazulernen. Es gibt für jede Regel einen guten Grund, und daß du keinen Muff tragen sollst, hat ebenfalls seine Gründe. Hör auf zu maulen und paß gut auf. Als Dame oder Lady – und natürlich auch als Gentleman – denkst du als erstes an den Eindruck, den du bei anderen machst. Du ißt mit geschlossenem Mund, weil andere Leute am Tisch sonst den Brei in deinem Mund sehen und das ekelhaft finden. Du unterbrichst einen anderen nicht, weil er ungehalten darüber werden könnte, daß er das, was er sagen wollte, nicht zu Ende bringen kann. Du stehst auf, wenn jemand in den Raum kommt, damit der Ankömmling sieht, daß er auf deinem Stuhl Platz nehmen darf und sich willkommen fühlt. Verstehst du das? Zuerst denkst du an die anderen, dann an dich selbst.«

»Aber da schneide ich doch selber ziemlich schlecht ab«, gab Lizzie zu bedenken.

»Das stimmt nicht. Eine Lady und ein Gentleman verkehren schließlich nur mit ihresgleichen. Jeder denkt dabei zuerst an den anderen. Dann ist auch keiner benachteiligt. Außerdem ist das kein Kuhhandel, bei dem es darum geht, möglichst gut abzuschneiden. Ich möchte nicht, daß du in dieser Weise darüber sprichst, Lizzie. Das ist vulgär.«

»Du bist genau wie die anderen. Tante Julia hat auch immer gesagt, dies und das sei vulgär. Mama ebenfalls. Aber keiner konnte mir erklären, was das eigentlich bedeutet.«

Lucy seufzte. »O je, jetzt wird es schwierig. Ich weiß wohl, daß man sich mit zwölf Jahren schon recht erwachsen fühlt, aber ich glaube wirklich, du bist noch zu jung, als daß wir uns über guten Geschmack unterhalten könnten. Ich würde lieber noch ein paar Jahre damit warten. Laß uns wieder auf den Muff zu sprechen kommen.«

»Na gut. Ich weiß jetzt, wie ich es mache. Allen, die selber keinen Muff haben, biete ich meinen an. Dann denke ich zuerst an die anderen. Die anderen lehnen natürlich ab, weil sie ja zuerst an mich denken. Und alles ist so, wie ich es haben will.« Lizzie triumphierte.

»Nein, meine Liebe, so geht es nicht. Wenn du einen Muff
hättest, dann würde es die anderen Mädchen immer wieder
daran erinnern, selber keinen zu haben. Immerhin sind diese
Pelze ganz schön kostspielig. Viele Familien könnten sich gar
keine leisten.«

»Aber silberne Haarbürsten kosten auch eine Menge
Geld!«

»Das stimmt, Lizzie, aber es kriegt ja keiner mit, daß du
eine silberne Haarbürste hast. Du kannst ungestört deine
Freude daran haben. Du würdest es doch bestimmt auch keinem erzählen, oder?«

»Aber das habe ich schon getan. Die anderen Mädchen haben doch gefragt, was ich zum Geburtstag bekommen habe!«

»Dann hast du hoffentlich einfach gesagt, du hättest eine
Haarbürste bekommen.«

»Was sonst? Es ist ja nun mal eine Haarbürste.«

»Ich meine, du solltest nicht verraten, daß sie aus Silber
ist.«

Lizzie verdrehte ihre Augen. »Wirklich, Lucy, so schlau
bin ich auch. Ich will doch nicht damit herumprahlen.«

»Ganz genau aus diesem Grund solltest du auch keinen
Muff tragen. Verstehst du jetzt?«

»Hm, ich denke schon. Ich werde keinen Muff bekommen,
da kann ich machen, was ich will.«

Lucy ließ es dabei bewenden.

Als sieben Monate später Stuart von der Schule abging,
mußte auch Pinckney gegen den Dickkopf und das Temperament seines Bruders ankämpfen. Er konnte Stuart schließlich
von dem überzeugen, was er für richtig hielt, aber mit gutem
Zureden war es auch hierbei nicht getan.

Stuart war gerade neunzehn geworden. Er war völlig von
sich und seinen Ansichten überzeugt. Und er war sich sicher,
daß Pinckney ihm nichts mehr zu sagen hatte. Irgendwann
kam es dann zur Konfrontation. Früher, als kleiner Junge,
hatte Stuart seinen älteren Bruder verehrt und sich nichts

303

sehnlicher gewünscht, als einmal genauso zu werden wie er, in der Kavallerie zu kämpfen und mit einem feurigen Roß in den Kampf gegen die Unionstruppen zu ziehen. Der Krieg war für seinen Geschmack viel zu schnell vorbei gewesen. Stuart war ein zorniger junger Mann geworden, und dieser Zorn richtete sich jetzt gegen Pinckney.

»Du hast kapituliert«, schrie er ihn an. »Du machst mit den Yankees Geschäfte, gehst in ihre Läden und ißt Eiskrem, sprichst auf der Straße mit ihnen, bist sogar Mitglied der Handelskammer! Du bist ein Verräter, Pinckney.«

Jede seiner Anschuldigungen traf seinen Bruder wie ein Faustschlag, und zwar genau an den Punkten, wo er selber das Gefühl hatte, versagt zu haben. Er hatte sich mit der neuen Situation abgefunden, aber er war nie zufrieden damit gewesen. »Um Himmels willen«, entgegnete er, »der Krieg ist seit sieben Jahren vorbei! Wir müssen doch den Tatsachen ins Gesicht schauen, Stuart.« Er war genauso erregt wie sein Bruder. Die beiden schauten sich an; ein Paar stahlblauer Augen traf das andere. Die roten Haarschöpfe flammten. Pinckney sah den sauber geschnittenen Bart im Gesicht seines jüngeren Bruders und fühlte, wie er immer wütender wurde. Stuart hatte einen roten Bart, und er trug ihn stolz als Zeichen seiner Männlichkeit. Pinckney war es wegen seiner braunen Barthaare nie vergönnt gewesen, sich einen Bart wachsen zu lassen.

»Du gerade mußt mir dauernd deine Männlichkeit unter die Nase binden! Arbeite gefälligst erst einmal wie ein Mann! Du willst nicht aufs College, gut, akzeptiert, aber du solltest dir endlich eine Arbeit suchen und für dein eigenes Geld sorgen!«

»Ich werde nicht in deiner Phosphatgesellschaft arbeiten. Du verwüstest die Felder Carlingtons, nur damit irgendwelche Yankees ihren Weizen anbauen können!«

»Ich könnte dich dabei auch gar nicht gebrauchen. Vermutlich würdest du dich dauernd bei Tante Julia verkriechen. Das gefällt dir doch sowieso viel besser. Sie kümmert

304

sich um die Plantagen, und du spielst im Fluß und gehst Rikken schießen!«

Stuart wurde blaß. Er hatte Pinckney einmal gestanden, eine Ricke mit einem Rehbock verwechselt zu haben. Es war gemein, daß er das jetzt auf diese Art gegen ihn richtete.

Auch Pinny schämte sich. Er war zu weit gegangen. Stuart war ein guter Jäger, und die Jagd war eines der wenigen Dinge, die er wirklich beherrschte. Er war nur ein mäßiger Schüler; Julia hatte ihm im Sommer keine wesentlichen Arbeiten auf dem Landgut anvertraut, und in der Klasse hatte er wegen seiner geringen Körpergröße die besondere Achtung, die er einmal genoß, verloren. »Entschuldige, Stuart, es tut mir leid«, sagte Pinckney. »Das aufbrausende Gemüt liegt in der Familie. Wenn wir um die Wette schießen würden, wäre ich dir wahrscheinlich doch unterlegen.« Er streckte Stuart seine Hand entgegen.

Stuart war noch sehr erregt, aber er schlug ein. »Ich werde Arbeit finden«, murmelte er nach einer Weile.

»Ich werde dir dabei helfen, so gut ich kann. Eigentlich hatte ich geplant, dich bei der Phosphatgesellschaft einzustellen, aber wenn das nichts für dich ist, dann werde ich nicht weiter auf dich eindringen wollen. Vielleicht ist die Arbeit in einem der ›Rifle Clubs‹ ja eher etwas für dich. Soll ich mich mal bei den Dragonern für dich einsetzen?«

Stuart vergaß seine ganze Männlichkeit. »Au ja, das wäre toll!« rief er und wäre seinem Bruder fast um den Hals gefallen.

Er bekam einen Posten als Assistent eines Captains auf einem der Fährboote über den Cooper. Zwei Jahre später hatte er ein eigenes Boot zu betreuen, selber einen Assistenten und trug stolz seine neue Leutnantsuniform. Mit seinem von der Sonne gebräunten Gesicht und dem sauberen Bart war er eine recht ansehnliche Erscheinung. Seine geringe Körpergröße gereichte ihm im engen Steuerhaus des Schiffes nur zum Vorteil.

Zu Hause sah man ihn kaum noch. Tagsüber arbeitete er,

nachts ging er auf Partys oder hatte Nachtdienst. Soweit Pinkney es beurteilen konnte, stand Stuart jetzt mit beiden Beinen im Leben und war mit seiner Stellung zufrieden.

28

Im Oktober 1872 war Lizzie das zweite Jahr unumschränkte Herrscherin im Hause Tradd und ging das erste Jahr in die Tanzschule. Um sich darauf vorzubereiten, entfesselte sie einen wahren Wirbelsturm von Aktivitäten. Sie bekam nämlich das erste Mal in ihrem Leben ein langes Abendkleid, und jeder im Hause wurde bei ihren Überlegungen bezüglich Farbe, Ärmel, Schnitt und Ausstattung dieses Kleides um Rat gefragt. Vor allem bezüglich ihrer Frisur wollte sie immer wieder wissen, wie es möglich wäre, das widerspenstige Haar in eine angemessene Form zu bringen.

»Ich hasse es! Ich wünschte, ich wäre kein Tradd! Dieses Haar ist nicht zum Aushalten. Es ist wie Draht, wie ekelhafter, rostiger, rotbrauner, alter Draht.« Im einen Moment wütete sie wie eine Furie, im nächsten wirbelte sie jubelnd im Kreis herum, da sie die neuen Schuhe oder eine schöne Schleife gesehen hatte. Pinckney versuchte bei den Ansons ein wenig Ruhe zu finden, aber Lucy war wegen dieser Angelegenheit fast genauso aus dem Häuschen geraten wie Lizzie.

»Dieses Ereignis ist nun einmal unendlich wichtig für ein junges Mädchen, Pinckney. Sie wird jetzt eine Dame, und das erste lange Kleid ist aufregender als alles andere, die Hochzeit einbegriffen. Außerdem tätest du gut daran, dich an den ganzen Trubel zu gewöhnen. Mit der Ruhe ist es jetzt in deinem Haus für einige Zeit vorbei. Wenn du meinst, Lizzie sei jetzt schon überdreht, dann warte nur, bis sie sich verliebt!«

Als der große Abend schließlich gekommen war, half Lucy Lizzie beim Ankleiden. Als die frischgebackene Dame dann die Treppe herunterschwebte, waren Pinckney und Shad die ersten, die sie zu beeindrucken suchte. Statt der Zöpfe hatte sie einen gewellten, rotgoldenen Haarschopf, der von einem breiten, blaßblauen Satinband in Form gehalten wurde. Ihr ebenfalls blaues Kleid war aus feinstem Musselin gewirkt und leicht wie der Sommerwind; der lange Rock umschmeichelte ihren Körper und wogte um sie herum, als sie sich grazil vor den beiden Männern hin und her drehte und ihnen flammende Blicke zuwarf. Eine zarte Borde aus weißen Spitzen umsäumte den quadratischen Halsausschnitt und die kurzen, mit Puffen versehenen Ärmel und lief in geschwungenen Linien vom Saum zur Hüfte und zur breiten, strahlend weißen Schärpe, die dort das Kleid zusammenhielt. Mit ihren blassen, dünnen Armen und ihrem bloßen Hals wirkte sie atemberaubend jung und unschuldig. Pinckney war von seiner jüngeren Schwester ganz hingerissen.

»Du siehst wunderschön aus, Schwesterherz!« sagte er. »Erlaubst du mir, dich zu begleiten?« Er bot ihr seinen gebeugten Arm an.

Lizzie kicherte. Sie machte einen Knicks und hakte sich bei ihm ein. Stolz blickte sie zu Lucy, grinste Shad an und verschwand.

»Ist sie nicht reizend, Shad?«

»Was? Oh, durchaus. Sie wird die Hübscheste sein.«

Lucy schüttelte ihren Kopf. »Nein, das wird sie nicht. Caroline Wragg ist die Hübscheste. Aber Lizzie fühlt sich wie eine Schönheit, und das ist die Hauptsache.«

An der South Carolina Hall gab Pinckney seine Schwester in die Obhut ihrer Begleiterinnen. Fünf Minuten später war er wieder zu Hause. »Was hast du denn mit Lizzie angestellt, Lucy? Sie hat ja richtig mit uns geflirtet!« Er lachte, aber seine Augen waren ärgerlich.

Lucy schenkte ihm ein Glas Madeira ein und schob ihn zu einem Sessel. »Du bist ja richtig eifersüchtig, Pinckney! Natürlich habe ich ihr beigebracht, wie man flirtet. Das gehört nun mal zum Tanzen dazu. Du kannst nicht der einzige

Mann in ihrem Leben bleiben. Das gleiche gilt für dich, Shad. Laßt uns jetzt zu Abend essen. Ich habe Lizzie versprochen, daß du sie abholst.«

Um Viertel vor neun erwartete Pinckney Lizzie vor der South Carolina Hall und begleitete sie nach Hause. Sie eilte vor ihm her und brannte darauf, Lucy die aufregenden Neuigkeiten zu erzählen. Sie hatte sich verliebt, und der Auserwählte hatte sie dreimal zum Tanzen aufgefordert!

Durch ihre Verliebtheit war es mit dem Frieden im Hause Tradd tatsächlich erst einmal vorbei. Lizzie dachte nicht mehr an die Mahlzeiten, übersah den Staub auf den Möbeln, vergaß, Hattie daran zu erinnern, Pinckneys gutes Hemd mit besonderer Sorgfalt zu stärken, kümmerte sich überhaupt nicht mehr um die Löcher in dessen Socken und lud ihre Freundin Caroline fast jeden Tag nach der Schule zu sich nach Hause ein. Die Mädchen zogen sich dann auf ihr Zimmer zurück, saßen auf dem Bett und redeten über Jungs, anstatt sich um ihre Hausaufgaben zu kümmern.

Lucy mußte gegen die Tränen, das Pathos und das Temperament, ja sogar gegen Selbstmorddrohungen Lizzies ankämpfen, wenn sie mit ihrer ›Waisengarderobe‹, wie sie es verächtlich nannte, unzufrieden war. Lizzie vertraute ihr auch schüchtern ihre kleinen Geheimnisse an und bat in kniffligeren Situationen um ihren Rat.

Shad hatte keine ruhige Minute mehr. Lizzie hatte sich in den Kopf gesetzt, ihm das Tanzen beizubringen, damit sie mit ihm üben konnte. Er widersetzte sich, solange es irgend möglich war. Eines Abends nach dem Essen ließ sich Lizzie auf seinen Schoß fallen, warf ihre Arme um seinen Hals und flehte ihn wieder an, mit ihr zu tanzen. Er erhob sich und stellte sie unsanft auf ihre Füße. »Du bist jetzt eine junge Dame, Kleines«, sagte er. »Da kannst du dich nicht mehr einfach so auf Männerschöße setzen, nicht einmal bei mir. Aber wenn du mich bis ans Ende der Tage mit deinem Wunsch verfolgst, mir das Tanzen beizubringen, muß ich mich wohl fügen.« Es dauerte nicht lange, dann waren die Tanzübun-

308

gen im Hause Tradd zur Routine geworden. Lizzies Zöpfe flogen durch die Luft, wenn sie mit Enthusiasmus Shads Führung folgte und sich mit ihm im Walzerschritt endlos im Kreis umherbewegte. Die unablässigen Fußtritte auf der Decke über Pinckneys Studierzimmer machten es diesem unmöglich, zu lesen.

»Jetzt kann es ja wohl kaum noch schlimmer kommen«, beklagte er sich bei Lucy und Andrew.

»Miß Lucy, ich brauche Ihren Rat.«

»Worum geht es denn, Shad?«

Der junge Mann reichte ihr eine kleine weiße Karte.

Es war eine Einladung zu einem Tanz beim Tee im Hause von Mr. und Mrs. Wilson Saint Julien. Lucy studierte sie aufmerksam. »Was willst du wissen, Shad?«

»Ich möchte wissen, wer hinter dieser Karte steckt und was das alles soll.«

Lucy schaute zu ihm auf und lächelte. Die Familie Saint Julien war eine der ältesten und stolzesten Familien der Stadt.

»Nun, die Saint Juliens haben drei Söhne. Der älteste will einmal Arzt werden, der mittlere ist ein Taugenichts und der jüngste Mutters Liebling. Und dann haben sie noch eine sehr hübsche, wohlerzogene Tochter, die sich im nächsten Jahr das erste Mal auf dem Ball zeigen wird.«

Shad nickte. »Sozusagen ein Mädchen aus bestem Stall, das nicht unter Preis verkauft werden soll.«

»So ungefähr. Eigentlich machen sie dir mit dieser Karte ein Kompliment, denn sie wollen, daß du ihre Tochter kennenlernst, bevor sie auf den Ball geht. Hast du Interesse?«

»Könnte durchaus sein.«

Lucy traute ihren Ohren nicht.

Shads Lächeln wurde breiter. »Ich bin nicht hinter diesem jungen Mädchen her. Ich frage mich nur, was passieren würde, wenn ich tatsächlich auf dieser Party auftauche.«

»Shad, du willst mir doch wohl nicht erzählen, daß du jetzt in die höheren Schichten Charlestons aufsteigen willst.«

»Warum nicht? Kann denn jemand wie ich, der dauernd von diesen Leuten verlacht worden ist, überhaupt in diese erlauchten Kreise vordringen?«

»Nun, wenn du es behutsam angehst, sorgsam jeden deiner Schritte überdenkst, dann vielleicht zu einem kleinen Teil aus eigener Kraft – den Großteil allerdings nur, wenn du gut einheiratest. Aber ich kann einfach nicht glauben, daß du dich auf diese Spielchen einlassen willst, Shad. Pinckney hat mir erzählt, daß du ihn nirgendwohin begleitest und er es irgendwann aufgegeben hat, dich deswegen zu fragen.«

»Ich brauche ein neues Ziel, um mich wohlzufühlen. Das Geschäft mit meiner Baumwollspinnerei läuft bestens. Es gibt eine ganze Stadt, die nach mir benannt ist und die ich aus dem Boden gestampft habe. Diesen Herbst gründe ich eine eigene Bank. Mit der Phosphatgesellschaft habe ich immer weniger zu tun. Pinckney weigert sich, es seinem Konkurrenten nachzutun und eine Anlage zur Veredelung aufzubauen. Er ist der Boß, ich habe da nichts zu sagen. Im Moment weiß ich nicht so recht, was ich tun soll.«

Lucy schaute in seine bernsteinfarbenen Augen. Ein Schleier lag darin, als ob Shad irgend etwas vor ihr verbarg. Sie spürte, daß er ihr gegenüber sein Geheimnis nicht lüften würde, auch wenn sie ihn danach fragte. »Wenn du es gerne möchtest, dann sage ich dir, wie du vorgehen kannst.«

»Laß uns einfach einen Versuch wagen. Spaß macht es auf alle Fälle.«

»Nun gut. Ich besorge dir das richtige Briefpapier für deine Antwort. Schick dann Elias mit dem Brief los. Am Morgen der Party mußt du der Gastgeberin zusammen mit deiner Karte ein paar Schnittblumen überreichen lassen. Hast du eine Visitenkarte?«

»Natürlich nicht. Bei meinen Leuten stellt man sich per Handschlag vor.«

»Dann mußt du noch zu Walker & Evans und dir eine prägen lassen. Hier hast du Papier und Federhalter. Ich werde dir sagen, was du am besten schreiben kannst. ›Mister...‹

Shad, wie heißt du eigentlich wirklich? Das ist doch nicht dein Taufname, oder?«

»Ich heiße Joe.«

»Na wunderbar. Dann haben wir ›Mister Joseph...‹ Hast du keinen mittleren Namen?« Er schüttelte seinen Kopf. »Dann werden wir dir einfach einen geben. Wie wäre es mit ›Shadwell‹? Das macht einen sehr guten Eindruck.«

»Ein wenig protzig.«

»Je protziger, desto besser. Eigentlich ist es ja sowieso nur ein Witz.« Lucy lächelte boshaft. »Also: ›Mr. Joseph Shadwell Simmons freut sich, die freundliche Einladung...‹«

Lucy und Shad arbeiteten generalstabsmäßig an einer Strategie, mit der Shad in die höheren Kreise Charlestons eingeschleust werden sollte. Beiden machte diese Aufgabe viel Vergnügen; Lucys Lachen konnte man oft bis auf die Straße hören.

»Mist' Pinny!« Elias war völlig verzweifelt. Pinckney ließ seinen Federhalter fallen und rannte zur Haustür.

Die Augen des alten Mannes waren ganz rot vom vielen Weinen. Sein Gesicht war grau; er war noch ganz schockiert.

»Elias, was ist los? Bist du verletzt?« Pinckney legte seinen Arm um die gebeugten Schultern des Schwarzen. Stumm streckte ihm Elias ein winziges, in Leder eingebundenes Büchlein entgegen.

»Sie haben die Bank geschlossen. Einige Gentlemen haben mir das Schild vorgelesen: Für immer geschlossen. Meine ganzen Ersparnisse sind weg!«

»Das kann ich nicht glauben, Elias. Wahrscheinlich haben sie dir etwas Falsches gesagt. Vielleicht war die Bank nur über Mittag zu. Ich gehe hin und sehe selber nach. Mach dir solange keine Sorgen.«

Aber die Bank war tatsächlich geschlossen worden. Sie hatte Konkurs anmelden müssen; die Beiträge auf den Sparkonten waren unwiederbringlich verloren.

»Verflucht seien diese Hunde!« wütete Pinckney. »Die

311

Bundesregierung hat ihr Geld in diese Bank gesteckt, und sie haben das Vertrauen der armen Schwarzen ausgenutzt! Erst haben sie ihnen Land gegeben, dann haben sie es ihnen wieder weggenommen. Jetzt haben sie ihnen auch noch ihr Geld gestohlen. Als Lincoln wiedergewählt werden wollte, da waren sie alle unheimlich besorgt um das Wohlergehen der Schwarzen! Und jetzt? Jetzt werden sie behandelt wie der letzte Dreck! Ich könnte glatt mein Pferd satteln, nach Gettysburg reiten und den Kampf wieder aufnehmen.«

»Wieviel Geld hatte Elias denn auf seinem Konto?« fragte Shad kühl.

»Über achthundert Dollar. Er hat sich neun Jahre lang praktisch jeden Penny vom Munde abgespart. Und ich selber bin mit ihm damals noch hingegangen und habe ihm geholfen, dieses verfluchte Konto zu eröffnen! Ich werde mein eigenes Konto plündern, um ihm das Geld wiederzugeben.«

»Ich werde dem Alten sein Geld geben.«

»Das kann ich nicht zulassen.«

»Mir tut es nicht weh.«

»Aber ich bin für Elias verantwortlich, nicht du.«

»Sei kein Dummkopf, Cap'n. In all den Jahren hast du nie etwas von mir für die Unterkunft und die ganze Verpflegung haben wollen. Wenn ich das so annehmen kann, dann kannst du es ja wohl annehmen, wenn ich dir ein paar Scheine zukommen lasse.«

Mit dem ›Cap'n‹ hatte es Sad geschafft, Pinckney herumzukriegen. Er hatte diese Anrede seit Jahren nicht mehr gebraucht. Pinckney gab ihm einen Klaps auf die Schulter. »Danke. Ich werde es Elias sagen.«

»Erzähl ihm nicht, daß es von mir ist. Elias ist ein alter Snob, und auch meine neuen Visitenkarten werden ihn nicht weiter beeindrucken können. Für ihn bin ich weißer Abschaum, und das wird sich auch nicht ändern.«

Pinckney mußte grinsen. »Aber nur, weil du ihn nie aufgefordert hast, dich auf eine der Tanzveranstaltungen zu begleiten. Die jungen Damen halten dich ja schon für einen geheimnisvollen Ritter aus der Sagenwelt.« Seit Lucy verraten hatte, daß Shad eine ganze Bank gehörte – was tatsächlich zutraf – und behauptete, seine Mutter stamme aus einer alten Familie aus Virginia, der einmal die Shadwell-Plantagen gehörten, hatte Shad in den feineren Kreisen Charlestons einen ziemlich guten Stand. Das letzte war natürlich völlig aus der Luft gegriffen, aber es verfehlte seine Wirkung nicht.

Pinckney versuchte, sich nicht zu sehr mit Shads und Lucys Machenschaften auseinanderzusetzen. Wenn sie zu weit gingen, dann würde sich ganz Charleston gegen sie stellen. Shad wäre dies wahrscheinlich egal, aber für Lucy hätte das bittere Konsequenzen. Sie bewegte sich nur in diesen Kreisen; es war ihre Welt. Pinckney mußte an Andrew denken und an das, was Lucy wohl noch an Eheleben geblieben war. Er zwang sich, seine Gedanken wieder auf Elias zu richten. Dieser alte Mann brauchte jetzt seine Hilfe. Er schien am Boden zerstört zu sein.

Doch Elias wollte das Geld nicht. »Vielen Dank, Mist' Pinckney, aber ich bin es nicht wert!« klagte er. »Ich habe mich so gegen Sie vergangen; ich darf es nicht annehmen.« Weinend stieß er einen unverständlichen Wortschwall aus sich heraus. Pinckney verstand nur, daß es um die Union League und Daddy Cain ging.

»Elias«, sagte er versöhnlich, »das ist doch alles Vergangenheit. Du bist auf deinen Versammlungen gewesen und hast einigen Reden zugehört, aber du hast uns nie etwas Böses angetan. Laß es uns vergessen.«

Elias hörte jedoch nicht eher auf zu sprechen, bis Pinckney alles wußte. Er erzählte ihm den Ablauf der geheimen Rituale; er benannte die Schwarzen, die geschworen hatten, die Häuser ihrer weißen Herren anzuzünden; ja, er enthüllte sogar Daddy Cains Identität. »Er hat das Gesicht von Mist' Wentworth, Mist' Stuarts Freund. Und er hat es auf Stuart abgesehen.«

»Ich werde mich darum kümmern, Elias. Mach dir keine

313

Sorgen. Aber du solltest jetzt besser nicht mehr auf diese Versammlungen gehen.«

»Mit diesen Leuten will ich auch nichts mehr zu tun haben. Sie stecken mit den Yankees unter einer Decke, aber was sind denn das für Menschen, die den armen Schwarzen noch die letzten Ersparnisse stehlen! Nein, Mist' Pinny. Ich und die League, wir haben nichts mehr gemeinsam!«

Pinckney nickte. »Morgen gehen wir zu der weißen Bank, auf der auch ich mein Geld habe. Die werden dein Geld sicher verwahren.«

Elias nahm seine Hand. »Vielen, vielen Dank, Mist' Pinckney. Sie haben ein gutes Herz.«

Pinckney lachte. »Du alter Lügner. Du weißt noch genau, wie ich dich früher terrorisiert habe.«

»Das war doch nur Übermut, sonst nichts. Bis auf zwei, drei mal.« Pinckney umarmte ihn und ging weg. Er fühlte sich jetzt viel besser.

Elias' Enthüllungen zwangen Pinckney dazu, sich etwas mehr mit den gegenwärtigen politischen Auseinandersetzungen um die Macht in South Carolina zu beschäftigen. Er hatte sich davor drücken wollen, ging möglichen Konfrontationen lieber aus dem Weg und redete sich ein, nichts mit diesen Dingen zu tun zu haben. Er nahm an, daß Shad durch seine Kontakte im Hotel darüber gut Bescheid wußte. Überraschenderweise erfuhr er über ihn, daß Stuart sich sehr bei den Demokraten engagiert hatte, daß in zwei Jahren der neue Präsident der Vereinigten Staaten gewählt werden würde und daß dann die Zeit gekommen war, die Unionstruppen aus South Carolina abziehen zu lassen. Und da die Besatzer das wahrscheinlich nicht freiwillig tun würden, war 1876 das Datum, auf das Stuart und seine politischen Freunde hinarbeiteten. Daddy Cain bereitete sich ebenfalls auf dieses Datum vor. Er war ein Günstling der Republikaner. Doch Stuart war sich sicher, ihm die Demütigungen und die Schmerzen, die er durch ihn erfahren hatte, heimzuzahlen.

Pinckney verfiel schnell wieder in seinen gewohnten Trott.

314

Er studierte beim Frühstück die Morgenzeitung, begleitete Lizzie zur Schule, dann ging er in sein Büro. Zum Mittagessen holte er Lizzie wieder ab. Nachmittags überwachte er das Entladen der Boote von Carlington; zum Abendessen war er immer daheim. Gelegentlich ging er auf eine Party, sonntags allerdings nie in die Kirche; dienstags tat er seinen Dienst im ›Rifle Club‹; einmal im Monat besuchte er die Versammlung in der Handelskammer. Mit der Familie feierte er Weihnachten und ertrug die Spannungen, die mit Julias Besuch einhergingen. Zu jeder Jahreszeit fanden wichtige Bälle, Feste und Tanzveranstaltungen statt. Er hatte das Gefühl, daß das Leben an ihm vorbeilief, aber es störte ihn nicht sonderlich. Er hatte den Krieg erlebt, hatte Sorgen, Aufruhr, Verlust, Leidenschaft und Verzweiflung kennengelernt, noch bevor er dreißig wurde. Jetzt, mit einunddreißig Jahren, war er ganz zufrieden damit, ein geruhsames Leben führen zu können. Lizzie meinte, er sei ganz schön alt geworden.

1875 kaufte er auf Lizzies Drängen hin ein Stück Land auf Sullivan Island. Als Lizzie aus der Schule entlassen wurde, war das Häuschen auf der Insel fertig.

Schon vor dem Krieg hatten wohlhabende Bewohner aus Charleston diese Insel als Sommerfrische genutzt, um der brütenden Hitze in der Stadt zu entgehen. Damals hatte es Promenaden gegeben, auf denen sich die feinen Leute ergötzten. Große Hotels boten jeden erdenklichen Luxus, Orchester spielten auf zum Tanz. Der Krieg und die Kanonen der Belagerer hatten dies alles hinweggefegt. Aber die Menschen konnten sich noch an die alten Zeiten erinnern und errichteten eine Reihe einfacher Häuser auf der Insel. Der Glanz der Vergangenheit bestand nicht mehr; nur das Meer und die breiten Sandstrände waren wie früher, aber das genügte.

Lizzie liebte das Haus auf der Insel. Es erinnerte sie an das Waldhaus auf Ashley Barony, aber eigentlich gefiel es ihr noch besser, weil Tag und Nacht ein frischer Wind durch die geöffneten Fenster wehte. Das Haus stand auf Pfählen, so daß der Wind auch von unten Kühlung brachte. Aus den Fenstern sah man über die Sanddünen hinweg auf das Wasser. Ein langer, schmaler Raum zog sich die ganze Front des Hauses entlang. Er war Wohn- und Eßzimmer zugleich. An jedem Ende dieses Raumes führte ein Flügel mit kleineren Zimmern nach hinten zum schmalen, mit zermahlenen Austernschalen befestigten Weg. Ein Flügel beherbergte das Gästezimmer und die Schlafräume für Lizzie, Pinckney und Stuart. Im anderen Flügel waren die Küche, die Speisekammer und die Schlafräume für Hattie und Clara untergebracht. Shad kam ein bis zwei Male im Sommer auf die Insel; Julia belegte das Gastzimmer im August, wenn es auf ihrem Landgut nur wenig zu tun gab.

Auf drei Seiten umgab eine breite Veranda das Haus. Außer während heftiger Gewitterstürme hielt man sich dort im Freien auf. Gepolsterte Sitzsofas, Stühle und Tische aus Bambus und eine riesige Hängematte luden zum Verweilen ein. Wenn Julia nicht da war, nahm Lizzie Kissen und Bettdecke mit nach draußen und schlief in dieser Hängematte, in der sie vom kühlen Nachtwind sanft hin und hergeschaukelt wurde.

Direkt unterhalb der Dünen bot eine überdachte Holzplattform etwas Schatten. Trotz des langärmeligen Popelinbadeanzuges und des mit langen Troddeln besetzten Hutes war Lizzie bald über und über mit Sommersprossen bedeckt. Sie beklagte sich sehr darüber und versuchte jeden Abend, ihre Haut mit Buttermilch aufzuhellen. Aber dann siegte doch das Vergnügen, das ein erfrischendes Bad in den Wellen und die Bewegung in der salzigen Luft und der klaren Sonne bot. Die Eltern ihrer Freundin Caroline Wragg hatten ganz in der Nähe ebenfalls ein Haus, und die beiden Freundinnen flitzten den ganzen Tag hin und her wie die kleinen Sandkrabben auf dem bei Ebbe freigelegten Schlick.

Im Sommer traf sich die ganze Familie nach getaner Arbeit auf der Veranda des Hauses. Ruhig saßen sie in der Abenddämmerung, sprachen leise miteinander und beobachteten, wie die letzten Farben aus dem dunkler werdenden Himmel schwanden und die Sterne erschienen. Bei dem beständigen, rhythmischen Rauschen der sich brechenden Wellen am Strand und dem unaufhörlich auf- und abschwellenden Geräusch, das der vom Wind gegen die Holzplanken geworfene Sand machte, fielen sie innerhalb von Minuten in den Schlaf.

In der heißesten Stunde des Nachmittags räkelten sich Lizzie und Caroline auf der Hängematte und schmiedeten Pläne über ihre Zukunft, während die Badeanzüge an ihrem Körper trockneten.

»Ich heirate später einen Millionär wie Mr. Simmons. Nur größer muß er sein«, träumte Caroline. »Und dann kriege ich ein Dutzend Kinder und Hunderte von neuen Kleidern und eine Kutsche mit samtbezogenen Sitzen.«

»Ich heirate einen mutigen und hübschen Mann wie Ritter Ivanhoe, der mich aus irgendeiner schrecklichen Gefahr rettet.«

»Was für einer Gefahr?«

»Nun, ich könnte zum Beispiel von einer Horde wildgewordener Pferde bedroht werden. Mein Held sieht mich irgendwann an sich vorbeigehen, verliebt sich unsterblich in mich, aber wagt es nicht, mich anzusprechen. Und dann brechen diese fürchterlichen Pferde aus einem Stall aus und rasen durch die Meeting Street. Ich komme gerade aus dem Haus der Ansons, habe soeben selber eine gute Tat vollbracht, vielleicht habe ich Andrew gerade noch davon abhalten können, das ganze Haus anzuzünden. Mein Held geht einfach auf der Straße auf und ab, weil er hofft, daß ich ihm über den Weg laufe, und dann...«

»Ich bin dran. Ich bin eine berühmte Opernsängerin, und die Königin von England bittet mich, ihr etwas vorzusingen und weil ich so nett bin und dazu die beste Sängerin der Welt, ist sie ganz begeistert. Der Prinz am Königshofe...«

»...klaut dir deine Schuhe und rennt damit weg.«

Sie quietschten vor Vergnügen über ihren Einfallsreichtum und lagen zusammengerollt in der Hängematte wie junge

317

Welpen. Beide waren jetzt fast sechzehn Jahre alt, doch sie wußten nicht viel mehr von der Welt als mit sechs.

Manchmal versuchten sie, das Geheimnis zu entschleiern, das sie am meisten faszinierte: Sie tauschten Theorien darüber aus, wie die Mütter wohl zu ihren Babies kamen. Caroline war ganz überzeugt davon, die Antwort zu wissen.

»Schau dir mal deinen Bauchnabel an, dann kannst du sehen, daß er mit einer Schlinge herausgezogen wurde. Das haben sie gemacht, damit du später einmal Babies bekommen kannst. Dann zieht der Doktor nämlich mit einer Schlinge den Bauchnabel heraus, der Bauch öffnet sich und man kann das Baby herausnehmen.« Caroline wußte, wovon sie sprach. Ihre verheiratete Schwester hatte im Jahr zuvor ein Kind bekommen, und sie hatte miterlebt, wie deren Bauch immer dicker und dicker geworden war.

»Dann müßten Jungs doch eigentlich gar keinen Bauchnabel haben, oder?«

»Das denke ich auch. Ich habe allerdings keine Brüder. Du müßtest das doch viel besser wissen.«

»Ich weiß es aber nicht. Schließlich laufen sie ja nicht nackt herum.«

»Warum fragst du sie nicht einfach?«

»Das kann ich unmöglich tun!«

Caroline kicherte. »Du könntest ja John Cooper fragen. Er würde dir bestimmt gerne zeigen, ob er einen hat oder nicht.«

»Caroline, du bist gemein! Nimm das zurück!« Lizzie kniff ihre Freundin in den Arm.

»Autsch! Ist ja schon gut, war nicht so gemeint.«

Fröhlich debattierten die beiden über die Unzulänglichkeiten John Coopers. Er war der einzige wirklich großgewachsene Junge in der Tanzschule, verfolgte Lizzie auf Schritt und Tritt und brachte ihr eine penetrante Ergebenheit und Bewunderung entgegen, wo er auch auf sie traf. Nach drei Jahren wöchentlicher Walzer trat er ihr immer noch auf die Füße und errötete, wenn er versuchte, mit ihr zu sprechen. Irgend-

318

wie brachte John es auch immer fertig, genau dann im Wasser zu erscheinen, wenn die beiden Mädchen schwimmen gingen. Dabei lag das Haus der Coopers über eine Meile entfernt!

»Nun«, meinte Caroline. »dieses Jahr brauchst du dir um John keine Sorgen machen. Er ist jetzt mit der Schule fertig und wird nach Virginia gehen, um Priester zu werden.«

»Das hilft mir aber auch nicht weiter«, beklagte sich Lizzie. »Mit wem soll ich denn dann nächstes Jahr tanzen? John Cooper ist immer noch besser als gar keiner.«

»Vielleicht ist Billy Wilson ja dann noch ein bißchen gewachsen.«

»Aber ich mag ihn nicht. Er raucht; seine ganzen Kleider stinken danach. Was soll ich nur machen, Caroline? Ich bin viel größer als alle anderen, die ich kenne, Pinckney einmal ausgenommen! Ich bin ein Kopf größer als Stuart, und Stuart ist ein erwachsener Mann!«

»Mach dir keine Gedanken. Nächstes Jahr werden wir aus der Schule entlassen, dann können wir ja die Älteren treffen. Die müßten ja auch größer sein. Glaubst du eigentlich, Stuart weiß, daß es mich gibt? Du hast wirklich Glück, daß du einen so ansehnlichen Bruder hast.«

»Pah! Der redet doch von morgens bis abends über Politik. Wenn du alte Männer magst, dann solltest du dir Pinckney schnappen. Er ist wirklich süß.«

»Nein. Ich heirate irgendwann einmal Mr. Simmons. Er wird so glücklich darüber sein, eine junge Frau bei sich zu haben, daß er mir jeden Tag ein neues Ballkleid kauft...« Und schon ging die Träumerei wieder von vorne los.

Als die Tanzstunden wieder begannen, war Billy Wilson kein Stück größer geworden. Henry Simons und Ben Ogier hatten sich jedoch in dürre Riesen verwandelt. Soviel sich Lizzie auch bemühte, sie konnte keinem der beiden irgend etwas abgewinnen. Aber trotzdem waren auch sie gute Tänzer und Freitag nacht blieb der Höhepunkt der Woche.

Zu ihrem sechzehnten Geburtstag durchstach Lizzie ihre Ohrläppchen, damit sie die winzigen Perlen befestigen konnte, die ihre Mutter aus Philadelphia geschickt hatte. Sie fühlte sich jetzt wie eine erwachsene Frau.

Buch Fünf

1876–1877

29

»Versuch nicht, mich zu belehren, Pinny! Willst du mein Boot nun kaufen oder nicht? Du könntest es als Schlepper für deine Frachter benutzen und bräuchtest Bracewell kein Geld mehr dafür zu zahlen.«

»Aber es ist doch Unsinn, daß du kündigen willst, Stuart! Warum reduzierst du nicht einfach den Fahrplan oder legst das Schiff für ein paar Monate still?«

»Vergiß nicht, daß auch ich ein Tradd bin, Bruderherz! Ich mache keine halben Sachen. Ich sagte dir schon: Dieses Jahr wird die Entscheidung fallen, und jetzt ist es soweit. Ich werde Tag und Nacht für Hampton und die Demokraten arbeiten, von jetzt an bis zu unserem Sieg.«

»Und dann?«

»Soweit ist es noch nicht. Ich werde schon sehen, was ich dann mache. Du kannst mich nicht aufhalten, Pinny, schlag dir das aus dem Kopf! Versuch es besser gar nicht erst. Ich will bloß, daß du mitmachst. Du bist dem General doch schon einmal gefolgt.«

»Ich habe Verpflichtungen.«

»Das sagst du. Ich glaube, der Staat ist wichtiger als dieser Dünger.«

»Schon gut, ich kaufe das verdammte Boot. Sag mir den Preis. Und dann geh, bevor ich mich vergesse. Und... viel Glück!«

Die Wahl des Gouverneurs von South Carolina würde am siebten November stattfinden. Am siebten Februar begannen die Vorbereitungen dazu.

Zehn Jahre lang waren jetzt die Republikaner an der Macht. Zehn Jahre lang hatten die Bewohner der Stadt immer höhere Abgaben zahlen müssen. Vielen war ihr Land weggenommen worden, weil sie die Abgaben nicht mehr zahlen konnten. Spekulanten machten horrende Geschäfte mit der Not der ehemals Reichen. Und diese hatten keine Möglichkeit, sich dagegen zu wehren. In keinem Gericht saß irgendein Weißer, der in South Carolina geboren war. Wenn der Gouverneur beim Glücksspiel eintausend Dollar verlor, dann wurde am nächsten Tag eine Verordnung erlassen, durch die ihm eine Summe von eintausend Dollar zukam, die von der Bevölkerung Charlestons in ›dankbarer Anerkennung seiner aufopfernden Arbeit für den Staat‹ aufgebracht werden mußte. Die Nutzungsrechte der Phosphatvorkommen um Charleston herum wurden größtenteils Freunden des Gouverneurs zugeschoben. Die Gewinne aus der Phosphatgesellschaft waren riesig; nichts von dem Geld kam jedoch der Stadt zugute; die Kriegsschäden waren immer noch nicht behoben; die vormals herrschaftlichen Häuser Charlestons waren dem Verfall preisgegeben.

Alles hing vom Ausgang der Wahl des Präsidenten ab und davon, wie sich die Massen der Schwarzen entscheiden würden.

Auf einen Weißen kamen etwa zwei Schwarze, und die Union League versuchte seit zehn Jahren, die Schwarzen in ihre Organisation einzubinden. Viele jedoch fühlten wie Elias und waren aus der League ausgetreten. Sie hatten das Gefühl, daß die Yankees und die Republikaner nicht genug für sie getan hatten. Wie immer gab es jede Menge potentieller Wähler, die weder verstanden, worum es ging, noch sich darum kümmerten und einfach in Ruhe gelassen werden wollten.

Die Demokraten waren fest entschlossen, jedes verfügbare Mittel zum Sieg bei den Wahlen einzusetzen, wenn nötig auch Gewalt. Die Republikaner wollten sich ihre durch die korrupten Verhältnisse für sie sprudelnden Geldquellen nicht entreißen lassen. Wie Stuart vorhergesehen hatte, sah alles nach einem blutigen Konflikt aus.

General Wade Hampton, der einst die Kavallerie South Carolinas in den Kampf geführt hatte, war jetzt siebenundfünf-

323

zig Jahre alt und kehrte als Gouverneurskandidat der Demokraten aus Mississippi zurück. Er war eine beeindruckende, schmucke Gestalt, mit gerader Haltung, einer weißen Löwenmähne und buschigem Schnurrbart. Er verlangte von seinen Anhängern, sich öffentlich zu ihm zu bekennen, was sie auch durch ihre roten Hemden taten und bald nach diesem Erkennungszeichen als die ›Red Shirts‹ bekannt waren. Aus dem gleichen Grunde wollte General Hampton auch nicht durch den Ku-Klux-Klan unterstützt werden. »Meine Leute müssen nicht ihr Gesicht verhüllen. Sie sind stolz darauf, South Carolina von der Fremdherrschaft zu befreien, unter der dieses Land leidet.«

Die Republikaner kontrollierten die Waffenlager. Aus Angst vor einer Unterwanderung durch demokratisch gesinnte Leute gründeten sie zwei schwerbewaffnete schwarze Organisationen, die ›Hunkidories‹ und die ›Live Oaks‹, die oft mit Gewalt versuchten, republikanische Gesinnung zu erzwingen. Der eher unpolitische Schwarze stand zwischen beiden Lagern und hatte das Pech, für beide Seiten interessant zu sein.

In den Frühlingsmonaten verstärkten sich die Spannungen. Pinckney patrouillierte plötzlich wieder wie direkt nach dem Krieg jede Nacht zusammen mit den anderen Mitgliedern des ›Rifle Clubs‹ durch die Straßen. Tagsüber hielt sich eine Schwadron in der Nähe des Waffenlagers bereit, um im Bedarfsfall sofort losschlagen zu können. Die Red Shirts ritten in Zehnergruppen aufs Land, besuchten die kleinen Hüttensiedlungen an den Straßenkreuzungen, sprachen mit den Bewohnern und versuchten, sie davon zu überzeugen, die Demokraten zu wählen. Manchmal waren die Hunkidories schon vor ihnen dagewesen, manchmal kamen sie erst später. Vorerst war es zu keinen direkten Auseinandersetzungen gekommen.

In der Stadt waren die Leute hitziger. Immer wieder kam es zu sporadischen Kämpfen; Militärpolizei und ›Rifle Clubs‹ waren ständig im Einsatz.

Es war an einem frühen Morgen Mitte Mai, als Pinckney völlig übermüdet von seiner Schicht nach Hause zurückkehrte. Sein Arm schmerzte noch von dem Stein, der ihn in der Nacht getroffen hatte. Als er die Haustür öffnete und mit dem Knie aufstieß, gab sie nur einen Spalt weit nach. Eine plötzliche Besorgnis vertrieb jede Müdigkeit.

Elias lag hinter der Tür flach auf dem Rücken. Sein Atem rasselte. Pinckney schob sich in den Raum und kauerte neben dem alten Mann nieder. Als er Elias' Kopf hochhob, fühlte er warmes Blut zwischen seine Finger rinnen. »Mein Gott!« schrie er auf. Dann rief er Clara und Hattie.

Es dauerte über eine Stunde, bis auch Dr. Perigru zur Stelle war. Doch auch er konnte nicht mehr viel tun.

Den ganzen Tag über wurde Elias immer wieder ohnmächtig. In seinen klaren Momenten berichtete er, was passiert war: Die Union League drängte alle ehemaligen Mitglieder zum erneuten Beitritt. Nach der Ausgangssperre waren zwei Männer an der Haustür aufgetaucht. Elias lehnte ihre Einladung ab, daraufhin hatte man ihm mit einer schweren Eisenstange den Schädel eingeschlagen.

In einem seiner klaren Momente äußerte Elias einen letzten Wunsch. »Mist' Pinny, bitte, ich möchte jetzt meine Ersparnisse von der Bank holen. In Gold. Die Zahlen im Buch sagen mir nichts mehr.«

Pinckney kam bald mit dem Gewünschten zurück. Als Elias wieder zu Bewußtsein kam, befühlte er die Goldstücke und lächelte breit. »Ist das nicht ein schöner Anblick?« Seine Augen fielen ihm zu. »Ich wollte einmal so schöne Goldzähne haben wie Toby. Gut, daß ich statt dessen noch das Geld besitze. Damit werde ich mir das schönste Begräbnis ermöglichen, das meine Freunde je gesehen haben.« Ein Lächeln flog wieder über sein Gesicht. Pinckney hielt seine Hand.

Lizzie hatte gerade die Lampen angezündet, als Elias zum letzten Mal erwachte. »Schaut euch an, wie groß und klug dieses Mädchen geworden ist. Ich muß jetzt gehen. Macht euch keine Sorgen. Ich habe alles geregelt. Hier habe ich einen ganzen Beutel Gold auf der einen Seite, und Jesus Christus steht schon auf der anderen. Jetzt gehe ich in sein Reich ein.« Elias' Lippen verzogen sich zu einem letzten Lächeln, dann konnte Pinckney spüren, daß sich seine Hand entspannt hatte. Er führte sie an seine Brust und schloß die Augen. Dann hielt er Lizzie fest.

»Mist' Pinckney, geht besser nicht zum Begräbnis. Da werden alle möglichen Leute hinkommen, nur keine Weißen.«

»Danke, Clara. Aber du bist erst ein paar Jahre bei uns, daher kannst du das nicht verstehen. Elias gehörte zu meiner Familie. Ich werde ihn auf jeden Fall auf seinem letzten Weg begleiten.«

Elias Tradd hatte tatsächlich das größte Begräbnis, das seine Freunde je erlebt hatten. Der polierte Mahagonisarg, in dem der Tote in seinem violetten Anzug auf weißem Stein aufgebahrt war, und der ganze Leichenwagen waren über und über mit Kränzen bedeckt. Die Pferde, die den Wagen zogen, waren tiefschwarz. Auf ihren Köpfen tanzten schwarze Straußenfedern; das Geschirr war mit schwarzen Seidenrosetten geschmückt. Dem Leichenwagen schritt der Chor der afrikanischen Methodistenkirche voran; die Mitglieder waren ganz neu eingekleidet worden und hielten glänzende Handtrommeln in den Händen. Sie sangen; ihre Füße tanzten auf der Straße. Die Prozession wurde von einem Geistlichen angeführt, der in einer von einem Schimmel gezogenen offenen Kutsche saß. In einem nicht enden wollenden Zug folgten Kutschen und Einspänner voller Männer und Frauen in weißer Trauerkleidung. Pinckney Tradd folgte dem Leichenwagen mit gesenktem Kopf. Sein rotgoldener Haarschopf leuchtete in der Sonne.

Auf dem Friedhof bewunderte er den Marmorstein, den Elias noch selber ausgesucht hatte. Jetzt war auch das Todesdatum in ihn eingemeißelt. Pinckney warf die erste Schaufel Erde auf den Sarg und wartete, bis er ganz von Erde bedeckt war. Dann verabschiedete er sich von Elias' Freunden, die ein letztes Fest zu seinen Ehren feierten.

Ende Juni wurde Lizzie aus der Schule entlassen. Die Feier fand im Garten statt. Die elf Schülerinnen strahlten in ihren langen weißen Kleidern und unter ihren breiten Strohhüten. Pinny und Shad schwitzten sehr in der prallen Sonne und kamen fast um vor Hitze. Lucy hielt einen Sonnenschirm in einer Hand; mit der anderen fächelte sie sich mit einem Palmblatt frische Luft zu. Die mahnenden Worte, die die Schulleiterin ihren Schützlingen mit auf den Weg gab, wollten kein Ende nehmen. Pinckney und Shad überschütteten die alte Dame mit Komplimenten; zu guter Letzt küßte Pinny ihre runzlige Wange, woraufhin sie errötete. Hinterher trafen sich alle noch zu einer Eiskremparty bei den Wraggs.

Am nächsten Tag brachten Pinckney und Shad Clara, Hattie, Lizzie, Lucy, Andrew, den kleinen Andrew und dessen Kinderschwester nach Sullivan Island. Billy hatte Stuarts Posten auf dem Fährschiff übernommen; an diesem Tag war es ihr Boot. Am Anlegehafen auf der Insel sorgten bewaffnete Soldaten dafür, daß keiner die Boote verließ, der nicht auf die Insel gehörte. Während der zu erwartenden Unruhen sollte dies der sicherste Platz in South Carolina werden.

Am vierten Juli kam es dann am Ende der Feiern zu den befürchteten Auseinandersetzungen zwischen schwarzen Republikanern und schwarzen Demokraten. In einem kleinen Ort namens Hamburg, der Heimat General Hamptons, machten die Red Shirts das Waffenlager der Republikaner dem Erdboden gleich. Zwölf Schwarze fanden dabei den Tod. Sofort setzten sich Bundestruppen in Bewegung, um die Lage unter Kontrolle zu halten. Doch schon vor ihrer Ankunft hatte die Nachricht von dem ›Massaker von Hamburg‹ die Runde gemacht; Daddy Cain bot sich eine willkommene Gelegenheit, Gewalt zu predigen. In Charleston sprach er in der Markthalle.

Informanten aus der Union League warnten ihre weißen

327

Arbeitgeber vor dieser Versammlung, und die Bewohner Charlestons trafen ihre Vorkehrungen. »Gott sei Dank ist Stuart irgendwo in Columbia, um Daddy Cain zu suchen. Er würde alles tun, um diese Versammlung zu sprengen«, meinte Pinckney erleichtert. Die Mitglieder der ›Rifle Clubs‹ umstellten geräuschlos die Markthalle, während innen Daddy Cain seine flammende Rede hielt. Zwei Stunden lang hörte man durch die offenen Fenster seine Stimme und das immer lauter werdende Geschrei seiner Anhänger. Seine Botschaft ließ die Männer draußen trotz der Sonne erschauern. »Es gibt achtzigtausend Schwarze hier, die mit einem Gewehr umgehen können, und zweihunderttausend Frauen, die wissen, was man mit einem Messer und einer brennenden Fackel machen kann.« Die Menge raste; die hohen Doppeltüren der Halle wurden aufgestoßen; heraus drängten aufgebrachte Schwarze. Als sie die fünfhundert Weißen sahen, die die Markthalle umringt hatten, hielten sie ganz plötzlich inne. Dann schritten sie leise die breiten Stufen herab und gingen schweigend auseinander. Daddy Cain verschwand durch die Hintertür.

Der Kommandant löste das gespannte Schweigen. »Wieso haben die nur so viele Frauen? Wenn die auch noch alle wählen gehen könnten, dann hätte Hampton keine Chance. Laßt uns darauf anstoßen, daß es noch welche gibt, die nicht wählen können.« Er nahm einen kräftigen Schluck aus seiner Flasche und reichte sie weiter.

Die kleine Gruppe auf der Insel bekam von den politischen Ereignissen so gut wie nichts mit. Lizzie war zunächst sehr ärgerlich darüber, daß sich auch die Ansons im Hause aufhielten. Andrew machte sie nervös. Die jahrelange Tatenlosigkeit hatte den einst ansehnlichen jungen Offizier in eine Masse schlaffes Fett verwandelt. In seinen depressiven Phasen hatte er maßlos getrunken, und der unvorteilhafte Eindruck seiner Leibesfülle wurde noch durch das aufgedunsene Gewebe seines Körpers und seine immer feuchte Haut verstärkt. Er sieht aus wie eine riesige weiße Kröte, dachte sich Lizzie. Sein Fleisch beulte sich unter den Armlehnen seines Stuhles nach außen, und er hatte die unangenehme Angewohnheit, vor dem Sprechen die Backen aufzublasen. Der kleine Andrew war jetzt dreizehn Jahre alt und damit viel zu jung, um für eine fast erwachsene Dame von sechzehn Jahren von Interesse zu sein. Er war auch allmählich zu alt, um noch von einer Kinderschwester versorgt zu werden. Lucy hatte Estelle schon seit langem dazu aufgefordert, sich an der übrigen Hausarbeit zu beteiligen, aber die Kinderschwester wollte sich von ihren angestammten Aufgaben nur ungern trennen. Ihre unablässige Sorge um den kleinen Jungen und ihre beständigen Ermahnungen irritierten Lizzie fast noch mehr als den Jungen selbst.

Dieser mied Estelle, so gut es ging. Lizzie konnte das gut nachempfinden, aber sie war auch ein wenig eifersüchtig auf den kleinen Andrew und die Freiheiten, die er als Junge hatte und die sie selber nie hatte auskosten können. Er durfte ohne Begleitung mit der Pferdebahn von einem Ende der Insel zum anderen fahren oder auch auf einen der Wagen, die Gemüse, Frischwasser und Meeresfrüchte verkauften, springen und mitfahren. Vor allem konnte der kleine Andrew einfach schwimmen gehen, ohne sich um Sommersprossen Sorgen machen zu müssen.

Lizzie hingegen durfte nur am frühen Morgen und am späten Nachmittag ins Wasser. Das gehörte alles zu den Vorbereitungen für den Debütantinnenball. »Es tut mir leid, Liebes«, sagte Lucy. »Selbst wenn du dich den ganzen Herbst lang in eine Wanne Buttermilch legst, hast du im Januar noch Sommersprossen. Die vom letzten Sommer sind erst im Frühjahr verschwunden. Um der Schönheit willen muß man manchmal eben auch leiden.«

Lizzie war es die ganze Sache wert. Tag und Nacht malte sie sich aus, wie auf dem Ball ihr Traumprinz kommen würde und sich auf der Stelle unsterblich in sie verliebte.

»Das kann einem doch so passieren, nicht wahr, Lucy?«

»Ja, so etwas gibt es durchaus.« Lucys Stimme hatte einen eigentümlichen Klang, als sie das sagte.

»Erzähl mir noch mehr über diesen Ball, ja, Lucy?«

»Nun, Pinckney wird eine Kutsche bestellen...«

»Mit einer Tür, die man zuwerfen kann?«

»Natürlich. Die macht ein deutliches Geräusch, wenn sie der Türsteher hinter dir zuschlägt. Jeder weiß dann, daß gerade jemand ganz besonderes angekommen ist. Ein langer, gestreifter Baldachin wird den Weg von der Kutsche bis zum Eingang vor Regen schützen und du läufst über einen sehr breiten, weißen Läufer aus Segeltuch, damit deine Röcke nicht staubig werden.«

»Ich komme ganz in Weiß, nicht wahr?«

»Im weißesten Weiß deines Lebens, Lizzie. Und mit weißen Handschuhen. Jedes Mädchen wird dieses Jahr noch ein Paar neue, weiße Handschuhe zu Weihnachten bekommen. Die St. Cecilian-Gesellschaft verteilt sie an alle Debütantinnen.«

»Mehr als diese Handschuhe interessiert es mich, welche Namen auf den Tanzkarten stehen werden.«

Lucy lächelte. »Ich habe das nicht vergessen, Lizzie. Ich werde dafür sorgen, daß Mr. Joshua nur die größten Tanzpartner für dich aussucht.«

»Und nicht immer nur John Cooper. O je, wenn man vom Teufel spricht...« Der anhängliche John hatte gerade Sommerferien und eine Möglichkeit gefunden, wie er Lizzie jeden Tag sehen konnte. Er holte den kleinen Andrew jeden Morgen und jeden Nachmittag zum Schwimmen ab und brachte ihn wieder nach Hause. Lucy war froh darüber, daß er ein bißchen auf ihn aufpaßte, denn manchmal war das Baden durch unberechenbare Strömungen gefährlich, und der kleine Andrew war das erste Mal am Meer.

»Du solltest John gegenüber ruhig etwas freundlicher sein, Lizzie. Du bist zu sehr daran gewöhnt, den Männern Befehle erteilen zu können. Pinckney und Shad stört das nicht weiter, aber ein richtiger Gentleman wird das nicht gerne sehen.

Man erwartet von einem Mädchen einfach ein anderes Benehmen, und es wird allmählich Zeit, daß du dich darauf einstellst. Fang am besten direkt bei John damit an. Wenn er gleich auf die Veranda kommt, dann tu ganz überrascht und sag: »Nanu, das ist ja John Cooper! Wie schön, Sie zu sehen!«

»Aber das ist doch blöd. Zum einen bin ich nicht überrascht, und dann finde ich es auch gar nicht so schön.«

»Das macht nichts. Und vergiß nicht, ihn dabei anzulächeln.«

»Aber... Meine Güte, Tante Lucy, schau mal, wer da ist! John Cooper! Wie schön, Sie zu sehen!«

Der arme John war so überrascht, daß er mit dem Zeh schmerzhaft gegen eine Stufe stieß.

Stuart war ganz außer sich, als er hörte, daß Daddy Cain in Charleston gesprochen hatte, während er unterwegs war. Er hatte seinen alten Freund Alex Wentworth zufällig in Columbia auf der Straße getroffen und zog mit ihm jetzt durch die Kneipen, um etwas über die Pläne der Republikaner zu erfahren. Die Mutter von Alex hatte ihren Sohn zu ihrer Familie nach Columbia geschickt, nachdem die Nachricht von der Abstammung Daddy Cains in Charleston für einen gewaltigen Skandal gesorgt hatte. Seit mehr als acht Jahren hatten sich die beiden Freunde nicht mehr gesehen. Alex war jetzt wie Stuart dreiundzwanzig Jahre alt und ein feuriger Anhänger der Demokraten. Er war ganz frisch mit einem Mädchen aus Columbia verheiratet, aber die meiste Zeit verbrachte er bei den Red Shirts und nicht bei seiner Frau oder in der Versicherungsgesellschaft seines Onkels. Stuart war Leutnant, Alex Captain. Immer noch war Alex der Anführer.

»Erzähl mir doch etwas über Charleston, Stuart!« meinte Alex. »Ich trauere dieser Stadt immer noch ein wenig nach, aber meine liebe Mutter weigert sich standhaft, mich dorthin einzuladen. Sie will sich, glaube ich, nach wie vor weismachen, daß mein Vater nie irgendwelche Röcke hochhob, unter denen er nichts zu suchen hatte. Ich erinnere sie wohl irgendwie daran. Gut, daß mein Vater in Bull Run den Heldentod gestorben ist. Seine Erinnerung ist ihr heilig; wenn er allerdings noch am Leben wäre, dann würde sie ihm jeden Tag die Hölle heiß machen. Frauen sind manchmal wirklich engstirnig! Helen werde ich da besser erziehen.«

»Du hast mir gefehlt, Alex. Warum gehst du nicht mit mir für eine Weile nach Charleston? Deine Mutter braucht ja nichts davon zu erfahren. Du kannst dann in meinem Haus wohnen.«

»Nein, Columbia ist inzwischen für mich zu einer Art zweiter Heimat geworden. Ich habe da eine bessere Idee! Der General stellt gerade eine Art Ehrengarde zusammen, die ihn auf seiner Wahlreise begleiten soll. Nach seiner offiziellen Wahl zum Gouverneurskandidaten wird er nächsten Monat damit beginnen. Was hältst du davon, wenn ich dich in dieser Garde unterbringe?«

»Das ist aber eine Überraschung. Meinst du wirklich, du könntest das möglich machen?«

»Helen ist eine entfernte Verwandte der Hamptons. Abgemacht? Komm, ich lade dich zu einem Bourbon ein!«

Alex hielt sein Versprechen. Am fünfzehnten August wurde General Wade Hampton offiziell zum Gouverneurskandidaten der Demokraten ernannt. Die Garde stand bereit, und am nächsten Tag begann die Wahlreise.

30

Pinckney erzählte den desinteressierten Damen auf der Insel von Stuarts neuer Aufgabe. Andrew und sein Sohn wären die einzigen gewesen, die das wirklich interessiert hätte, aber sie waren schon im Bett. Andrew war immer schon direkt nach dem frühen Abendessen verschwunden; der kleine Andrew hatte eine Erkältung und war deshalb nicht mehr auf. Lizzie versuchte mit Lucys Unterstützung mit ihrem Reifrock klarzukommen. Sie war zunächst sehr enttäuscht gewesen, daß sie nicht eines der neuen langen Kleider mit Schleppe auf dem Ball würde tragen können. Lucy war jedoch strikt dagegen. »Keine Frau in Charleston zieht so etwas an. Das zeigt viel zu sehr den Körper. Wir selbst tragen nur deshalb keine Reifröcke mehr, weil wir uns den vielen Stoff dafür im Moment nicht leisten können. Die jungen Mädchen auf dem Debütantinnenball werden alle Reifröcke tragen. Man sieht darin einfach zauberhaft aus. Wie in den alten Tagen.«

Lizzie war zunächst ziemlich schnell entmutigt; es war alles schwieriger, als sie erwartet hatte. Trotzdem fand sie es aber sehr aufregend. Als Pinckney einmal ihre ungelenken Versuche, sich mit dem Reifrock zu bewegen, beobachtete, hatte er Mühe, dabei ernst zu bleiben. Lizzie trug ihren Badeanzug, darüber hatte sie eines von Lucys alten Korsetts geschnürt. Eine Hemdbluse vervollständigte ihre Kleidung, und darüber trug sie dann den Reifrock, der noch dazu von einem Petticoat bedeckt war.

»Ich komme mir vor wie ein Elefant«, jammerte sie. Aber Lucy wußte, daß sie ihr Äußeres mit der so plötzlich schmal erscheinenden Hüfte und den fast zu ihrer endgültigen Größe gewachsenen Brüsten trotz ihrer Unfähigkeit, tief zu atmen oder sich zu bücken, ganz aufregend fand.

»Du machst das schon ganz gut«, meinte Lucy aufmunternd. »Ja, genau so. Ganz kleine Schritte, ein Fuß hinter den anderen, und die Füße ein wenig nach außen wie bei einer Ente. Der Rock schwankt von einer Seite zur anderen, nicht von vorne nach hinten! Gut. Oh, sehr gut, genau so, ganz in der Mitte. Die Handgelenke ruhen leicht auf dem Reif. Jetzt dreh dich mal. Langsam, nicht zu schnell. Gut. Nimm die Handgelenke wieder zurück an die Seite. Sehr gut! Jetzt krümm die Finger und halte den Reifrock fest. Hast du ihn? Gut, jetzt alles auf einmal. Drück den Reif mit deinem Daumen nach unten, geh mit einem Fuß einen Schritt zurück und setz dich aufs Sofa.«

Lizzie ließ sich heruntersinken. Plötzlich schnellte der Reif

333

hoch und traf sie an der Stirn. Unter dem Rock glänzte das helle Blau der Beine ihres Badeanzuges. Lizzie brach in Tränen aus.

Pinckney machte, daß er davonkam. Er konnte sich kaum ein Lachen verkneifen. »Es ist alles in Ordnung, Lizzie«, sagte Lucy. »Mir ist das unzählige Male passiert, bevor ich es schließlich gelernt habe.« Sie ging zu ihr und rückte ihren Rock so zurecht, daß er über ihrem Schoß zusammenfiel. »Komm, Liebes«, sagte sie dann. »Wir versuchen es noch einmal. Diesmal lege ich meine Hände auf deine, damit du merkst, wie man den Reif festhalten muß. Dann gehen wir zum Abendessen.« Lizzie stand auf, ging hin und her und schaffte es mit Lucys Hilfe, sich ohne weitere Komplikationen in einem Berg von Falten auf dem Sofa niederzulassen. »Du siehst aus wie eine wunderschöne Blume«, meinte Lucy und gab ihr einen Kuß. »Ich sage der Küche Bescheid, daß wir jetzt essen können, dann zeige ich dir noch, wie du mit dem Rock am Tisch Platz nimmst. Wisch dir die Tränen ab. Das ist auch die letzte Lektion für heute. Wenn wir immer alle unsere Korsetts und Reifröcke tragen würden, dann bräuchte man uns nicht viel aufzutischen. Du wirst schon merken, warum. Nimm immer nur einen ganz kleinen Bissen und schlucke ihn erst herunter, bevor du den nächsten nimmst. Nach einer Weile kannst du dann ja ins Nebenzimmer gehen, das Korsett ablegen und danach vernünftig zu Abend essen.«

Pinckney und Lucy blieben an diesem Abend noch lange auf der Veranda sitzen. Lizzie war im Bett; die beiden hatten es sich auf den gemütlichen Sitzsofas bequem gemacht. Lange Zeit saßen sie schweigend beisammen. Es war Flut; die Wellen brachen sich mit einem sanften Geräusch, als wäre der Ozean müde von seinem langsamen Vordringen auf dem Strand landeinwärts. Grün leuchtende Glühwürmchen funkelten in den harten Gräsern auf den Dünen. Pinckneys Manila-Zigarre glühte immer wieder im Dunkeln auf, wenn er einen neuen Zug nahm.

Plötzlich mußte er laut auflachen, beherrschte sich dann aber und ließ nur noch ein unterdrücktes Glucksen hören. »Ich konnte mich wirklich nicht mehr zusammenreißen, Lucy, als ich diese blauen Beine unter diesem riesigen Reifrock sah. Hast du das früher einmal wirklich alles selber durchgemacht?«

Lucys leises Lachen war fast nicht zu hören. »Pst!« raunte sie. »Vielleicht ist Lizzie noch wach.«

»Nein. Sie schläft. Es ist sehr spät. Aber du hast noch nicht geantwortet. Hast du dir auch mit diesem Reif auf die Nase gehauen?«

»Sehr oft. Ich lebte damals bei meinem alleinstehenden Onkel und mußte mir alles selber beibringen. Oft ging es natürlich daneben. Einmal hatte ich sogar ein richtiges blaues Auge.« Sie bekam einen Lachanfall, und konnte gar nicht mehr aufhören zu lachen. Pinckney wurde davon angesteckt und lachte ebenfalls, bis ihm die Seiten schmerzten. Er konnte sich kaum noch wieder einkriegen.

»Pst!« wisperte Lucy. Dann mußte sie in Pinckneys Gelächter einstimmen, kicherte wieder los und japste hilflos. Ganz erschöpft vom vielen Lachen saßen sie da.

»Du lieber Himmel«, stöhnte Pinckney. »So habe ich ja schon wer weiß wie lange nicht mehr lachen müssen.«

»Ich auch nicht. Ich weine ja fast.« Lucy hörte auf zu sprechen und atmete dann plötzlich schnell ein. »Oh«, entfuhr es ihr.

Am Horizont stieg ein unglaublich großer, rotorangefarbener Ball auf, so als hätte ein Riese ihn mit unsichtbarer Hand in die Luft geworfen. Beide beobachteten schweigsam und voller Staunen, wie er immer höher in den Himmel stieg und mit seinem Strahlen das Licht der Sterne in den Hintergrund drängte.

»Ich habe noch nie erlebt, wie der Mond aufgegangen ist«, wisperte Lucy. »Das ist ja unglaublich schön!«

335

»Es ist nicht immer so«, sagte Pinckney leise. »Ich habe es schon oft gesehen, aber noch nie am Meer. Es ist wirklich unglaublich.«

Wieder verfielen sie in Schweigen und beobachteten, wie das zunächst goldene Strahlen sich allmählich in ein fahles, weißes Licht verwandelte. Es schien das Wasser zu glätten. Die Wellen brachen sich in langen, rollenden, dunklen Wogen am Strand. Nur ein ganz dünner Streifen bleicher Gischt umsäumte sie. Eine breite, silberhelle Bahn erstreckte sich schimmernd vom Sand über das stille Meer bis zum Horizont.

»Man scheint auf dem Mondlicht gehen zu können«, sagte Lucy. »Wohin man dann wohl gelangen würde?«

»Daran mußte ich auch gerade denken.«

»Ich weiß.«

Für einen langen Augenblick hüllte sie das leuchtende Schweigen erneut ein. Pinckney wandte den Kopf und schaute Lucy an. Das bleiche, unwirkliche Licht glänzte auf ihrer tränennassen Wange. Er nahm ihre Hand. »Lucy«, begann er.

»Pst! Ich weiß schon, was du sagen willst... Ich weiß immer, was du denkst.«

»Du weißt, daß ich dich liebe?«

»Ja.«

»Aber ich habe es doch selber gerade erst herausgefunden.«

Lucys Mundwinkel zogen sich nach oben.

»Du wußtest es vor mir?«

»Pst!« Sie legte ihre Hand auf seine und drehte ihren Kopf, so daß sie seinen verwirrten Gesichtsausdruck sah. Ihre Blicke trafen sich. »Es ist eines jener unerklärlichen Dinge, die einfach passieren. Ich fühle, was du fühlst und weiß, was in dir vorgeht. Nicht immer und nicht alles. Nur das Wichtigste.

Im Moment hast du Angst, daß du dich blamieren könntest. Das brauchst du nicht. Du hast mich glücklicher ge-

336

macht, als ich je hoffen konnte. Pinny, ich habe mich vor fast genau fünf Jahren in dich verliebt. Ist das nicht komisch?«

»Wann denn, Lucy? Ich verstehe nicht ganz.«

»Als du mir geholfen hast, Andrew zu pflegen und ich spürte, wie du den gleichen Schmerz empfunden hast wie ich.«

Pinckney beugte sich herunter und küßte ihre Hand. Sie war ganz rauh und abgearbeitet. Eine plötzliche Welle des Mitgefühls erfüllte ihn. »Was sollen wir denn jetzt tun?« fragte er und wußte die Antwort bereits.

Lucy faßte es in Worte. »Nichts.« Sie berührte sein Haar, dann küßte sie seinen geneigten Kopf. »Das habe ich schon so oft tun wollen. Oh, Pinny, meinst du nicht, wir können dies genug sein lassen? Es ist doch schon so viel, nur dieses Teilen und Wissen. Ich kann so leben und ganz erfüllt sein.«

Er hob den Kopf und schaute in ihre flehenden Augen. »Natürlich können wir das«, sagte er.

Vor Tagesanbruch war er schon wieder aufgebrochen. Er hatte einen Zettel für sie in ihrem Nähkorb zurückgelassen. »Ich mußte die erste Fähre nehmen. Mein Wachdienst beginnt um sechs. Ich weiß noch nicht, wann ich zurückkommen kann, aber es wird so bald wie möglich sein. Dein Pinckney.« Lucy hielt den Zettel lange in ihrer Hand. Sie erkannte plötzlich, wie sehr ihr Leben sich in dieser Nacht verändert hatte und fühlte sich ganz schwach. Jedes Gespräch mit ihm, jede Nachricht würde von den anderen mitgehört werden und voller gefährlicher Doppeldeutigkeit sein. Sie würden lernen müssen, die anderen über ihre Gefühle im unklaren zu lassen. Sie hatte einen bitteren Geschmack im Mund. Aber er erwiderte ihre Liebe! Und sie konnte dieses Wissen in ihrem Herzen einschließen, so daß weitere Liebeserklärungen oder Liebesbriefe nicht nötig waren. Sie zerriß den Zettel und versteckte die Schnipsel tief im Abfalleimer. Dann machte sie Andrew das Frühstück und brachte es ihm nach oben.

Die Parade war fast eine halbe Meile lang. Vorneweg ritten die Red Shirts aus Cheraw County und winkten den vielen Bekannten in der Menge am Straßenrand zu. Ihre Pferde zerrten unruhig an den Zügeln und scheuten angesichts der jubelnden Menge hinter ihnen. Die Reiter hielten sie nur mühsam in der Gasse.

Ihnen folgte eine Negerkapelle mit auf Hochglanz polierten Hörnern und mit roten Bändern verzierten Trommeln. Auch die große Kanone strahlte im Sonnenlicht. Das Pferd, das sie hinter sich herzog, war ein ungeheuer kräftiges Tier, dessen geflochtene schwarze Mähne und dessen Schweif von ebenfalls roten Bändern zusammengehalten wurde. Das schlichte braune Fell war poliert und gebürstet worden und glänzte in der Sonne.

Hinter der Kanone kam dann die Ehrengarde. Uniformknöpfe, Leder und Pferde blinkten und blitzten. Die Garde hatte sich zu zwei Gruppen formiert. Zwischen ihnen ritt der General erhaben auf einem Schimmel daher und winkte den Massen mit seinem Hut zu. Sein Haar ähnelte der schlohweißen Mähne des Pferdes und flatterte im Wind. Wade Hampton trug die graue Uniform, für die er damals in Gettysburg gekämpft hatte.

Der Reiterzug umrundete den staubigen Platz im Zentrum des Ortes; dann stellten sie sich alle um die hölzerne Plattform herum auf, die in der Mitte des Platzes errichtet worden war. Überall flatterten rote Wimpel. Auf der Bühne stand eine vom Gewicht schwarzpolierter Ketten fast zusammenbrechende Gestalt in schwarzer Trauerkleidung. Zu ihren Füßen konnte man in allen vier Richtungen das Schild ›South Carolina‹ lesen.

Wade Hampton schwang sich vom Sattel herab und schritt direkt auf die zusammengekauerte Gestalt zu. Als er näher kam, glitten deren Ketten zu Boden, die gebückte Figur richtete sich auf, warf die schwarze Trauerkleidung von sich ab und ein junges Mädchen in einem strahlendweißen Chorgewand mit langen Ärmeln kam zum Vorschein. Kanonendonner ertönte; die Menge raste. South Carolina war wieder frei!

»Das klappt immer«, murmelte Stuart, ohne seine Lippen zu bewegen. Seine Augen waren die ganze Zeit nach vorn gerichtet.

»Hoffentlich nicht.« Alex unterdrückte ein Gähnen. »Ich dachte, es würde mehr Kämpfe und weniger Reden geben. Aber wenn der General es aushält, dann schaffen wir es auch. Schau ihn dir an. Er wirkt noch frisch wie am ersten Tag; dabei macht er jetzt seit drei Wochen jeden Tag nichts anderes.«

»Und zwei Monate liegen noch vor ihm. So viele Städte gibt es doch in ganz South Carolina nicht.«

»Aber fast. Charleston und Columbia kommen als letztes. Dort bleibt er dann jeweils zwei Tage.«

»Komm, schau nicht so gelangweilt. Der führende Demokrat Cheraws erzählt gerade, was wir für eine wunderbare Truppe sind.«

In der ersten Septemberwoche traf Julia Ashley in dem Haus auf der Insel ein. Als sie gehört hatte, daß die Ansons auch da sein würden, hatte sie sich zunächst geweigert, zu kommen. Pinckney reiste eigens hinaus zu ihrem Landgut, um sie umzustimmen. Julia würde nie zugeben, daß sie Erholung nötig hatte, aber sie wußte nur zu gut, daß sie jetzt bald sechzig wurde, und die täglichen Routinegänge durch die Reisfelder waren bei der spätsommerlichen Hitze alles andere als angenehm.

Sie ging nie schwimmen, aber zweimal am Tag machte sie einen ausgedehnten Strandspaziergang. Mit ihrem riesigen schwarzen Schirm, der wie eine Wolke über ihrem Kopf thronte, gab sie nach wie vor ein imposantes Bild ab. Im Haus kritisierte sie fortwährend Lizzies Haltung, das ungestüme Benehmen des kleinen Andrew und Claras Kochkünste. Andrew begegnete sie mit eisiger Höflichkeit; Lucys Geschäftigkeit honorierte sie mit distanzierter Wertschätzung. Durch ihre Anwesenheit verschlechterte sich die Stimmung im Hause beträchtlich.

Der arme John Cooper konnte nur noch stammeln, als ihn Julia über seine Studien an der Universität ausfragte. Trotzdem ließ er sich nicht davon abschrecken, weiterhin jeden zweiten Tag vorbeizukommen und seine Verabredungen mit dem kleinen Andrew einzuhalten. Er verging förmlich in seiner Liebe zu Lizzie. Daß sie ihm neuerdings so charmant begegnete, nährte in ihm neue Hoffnungen und Träume. An diesem Nachmittag war der kleine Andrew jedoch im Hause der Wraggs, und John blieb nichts anderes übrig, als sich auf Tante Julias inquisitorische Fragen einzulassen.

»Martin Luther war ein alter Wüstling«, meinte Julia. John versuchte verzweifelt, sich an das zu erinnern, was er über Luther gelernt hatte. Da stürmte Estelle auf die Veranda. Lucy schaute von ihren Nähsachen hoch.

»Entschuldige, Miß Lucy, aber da steht ein Soldat an der Hintertür und verlangt, Mr. Cooper zu sprechen.«

John sprang mit einem Satz in die Höhe. Er war kreidebleich geworden. Alles, was aus dem üblichen Rahmen fiel, beunruhigte ihn aufs äußerste. »Ich komme mit«, sagte Lucy. Sie nahm den Jungen am Arm und drängte ihn mit sanfter Gewalt zur Tür, vor der sein überraschender Besuch stand.

Ein paar Minuten später kamen sie wieder zurück, begleitet von einem blonden Hünen in der verhaßten Uniform der Unionssoldaten.

»Miß Ashley«, sagte Lucy, »darf ich Ihnen Lucas Cooper vorstellen? Er ist Johns Vetter.« Lucas verbeugte sich vor Julia. Sie blieb ungerührt stehen und bewegte sich keinen Zentimeter auf ihn zu. Lucy ließ alle Platz nehmen.

Lucas war der einzige, der sich in dieser Runde wohl zu fühlen schien. Er steckte allerdings nach eigenen Worten in einer sehr unangenehmen Situation. Er war im Westen Leutnant der Kavallerie gewesen, aber wegen seiner Verletzungen wieder in den Osten zurückgekehrt. Als er fit genug war, um seinen Dienst antreten zu können, wurde er einem der

Kavallerieregimenter unterstellt, die Grant nach South Carolina geschickt hatte, um den republikanischen Gouverneur Chamberlain zu unterstützen. »Natürlich habe ich auf der Stelle meinen Dienst aufgekündigt, als ich davon erfuhr. Ich würde meinem eigenen Land nie in den Rücken fallen. Aber bis sie bei der Armee meine Akten gewälzt haben, braucht es seine Zeit. Und bis die Entlassungspapiere offiziell ausgestellt sind, bin ich immer noch dem Regiment unterstellt. Der Colonel ist durchaus in Ordnung; er hat mich für zwei Wochen freigestellt. Wenn diese Zeit vorüber ist, dann bin ich wieder Zivilist. In der Zwischenzeit muß ich zwar noch diese Uniform tragen, aber ich komme tagsüber beim alten Porter unter. Er schlug mir vor, hier bei Fort Moultrie schwimmen zu gehen. Dummerweise ahnten wir beide nicht, daß an der Anlegestelle Soldaten stationiert sind, die jeden danach fragen, was er auf der Insel zu suchen hat und welche Empfehlungen er vorzuweisen hat. Gott sei Dank kann John für mich bürgen.«

Lucy versuchte die flammend rote Narbe zu übersehen, die von seiner Augenbraue hoch über seine Stirn lief und sich schließlich in seinem gelbbraunen, strähnigen Haar verlor. »Trinkt ihr alle Tee?« fragte sie. Lucas hatte auch noch ältere Narben im Gesicht, aber die waren weniger auffällig und nicht so groß und sahen aus wie kurze, weiße Linien. Eine begann an seinem linken Mundwinkel, eine andere durchschnitt die buschige Braue über seinem linken Auge, und die längste lief quer über sein markantes Kinn.

Der kleine Andrew kam aus dem schattigen Wohnzimmer. »Haben das die Indianer gemacht?« fragte er.

»Andrew! Benimm dich!«

Lucas Cooper verzog sein Gesicht zu einem breiten Lächeln. »Ist ja schon gut, Ma'am.« Er winkte den Jungen zu sich her. »Du hast es erraten, mein Junge. Ein Sioux hat mir fast meinen Skalp abgezogen. Gelbe Haare sind für die Indianer etwas ganz besonders Wertvolles. Glücklicherweise hatte ich aber noch ein Messer in meinem Stiefel stecken.«

341

Andrew schaute ihn mit großen Augen an. »Hast du ihn umgebracht?«

Lucas legte einen Finger auf seine Lippen. »Nicht vor all den Damen. Ich erzähle es dir ein anderes Mal. Alles in allem hat dieser Wilde mir sogar noch einen Gefallen getan. Ich gehörte nämlich zu General Custers Armee. Wenn ich nicht im Krankenbett gelegen hätte, säße ich heute nicht hier, aber ich konnte mich immer schon auf meinen guten Schutzengel verlassen.«

Sogar Julia zeigte sich beeindruckt. Der Ausgang der Schlacht von Little Big Horn am 24. Juni hatte die Bewohner Charlestons genauso entsetzt wie alle anderen. Julias Augen begannen zu leuchten, als sie den Neuankömmling mit ihren Fragen über seine Familie und seine Herkunft überschüttete. Lucas Cooper stammte offenbar aus besten Verhältnissen.

Estelle kam herein und flüsterte Lucy etwas ins Ohr. »Das Abendessen ist soweit«, sagte Lucy. »Wollen die Herrschaften nicht mit uns speisen?«

John errötete. Er war noch nie zuvor irgendwo eingeladen gewesen und hätte es lieber gehabt, sich auch jetzt verziehen zu können. Aber bestimmt würde Lizzie noch kommen, und die Gelegenheit, sie wiederzusehen, wollte er sich eigentlich nicht entgehen lassen.

Doch dann war es Lucas, der ihm die Entscheidung abnahm. Er erhob sich. »Vielen Dank, Miß Anson, aber leider ist es uns nicht möglich, zu bleiben. John hat mir versprochen, mir einen Badeanzug zu leihen und mir ein kleines Bad im Meer zu ermöglichen, bevor die letzte Fähre mich wieder in die Stadt bringt. Ich muß leider immer noch jeden Abend in die Kaserne zurück.« Er schüttelte die Hand des kleinen Andrew, verneigte sich zu einem vollendeten Handkuß vor Lucy und war verschwunden. John trottete durch die Dünen hinter ihm her.

Es war fast sieben Uhr. Caroline und Lizzie tanzten zwischen den Wellen im Wasser auf und nieder. »Lizzie, schau mal! John Cooper ist gerade mit einem Yankee-Soldaten aus unserem Haus gekommen! Ob man ihn verhaftet hat?«

»Ich weiß nicht. Ist mir auch egal.«

»Ich glaube, ich könnte glatt ein Verbrechen begehen, wenn ich dafür von diesem Soldaten verhaftet werden würde. Er ist ja wohl der stattlichste Mann, dem ich je begegnet bin.«

Lizzie schaute sich um, aber sie sah nur zwei Rücken.

Im Strandhaus gebrauchte Lucy fast die gleichen Worte: »Das war ja wohl der ansehnlichste Mann, den ich je gesehen habe. Er wirkte wie eine Gestalt aus dem Sagenbuch.«

Julia kicherte. »Er wirkte wie ein Unruhestifter. Apollo mit der gewalttätigen Vergangenheit. Wenn dieser Schürzenjäger in Charleston bleibt, dann sollten die Väter gut auf ihre Töchter achtgeben.«

31

Während Stuart den General auf seinen endlosen Paraden begleitete und wünschte, einmal richtig losschlagen zu können, sehnte sich Pinckney nach dem Frieden des Strandhauses und der stillen Gegenwart Lucys. Überall in der Stadt kam es zu Schlägereien und bewaffneten Auseinandersetzungen. Am sechsten September bewachten die Mitglieder des ›Rifle Clubs‹ eine Wahlkampagne der schwarzen Demokraten, als eine große Gruppe mit Pistolen und Keulen bewaffneter Anhänger der Republikaner auf der Bildfläche erschien. Auf einen Dragoner kamen sechs Gegner! Captain Barnwell feuerte mit seinem Gewehr in die Luft, um den Mob aufzuhalten, doch vergebens. Die Menge drängte immer näher. »Tradd, reiten Sie zurück und alarmieren Sie die Polizei!« Pinckney zögerte keinen Augenblick und gab seinem Pferd die Sporen.

Etliche Minuten vor der berittenen Polizei war er schon

343

wieder zurück und stürzte sich mit den Zügeln in den Zähnen und dem Säbel in der einen Hand ins Getümmel.

Die kräftigen Muskeln seiner Schenkel und der Druck seiner Knie lenkten das Pferd mitten zwischen die kämpfenden Männer. Kein Mitglied des ›Rifle Clubs‹ saß noch oben. Viele von ihnen lagen bewußtlos auf der Erde; die anderen rannten über sie hinweg. Pinckney kam so gut es ging seinen Freunden zu Hilfe. Links und rechts teilte er mit dem Säbel Schläge aus. Schwarze Hände zogen an seinen Beinen und am Zaumzeug des Pferdes. Sein rechter Stiefel glitt aus dem Steigbügel.

Da hörte man die Schreie und Schüsse der heranstürmenden Polizeitruppen. Pinckneys Pferd scheute. Er rutschte vom Rücken herab, schlug auf der Straße auf, hatte seinen Säbel bereits wieder zum Kampf erhoben. Irgend jemand trat ihm mit voller Wucht in seine ungeschützte linke Seite. Pinckney spürte, wie ihm die Rippen brachen. Dann hörte man schnelle Stiefelschritte. Die republikanischen Banden zogen davon.

Langsam kam Pinckney wieder auf die Beine. Er schaute sich um. Zwölf Dragoner lagen noch am Boden; einer war tot; die anderen hatten geschwollene und blutige Gesichter. An keinem war der Kampf spurlos vorbeigegangen. Ein toter Hunkidory lag auf den Stufen der Markthalle. »Alles klar?« fragte Commander Barnwell.

»Ja. Ich hoffe nur, mein Pferd hat es gut überstanden.«

»Wird es wohl. Ich sah, wie es die King Street herunterraste. Wenn es auf der Rennbahn genauso schnell ist, dann bist du ein gemachter Mann.«

Am nächsten Tag war die ganze Umgebung der King Street noch von den Spuren der Gewalttätigkeiten gezeichnet. Viele Fensterscheiben waren eingeworfen, viele Läden geplündert worden. Hier und da hatte es gebrannt. Unter schwerer Bewachung war die Veranstaltung der Demokraten beendet worden. Lucas Cooper hatte kurz vor Ausbruch der Ausschreitungen seine Entlassungspapiere erhalten und war

344

direkt danach in seine Heimatstadt gereist, um dort umgehend den Red Shirts beizutreten.

Die Republikaner waren durch General Hamptons triumphale Paraden sichtlich nervös geworden. Gouverneur Chamberlain erwirkte ein Verbot der Red Shirts. Da das Wetter mittlerweile kalt genug war, um Jacken tragen zu können, trugen die Anhänger der Demokraten fortan ihre roten Hemden nicht mehr so deutlich zur Schau, sondern versteckten sie unter ihren Jacken. So konnten sie in entsprechenden Situationen ihre Gesinnung zeigen, indem sie ihre Jacken einfach aufknöpften, erfüllten jedoch formal die Auflagen.

Eine Woche vor den Wahlen sprach General Wade Hampton in Charleston. Zehntausende hatten sich um die Bühne im Park versammelt. Alle Red Shirts hatten ihre Jacken abgelegt. Es war eine Demonstration ihrer Macht. Lizzie jubelte mit der Menge, als der General South Carolina von seinen Ketten und seiner Schmach befreite. Shad, der Hampton schon in Simmonsville gelauscht hatte, achtete mehr auf Lizzie als auf die Vorgänge auf der Bühne und freute sich an dem Anblick ihrer roten Wangen und ihrer leuchtenden Augen.

Am nächsten Tag saßen die beiden beim Mittagessen allein am Tisch. Pinckney hatte Dienst; Stuart streifte durch die Stadt und hoffte, daß ihm Daddy Cain über den Weg lief.

Lizzie war ganz geknickt, daß die beiden fehlten. Auch ihre Freundin Caroline war nicht gekommen. Und dabei hatte sie dieses Mahl zubereitet, um den anderen ihre Kochkünste unter Beweis zu stellen. Shad tröstete sie, so gut es ging.

»Komm, Kleines, sei nicht traurig, ich genieße jeden Bissen, den du zubereitet hast. Wenn du willst, auch noch die Federn hinterher.«

Lizzie mußte lachen. »Dann wird dir aber ganz schön übel werden.« Sie setzte sich aufrecht. »Und nenn mich nicht ›Kleines‹!«

»Einverstanden! Ich glaube, ich möchte noch mehr von dem, was du gekocht hast. Läute doch bitte, damit Hattie noch etwas hereinbringt.«

345

Lizzie kicherte. »Vielleicht lasse ich dir noch ein paar Federn bringen. Was möchtest du denn gerne: Entenfedern, Gänse- oder Pfauenfedern?« Trotz ihres geflochtenen Haares und der kunstvoll zusammengelegten Frisur erinnerte noch viel an ihr an das kleine Mädchen mit den Zöpfen, das vor gar nicht so langer Zeit auf dem gleichen Stuhl gesessen hatte.

»Lizzie, ich möchte dich um einen Gefallen bitten.«

»Doch wohl nicht um die Federn?«

Shad schüttelte den Kopf. »Nein, um einen richtigen Gefallen. Ich möchte, daß du mich mit meinem richtigen Namen anredest.«

Dieser Wunsch erregte deutlich ihr Interesse. »Ich wußte ja gar nicht, daß du noch einen anderen Namen hast. Wie heißt du denn noch?«

»Joe.«

»Nur Joe? Nicht Joseph?«

»Auf meinen Karten steht ›Joseph‹, aber eigentlich heiße ich nur Joe.«

»Wenn du willst, dann kann ich das gerne tun. Es ist dann ein bißchen so, als würde ich mit jemand anderem sprechen. Hoffentlich vergesse ich es nicht. Warum möchtest du es denn?«

»Ich habe mich in letzter Zeit ziemlich verändert. Erinnerst du dich noch daran, daß ich einmal weder lesen noch schreiben konnte?«

»Stimmt! Hatte ich ja schon fast vergessen. Das war eine lustige Zeit, als wir zusammen Schule spielten. Weißt du noch?«

»Ich mußte mich immer in die Ecke stellen.«

Lizzie klatschte in die Hände und kicherte. »Genau! Du hast gut mitgespielt, Shad – ich meine, Joe!«

Sein Blick verlor sich in ihren Lachfältchen. »Mir hat es viel Spaß gemacht. Aber es ist schon lange her. Jetzt bist du erwachsen und ich bin Bankier. Ich werde mich bemühen, dich nicht mehr ›Kleines‹ zu nennen, und du nennst mich einfach Joe, okay? Hast du eigentlich vergessen, daß ich gerne noch

346

etwas mehr von diesem vorzüglichen Mittagessen haben wollte?«

»Oje. Ja, sicher. Schmeckt es dir denn wirklich?«

»Stuart weiß gar nicht, was er hier verpaßt.«

Stuart hatte wirklich das Gefühl, etwas verpaßt zu haben. Er war ganz müde und frustriert von seiner ergebnislosen Suche. Er war wirklich ein Dummkopf gewesen, zu glauben, daß er die Mauer des aufgesetzten Unwissens, die die Schwarzen aufbauten, wenn sie ein Weißer etwas fragte, einfach so würde durchbrechen können. Er hatte auch das Gefühl, daß es ein Fehler gewesen war, der Ehrengarde beizutreten. Während andere Red Shirts durch das Land streiften und etwas Sinnvolles vollbrachten, hatte er tatenlos langweiligen Reden zugehört. Sogar Pinckney hatte die Gelegenheit gehabt, es den Republikanern und den Schwarzen in etlichen Kämpfen zu zeigen. Stuart hingegen hatte statt dessen über hundert Mal zugeschaut, wie irgendwelche Mädchen falsche Ketten und gefärbte Tücher von sich warfen.

Er blieb noch nach der Sperrstunde in der Stadt und hoffte, daß ihn eine Militärpatrouille aufgreifen würde und ihm die Chance böte, einen Streit mit ihnen anzufangen. Doch nicht einmal das klappte.

Niedergeschlagen und wütend kroch er spät in der Nacht in sein Bett. Am nächsten Morgen war seine Laune nicht viel besser. Mit dem Frühzug reiste er im Gefolge General Hamptons nach Columbia.

»Ich bin wirklich froh, daß Stuart nicht zum Frühstück gekommen ist«, meinte Lizzie. »Bei seinem Gesicht wäre ja die Milch sauer geworden.«

Ganz South Carolina wartete gespannt auf das Ergebnis der Wahlen. Am Tag danach gab es praktisch in jeder größeren Stadt gewalttätige Ausschreitungen. Stuart bekam, was er wollte. Er schlug vier Schwarze nieder, bevor er von einer Gewehrkugel in den Schenkel getroffen wurde.

347

Die Verletzung war nicht weiter schlimm. Am nächsten Tag war er schon wieder auf den Beinen; eine Woche später konnte er schon ohne den Spazierstock, den ihm der Arzt verschrieben hatte, herumlaufen. Er hatte vor, bei Alex in Columbia zu bleiben, bis klar war, wer die Wahlen gewonnen hatte. Stuart und Alex dachten, das sei innerhalb der nächsten Woche bekannt. Tatsächlich sollten jedoch noch Monate daraus werden.

Die Auszählungen ergaben, daß viel mehr Stimmen abgegeben waren, als es Wähler gab. Chamberlain und Hampton fühlten sich beide als Gewinner. Auch die Präsidentschaftswahl zeigte ein ähnliches Ergebnis. Den meisten Menschen blieb nicht viel mehr übrig, als abzuwarten, welche Entscheidungen die Politiker in dieser unklaren Situation treffen würden.

Die Gewalttätigkeiten hatten fast völlig aufgehört. Es hatte keinen Sinn mehr, irgend jemanden von einer bestimmten Partei zu überzeugen. In Columbia ließ Stuart die Herzen der jungen Damen höher schlagen, wenn er auf den von den Freunden der Familie Wentworth gegebenen Partys auftauchte. Er versuchte nach wie vor herauszufinden, wo sich Daddy Cain aufhielt. In Charleston kümmerten sich Pinckney und Shad um die seit langem vernachlässigten Angelegenheiten der Tradd-Simmons Phosphatgesellschaft. Da die Straßen immer noch zu unsicher waren, begleiteten sie Lizzie und Lucy immer wieder auf ihren häufigen Einkaufsbummeln in der King Street. Lizzies erster Debütantinnenball warf seine Schatten voraus.

»Das kommt mir doch irgendwie bekannt vor«, meinte Pinckney und schaute Lucy mit ausgesprochener Herzlichkeit an. Ihr angedeutetes Stirnrunzeln mahnte ihn, die Diskretion zu wahren.

»Das Kleid, in dem sich eine junge Frau das erste Mal auf dem Debütantinnenball zeigt, ist das wichtigste Ereignis in ihrem Leben.« Lucy versuchte, ihr Lachen zu unterdrücken. »Es ist noch bedeutsamer als ihr Hochzeitskleid.«

»Mir schwant, irgend jemand hat mir doch einmal dasselbe über das erste lange Kleid erzählt. Hast du eine Ahnung, wer das gewesen sein könnte?«

Lucys Augen wurden größer. »Das kann ich dir nicht sagen.« Beide waren sie sehr glücklich, ja fast ausgelassen.

»Lucy, meinst du, daß dieser Spitzenkragen besser paßt als der andere?« Lizzie hatte nur noch Gedanken für den Ball.

Anfang Dezember kündigte Mary Edwards ihr Kommen an. Sie wollte Lizzie unbedingt auf ihren Debütantinnenball begleiten. Sophie würde auch mitkommen; ihr Mann, Reverend Edwards, wollte wegen seiner Verpflichtungen in Philadelphia bleiben.

Ihre Ankündigung versetzte alle in Aufruhr. »Das wird nicht gehen«, meinte Pinnny. »Als sie jemanden heiratete, der ein erklärter Anhänger der Sklavenbefreiungsbewegung war, wußte sie, daß sie nicht mehr nach Charleston zurückkehren kann.«

Lucy war ganz anderer Meinung. »Immerhin ist sie Lizzies Mutter. Reverend Edwards bleibt ja sowieso zu Hause. Ich werde einmal mit Joshua reden. Und mach dir keine überflüssigen Gedanken, Pinny. Gönn dir etwas Ruhe. Ich werde mit Lizzie noch ein wenig üben, wie man sich auf Treppen bewegt.«

Pinckney zog sich in sein Büro zurück, machte es sich im großen Stuhl hinter seinem Schreibtisch gemütlich und zündete sich eine Manila-Zigarre an. Nur das leichte Quietschen des Drehmechanismus war zu hören. Er fühlte, wie sich seine Spannung allmählich legte. Lucy wußte immer, was ihm guttat. Wenn sie nur... Er versuchte, nicht daran zu denken, wie sein Leben aussehen könnte, wenn es Andrew nicht gäbe. Als er das leise Klopfen hörte, freute er sich, aus seinen Gedanken gerissen zu werden. »Herein.«

Es war Shad.

349

»Komm herein, mein Guter! Ich kann jetzt etwas Gesellschaft gut gebrauchen. Hast du Lust auf einen Drink?«

»Später vielleicht. Ich muß dir etwas erzählen... Nein, ich muß dich etwas fragen. Verflucht, bin ich nervös!«

Pinckney war ganz überrascht. Noch nie zuvor hatte er Shad in einem solchen Zustand erlebt. Immer hatte sein Freund den Eindruck erweckt, sich von nichts erschüttern zu lassen. »Ich weiß nicht, worum es geht, Shad, aber ich habe den Eindruck, du kannst einen kräftigen Schluck sehr gut gebrauchen. Komm, hol den Sherry; er steht im Schrank gleich hinter dir.«

Shads Hand zitterte, als er die Gläser füllte. Etwas Sherry lief daneben. »Verdammt«, fluchte er leise. Dann drehte er sich mit einem Ruck um und blickte Pinckney an. »Es wird nur noch schwerer. Pinckney, ich möchte dich um die Erlaubnis bitten, Lizzie heiraten zu dürfen.«

Pinny blieb der Mund offenstehen vor Erstaunen.

»Ich weiß, daß du dich erst an diesen Gedanken gewöhnen mußt, Pinny«, meinte Shad rasch. »Aber ich werde ihr ein guter Ehemann sein. Da bin ich ganz sicher. Ich kann gut auf sie aufpassen. Ich habe genügend Geld, und wenn die Baumwollspinnereien einer Heirat irgendwie im Wege stehen sollten, dann macht es mir nichts aus, sie zu verkaufen. Ich denke, es ist nichts dagegen einzuwenden, eine Bank zu besitzen. Und wenn, dann würde ich auch die abstoßen.«

»Du könntest ihr Vater sein, Shad!« Pinckney äußerte den erstbesten Einwand, der ihm einfiel. Alles in ihm sperrte sich gegen Shads Vorhaben.

Dabei war er sich gar nicht bewußt darüber, was ihn eigentlich veranlaßte, bei Shads Ansinnen ein solches Entsetzen zu empfinden. Es war ein Wirrwar von Gefühlen: der gekränkte Stolz eines Aristokraten, eine nie eingestandene Eifersucht, die er von dem Moment an empfunden hatte, als Lizzie Shad und nicht ihm ihr Vertrauen schenkte. Und natürlich der Versuch, darüber hinwegzusehen, daß seine kleine Schwester eine Frau geworden war. Bevor Pinckney

350

sich über die Beweggründe seiner Ablehnung klar werden konnte, drängte ihn Shads Stimme dazu, ihm wieder Gehör zu schenken.

»Ich bin jetzt siebenundzwanzig, und Lizzie ist letzten Monat siebzehn geworden. Miß Lucy hat einmal gesagt, daß ein Mann zehn Jahre älter sein sollte als die Frau, die er heiratet.« Shad blickte seinen Freund mit flehenden Augen an.

»Deine Frau? Lizzie deine Frau? Nein, Shad, nein! Das geht einfach nicht.«

»Pinckney, sei vernünftig. Sie kann nicht ewig ein Kind bleiben, auch wenn du das gerne hättest. Du kannst sie nicht bei dir behalten. Sie ist erwachsen. Sie wird sowieso irgend jemanden heiraten. Willst du wirklich, daß einer dieser pickligen Jungs, die mit ihr in die Tanzschule gehen, ihr Mann werden soll? Ich habe mir die ganze Sache reiflich überlegt. Das ist nicht in einer Nacht geboren worden. Ich habe mich lange auf diesen Augenblick vorbereitet. Warum, meinst du denn, bin ich die ganze Zeit zu all diesen steifen alten Damen gegangen, habe mich vor ihnen verbeugt und sie einfältig angelächelt? Ich habe es wegen Lizzie getan! Sie sollte weiterhin die Gelegenheit haben, alle Parties in Charleston, die sie erleben wollte, zu besuchen.«

Ein gefährliches Flackern lag in Pinckneys Augen. »Du opportunistischer, selbstsüchtiger Bastard! Du nimmst natürlich die dir gebotene Gastfreundschaft gerne an, läßt es zu, daß Lucy Anson ihren gesellschaftlichen Ruf aufs Spiel setzt, und das alles nur, damit du einen deiner Pläne ausführen kannst und dafür sorgst, daß in *deinem* Leben das geschieht, was *du* gerne möchtest. Wer weiß, welche anderen Pläne du noch für Lizzie hast! Du nutzt uns alle nur aus!«

Der ganze leicht verwundbare Stolz eines Weißen aus armseligen Verhältnissen kam in Shad hoch. Er war durch die Schläge, die ihm die feine Gesellschaft Charlestons versetzt hatte, noch zusätzlich empfindlich geworden. Die unzähligen Beleidigungen, die er um Lizzies willen ertragen hatte und das Gefühl, von Pinckney verraten zu werden, schürten seine Wut. Pinckney hatte Shad ein Zuhause gegeben, hatte ihn in die Familie Tradd aufgenommen, hatte gerne auf Shads Hilfe und seinen Rat zurückgegriffen. Ohne ihn, Shad, wäre doch die ganze Familie Tradd verhungert! Es fiel ihm nicht leicht, seine Wut zurückzuhalten. »Du verdrehst alles! Ich liebe Lizzie wirklich, und ich liebe sie, seit ich sie das erste Mal als kleines Kind getroffen habe. Ich würde alles in der Welt für sie tun.«

Pinckney schaute in Shads gerötetes Gesicht. Die ganze höfliche Fassade, die er die letzten zehn Jahre zur Schau getragen hatte, war zerbröckelt, zerschmolzen in der Wut der beiden Männer. Shads Augen verengten sich zu schmalen Schlitzen; ein böses, raubtierartiges Funkeln glomm in ihnen auf; sein Mund verzog sich zu einem verächtlichen Grinsen. Seine kleinen, fleckigen Zähne waren gebleckt. Unter dem wie angegossen sitzenden grauen Anzug spannte sich Shads Körper; er war bereit zum Angriff. In diesem Moment wirkte er, als hätte er sich diese Kleidung nur ausgeliehen. Ein ganzes Kaleidoskop von Erinnerungen raste in schneller Folge durch Pinckneys Kopf. Shad, der in weitem Bogen einen Strahl bräunlichen Tabaksaftes in die Rosenbüsche spie; Shad, der sich mit dem Löffel das Essen in den Mund schaufelte; Shad, der mit den Münzen herumklingelte, die er jemand anderem aus der Tasche gestohlen hatte; Shad, der sich in das wüste Treiben auf der Mulattengasse stürzte; Shad, der manchmal nach Hause kamm, nach billigem Whiskey roch und an dem man noch das aufdringliche Parfüm irgendeiner Hure riechen konnte.

»Ich nehme an, du würdest ihr ein Haus kaufen«, meinte Pinckney gedehnt. Schon sein Tonfall war eine Provokation. »Du wärst bestimmt sehr nett zu ihr, so wie zu all deinen Dirnen!«

Shads Lippen wurden fahl; er verlor jegliche Kontrolle. »Fahr doch zur Hölle, Pinckney! Du beleidigst Lizzie. Wenn du zwei Hände hättest, dann würde ich mit meinen Fäusten dafür sorgen, daß du dich entschuldigst.«

352

»Die Hand, die ich habe, genügt, um eine Pistole zu halten. Es sind deine dreckigen Gefühle für meine Schwester, die ihre Ehre in den Schmutz ziehen. Schon allein deine Vermessenheit wäre Grund genug, dich über den Haufen zu schießen! Aber ein Gentleman macht sich an jemandem wie dir nicht seine Hände schmutzig. Das wirst du nie verstehen. Abschaum, weißer Abschaum, das warst du immer, und das wirst du immer bleiben. Ich war ein Idiot, dich überhaupt bei mir aufzunehmen. Und jetzt hinaus mit dir!«

Shads Lippen zitterten. Ohne ein Wort zu sagen, drehte er sich um. Mit voller Wucht schlug er mit seiner rechten Faust in seine linke Handfläche. Es reichte nicht aus, um seiner Wut Ausdruck zu verleihen. Er holte aus und zertrümmerte mit einem Schlag seiner bloßen Faust das Kristallglas der Bürotür.

Das unruhige Quietschen des Stuhles war das einzige Zeichen, das verriet, daß Pinckney vor Wut bebte. Er warf seinen Kopf in den Nacken und rief dem davonstürmenden Shad die übelsten Verwünschungen hinterher, die ihm nur einfallen wollten.

»Wo steckt denn Joe?« fragte Lizzie beim Abendessen.

»Wer?«

»Shad. Es gibt eines seiner Lieblingsessen.«

Pinckney zerknüllte die Serviette in seiner Hand. »Er ist gegangen, Schwesterherz. Und er wird so schnell nicht mehr zurückkommen. Dringende Geschäfte.« Shad hatte all seine Sachen mitgenommen. In seinem Kleiderschrank lag nur noch eine zerrissene Einladung zum Tanz.

»Das ist ja schade. Ich wollte gerne, daß er mit mir im Reifrock Walzer tanzen übt.«

»Mach dir keine Gedanken. Das kann ich auch übernehmen. Wir tanzen sowieso den ersten Tanz auf dem Ball zusammen.«

»Oh, Pinny, ich kann es kaum erwarten! Nur noch ein paar Wochen, dann bin ich auf dem Ball. Hat Tante Lucy dafür gesorgt, daß nur die richtigen Namen auf der Tanzkarte stehen?«

»Du wirst nur von großen, stattlichen Männern zum Tanz aufgefordert werden.«

»Pinny, findest du, daß ich hübsch genug aussehe?«

»Du wirst die Schönste auf dem Ball sein.«

»Oh, Pinny, ich liebe dich.«

»Ich dich auch, Schwesterherz.«

Pinckney blickte in Lizzies strahlendes Gesicht. Sie sah unglaublich jung aus, fast noch wie ein Kind. Das Bedauern, das er wegen seines Streits mit Shad empfunden hatte, zerschmolz rasch in dem Gefühl der tiefen Zuneigung, das er ihr gegenüber empfand. Meine Entscheidung war goldrichtig, dachte er. Irgendwann muß ich den Tatsachen ins Auge sehen: Sie wird einen Mann finden und heiraten. Doch ich will wenigstens dafür sorgen, daß dieser Mann ein Gentleman sein wird.

»Mama, laß bitte meine Frisur in Ruhe. Tante Lucy hat Stunden damit verbracht, sie so gut hinzukriegen!« Mit Marys Besuch hatten alle im Haus ihre Schwierigkeiten. Julia Ashley konnte ihre Schwester nicht ernst nehmen; Lizzie wehrte sich mit Händen und Füßen gegen alle Veränderungsvorschläge, die ihr Kleid und ihr Äußeres betrafen; Stuart war nach wie vor in Columbia. Mary betrachtete seine Abwesenheit als einen bewußten Affront ihr gegenüber. Pinckney hatte das Gefühl, verrückt zu werden, wenn seine Mutter noch eine einzige Träne verlor.

Lizzie schaute zum hundertsten Male in den Spiegel und überprüfte ihr Äußeres. Lucy Anson hatte sie dazu überredet, auf die ganzen Hals- und Handkrausen, die Schnürbänder und Satinschärpen zu verzichten, die die anderen Mädchen tragen würden. »Natürlich kannst du dich kleiner machen, wenn du die ganze Zeit in die Knie gehst«, hatte Lucy zu ihr gesagt. »Aber so kannst du natürlich nicht tanzen. Du bist nun einmal ein großes Mädchen. Wir werden das Beste daraus machen. Die anderen sollen ruhig versuchen, besonders niedlich zu wirken. Du bist wie eine Königin. Und wehe, wenn du versuchst, dich krumm zu machen!« Aus dem Spiegel blickte Lizzie eine Fremde entgegen, eine richtige elegante junge Dame.

Ihr Haar glänzte in einem leichten Kastanienbraun. Es war aus der Stirn gekämmt und zeigte ihre niedlichen kleinen Ohren mit den Perlknöpfen. Ihr Gewand bestand ganz aus moirierter Seide und schimmerte wie der Ozean im Vollmondlicht. Ein breiter geschwungener Kragen ließ Hals und Schultern frei. Er wurde von einem einfachen rosa Spitzenband gesäumt. Der ungeheure Rock bestand aus verschiedenen, wie Blütenblätter geformten Teilen, die sich so überlappten, daß Lizzie, wenn sie sich nicht bewegte, aussah wie eine riesige, zerbrechlich wirkende, umgedrehte Tulpenblüte. Wenn sie sich hingegen im Walzerschritt drehte, dann schwang der Rock leicht auseinander und erlaubte einen Blick auf ein zartrosa gefärbtes Unterkleid. An einem silbernen Bändchen hing von ihrem rechten Handgelenk ein weißer Spitzenfächer herab. In der Linken hielt sie einen Strauß Christrosen, der in weißes Spitzenpapier eingebettet war und von einem ziselierten Ring aus Silber zusammengehalten wurde. Ihre langen, schneeweißen Handschuhe reichten bis zum Kragen, der bis über ihre Oberarme fiel.

»Ich könnte glatt für neunzehn oder zwanzig durchgehen«, meinte Lizzie. Ihre Wangen waren vor Aufregung ganz gerötet.

»Hast du ihn jetzt gesehen?« riß sie Caroline plötzlich aus ihrer Versunkenheit.

Lizzie drehte sich um. »Wen denn?«

»Dann hast du ihn nicht gesehen. Erinnerst du dich noch an letzten Sommer, als John Cooper mit diesem Yankee-Soldaten aus eurem Haus herauskam? Er ist wieder da, vorn in der Halle! Und heißt Lucas. Und er ist ein dermaßen ansehnlicher Bursche, daß man von seinem Anblick allein schon in Ohnmacht fallen könnte. Wenn er nicht auf meiner Tanzkarte steht, bring ich mich um.«

»Lizzie! Es wird allmählich Zeit. Hallo, Caroline! Du bist ja bildhübsch.« Mary war ins Zimmer getreten.

»Danke, Ma'am!«

»Lizzie!«

»Ich komme ja schon, Ma!«

»Guten Abend, Miß Tradd.«

»Oh, John Cooper, wie schön, Sie zu sehen!«

»Ich glaube, ich habe die Ehre, Sie um den ersten Tanz nach der Eröffnung zu bitten.«

Lizzie schaute gar nicht erst auf ihre Karte, ob er recht hatte. Sie wußte bereits, daß John Cooper dreimal mit ihr tanzen würde, und sie hatte nichts dagegen einzuwenden. Nach den vielen Stunden am Freitagabend war sie mit seiner Art zu tanzen wohlvertraut. Die lange Reihe von Namen, die sie überhaupt nicht kannte, beunruhigte sie doch etwas. »Ich freue mich schon darauf, Mr. Cooper.«

John errötete. Ach du liebe Güte, dachte Lizzie. Ich wette, er tritt mir immer noch auf die Füße. »Wenn ich Sie um einen kleinen Gefallen bitten dürfte«, stammelte er.

Lizzie spähte über den Rand ihres halb geöffneten Fächers. »Aber natürlich«, sagte sie. Sie fühlte sich mindestens wie achtzehn.

»Könnte ich Sie um den sechzehnten Tanz bitten?« John war inzwischen puterrot angelaufen.

Lizzie vergaß, daß sie erwachsen war. Ihr Fächer fiel ihr aus der Hand und baumelte an der Schnur. »Stell dich doch nicht so dumm an«, meinte sie barsch. »Du weißt genausogut wie ich, daß nur Verliebte und Verheiratete den sechzehnten Tanz miteinander tanzen. Da könnte ich mir ja gleich ein Schild mit der Aufschrift ›Eigentum von John Cooper‹ umhängen.« Sie merkte, daß sie ihm wehtat und wußte, sie war nicht fair zu ihm. »Ich will dich nicht verletzen, John, aber ich will nicht schon bei meinem ersten richtigen Ball den Ein-

356

druck erwecken, fest versprochen zu sein. Du kannst hier bei mir Platz nehmen. Dann sind wir einfach alte Freunde.« Und das ist immer noch besser, als hier mit Mama und Tante Julia herumzusitzen, sagte sie sich im stillen.

John willigte erfreut ein. Sie hat mich ›John‹ genannt, jubelte er innerlich.

»Pst! Lizzie! Steht Lucas auf deiner Karte?«

»Nein. Auf deiner denn?«

»Nein. Auch nicht auf Annabelles und nicht auf Kittys. Sie haben es mir bereits erzählt. Meinst du, er ist vielleicht schon verheiratet?« Caroline und Lizzie, ja im Grunde jede Frau im Raum blickte sich verstohlen nach Lucas Cooper um, wenn sie sich unbeobachtet glaubte. »Du lieber Himmel! Lizzie, schau, er verneigt sich vor Tante Julia! Wer hätte das gedacht! Sie tanzt mit ihm! Ich hätte nie für möglich gehalten, daß ich einmal auf Miß Ashley eifersüchtig sein könnte. Warum denn ausgerechnet sie?«

Aber Lizzie hörte ihr nicht mehr zu. Sie hatte sich bereits neben Pinckney zum ersten Tanz aufgestellt. Sie wollte sich nicht den ersten Ball damit verderben, ihre Erwartungen zu hoch zu hängen. Lucas Cooper würde ja wahrscheinlich doch keine Notiz von ihr nehmen.

»Miß Tradd, darf ich Sie zu Ihrem Stuhl begleiten? Wo möchten Sie gerne sitzen?«

»Neben dem Fenster, ja? Gefällt Ihnen der Ball, Mr. Cooper? Es ist kaum zu glauben, daß jetzt schon der sechzehnte Tanz kommt.«

»Mir gefiel es, wie Sie mich ›John‹ nannten.«

Lizzie grinste. »Ich weiß. Es kommt mir auch ein bißchen komisch vor, ›Mister‹ und ›Miß‹ zu sagen, wo wir doch eine so lange Zeit gemeinsam zur Tanzstunde gegangen sind. Laß uns wenigstens, wenn wir hier zusammensitzen, so tun, als ob wir noch nicht so erwachsen sind. Dann können wir uns zwischen den Tänzen richtig ausruhen.«

»Das gefällt mir.«

»Lizzie.«

Sein aufrichtiges Lächeln wirkte ganz fremd an ihm. »Das gefällt mir, Lizzie.«

»Der leichte Windhauch ist sehr angenehm, nicht wahr? Weißt du, John, ich glaube wirklich, daß ich heute nacht tanze, bis die Schuhe Löcher in den Sohlen haben. Tante Lucy sagte, daran kann man einen guten Ball erkennen.«

»Entschuldige, mein Guter«, unterbrach eine tiefe Stimme ihre Plauderei.

Lizzie schaute sich um. Lucas Cooper stand hinter ihr und hatte seinen Vetter angesprochen.

»Das ist nicht fair, John«, fuhr er fort. »Du versuchst, die reizendste Dame auf dem ganzen Ball hier in dieser Ecke vor mir zu verstecken. Willst du mich ihr nicht vorstellen?«

John blickte auf Lizzie. Ihr Gesichtsausdruck gab ihm einen Stich. Ihn hatte sie nie mit einem solchen Blick angesehen! »Miß Tradd«, sagte er, »darf ich Ihnen meinen Cousin Lucas Cooper vorstellen? Das ist Miß Lizzie Tradd, Luke.«

Er verbeugte sich in einer vollendeten Bewegung. »Habe die Ehre, Miß Tradd. Sie heißen Elizabeth? Ein wunderschöner Name, ganz wie die Dame, zu der er gehört.«

»Gefällt es Ihnen auf dem Ball, Mr. Cooper?« Zu ihrem eigenen Erstaunen klang ihre Stimme ganz fest.

»Na, hat es dir gefallen, Schwesterherz?« fragte Pinckney auf dem Nachhauseweg.

»Es war der Himmel auf Erden, Pinny! Einfach toll!«

32

»Ich habe heute morgen schon sechs Blumensträuße bekommen!« prahlte Caroline. Die Mädchen waren im Hause der Wraggs zusammengekommen, um ihre Erfahrungen auf dem Ball auszutauschen und noch einmal nachzuerleben. Alle vier Debütantinnen hatten sich auf dem großen Bett niedergelassen, verglichen ihre Tanzkarten, erzählten sich, was die Männer zu ihnen gesagt hatten und was sie darauf geantwortet hatten, tratschten über das, was sie von den anderen gehört hatten. Alle vier waren ganz aufgeregt darüber, daß sie auf dem großen Ball gewesen waren. Jetzt konnte keiner mehr leugnen, daß sie richtige Erwachsene waren.

Kitty Gourdin machte ein mißmutiges Gesicht. »Ich habe nur zwei Sträuße bekommen. Ich wußte, daß keiner mich groß beachten würde.«

Lizzie schubste Kitty von dem Bett herunter, auf dem die anderen mit untergeschlagenen Beinen hockten. »Du spinnst wohl. Du warst so früh hier, daß du wohl kaum erwarten kannst, schon viele Sträuße bekommen zu haben. Wahrscheinlich stapeln sich inzwischen ein paar Dutzend bei dir zu Hause. Außerdem habe ich gehört, wie Onkel Joshua Mama erzählte, daß er dich wahrscheinlich beim nächsten Ball als erste aufs Parkett führt.«

»Hat er das wirklich gesagt, Lizzie?«

»Ja.«

Annabelle Brewton zog Kitty wieder auf die Kissen zurück. »Ich bin jedenfalls keine Konkurrenz für dich«, sagte sie. »Stellt euch vor, David Mikell und ich heiraten im Oktober!« Die anderen Mädchen quittierten diese Eröffnung mit lautem Jubel, umarmten und küßten sie.

»Annabelle«, fragte Caroline, »wie hat dir David denn seinen Hochzeitsantrag gestellt? Hat er sich hingekniet und dabei seine Hand aufs Herz gelegt?«

Kitty kicherte. »Hat er dich etwa geküßt?«

Annabelle schüttelte den Kopf. »Er hat mir gar nichts gesagt. Papa hat mir diesen Morgen erzählt, daß David bei ihm vorbeigekommen ist und ihn um seine Einwilligung gebeten hat. Ich denke, er wird es mir heute abend sagen. Er kommt nämlich zum Abendessen zu uns.«

»Wie aufregend! Was wirst du ihm denn sagen?«

»Ich bin natürlich einverstanden. Es war schon lange geplant, daß ich David heiraten würde.«

Die Mädchen redeten wieder wild durcheinander, beglückwünschten Annabelle und priesen David Mikells Vorzüge. Insgeheim waren sie allerdings alle drei der Meinung, daß er viel zu alt und dick war, um für irgend jemanden von ihnen in Frage zu kommen. Annabelle war immerhin ihre Freundin, und es war wichtig, sie von ihrem Glück zu überzeugen.

Caroline wechselte geschickt das Thema. »Ich wette, Lizzie hat auch von Lucas Cooper einen Strauß bekommen. Sie war die einzige von uns, die überhaupt die Gelegenheit hatte, mit ihm zu sprechen! Ich bin ganz schön eifersüchtig auf dich, Lizzie. Du mußt mir alles erzählen.«

Lizzie erzählte alles, was sie wußte. Tante Julia hatte sie mit den ganzen Informationen über seine Herkunft versorgt. »Ich habe Tante Lucy noch ein wenig über ihn ausgefragt, bevor ich hierher kam. Sie sagte, er sei richtig *gefährlich*, ein wahrer Abenteurer.« Die anderen drei rückten enger an sie heran. Der Bericht von seinem Leben im Wilden Westen und die Geschichte von seinem Duell mit dem Indianer, der ihn beinahe skalpiert hätte, machte sie sprachlos vor Erstaunen. Daß Lucas dann seine Karriere bei der Armee um das Wohl South Carolinas willen aufgegeben hatte, ließ alle noch mehr ins Schwärmen geraten.

»Wie General Lee«, seufzte Caroline mit verklärtem Blick.

»Warum hat er nur keinen von uns zum Tanzen aufgefordert?« fragte Kitty.

Lizzie wußte auch darauf eine Antwort. »Er sagte, er habe sich erst in letzter Minute dazu entscheiden können, überhaupt auf dem Ball zu erscheinen. Deswegen stand sein Name auch auf keiner Tanzkarte. Er ist ja jetzt bei den Red Shirts und sollte eigentlich an diesem Abend irgendwo Wache schieben.«

Caroline seufzte. »Wenn man ihn sieht, dann *weiß* man einfach, daß er nur bei den Red Shirts sein kann. Stellt euch

360

nur einmal vor, wie er aussieht, wenn er mit offenem Kragen und leuchtendem Haar auf einem feurigen Roß daherstürmt.«

Annabelle ließ sich von dem bevorstehenden Heiratsantrag des ihr zugedachten Mannes nicht davon abhalten, wie die anderen auch in den Chor aus Rufen und Seufzern einzustimmen.

Dann konzentrierten sie sich wieder auf Lizzie. »Du kannst dich wirklich glücklich schätzen. Er hat während des ganzen sechzehnten Tanzes neben dir gesessen!«

»Eigentlich hat er eher John Gesellschaft geleistet als mir. Er wollte nicht alleine herumstehen; das war alles.«

»Unsinn! Wenn er sich einmal umgeschaut hätte, dann hätte er genug Gesellschaft haben können.« Kittys Stimme senkte sich zu einem Flüstern. »Habt ihr Mary Humphries gesehen? Sie hat sich ja nur so an ihn herangeschmissen! Meine Mutter sagte, es sei ein Skandal gewesen, wie sie sich aufgeführt hat.«

Caroline konnte dem auch noch etwas hinzufügen. »Meine Mutter sagte, Mary habe sich sogar geschminkt!«

»Wer achtet schon darauf«, meinte Lizzie. »Habt ihr jemals zuvor ein derart tief ausgeschnittenes Kleid gesehen?«

»Was soll das arme Ding denn auch noch machen?« gab Annabelle zu bedenken. »Sie ist jetzt das dritte Jahr auf dem Debütantinnenball und immer noch nicht verheiratet.« Sie lächelte überheblich.

»Jedenfalls hat Lizzie Lucas Coopers Aufmerksamkeit erregen können. Vielleicht schickt er dir ja doch noch einen Blumenstrauß«, meinte Caroline.

»Nein, ich denke eher nicht. Tante Lucy hat mir erzählt, daß viele Männer nur aus reiner Höflichkeit den Mädchen, die das erste Mal auf dem Ball erscheinen, Blumensträuße schicken. John Coopers Strauß lag schon vor Tagesanbruch auf meinen Stufen. Lucas Cooper wohnt im Moment bei John. Es wäre also für ihn ein leichtes gewesen, seine Karte ebenfalls dazuzulegen, wenn er es gewollt hätte.«

Kitty versuchte sie zu trösten. »Vielleicht mußte er ja direkt nach dem Ball wieder zum Dienst.«

Stuart Tradd raste förmlich. »Da hätte ich ja genausogut zum St. Cecilian-Ball und auf die Rennbahn gehen können. Hier gibt es doch gar nichts zu tun!«

Alex Wentworth hatte nur ein müdes Lächeln für seinen Eifer übrig. »Ich habe ganz gerne mal eine Zeit, in der nichts Besonderes passiert. Wenn du wie ich in der Versicherungsbranche zu tun hättest, dann würdest du die freie Zeit genauso genießen.« Er hob sein Weinglas. »Auf General Wade Hampton, den Gouverneur South von Carolina. Mehr oder weniger jedenfalls.«

Vier Monate nach den umstrittenen Wahlen war noch immer keine eindeutige Entscheidung gefallen. Es sah jedoch alles danach aus, als ob der Republikaner Hayes zum neuen Präsidenten gewählt werden würde. Um an die Macht zu kommen, hatte dieser General Hampton zugesichert, alle fremden Truppen aus South Carolina zurückzuziehen. Die unsichere Zukunft veranlaßte etliche Zugewanderte, ihre zusammengerafften Reichtümer aus den Jahren nach dem Krieg so bald wie möglich in den Norden zu bringen. Die Bahnhöfe waren voll von ihnen.

Stuart leerte sein Glas. »Wir sollten nicht zulassen, daß sie uns alle so einfach davonkommen. Daddy Cain ist vielleicht inzwischen in Boston!«

»Gib's doch endlich auf, Stuart. Du bist so besessen von deiner Jagd nach ihm, daß ich es kaum ertragen kann. Außerdem macht es auch überhaupt keinen Spaß, mit dir durch die Kneipen zu ziehen, wenn du von nichts anderem redest.«

»Dir hat er nicht seine Bande auf den Hals gehetzt! Dir wollten sie nicht ans Leder.«

»Das stimmt. Aber er hat es ebenfalls vorgehabt. Er ist verbittert darüber, daß die Yankees meinen Vater vor ihm erwischt haben ... Vielleicht sollte ich besser ›unseren‹ Vater sagen.«

362

Stuarts Faust landete mit einem lauten Krachen auf dem Kneipentisch. »Wie kannst du nur über so etwas deine Witze machen!«

Plötzlich hielt ihn sein Freund mit eisernem Griff am Handgelenk fest. Sein Gesicht hatte in dem flackernden Licht der rußigen Lampe über dem Tisch einen mörderischen Ausdruck angenommen. »Ich lache nur deshalb darüber, weil mir nichts anderes übrigbleibt, Stuart. Wenn du nicht so sehr nur dein eigenes Leid vor Augen hättest, dann könntest du vielleicht spüren, was ich wirklich empfinde. Meine ganze Familie ist entehrt worden; mein Vater wird in aller Öffentlichkeit von einem verdammten Fanatiker verflucht; meine Mutter schämt sich in Grund und Boden und wagt es kaum noch, vor die Tür zu gehen. Als ich sechzehn war, wurde mir mein Zuhause genommen. Du denkst vielleicht, du hast einen Grund, diesen Cain zu töten, weil er versuchte, dir das Leben zu nehmen. Wie viele Gründe hätte ich denn wohl, ihn umzubringen? Aber ich werde mich nicht so töricht benehmen wie du und auf diese alberne Art nach ihm suchen. Wenn die anderen über mich zu lachen versuchen, komme ich ihnen zuvor. Soll er doch South Carolina verlassen! Vielleicht ist es meinen Urenkeln dann vergönnt, über die Straße zu gehen, ohne befürchten zu müssen, daß die Leute um sie herum über den Schandfleck in ihrer Familie tuscheln. Dann haben es die Leute ja vielleicht endlich vergessen!«

»Alex, es tut mir wirklich leid. Du hast sogar mir weisgemacht, es lasse dich kalt.«

Alex ließ mit einem Ruck Stuarts Handgelenk wieder los. »Schwamm drüber. Wir sind beide etwas komisch geworden. Ich werde nicht weiter über Cain sprechen, und dir sollte nichts leid tun. Meine Frau Helen ist übrigens aufs Land gefahren und langweilt meine Verwandten mit unserem zukünftigen Baby. Wir brauchen also nicht unbedingt zum Abendessen zu Hause zu sein.«

Stuart grinste. Helen war im sechsten Monat schwanger und machte sich schon jetzt dauernd Sorgen über die schlechte Gesellschaft, in die das Kind später einmal geraten könnte. Es gab kaum noch etwas anderes, über das sie sich unterhalten konnte.

Als sie in die Straße bogen, an der Alex' Haus lag, sahen sie die Flammen. Dann war das Feuer wieder verschwunden, und die beiden Männer dachten schon, sie hätten sich geirrt. Doch da waren die Flammen wieder, leckten an den Fenstern im Erdgeschoß hoch wie die Zunge eines urweltlichen Drachen. Alex begann zu rennen. »Das ist ja mein Haus!« schrie er. »Alarmier die Feuerwehr!« Stuart machte auf der Stelle kehrt und raste zum Feuermelder eine Straßenecke hinter ihnen.

Er rannte im Zickzack wieder zurück, pochte mit dem Knauf seines Revolvers gegen die verschlossenen Türen der Nachbarhäuser, um die Bewohner aufzuwecken. Es war weit nach Mitternacht.

Als er wieder am brennenden Haus seines Freundes ankam, sah er, daß die Frontseite noch völlig intakt war. Durch die Fenster konnte man jedoch im Innern ein Meer von Flammen erkennen. Stuart rannte die Zufahrt entlang und zur Rückseite des Gebäudes, rief nach seinem Freund. Wenn Alex hineingegangen war, konnte er ihn vielleicht von hinten noch erwischen, bevor er sich zu irgendwelchen Dummheiten hinreißen ließ.

Der gepflasterte Hinterhof wurde vom unregelmäßig zukkenden, roten Licht der flackernden Flammen in ein geisterhaftes Licht getaucht. Stuart blieb stehen, mußte Atem holen. Da war ja Alex, sein Gesicht war wutverzerrt, rötlich angestrahlt vom unwirklichen Licht des lodernden Feuers. Er stand nicht weit von der Hintertür entfernt, viel zu nahe an den leckenden Flammen. Stuart stürzte nach vorne. Er mußte Alex vom Feuer wegziehen! Da hielt ihn eine Hand am Arm fest.

Stuart drehte sich um. Vor ihm stand – Alex.

Fassungslos wanderte sein Blick von einem Alex zum anderen. In dem höllischen Licht sahen beide Gesichter gleich aus. Die Hautfarbe war unbestimmbar; sie war weder weiß noch braun, sondern spiegelte das unwirkliche Licht des Feuers. Der Schock schärfte Stuarts Sinne. Er hörte die lauten Rufe des Mannes an der Hintertür. »Verraten und verkauft«, schrie er. »Die ganzen Versprechungen, die ganzen Hoffnungen, alles für die Katz. Sie haben mich und meine Leute einfach verkauft, als ob wir immer noch Ketten tragen würden. Alles umsonst und vorbei. Nur, damit jetzt ein Betrüger im Weißen Haus sitzt. Im *Weißen* Haus, wohlgemerkt!«

Stuart wußte plötzlich, daß es Daddy Cain war, auf den er sich zubewegte, und daß es Alex Wentworth war, der ihn am Arm festhielt. »Ich sehe ihn das erste Mal«, murmelte Alex.

Daddy Cain schaute zu ihnen herüber. Sein Körper zuckte zusammen, als hätte man ihm einen Schlag in den Rücken versetzt. Ein fürchterliches Lachen drang aus seiner Kehle. »Zu spät, weißer Mann«, höhnte er. »Nur noch Schutt und Asche, das ganze Familienhaus der Wentworths bricht jeden Moment in sich zusammen. Worauf wartet ihr noch? Nehmt mich fest! Ich bin stolz darauf, daß ich es war, der es angezündet hat.« Seine Augen verengten sich. Verzweifelt bemühte er sich, durch den dichten Rauch, der ihn umgab, hindurchzusehen. »Moment mal. Ihr seid gar keine Polizisten.« Er sprang von der Tür weg, aus dem Rauch heraus. Über ihm explodierte ein Fenster, das der Hitze nicht mehr länger standhalten konnte. Rubinrot funkelnde Glassplitter regneten vom zuckenden Licht beleuchtet auf den Hof herunter. Stuarts Zeitgefühl hatte sich völlig verändert. Alles schien sich weit entfernt zu vollziehen und wie in Zeitlupe abzulaufen.

Alex Wentworth und Daddy Cain starrten sich an, zwanzig Schritte voneinander entfernt. Keiner rührte sich; beide waren mucksmäuschenstill. Im Haus hörte man ein lautes Krachen und zerberstendes Holz, als die Treppe in sich zusammenfiel und die Flammen über ihr zusammenschlugen.

Stuart kam mit einem Ruck aus seiner Trance heraus. Er

hob die Arme, zielte mit seinem Revolver auf Cain, konzentrierte sich wild entschlossen auf das so verhaßte Ziel, starrte auf den Punkt zwischen seinen Augenbrauen. Langsam krümmte sich sein Finger am Hahn. Stuart kostete jeden Sekundenbruchteil aus.

Irgend jemand machte eine rasche Bewegung auf ihn zu; sein Revolver fiel zu Boden, der Schuß löste sich; donnernd entlud sich die Waffe.

»Laß das«, befahl Alex. Seine Hand hielt immer noch Stuarts Handgelenk fest – genau an der Stelle, wo er ihm den Revolver aus der Hand geschlagen hatte.

»Das ist doch Daddy Cain, du Idiot! Ich muß ihn töten!« Stuart kämpfte verzweifelt gegen den eisernen Griff seines Freundes an.

»Das werde ich nicht zulassen«, sagte Alex. »Bist du denn blind? Das ist mein Bruder. Du wirst ihn nicht über den Haufen schießen!«

Stuarts wütender Schrei wurde von einem noch lauteren Schrei übertönt. Cain hatte ihn ausgestoßen. Er hatte mit einer Hand eine lange, gebogene Pistole aus seiner Tasche gezogen, legte auf Alex an. Dann warf er seinen Kopf in den Nacken. Die langen Sehnen an seinem Hals wirkten wie straff gespannte Seile, so weit standen sie vor. »Nein!« brüllte er mit dem Ausdruck äußerster Verzweiflung.

Stuart warf sich auf Cain, dessen Aufschrei noch nicht verklungen war. Doch bevor er ihn erreichte, steckte sich Cain mit einer blitzschnellen Bewegung den Revolverlauf in den Mund und drückte ab.

»Nein!« Jetzt war es Stuart, der schrie. Es war wie ein groteskes Echo des Schreis von Cain. Die Rache, der er so lange entgegengefiebert hatte, war mit einem Schlag unmöglich geworden. Er fühlte sich hilfos. Wem sollte er die Schuld geben? Cain, seinem Feind, oder Alex, seinem Freund? Ein Wutanfall ließ seinen Körper erzittern. Stuart fühlte sich ganz leer und gefühllos. Ein brennendes Stück Holz fiel ihm vom Dach auf die Schulter. Seit er Daddy Cain zum ersten Mal erblickt hatte, hatte er die lodernden Flammen gar nicht mehr wahrgenommen. Jetzt erst spürte er, wie unerträglich heiß es war. Er drehte sich zu Alex um. Dieser schien wie gelähmt zu sein. Mit aufgerissenen Augen starrte er auf die zusammengesunkene Gestalt mit seinem Gesicht. Stuart mußte ihn mit Gewalt vom Feuer wegziehen. Auf der Straße hörte man die rasch näherkommende Glocke des Pumpenwagens.

Stuart und Alex schafften es tatsächlich, sich die ganzen nächsten fünf Wochen aus dem Weg zu gehen. Trotz der Ereignisse blieb Stuart noch in Columbia. Er und Alex Wentworth hatten sich jedoch nichts mehr zu sagen. Am zehnten April gab Chamberlain auf und zog nach Massachusetts ab. General Wade Hampton begann, die Macht in South Carolina wieder den alten Bewohnern dieses Staates zurückzugeben. Die Red Shirts, die Hampton fast ein ganzes Jahr lang unterstützt hatten, wurden dabei nicht vergessen. Alex Wentworths Versicherungsgesellschaft bekam den Auftrag, alle öffentlichen Gebäude gegen Feuer, Sturm und Wasser zu versichern. Stuart Tradd wurde zum richterlichen Beamten in Summerville, einem kleinen Ort fünf Meilen von Charleston entfernt, ernannt.

»Pinny, heute morgen ist ein Telegramm eingetroffen. Stuart kommt im Laufe des Tages.«

»Das ist ja schön, Lizzie. Meinst du, er schafft es überhaupt, sich durch die ganzen Verehrer hindurchzudrängen, die vor der Tür auf dich warten?«

»Hör auf, mich zu ärgern. Die paar Verehrer werden ihm nicht weiter auffallen, das weißt du genausogut wie ich.«

»Da habe ich aber etwas anderes gehört.«

»Ach, Tante Lucy muß immer übertreiben«, wehrte Lizzie ab. Das Blut war in ihre Wangen geschossen. Tatsächlich waren bisher Dienstag nachmittags, zu der Zeit, wo sie für allgemeine Besuche offen war, immer mindestens drei Verehrer gekommen. Lucy war beständig dabei gewesen und berich-

367

tete Pinckney, daß Lizzie ihr Erfolg erstaunlicherweise überhaupt nicht zu Kopf gestiegen war.

»Natürlich ist es von Vorteil, daß es in diesem Jahr nur insgesamt vier Debütantinnen gibt. Eigentlich sind es sogar nur drei. Annabelle ist ja bereits vergeben. Da kommen sich die jungen Damen natürlich kaum ins Gehege.«

Um Lizzies Gleichmut war es jedoch geschehen, als Stuart Lucas Cooper aus Columbia mitbrachte.

»Pinny, das ist Lucas Cooper«, stellte er ihn vor. »Wir wohnten zusammen bei Porter.«

»Ich denke, wir haben uns bereits auf dem Ball gesehen!« begrüßte Pinckney den überraschenden Gast.

»Ja, natürlich«, ergriff Lucas das Wort. »Ich hoffe, daß Stuart Ihnen keine Unannehmlichkeiten bereitet, indem er mich so freimütig eingeladen hat.«

»Nein, überhaupt nicht. Ich rufe eben meine Schwester. Sie kümmert sich gerade um das Personal.« Pinckney war schlau genug, zu wissen, daß er Lizzie ein wenig vorwarnen mußte, damit sie sich nicht völlig von dem überraschenden Besuch überrumpeln ließ. Er ging sie suchen.

Als seine Schwester die Neuigkeit vernahm, klatschte sie vor Freude in die Hände. »Caroline und Kitty werden *grün* vor Neid, wenn sie das hören!« Sie strich ihr Haar glatt und ging ganz sittsam in Richtung Bibliothek.

Sie hatte sich im Griff, bis Lucas sich über ihre Hand beugte. »Zu Ihren Diensten, Miß Elizabeth«, sagte er und drückte ihr gegen alle Regeln des Anstands seine Lippen auf die Hand. Lizzies Finger fingen an zu kribbeln; sie wurde puterrot.

Lucas schien das gar nicht zu bemerken. Er ignorierte sie zwar nicht, aber er schenkte allen Anwesenden die gleiche Aufmerksamkeit. Lucas behandelte sie eher wie einen Bruder von Stuart und Pinckney und nicht wie die einzige junge Frau im Haus. Meist unterhielten sich die Männer über Politik. Lizzie konnte kaum etwas zu ihrem Gespräch beitragen. Nur einmal sagte sie, sie sei stolz darauf, einen Bruder zu haben, der jetzt Richter geworden sei.

Trotzdem genoß es Lizzie, in der Nähe dieses Mannes zu stehen, der eine solche Anziehungskraft auf sie ausübte. Manchmal erhaschte sie einen Blick von ihm, dann konnte sie dem Gespräch kaum noch folgen. Ihr war, als kämen seine Worte wie durch eine dicke Nebelwand zu ihr.

33

An diesem Abend begann eine Zeit, in der sich für Lizzie höchste Ekstase und tiefste Qual miteinander abwechselten. Lucas Cooper blieb nur drei Tage bei den Tradds. Während dieser Zeit schenkte er Lizzie keine besondere Beachtung. Wenn er sich jedoch einmal auf sie konzentrierte, dann hörte für Lizzie alles andere auf zu existieren. Sie hatte nur noch Augen und Ohren für ihn. Wandte er sich dann wieder anderen Dingen zu, erschauerte Lizzie noch nachträglich von der Wirkung, die der kurze Kontakt mit ihm auf sie gehabt hatte: die Farben leuchteten stärker; das Licht bekam eine Qualität, die es fast greifbar werden ließ; die Gerüche wurden deutlicher und alle Gefühlsregungen wurden verstärkt. Sie stellte sich vor, daß sie sogar beim Atmen die Schwingungen in der Luft spüren konnte. Sie konnte nicht mehr schlafen, weil sie wußte, daß Lucas unter demselben Dach lag.

»Es ist nicht nur sein attraktives Äußeres, Tante Lucy«, meinte sie. »Es ist auch kein Verliebtsein. Ich verstehe es nicht. Wenn Lucas mit mir spricht oder mich anschaut, dann habe ich das Gefühl, als ob sich irgendeine Form von Energie über mich ergießt. Ich werde lebendiger, ich bin mehr ich selbst. Die ganze Welt ist mehr, wie sie ist. Ergibt das überhaupt noch irgendeinen Sinn, was ich dir sage?«

Lucy nahm Lizzie in ihre Arme. »Mein kleiner Engel«, sagte sie sanft. Julia Ashley hatte recht gehabt. Lucas Cooper war wirklich gefährlich. Er übte auf fast alle, die mit ihm in Kontakt kamen, die gleiche, fast magische Wirkung aus.

Lucy wußte das. Irgendeine schwer zu fassende, versteckte Kraft in ihm zog die Menschen um ihn herum in seinen Bann wie ein elektrischer Sturm auf hoher See die Instrumente eines Schiffes. Nicht nur Lizzies Finger kribbelten, wenn er sie berührte. Sogar sie selbst hatte dieses Kribbeln gespürt, und das, obwohl sie Pinckney aus vollem Herzen liebte. Lucas Anziehungskraft war elementarer Natur; das hatte auch nichts mehr mit Sexualität zu tun.

Ich wünschte, er würde wieder gehen und nie mehr wiederkommen, dachte sie bei sich und hielt Lizzies zitternden Körper fest.

Es schien, als sollte ihr Wunsch zumindest für eine Zeitlang in Erfüllung gehen. Als Stuart nach Summerville abreiste, kehrte auch Lucas wieder nach Hause zurück. Mitte Mai war Lizzie wieder ganz die alte. Sie hatte mit Pinckney ihren Bruder in Summerville besucht, und als die beiden nach einer Woche wiederkamen, sprudelte Lizzie über vor Begeisterung für diesen kleinen Ort, schwärmte von Stuarts Haus und seinen eindrucksvollen Büroräumen im Gerichtsgebäude und war auch von Stuart selbst ganz begeistert.

»Er ist ein ganz anderer Mensch geworden! Richtig nett. Pinny meint, das ist so, weil er sich zehn Jahre lang in seinen Haß vergraben hat und jetzt, da dieser Mensch tot ist, wieder neu zu leben beginnt. Und er hat so viele hübsche Möbel! Tante Julia hat ihm das ganze Haus mit all den Sachen eingerichtet, die sie noch aus der Charlotte Street gerettet hat. Und er verbringt viel Zeit auf dem Landgut. Du weißt doch noch, daß er ganz vernarrt darin ist! Eigentlich hat er nicht sonderlich viel zu tun in dieser kleinen Stadt, aber es ist wirklich ein reizender Ort. Überall stehen unzählige Nadelbäume. Es ist gesetzlich verboten, dort einen Baum zu fällen! Die ganze Stadt riecht nach Weihnachtsdekoration.«

Lucy glaubte, die Krise sei durchstanden. Doch eine Woche später erschien Lucas wieder auf der Bildfläche – Lizzie empfing gerade ihre Verehrer – und alles fing wieder von vorne an. Er war nach seinen Worten gerade unterwegs, um

Arbeit zu suchen. »Mein Vater ist immer noch ärgerlich darüber, daß ich meinen Abschied von der Armee genommen habe. Er sieht einfach nicht ein, daß es für mich keine Zukunft mehr in der Armee gibt. Ich muß jetzt etwas finden, das er als gleichermaßen würdig für einen Gentleman erachtet.«

Dieses Mal wohnte Lucas zwar bei seinen Verwandten, John Coopers Eltern, und Lizzie sah ihn nur ein einziges Mal, aber das genügte vollständig, um sie erneut in einen Taumel unerklärlicher Gefühle zu stürzen. Als sie dann noch hörte, daß er auch Kitty besucht hatte, und bereits drei Einladungen zum Abendessen angenommen hatte, war sie am Boden zerstört.

»Mich hat er bestimmt nur aus Höflichkeit besucht«, schluchzte sie bei Caroline. »Aber Kitty wollte er bestimmt besuchen, weil er sich für sie interessiert. Und die Humphries haben ihn dreimal hintereinander zu einem geselligen Abend eingeladen! Ich wette, Mary hat sich wieder halb ausgezogen oder noch Schlimmeres gemacht.« Caroline war sehr mitfühlend. Lucas hatte sie nie beachtet, und sie hatte für sich alle Hoffnungen begraben, daß sich das je ändern könnte. Sie gönnte Lizzie diesen Mann noch eher als Kitty. Kitty war nun einmal sowieso die Schönste und hatte daher eh die meisten Verehrer.

Sie setzte sich mit Lizzie zusammen, und beide schmiedeten Pläne, versuchten, eine Strategie zu entwickeln, mit der Lizzie bei Lucas den besten Eindruck machen konnte. Was sollte sie anziehen, was sollte sie sagen, wie sollte sie sich das nächste Mal, wenn sie Lucas traf, verhalten? Wochenlang spielten sie mit großem Pathos alle möglichen Situationen durch, in die Lizzie bei einer Begegnung mit Lucas geraten konnte, und studierten die entsprechenden Wortwechsel ein. Caroline übernahm Lucas' Rolle, und Lizzie mußte auf sie reagieren. Sei tat es mit Schlagfertigkeit, Desinteresse oder waghalsigem Flirten. Aber leider war alles vergebens. Lucas blieb weg.

Anfang Juni war es dann überraschenderweise ihr Bruder

Pinckney, der für Lizzie erst einmal alle Hoffnungen zunichte machte, Lucas in nächster Zukunft begegnen zu können. »Wir ziehen dieses Jahr früher auf die Insel«, beklagte sie sich bei ihrer Freundin. »Pinny sagt, die Luft tue dem kleinen Andrew gut, und Lucy holt ihn schon zwei Wochen vor Schuljahresende aus der Schule. Da werde ich dann überhaupt keinen mehr treffen können! Es wird ganz egal sein, ob ich noch Sommersprossen kriege oder nicht!«

»John Cooper wird dir doch bestimmt noch nachlaufen. Schreibt er dir eigentlich immer noch?«

»Dauernd. Es macht mich noch ganz krank. Ich habe überhaupt kein Interesse, zu erfahren, was er an der Universität macht oder was er im Seminar tun muß.«

»Vielleicht besucht Lucas ihn ja wieder auf der Insel.«

»Das ist sehr unwahrscheinlich. Er sucht immer noch nach Arbeit, und am Strand wird er wohl kaum welche finden. Es wird ein schrecklicher Sommer werden!«

Doch in diesem Punkt hatte Lizzie sich getäuscht. Es wurde sogar der schönste Sommer, an den sie sich erinnern konnte. Pinckney kam jeden Abend zum Essen nach Hause und blieb den ganzen Sonntag über da. Er war immer guter Laune, lachte viel, spielte mit ihr und hatte viel Zeit, Aufmerksamkeit und Zuneigung zu verschenken. Lizzie hatte ihn noch nie so glücklich erlebt. Wenn sie weniger von ihren eigenen Gefühlen und Gedanken eingenommen worden wäre, hätte ihr eigentlich auffallen müssen, daß es Lucy nicht viel anders ging. Die gemeinsam verbrachten Stunden bereicherten Pinckney und Lucy in einem Maße, daß sie jeden und alles um sie herum gleichermaßen in ihr Glück aufnehmen konnten. Die dunkle Veranda, das beständige Rauschen der Wogen und ihre ineinander verschränkten Hände, wenn sie ganz für sich waren – das genügte ihnen völlig. Es war soviel mehr als das, was sie vorher hatten teilen können.

Im Juli kam John Cooper zurück. Er fragte Pinckney nach dessen formaler Erlaubnis, Lizzie den Hof machen zu dürfen. Pinckney gewährte es ihm mit einem wohlwollenden Lächeln. Es würden noch vier Jahre ins Land ziehen, bis John seinen Abschluß machen würde. Wenn Lizzie ihn dann noch heiraten wollte, dann hatte John einen ehrbaren Beruf, und Pinckney würde dem Paar ohne Bedenken den Segen geben. »Ich muß dich allerdings warnen, John. Lizzie denkt noch nicht im entferntesten daran, zu heiraten. Sie genießt es im Augenblick, herumflirten zu können. Verlier besser noch nicht dein Herz an sie.«

John hörte nicht auf ihn. Immer noch holte er Andrew zum Schwimmen ab, aber darüber hinaus besuchte er Lizzie an allen Tagen, an denen er sich dafür Zeit nehmen konnte. Und das war recht häufig. Lizzie hatte nichts gegen Johns Gesellschaft einzuwenden. Er interessierte sie nicht weiter, und von daher war für sie das Zusammensein mit ihm ganz unproblematisch. Nachdem sie seine erste Liebeserklärung mit den Worten »Ich hoffe, du bist sonst noch ganz richtig im Kopf« vom Tisch gefegt hatte, war John weise genug, dieses Thema nie mehr anzusprechen.

In der ersten Augustwoche brachte Pinckney sein Pferd mit auf die Insel. Er stellte es in dem Stall unter, der die Zugpferde für die Eis- und Wasserkarren beherbergte. Ein paar Wochen später hatte der Besitzer der Ställe zusätzliche Unterstände gebaut. Es gab etwa ein Dutzend anderer Männer auf der Insel, die einen Platz für ihre Pferde suchten.

»Der Charleston Club finanziert ein Reiterturnier im Oktober«, sagte Pinckney. »Ich werde auf jeden Fall mitmachen. Die Familienfarben der Tradds sollen wieder auf der Rennbahn zu sehen sein; auch wenn ich schon in der ersten Runde ausscheiden sollte.«

Lizzie, John und der kleine Andrew lauschten ganz gespannt, als Pinckney erzählte, was auf so einem Turnier stattfinden würde.

»Früher, vor dem Krieg, hielten wir jedes Jahr ein Turnier ab. Jede Familie stellte mindestens einen Reiter. Ihr habt doch bestimmt einmal die Legenden von König Arthurs Tafelrunde gelesen und wißt noch, welche Prüfungen sie auf ihren Turnieren zu bestehen hatten. Unsere Wettkämpfe sind bei weitem nicht so gefährlich, aber man muß die gleichen Fähigkeiten unter Beweis stellen. Statt in voller Rüstung im Kampf Mann gegen Mann anzutreten, werden bei uns zwei Mannschaften ausgelost. Diese beiden Mannschaften treten dann in der ersten Runde gegeneinander an. Man muß dabei den gegenübersitzenden Reiter auf die Brust treffen und von seinem Pferd stoßen. Jeder hat natürlich eine gepolsterte Brustplatte und eine abgestumpfte Lanze.

Normalerweise geht etwa die Hälfte der Reiter zu Boden. Die Mannschaft, die dabei gewinnt, ist der Sieger des Morgens; die Verlierermannschaft muß sie dann mittags festlich bewirten.

Nachmittags kämpft man einzeln gegeneinander. Daran können nur die Männer teilnehmen, die sich morgens auf dem Pferd haben halten können. Wir reiten dann mit spitzen Lanzen los und müssen mit ihnen Ringe aufspießen, die an drei in der Nähe der Bahn stehenden ›Bäumen‹ aufgehängt sind. Die Reiter, die in der ersten Runde alle Ringe geholt haben, rücken auf in die zweite Runde. Da sind die Ringe dann schon beträchtlich kleiner. Es gibt auch noch eine dritte Runde für den Fall, daß mehr als einer durch die zweite Runde kommt. Das ist allerdings äußerst selten. Wenn keiner drei Ringe holen kann, dann kämpfen die miteinander, die mindestens zwei Ringe herabgeholt haben. So scheiden immer mehr aus dem Turnier aus, und am Ende bleibt einer übrig: der Gewinner.«

»Was kann der denn gewinnen?« fragte der kleine Andrew.

Pinckney lächelte. »Frag deine Mama«, sagte er.

»Dein Papa hat das Turnier in dem Jahr gewonnen, als wir geheiratet haben«, erzählte Lucy. »Wir kamen gerade zurück von unserer Hochzeitsreise. Es war alles so fürchterlich aufregend; der Jubel der Menge, und die bange Erwartung, kurz bevor die ganzen Pferde auf den Platz galoppierten! Sie reiten sehr schnell. Dein Papa und Pinckney schafften es tatsächlich beide, bis in die dritte Runde zu kommen. Alle gerieten ganz aus dem Häuschen. Dann ritt Pinckney los, schnell wie der Wind. Er durchstieß den ersten Ring mit seiner Lanze, dann den zweiten; der dritte fiel jedoch wieder von der Spitze herunter.

Dein Papa ritt los, und alles war mucksmäuschenstill. Nur der Hufschlag seines Pferdes war zu hören. Den ersten Ring bekam er gut. Den zweiten auch, und dann sogar den dritten! Der Beifall und die Jubelrufe der Menge waren so laut, daß alle Vögel aus den umgebenden Bäumen hochflatterten und flohen. Dein Vater ritt vor die Schiedsrichtertribüne und hielt seine Lanze hoch. Sie steckten ein Blumengebinde darauf; das hat dein Vater dann mir gebracht. Er legte es mir auf den Kopf und kürte mich damit zur Königin der Liebe und der Schönheit. Auf dem nachfolgenden Ball gingen wir bei der großen Parade voraus. Oh, es war einfach wunderbar.« Lucy tupfte sich verstohlen eine Träne aus dem Augenwinkel.

»Ich wünschte, ich hätte auch ein Pferd«, ließ sich John vernehmen.

»Ich auch«, sagte Lucys Sohn.

»Du bist dieses Jahr noch zu jung dafür, Andrew«, meinte Pinny. »Dir, John, kann ich mein Pferd durchaus zum Üben geben. Wenn du allerdings beim Turnier mitreiten willst, mußt du dir ein eigenes Pferd besorgen. Ich kann jedenfalls nur sonntags reiten. Du tätest mir sogar einen Gefallen damit, mein Pferd zwischendurch zu bewegen. Diesen Samstag kommt meine Lanze. Sonntag kann ich dir zeigen, wie man sie festhält. Dann muß ich mir noch etwas für einen einarmigen Ritter ausdenken.«

»Darf ich zuschauen?« Lizzies Augen leuchteten.

Pinny blickte auf John. »Ich denke, wir sollten es den Damen nicht erlauben, uns bei der Arbeit zuzusehen, oder bist du anderer Meinung, John? Sie tuscheln dann vor dem Turnier zuviel. Treffen wir uns an deinem Haus?«

John stimmte bereitwillig zu.

»Und was ist mit mir? Ich bin doch keine Dame«, rief Andrew. »Ich kann dich schon mitnehmen. In der Woche mußt du dich mit John einigen.«

»Er muß schon vor Tagesanbruch aus dem Bett«, erzählte Lizzie Caroline. Die beiden Freundinnen schaukelten in der Hängematte. »Der arme John! Er holt noch immer jeden Tag Andrew zum Schwimmen ab, obwohl er an manchen Tagen kaum laufen kann. Einmal hatte er eine dicke Beule am Kopf. Ich hoffe, das Pferd überlebt seine Reitversuche.«

»Ich dachte, Andrew würde auch etwas reiten.«

»Ja. Nachmittags übt er jetzt mit John, anstatt schwimmen zu gehen. Nach dem Reiten bringt John Andrew nach Hause, das Pferd in den Stall, zieht sich um und kommt dann noch bei mir vorbei. Ich weiß gar nicht, wie er das alles durchsteht.«

»Wie geht es denn deinem Bruder?«

»Pinckney? Da weiß ich eigentlich nie so recht, woran ich bin. Er scheint so fröhlich zu sein wie immer, aber er kann auch gut verbergen, was in ihm vorgeht. Er hat mir erst kürzlich gestanden, daß die Medizin, die er immer nehmen muß, gegen Malaria ist. Ich dachte immer, es sei ein Verdauungsmittel.«

»Er ist wirklich ein Romantiker, Lizzie. Meinst du, er wird jemals heiraten?«

»Pinny? Nie! Er ist jetzt vierunddreißig. Ich glaube, die Sache mit Lavinia Anson hat ihm damals das Herz gebrochen, und jetzt ist es eben zu spät. Er wird bestimmt einmal einer dieser hübschen, alten Junggesellen, für die sich die Mauerblümchen begeistern können. Wenigstens ist er nicht so ein Schleimer wie Charlie Gourdin. Da würde ich mich ja schämen!«

Lucy hörte das Geplauder der beiden Mädchen bis in die Küche. Normalerweise hätte sie über die Intoleranz der Jugend gelächelt, aber im Moment machte sie sich zu viele Sorgen um Pinckney. Er hatte erst kürzlich wieder einen überaus schweren Malariaanfall gehabt, den er ganz allein in der

Stadt durchgestanden hatte. Und seine Schwerfälligkeit im Umgang mit der Lanze machte ihm schwer zu schaffen. Das spürte Lucy deutlich. Die Holzlanze war fast drei Meter lang; sie war so schwer, daß schon ein Mann mit zwei Armen Mühe hatte, sie hochzuhalten. Pinckney konnte sich kaum richtig ausbalancieren. Sein Pferd konnte er noch mit den Knien in jede gewünschte Richtung lenken – es gab in der ganzen Stadt kaum einen besseren Reiter als ihn –, aber mit der Lanze wurde er nicht so einfach fertig. Ein Tag in der Woche war viel zu wenig, um unter diesen Bedingungen sicher damit umgehen zu lernen. Vielleicht sollte sie ihn dazu überreden, nur noch an den Tagen ins Büro zu gehen, an denen die Schiffe aus Carlington in der Stadt eintrafen, dachte sich Lucy. Dann könnte er vier volle Tage in der Woche auf der Insel verbringen. Ihr Herz schlug schneller, als sie daran dachte. Gott sei Dank wollte Julia Ashley diesen Sommer nicht auf die Insel kommen, sondern Stuart besuchen. Ihren Augen entging so leicht nichts; sie würde bestimmt bemerken, wieso sie und Pinckney so gute Laune hatten. Lucy goß Andrew ein wenig Laudanum ein und stellte es zusammen mit seinem Abendessen aufs Tablett. Andrew saß kaum noch im Stuhl und zog die Träume, die ihm das Laudanum gab, allem anderen vor. Lucy konnte sehr gut damit leben.

Pinckney weigerte sich, seinen Arbeitsplan entsprechend Lucys Vorschlag zu ändern. Als sie versuchte, mit ihm darüber zu argumentieren, sah sie das verstohlene Leuchten in seinen Augen.

Er führte ihre Hand an seine Lippen. »Dieses Mal hast du meine Gedanken nicht lesen können«, meinte er vergnügt. »Ich werde den Laden im September ganz schließen. Meinetwegen kann sich solange alles in Carlington stapeln.«

»Das wird der glücklichste Monat meines Lebens!«

Doch Lucy wurde bitter enttäuscht. Pinckney kam direkt am ersten Ferientag mit Lucas Cooper von seinem Ausritt

377

zurück. Es dauerte keine zwei Wochen, dann hatte Lizzie
tiefe Ränder unter den Augen und war ganz blaß.

In Johns Zeitplan hatte sich nichts geändert. Es gab allerdings Tage, an denen er nicht allein bei Lucy war. An diesen
Tagen verströmte Lucas seinen Zauber. John verlor dann die
entspannte Gelassenheit, die er den Sommer über in wachsendem Maß empfunden hatte. Lizzie glühte innerlich. Dann
blieb Lucas jedoch wieder für Tage weg. Und kam irgendwann mit Pinckney wieder zurück. Oder ritt am Strandhaus
vorbei und rief Lizzie einen flüchtigen Gruß zu, was ihren
Zustand nur noch verschlimmerte. Das Mädchen versuchte,
sich mit einem spannenden Buch oder einem neuen Rezept
zum Mittagessen abzulenken, aber es funktionierte nicht.
Mit gedankenverlorenem Blick ging sie immer wieder auf die
Veranda, wo sie stundenlang auf den Strand starrte und nach
Lucas Ausschau hielt.

»Du wirst noch krank, wenn du so weitermachst«, meinte
Caroline eines Tages zu ihr.

»Ich kann es nicht ändern. Ich versuche es ja. Es ist so
schlimm wie damals, als er bei uns gewohnt hat. Ich kann
auch gar nicht mehr richtig schlafen.«

»Was willst du denn tun?«

»Was könnte ich denn tun? Lucy sagte, ich solle für einige
Zeit nach Summerville gehen, aber das will ich nicht.«

»Und was sagt Pinckney dazu?«

»Bist du verrückt geworden? Ich würde Pinckney gegenüber doch kein Wort darüber verlieren! Er würde Lucas
wahrscheinlich mit dem Gewehr verfolgen. Lucy erzählte
ihm, ich hätte Schwierigkeiten mit meinen Tagen, und seit er
das gehört hat, ist er in meiner Gegenwart so verlegen, daß er
mich kaum noch ansieht.«

»Vielleicht würde er dafür sorgen, daß du Lucas heiraten
kannst.«

»Das bringt er nicht fertig. Ich bin nie mit Lucas allein gewesen. Es ist nicht möglich, ihm irgend etwas anzuhängen.
Wenn ich nur wüßte, wie ich es anstellen könnte, dann wäre

ich überglücklich, ihn meinen Ruf ruinieren zu lassen. Dann *müßte* er mich nämlich heiraten.«

»Du würdest alles für ihn tun?«

»Alles.«

»Auch etwas, wovor du sonst Angst hättest?«

Lizzie nickte heftig.

Carolines Stimme senkte sich zu einem verschwörerischen Flüstern. »Weißt du, was eine Zauberfrau ist?«

»Eine Hexe!« Lizzie begann ebenfalls zu flüstern.

»Auf unserem Landgut lebt eine! Papa ist den ganzen Monat dort und sucht nach Phosphat. Ich könnte Mama sagen, daß wir eine Bootsfahrt flußaufwärts unternehmen und Papa einen Besuch abstatten wollen. Da hat sie bestimmt nichts dagegen. Dann könnten wir uns unbemerkt davonschleichen und die Zauberfrau aufsuchen. Sie verkauft Liebeszauber. Hast du Geld?«

»Mama hat mir etwas gegeben, als sie hier war. Ich soll damit für ein neues Kleid sparen.«

»Und?«

»Ich hole es. Das Kleid kann warten.«

Caroline kicherte. »Ich wollte sie immer schon einmal sehen, aber ich war zu ängstlich. Das kann ja spannend werden!«

Lucy unterstützte den Plan der beiden Mädchen, hinauf aufs Land zu fahren, mit besten Kräften. Lizzies verlorener Blick über den leeren Strand hinweg bereitete ihr großen Kummer. Die Tatsache, daß es so unvorhersehbar war, ob Lucas erschien oder nicht, quälte Lizzie am meisten. Im Hause der Wraggs würde es jedenfalls keinen Lucas geben, nach dem sie Ausschau halten konnte.

Pinckney war zunächst gar nicht von dem Vorhaben der beiden Mädchen begeistert. Er hatte Angst, Lizzie könnte sich mit dem Sumpffieber anstecken. Seine Schwester versicherte ihm jedoch, nach Einbruch der Dunkelheit keinen Fuß mehr vor die Tür zu setzen. Außerdem schätzte er es nicht,

379

daß die beiden Mädchen ohne Begleitung von Carolines Mutter losziehen wollten. Lucy erinnerte ihn daran, daß Lizzies Mutter jetzt seit acht Jahren woanders lebte, und er deswegen nie um die Sicherheit seiner Schwester besorgt gewesen war.

Da gab er schließlich nach und willigte ein. »Wer könnte sie denn auf der Reise begleiten?« fragte er. »Sie sollten besser nicht alleine unterwegs sein. Vielleicht sollte ich das sogar selbst in die Hand nehmen und einen Tag in Carlington damit verbringen. Ich könnte ja Lucas Cooper bitten, mitzukommen. Er hat sich schon häufiger nach dem genaueren Ablauf des Phosphatabbaus erkundigt. Er ist nämlich von Haus aus Ingenieur und hat scheinbar einige interessante Ideen.«

Lizzie strahlte.

»Nein!« rief Lucy eine Spur zu laut. Pinckney und Lizzie starrten sie an. »Ich meine, das ist nicht sehr praktisch. Du könntest ihm doch unmöglich an einem Tag ganz Carlington zeigen, und ich brauche deine Hilfe hier, um abends mit Andrew fertig zu werden.«

Pinckney wußte, daß das nicht der wahre Grund war, aber er ging auf die Bitte ein und fragte nicht weiter nach. Lizzie konnte ihn nicht mehr umstimmen.

Die Trennung von Lucas bekam Lizzie ungeheuer gut. Das Ausflugsboot hatte gepolsterte Sitze, in denen es sich die beiden gemütlich gemacht hatten. Neben ihnen stand ein Picknickkorb mit soviel Wegzehrung, daß man damit nach Pinckneys Meinung ein ganzes Regiment hätte satt kriegen können. Lizzie beobachtete, wie das Sumpfgras im Kielwasser des Schiffes in hypnotischen Bewegungen hin und her schwankte. Seit der Reise zum Landgut von Julia Ashley vor gut zehn Jahren war dies das erste Mal, daß sie wieder den Fluß entlang reiste. Das Schiff hielt extra für die beiden an der Anlegestelle des Familiensitzes der Wraggs. Carolines Vater wartete dort schon auf die beiden.

380

Caroline war richtig aufgeregt. Sie wollte keine Zeit verlieren und so bald wie möglich Lizzie zur Zauberfrau bringen. Aber die ersten zwei Tage regnete es ununterbrochen. Mr. Wragg zog am dritten Tag seine Öljacke an und machte sich auf die bis jetzt erfolglose Suche nach Phosphaten auf seinem Besitz. Die Mädchen überließ er sich selbst. Sie vergnügten sich auf ihre Weise mit den alten Ballgewändern, die sie auf dem Dachboden fanden und nutzten die Gelegenheit, zu vergessen, daß sie jetzt erwachsen waren.

Am Nachmittag des dritten Tag ihres Besuches hörte der Regen endlich auf. Lizzie merkte, daß sie Lucas schon fast vergessen hatte. »Ich war wohl nicht ganz bei Trost«, meinte sie zu Caroline. »Er ist doch sowieso viel zu alt für mich und wird sich auf so ein dünnes Mädchen wie mich gar nicht erst einlassen. Ich sollte ihn mir aus dem Kopf schlagen.«

Caroline war ganz außer sich. »Du kannst doch jetzt nicht einfach aufgeben. Lucas ist ein wunderbarer Mann, und er kommt doch immer wieder bei dir vorbei.«

Lizzie zuckte mit den Achseln. »Na und? Er kommt vorbei, um Lucy oder Pinny zu sehen oder John ein wenig Gesellschaft zu leisten. Zufällig lebe ich halt im selben Haus.«

»O Lizzie, sei keine Spielverderberin. Du sagtest, du wolltest dir einen Zauber geben lassen, und das solltest du jetzt auch tun. Komm, ist ja nur ein Spaß!« Caroline zupfte sie am Ärmel.

»Na gut. Aber du mußt dir auch einen geben lassen.« Caroline versprach es.

»Ich denke, wir sollten umkehren, Caroline. Es fängt schon wieder an zu regnen.«

»Macht doch nichts! Die Bäume werden den Regen abhalten.« Lizzie schaute zu den moosbehangenen Zweigen der alten Bäume über ihnen hoch. Sie wuchsen so dicht, daß es unmöglich war, den Himmel zu sehen. Die Luft unter ihnen war feucht und kalt. Lizzie blieb mit der Zehe in einer knorrigen Wurzel hängen, stolperte und fiel mit lautem Krachen ins Unterholz. Als sie sich wieder befreien wollte, hing sie mit ihrem Rock an den Dornen fest.

»Caroline? Hilf mir doch. Ich hänge fest!« Sie begann vorsichtig, sich aus dem Gestrüpp zu lösen. Über ihrem Kopf sang eine Spottdrossel ihr heiseres Lied. Sie vermeinte in ihrem Gezwitscher mit einiger Mühe Worte zu erkennen: »Geh zurück! Geh zurück!« Wenn sie das Caroline erzählen würde! Sie würde sich bestimmt lächerlich machen. Aber Lizzie hatte das beunruhigende Gefühl, daß die Wälder und deren Bewohner sie unmißverständlich warnen wollten. Dieses Abenteuer, auf das sie sich hier eingelassen hatte, war alles andere als ein Spaß! Ein Zweig knackte nicht weit von ihr entfernt; der Schreck ließ sie zusammenfahren. Dann hörte sie Caroline kichern.

»Habe ich dich erschreckt?«

»Natürlich nicht. Hilf mir endlich, aus diesem Dornengestrüpp herauszukommen!«

Nach einigen Minuten kamen sie auf eine Lichtung. Lizzie schämte sich, daß sie im Wald eine solche Angst gehabt hatte. Über ihr war der Himmel blau, obwohl von allen Seiten graue Wolken heraufzogen. Ein plötzlicher Windstoß zerrte an der breiten Krempe des Hutes, den sie auf dem Kopf trug. Caroline riß er den Hut vom Kopf; hüpfend kullerte er über den Boden. Lizzies Freundin sprang lachend hinterher.

Sie hatte recht, dachte Lizzie. Es ist wirklich nur ein großer Spaß.

Als sie den Hut gefangen hatten, ließen sie sich japsend und kichernd ins weiche Gras fallen. Die heitere Stimmung hielt auch an, als sie wieder auf dem Flußpfad durch den Wald gingen. Es war nicht mehr weit.

Die winzige Hütte war aus ungeschälten Baumstämmen zusammengefügt. Unter der riesigen Fichte, die sie mit ihren herabhängenden Zweigen festzuhalten schien, war sie kaum von der Umgebung zu unterscheiden. Wenn nicht der Rauch aus dem lehmbeschmierten Schornstein gedrungen wäre, hätten sie sie vielleicht gar nicht gefunden. Ein eigentümlich scharfer Geruch stach ihnen in die Nase. Die beiden Mädchen blieben stehen. Caroline hielt sich verstohlen an Lizzies Hand fest.

Lizzie wurde durch dieses Zeichen der Unsicherheit ihrer Freundin direkt viel mutiger. »So was«, meinte sie lachend, »es ist ja nicht einmal aus Lebkuchen.« Verstohlen kicherten die beiden hinter vorgehaltenen Händen.

»Gehst du da wirklich rein, Lizzie?«

»Aber sicher! Du etwa nicht?«

»Doch, natürlich. Du gehst als erste, ja?«

»Laß uns doch zusammen hineingehen.«

Ihre Stimmen waren nur noch ein leises Flüstern. »Was sollen wir ihr denn sagen?« Carolines Hand hatte sich fester um Lizzies geschlossen.

Lizzie biß auf ihre Unterlippe. »Es ist sehr still hier. Vielleicht ist sie ja gar nicht zu Hause.« Sie fühlte sich schon deutlich weniger mutig.

Caroline schnitt eine Grimasse. »Du bist ein Feigling!«

»Bin ich gar nicht! Laß meine Hand los. Ich will jetzt an die Tür klopfen!« Lizzie holte tief Luft und machte einen großen Schritt nach vorne.

Doch bevor sie die Tür berühren konnte, wurde sie schon von innen aufgerissen. Im dunklen Raum dahinter herrschte grünes Dämmerlicht. Einige Kohlen glühten rot auf der kleinen, niedrigen Feuerstelle. Lizzie sah es erst, als die Frau ihren Arm aus der Tür streckte, ihr Handgelenk packte und sie unsanft hineinzog.

»Caroline«, rief Lizzie.

»Sie muß draußen warten«, sagte die Frau und schlug die Tür hinter Lizzie wieder zu.

Lizzie fühlte sich zwischen den dunklen Wänden, unter der niedrigen, mit Kräuterbüscheln behangenen Decke und in der Dunkelheit des Raumes äußerst unbehaglich. Alles wirkte bedrohlich. Sie schnappte nach Luft. Die Alte zog etwas aus der Tasche, warf es ins Feuer. »Setz dich, Kind, bis du wieder Luft kriegst«, sagte sie.

383

Dicker Qualm stieg von der Feuerstelle auf. Lizzie hielt ihren Hals mit beiden Händen. Sie glaubte, ersticken zu müssen. Panik stieg in ihr auf. Der Rauch brannte in ihren Augen, drang in ihre Nase und in ihren Mund. Sie keuchte.

Langsam wurde sie sich bewußt, daß sie eine nie verspürte Empfindung überkam. Ihre verkrampfte Kehle öffnete sich, die Luft floß wie von selbst in ihre Lungen. Sie wurde ruhig, entspannte sich; ihr Atem wirkte unvertraut kühl und frisch. Sie ließ sich auf einen niedrigen Hocker sinken, auf den die Alte hindeutete und sog voller Genuß diesen wundervollen Rauch ein.

»Das ist ja herrlich«, meinte sie. »Was ist das?«

Die Frau kicherte. Sonst ließ sie sich keine Antwort entlokken. Lizzie kniff die Augen zusammen und spähte durch den Rauch zu der Frau hinüber. Sie war ungeheuer fett, ihre Arme waren dick und prall, ihr mehrfaches Kinn eine wabbelige Fettmasse. Ihre Haut glänzte tiefschwarz. Sie trug ein gewaltiges Gewand mit leuchtenden Mustern darauf. Die gewundenen gelben und roten Linien schienen fast lebendig zu sein und sich um ihren ungeheuren Körper herumzuringeln. Als die Frau lächelte, blitzten fünf Goldzähne in ihrem Mund auf.

»Was willst du denn bei Mama Rosa, Liebchen?« fragte sie mit tiefer und voller Stimme.

Lizzie konnte nichts antworten. Ihr Verstand sagte ihr, daß diese Frau ihr gegenüber freundlich gesinnt war. Gleichzeitig hatte Lizzie solche Angst, daß ihr das Herz bis zum Hals schlug.

Mama Rosas Kichern erscholl erneut, schien diesen kleinen, dunklen Raum fast völlig auszufüllen. »Du hast wohl deine Zunge verschluckt, was? Nun, dann laß mich mal raten. Willst du vielleicht einen Zauber?« Sie begann, unmelodisch zu summen.

»Ja, Ma'am«, platzte es aus Lizzie heraus.

Mama Rosa warf ihre Arme in die Höhe. Ihre blassen Handflächen schimmerten in dem schwachen Licht. »Jessus«, rief sie aus. »Man höre sich diese kleine weiße Göre an. Nennt die alte Mama Rosa glatt ›Ma'am‹! Nicht zuviel Respekt, meine Gute! Mama Rosa schätzt sich glücklich, einen kleinen Zauber für dich machen zu dürfen. Was hast du denn auf dem Herzen, Kleines? Willst du, daß Mama Rosa eine Warze zum Verschwinden bringt? Oder soll ich dir ein Mittel gegen deine Sommersprossen geben?«

»Nein«, flüsterte Lizzie. »Es ist etwas anderes.«

Die Zähne der gewaltigen Frau blitzten erneut auf. Ihr riesenhafter Körper wurde von ihrem Kichern regelrecht durchgeschüttelt. »Vielleicht willst du ja, daß ich jemanden mit einem Fluch belege? Mama Rosa macht das aber nur, wenn es wirklich gute Gründe dafür gibt. Wer hat dir denn etwas Schlimmes angetan, Kleines?«

Lizzie blinzelte. Sie wurde auf einmal sehr neugierig. »Was für Flüche kannst du denn aussprechen?«

»Willst du einen kaufen?«

»Nein. Ich will es nur wissen.«

»Mama Rosa hat es aber gar nicht gerne, wenn man ihr überflüssige Fragen stellt, Fräulein. Du willst etwas von mir, also los, heraus damit!« Alle Freundlichkeit war von ihr gewichen.

»Entschuldigung«, stammelte Lizzie. Sie zog ihren Rock zusammen. Das beste wäre, sie würde wieder hinausgehen. Aber andererseits konnte sie jetzt unmöglich alles abbrechen, jetzt, wo sie schon vor ihr saß. Wenn sie nämlich in dieser Situation die Flinte ins Korn warf, dann würde Caroline sie bis an das Ende ihrer Tage immer wieder damit aufziehen. Zumindest sollte sie die Zauberfrau um das bitten, weswegen sie gekommen war. Lizzie gab sich einen Ruck. »Ma'am, ich habe von einem Mädchen gehört, und das war ganz schrecklich verliebt, und Sie haben ihr helfen können.« Sie wartete gespannt auf eine Reaktion, hatte das Gefühl, eine Dummheit begangen zu haben. Wenn die Frau sie jetzt auslachen würde, dann würde sie auf der Stelle gehen.

»Ich habe schon vielen jungen Mädchen geholfen, mein

Herzchen«, brummte die Alte. »Auch Jungen. Die meisten wollen eher einen Liebeszauber als einen Fluch. Wirklich, ich könnte dir viel über die Liebe erzählen.«

»Kannst du mir denn helfen?« Lizzie wurde plötzlich lebendig. Ein tiefes Vertrauen erfüllte sie; auf einmal konnte sie dieser Frau alles, was sie sagte, glauben. Der Rauch von der Feuerstelle verlor sich in den dunklen Ecken. Vor Lizzie erschienen sich verändernde Formen, die wie fließende, undeutliche Umrisse, wie phantastische Tiere oder fremdartige Gestalten aussahen. Vor ihrem inneren Auge tauchte Lucas Cooper auf; sie sah sein vernarbtes Gesicht, seine Lippen und die lachenden Augen verlockend vor sich stehen. Alles in ihr wollte seine Stimme hören, die goldenen, strähnigen Haare sehen.

»Oh, bitte«, sagte sie.

»Jeder Zauber hat seinen Preis, mein Kind.« Mama Rosas rundes Gesicht erschien durch den Rauch wie verschleiert.

»Ich habe Geld dabei!« Lizzie wühlte in ihrer Tasche. »Sogar Gold!« Sie hielt ihr die Münze entgegen.

»Es gibt nicht nur diesen Preis, den du zahlen mußt. So ein Zauber verlangt einen höheren Preis, als du denkst.« Die Alte hielt ihre Handfläche unter Lizzies ausgestreckte Hand. Ihre fetten Finger waren fordernd nach oben gekrümmt.

Lizzies Finger umklammerten das glänzende Metall. »Wie meinst du das?« fragte sie mit unsicherer Stimme.

»Genau wie ich es sage. Wenn du einen Zauber kaufst, dann bezahlst du dafür mehr, als du weißt, nicht nur das Geld. Sei dir sicher, daß du den Preis auch zahlen willst.«

Lizzie ließ die Münze fallen. Mama Rosas Hand ballte sich um das Goldstück zusammen. »Dann geh jetzt!« sagte sie.

Sie hat mich reingelegt, schoß es Lizzie durch den Kopf. »He!« rief sie erbost. »Du könntest wenigstens mal fragen, um wen es überhaupt geht.«

Mama Rosa zog die Hand mit der Münze zurück. Sie lachte. Dann zeigte sie dem Mädchen das Gold. »Das ist seine Haarfarbe«, meinte sie. Sie lehnte sich vor und zeichnete mit

386

ihrem Finger eine Linie von Lizzies Stirn bis in ihr Haar. »Gezeichnet von einem Messer!« Das Mädchen schauderte, als die alte Frau sie berührte. Mama Rosa lachte erneut auf. »Geh jetzt zurück in die Meeting Street«, sagte sie, »und laß mich mein Mittagessen kochen.«

»Woher weißt du...«, begann Lizzie.

»Geh jetzt!« sagte Mama Rosa. Sie tunkte ihre Finger in eine Kalebasse und warf wieder etwas auf das Feuer, so daß der Raum innerhalb weniger Sekunden mit einem üblen, fauligen Gestank erfüllt war. Lizzie floh.

Als sie die Tür öffnete, drang mit ihr eine Wolke aus Rauch und Gestank aus der Kammer heraus. Caroline hielt sich die Nase zu. Lizzie ergriff ihre andere Hand und fing an zu rennen. »Hast du es getan?« fragte Caroline keuchend.

»Ja«, sagte ihre Freundin. »Aber es war alles nur Betrug. Sie hat mein Geld genommen und mich dann mit diesem Gestank vertrieben. Gar nichts hat sie gemacht.«

Später erzählte sie Caroline genau, was abgelaufen war. »Meinst du wirklich, sie kann zaubern? Sie wußte immerhin, daß Lucas diese Narbe hatte, und sie wußte, wo ich lebe.«

»Ich hoffe für dich, daß sie es kann.« Caroline ließ sich auf das Bett fallen. »Aber du weißt ja, wie die Schwarzen manchmal sind«, meinte sie dann mit plötzlichem Verdruß. »Sie wissen immer über alles Bescheid, was die Weißen machen. Papa sagt, sie können durch ihre Buschtrommeln miteinander sprechen.«

34

Pinckney löste die Lanze aus den Schlingen am Sattel und neigte sie nach vorne. Das hintere Ende drückte sich gegen die Beuge seiner schlanken Hüfte und wurde durch den Druck seines gebeugten Armes festgeklemmt. Seine Hand hatte die Lanze fest im Griff. Zu fest, bemerkte er. Du brichst dir das Handgelenk, wenn du damit gegen etwas stößt! Er lockerte den Griff etwas, die Spitze der Lanze neigte sich nach unten, wies auf den Sand. »Verdammt noch mal!« fluchte er laut. Dann verstärkte er seinen Griff wieder. Mit dem Handballen drückte er gegen das polierte Holz. Seine Nacken- und Schultermuskeln spannten sich. Die Spitze der Lanze ging wieder etwas in die Höhe.

»Ich bin soweit«, sagte er. »Befestige das Gewicht an meiner Seite, John!« John Cooper zurrte einen prallen Sandsack mit einem Riemen auf Pinckneys rechte Schulter. Pinnys Knie dirigierte das Pferd ein paar Schritte nach vorne. »Viel besser«, sagte er. »Laß es uns mit zwei Säcken versuchen.« John ritt neben ihn und befestigte einen zweiten Sack.

Dann ließ Pinckney sein Pferd losgaloppieren. Die hinter ihm stehende Nachmittagssonne warf den unendlich langen Schatten der Lanze auf den Sand. Kurz vor der Brandung lehnte sich Pinny zurück und zog damit an den an seinen Schultern befestigten Zügeln. Sein Pferd, das diesen ungleichen und plötzlichen Zug nicht gewöhnt war, stürmte weiter, direkt ins Wasser hinein. Eine Woge klatschte gegen das Tier. Es schreckte zurück. Pinckney ließ die Lanze fallen, riß sich die Zügel von der Schulter und brachte das scheuende Tier wieder unter seine Kontrolle. Eine zweite Woge erfaßte die Lanze und schleuderte sie auf den Strand. Pinckney ritt zurück, schwang sich aus dem Sattel und legte seine Wange an den zitternden Leib des Tieres. Er streichelte sein Pferd und redete ihm gut zu, bis es sich wieder beruhigt hatte. Dann stieg er wieder auf und ritt langsam zu John zurück.

»Es geht nicht«, sagte er. Seine ruhige Stimme verriet nicht, wie niedergeschlagen er war. »Ich schaffe es zwar, mit den Gewichten die Lanze zu halten, aber ich kann kaum noch anhalten, so schwer bin ich geworden. Ich denke, ich sollte an dem Turnier nur als Schiedsrichter teilnehmen.«

John drückte mit einem unverständlichen Laut sein Mitgefühl aus.

»Jedenfalls vielen Dank, John«, sagte Pinckney. »Dann

mußt eben du an meine Stelle treten. Schaff deinen Gaul weg und fang an, richtig mit meinem Caesar zu arbeiten. Du hast nur noch eine Woche zum Üben, dann kannst du zeigen, was du von mir gelernt hast.«

Der festliche Tag des Turniers war gekommen. Stuart war eigens mit seinem Phaeton aus Summerville gekommen. Lizzie saß erhaben neben ihm auf der vorderen Sitzbank. Sie neigte elegant ihren Kopf und winkte gnädig, wenn sie irgend jemanden sah, von dem sie glaubte, ihn zu kennen. Pinckney und Lucy saßen auf der hinteren Bank und lächelten über ihre Albernheit. Stuart und die beiden Damen entstiegen dem Wagen am Eingang zu den Tribünen, dann übernahm Pinckney die Zügel. Er übergab den Wagen einem Reitknecht und ging die Treppe zur Schiedsrichterbühne hoch.

Ein frischer Wind wehte vom Fluß herüber. Er spielte mit den Fähnchen auf den bunten Zelten, in denen sich die Reiter aufhielten und roch nach dem fauligen Schlick des Ufers. Erwartungsfroh tummelten sich die Menschen auf den Zuschauertribünen. Heute gehörte die Rennbahn den alteingesessenen Bewohnern der Stadt. Nur die Mitglieder des Charleston Club und deren Gäste waren zum Turnier eingeladen worden.

Um Punkt zehn Uhr ritten drei Herolde auf die weite Rasenfläche in der Mitte der ovalen Rennbahn. Sie setzten ihre langen Messinghörner an die Lippen und brachten mit den klaren, feinen Tönen, die sie aus ihren glänzenden Musikinstrumenten hervorzauberten, die Massen auf die Beine. Tosender Beifall und Jubelrufe brandeten den Reitern entgegen, die einer nach dem anderen auf den Platz ritten. Das helle, warme Sonnenlicht spiegelte sich in einem entfernten See im Park und wurde von den blinkenden Hörnern zurückgeworfen. Ein Meer von goldenen Chrysanthemenblüten säumte den Platz; jede einzelne strahlte in der Sonne. Es war einfach ein herrlicher Tag.

Über dem gepolsterten Brustschutz trug jeder Reiter einen Wappenrock in den traditionellen Farben seiner Familie. Einst hatten diese Farben während der Rennwoche auf den Stallungen geprangt und angezeigt, zu welcher Familie die entsprechenden Pferde gehörten. Kühne Entwürfe waren darunter, die durchaus ihren mittelalterlichen Vorbildern ähnelten. Jeder Reiter wurde durch einen der Herolde feierlich ausgerufen: »Sir Edward von Darby... Sir David von Legare... Sir Malcolm von Campbell... Sir Charles von Gibbes... Sir John von Cooper...« In Fünferformation ritten die aufgerufenen Reiter dann einmal an den Zuschauertribünen vorbei und schwenkten ihre Hüte.

Es war ein prunkvoller, eitler Aufzug. In dem ritterlichen Gepräge des Turniers kam die Liebe der Südstaatler zu den alten Tugenden der Ritterlichkeit zum Ausdruck. Vor dem Krieg hatten die Reiter Gewänder aus reich mit Gold besticktem Silberbrokat getragen. Alle hatten sie prachtvolle Landgüter gehabt. Jetzt besaßen die meisten von ihnen kein Land mehr. Aber immer noch trugen sie ihren ehrwürdigen Familiennamen. Das genügte, um ihren zusammengeflickten Wappenröcken etwas von dem alten Glanz zu verleihen.

»Wenn ich gewußt hätte, daß Pinny nicht reitet, hätte ich mir selber die Zeit genommen, mich auf das Turnier vorzubereiten«, meinte Stuart. »Auch die Farben der Tradds sollten hier zu sehen sein.«

»Aber das sind sie doch«, entgegnete Lucy. Sie zeigte auf die Schiedsrichtertribüne. Auf ihrem Dach flatterten die Flaggen der Schiedsrichter majestätisch im Wind.

»Welche ist denn unsere?« fragte Lizzie.

»Die grün-goldene«, antwortete Stuart.

Auf dem Familienbanner der Tradds konnte man die Silhouette eines Schiffes mit Mast und Segel erkennen. Lizzie lachte erfreut auf. Sie kannte die Geschichte dieses Schiffes. 1670 hatte es eine Gruppe von sechsunddreißig Abenteurern nach South Carolina gebracht. Zu ihnen gehörten Charles Tradd und seine junge Frau Elizabeth. Kurz nachdem rund

390

um die Siedlung die Palisaden errichtet worden waren, war Charles bei einem Indianerangriff getötet worden. Elizabeth hatte nie davon erfahren; sie starb etwa zur gleichen Zeit auf dem Kindbett, als sie einem Sohn das Leben schenkte, dem ersten Menschen, der in Charles Towne, wie die Stadt damals hieß, geboren wurde. Andere Siedler zogen das Kind bei sich auf. Ihm zu Ehren war eine der ersten Straßen der Stadt Tradd Street genannt worden.

»...Sir Harold von Pinckney... Sir Louis von Ravenel... Sir Lucas von Cooper... Sir Robert von Rhett...« Lizzies Herz tat einen Sprung. Seit sie nach ihrem Ausflug zum Landgut der Wraggs zurückgekehrt war, hatte sie Lucas nicht mehr gesehen.

Er trug einen streng gemusterten schwarz-weißen Wappenrock und hatte einen zerbrochenen Bogen und Pfeil als Zeichen. Die weiten Ärmel seines weißen Hemdes flatterten im Wind. Große schwarze Stiefel verstärkten das Weiß seiner Kniehosen. Als er an den Zuschauertribünen entlangritt, ließ er sein Pferd ein paar Mal in die Luft springen. Anmutig schwenkte er seinen schwarzen Hut mit der roten Feder und schaute dabei Lizzie direkt an. Mit einer eleganten Bewegung führte er den Hut zu seinem Herzen. Lizzie fühlte sich ganz benommen. Die Herolde fuhren fort, die Reiter anzukündigen. Lizzie hörte nur noch das Rauschen ihres Blutes in den Ohren und das Hämmern ihres Herzens.

»Wieso hast du das gemacht?« fragte John Cooper seinen Vetter, als Lucas die Reiter erreichte, die sich bereits am Ende der Rasenfläche aufgestellt hatten.

»Wovon redest du?« fragte Lucas zurück. Er lachte.

»Du hast Lizzie deutlich deine Absichten zu erkennen gegeben! Ich könnte dich wirklich umbringen!« Johns Stimme zitterte vor Wut.

»Vielleicht hast du ja gleich eine Gelegenheit dazu. Wir gehören nicht zur selben Mannschaft.« Lucas galoppierte davon. Der Einzug war vorbei. Jetzt begannen die Wettkämpfe. Die Reiter hatten sich inzwischen in zwei Gruppen zu je vierunddreißig Männern aufgeteilt, die sich in zwei langen, weit voneinander entfernten Reihen gegenüberstanden. Die Menge wartete gespannt, bis der Herold zum Angriff blies.

In makelloser Formation ritten die Reihen langsam vorwärts; die Lanzen standen noch senkrecht in die Höhe. Dann beschleunigten die Reiter. Die Erde erzitterte vom Hufschlag Dutzender Pferde. Auf halbem Weg zur Mitte des Platzes wurden die Lanzen gesenkt, die Pferde zu größerer Schnelligkeit angetrieben. Der Angriffsschrei der Rebellen drang aus den Kehlen der Reiter; er übertönte noch den Donner der Hufe der jetzt galoppierenden Pferde. Auf den Tribünen hielten sich einige Zuschauerinnen die Augen zu, andere schrien laut auf, waren aber in dem allgemeinen Tumult kaum zu hören.

Die Reiter stießen aufeinander, die gegeneinander gerichteten Lanzen krachten zusammen. Einen Augenblick lang herrschte wildes Durcheinander, dann ritten die Reiter, die oben geblieben waren, bereits zu den beiden Seiten des Platzes hin und verlangsamten den Schritt ihrer Pferde. Hinter sich ließen sie einen Haufen überall auf dem Boden verstreuter Lanzen zurück. Die vom Pferd gestoßenen Reiter kamen benommen auf ihre Beine, taten so, als hätten sie fürchterliche Verwundungen davongetragen und suchten ihre Hüte. Schon war das Spektakel vorbei; es erschien wie ein Wunder, daß keiner ernsthaft verletzt worden war.

Die Mannschaft, in der John Cooper mitgeritten war, hatte diese Runde gewonnen. Bei ihnen waren vierzehn Reiter heil durch das Getümmel gekommen; auf der Gegenseite waren es nur dreizehn gewesen. Die erfolgreichen Männer trabten durch einen wahren Blütenregen, den die Zuschauer für sie bereithielten. Die Herolde riefen: »Das Bankett beginnt!«

Es fand auf der großen Rasenfläche statt. Hastig hatten die Gehilfen Tische und Bänke aufgestellt. Das Essen bestand aus Brathühnchen und Teigröllchen, die jedem Gast in einem verzierten Papiersäckchen gereicht wurden. Die Servietten waren aus Kattun, der Punsch war eher ein Eistee, die Stimmung jedoch hätte nicht festlicher sein können, selbst wenn es Fasan und Champagner gegeben hätte.

Das eigentliche Turnier begann um zwei Uhr. Nach dem ausgedehnten, geselligen Beisammensein an den Tischen waren die Zuschauer und die meisten Reiter in ausgelassener und fröhlicher Stimmung. So ein Turnier war ja tatsächlich nicht ganz ungefährlich. Man erinnerte sich nur zu gut daran, daß sich früher immer wieder vereinzelte Reiter etwas gebrochen hatten; einer hatte vor dem Krieg sogar ein Auge verloren. Eigentlich war es jedoch die Geschicklichkeit des einzelnen, die einer Prüfung unterzogen wurde. Dramatische Ereignisse wurden von keinem erwartet oder angestrebt. Auf den Tribünen gab es immer einige, die auf einen Gewinner setzten, aber die Einsätze waren gering. Jede junge Frau hegte die Hoffnung, vom Gewinner des Turniers gekrönt zu werden, aber keine zeigte, daß sie es wirklich erwartete. Lucy Anson erlaubte sich, öfters an die Ereignisse auf dem Turnier vor fünfzehn Jahren zu denken.

Gegenüber den Zuschauertribünen standen drei galgenähnliche Holzgestelle neben der Rennbahn auf dem Gras. An jedem dieser Gestelle hielten sich berittene Jungen mit Taschen voller verschieden großer Ringe bereit. Am weit ausladenden Arm des Holzgestells hing bereits der erste Ring.

»Er hat einen Durchmesser von sechzehn Zentimetern«, erzählte Lizzie. Sie war inzwischen durch Pinckneys geduldige Ausführungen fast so etwas wie eine Expertin geworden. Lucy nickte. Sie wirkte sehr verträumt.

Der erste Reiter, Ned Darby, wurde vom Herold angekündigt. Der Beifall, der ihm entgegenschlug, honorierte, daß er die siegreiche Mannschaft vom Vormittag angeführt hatte.

Ned Darby winkte dem Publikum zu; dann ließ er sich seine Lanze geben, richtete sie aus, rückte sich zurecht und überprüfte seinen Griff, sprach kurz mit seinem Pferd, trieb es mit den Füßen an und galoppierte los.

»Man muß sehr schnell reiten. Das ist wichtig«, meinte Lizzie. »Trödelt man herum, gibt man ein schlechtes Bild ab.«

Ned Darby verfehlte den ersten Ring; die beiden anderen spießte er auf seine Lanze. Höflicher Beifall erhob sich. »Ich glaube, wir sollten den Reitern mehr zujubeln«, meinte Lizzie. Unten ersetzten die Jungen die fehlenden Ringe.

Es dauerte bis weit nach halb vier, bis der letzte der siebenundzwanzig Reiter, die in dieser Runde gegeneinander antraten, sein Glück versucht hatte. Die langen Schatten der Holzgestelle waren inzwischen fast bis zu den Zuschauertribünen gewandert. Elf Reiter kamen in die nächste Runde.

»Jetzt sind die Ringe nur noch zehn Zentimeter groß«, sagte Lizzie laut. Stuart rief ihr zu, sie solle endlich den Mund halten.

Von den Tribünen aus wirkten die Ringe ungeheuer klein. Die wachsende Spannung führte dazu, daß beim Publikum das Geplauder und Gelächter erstarb und einem gespannten Schweigen Platz machte.

»Wie aufregend!« Lizzie bemühte sich, nicht zu auffällig nach dem goldenen Haarschopf Lucas Coopers Ausschau zu halten.

»Pst!« drang es von Stuart herüber.

Die Herolde kündigten die zweite Runde an.

Lizzie kannte neben John und Lucas Cooper noch zwei weitere Reiter. Ihre Hände ballten sich zusammen. Sie fieberte dem spannendsten Teil des Wettkampfes entgegen, freute sich darauf, die Kandidaten anfeuern zu können.

Das Ergebnis der zweiten Runde war ungewöhnlich gut. Auf der Schiedsrichtertribüne wurde man allmählich nervös. Fünf Reiter hatten alle drei Ringe heruntergeholt! Das war das beste Ergebnis, das jemals bei diesem Turnier erzielt worden war. Und es brachte den ganzen Zeitplan durcheinander. Es war fast fünf Uhr; die Schatten waren schon über die halbe Zuschauertribüne hochgekrochen.

Trompeten kündigten die dritte Runde an.

»Sir John von Cooper«, rief der Herold. Ab jetzt war jeglicher Applaus fehl am Platze. Die Ringe maßen nur noch fünf Zentimeter! Mit dem Schweigen zollte man der ungeheuren

Konzentration Respekt, die der Reiter bei dieser Runde aufbringen mußte.

John Coopers Mund war nur noch ein schmaler Strich. Ein letztes Mal verlagerte er seinen Griff. Mit seiner linken Hand tätschelte er den Nacken Caesars. Dann spannten sich seine Muskeln, er beugte sich nach vorne und raste die Bahn entlang.

»Herr im Himmel«, entfuhr es einem älteren Mann, der hinter Stuart stand, »kann dieser Junge reiten!«

Lizzie hielt den Atem an. Johns Lanze traf den ersten, von der Zuschauertribüne kaum noch erkennbaren Ring. Ein Raunen ging durch die Menge. Der zweite Ring. Die Spannung in der Menge war fast greifbar.

Der dritte Ring! Alle waren auf den Beinen und jubelten. Johns Gesicht entspannte sich zu einem breiten Lächeln; fröhlich winkte er dem Publikum mit seinem Hut zu; das Geschrei der Menge verstärkte sich.

»Sir Alan von Stoney«, brüllte der Herold, so lautstark er konnte. Seine Stimme ging im Jubel der Massen fast völlig unter. Er versuchte es erneut. »Sir Alan von Stoney!« Die Leute stießen sich an, brachten sich gegenseitig zum Schweigen und setzten sich wieder. »Sir Alan von Stoney«, rief der Herold zum dritten Male. Dann herrschte wieder Stille.

Alan Stoney verpaßte den ersten Ring, senkte die Lanze vor John als Zeichen seiner Niederlage und ritt von der Bahn weg. Höflicher Applaus erscholl.

Sir Malcolm von Campbell verpaßte ebenfalls den ersten Ring und trat in vollendeter Haltung ab. Charlie Gibbs erwischte den ersten Ring; jeder in der Menge beugte sich gespannt nach vorne. Auch der zweite Ring wurde von seiner Lanze aufgespießt; die Menge hielt den Atem an. Doch dann glitt er wieder von der Lanze herunter, bevor er den dritten Ring erreichte. Ein kollektiver Seufzer des Mitgefühls ging dem lauten Beifall voraus. Charlie schüttelte seine Faust über dem im Staub liegenden Ring; die Spannung des Publikums entlud sich in einem allgemeinen Gelächter.

395

Jetzt stand die Sonne so tief, daß viele Zuschauer fast geblendet wurden. Die Leute hielten sich die Hand an die Stirn, damit sie noch etwas erkennen konnten. »Sir Lucas von Cooper!« sagte ein Herold.

Das rote Symbol der Niederlage, die er den Indianern beigebracht hatte, flammte in der schrägstehenden Sonne auf seiner Brust. Ohne sichtbare Vorbereitung ritt er los. Die meisten Zuschauer hatten noch gar nicht begriffen, daß er bereits unterwegs war, da hingen schon zwei Ringe an seiner Lanze. Eine undeutliche Bewegung, dann waren es drei. Ein langgedehntes »Aaaah!« ging durch die Menge. »Du lieber Himmel«, hörte Stuart den Mann hinter sich ehrfürchtig ausrufen. Frenetischer Beifall brach los.

Lizzie merkte, daß sich ihre Hände so fest ineinandergekrallt hatten, daß die Finger ganz blutleer geworden waren.

Ein neuer Satz Ringe wurde aufgehängt. Lucas und John ritten über den Rasen zum Ausgangspunkt zurück.

Die Herolde ließen ihre Hörner erklingen. »Die Schiedsrichter bitten darum, mit dem Applaus zu warten, bis beide ihre Aufgabe ausgeführt haben. Sehr geehrte Damen und Herren, wir bitten in dieser ungewöhnlichen Situation um Ihre stille Aufmerksamkeit... Sir John von Cooper!«

Das Sumpfland westlich der Rennbahn färbte sich bereits rosa. Kein Lüftchen regte sich. Oben am Himmel flogen die Möwen in Scharen zu ihren Nistplätzen zurück. Ihre Schwingen warfen scharf umrandete, schwarze Schatten auf den aufglühenden Fluß. Caesars kräftige Beine flogen über die glatte, dunkle Bahn. Eins... zwei... drei Ringe! Irgend jemand stieß einen Ruf aus und wurde sofort von den Umstehenden zum Schweigen gebracht. Lucas lachte. Sein Haar wirkte im schwächer werdenden Licht ganz farblos. Eins... zwei... drei Ringe! Erst eine betäubte, ungläubige Stille, dann urplötzlich ein Höllenlärm, Beifall und Jubelrufe.

»Was sollen wir jetzt tun?« fragte einer der Schiedsrichter.

»Wir können nicht viel tun«, meinte ein zweiter. Er gab

den Jungen mit den Ringen ein Zeichen. Sie ritten zu den Holzgestellen hin.

John Cooper gab seinem Pferd die Sporen, um seinen Vetter noch zu erreichen. »Luke«, sagte er, »ich habe dich nie um einen Gefallen gebeten, aber jetzt muß ich es tun. Für dich ist das Ganze nur ein Spiel, aber für mich hängt alles, was ich mir je erträumt habe, davon ab, wie es ausgeht. Ich muß einfach gewinnen.«

Lucas hob seine Augenbrauen. Das rote Licht der untergehenden Sonne ließ seine Narben deutlicher hervortreten als sonst. »Warum?« fragte er knapp.

John wurde bleich. »Wenn ich Lizzie die Krone aufsetze, werde ich sie gleichzeitig um ihre Hand bitten. Pinckney ist damit einverstanden; ich habe ihn bereits gefragt.«

Lucas lächelte. »Das ist eine tolle Idee. Einem Sir Lancelot kann sie ja nur schwerlich einen Korb geben... Du willst also, daß ich verliere, ja?«

John schüttelte den Kopf. »Ich denke nicht, daß man sagen kann, du hast verloren. Aber ich muß diesmal der Gewinner sein.«

Lucas lachte auf. »Tut mir leid für dich, Vetter, aber ich werde dich schlagen müssen.«

»Bei Gott, Luke, warum nur? Der Sieg bedeutet dir doch gar nichts.«

»Ich kämpfe eben gerne, Vetter John. Und ich gewinne gerne.«

Johns dunkle Augen verengten sich. »Wenn du den Kampf haben willst, dann kannst du ihn haben. Dieses Mal bin ich der Gewinner!« Er ging in seine Startposition.

Der Himmel war mittlerweile in ein tiefes Rot getaucht, dünne violette Wolken waren am Horizont sichtbar. Dann erlosch die Glut. Erst leuchtete der Himmel orange, dann aprikosenfarben, pfirsichfarben, und schließlich im zarten Rosa der Muscheln. Auf den Zuschauertribünen sah man nur noch eine dunkle Masse, die ganz erstarrt dem unglaublichen Schauspiel folgte. Noch einmal ritten die Coopers los, wieder schafften es beide, alle drei Ringe zu durchstechen. In der wachsenden Dunkelheit wiederholte sich das noch ein zweites und dann ein drittes Mal. Es war inzwischen fast unmöglich, die Ringe noch zu erkennen, und doch hatten beide Männer am Ende die drei Ringe auf ihrer Lanze stecken. Der Hufschlag und die quietschenden Steigbügel wirkten in der spannungsgeladenen Dämmerung unnatürlich laut. Die Szene hatte etwas Unwirkliches. Die Jungen mit den Ringen zündeten Fackeln an, um überhaupt noch etwas sehen zu können und setzten sich wieder hinter den Holzgestellen auf ihre Pferde, die lodernden Fackeln hoch in ihren Händen.

John Coopers Arm zitterte von der stundenlangen Anspannung. Mit einer übermenschlichen Willensanstrengung beruhigte er sich. Caesar schüttelte sich den Schaum vom Maul, dann reagierte er sofort wieder auf den Klang von Johns Stimme und den Druck seiner Knie. Eins... zwei... Caesar stolperte leicht... fing sich wieder... drei Ringe! Lucy Ansons Wangen waren tränenüberströmt. Lizzie starrte bewegungslos auf die Rennbahn. Sie war wie in Trance. Lucy nahm ihre kalten Hände und rieb sie wieder warm.

Lucas war das Lachen vergangen. Sein Wappenrock hatte trotz der dunklen, kühlen Nacht deutlich sichtbare Schweißflecken bekommen. Sein Körper bewegte sich in vollendeter Einheit mit dem Pferd, als wäre beides nur ein einziges Lebewesen. Eins... zwei... drei Ringe.

Die Jungen mit den Ringen ritten ratlos zur Schiedsrichtertribüne und fragten, was sie machen sollten.

Von den Zuschauertribünen hörte man leise Gespräche. Die Menschen versuchten, ihre Spannung zu artikulieren. Es klang wie entferntes Insektensummen. John Cooper hing seine Lanze in die Schlingen und trabte ebenfalls zu den Schiedsrichtern herüber. Das Geraune auf den Rängen verstärkte sich.

Dann kam John zusammen mit den Jungen wieder zum mittleren Holzgestell zurück. Ihre Fackeln ließen einen diamantbesetzten Hochzeitsring aufblitzen, den John aus seiner

Tasche zog. Er hängte ihn an den Haken. Das Licht der Fackeln verwandelte ihn in einen Kreis aus kleinen, funkelnden Regenbögen.

John führte Caesar im Schritt in die Dunkelheit des Startplatzes zurück. »Sie sind darauf eingegangen«, sagte er zu Lucas. »Wenn ihn keiner von uns bekommt, dann wird es zum ersten Mal ein Unentschieden geben. Das wäre zwar etwas unbefriedigend, aber so soll es sein.«

Lucas ließ nur ein Grunzen von sich hören.

John lächelte. Er brachte Caesar in Ausgangsstellung und hob seine Lanze.

In vollem Galopp tauchte er im Licht der Fackeln auf. Seinen Hut hatte er abgesetzt; sein dunkles Haar verschmolz mit der Nacht. Er erschien unbezwingbar. »Er lächelt«, flüsterte Lizzie. »Er schafft es!« Die Lanzenspitze berührte den blitzenden Kreis, dann tauchte sie wieder in die Dunkelheit. Hinter ihr glitzerte unverändert der Ring. »Oh!« Lizzie stieß einen überraschten Seufzer aus. Sie fühlte, wie ihr die Tränen in die Augen schossen. Da kam Lucas ins Licht. Er hatte Hut und Wappenrock abgelegt, raste als strahlendweiße Erscheinung dahin. Sein goldenes Haar glänzte im Licht der Fackeln. Dann erwischte er den Ring, im nächsten Moment war er mit ihm in der Dunkelheit verschwunden. Und mit ihm der funkelnde Ring.

Die Zuschauer waren wie erstarrt, konnten nicht glauben, was sie da gesehen hatten. Dann ging ein erlösendes Seufzen durch die Menge. Plötzlich merkten alle, ‚wie sehr sie unter Spannung gestanden hatten. Ein ohrenbetäubender Applaus brach los. Die Jungen zündeten rund um die Rennbahn und hinter den Tribünen unzählige Fackeln an. Auf der Schiedsrichtertribüne hob Pinckney den Blumenkranz hoch, mit dem Lucas belohnt werden sollte. Die jungen Damen im Publikum rutschten unruhig auf ihren Sitzen hin und her; man konnte das Rascheln ihrer Röcke hören und ein undeutliches Gemurmel, mit dem sie sich gegenseitig fragten, wer denn wohl die Auserwählte sein würde. Mary

399

Humphries Mutter befahl ihrer Tochter, sich gerade hinzusetzen.

Lucas tauchte wieder auf der Bahn auf. Tosender Jubel schlug ihm entgegen. Die Herolde stimmten ein Triumphlied an. Pinckney ging bis vorne ans Geländer der Schiedsrichtertribüne. Lucas ritt daran vorbei, zügelte sein Pferd und ließ behutsam die Lanze mit der funkelnden Spitze in Lizzies Schoß sinken. Der Ring rutschte herunter und verlor sich in den Falten ihres Rockes. Sie nahm es gar nicht wahr. Ihre Augen waren ganz im Blick Lucas' versunken.

Buch Sechs

1878–1882

35

»Warum kann ich denn nicht in der ersten Januarwoche heiraten? Das sind noch drei Monate. Es kann doch unmöglich mehr als drei Monate dauern, einen Kuchen zu backen.«

Lucy preßte ihre Lippen zusammen. »Ich bin nicht bereit, mit dir darüber zu sprechen, solange du diesen Ton anschlägst, Lizzie!«

Lizzie brach in Tränen aus. Sie schlang ihre Arme um Lucys Hals. »Es tut mir leid«, schluchzte sie.

Lucy tätschelte ihre Schulter, bis sie sich wieder beruhigt hatte. »Willst du mir jetzt zuhören?«

»Ja, Ma'am«, antwortete Lizzie.

»Okay. Lucas hat mit Pinckney gesprochen, und Pinckney hat ihm verziehen, daß er ein so schändliches Verhalten an den Tag gelegt hat.«

»Es war wie in den alten Geschichten, richtig romantisch!«

»Das war es in der Tat. Aber gleichzeitig war es auch äußerst ungehörig. Er hätte vorher Pinckney um seine Zustimmung bitten müssen, und dir nicht vor den Augen von über sechshundert Leuten einen Heiratsantrag machen dürfen. Wie dem auch sei, was geschehen ist, läßt sich nicht mehr rückgängig machen. Vor allem ist es jetzt erst einmal wichtig, daß Lucas Arbeit findet, bevor er dich heiratet. Auch wenn die ganzen schönen Romane es anders erzählen, man lebt nicht nur von der Liebe allein.«

»Lucas sagte, er würde gerne Pinckney helfen. Dann hat er doch Arbeit.«

»Ja, meine Liebe. Aber in Lucas steckt höchstwahrscheinlich noch viel mehr. Immerhin hat er ein Ingenieursstudium absolviert. Heutzutage geht fast keiner aus Charleston mehr zum College. Er sollte besser eine Stellung finden, bei der er seiner Ausbildung entsprechend verdient. Pinny wird ihm kein großes Gehalt zahlen können.« Lucy erwähnte nicht, daß Shad Simmons seit einiger Zeit systematisch versuchte, der Tradd-Simmons Phosphatgesellschaft zu schaden, indem er dafür sorgte, daß immer mehr Aufträge an die großen Kunstdüngerfirmen des Nordens gingen, die das wirtschaftliche Rückgrat Charlestons zum größten Teil aufgekauft hatten. Zahlreiche Abnahmeverträge waren in letzter Zeit nicht mehr erneuert worden. Pinckney hatte schon etliche Arbeiter entlassen müssen.

Lizzie seufzte. »Dann muß ich eben noch etwas warten.«

»Ich weiß, es ist schwer, aber laß dir eines sagen: Es ist eine ganz besondere Zeit, versprochen, aber noch nicht verheiratet zu sein. Du solltest nicht versuchen, das so schnell wie möglich hinter dich zu bringen. Bist du denn nicht glücklich?«

»O doch!«

»Was willst du dann noch mehr?«

»Ich wäre so gerne auf dem Ball die Braut gewesen, mit der das ganze Fest eröffnet wird.«

Lucy mußte lachen. »Ich dachte mir, daß es etwas damit zu tun hat. Mach dir keine Gedanken darüber, daß du etwas verpassen könntest. Sally und Miles Brewton kommen im Januar wieder nach Charleston zurück. Das wird dann das Ereignis des Monats sein; die beiden werden es sein, die die Aufmerksamkeit der Leute auf sich ziehen, nicht die Braut.«

»Das ist also Lizzie!« Sally Brewton schaute an der großen, jungen Frau hoch. »Das Glück der Tradds steht auf deiner Seite, mein Kind, da bin ich mir ganz sicher.« Ihre hellen Augen wanderten zu Lucas. »Dasselbe gilt für Sie, junger Mann. Sie können von Glück sagen, daß ich nicht vierzig Jahre jünger bin. Ich würde Sie sofort in meinen Schrank sperren.«

Lucas küßte ihre winzige Hand. »Da bräuchten Sie kein Schloß, Ma'am!« Sallys bauchiges Lachen tönte durch den ganzen Raum.

Wie immer war Sally Brewtons Party *das* Ereignis. Die jün-

403

geren Gäste hatten noch nie so etwas erlebt. In allen Räumen waren die Tische mit scharlachroten Tüchern überzogen, kleine Pyramiden aus Zitronen hielten die Kerzen in ihrer Mitte fest; die Kaminsimse waren mit scharlachroten Kamelienblüten übersät; die feinen Kerzen in den Leuchtern verströmten einen leichten Zitronenduft. Die Speisekarte versprach ein sechsgängiges Menü mit allen Raffinessen, dazu die entsprechenden edlen Tropfen.

»Du solltest dich schämen«, meinte Sallys alte Freundin Emma Anson. »In diesen Zeiten hat jeder in Charleston, der das Glück besitzt, etwas Geld übrig zu haben, genug Anstand, um es nicht zur Schau zu stellen. Einige unserer Freunde sind immerhin inzwischen so arm, daß sie kaum noch genug zum Essen haben.«

»Das weiß ich wohl, Emma. Ich bewundere diese Einstellung auch. Aber es kratzt mich herzlich wenig. Dies ist mein Abgesang. Ich will, daß die Leute mich als unbescheiden in Erinnerung behalten, und ich will, daß sie meine Partys vermissen.«

Mrs. Anson blickte aufmerksam auf das geschickt aufgetragene Rouge und das Puder in Sallys Gesicht. Keiner konnte erkennen, wie es um sie stand. »Weiß Miles eigentlich Bescheid?«

»Ja. Er hat Himmel und Hölle in Bewegung gesetzt, um diesen Halunken Canby aus unserem alten Haus herauszubekommen. Die Truppen wollen Charleston trotz der Versprechungen, die Hayes letztes Jahr gemacht hat, erst im März verlassen. Ich hätte es aber nicht ertragen, fern der Heimat zu sterben.«

»Die Menschen werden dich vermissen, Sally, nicht bloß deine Partys. Was ist es denn? Das Herz?«

»Nein. Krebs. Ist es bei dir das Herz?«

»Ja. Woher weißt du das?«

»Nun, wir sind wie Schwestern füreinander, nicht wahr? Ich weiß es eben. Ich sehe sogar, daß du es Joshua nicht erzählt hast. Er ist fröhlich wie ein kleiner Junge.«

»Der Ball und die Rennwoche sind einfach das Größte für ihn. Da wollte ich ihm die Freude nicht nehmen.«

»Liebe Emma, ich frage mich, ob unsere Männer überhaupt ohne uns klarkommen werden.«

Emma Anson lachte boshaft auf. »Sie werden wahrscheinlich innerhalb eines Jahres erneut heiraten.«

»Wahrscheinlich eine der Debütantinnen. Nun, dann werde ich mich höchstpersönlich in der Hochzeitsnacht als Geist zwischen Miles und seine neue Braut schieben! Emma, ich muß noch weiter.«

»Nur zu! Laß uns vor Ende des Balls noch ein Weilchen zusammensitzen!«

»Abgemacht. Ich werde inzwischen den guten Joshua von Mary Humphries' Dekolleté wegreißen.« Sally ging zu Emmas Tochter herüber. »Du bist ein Narr, Lucy Anson«, meinte sie schließlich. »Charleston ist nie ein besonders puritanischer Ort gewesen. Keiner würde dich schief ansehen, weil du dich mit Pinckney zusammengetan hast, solange ihr beide die Diskretion wahrt. Ich hörte es bis nach Europa, daß ihr euch verliebt habt. Wenn du sowieso schon in Verdacht stehst, mit ihm dein Bett zu teilen, dann kannst du dir das Vergnügen auch gönnen.«

Lucys Antwort überraschte die ältere Frau. »Ich würde splitternackt die Meeting Street auf meinen Händen herunterlaufen; es wäre mir völlig gleichgültig, was die Leute davon halten. Aber Pinckney ist zu anständig. Andrew ist sein Vetter und war einmal sein bester Freund. Für Pinny muß die Beziehung so bleiben, wie sie ist; andernfalls könnte er sich selbst nicht mehr in die Augen sehen.«

»So sehr liebst du ihn? Denkst du nicht manchmal heimlich an andere Männer? Du bist immer noch eine attraktive Frau. Wie alt bist du eigentlich?«

»Ich bin verblendete einunddreißig Jahre alt.«

Sally Brewton gab ihr einen Kuß. »Ich wünschte, ich hätte dich besser gekannt, Lucy. Du erinnerst mich ein bißchen an mich selbst. Ich werde die Tischordnung ein wenig verändern, so daß wir gleich automatisch zusammensitzen, ja?«

Später erzählte Sally ihrer Freundin Emma, daß sie sich nicht wegen Joshua sorgen müsse. »Lucy ist eine gescheite Frau, ob du das nun zugibst oder nicht. Sie wird gut auf Joshua aufpassen, wenn du einmal nicht mehr da sein solltest.«

Sally Brewton starb Ostersonntag. Der Leichnam ihres Mannes wurde neben ihrem Bett auf einem Stuhl gefunden. Er hatte sich kurz nach ihrem Tode selber vergiftet. Sie wurden begraben, wie sie gestorben waren: mit ineinander verschränkten Händen.

Lizzie war wütend. Ihre Hochzeit war schon den Sonntag danach und sie wollte nicht, daß die Leute dann immer noch um Sally trauerten.

»Sally ist nicht jemand, um den die Leute trauern müssen, Lizzie«, erzählte ihr Lucy. »Sie ist jemand, an den sich die Menschen immer wieder gerne erinnern, sie gehört zum Glück der Menschen und dieser Stadt einfach dazu. In ihrer Gegenwart ist nie Trauer aufgekommen. Und so wird es auch sein, wenn wir ihrer gedenken. Komm, laß uns das Tischchen auf die andere Seite des Fensters schieben.«

Sie waren gerade dabei, die letzten Handgriffe zur Einrichtung des Hauses zu tun, das Lucas auf der Church Street gemietet hatte. Es war ein sehr kleines Haus. Lucas hatte schließlich doch bei der Tradd-Simmons Phosphatgesellschaft zu arbeiten begonnen, daher konnte er sich vorerst kein größeres Zuhause leisten. Lizzie liebte das Haus; für sie war es wie eine riesige Puppenstube. Julia hatte ihnen zur bevorstehenden Hochzeit ein paar Möbel geschenkt, unter ihnen ein riesiges Bett, dessen vier Pfosten in kunstvoll geschnitzten Reisrispen endeten.

»Genau hier«, meine Lucy. »So sieht es doch schon viel besser aus, finde ich. Dann kannst du es noch vom Bett aus erreichen. Man kann auch eine Kerze daraufstellen – für den Fall, daß du nachts einmal aufstehen mußt. Die läßt sich auch viel einfacher entzünden als eine Gaslampe. Und ist dazu noch sparsamer!«

»Tante Lucy...«

»Was ist, Lizzie?«

»Ich glaube, es ist vielleicht nicht richtig, dich danach zu fragen, aber... Ich meine, du bist nicht meine Mutter. Aber ich will doch gerne wissen, was in der Hochzeitsnacht passieren wird. Ich habe Annabelle danach gefragt, aber sie hat nur sehr eitel und besserwisserisch geguckt und mir kein bißchen verraten. Ich weiß, daß etwas Wichtiges in der Hochzeitsnacht geschieht, aber ich weiß einfach nicht, was.«

Lucy suchte nach den richtigen Worten.

»Du brauchst nicht darauf antworten, Tante Lucy«, meinte Lizzie schnell. »Es tut mir leid, wenn ich dich in Verlegenheit gebracht habe.«

Lucy umarmte sie. »Ich bin nicht verlegen, Liebes, ich habe nur gerade darüber nachgedacht, wie ich es dir erzählen kann, so daß du auch verstehst, worum es geht. Wenn ein Mann und eine Frau einander lieben, dann ist das so schön und so wundervoll, daß es keine Möglichkeit gibt, es mit Worten zu beschreiben. Es ist mehr etwas, das man fühlt. Lucas wird wissen, wie man es anstellt. Die Männer kennen sich in diesen Dingen besser aus. Du brauchst dir also keine Sorgen zu machen. Bring ihm einfach deine ganze Liebe entgegen und teile die zauberhafte Nacht mit ihm.«

»Carolines Schwester hat erzählt, es tut weh.«

»Das ist Unsinn. Du fühlst dich im ersten Moment vielleicht etwas schüchtern, und für einen kleinen Augenblick fühlt man auch einen kurzen Schmerz; danach denkst du nicht mehr daran, so glücklich macht es dich!«

Lizzie seufzte selig. »Ich kann mir kaum vorstellen, noch glücklicher zu werden, als ich es bereits bin. Jeden Tag zwicke ich mich in meine Wange, um sicherzugehen, daß es nicht nur ein Traum ist und um zu merken, daß es wirklich wahr ist, daß Lucas mich heiraten will.«

»Du liebst ihn sehr, nicht wahr?«

»Mehr als alles auf der Welt. Er braucht nur in den Raum zu kommen, dann fange ich an zu zerfließen. Du kannst dir nicht vorstellen, wie schön es ist.«

Ich weiß, wie schön es ist, dachte Lucy. Sie behielt es jedoch für sich und schlug Lizzie statt dessen vor, mit ihr noch einmal in Küche und Wohnzimmer nach dem Rechten zu sehen.

Auf beiden Seiten der Unmassen von Lilien und Rosen brannten große Kerzen. Die Nachmittagssonne fiel schräg durch die hohen Fenster auf der Galerie. Die beiden rotgoldenen Haarschöpfe der Tradds und Lucas Coopers gelbgoldenes Haar daneben wirkten im Licht der Sonne wie kostbares Metall. Caroline und Kitty standen dem Brautpaar und Pinckney zur Seite. Caroline hielt den Blumenstrauß für die Braut und das für sie als Brautjungfer gedachte Bukett fest. Mary Tradd-Edwards weinte ergriffen, als ihr Mann die Hochzeitszeremonie für ihre Tochter abhielt.

»Liebe Gemeinde, wir sind heute hier im Angesicht Gottes zusammengekommen, um diesen Mann und diese Frau durch den heiligen Stand der Ehe miteinander zu verbinden.«

Lizzie, die angekündigt hatte, sich nach der Heirat auf Lucas' Wunsch hin nur noch Elizabeth nennen zu lassen, schaute auf Adam Edwards' Lippen. Sie fürchtete, eventuell in ihrem verzückten und etwas vernebelten Zustand den Moment zu verpassen, wo sie ihrem Angetrauten ihr Ja-Wort geben sollte. Sie spürte das Verlangen, Lucas anzuschauen, aber noch durfte sie das nicht.

»Elizabeth.« Lizzie hatte den Eindruck, daß ihr Stiefvater, der ihr immer noch völlig fremd war, ihren Namen ungewöhnlich laut aussprach. »Willst du diesen Mann zu deinem dir angetrauten Gemahl nehmen, um mit ihm gemeinsam durchs Leben zu gehen, nachdem ihr durch Gott in den heiligen Stand der Ehe getreten seid? Willst du geloben, ihm zu gehorchen und ihm zu dienen, ihnen zu lieben und zu ehren und ihm in guten wie in schlechten Zeiten zur Seite zu stehen und keinen anderen neben ihm gelten zu lassen? Willst du dich nur an ihn binden, bis daß der Tod euch scheidet?«

»Ja, das will ich!« antwortete Elizabeth.

»Wer gibt diese Frau frei, um sie diesem Mann anzuvertrauen?«

Pinckney trat einen Schritt nach vorne und legte die Hand seiner Schwester in die des Reverend, der sie dann Lucas zu halten gab. Sie schaute durch den dünnen Schleier zu Lucas hoch und lächelte schüchtern. Seine Hand schloß sich fest um ihre zarten Finger.

»Ich, Lucas, nehme dich, Elizabeth, zur mir anvertrauten Frau...«

»Ich, Elizabeth, nehme dich, Lucas, zu dem mir anvertrauten Mann...«

Mein Mann. dachte sie, Freude im Herzen.

Dann konzentrierte sie sich wieder auf Adam Edwards.

»Du hast jetzt vernommen, welche Pflichten dein Ehemann dir gegenüber von jetzt an zu erfüllen hat. Jetzt sollt ihr Frauen genauso hören und lernen, welche Pflichten ihr gegenüber eurem Mann zu erfüllen habt, so, wie es in der Heiligen Schrift geschrieben steht.«

Elizabeth war jetzt völlig bei seinen Worten.

»Ihr Frauen sollt euch dem Willen der euch angetrauten Männer unterwerfen, so wie ihr euch auch dem Willen des Herrn zu unterwerfen habt!«

Ihre Hand grub sich tiefer in die große Hand ihres Mannes hinein. Lucas Griff war fest und zärtlich zugleich.

Der Empfang nach der Hochzeit fand im Garten des Hauses der Familie Tradd statt. Spätblühende Azaleen schmückten ihn mit ihrem tiefen Magentarot; die Kletterrosen, die die alten Ziegelmauern bedeckten, wirkten blaß dagegen. Die von dem ziegelgedeckten Dach des verfallenen Fuhrwerkschuppens üppig herunterrankenden Waldreben verströmten aus ihren langen, schmalen Blüten einen feinen, süßlichen Duft.

Es war ein bescheidener Empfang; nur etwa zweihundert Gäste waren geladen worden. Lavinia Anson-Pennington war das erste Mal seit zehn Jahren wieder in ihrer Heimatstadt und fand alles im Vergleich zu dem, was sie aus Philadelphia kannte, ziemlich provinziell.

Sie war schöner denn je. Ihr hübsches Gesicht mit dem bezaubernden Grübchen und ihren glänzenden, üppigen blonden Lockenschopf wußte sie selbstbewußt ins rechte Licht zu rücken. Sie genoß es, daß jede Frau in Charleston sie um das elegante Kleid beneidete, das ihre immer noch mädchenhafte Figur unterstrich.

»Ja«, meinte sie zu Pinckney, »Ned und ich haben einen kleinen Jungen. Nur dieses eine Kind.« Ihre Lider senkten sich anmutig. »Der Arzt sagte, ich sei zu zart gebaut, um das Ganze noch ein zweites Mal durchzustehen.« In gespieltem Schreck legte sie ihre Hand auf den Mund. »Oh, was sage ich da! Ich vergaß, daß du ja immer noch Junggeselle bist, Pinny. Aber du kannst mir nicht weismachen, daß du nicht in diesen langen Jahren dein Herz an irgendeine Frau verloren hast.« Ihr Grübchen blitzte ihm neckisch entgegen.

Pinckney lächelte und schwieg sich aus. Es entsprach nicht gerade seinem Verständnis vom Umgang eines Gentlemans mit einer Dame, sie über sein Liebesleben aufzuklären. Sollte sie doch glauben, was sie wollte. Als sich noch Ned Pennington zu ihr gesellte und beide vom schönen Leben im Philadelphia zu schwärmen begannen, ergriff Pinckney die erstbeste Gelegenheit, von ihrem Tisch zu verschwinden.

»Ich habe wirklich das Gefühl, von meiner Jugend verfolgt zu werden«, erzählte er Lucy später. »Und ich möchte dabei gar nicht daran erinnert werden, wie viele fast verhängnisvolle Fehler ich in dieser Zeit begangen habe.« Lucy lächelte ihm über den Rand ihres Champagnerglases hinweg zu. Die anderen Gäste waren inzwischen gegangen, und die beiden saßen mitten in dem ganzen Durcheinander, das die Leute auf den Tischen zurückgelassen hatten.

»Ich gehe besser«, meinte sie. »Du mußt müde sein. Und die Dienerschaft sollte Gelegenheit haben, hier sauberzumachen und aufzuräumen.«

»Bleib doch noch, Lucy. Ich will jetzt nicht allein sein. Das Haus ist wie ausgestorben, seit Lizzie weg ist. Laß uns nach drinnen gehen.«

Sie nahmen auf dem Sitzsofa im unbeleuchteten Salonzimmer Platz und saßen dort eine ganze Weile im Dämmerlicht still beisammen. In diesem Licht würde Pinckney das Sprechen einfacher fallen, wußte Lucy. Sie ließ ihre Hand in seine Finger gleiten.

»Ich fühle mich sehr alt«, sagte er nach einer Weile. »Es ist fast so, als wäre mein Leben schon vorbei – nicht auf irgendeine tragische Weise, eher als wenn sich einfach eine Tür geschlossen hätte. Dieser Bursche, der Lavinia für sich gewonnen hat, ist mir völlig fremd. Er kommt mir vor wie ein Narr – er kommt aus einer Welt, die einen schnell zum Narren werden läßt. Für uns war es alles so anders. Erinnerst du dich noch?«

»Ja«, flüsterte Lucy.

»Wir haben nicht erkannt, wie günstig uns das Schicksal eigentlich gewogen war. Vermißt du die früheren Zeiten nicht? Wenn ich mich erinnere, erscheint es mir heute fast wie ein Traum.«

Sie drückte seine Hand. »Jung und närrisch zu sein, ist auch wie ein Traum, Pinny. Da braucht man nicht viel von dem, was wir damals hatten. Lizzie ist genauso glücklich, als wenn es keinen Krieg gegeben hätte, und sie würde nicht glücklicher sein, wenn sie jetzt in einem großen Haus mit einer großen Dienerschaft leben würde und eine Weltreise machen könnte.«

»Du liest schon wieder meine Gedanken, Lucy. Ja, ich trauerte heute um meine kleine Schwester und wünschte, daß sie ein größeres Fest hätte erleben dürfen. Diese kleinen Geschenke, die sich die Leute förmlich vom Mund abgespart haben, so ein mickriges kleines Haus, in dem die beiden leben

411

müssen! Ich hätte ihr gerne mehr geben wollen, aber es war mir nicht möglich.«

»Das sind müßige Gedanken, Pinny. Wir wissen beide, daß du Lizzie dein eigenes Haus gegeben und Lucas die ganze Firma übertragen hättest, wenn ich dich nicht davon abgehalten hätte. Aber das geht einfach nicht. Sie müssen sich ihr eigenes Leben aufbauen, genauso wie ihre Freunde auch. Du kannst ihnen nicht etwas schenken, das sie sich selbst erarbeiten müssen. Die Welt hat sich verändert. Wir werden uns nie so recht daran gewöhnen können, weil wir noch dieser älteren, anderen Welt angehören. Aber Lizzie und Lucas sind ein Teil dieser neuen Welt. Sie kennen es nicht anders, sie sind zu jung, um sich noch an irgend etwas anderes erinnern zu können. Sie werden ihren Weg gehen... Und wir auch. Wir haben uns auf die neuen Verhältnisse eingestellt. Wir können auch in dieser Zeit gut leben.«

»Dieses Leben ist für mich aber kaum erträglich«, rief Pinckney mit plötzlicher Leidenschaft aus. »Ich hasse es. Es ist so konturlos geworden.«

»Mein Guter, es erfordert einen ungeheuren Mut, sich auf die Eintönigkeit des Lebens einzulassen. Mir fällt das nicht so schwer. Ich bin eine Frau, und Gott hat uns die Fähigkeit, Gegebenes zu erdulden, in die Wiege gelegt. Dir steht jedoch noch ein schwerer Kampf bevor. Jetzt, da die Yankees endlich weg sind, sind alle Schlachten geschlagen. Die Langeweile eines friedlichen Lebens annehmen zu lernen, das ist eine Herausforderung, der sich jeder Mann stellen muß, und ich weiß wirklich nicht, wie ihr Männer diesen Kampf meistert.«

Pinckney merkte, daß Lucy genau das angesprochen hatte, was die ganze Zeit an ihm zehrte, ohne daß er es selber so deutlich gesehen hatte. Es gab nichts Aufregendes mehr in seinem Leben; und es sah so aus, als würde sich das nicht mehr ändern. Das lange Kämpfen war vorüber, die Zeit der Unsicherheit vorbei. Es gab keine plötzlichen Alarmmeldungen mehr, auf die hin die Mitglieder der ›Rifle Clubs‹ so

schnell wie möglich ausschwärmen mußten. Es gab keine
aufreibenden Nachtwachen mehr, keine Gefahren, die hinter jeder Straßenecke lauerten. Der ganze Staat war wieder in
den Händen der Weißen, die ihn schon immer kontrolliert
hatten. Das Gesetz war wieder ein von Weißen geschaffenes
Gesetz; die Straßen südlich der Broad Street waren so sicher
geworden, daß eine Dame dort unbedenklich ohne männliche Begleitung herumspazieren konnte. Es gab keinen Feind
mehr, gegen den es anzukämpfen galt – außer vielleicht die
Armut. Und sogar sie war ein allgemein akzeptierter Bestandteil des Lebens geworden. Es gab nichts mehr, gegen
das man sich auflehnen mußte, nur noch die Beschwerlich-
keit des Lebens selbst.

»Du hast mal wieder recht gehabt, Lucy. Wie machst du
das?« In Pinnys Stimme klang Bewunderung mit, aber auch
leichter Verdruß.

»Vergib mir, mein Lieber. Ich versuche ja, es unter Kontrolle zu halten.« Pinckney mußte lachen.

»Ich danke Gott dafür, daß es dich gibt, Lucy«, meinte er
dann. »Du bist wirklich ein großer Segen für mich.«

»Und du für mich, Pinny. Was wollen wir noch mehr?«

»Glaubst du, daß Lizzie so glücklich ist wie wir? Glaubst
du, daß sie Lucas wirklich liebt, und er sie?«

»Mach dir keine Sorgen, Pinny. Sie ist von ihm ganz hingerissen. Das muß dir doch auch aufgefallen sein – sie war ganz
die strahlende Braut. Und wir müssen uns beide daran erinnern, sie ab jetzt ›Elizabeth‹ zu nennen. Sie ist da sehr empfindlich.«

36

»Du bist die schönste Braut, die ich mir vorstellen kann, Elizabeth«, sagte Lucas.

»Wirklich?«

Er hob ihre Hand und küßte die Innenseite ihres Handgelenks. Elizabeth schlug das Herz bis zum Hals. »Ich kann ganz genau deinen Puls spüren«, murmelte Lucas.

Das Fuhrwerk hielt vor ihrem kleinen Haus an. Lucas stieg aus, hielt seine Frau immer noch an der Hand fest und half ihr beim Aussteigen. Dann erfaßte er sie und trug sie auf seinen Armen hinein.

»Lucas!« schrie Elizabeth auf. »Die Leute können uns sehen!«

»Laß es doch die ganze Welt sehen, wie Mr. Cooper seine Frau über die Schwelle in ihr Haus trägt«, meinte Lucas.

Er trug sie noch die ganze enge Treppe hoch zum Schlafzimmer und ließ sie dann auf das nachgiebige Federbett sinken. Elizabeth hatte das Gefühl, zu schweben. »O Lucas!« hauchte sie. »Ich bin ja so glücklich!«

»Hör mal«, sagte er. Der Glockenschlag der St. Michaels-Kirche drang durch das offene Fenster. Es war sieben Uhr. Der Wächter auf dem Turm rief sein vertrautes ›... und alles ist in Ordnung!‹

»O ja«, ließ sich Elizabeth hören. Sie setzte sich wieder aufrecht und streckte ihrem Göttergatten die Arme entgegen.

»Wir gehen heute früh zu Bett«, sagte er. »Ich ziehe mich im anderen Raum aus. Sei dann fertig, wenn ich wiederkomme.«

Ihre Finger waren ganz ungelenk. Die winzigen Knöpfe ihres Nachtkleides entglitten ihnen immer wieder. Als sie hörte, daß Lucas zurückkam, waren noch immer fünf Knöpfe zu. Elizabeth krabbelte schnell unter die Bettdecke. Sie war ganz neugierig auf das, was jetzt passieren würde und verspürte keinerlei Angst.

Lucas zog die Vorhänge zu. Dann glitt er neben ihr ins Bett. Seine kräftigen Hände zogen ihren Körper auf sich zu. Sein Gewicht drückte sie tief in die weiche Matratze. Sie fühlte sich von allen Seiten umschlossen. Tief in ihrem Innern regte sich etwas Dunkles, Bedrohliches. Einen flüchtigen Augenblick lang versuchte ein wildes Kaleidoskop aus verborgenen

Empfindungen an die Oberfläche ihres Bewußtseins zu treten. Angst... lodernde Flammen... Körper, die sich eng an sie drängten... keine Luft zum Atmen... Hilflosigkeit... Einsamkeit... Furcht... Sie fühlte, wie sich ihre Kehle zuschnürte und begann zu keuchen. Aber Lucas war ja da. Sie war nicht allein, brauchte vor nichts Angst zu haben. Columbia war weit weg.

Lucas' kundige Hände suchten sich ihren Weg. Sie hatte ein kurzes unvertrautes Gefühl, als sie etwas zwischen ihren Beinen spürte. Er legte ihr seine Hand auf die Schultern, sein Körper zuckte ein paar Male, dann rollte Lucas sich zur Seite. Elizabeth atmete heftig; ihre Kehle entspannte sich wieder.

»Lucas«, flüsterte sie, »ist es das, was nur verheiratete Leute miteinander tun?«

»Hat es dir nicht gereicht?« Seine Stimme war ärgerlich. Elizabeth wünschte sich, sie könnte sein Gesicht sehen. Sie erinnerte sich an Lucys Worte.

»Es war zauberhaft, mein Lieber«, sagte sie. Sie wartete darauf, daß Lucas noch irgend etwas sagen würde, aber der dunkle Raum blieb still. Nach einer Weile kuschelte sie sich in die Kissen, sprach ihr Nachtgebet und schloß die Augen. Ich weiß gar nicht, warum die Leute so viel Aufhebens darum machen, dachte sie. Zumindest hat es nicht weh getan.

»Noch ein Geschenk?« Elizabeth drückte Pinckney an sich.

»Es ist nicht von mir«, meinte ihr Bruder.

»Ah, ja. Hier ist ja auch eine Karte. Oh, Pinny, es ist von Shad! Stell dir vor, er erinnert sich noch an mich, obwohl er so viel zu tun hat. Ich hätte mir gewünscht, er wäre bei der Hochzeit dabeigewesen. Meine Güte, wieviel Papier er dazu benutzt hat, sein Geschenk zu verpacken! Lucas, komm, hilf mir! Immerhin ist es ein Geschenk für uns beide... Du lieber Himmel! Was ist denn das?« Sie hielt das Geschenk hoch. Mary schrie auf; Pinckney brach in schallendes Gelächter aus.

Elizabeth blickte sie verständnislos an.

»Es ist mein Hochzeitsgeschenk«, meinte Mary schließlich. »Ich wußte gar nicht, daß Shad so viel Humor besitzt. Und so viel Geld. Es muß ihn doch ein Vermögen gekostet haben, das den Yankees wieder abzukaufen.«

Elizabeth blickte auf den großen Diamanten, der in ihrer gewölbten Hand lag. »Meinst du wirklich, der ist echt? Ich kann es kaum glauben. Wie soll ich ihm nur dafür danken?«

»Wie wäre es mit ›Vielen Dank für den wunderschönen Kristallüster‹?« schlug Lucas vor.

»Du bist schrecklich! Mir fällt schon etwas ein. Pinny, sollte das wirklich ein Witz sein?«

»Nein, Lizzie, entschuldige – Elizabeth. Für Shad ist es bestimmt kein Witz. Schreib ihm einfach einen kurzen Brief und sage ihm, daß du es wirklich schön findest.«

»Es gefällt mir ja auch. Es ist nur so viel!« Elizabeth war sich der vielen Einflüsse, die das bestimmten, was sie mochte und was nicht, gar nicht bewußt. Ihr ganzes Leben war sie von schönen Dingen umgeben gewesen: Die außergewöhnliche Schönheit einer verschwenderischen Natur auf dem Landgut, die erhabene Schönheit des Ozeans und des weiten Himmels; die unaufdringliche Pracht der alten Mauern und altehrwürdigen Häuser Charlestons. Alles Auffällige war ihr eigentlich zuwider. Es erschien ihr unnatürlich.

In den folgenden Monaten konnte sich Elizabeth schnell mit dem regelmäßigen Leben einer verheirateten Frau anfreunden. In dem kleinen Haus den Haushalt zu führen fiel ihr nach den Jahren im großen Haus der Tradds nicht weiter schwer. Es blitzte nur so, roch nach Zitronenöl und Bohnerwachs, und sie sorgte auch dafür, daß immer frische Schnittblumen in den Vasen standen. Ihre junge Magd Delia war eine Meisterin im Bügeln und lernte schnell, eine gute Köchin zu werden. Lucas betonte wiederholt, daß ihn seine Freunde um sein Los beneideten.

Und er hatte viele Freunde. Fast jedes Wochenende lud man ihn auf irgendeine Jagd ein. Seine Geschicklichkeit im

Umgang mit der Flinte war ungeheuerlich. Elizabeth vermißte ihn sehr, wenn sie am Sonntagmorgen zur Kirche ging; sie fühlte sich immer so stolz, wenn er auf der Straße neben ihr herging und sie sich bei ihm einhaken konnte. Pinckney begleitete sie und kam dann mit zum Mittagessen.

Die anderen Tage in der Woche waren erfüllt von der geschäftigen Routine einer Hausfrau, die Elizabeth auch aus vollen Zügen genoß. Pünktlich um sieben in der Früh kam der Garnelenmann mit seinem Karren vorbei. Elizabeth liebte es, kurz vorher die Katzen zu beobachten, die schon auf ihn warteten. Sie wußten, daß jeden Tag etwas für sie abfiel, und wurden auch nie enttäuscht. Mit flinken Pfoten griffen sie sich die schmackhaften Meerestiere, die ihnen der Garnelenmann hinwarf. Elizabeth hätte gerne selber ein Kätzchen gehabt, aber Lucas hatte ihren Wunsch immer abgelehnt. Er war der Meinung, Haustiere seien nur ein Ersatz für Kinder, und er wollte einen Sohn, und das möglichst schnell.

Der Gemüsemann und der Fischverkäufer kamen kurze Zeit später; Delia tätigte alle Einkäufe. Auch aus den anderen Häusern traten die Mägde vor die Tür und kauften die Vorräte für den Tag. Für einen kurzen Moment genossen es die Frauen, mit den anderen zu tratschen und zu lachen.

Um halb acht gab es Frühstück. Lucas mußte um acht ins Büro. Jeden Morgen verabschiedete er sich in der offenen Haustür mit einem Kuß auf die Wange von Elizabeth; sie nutzte die Gelegenheit, *pro forma* gegen diese Zurschaustellung seiner Gefühle in aller Öffentlichkeit zu protestieren. Er beteuerte dann regelmäßig, daß es ihn freuen würde, wenn ihn die ganze Welt um die schönste Frau Charlestons beneidete. So begann der Morgen für Elizabeth mit einem Gefühl des Glücks, das sie den ganzen Tag über begleitete.

Ab zehn empfing sie Besuch oder besuchte selbst eine ihrer zahlreichen Freundinnen. Bis dahin hatte sie Delia die Arbeiten für den Tag aufgetragen und sichergestellt, daß sie auch alles richtig machte. Durch die Heirat fragte keiner mehr nach ihrem Alter. Eine achtzehnjährige Ehefrau wurde automatisch in den Kreis der verheirateten Frauen, deren Kinder noch nicht in der Schule waren, aufgenommen. Elizabeth saß dann mit den anderen jungen Frauen zusammen; man tauschte die neuesten Rezepte und den aktuellsten Klatsch aus. Die älteste Frau in der Runde war schon sechsundzwanzig; die frischgebackene Mrs. Cooper fühlte sich überaus erwachsen. Dramatische Geschichten, die sich um die Geburt von Kindern rankten, kamen ihr zu Ohren. Elizabeth tat so, als wäre sie davon in keiner Weise beunruhigt.

Um ein Uhr war sie dann spätestens wieder zu Hause. Lucas kam um zwei, dann grüßten ihn frische Blumen in den Vasen, und an der Tür empfing ihn seine Frau in einem frischen Kleid und mit einem strahlenden Lächeln. Sie goß ihm einen Sherry ein und genoß es, mit ihm ein halbes Stündchen zu plaudern, bis um halb drei das Mittagessen auf dem Tisch stand. Danach entschieden sie, was sie am Abend machen würden.

Sie gingen jeden Tag aus oder luden jemanden zu sich ein. Es waren nur kleine Gesellschaften, die da zusammenkamen, selten mehr als acht Paare. Trotzdem war es nötig, diese Zusammenkünfte sorgfältig zu planen. Elizabeth mußte allen, die ein bestimmtes Mal nicht eingeladen waren, einen überzeugenden Grund dafür nennen und ihnen versichern, daß sie bei einem der nächsten Male wieder dabeisein konnten. Diese Prozedur war zwar etwas ermüdend, aber sie verhinderte, daß irgend jemand von einem Dritten hören mußte, daß er nicht eingeladen war. Frühere Generationen hatten in ihren großen Häusern und mit einem ganzen Stab von Bediensteten diese Probleme nicht gekannt; sie hatten einfach immer alle Freunde und Bekannten einladen können. Die jungen Verheirateten der Nachkriegszeit mußten andere Wege finden, ihre Zeitgenossen zufriedenzustellen.

Elizabeth war zunächst enttäuscht gewesen über den Verlauf dieser Partys. Nachdem man sich gegenseitig Komplimente gemacht hatte, versammelten sich alle Männer auf

418

einer Seite des Raumes. Dort standen sie dann herum und sprachen über die Jagd, ihre Vergangenheit und das, was wohl noch vor ihnen liegen würde, und der Gastgeber sorgte dafür, daß ihre Gläser wieder rechtzeitig gefüllt wurden. Die Frauen saßen in einer großen Gruppe am anderen Ende des Raumes zusammen und schwatzten über Kleider, Kinder und Partys, das, was geschehen war und das, was noch geschehen sollte. Es waren die gleichen Gespräche, wie sie sich auch jeden Morgen abspielten. Doch Elizabeth paßte sich schnell an. Es war schon etwas anderes, wenn die Frauen bei ihrem Geplauder das ab und zu ausbrechende laute Gelächter der Männer hörten. Sie genoß es auch, Lucas zu betrachten, wie er da mit den anderen Männern in einer Runde stand. Er war größer und ansehnlicher als alle anderen. Sie bemerkte die neidischen Blicke der anderen Frauen und fühlte, daß sie stolz auf ihren Mann war.

In ihrer freien Zeit am Nachmittag kümmerte sie sich um die kommenden Partys, schrieb Einladungen und Danksagungen und überprüfte die Abrechnungen. Wie sie Lucas einmal frohgemut erzählte, gab es keine Minute ihres Tages, in der sie nichts zu tun hatte.

Jeden Morgen, bevor die Vorhänge geöffnet wurden und jede Nacht, nachdem sie geschlossen waren, erfüllte sie ihre eheliche Pflicht und ließ Lucas gewähren. Sie spürte nichts und war allmählich der Meinung, Lucy habe ihr ein gutgemeintes Märchen aufgetischt, damit sie nicht soviel Angst vor der ersten Nacht mit Lucas hatte. Sie empfand nicht den geringsten Zauber in diesen kurzen Minuten mit ihm und nahm an, daß alle anderen Frauen dieselbe Erfahrung machten. Da man über solche intimen Dinge nicht mit anderen redete, konnte sie es auch nicht besser wissen.

Als es Sommer wurde, verwandelte sich das Puppenhaus allmählich in einen Backofen. Es gab keine überdachten Balkone, auf denen man sich aufhalten konnte, und die Räume waren erheblich niedriger als in den herrschaftlichen Häusern, die sie bislang bewohnt hatte. »Vielleicht sollten wir

419

dieses Jahr früher ins Strandhaus ziehen«, meinte sie eines Tages beim Mittagessen. Das Gericht aus geröstetem Schweinefleisch, Reis und Bratensoße schmeckte ihr nicht sonderlich. Sie verspürte eine leichte Übelkeit.

Als Lucas rundheraus sagte, er habe nicht das geringste Bedürfnis, dort hinzugehen, war sie überrascht. Das erste Mal in ihrer Ehe wagte sie den Versuch, ihren Gatten umzustimmen. »Wir werden es im Sommer in diesem Haus nicht aushalten vor Hitze. Pinny braucht meine Hilfe, um dort mit dem Haushalt klarzukommen. Die Ansons kommen dieses Jahr sowieso nicht mit, da Lucy ihre kranke Schwiegermutter nicht alleine lassen will. Außerdem ist es für mich die letzte Gelegenheit, Caroline zu sehen. Sie heiratet nächstes Weihnachten einen ihrer entfernten Verwandten in Savannah und wird dann wahrscheinlich überhaupt nicht mehr nach Charleston zurückkehren. Immerhin ist sie meine beste Freundin. Seit ich mit dir verheiratet bin, habe ich sie so gut wie gar nicht mehr gesehen.« Ihre Unterlippe zitterte. Sie war bereit, in Tränen auszubrechen, wenn es sein mußte.

Lucas' Antwort ließ eine weitere Widerrede nicht mehr zu. Er küßte ihr Handgelenk und murmelte: »Ich kann es aber nicht ertragen, dich mit irgend jemandem zu teilen, Elizabeth. Weder mit Pinckney, noch mit Caroline, noch mit irgend jemand anderem. Du bist meine Frau, und ich will dich ganz für mich.«

Damit war die Sache erledigt.

Zumindest bis zu dem Zeitpunkt, an dem Elizabeth entdeckte, daß ihre Übelkeit nichts mit der Hitze zu tun hatte, sondern ein Zeichen dafür war, daß sie ein Baby bekommen würde.

»Ein Sohn!« rief Lucas. »Ich bekomme einen Sohn!« Er kniete sich vor Elizabeth nieder und küßte ihre Handflächen. »Du darfst jetzt nichts Anstrengendes mehr machen, meine Liebe. Keine aufreibenden Besuche mehr, keine Partys. Wir dürfen jetzt auf keinen Fall das Risiko eingehen, daß du krank werden könntest. Jede Belastung muß vermieden werden. Es ist heiß hier drin. Ich hole dir etwas kaltes Wasser und ein wenig Zitrone. Laß mich auch einen Fächer besorgen, dann fächle ich dir etwas frische Luft zu!«

Elizabeth schenkte ihm ein nachsichtiges Lächeln. »Der Doktor sagt, ich bin so kräftig wie ein Ochse. Wenn ich irgend etwas brauche, dann kriege ich das schon noch geregelt.«

»Laß mich nur. Ich weiß schon, was ich mache. Wir werden so schnell wie möglich das Strandhaus beziehen. Es ist dort kühler, und die Seeluft wird dem Baby guttun!«

In ihrem ganzen Leben war Elizabeth noch nie so verhätschelt worden wie in diesem Sommer. Da Delia nicht von ihrer Familie getrennt werden wollte, sorgte Pinckney dafür, daß Hattie mit auf die Insel kam. Für Hattie war Elizabeth immer noch ein Kind. »Sie benimmt sich wie eine Kinderschwester«, beklagte sich Elizabeth bei Lucas. »Sie sagt sogar, ich müsse jeden Tag meinen Mittagsschlaf halten.«

»Gut so«, entgegnete Lucas. »Ich will, daß du nicht einen Finger rühren mußt. Ich hoffe, sie bleibt auch noch nach dem Sommer bei dir. Pinckney braucht ja wohl keine zwei Bediensteten nur für sich allein.«

»Die braucht er durchaus, Lucas. Er hat ein großes Haus, und sie sind beide schon recht alt.«

»Nun, eigentlich braucht er auch das große Haus nicht mehr. Er sollte es uns überlassen. Wir brauchen viel mehr Platz, wenn der kleine Lucas auf der Welt ist.«

Elizabeth seufzte. Der Name des zukünftigen Kindes war das einzige, bei dem sie sich immer wieder in die Haare gerieten. »Liebling«, sagte sie geduldig, »in der Familie Tradd hat man das Kind nie nach dem Vater benannt. Sonst weiß später keiner, von wem gerade die Rede ist.«

»Alle anderen geben aber dem ersten Sohn den Namen des Vaters. Mein Vater heißt Peter, und mein älterer Bruder heißt auch Peter. Ich will, daß mein Sohn nach mir benannt wird.«

»Ich weiß wohl, was die anderen machen, aber es ist mir

egal. Ich finde, das arme unschuldige Kind hat etwas anderes verdient, als immer ›klein‹ genannt zu werden. Stell dir mal vor, er ist dreißig, und man nennt ihn immer noch den kleinen Lucas. Stell dir mal vor, er ist größer als du.«

»Das wird er nicht.«

Elizabeth betrachtete die Gestalt ihres Mannes. »Nun gut, es ist wirklich äußerst unwahrscheinlich. Aber er wird bestimmt nicht gerade klein. Und wenn er es würde, dann wäre es doch nur noch schlimmer, man würde ihn dauernd so rufen.«

»Er wird nicht klein sein.«

»Lucas, man kann mit dir nicht vernünftig über das Baby reden. Vielleicht wird es ja auch ein Mädchen. Was machen wir dann?«

»Meinetwegen kannst du ja die Namen für die Mädchen aussuchen, Elizabeth. Aber als erstes bekommen wir einen Jungen, und der heißt so wie sein Vater.«

Am nächsten Tag kam Lucas mit einem kleinen Bastkorb aus der Stadt. »Ich habe dir etwas mitgebracht«, meinte er.

Es war ein winziges graues Kätzchen. Elizabeth war ganz verzückt. Sie setzte sich das kleine Tier auf die Schulter; eine winzige rauhe Zunge leckte ihr Kinn.

»Dann bist du nicht so allein«, fügte ihr Mann hinzu.

Elizabeth standen die Tränen in den Augen vor Dankbarkeit. »Ich werde sie Moosie nennen. Sie sieht aus wie dieses silbergraue Moos, das an den Bäumen hängt. Möchtest du etwas Milch, Moosie?«

Das Kätzchen miaute. Elizabeth grinste. »Wie süß du bist. Mit dir kann ich ein wenig üben, wie es ist, ein kleines Baby zu haben.«

Eines Abends kam Lucas bestens gelaunt nach Hause. »Wir haben einen Grund zum Feiern!« meinte er. »Pinckney hat mir endlich eine würdige Tätigkeit anvertraut.«

Elizabeth wußte genau, wie sehr es Lucas wurmte, herumkommandiert zu werden. Sie wußte auch, wie Pinckney

422

manchmal sein Alter und seine Klugheit herausstrich und konnte sich gut in Lucas einfühlen, wenn er sich darüber beschwerte, wie ein Angestellter behandelt zu werden. Er war immer der Beste gewesen. Sie war der Meinung, Pinckney hätte ihren Mann direkt zu seinem Geschäftspartner ernennen sollen. Es konnte doch gar nicht soviel geben, das man wissen mußte, um diese Phosphate aus dem Boden herauszuholen.

»Ich habe einige Bücher überprüft«, erzählte Lucas, »und dabei festgestellt, daß wir eigentlich einen viel größeren Gewinn machen müßten. Ich fand auch heraus, daß der Firmenladen erstaunlicherweise eine Menge Geld erwirtschaftet. Dein Freund Shad Simmons hat ihn damals aufgebaut. Pinckney hat sich nie darum gekümmert. Die Arbeiter können nur dort ihre Lebensmittel, den Tabak und alles andere, was sie brauchen, kaufen. Sie bezahlen jedoch das Dreifache dessen, was wir dafür zahlen.«

»Aber das ist ja schrecklich!«

»Das meint Pinny auch. Der Laden soll eher ein Service sein, weniger etwas, mit dem irgend jemand Profite macht. Er hat mich beauftragt, das entsprechend zu ändern und darüber hinaus alle Bücher zu überprüfen.«

»Die Arbeiter werden dir dafür dankbar sein.«

»Die Arbeiter sind mir egal. Mir schwebt vor, den ganzen Betrieb neu zu organisieren. Aber ich muß klein anfangen. Ich denke, Pinny hat mir diese Aufgabe übertragen, damit ich mich bewähren kann. Unglücklicherweise muß ich deswegen in der nächsten Zeit sehr viel in Carlington sein.«

Die Nachricht versetzte Elizabeth einen Stich. Sie fühlte sich sowieso schon recht einsam auf der Insel. Pinckney ließ sich kaum blicken, Lucas war bisher den ganzen Tag über weggewesen, und ihre Freundin Caroline verbrachte die meiste Zeit in der Stadt mit ihren Hochzeitsvorbereitungen. Sie war davon so ausgefüllt, daß sie die Zeit, die sie dann mit ihr verbrachte, über nichts anderes reden konnte. »Hat das nicht Zeit bis zum Herbst, Lucas? Hinterher kriegst du noch das Sumpffieber wie Pinckney.«

»Keine Sorge, Elizabeth. Ich werde Carlington rechtzeitig vor Einbruch der Dunkelheit verlassen. Aber ich erwische dann die letzte Fähre zur Insel nicht mehr und muß in der Stadt bleiben.«

Elizabeth konnte nur mühsam ihre Tränen unterdrücken. »Natürlich«, sagte sie schließlich. »Ich verstehe. Moosie kann mir ja ein wenig Gesellschaft leisten.« Immerhin ist es eine große Chance für Lucas, dachte sie sich.

»Laß sie aber nicht in mein Bett, Elizabeth! Ich möchte mich nicht auf ein kratziges Kissen legen, wenn ich wieder nach Hause komme.«

»Ich sorge dafür, daß die Tür verschlossen bleibt«, versicherte Elizabeth. Lucas hatte im Strandhaus sein eigenes Zimmer. Es wäre nicht gut für das Baby, wenn sie weiterhin die Nächte miteinander teilten, meinte er. Außerdem wollte er Elizabeth nicht aufwecken, wenn er frühmorgens aus dem Haus ging.

37

Elizabeth und Moosie bekamen im August Gesellschaft. Julia Ashley hatte sich doch entschlossen, dieses Jahr ein paar Wochen im Strandhaus zu verbringen.

Die junge Frau war sogar froh, sie um sich zu haben, auch wenn Julia so unnachsichtig wie immer mit ihr war. Elizabeth wurde von ihr bedrängt, sie auf ihren langen Strandspaziergängen zu begleiten. »Du wirst noch auseinandergehen wie ein Hefekuchen, wenn du dich die ganze Zeit nur in der Hängematte herumräkelst. Was meinst du wohl, was dein Apollo dann zu dir sagt?« Als der anfängliche Muskelkater vergangen war, freute sich Elizabeth regelrecht auf die tägliche Bewegung. Lucas hatte ihr das Schwimmen verboten, aber er

424

mußte zugeben, daß die Spaziergänge ihr guttun würden. Im September kam er wieder nach Hause; dann begleitete er Elizabeth. Sie hängte sich bei ihm ein und schaute zu, wie sein goldgelbes Haar vom salzigen Wind durchgepustet wurde. Das rhythmische Rauschen der Wellen war wie Musik in ihren Ohren.

Im Oktober zogen sie zurück in ihr Puppenhaus. »Ich muß mich jetzt beeilen, damit alles für den kleinen Lucas vorbereitet ist, wenn er zur Welt kommt«, meinte Elizabeth glücklich. »Bald wird man es mir ansehen, daß ich schwanger bin, dann kann ich auch nicht mehr auf die Straße.« Das letztemal ließ sie sich bei dem Turnier auf der Rennbahn in der Öffentlichkeit sehen. John Cooper nahm nicht daran teil; er war seit seiner Niederlage vor einem Jahr nicht mehr in der Stadt aufgetaucht. Für Lucas war es diesmal kein Problem, die Wettkämpfe zu gewinnen. Unter tosendem Beifall krönte er seine Frau mit dem Blumenkranz. Elizabeth spürte, wie sehr man ihren Mann bewunderte und wußte, daß sie in diesem Augenblick wirklich eine Königin der Liebe und der Schönheit war.

Im November feierte sie ihren neunzehnten Geburtstag allein mit Lucas. Die anderen Mitglieder der Familie und deren Freunde waren alle auf der Beerdigung von Emma Anson. Elizabeth konnte sie nicht mehr begleiten; sie war jetzt schon fast im siebenten Monat schwanger.

Joshua Anson hatte der Tod seiner Frau in eine tiefe Krise gestürzt; er war völlig verzweifelt. Die lange Krankheit Emma Ansons hatte seine Energien aufgezehrt, ohne daß er jemals wirklich hatte wahrhaben wollen, daß sie ihn bald verlassen würde. Er konnte es einfach nicht begreifen, daß sie jetzt nicht mehr bei ihm war.

»Er wirkt wie ein verlorenes Kind«, meinte Lucy zwei Wochen nach der Beerdigung zu Pinckney. »Er wandert von einem Raum zum anderen, ohne daß er sich noch irgendwo hinsetzen könnte. Es ist fast, als ob er noch nach ihr sucht. Es bricht mir das Herz, wenn ich es sehe.«

»Kann ich dir nicht irgendwie helfen, Lucy? Joshua war mir so oft behilflich; er ist wie ein Vater für mich.«

Lucy berührte seine Wange zärtlich mit ihrem Finger. »Du nicht, Pinny. Ich schaffe das schon. Andrew, der kleine Andrew und ich werden in das Haus in der Charlotte Street ziehen, da kann ich mich dann um Joshua kümmern.«

Pinckney hielt ihre Hand fest. »Nein!« rief er laut. Plötzlich merkte er, wie fest er Lucys Hand gepackt hatte. Er entspannte seine Finger und küßte Lucy. »Was mache ich nur? Vergib mir!« Lucy beruhigte ihn. Pinckney wollte jetzt lieber gehen und es ihr durch seine Anwesenheit nicht noch schwieriger machen. Sein Gesicht war ganz bleich vor Anspannung.

»Um Himmels willen, Pinckney«, brach es da plötzlich aus Lucy heraus. »Sei doch ein einziges Mal nicht so anständig und edel! Zeig doch, daß du mich dafür haßt, daß ich jetzt gehen muß; daß du Andrew haßt, weil er immer noch am Leben ist, statt mich endlich freizugeben; daß du Miß Emma haßt, weil sie gerade jetzt sterben mußte; daß du Joshua haßt, weil er mich jetzt viel dringender braucht als du. Zeig doch ein einziges Mal, daß du auch nur ein Mensch bist, Pinckney! Dann kann auch ich mich wie ein Mensch verhalten.«

Er riß sie an sich, verzweifelt klammerten sie sich aneinander.

»Küß mich, Pinny«, flüsterte sie.

»Meine Liebe, ich kann nicht. Ich wage es nicht. Laß mich dich einfach halten.«

Lucy wand sich aus seiner Umarmung. »Das wird die reinste Hölle!« Ihre Stimme war ganz freudlos. »Wir müssen uns überlegen, was wir machen werden.«

Die letzte Zeit hatten sie sich jeden Abend gesehen und mit dem kleinen Andrew zu Abend gegessen. Das war viel weniger, als sie gerne geteilt hätten, ein kümmerlicher Ersatz für die Intimität der Abende im Mondlicht am Strand das Jahr davor. Aber es war immerhin noch eine ganze Stunde gewesen, die sie gemeinsam verbringen konnten, und die sie über

426

die bittere Realität, die es ihnen verwehrte, zusammenzu-
kommen, hinwegsehen ließ. Jetzt würde nicht einmal das
noch möglich sein.

Pinckney fühlte zum tausendstenmal, wie ungerecht es
war, daß er sich nicht um Lucy kümmern konnte, ihr das Leben erleichtern und sie mit ein paar luxuriösen Kleinigkeiten
verwöhnen durfte. Lucy machte sich Sorgen um ihn, darum,
wie er wohl mit seiner Einsamkeit fertig werden würde, jetzt,
wo Elizabeth nicht mehr im Hause war. Pinny drängte sie,
wenigstens Geld von ihm anzunehmen, aber sie weigerte
sich. »Stell doch zumindest jemanden ein, der Andrew
pflegt. Du mutest dir einfach zuviel zu.« Sie schüttelte ener-
gisch den Kopf.

Lucy schlug Pinckney vor, ein wenig hinauszugehen, sich
für andere zu öffnen, Kontakte zu pflegen, am Wochenende
jagen zu gehen wie andere Männer auch. Oder er könnte Lucas zu den Hahnen- oder Boxkämpfen begleiten, die zwar
verboten waren, aber dennoch überall in der Stadt stattfanden. Er weigerte sich. Er hatte genug Blut und Kämpfe gesehen. Es reichte ihm.

»Ich kann dich wohl schlecht darum bitten, ein hübsches
junges Mädchen zu finden und es zu heiraten«, meinte Lucy,
»obwohl dir das wahrscheinlich am besten täte. Es würde
mich umbringen.«

Pinckneys erschöpftes Gesicht verzog sich zu einem breiten
Lächeln. »Ich habe doch bereits ein schönes junges Mädchen
gefunden; ich muß nur ein wenig auf sie warten, das ist alles.«

Lucy brach innerlich zusammen. »Ach, Pinny, ich bin jetzt
zweiunddreißig Jahre alt, aber ich fühle mich wie zweiund-
achtzig. Wenn ich in den Spiegel schaue, komme ich mir vor
wie meine eigene Großmutter.«

Am nächsten Abend, dem letzten, den sie gemeinsam ver-
bringen konnten, überreichte Pinckney ihr ein kleines, in
Samt eingebundenes Büchlein mit Gedichten von John
Donne. Ein Band markierte die Seite mit dem Gesicht ›Das
Unterfangen‹. Eine Strophe war umrandet:

Aber der, der die Lieblichkeit im Inneren
entdeckt hat, verabscheut das Äußerliche,
denn einer, der Farbe und Haut verehrt,
liebt nur die abgetragensten Gewänder dieser Lieblichkeit.

Lucy legte das Buch aufgeschlagen auf ihr Nachttischchen in
der Charlotte Street.

Pinckney flüchtete sich in die Geschäftskonten der Tradd-
Simmons Phosphatgesellschaft. Er hatte die Firma viel zu
lange vernachlässigt. Und er entdeckte, daß er von Anfang
an viel zu abhängig von Shad gewesen war. Shad war es gewesen, der die ganzen Verträge ausgehandelt hatte. Er hatte
die entscheidenden Männer der großen Kunstdüngerfirmen
kennengelernt, die das Phosphat aus Carlington aufkauften.
Kein Wunder, daß jetzt, wo es zum Bruch zwischen ihnen gekommen war, es für Shad ein leichtes war, die Firmen davon
zu überzeugen, in Zukunft das Phosphat von anderen zu beziehen.

»Aber noch sind wir nicht am Ende«, meinte Pinckney zu
Lucas. »Wir haben noch Tausende von Tonnen in der Erde.
Wir müssen nur Abnehmer dafür finden!«

Lucas bot sich an, nach Norden zu reisen und Leute zu finden, die bereit waren, Phosphat von ihnen zu kaufen. Pinkney wollte jedoch die Sache selbst in die Hand nehmen. »Du
wirst bald Vater, Lucas. Elizabeth würde es mir nie verzeihen, wenn ich dich in dieser Zeit im Auftrag der Firma los-
schicke.« Im Februar reiste er selber ab und erwartete, in an-
derthalb Monaten wieder zu Hause zu sein. Anfang April
würde Stuart Henrietta Koger heiraten, die Tochter eines seiner Klienten. Zu diesem Termin wollte er seine Mission unbedingt beendet haben.

Aber daraus wurde nichts. Lucas mußte an seine Stelle treten. Auch Elizabeth fehlte in der Hochzeitsgesellschaft. Der
kleine Lucas war schon drei Wochen überfällig, und bisher
gab es noch keine Anzeichen, daß seine Geburt bevorstand.

Elizabeth fühlte sich wie ein Nilpferd. Hattie, die jeden Tag vorbeikam, um sie zu untersuchen, machte sie nervöser, als sie ohnehin schon war. Pinckney hatte der alten Frau gesagt, sie könne das Haus der Familie Tradd verlassen und bei den Coopers bleiben, um dort Kinderschwester zu werden. Hattie konnte es kaum noch erwarten, bis es soweit war.

Julia Ashley übernahm die Rolle der ›ältesten Brautjungfer der Geschichte‹. Sie hatten die Verbindung zwischen Stuart und Henrietta Koger von Anfang an gutgeheißen. Ihre Nachforschungen hatten ergeben, daß die Familie Koger schon vor etlichen Jahrzehnten mit der Familie Ashley verbunden gewesen war. Abends lud sie zu einem Empfang auf ihr Landgut.

Als Lucas am nächsten Morgen von der Feier zurückkam, wartete Delia schon auf dem Bürgersteig auf ihn. »Mist' Cooper, das Baby ist da!« Lucas raste die Treppen hoch, nahm drei Stufen auf einmal.

»Elizabeth! Meine geliebte Frau! Wie konnte ich nur währenddessen woanders gewesen sein! Verflucht seien alle Hochzeiten bis auf die unsere! Wo ist er denn? Wo ist mein Sohn?«

Elizabeth schlug die Bettdecke zurück, um ihm das kleine schlafende Etwas in ihrem Arm zu zeigen. Lucas ging auf Zehenspitzen näher heran, um es sich anzuschauen. »So winzig«, flüsterte er ehrfürchtig. Er bestaunte die perfekten Ohren und die kleinen Fingerchen. »Schon alles da«, meinte er. Elizabeth fühlte eine Mischung aus Stolz und Liebe.

»Auch zehn winzigkleine Zehen«, meinte sie. »Willst du sie sehen?« Sie öffnete die Decke, in die das Baby eingewickelt war. Als Lucas seine Wange gegen die kleinen Füße rieb, kicherte sie. »Und sie kann sich schon naß machen! Ich glaube, wir müssen ein paar Windeln aus extra dichtem Gewebe besorgen. Rufst du bitte Hattie? Sie kann sie saubermachen und umziehen.«

429

Abrupt unterbrach Lucas die Untersuchung der Zehennägel des Winzlings und schaute hoch. »Was?«

Elizabeth wiederholte, was sie gesagt hatte, und lachte ihn an. »Dachtest du etwa, die Babys kämen direkt stubenrein auf die Welt?«

Lucas riß heftig an den Tüchern, die das Kind noch umhüllten. »Laß das«, rief Elizabeth. »Hattie kann das machen.«

»Es ist ein Mädchen!«

Elizabeth nickte. »Ich habe bereits einen Namen für sie ausgesucht. Erinnerst du dich noch an das, was du mir versprochen hast? Ich darf dem Mädchen den... Namen... geben.« Ihre Stimme wurde tonlos. »Lucas! Lucas, wo rennst du denn hin?« Sie hörte nur noch, wie er die Treppe hinunterstürmte.

Er blieb bis spät in die Nacht weg. Elizabeth war vom langen Weinen ganz erschöpft in den Schlaf gesunken. Das Baby schlief in ihrem Körbchen in der Küche, wo Hattie die Windeln säuberte. »Sind Sie es, Mist' Lucas?« hörte sie Hatties Stimme. Er gab keine Antwort.

Dann stolperte er ins Schlafzimmer, ließ die Tür hinter sich ins Schloß fallen. Sie konnte ihn im Dunkeln nicht sehen, aber sie hörte und roch ihn. »Einen Sohn«, rief er. »Ich will einen Sohn. Ein Mann braucht einen Sohn.« Er stank nach Whiskey.

»Lucas?« fragte Elizabeth mit schwacher Stimme. »Es tut mir leid, daß du so enttäuscht bist. Aber sie ist ein ganz niedliches Baby, Lucas. Das nächstemal wird es bestimmt ein Junge.«

»Ich will einen Sohn«, stöhnte er erneut auf. »Du sollst mir gefälligst einen Sohn schenken.«

Dann war er am Bett, riß die Decken herunter, fummelte an ihrem Nachtgewand herum. »Gottverdammt, du wirst mir einen Jungen schenken!« Sein Körper war schwer, stank nach Schweiß und Alkohol. Er war wie ein Fremder für sie. Seine Finger stießen gewaltsam durch das von der Geburt

430

noch wunde Fleisch; Elizabeth schrie auf vor Schmerz. Er legte seine kräftige Hand auf ihren Mund. Als er sie vergewaltigte, spürte sie ihn wie spitze Messerstiche in ihrem Leib. Ein schwarzer Strudel der Angst drohte sie zu verschlingen. Sie erstickte fast, kämpfte gegen ihn an. Ihre Fäuste schlugen machtlos auf den Kopf ihres Mannes und trafen seine Schultern, bis sie kraftlos neben ihr auf die Kissen sanken. Sie hatte das Bewußtsein verloren.

Zwei Stunden später rüttelte Hattie sie wach. »Das kleine Fräulein möchte gerne frühstücken«, sagte sie heiter. Auf ihrem Arm hielt sie das weinende Baby. Das Licht der Laterne in ihrer anderen Hand fiel auf die große Blutlache, die durch die Decken gedrungen war, mit denen sie Lucas hastig bedeckt hatte. »O Gott!« keuchte Hattie. »Ich hole sofort den Doktor.«

Elizabeth berührte die schmerzende Stelle. »Nein, Hattie. Die Blutungen haben aufgehört. Hilf mir lieber auf den Stuhl. Ich werde Mary Catherine im Sitzen stillen, dann kannst du die Bettwäsche wechseln.« Das war doch alles nur ein übler Traum, dachte sie. So etwas kann doch gar nicht geschehen sein.

Aber als das Baby gestillt war und zufrieden auf dem sauberen Bett schlief, half ihr Hattie dabei, das Nachtgewand auszuziehen. Und als sie es über ihren Kopf zog, konnte sie den durchdringenden Geruch von schalem Whiskey, durchsetzt von dem ekelerregenden Gestank getrockneten Blutes wahrnehmen.

Später drückte sie ihr Kind fest gegen ihren schmerzenden Körper. »Bitte, lieber Gott«, betete sie, »steh mir bei.«

38

Am späten Vormittag kam Lucas zur Tür herein, die Arme voller blühender Jasminzweige. Seine Wangen waren gerötet; er war frisch rasiert und roch nach Rasierwasser. »Guten Morgen, Frau Cooper«, begrüßte er sie. Er verstreute die Blütenzweige auf Elizabeths Schoß und küßte ihre Hand. Es war, als wäre dieser Alptraum in der Nacht nie geschehen.

Elizabeth wußte nicht, was sie tun oder sagen sollte. Sie nahm einen der Zweige hoch und genoß den Duft, den die Blüten verströmten.

»Du mußt deine Frisur noch in Ordnung bringen, Liebes, damit du auch die ganzen Gäste empfangen kannst«, sagte Lucas lächelnd. »Ich habe allen Telegramme geschickt, daß es einen neuen Cooper gibt. Sie werden bestimmt bald eintreffen. Hast du dich bereits für einen Namen entschieden?«

Elizabeth ließ den Zweig wieder sinken und lehnte sich nach vorne. »Das habe ich. Wir können das aber gerne noch ändern, wenn du einen besonderen Wunsch hast.«

»Ich bin mit allem einverstanden.«

Elizabeth sank wieder in die Kissen. »Ich dachte, Mary für meine Mutter und Catherine für dich.« Ihre Enttäuschung war offensichtlich.

Lucas tätschelte ihre Knöchel. »Sei nicht traurig, Elizabeth. Das nächstemal wird es bestimmt besser klappen.«

Sie dachte an dieses wunderbare, zarte kleine Wesen, das jetzt in dem gepolsterten Körbchen am Fenster lag, und wurde wütend. »Aber Mary Catherine ist ein wunderbares Baby, Lucas.«

»Natürlich ist sie das. Sie hat ja auch eine wunderschöne Mutter. Wenn sie nur ein wenig ihre Haare in Ordnung bringt.«

»Lucas, ich bin wirklich nicht in der Stimmung, mich von dir necken zu lassen. Auch nicht in der Stimmung für

Blumen.« Sie warf sie auf den Boden. »Ich habe dir eine wunderschöne Tochter geschenkt, und du führst dich auf, als ob du gar nicht glücklich über sie bist.«

Lucas' Mund verhärtete sich. Seine Narbe leuchtete. Ich hatte gar nicht gemerkt, wie sehr sie verblaßt war, dachte Elizabeth. Eine plötzliche Angst befiel sie. Mach dich nicht lächerlich, dachte sie sich. Lucas wird dir jetzt nicht weh tun. Der pochende Schmerz in ihrem geschändeten Körper ließ sich von dem Versuch, sich selbst zu beruhigen, nicht beeinflussen.

»Elizabeth«, ertönte Lucas' Stimme mit einer Kälte, die sie schaudern machte. »Ich will kein zänkisches Weib. Es ist deine Pflicht als Ehefrau, dem Mann ein Trost zu sein, und kein Stachel im Fleisch. Ich befehle dir hiermit, dich so herzurichten, daß ich dich vorzeigen kann, wenn die ersten Besucher kommen.«

»Ja, Lucas.« Seine Kälte jagte ihr mehr Angst ein als seine Wut.

Ihre schnelle Kapitulation ließ ihn direkt wieder freundlicher werden. »Da ist ja wieder mein gutes Mädchen«, sagte er. »Soll ich dir vielleicht das Haar bürsten?«

»Danke, Lucas. Das würde mich sehr freuen.«

Als Elizabeths Mutter und ihre Tante Julia schließlich den Raum betraten, gaben die jungen Coopers ein sehr charmantes Bild ab. Lucas hatte das geflochtene kupferfarbene Haar seiner Frau mit weißen Jasminblüten geschmückt. Mary kicherte albern, als sie hörte, daß Elizabeths Tochter ihren Namen trug. Julia konnte ihre Begeisterung über das Kind kaum verbergen.

Lucas' Mutter kam am Nachmittag. Sie war zu Tränen gerührt, als sie ihr kleines Enkelkind zu Gesicht bekam. Elizabeth entschied sich in diesem Moment, das Baby nur Catherine zu nennen.

Kitty Gourdin war die letzte Besucherin. Auch sie mußte weinen, als sie das Baby in den Armen seiner Mutter sah. »Oh, verzeih mir, Elizabeth!« meinte sie, »ich gebe wirklich nicht das beste Bild ab. Ich sehne mich nur so sehr selbst nach einem Kind, daß es mich ganz weinerlich macht.«

Elizabeth steckte voller Mitgefühl. Sie war sehr mit sich und dem Kind zufrieden, obwohl sie sich dessen nicht weiter bewußt war. Als Kitty auf dem Ball eine umschwärmte Schönheit gewesen war, hatte sie eine fast unerträgliche Überheblichkeit zur Schau getragen und sich darin gesonnt, die Herzen reihenweise brechen zu können. Das war nun alles über zwei Jahre her. Kittys Verehrer von damals schenkten jetzt der neuen Schönheit ihre Blumensträuße. Kitty war tatsächlich auf dem besten Wege, eine alte Jungfer zu werden – zumindest kam sie sich so vor.

Lucas trat mit einer Tasse Tee in den Raum. Kitty bewunderte gerade erstaunt die winzigen und dennoch exquisiten Kleidungsstücke des Babys und legte Lucas gegenüber ein so kokettes Verhalten an den Tag, daß Elizabeth bald wußte, daß Kitty versuchte, ihren Mann zu beeindrucken. Lucas betörte sie; sie versuchte, ihm zu gefallen. Elizabeth sah ihren Mann jetzt mit ganz neuen Augen. Er schaute mit amüsiertem Blick auf Kitty herunter und lächelte sein schiefes Lächeln. Elizabeth hielt den Atem an; sie fühlte wieder diese unwiderstehliche Anziehungskraft, die dieser Mann einmal auf sie gehabt hatte, die Unsicherheit, von der sie die Monate vor dem denkwürdigen Turnier geplagt worden war. Wenn er mich verlassen würde, wäre ich wie tot, dachte sie.

Er begleitete Kitty zur Tür. Das gedämpfte Lachen ihrer Freundin und das wohlige Lachen ihres Mannes drang für eine halbe Unendlichkeit durch die geschlossene Tür zu ihr. Als Lucas dann wieder die Treppen hochkam, bemühte sie sich, ihm besonders aufmerksam zu lauschen, als er ihr von der Hochzeit ihres Bruders erzählte.

Nachdem sie Catherine am Abend gestillt hatte, zog Lucas die Vorhänge zu. Elizabeth verkroch sich in die Kissen. Sie fürchtete sich vor dem Schmerz, der kommen würde. Lucas schaute sich mit strenger Miene zu ihr um.

»Es tut mir leid, Lucas, aber mir tut noch der ganze Unterleib weh.«

Er zuckte ungeduldig mit den Achseln. Dann sah er ihren flehenden, besorgten Blick. Sein Mund verzog sich zu einem weichen Lächeln. »Meine süße Elizabeth!« Sein Tonfall war eine einzige Liebkosung. »Ich will, daß dir nie mehr etwas weh tut. Wir warten einfach noch ein paar Tage, bis wir den Sohn in Angriff nehmen.«

Sie war ihm sehr dankbar.

Im Mai kam Pinckney aus Baltimore zurück. Er hatte neue Verträge in der Tasche, die allem, was je aus der Erde Carlingtons herausgeholt werden würde, eine sichere Abnahme garantierten. Er bemerkte, daß seine Schwester dunkle Ringe um die Augen hatte. Sie versicherte ihm, das sei die Folge der häufigen Unterbrechungen ihres Schlafes durch das Baby. Pinckney stimmte mit ihr überein, daß der Winzling das reizendste Kind war, das er je gesehen hatte.

Er war auch mit Lucas der Meinung, daß die Familie Cooper jetzt ein größeres Haus brauchte. Das Puppenhaus roch wie eine Säuglingsstation. »Du wirst bald richtiges Geld verdienen können«, meinte Pinckney zu seinem Schwager. »Ich würde an deiner Stelle schon jetzt damit anfangen, ein geeignetes Haus zu suchen.« Er merkte gar nicht, daß Lucas erwartet hatte, er würde ihm das Familienhaus der Tradds anbieten, stutzte jedoch, als Lucas mit hochrotem Kopf überstürzt das Büro verließ.

Elizabeth hörte, wie ihr Mann die Tür hinter sich zuschlug. Sie eilte die Treppe hinab, um ihm seinen Sherry einzuschenken. »Wie schön, daß du heute früher gekommen bist«, begrüßte sie ihn. »Es gibt heute abend eine Überraschung!«

»Ich werde nicht lange bleiben«, entgegnete Lucas unwirsch. »Dieser Platz stinkt viel zu sehr, als daß es ein Mann hier länger aushalten könnte.«

»Ich sage Delia, sie soll dir einen Tisch in den Garten stellen. Dort ist es frisch und kühl.«

435

»Ich werde im Wirtshaus etwas essen. Außerdem findet dort heute abend wieder ein Kampf statt.«

Elizabeth biß sich auf die Lippe. Sie wußte von Freundinnen, deren Männer auch in dieser Kneipe verkehrten, daß Lucas schon zweimal den Sieger im Faustkampf zu einem Duell herausgefordert hatte. Bisher war er siegreich aus diesen Kämpfen hervorgegangen, aber Elizabeth hatte schreckliche Angst, daß ihm etwas zustoßen könnte. Seine Gegner würden Seeleute sein oder irgendwelche Raufbolde aus dem Hinterland, die für zehn Dollar so gut wie alles taten.

»Lucas...«, fing sie an. Sein Gesichtsausdruck ließ sie jedoch verstummen.

Um Mitternacht wurde sie wach. Eine leichte Brise strich durch das offene Fenster und spielte mit den Vorhängen. Die Glockenschläge von der St. Michaels-Kirche verhallten im silberglänzenden Mondlicht. Es war Vollmond. Sie wollte sich gerade wieder in die Federn kuscheln und vom beruhigenden Ruf des Nachtwächters einlullen lassen, da hörte sie unsicher stolpernde Schritte auf der Treppe. Mit einem Schlag war sie hellwach.

Lucas polterte in den Raum. Im bläulichen Mondlicht wirkte seine Narbe fast violett. Mit unförmig angeschwollenen Lippen stand er in der Tür; ein dicker Klumpen geronnenen Blutes in seinem Mundwinkel wirkte wie ein schwarzes Loch. Sein Hemd war voller Blut- und Schweißflecken. Der Whiskeygeruch, den er verströmte, traf sie wie ein körperlicher Schlag. Sie begann zu zittern.

Es war jetzt über einen Monat her, seit sie die schreckliche Szene mit ihm hatte erdulden müssen. Sie hatte die Erinnerung daran verdrängen können. Es war alles zu schmerzhaft gewesen, als daß sie den Gedanken daran hätte aushalten können. Lucas hatte sie nach einer Pause von drei Tagen wieder dazu aufgefordert, ihre ehelichen Pflichten zu erfüllen. Der Schmerz ließ sich aushalten; es dauerte ja auch nicht lange. Sie sah es als Teil ihrer Rolle als Ehefrau, diese Schmerzen erdulden zu müssen und störte sich irgendwann nicht weiter daran, zumal es immer besser wurde. Aber jetzt, als der betrunkene Lucas vor ihr stand, war er wieder ein Fremder, ein grausamer, bedrohlicher Eindringling, der ihr schon einmal so fürchterlich weh getan hatte. Sie war wie gelähmt und stand der Wut, die ihr Mann ausstrahlte, ganz hilflos gegenüber.

Er hatte seine ruckartigen Bewegungen kaum unter Kontrolle. Sie sah die aufgerissene, geschundene Haut an seinen Knöcheln, als er versuchte, sein Hemd aufzuknöpfen. Als er es schließlich mit einem ärgerlichen Ruck auseinanderriß, versuchte sie, die Augen zu schließen, aber es gelang ihr nicht. Wie gebannt starrte sie auf sein übel zugerichtetes Gesicht. Das ist dein Mann, sagte sie sich, und er ist verletzt. Steh auf und kümmer dich um ihn.

Aber sie konnte sich nicht rühren. Lucas ließ sich auf den Stuhl fallen und zog sich die Stiefel aus. Dann streifte er sich seine Kniehose von den Beinen und drehte sich zum Waschbecken um. Prustend goß er sich einen ganzen Krug Wasser über den Kopf.

Taumelnd ging er zum Fenster, zog die Vorhänge ganz zu und wankte zum Bett. Mit gequetschter, undeutlicher Stimme vernahm sie seine Worte. »Sag deiner lieben Frau guten Tag!« Er kicherte in sich hinein. Elizabeth wagte kaum zu atmen. »Hallo, liebe Frau«, rief er völlig betrunken. »Wach auf, Frau!«

Elizabeth merkte, wie ihr die Angst die Kehle zuschnürte.

»Was ist denn das?« ertönte es von Lucas. Sein übelriechender Atem verschlug ihr die Sprache. Seine Finger bewegten sich über ihr Gesicht, betasteten ihre Augen, erspürten, daß sie ihn anstarrte. »Du hast die ganze Zeit zugesehen!« Er packte sie an den Schultern und rüttelte sie. Aus ihrer Kehle drang ein ersticktes Rasseln. »Du lachst?« zischte Lucas. »Hör sofort auf zu lachen!« Er löste eine Hand von ihrer Schulter und begann, sie zu schlagen. Ihr Kopf flog hin und her. Dann drückte er sie auf das nachgiebige Federbett

437

und in die weiche Matratze. Verzweifelt schnappte sie nach Luft. Lucas' Körper legte sich auf sie. »Verdammte Hure«, hörte sie seine heisere Stimme an ihrem Ohr. »Hör sofort auf. Hör auf damit, oder ich bringe dich um! Mich lacht keiner aus!« Seine Faust schlug auf das Kissen, unter dem ihr Kopf lag. Er verfehlte seine Frau. Sie war nicht mehr bei Bewußtsein.

Mit ihrer Ohnmacht fielen auch Angst und Schmerzen von ihr ab. Ihr Atem war noch sehr rauh, aber er fand wieder einen Weg durch ihre Kehle. »Schon besser«, grollte Lucas über ihr. »Auch ein Mann hat seine Rechte. Es gibt nichts zu lachen, wenn ein Mann sich sein Recht nimmt. Überhaupt nichts zu lachen.« Er steckte seinen kleinen Penis mit den Fingern in ihren schmerzenden Leib. Elizabeth zuckte zusammen; der Schmerz drang sogar durch ihre Ohnmacht hindurch.

Catherines hungriges Geschrei ließ Elizabeth wieder zu Bewußtsein kommen. Lucas schnarchte neben ihr, und sie erschauerte. Sie hüllte sich rasch in ihr Nachtgewand und ging zu ihrem Baby.

»Miß Lizzie, alles in Ordnung?« Hattie begegnete ihr mit einem prüfenden Blick.

Elizabeth nickte. »Danke, Hattie. Ich habe nur nicht richtig aufgepaßt und bin gestürzt, als ich aus dem Bett stieg. Gib mir meinen kleinen hungrigen Engel.«

Nachdem Catherine versorgt war, ging Elizabeth schweigsam nach unten. Sie zog sich an und saß bis sechs in der Küche.

Lucas kam in Jagdkleidung die Treppe herab. Er aß nur eine kleine Portion Maisbrei; den brauchte er immerhin nicht zu kauen. »Ich gehe in den Wald jagen«, murmelte er. »Ich komme zurück, wenn mein Mund wieder in Ordnung ist.« Mehr hatte er nicht zu sagen.

»Lucas ist mit einigen Freunden auf die Jagd gegangen«, erzählte Elizabeth ihrer Mutter am Nachmittag. »Es tut ihm bestimmt leid, sich nicht mehr von dir verabschieden zu können.«

»Bestell ihm schöne Grüße«, trug ihr Mary auf. »Ich bin sowieso schon viel zu lange hier. Adam kommt allein einfach nicht klar, das arme Lamm. Wenn Pinny nicht erst so spät zurückgekommen wäre, wäre ich schon vor drei Wochen wieder nach Hause gefahren. Jetzt, wo du selber eine richtige Frau geworden bist, weißt du ja, wie hilflos die Männer in vielen Dingen sind.«

»Ich weiß nichts über Männer, Mama. Am wenigsten über Lucas. Ich verstehe ihn einfach nicht.«

Mary gestikulierte mit den Händen. »Versuch erst gar nicht, ihn zu *verstehen*, Lizzie. Männer hassen kluge Frauen. Sie wollen umsorgt werden, das ist alles.«

Elizabeth griff nach dem Strohhalm, den ihr die Erfahrung einer älteren Frau zu verheißen schien. »Und was soll man machen, wenn sie etwas von einem verlangen, das... das einfach schrecklich ist?«

Die Wangen ihrer Mutter röteten sich leicht. »Ich hoffe, daß ihr jungen Leute nicht über eure privaten Dinge miteinander sprecht. Das wäre nicht nur unloyal, sondern auch äußerst peinlich.«

Elizabeth brach in Tränen aus. »Mama, bitte hilf mir. Du bist doch meine Mutter. Ich würde nie mit jemand anderem über diese Dinge sprechen.«

Mary schaute weg. »Halte dich einfach an deine Hochzeitsgelübde«, meinte sie. »Du hast geschworen, ihm zu ›gehorchen und zu dienen‹. Und in den Schriften steht, daß wir Frauen unseren Männern untertan sein sollen. Jetzt hör auf zu weinen. Du bist das glücklichste Mädchen der Welt, du hast einen wunderbaren Mann und ein reizendes Kind. Du darfst nur nicht den Dickkopf zeigen, der den Tradds so eigen ist. Das ist alles. Hast du mich verstanden?«

»Ja, Ma'am.«

»Dann gib mir noch einen Abschiedskuß. Und sei ein liebes Mädchen, ja?«

Elizabeths tränennasse Wange spürte die kurze Berührung durch die weichen Lippen ihrer Mutter.

Als Lucas drei Tage später wieder nach Hause zurückkam, war Elizabeth krank. »Erschöpfung«, konstatierte Dr. Perigru. »Ich habe ihr direkt gesagt, daß sie sich übernimmt, wenn sie keine Amme hat. Jetzt haben wir die Bescherung. Sehen Sie zu, daß Lizzie die nötige Ruhe bekommt.«

Eine Woche lang hatte Elizabeth hohes Fieber. Dann wurde sie jeden Tag ein bißchen stärker, war aber immer noch ganz teilnahmslos und wollte nur schlafen. Hattie war es schließlich, die sie wieder auf die Beine brachte. »Willst du denn, daß dieses Baby nicht mehr von seiner Mutter mitkriegt als ein Waisenkind?« hatte sie sie gefragt. »Das wäre doch eine Schande!«

Am zehnten Juli zogen die Coopers mit Hattie und Delia wieder auf die Insel. Hattie triumphierte; ihre Rivalin, die Amme, blieb in der Stadt zurück. Elizabeth ging es immer noch nicht viel besser, aber sie schöpfte allmählich neuen Mut. Lucas würde sie jetzt eine lange Zeit in Ruhe lassen müssen. Sie war nämlich schon wieder schwanger.

39

Ein fürchterliches Getöse drang aus dem Nachbarhaus; man hörte laute Schreie, Flüche, zerberstendes Glas. Das ging jetzt schon über eine halbe Stunde so.

»Passiert das öfter?« fragte Pinckney.

Lucy zuckte mit den Achseln. »Scheint so. Wenn die Fenster zu sind, merkt man es kaum.«

»Das hört sich ja an, als würde einer umgebracht. Sollten wir nicht besser die Polizei holen?«

»Ich wünschte, sie würden sich einfach eines Tages alle dort umbringen. Dann hätten wir Ruhe. Die Polizei war sogar schon einmal da, aber sie können nichts machen. Offensichtlich schlägt einer der Mieter seine Frau, wenn er betrunken ist. Aber er bringt sie nie um.«

Pinckney schüttelte den Kopf. Er konnte sich unmöglich vorstellen, was in Menschen vorging, die sich so aufführten. Auch bei den armen Weißen, die das Haus bewohnten, das einmal Julia Ashley gehört hatte, verstand er es nicht. »Du wirst doch diesen Lärm nicht aushalten wollen, bis es wieder kühler wird, Lucy. Warum nimmst du nicht die ganze Familie mit auf die Insel? Joshua könnte ja in meinem Zimmer wohnen. Ich teile mir dann den Raum mit Lucas.«

»Das geht nicht, Pinny.«

»Aber dann könnte ich dich jeden Tag sehen, statt diese Farce aufzuführen und Joshua dauernd irgendwelche Papiere vorbeizubringen. Jedesmal, wenn ich über die Straße schaue und diese Fremden dort sehe, wo du eigentlich leben solltest, könnte ich platzen vor Wut.«

Lucy schob ihre Hand in seine. »Mach es nicht noch schwieriger, als es schon ist, Pinny. Joshua bekommt gerade wieder Boden unter die Füße. Du weißt doch nur zu gut, wie es um ihn stand, nachdem Emma gestorben war. Wenn es nicht seine Pflicht gewesen wäre, den St.-Cäcilian-Ball vorzubereiten, dann hätte er sich doch ganz aufgegeben. So lebte er eben für einige Monate in der Vergangenheit und erzählte dauernd davon, wie es früher gewesen ist. Gott sei Dank kommt er jetzt allmählich in die Gegenwart zurück. Die Phosphatverträge sind der einzige Auftrag, den er seit einem Jahr übernommen hat. Seit Emma krank war, hat er sich überhaupt nicht mehr um sein Geschäft gekümmert. Ich kann es im Moment nicht riskieren, von ihm zu verlangen, sich auf irgend etwas Neues einzustellen.«

Pinckney wollte es nicht einsehen. »Es wäre doch gar keine so große Umstellung. Du wärst doch immer noch bei ihm und könntest ihm jeden Wunsch von den Lippen ablesen.«

»Sei nicht so empfindlich, Pinny! Ich glaube einfach, du bist eifersüchtig.«

Er dachte einen Moment nach. »Du hast mal wieder recht«, meinte er schließlich. Er lächelte traurig. »Es gibt eben einfach zu viele Männer in deinem Leben. Und dabei will ich doch der einzige sein!«

Lucy zwinkerte ihm zu. »Aber mein Herr! Sehen Sie sich vor! Sie verdrehen mir ja noch den Kopf!«

Pinny lachte.

»Willst du, daß ich in Ohnmacht falle?«

»Das wäre zauberhaft.«

Lucy sah sich genötigt, seinem Wunsch zu entsprechen. Mit einem tiefen Seufzer sank sie auf das kleine Sofa. Als sie so anmutig wie möglich auf der Lehne des Sitzmöbels ausgestreckt lag, öffnete sie ein Auge und fragte: »Na, hat es dir gefallen?«

»Und wie!«

»Applaus, bitte! Jetzt stell dich hin wie ein richtiger Mann!« Pinckney gehorchte, warf seine Brust nach vorne und den Kopf nach hinten. Lucy klatschte enthusiastisch in die Hände.

Sie spielten oft diese albernen Spiele miteinander und waren dabei ausgelassen wie kleine Jungen und Mädchen. Die Spannungen zwischen ihnen wurden dadurch ganz spielerisch aufgelöst. Die tiefe Sehnsucht, die sie füreinander empfanden, wurde ein wenig ins Lächerliche gezogen. Dann konnten sie darüber lachen, statt mit ihrem Schicksal zu hadern. Andrew vegetierte derweil in einem ständigen Dämmerzustand vor sich hin. Aber er lebte noch.

Man hörte Mr. Anson im Flur husten. Lucy setzte sich auf; Pinckney setzte sich wieder hin. Mit raschen Schritten betrat der alte Mann den Raum. »Es sieht gar nicht so schlecht aus«, begann er. »Ich glaube, es ist möglich, daß du noch Arbeiter einstellst, ohne deswegen zusätzliche Ausgaben zu haben. Ich sende eine Kopie der Aufstellung und der Bilanz zu Shad Simmons' Rechtsanwalt. Eigentlich bräuchtest du ihm kein Geld mehr zu bezahlen. Ihr habt euch ja getrennt. Shad kassiert immer noch die Hälfte des Gewinns, tut aber nichts mehr für die Firma!«

»Ich habe ihm anfangs mein Wort gegeben, Joshua. Wir wollten gleichberechtigte Partner werden und uns dieses Geschäft teilen.«

Mr. Anson nickte. In diesem Fall konnte er nichts machen. Einen geschriebenen Vertrag konnte man brechen. Dafür waren ja dann die Rechtsanwälte da. Aber das Wort eines Mannes war unumstößlich.

»Gott sei Dank hast du jetzt Lucas«, meinte er. »Der Junge hat wirklich Geschäftssinn! Er hat gerade das alte Haus der Russells gekauft.«

Lucy blieb der Mund offenstehen vor Erstaunen. »Weiß Lizzie schon davon? Da braucht sie ja einen ganzen Stab von Bediensteten.«

»Lizzie doch nicht«, meinte Pinckney. »Auch wenn ihr nur eine einzige Magd und ein altes Kochbuch zur Seite stünden, könnte sie ein Haus dieser Größe führen. Tante Julia hat ihr alles beigebracht. Und bei Gott, sie braucht wirklich ein größeres Zuhause. Zwei Kinder in dem winzigen Häuschen in der Charlotte Street zu haben, das wären ja schlimmere Verhältnisse als bei deinen Nachbarn!

Aber erzählt ihr nichts, ja? Lucas will sie damit überraschen. Er liebt sie wirklich abgöttisch. Lizzie – ich meine natürlich Elizabeth – kann wirklich von Glück sagen, daß sie ihn gefunden hat.«

»Lucas! Du brauchtest wirklich keine Kutsche zu mieten. Ich bin noch kräftig genug, um die Pferdebahn zu nehmen.« Nach drei Monaten im Strandhaus strahlte Elizabeth wieder vor Gesundheit. Jeden Tag war sie am Meer spazierengegangen, oftmals auch allein. Diese Insel war einer der wenigen Plätze, an denen sich eine Dame ohne Begleitung zu einem Spaziergang aufmachen konnte, ohne irgendwelche Regeln zu verletzen.

Lucas öffnete die Tür der Kutsche und half ihr hinein. »Ich will nur das Beste für meine Frau und meinen Sohn«, sagte er.

Elizabeth lachte. »Er hat sich bewegt, als er das gehört hat«, flüsterte sie ihrem Mann zu. Auf der Insel hatte sie lange über Lucas' Brutalität nachgedacht. Sie kam nur zum Vorschein, wenn er zuviel getrunken hatte. Beide Male war er darüber hinaus tief enttäuscht gewesen und hatte seinen Kummer im Whiskey ertränkt. Er wußte dann nicht mehr, was er tat. Nie hatte er ihr absichtlich weh getan. Er liebte sie. Sie mußte nur aufpassen, daß er keine weiteren Enttäuschungen erlebte. Und das wollte sie mit besten Kräften tun, denn auch sie liebte ihn.

Sonst war alles wunderbar. Sie genoß die Aufmerksamkeit, die ihr ihr Mann entgegenbrachte, und hatte viel Freude an Catherine, die mittlerweile ein halbes Jahr alt war.

Elizabeth hatte das Gefühl, für eine halbe Ewigkeit nicht in der Stadt gewesen zu sein. Als sie den schneeweißen spitzen Turm der St.-Michaels-Kirche sah, wußte sie, daß sie wieder daheim war. Sie wunderte sich, daß die Kutsche einen leichten Umweg zu fahren schien.

Plötzlich hielt das Fuhrwerk vor einem imposanten Ziegelgebäude an. Die Initialen des Erbauers waren noch in den schmiedeeisernen Balkongittern eingraviert: N. R., für Nathaniel Russell. Elizabeth kannte das Gebäude genau. Sie war dort bei Mrs. Allston zur Schule gegangen. Seit Eleanor Allstons Tod hatte das Gebäude leergestanden. Elizabeth wußte jetzt überhaupt nicht mehr, was das alles zu bedeuten hatte.

»Was in aller Welt willst du denn hier?« fragte sie Lucas. Dann sah sie, wie sich in dem großen Haus eine Tür öffnete und Delia grinsend heraustrat.

»Willkommen daheim, Mrs. Cooper!« sagte Lucas.

»Ich kann es immer noch nicht glauben«, meinte Elizabeth, als er sie einmal durchs ganze Haus geführt hatte. »Es ist wunderschön, aber ich fühle mich so klein hier drin. Wir müssen alle, die wir kennen, um ein paar Möbelstücke bitten.« Elizabeths Fußtritte wurden von den hohen Wänden zurückgeworfen, als sie in die große Halle trat. Dieser ungeheure Treppenaufgang beherrschte in jeder Hinsicht das Haus. An ihm kam keiner vorbei. Jeder, der das Haus betrat, bewunderte die Schönheit, die Eleganz und die Großzügigkeit dieser Treppe, die sich vom Erdgeschoß immer an der ovalen Wand entlang scheinbar freischwebend nach oben wand. Von der Decke fiel Tageslicht durch ein ovales Dachfenster herein. Wenn man unten in der Mitte des Ovals stand und nach oben schaute, fühlte man sich fast schwerelos, emporgehoben von dem Licht, das von oben einfiel. Vom dritten Stock aus wirkten die Stufen wie ein schwindelerregender Strudel, der sich bis zum polierten Boden weit unten hinunterkreiselte. Elizabeth hielt sich gut am Geländer fest und schüttelte den Kopf, um sich dieser fast hypnotischen Wirkung zu entziehen.

Lucas legte seine Hand auf ihren schon leicht angeschwollenen Bauch. »Das ist ein wunderbares Haus für den kleinen Lucas«, meinte er. »Er wird hier leben wie ein Prinz.« Elizabeth fühlte, wie das Baby gegen die Bauchdecke trat. Auch Lucas konnte es spüren. Er lächelte sanft.

»O Lucas«, hauchte Elizabeth. »Ich bin ja so glücklich.«

40

Shad Simmons stand vor dem hohen, goldumrahmten Spiegel in seinem prunkvollen Hotelzimmer und lächelte. »Du siehst ganz schön stattlich aus, Joseph Shadwell Simmons!« meinte er zufrieden.

Er war gerade erst von einer längeren Europareise nach New York zurückgekehrt und im feinsten Hotel am Ort abgestiegen. Sein Gepäck beherbergte eine Auswahl der besten Stoffe und andere Kostbarkeiten, die er von seiner Geschäftsreise nach England und Deutschland mitgebracht hatte.

Aus der Zeitung hatte er von Lizzies Hochzeit erfahren. Das war für ihn der Anlaß gewesen, dem Süden den Rücken zu kehren und etwas Neues mit seinen Reichtümern anzufangen. Das Baumwollgeschäft interessierte ihn nicht mehr, und jetzt, wo er keinerlei Hoffnung hegen konnte, von der Frau, die er liebte, jemals einen Brief oder ein Telegramm zu bekommen, wollte er auch mit Charleston nichts mehr zu tun haben.

Die nächsten zwei Monate hatte er vor, New York auszukundschaften, und zwar genau so, wie er es vor fünfzehn Jahren in Charleston getan hatte: Er lief durch die Straßen, fuhr mit den Bahnen hin und her, aß in Restaurants und saß still für sich im Raucherraum der verschiedenen Clubs oder in der Vorhalle seines Hotels. Auf diese Weise wußte er bald, wer in dieser Stadt das Sagen hatte. Immer war er mit seinen Ohren dabei und merkte sich genau, was er mithörte.

Nach Ablauf dieser Zeit wußte er, daß seine Entscheidung, nach New York zu gehen, goldrichtig gewesen war. Es war genau die Bühne, die er für das brauchte, was er vorhatte. Darüber hinaus mochte er die Stadt. Es war eine schnelle, rastlose Stadt, in der Neues rasch Fuß fassen konnte; eine Stadt von erfrischender Nüchternheit. Sie entsprach seinem Wesen. Die vielen Bettler auf den Straßen störten ihn nicht mehr als die Tauben, die scheinbar überall zu finden waren. Er genoß den Reichtum, hatte selbst ein kleines Vermögen gemacht und wollte einiges davon ausgeben, um an noch mehr Geld zu kommen. Charleston konnte ihm den Buckel herunterrutschen. New York steckte voller Menschen, die genauso dachten wie er. Die Stadt bot alles, was ein kurzentschlossener Mann brauchte, der es gewohnt war, günstige Gelegenheiten beim Schopf zu packen.

An einem Mittwoch im November schlenderte er zum Empfang des Hotels und verlangte den Direktor zu sprechen. Es war der erste Schritt in seinem bis ins letzte ausgetüftelten Manöver.

»Ich brauche Ihren guten Rat«, sprach er den Hoteldirektor an. »Ich hoffe, ich kann mich darauf verlassen, daß Sie mein Vertrauen rechtfertigen und keinem Dritten gegenüber etwas von unserem Gespräch mitteilen.«

Der Mann beteuerte seine Verschwiegenheit. Shad wußte, daß er dafür sorgen würde, die Neuigkeit so schnell wie möglich unter die Leute zu bringen. »Nun, um die Wahrheit zu sagen, ich habe Heimweh«, begann er. »Charleston ist ein sehr geselliges Pflaster, und ich vermisse die kleinen Empfänge am Abend. Natürlich ist es heute nicht mehr ganz so wie früher. Der Krieg hat uns alles geraubt, bis auf unsere guten Manieren und unsere alten Traditionen. Aber es gibt doch noch genug gesellschaftliche Ereignisse: Konzerte, anregende Gesprächskreise, bescheidene Feste. Ich hatte gehofft, ein paar kultivierte Leute hier in dieser Stadt zu treffen, aber meine Freunde in Europa haben doch recht behalten. New York ist nicht die richtige Stadt für diese Dinge. Jetzt habe ich mich entschlossen, es woanders zu versuchen und wollte Sie fragen, ob Sie vielleicht in Boston eine Örtlichkeit wissen, die dieselben Annehmlichkeiten bietet wie dieses Hotel. Ich kann Ihnen etliche Empfehlungsschreiben zeigen.«

Wie erwartet wurde ihm versichert, daß es keinen Grund für ihn gäbe, nach Boston zu gehen und dort auch kein vergleichbares Hotel existiere. Der Direktor bat untertänigst um die Erlaubnis, Shad zu ein paar Einladungen zu entsprechenden Empfängen in New York zu verhelfen.

Am nächsten Morgen lagen sieben Einladungskarten auf dem kleinen Rolltisch, auf dem das Frühstück serviert wurde. Shad lachte in sich hinein. Er hatte es geschafft! Bald würde er da sein, wo er hinwollte: im innersten Kreis der Reichsten und Mächtigsten dieser Stadt, der Leute, die die Wirtschaft, die Börse und die Politiker beherrschten. Der kürzeste und sicherste Weg führte über eine entsprechende Heirat. In Charleston hatte man ihn bis zu einem gewissen Grad akzeptiert, weil er etwas besaß, das damals Mangelware gewesen war: Bargeld. In New York spielte Geld keine Rolle; die halbe Million, die er auf einem Konto bei Morgan deponiert hatte, war nichts im Vergleich zu den Summen, die die mächtigen Männer dieser Stadt zusammengerafft hatten. Er konnte jedoch etwas aufweisen, das hier in New York noch gefragter war als sein Geld in Charleston: Aristokratie. Diese Neureichen konnten unmöglich überprüfen, was es mit seinen Empfehlungsschreiben auf sich hatte. Mit dem Namen Charleston verbanden alle adlige Aufgeblasenheit, aber keiner kannte irgend jemanden aus dieser Stadt persönlich. Für Charleston existierte New York nicht. Shad mußte wieder lachen, als er an seinen Plan dachte.

Sechs Einladungen schlug er mit aller gebotenen Höflichkeit aus. Die einzige Einladung, die ihn interessierte, war die von Mrs. Mary Elliott Dalton. Sie war eine Tante des Mädchens, das er zu heiraten gedachte: Emily Elliott, die Tochter des steinreichen Samuel Elliott. Dieser Mann war berüchtigt für seine Unbarmherzigkeit und seine pathologische Angst vor irgendwelchen fiktiven Anarchisten, die alle Reichen dieser Welt ausmerzen wollten. Er war einer der mächtigsten Männer der Stadt.

Seine Tochter Emily hütete er wie seinen Augapfel. Er hielt sie regelrecht in einer Art französischem Schloß in der Fifth Avenue, Ecke Vierzigste Straße, gefangen. Ging sie aus, wurde sie immer von schwerbewaffneten Leibwächtern begleitet. Die panische Angst ihres Vaters vor irgendwelchen Anschlägen hatte auch auf sie übergegriffen. Dazu kam die Überzeugung, daß jeder Mann, der ihr gegenüber irgendein Interesse zeigte, es nur auf ihr Geld abgesehen hatte.

Als Shad das erstemal mit Emily zusammentraf, wußte er, daß ihr Vater recht hatte. Kein Mann würde Emily ohne ihr Geld auch nur eines einzigen Blickes würdigen. Sie war klein und dicklich, hatte eine unreine Haut und zusammengekniffene, kurzsichtige Augen. Ihr Haar hatte genausowenig Farbe wie ihre Haut. Sie trug am liebsten Perlenketten, was ihre bleiche Hautfarbe noch weiter unterstrich – und natürlich den Reichtum ihres Vaters zur Schau stellte; es waren ungeheuer große Perlen.

448

Shad verneigte sich in vollendeter Form vor ihr und gab ihr einen Handkuß. Er war dankbar, daß sie Handschuhe trug; bestimmt hatte sie schwitzige, kalte Hände. Alles an Emily wirkte ungesund.

Bis sie sprach. Sie sagte lediglich »Wie geht es Ihnen?«, aber diese wenigen Worte waren wie Musik in Shads Ohren. Sie hatte eine klare, reine Sopranstimme, wie man sie sonst nur von den Solisten englischer Knabenchöre her kennt.

Shad verbarg seine Überraschung. In diesem Augenblick mußte er höflich, aber distanziert wirken. Er wollte immerhin erreichen, daß sich die Elliotts um ihn bemühten und nicht umgekehrt. Den größten Teil des Abends verbrachte er damit, sich mit der Gastgeberin zu unterhalten. Sie war begierig darauf, etwas von ihm zu erfahren, und er war gut darauf vorbereitet, ihre kühnsten Erwartungen noch zu übertreffen.

Ja, erzählte er, bis vor kurzem hatte er sich in England aufgehalten. Aber der Prinz umgab sich nicht unbedingt mit den Leuten, mit denen er, Shadwell, gerne etwas zu tun haben wollte. Und die Königin? Nun, ihr fehlte etwas Stil. Anerkennend musterten seine Augen das erlesene Mobiliar im Salon von Mrs. Dalton.

Er bat sie darum, eine passende Behausung für einen ruhigen Junggesellen zu finden, aber nichts Bombastisches. Er wollte sich nicht zu sehr um einen Platz kümmern müssen.

Er vertraute ihr auch ein trauriges Geheimnis an. Über seinem Abschied von der Heimat lag ein dunkler Fleck. Er hatte einen Mann im Duell getötet, weil dieser die Ehre einer Dame beleidigt hatte. Natürlich hatte die Dame nie etwas davon erfahren. Sie war die Frau seines besten Freundes, der im Krieg einen Arm verloren hatte und deshalb nicht selber um ihre Ehre hatte kämpfen können. Er sehnte sich zwar sehr nach der unvergeßlichen Heimat, meinte er mit dem charmanten Akzent der Leute aus den Südstaaten, aber auch wenn es irgendwann einmal für ihn möglich sein würde, ehrenvoll zurückzukehren – er brächte es wahrscheinlich nicht mehr übers Herz. Ein glückliches Schicksal hatte ihn mit Phosphat-

449

vorkommen gesegnet, die unter der Erde des Landgutes seiner Familie lagerten. Jetzt konnte er es kaum ertragen, mitansehen zu müssen, wie diese Erde aufgerissen wurde, um das wertvolle Gut zu fördern. Für Jahrhunderte hatte dieser Boden seine Familie ernährt; Generationen von Schwarzen waren dort freudig singend und glücklich ihrer Arbeit nachgegangen. Kurz vor dem Duell hatte er sich entschlossen, einen Schlußstrich zu ziehen und den Familienbesitz verkauft.

»Unser ganzer Stolz liegt in dem, was wir noch besitzen und was uns keiner wird nehmen können: unsere ehrbare Abstammung.«

Ihr läuft ja schon das Wasser im Mund zusammen, dachte er sich. Der romantische Duellant, der zuletzt Gast bei der königlichen Familie von England war! Ihr fielen ja fast die Augen aus dem Kopf, als sie das Wort ›Landgut‹ hörte. Wenn man will, daß einem jemand alles glaubt, dann sollte man seiner Fantasie freien Lauf lassen. Je unwahrscheinlicher die Geschichte, desto glaubhafter. Das hatte noch immer funktioniert!

Nach vier weiteren Besuchen bei Mrs. Dalton war es dann soweit. Shad hielt triumphierend eine Einladung ins Allerheiligste in seinen Händen. Samuel Elliotts gebrechliche Frau erlaubte, daß ihre Schwägerin Shad zum Tee mitbrachte! Er hörte sich geduldig an, wie Mrs. Elliott ihn über ihre ganze Krankheitsgescbhichte in Kenntnis setzte und achtete sorgsam darauf, daß er in keiner Form auf ihr auffälliges Geschmeide oder ihren erstaunlichen Leibesumfang reagierte. Hinterher schrieb er ihr eine steife Danksagung, in der er Emily mit keinem Wort erwähnte. Sie hatte während der ganzen Teezeremonie schweigend dabeigesessen.

Nun wollen wir ihren Appetit noch ein wenig anstacheln, dachte er sich. Er bedauerte zutiefst, die nächsten fünf Einladungen von Mrs. Elliott und Mrs. Dalton absagen zu müssen. Mit jeder Absage schickte er ihnen jedoch einen großen Blumenstrauß.

Am ersten Dezember folgte er einer dringenden Aufforderung, Mr. Samuel Elliott höchstpersönlich in seinem muffigen Büro in der Wall Street aufzusuchen. Er behandelte den alten Mann mit dem nötigen Respekt und ließ sich nur ganz wenig anmerken, daß er aufgeregt war. Als Elliott wissen wollte, warum Shad seine Frau beleidigte, indem er fortgesetzt ihre Einladungen ausschlug, ging Shad aufs Ganze. »Ich glaube, sie versucht, mich für Ihre Tochter zu gewinnen. Ich will aber nicht den Eindruck machen, ich sei hinter ihrem Geld her.«

»Hinter was sind Sie denn dann her?«

»Ich habe selbst genug Geld und noch genug Zeit, um ein Vermögen hinzuzuverdienen.«

»Was haben Sie dann bei meiner Frau zu suchen? Erzählen Sie mir nicht, daß Sie etwas über den Zustand ihrer Gallenblase wissen wollten.«

»Ich bin durchaus wegen Ihrer Tochter erschienen. Ich höre ihr ungemein gerne zu. Sie hat für mich die reinste Engelsstimme. Aber ich werde ihr nicht eher den Hof machen, bis ich so reich bin, daß ich sie Ihnen abkaufen kann. Das ist doch die Sprache, die Sie verstehen! Ihre Frau gäbe alles her, wenn Ihre Tochter Kinder aristokratischer Abstammung bekäme, aber Ihnen sind solche Dinge ja gleichgültig!«

»Woher wissen Sie, worauf ich Wert lege?«

»Sie sind Geschäftsmann. Sie kaufen und verkaufen. Für Sie muß der Preis stimmen, alles andere ist Ihnen doch egal.« Shad verneigte sich und verließ das Büro. Offensichtlich war er beleidigt.

Seine Verlobung mit Emily Elliott wurde Heiligabend bekanntgegeben.

Elizabeth hatte die ganze Familie zu Gast zum Weihnachtsessen – in ihrem neuen Zuhause! Seit Wochen hatte sie alles dafür vorbereitet; es wurde ein herrliches Fest. Julia hatte den langen Chippendale-Tisch von ihrem Speicher holen lassen; Delia hatte ihn poliert, daß er nur so glänzte, und Elizabeth hatte die Mitte des Tisches mit den roten Beeren geschmückt, die im Garten des Hauses zu finden waren. Alles war perfekt aufeinander abgestimmt. Die Samtvorhänge, ursprünglich bordeauxrot, waren von der Sonne zu einem etwas helleren, ungleichmäßigen Rot ausgebleicht worden, das Elizabeth noch besser gefiel. Überall auf den Fensterbänken und rund um den Kamin hatte sie Zweige mit leuchtendroten Beeren in großen Vasen aufgestellt. »Dieses Rot überall, herrlich!« meinte sie.

Ihre gestalterischen Fähigkeiten fanden allgemeine Bewunderung. Besonders Stuarts ebenfalls schwangere Frau, die schüchterne Henrietta Koger, war ihr in letzter Zeit nähergekommen. Elizabeth war ganz die erfahrene Mutter und überschüttete die unsichere Henrietta mit gutgemeinten Ratschlägen.

Das Weihnachtsessen war ein Gedicht; alles lief wie am Schnürchen. Nachher gingen alle in den Garten und bestaunten bei wolkenlosem, mildem Wetter die üppigen Kamelienblüten, die von den schräg einfallenden Sonnenstrahlen förmlich zum Glühen gebracht wurden. »Ich wußte gar nicht, daß eine einzige Person soviel Glück empfinden kann«, meinte Elizabeth. »Ich könnte platzen!«

Die Männer gingen kurze Zeit später hinunter zum Fluß, um den Fortschritt beim Bau der neuen Brücke über den Ashley zu bestaunen. Für Stuart war dies eine willkommene Gelegenheit, davon zu erzählen, wie er die alte Brücke kurz vor dem Einfall der Yankees in die Luft gejagt hatte. Henrietta bedauerte es sehr, nicht mitkommen zu können und den Ort, an dem Stuart seine Heldentaten vollführt hatte, mit eigenen Augen zu sehen.

Zwei Tage später pflückte Elizabeth gerade einige Kamelienblüten für die Küche, als sie einen plötzlichen Schmerz im Unterleib spürte. Bevor sie mit der Hand die Stelle erreichte, an der der Schmerz wütete, fühlte sie unmißverständliche Wehen. Blut lief ihr die Beine entlang. »O Gott!« rief sie.

Sie taumelte zum Haus und alarmierte Delia. Kurze Zeit später war Dr. Perigru zur Stelle.

»Das Kind hat von Anfang an keine Chance gehabt, auch wenn es noch die restlichen zwei Monate im Bauch geblieben wäre. Placenta previa. Das Beste wird sein, wenn Sie sich über die zwei Monate unnützer Schwangerschaft freuen, die Ihnen erspart geblieben sind.«

Elizabeth sah sich außerstande, es auf diese Weise zu sehen. »Mein Baby ist tot«, schluchzte sie. »Es ist tot. Tot! Ich kann es nicht fassen!«

Dr. Perigru gab ihr etwas Laudanum und wartete, bis sie eingeschlafen war. Dann erhob er sich. Er fühlte sich sehr alt. Elizabeth würde schon darüber hinwegkommen; sie war jung und stark, sie hatte bereits ein Kind, das ihre Mutter brauchte, und sie würde noch weitere Kinder bekommen können. Und dennoch fühlte er eine tiefe Trauer. Sicher, er hatte nicht viel tun können, aber Leben, und besonders neues Leben, war einfach zu kostbar, als daß er sich damit zufrieden gegeben hätte, nicht viel ausrichten zu können. Er hatte nie die Grenzen seines Wissens und seiner Fähigkeiten akzeptieren können. Immer fühlte er sich in so einem Fall wie ein Versager. Du solltest aufhören, sagte er sich. Du wirst zu müde, zu alt, zu sentimental. Er packte seine Tasche und ging. Elizabeth war fest eingeschlafen. Der nächste Patient wartete bereits.

Elizabeth konnte den Verlust tatsächlich überraschend schnell verkraften. Anders Lucas. Er stürzte völlig in Tränen aufgelöst in ihr Zimmer, so daß Elizabeth an nichts anderes denken konnte, als ihn zu trösten.

Er war wie von Sinnen. »Mein Sohn«, heulte er auf. »Mein Sohn ist tot! Er ist für immer fort, noch bevor ich ihn ein einzigesmal gesehen habe. Das ist nicht fair! Das ganze Leben ist nicht fair! Nie bekomme ich das, was ich mir am sehnlichsten wünsche. Ich hätte ein ganzes Bataillon anführen sollen, nicht nur einen kleinen Trupp Soldaten. Sie hätten mich bitten müssen, General Hamptons Ehrengarde beizutreten. Ich sollte bestimmen, wo es in der Firma langgeht, nicht Pinckney. Er weiß nicht halb so viel wie ich. Ich habe mich nie beklagt. Aber das ist zuviel! Das einzige, um das ich je gebeten habe, war, einen Sohn zu bekommen. Ein Mann sollte einen Sohn haben. Wie sollen die Leute sonst wissen, daß er ein richtiger Mann ist? Ich kann das nicht ertragen!« Er heulte erneut auf; es war ein tiefer, herzzerreißender Schrei der Verzweiflung und der Wut. Er schüttelte seine Faust gegen die Decke, warf seinen Kopf in den Nacken und schrie: »Das lasse ich mir nicht gefallen! Das kann man nicht mit mir machen!« Dann brüllte er weiter.

Elizabeth bewegte sich vorsichtig auf ihn zu. »Lucas«, sagte sie, »Lucas! Laß mich dir helfen, laß mich dich halten, dich trösten! Komm!« Sie zog ihn in ihre Arme. Lucas brach zusammen, schrie immer noch, riß sie mit sich zu Boden. Sie legte seinen Kopf auf ihre Brust, streichelte ihn und beruhigte ihn mit den gleichen sanften, zarten Lauten, mit denen sie Catherine immer beruhigen konnte. Irgendwann war er dann tatsächlich ruhig.

Ein tragisches Ereignis bringt eine Familie entweder enger zusammen oder reißt sie auseinander. Der Verlust ihres Sohnes knüpfte ein Band gemeinsamer Trauer zwischen Elizabeth und Lucas Cooper. So nah waren sie sich noch nie gewesen.

Bis zum Frühling.

»Lucas! Lucas, nein! Bitte nicht!« Elizabeth krümmte sich vor Schmerzen; ihre Arme hatte sie schützend über ihren Bauch gelegt. Ihr Mann stand drohend über ihr, sein Fuß war schon wieder zurückgezogen, bereit, ihr ein weiteres Mal in den Bauch zu treten.

»Geh doch zur Hölle«, brüllte er sie an. »Du altes, nutzloses Stück Dreck!« Er zerknüllte ein Stück gelbes Papier in seiner Faust und schleuderte es zu seiner Frau hin. Dann stürmte er aus dem Zimmer.

Elizabeth weinte, bis ihr Kopf genauso schmerzte wie ihr Bauch. Allmählich brachte sie ihren Körper wieder unter Kontrolle. Steh auf, befahl sie sich. Hattie und Catherine kommen bald vom Spielen zurück. Draußen, vor den offenen Fenstern, verspottete die Pracht des Frühlings ihr Elend. Mit zitternden Gliedern kroch sie auf das Stück Papier zu, das auf dem Boden lag. Dann zog sie sich an einem Stuhl hoch und ließ sich darauf fallen. Sie glättete das Papier, bis sie erkennen konnte, was es war: Ein Telegramm aus Summerville, addressiert an Mr. und Mrs. Lucas Cooper. Es verkündete die Geburt eines Sohnes bei Richter Stuart Tradd und seiner Frau.

»Oh, mein Gott«, stöhnte Elizabeth auf. Sie wußte, welche Gefühle Lucas gegenüber Stuart hegte. Er hatte zu oft seine Witze über den kleinen Wuchs ihres Bruders und seine unbedeutende Tätigkeit als Schiffseigner gemacht, als daß seine Überlegenheit je in Zweifel gezogen worden wäre. Bis heute. Jetzt hatte Stuart etwas, was Lucas wollte. Einen Sohn. Und Lucas gab ihr die Schuld daran, daß er keinen hatte.

Sie hatte sich in dem trügerischen Glauben gewiegt, daß die schlimmen Zeiten vorüber waren. Seit ihrer Fehlgeburt waren vier Monate vergangen, vier Monate, in denen sie gemeinsam darauf gewartet hatten, daß ihr am frühen Morgen wieder übel werden würde, vier Monate wachsender Enttäuschung, wenn sie Lucas gestehen mußte, daß sie immer noch nicht schwanger war. Erst vier Monate! Und jetzt das. Lucas hatte im Eßzimmer auf sie gewartet. Als sie vom Frühstück mit ihren Freundinnen zurückkam, lag sein goldgelber Haarschopf auf der Tischplatte. Neben ihm stand eine leere Flasche Brandy.

Als Elizabeth besorgt seine Schulter berührte, hatte er nicht ein einziges Wort zu ihr gesagt. Er war einfach aufgestanden, hatte ihre Schultern gepackt, sie geschüttelt, bis sie fast das Bewußtsein verlor, sie dann auf den Boden geschleudert und angefangen, sie zu treten.

Was soll ich jetzt nur tun? fragte sie sich. Alle möglichen Gedanken rasten ihr durch den Kopf, aber sie fand keinen Ausweg. Pinckney? Sie könnte es Pinckney erzählen... und er würde Lucas umbringen. Das war so sicher wie das Amen in der Kirche. Einen Augenblick lang spürte sie eine immense Erleichterung bei dem Gedanken. Dann fiel ihr jedoch ein, daß Pinckney Lucas zum Duell herausfordern würde. So wurde das unter richtigen Männern geregelt. Und das Ergebnis war auch klar: Lucas würde Pinckney töten. Elizabeth wimmerte verzweifelt. Wenn sie doch nur mit irgend jemandem sprechen könnte... aber es gab keinen. Ihre Mutter würde ihr nur sagen, daß eine Frau ihrem Manne zu dienen habe... Lucy? Lucy würde ihr bestimmt zuhören, würde sie verstehen. Aber Lucy hatte genug eigene Sorgen, als daß sie sie noch mit ihren eigenen Sorgen würde belasten wollen. Und sie konnte wahrscheinlich doch nichts ändern. Was konnte sie denn schon gegen Lucas ausrichten?... Tante Julia? Vor Tante Julia hatten alle Respekt, auch Lucas... Aber ich bringe es nicht fertig, ausgerechnet Tante Julia mein Herz auszuschütten. Sie ist eine alte Jungfer; sie weiß überhaupt nicht, wovon ich spreche und wird wahrscheinlich wütend werden, wenn ich irgend etwas erwähne, was eigentlich nur zwischen Verheirateten Erwähnung finden dürfte... Die strikten Konventionen der Gesellschaft, in der sie lebte, legten sich wie ein Bleipanzer um die junge Frau; verdammten sie in ihrer verzweifelten Lage zur Isolation. Sie stand ganz alleine da... Und wenn sie einfach Catherine nehmen und davonlaufen würde? Wohin? Wie? Sie hatte Charleston noch nie verlassen, bis auf die kurze Reise den Fluß hinauf zum Landgut. Sie erkannte, daß sie zu hilflos und zu unwissend war, um etwas Derartiges tun zu können. Die Welt draußen schreckte sie mehr als Lucas Gewalttätigkeit.

Sie hörte, wie sich die Haustür öffnete und wieder ins Schloß fiel. Schnell wischte sie sich die Tränen aus den Augen, richtete sich auf und zwang sich ein Lächeln ab, mit dem sie Hattie und Catherine empfangen wollte.

Es war Lucas. Schwankend stand er in der Türöffnung. Elizabeth merkte, wie ihr ihre Angst wieder die Kehle zuzuschnüren begann.

»Elizabeth...« Er stolperte auf sie zu und fiel vor ihr auf die

Knie. »Oh, mein Gott, kannst du mir je verzeihen?« Sein Gesicht war ganz verzerrt vor Kummer. »Ich muß verrückt gewesen sein. Bitte, mein Liebling, bitte sag mir, daß du mir vergibst.« Er vergrub schluchzend seinen Koppf in ihrem Schoß.

Elizabeth streichelte sein wunderschönes, volles Haar. »Pst!« flüsterte sie. »Sei still! Es ist ja alles gut. Ich verstehe dich.« Ihr Körper spürte noch den Schmerz, aber ihr Herz strömte über vor Mitgefühl für Lucas. Sie hatte ihn nur ein einziges Mal so erlebt, kurz nach der Fehlgeburt, bei der er seinen Sohn verloren hatte. Dieser Sohn war wirklich alles für ihn gewesen. Sein Schmerz, dachte sie, ist so viel größer als das, was ich fühlen kann.

Die Glocken der St.-Michaels-Kirche erinnerten sie daran, daß Catherines Zeit im Park allmählich um war. »Komm hoch, Lucas«, sagte sie sanft. »Laß mich dich nach oben bringen. Du kannst dann bis zum Abendessen im Schlafzimmer bleiben. Ich bin ja bei dir. Komm jetzt, oder willst du, daß Catherine ihren Vater in diesem Zustand sieht?«

41

Feierlich läuteten die Glocken der Trinity-Kirche, als Joe und Emily Simmons durch das geöffnete Portal nach draußen traten, wo sie eine jubelnde Menge mit Rosenblättern überschüttete. Das Brautpaar rannte förmlich zur Hochzeitskutsche. Emily stolperte beinahe über die lange Schleppe ihres Hochzeitskleides; Joe konnte sie gerade noch rechtzeitig auffangen.

»Danke, Joseph«, sagte sie artig.

Er half ihr in die Kutsche. »Ein Ehemann muß doch für irgend etwas gut sein, oder?« lachte er.

Die Zeit, in der sie miteinander verlobt gewesen waren, war für Shad eine überaus glückliche Zeit gewesen. Emilys

Vater hatte ihm die Türen zu einer Welt aufgestoßen, in die er immer schon hatte eintreten wollen. Sein Geschick wurde dort aufs äußerste gefordert; er war unter seinesgleichen. Das erstemal in seinem Leben hatte er das Gefühl, sein eigenes Schicksal selbst in Händen zu halten. Er hatte die schwierigste Hürde genommen; alles, was er sich je vorgenommen hatte, erschien ihm jetzt erreichbar.

Darüber hinaus lernte er immer mehr, Emilys Gegenwart zu schätzen. Das Glück einer verheirateten Frau machte sie nicht unbedingt schöner, aber sie verlor ihre Zurückhaltung, und die beiden hatten sich viel zu sagen. Joe wurde nie müde, ihrer außergewöhnlichen Stimme zu lauschen, auch wenn sie sich über Dinge ausließ, die ihn langweilten.

Das geschah aber nur selten. Emily war eine intelligente junge Frau, und sie wollte ihrem Mann gefallen. So achtete sie genau auf seine Reaktionen und lernte bald, daß er sich vor allem für eine Sache interessierte: Geschäfte. Da konnte sie nicht mitreden, aber seine leidenschaftliche Begeisterung für Musik konnte sie genauso begeistert teilen. Er hatte die Familie Elliott einmal zur Metropolitan Oper begleitet – es war für ihn nur eine Pflichtübung gewesen – aber an diesem Abend lernte er die Oper lieben. Emily war seine Führerin in diese ihm völlig unvertraute Welt der musikalischen Ereignisse. Sie liebte Joseph aus vollem Herzen. Er war der Prinz, der sie aus ihrem einsamen, abgeschotteten Leben auf der Trutzburg ihres Vaters erlöst hatte.

Joe würdigte das Geschenk, das ihm Emily mit ihrer Liebe entgegenbrachte, und schätzte es hoch ein. Keiner war ihm je mit soviel Liebe begegnet; es tat ihm sogar aufrichtig leid, daß er Emilys Gefühle nicht erwidern konnte. Er schwor sich, es Emily nie merken zu lassen, daß er sie nicht auf die gleiche Weise lieben konnte wie sie ihn. Sie glücklich zu machen, fiel ihm nicht schwer. Und ihr Glück strahlte auf ihn zurück.

Das Haus der Elliotts war voller Gäste; der Hochzeitsempfang nahm kein Ende; das Brautpaar war bald völlig erschöpft. Am nächsten Morgen begaben sich die beiden auf ein Schiff nach Europa, um ihre Hochzeitsreise anzutreten. Die Hochzeitsnacht verbrachten sie in einer luxuriösen Suite in dem mondänen Hotel in der Fifth Avenue, in dem Shad ganz zu Beginn seines Aufenthaltes in New York abgestiegen war. Joe weihte Emily behutsam in die Geheimnisse der körperlichen Liebe ein; sie fühlte sich bei ihm geborgen und sicher.

Als sie nach sechs Monaten wieder zurückkamen, hatten sie sich gut aufeinander eingestellt. In Europa hatten sie alle großen Opernhäuser besucht; Emily hatte sich mehr Kleider gekauft, als ihre Koffer fassen konnten; Joe hatte seine anfängliche Abneigung gegen Auslandsreisen wieder abgelegt. Es war eigentlich gar nicht so schlecht, in der Fremde zu sein, wenn man jemanden dabeihatte, mit dem man seine Gefühle teilen konnte.

Für ihre Rückkehr nach New York hatten sie sich den besten Monat des Jahres ausgesucht. Im Oktober hatte diese Stadt einen ganz besonderen Reiz; eine angenehme, belebende Frische lag in der Luft; alles bewegte sich noch schneller als sonst. »Ich fühle mich großartig!« verkündete Joe seiner Frau. »Ich fühle mich allem gewachsen, komme, was da wolle! Ich liebe diese Stadt. Keiner verliert hier unnütze Zeit; da bin ich genauso.«

Er warf sich mit einem Eifer in das geschäftige Treiben auf der Wall Street, daß Emily kaum noch etwas von ihm mitbekam. Doch das störte sie nicht weiter. Sie war genauso beschäftigt wie er, kümmerte sich um den Bau und die Ausstattung ihres neuen Zuhauses, eines wahren Palastes auf der Fifth Avenue, direkt gegenüber dem Central Park. Joes rücksichtsvolle Aufmerksamkeit ihr gegenüber, die sie das halbe Jahr ihrer Ehe unablässig begleitet hatte, hatten Emily ein Selbstvertrauen geschenkt, das es ihr spielend möglich machte, mit Architekten, Dekorateuren, Antiquitätenhändlern und Gärtnern auf eine Weise umzugehen, die in ihrer unbarmherzigen Anmaßung der ihres Vaters in keiner Weise

459

nachstand. Im Mai war alles fertig; die letzten goldenen Wasserhähne waren an die Badewannen aus dunkelgrünem Marmor montiert. Dieser Palast war zum allgemeinen Stadtgespräch geworden; der Empfang anläßlich des Einzugs wurde von jeder größeren Zeitung auf mindestens einer halben Seite groß herausgestellt.

Joe nahm dankbar die Komplimente zur Kenntnis, die ihm die Gäste entgegenbrachten. Er wies zwar fortwährend darauf hin, daß es Emilys Verdienste waren, auf die diese erstaunliche Pracht zurückzuführen war, aber insgeheim beglückwünschte er sich zu manchem Geschäft, das er in diesen Monaten erfolgreich abgeschlossen hatte, und ohne das dieser ganze Prunk kaum möglich gewesen wäre. Der Name Simmons hatte inzwischen in den höheren Kreisen der Finanzwelt einen durchaus angenehmen Klang.

Wenn er irgendwo auf der Straße eine rothaarige Frau sah, befiel ihn immer noch eine plötzliche Wehmut. Er lernte, damit zu leben und war auch viel zu beschäftigt, als daß er sich irgendwelchen Grübeleien hätte hingeben können. Charleston lag weit hinter ihm zurück. Es war inzwischen auch unter seiner Würde, sich diesen Kreisen besonders zugehörig zu fühlen. Mit jedem Tag wurde sein Abstand zu ihnen größer.

»Warum in aller Welt muß dein Bruder die Hälfte des mickrigen Gewinns, den die Firma abwirft, diesem Taugenichts Simmons in den Rachen werfen?« Lucas knallte die Tür seines Kleiderschrankes zu und stieß seine Arme in die Ärmel des Mantels, den er dort herausgeholt hatte.

Elizabeth tat so, als bemerke sie seine Wut nicht. Sie hatte sich inzwischen an Lucas' Gefühlsausbrüche gewöhnt und gelernt, daß es das beste war, wenn sie ihren Mund hielt. Er hatte sie in letzter Zeit nicht mehr geschlagen, auch nicht, als er erfahren mußte, daß Stuarts Frau ein weiteres Baby erwartete. Elizabeth war immer noch nicht schwanger, so sehr sich die beiden auch bemühten.

Lucas war Pinckney immer noch böse, weil dieser keinerlei

Interesse zeigte, die Firma vergrößern zu wollen. Er hatte von Shad erfahren, als er Pinckney um eine Gehaltserhöhung bat und dieser bedauernd ablehnen mußte, weil es die finanzielle Lage der Firma nicht zuließ. Elizabeth fragte sich, was wohl aus Joe Simmons geworden sein mochte.

»Dieser Kerl ist wahrscheinlich schon lange tot, und sein Rechtsanwalt streicht das ganze Geld ein!« Lucas war nicht zu beruhigen. »Ich trage dagegen einen Anzug, der schon an den Ellbögen durchgewetzt ist... Brauchst du eigentlich den ganzen Tag, bis du fertig wirst? Du denkst wohl, der Zug wartet auf dich?« Elizabeth stach sich mit einer raschen Bewegung eine letzte Nadel ins Haar und erklärte, sie sei bereit. Sie hatten vor, nach Summerville zu fahren und dort der Taufe von Stuarts zweitem Kind beizuwohnen. Es war wieder ein Junge.

Die kurze Reise war für Elizabeth richtig aufregend. Es war das erstemal, daß sie mit der Eisenbahn fuhr. Sie genoß es sehr, sich nicht Lucas' halsbrecherischen Fahrkünsten mit dem Einspänner aussetzen zu müssen. In der Öffentlichkeit war er überaus aufmerksam ihr gegenüber und zeigte auch Pinckney beständig ein frohes Lächeln. Wenn er Publikum fand, war er immer hinreißend. Elizabeths Freunde beneideten sie um ihren stattlichen, galanten Mann und die gute Ehe.

Sie fragte sich allmählich, wie es wohl in anderen Ehen hinter der Fassade aussehen mochte. Bei der Taufe beobachtete sie Stuart und Henrietta und versuchte, sich auszumalen, wie sie wohl miteinander klarkamen. Ihr Haus war klein und wirkte ein wenig schäbig, ungeachtet der wunderschönen Möbel, die aus Julias Haushalt stammten. Henrietta war nicht die beste Wirtschafterin, und Elizabeth sah überall unübersehbare Zeichen einer schlechten Haushaltsführung. Die Magd war schlampig angezogen; in den Blumenbeeten vor der überdachten Veranda wucherte das Unkraut. Stuart schien jedoch weiter keine Notiz davon zu nehmen und war selber so gepflegt, wie man als Mann nur sein konnte. Sein

Hemd war strahlend weiß, seine Stiefel glänzten, Whiskey und Zigarren lagen in der Nähe seines Stuhles bereit. Vielleicht liegt alles an mir, dachte sie sich. Vielleicht habe ich mich zu wenig um Lucas gekümmert. Alles wirkte so, als ob Henrietta und Stuart sehr glücklich miteinander waren. Und je länger sie die beiden beobachtete, desto mehr sah sie, daß Henrietta Stuart als Mittelpunkt ihrer Welt ansah und ihn auch so behandelte. Selbst die Kinder kamen erst an zweiter Stelle. Elizabeth erinnerte sich voller Scham daran, daß sie sich gegenüber Pinckney und Shad sehr herrisch verhalten hatte. Sie gelobte, sich zu ändern.

Schon auf der Rückfahrt tat sie die ersten Schritte dazu. Pinckney schlug vor, bei den Ansons vorbeizuschauen, da ihr Haus nicht weit vom Bahnhof entfernt lag. Elizabeth wollte zunächst ablehnen, da Catherine ziemlich weinerlich war und unbedingt nach Hause wollte. Aber dann erinnerte sie sich an ihren Entschluß und wartete, bis Lucas seine Entscheidung getroffen hatte. Als er dann erfreut dem Vorschlag Pinckneys folgte, stimmte auch sie scheinbar gutgelaunt zu.

Lucy öffnete ihnen die Tür. Elizabeth hatte sie seit Monaten nicht mehr gesehen und bekam einen Schrecken, als sie vor ihr stand. Lucy war so mager wie nie zuvor; ihr hellbraunes Haar war auf einmal von vielen grauen Strähnen durchsetzt. Doch während ihres Besuches wirkte Lucy zusehens lebendiger. Elizabeth merkte, daß Pinckneys Anwesenheit diesen Wandel bewirkte.

Sie schaute sich ihren Bruder an. Auch er wirkte mit einemmal viel frischer und jugendlicher. Sie konnte es kaum glauben. Sie hatte nicht im Traum daran gedacht, daß ausgerechnet die beiden sich ineinander verlieben würden. Stillschweigend hatte sie angenommen, daß sie viel zu alt waren, um noch solche Gefühle zu hegen. Außerdem war sie viel zu sehr mit sich selbst beschäftigt gewesen. Jetzt war sie zweiundzwanzig, bereits drei Jahre verheiratet und in den Augen aller anderen eine erwachsene Frau.

Und dennoch wäre es mir wahrscheinlich nicht weiter aufgefallen, wenn ich nicht kurz vorher so genau auf Henrietta und Stuart geachtet hätte, dachte sie sich.

Als Lucy sie in den Salon geleitet hatte und Estelle den Tee servierte, konnte Elizabeth kaum den Gesprächen um sie herum folgen. Sie war völlig fasziniert von ihrer Entdeckung, ganz in ihre Gedanken versunken. Äußerlich wirkte sie wie immer. Sie lachte fast automatisch mit und gab höfliche Antworten, aber innerlich war sie nicht bei dem, was die Leute sich erzählten, sondern achtete nur noch auf Pinckney und Lucy.

Was sie bei den beiden wahrnahm, war von einer so stillen Schönheit, daß sie hätte weinen können. Sie ließen sich absolut nichts anmerken, taten nichts und sagten nichts, das nicht völlig mit ihrer Rolle als alte Freunde, die beim Tee zusammentrafen, übereinstimmte. Sie unterhielten sich nicht über private Dinge, sie wechselten keine auffälligen Blicke. Und doch wirkten sie wie von einem Zauber berührt, erfüllt von einer Aufmerksamkeit und Zartheit füreinander, die auf keinen seine Wirkung verfehlte und auf alle ausstrahlte, ohne daß sich irgend jemand bewußt darüber zu sein schien. Genau danach sehne ich mich, dachte Elizabeth, und ihr schmachtendes Herz weinte leise. Sie schaute auf ihren Mann. Lucas erwiderte ihren Blick und lächelte. Neue Hoffnung keimte in ihr auf. Vielleicht lag es ja wirklich nur an ihr. Vielleicht brauchte sie sich nur etwas mehr Mühe zu geben und dann... mit der Zeit... irgendwann... Pinny und Lucy waren ja schließlich schon ein gutes Stück älter.

Hartnäckig klammerte sich Elizabeth an diesen neuen Hoffnungsschimmer und arbeitete hart daran, sich an ihr Gelübde zu halten und Lucas gegenüber unterwürfiger zu sein. Und eine ganze Weile schien ihr Plan aufzugehen. Lucas machte einen zufriedeneren Eindruck denn je, und sie kamen gut miteinander aus. Als sie im Sommer in das Haus auf der Insel zogen, verbrachte er häufiger die Abende bei ihr und ging viel weniger in die Stadt als die Jahre davor. Sie war sich sicher, daß ihre Versuche, ihm zu gefallen, Früchte trugen. Jeden Tag nach dem Abendessen gingen sie gemeinsam am Strand spazieren; am Wochenende badeten sie sogar zusammen mit Catherine im Meer. Ihre Tochter war jetzt drei Jahre alt, ein quirliges Kind mit sonnigem Gemüt und einem zauberhaften Lachen. Sie sah aus wie eine Miniaturausgabe von Mary Tradd. »Gott sei Dank hat sie dunkle Haare«, meinte Elizabeth beglückt. »Dann braucht sie nie Angst zu haben, Sommersprossen zu kriegen.« Für sie war die Sonne nach wie vor ein Problem. Auch Lucas konnte keine Sommersprossen leiden und sagte ihr, sie solle die Sonne meiden.

Die Monate vergingen, und immer noch zeigte Elizabeth keinerlei Anzeichen für eine erneute Schwangerschaft. Lucas schickte sie zum Arzt, als sie im Oktober in die Stadt zurückkehrten und sie fügte sich, obwohl sie es demütigend fand, überhaupt über eine so intime Angelegenheit mit einem Fremden zu sprechen – und dazu noch mit einem Mann. Dr. Perigru war inzwischen in den Ruhestand getreten und wurde durch Dr. James de Winter ersetzt, den frischgebackenen Ehemann von Kitty Gourdin. Elizabeth kannte ihn schon von Kindheit an, ein Umstand, der ihr den Besuch bei ihm nicht gerade erleichterte. Danach konnte sie sich auf den Partys in seiner und Kittys Gegenwart nicht mehr frei bewegen.

Doch alle Mühe war vergebens. Lucas fing wieder an, sie als ›unfruchtbare Kuh‹ zu beschimpfen, und Elizabeth fühlte, wie ihre Hoffnungen erstarben.

Hattie und Delia wußten natürlich, was los war, und sie teilten ihre Sorgen. Delia flüsterte ihr eines Tages zu, sie kenne eine Zauberfrau, die ihr bestimmt helfen könne.

Elizabeth ließ dieser Vorschlag förmlich zurückspringen. Sie hatte die Erinnerung an ihr leichtsinniges Abenteuer mit Caroline Wragg soweit wie möglich verdrängt. Durch Delias Vorschlag kam alles mit Macht zurück. Sie konnte den widerwärtigen Qualm riechen, der sie am Ende ihres Besuches aus der Hütte vertrieben hatte; sie sah das riesige Gesicht Mama

Rosas. Ihre schrecklichen Worte klangen in ihr wieder: Sie müsse einen Preis für den Liebeszauber zahlen, von dem sie nichts ahne. »Es war zuviel«, stöhnte sie auf. Delia erschrak. In der folgenden Nacht betete Elizabeth inbrünstig, daß ihr das Vergehen von damals vergeben werden möge. »Ich war noch so jung, und ich wußte nicht, was ich tat. Bitte straf mich nicht durch Unfruchtbarkeit. Die Hexe hat mir genug Leid angetan, als sie mir meinen Wunsch erfüllte, Lucas zu heiraten.«

Doch ihre Gebete wurden nicht erhört.

»Du willst kein Kind mehr von mir; deshalb klappt es nicht!« zischte Lucas wütend. »Du bist gefühllos wie ein Stück Dreck, dein Körper ist wie totes Holz. Alles, was ich dir schenke, zerstörst du mit deiner Kaltherzigkeit.« Sein Körper lag schwer auf ihr; mit den gekeuchten Worten traf sie der Geruch von Whiskey.

»Nein, Lucas! Ich will das Baby mehr als alles andere in der Welt.« Elizabeth zwang sich dazu, sich nicht vor den gewalttätigen Stößen und dem schmerzhaften Druck seiner Finger auf ihrer Schulter zu verkriechen. Es schien ihm Spaß zu machen, ihr weh zu tun; er packte ihre Arme und Beine und ihren Po mit einer Wildheit, daß sie hinterher jedesmal die Abdrücke seiner Fingernägel sehen konnte. Anfangs hatte sie ihm die roten Stellen noch gezeigt und erwartet, es würde ihm leid tun. Aber er hatte nur gesagt, sie solle sich nicht so anstellen; er würde sie nur an den Stellen berühren, die keiner zu Gesicht bekäme. Als er das sagte, kniff er sie dermaßen schmerzhaft in den Bauch, daß sie fast ohnmächtig geworden wäre.

Lucas vollendete das morgendliche Ritual und rollte sich von ihr weg auf die andere Seite des großen Bettes. Elizabeth stand auf, wusch sich kurz und fing an, sich im Dunkeln anzuziehen. Lucas zog immer erst dann die Vorhänge auf, wenn sie nach unten ging und ihm sein Frühstück fertig machte.

465

Seine Stimme klang in dem verdunkelten Raum unnatürlich laut. »Es gibt ein Wort für dein Problem, Elizabeth! Du bist ›frigide‹. Eine richtige Frau ist da ganz anders, sie heißt ihren Mann willkommen, sie hilft ihm und macht mit ihrem Körper Dinge, die einem Mann guttun. Jeder Mann hat ein Recht darauf. Ich hatte schon viele Frauen; ich weiß, wovon ich rede. Du bist nur der müde Abklatsch einer Frau.«

Elizabeth knöpfte sich mit gefühllosen Fingern ihre Hemdbluse zu. »Sag mir doch, was ich tun soll, Lucas. Ich will es ja gerne versuchen. Das habe ich dir schon öfter gesagt, aber du beschwerst dich nur immer und immer wieder darüber, daß ich zu nichts tauge. Ich könnte dich bestimmt glücklich machen, wenn ich nur wüßte, wie.«

Sie konnte nicht einmal mehr weinen. Ihre Tränen waren versiegt. Sie mußte sich diese ewigen Anschuldigungen nun schon seit November anhören. An ihrem Geburtstag hatte Lucas ihre Hand genommen und in einen Eiskübel gesteckt. Dann hatte er ihr gesagt, so fühle es sich an, wenn er in ihrem Körper sei. Seine unbarmherzigen Worte hatten nach und nach bewirkt, daß sie zu dem wurde, was er ihr dauernd vorwarf: zu einer kaltherzigen und gefühllosen Frau. Und sie hatte das Gefühl, es sei alles ihre Schuld. Alle Hoffnungen, die sie gehegt hatte, ihre ganze Liebe, die sie ihm entgegengebracht hatte, das Gefühl, stolz auf ihren Mann sein zu können – alles war wie weggeblasen. Wenn er mit ihr zusammen war, war sie wie tot.

Sie ließ sich jedoch nach außen hin nichts anmerken. Man sah weder die äußeren noch die inneren Wunden, die er ihr geschlagen hatte. Regelmäßig besuchte sie an seiner Seite die vielen Partys und gesellschaftlichen Ereignisse, stimmte in das Gelächter ihrer Freundinnen mit ein und flirtete auf die allgemein akzeptierte Weise mit deren Ehemännern. Sie war eine gute Gesellschafterin; konnte wunderschöne Gestecke binden, neckte Pinckney und tat alles, was man von einer vielbeschäftigten jungen Ehefrau erwartete.

Doch die einzigen Augenblicke des Tages, an denen sie

sich so zeigen konnte, wie sie wirklich war, waren die kurzen Momente, die ihr mit ihrem Kind vergönnt waren. Sie machte Catherine frühmorgens das Frühstück; abends um sechs brachte sie sie ins Bett und las ihr eine kleine Geschichte vor. Dann konnte sie ihr Gesicht am zarten Hals ihrer Tochter reiben, und wenn die kleinen Arme sich um sie legten, ging ihr das Herz auf, und sie konnte ihr Mitgefühl und ihre Liebe nicht länger zurückhalten. Diese Umarmungen hielten sie am Leben, verhinderten, daß sie sich ganz aufgab und einfach Schluß machte. Solange Catherine da war, ein Mensch, der ihre Liebe brauchte, konnte sie dem wachsenden Sog widerstehen, den der Schacht in der Mitte des Treppenaufgangs auf sie ausübte.

42

»Ein Baby? Bist du sicher?« Joe Simmons warf seinen Kopf in den Nacken und ließ einen Freudenschrei los, daß der Kristallüster klirrte. Während seine Stimme noch von der vergoldeten Decke zurückhallte, lachte er und umarmte stürmisch seine Frau. »Ich hatte mir nichts Schöneres als unsere gemeinsam verbrachte Zeit vorstellen können, Emily, aber ich habe mich geirrt. Es gibt immer noch etwas Schöneres!«

Ich hätte nicht gedacht, daß es noch schlimmer kommen könnte, dachte Elizabeth. Was war ich nur für ein Dummkopf. Sie sah ihr Spiegelbild und schrak vor den vielen blauen Flecken zurück, die ihr Lucas wieder beigebracht hatte. Stuarts dritter Sohn Anson hatte im Mai das Licht der Welt erblickt. Lucas war in seiner Wut so brutal wie nie zuvor gewesen.

Sie zog sich an und ging nach unten. Die Coopers gaben ein Abendessen in dem wunderbaren Speisesaal, um den sie alle Freunde beneideten.

467

»Du kannst dich wirklich glücklich schätzen«, sagte ihr Sarah Waring beim Abschied.

»Ich weiß«, antwortete ihr Elizabeth und brachte es fertig, ihrer Freundin ein strahlendes Lächeln zu schenken.

Anfang Juni bezog Elizabeth wieder das Haus auf der Insel. In der ersten Nacht legte sie sich in die große Hängematte auf dem Balkon und hörte dem Geräusch der Brandung zu. Es war Balsam für ihre gequälten Nerven. Seit langer Zeit brauchte sie einmal nachts keine Angst vor Lucas zu haben. Seit drei Wochen hatte er sie jetzt jede Nacht beleidigt und ihren Körper mißbraucht.

Er schlug sie zwar nur, wenn er zuviel getrunken hatte, aber sie lernte, auch seine verletzenden Worte zu fürchten, die er ihr mit kalter, verächtlicher Stimme entgegenschleuderte, wenn er nüchtern war. In letzter Zeit hatte er etwas Neues gefunden, mit dem er hoffte, sie verletzen zu können: Er warf ihr Untreue vor.

Elizabeth wurde plötzlich wach; der kühle Wind vom Meer hatte sie aufgeweckt. Sie zitterte vor Kälte, aber das erstemal seit einer halben Unendlichkeit fühlte sie sich ausgeruht. Eine kleine, noch nicht erloschene Flamme des Glücks flackerte in ihrem Herzen auf. Wenigstens diesen Sommer auf der Insel brauchte sie keine Angst zu haben. Pinckney verbrachte die Zeit mit ihr im Strandhaus, und sie freute sich unbändig darüber. Ich sollte mich schämen, dachte sie reuevoll. Er ist nur auf die Insel gekommen, weil er immer noch am Sumpffieber leidet. Ein trauriger Anlaß, kein Grund zur Freude. Und doch jubelte sie innerlich über seine Anwesenheit.

Direkt nach ihrer Ankunft bekam Pinckney den ersten Malariaanfall, den sie miterlebte. Sie war davon überzeugt, er müsse sterben. Als das Fieber dann nach langen Stunden sank, war die Erleichterung, die sie fühlte, so groß, daß sie den ganzen Schmerz und die Angst dieser Stunden herausweinen konnte.

Am nächsten Tag sah sie ihren Bruder mit ganz anderen

Augen. Wie sie wußte, hatte er dieses Sumpffieber vor fünfzehn Jahren bekommen. Die ganze Zeit hatte er nie geklagt; kein einzigesmal hatte er seine Familie deswegen vernachlässigt. Sie kam sich auf einmal ungeheuer winzig und selbstsüchtig vor; im Vergleich mit seinen Problemen erschienen ihr ihre eigenen Bedürfnisse und Sorgen ganz unbedeutend.

»Pinny«, meinte sie impulsiv zu ihm, »ich habe dich wirklich gerne.«

Er war ganz überrascht. Erfreut entgegnete er: »Nanu? Danke, liebe Schwester. Du weißt, auch ich habe dich in mein Herz geschlossen.«

Elizabeth betrachtete sein schütter werdendes Haar und die tiefen Linien, die sich um seinen blassen Mund herum eingegraben hatten. Pinckney war jetzt neununddreißig Jahre alt. Mit einem Schrecken wurde sie sich gewahr, daß er viel älter aussah.

»Du brauchst unbedingt Sonne«, sagte sie. »Du hast dich viel zu lange in deinem dunklen Büro eingeschlossen.«

Pinny lachte. Es machte ihn ganz jugendlich. »Manchmal duldet deine Stimme so wenig Widerspruch wie die von Tante Julia. Aber du hast recht. Ich sollte wirklich meine Muskeln spüren und Sonne und Seewasser auf meine Haut lassen.« Am nächsten Morgen schon begann er, am Strand spazierenzugehen und im Meer zu schwimmen und erholte sich zusehends dabei.

Auch für Elizabeth war der Aufenthalt auf der Insel wie eine Wiedergeburt, ohne daß sie sich dessen bewußt war. Sie konnte jeden Tag gestalten, wie sie wollte und konnte sich stundenlang mit Catherine beschäftigen, da Hattie ihr das Kochen und Waschen abnahm. Sie planschte dann mit ihrem Kind im Wasser, baute Sandburgen und sammelte Muscheln und wirkte selbst wie ein kleines Mädchen. Sie war glücklich und genoß die Liebe, die ihr Pinckney und ihre Tochter entgegenbrachten.

Wenn sie Catherine dann ins Bett gebracht hatte, verwandelte sie sich in eine umsichtige Mutter und Hausfrau. Sie

469

ließ es sich nicht nehmen, das Abendessen selber zuzubereiten. Pinckney, der durch die frische Seeluft und seine körperlichen Aktivitäten einen guten Appetit mitbrachte, war für alles dankbar, was sie ihm kochte.

In der Abenddämmerung saßen sie lange miteinander auf der Veranda; meistens genossen sie ein behagliches Schweigen. Wenn sie sprachen, unterhielten sie sich über den letzten Brief von Mary, über Stuart und seine Familie oder über die erstaunliche Tatkraft, die Tante Julia mit ihren fünfundsechzig Jahren an den Tag legte. Der Altersunterschied von sechzehn Jahren verhinderte, daß intimere Dinge zur Sprache kamen. Sie genossen die Zuneigung, die sie füreinander empfanden, und das war ihnen genug.

Lucas kümmerte sich während Pinckneys Abwesenheit um die Firma. Die viele Arbeit führte dazu, daß er sich nur am Wochenende auf der Insel blicken ließ. In Pinckneys Gegenwart war er ganz der aufmerksame und charmante Ehemann und ein perfekter Vater.

»Lucas ist wirklich vernarrt in sein Kind«, meinte Pinckney hinterher. »Er kann ihr einfach keinen Wunsch abschlagen.«

Elizabeth lächelte und nickte. Aber innerlich fühlte sie, wie eine kalte Hand ihr Herz ergriff. Sie wußte, daß Lucas sich verstellte, und sie fühlte sich überhaupt nicht wohl dabei. Sie hatte bemerkt, daß eine bösartige Genugtuung in seinen Augen aufleuchtete, und sie wußte nicht, was dahinter steckte.

Noch vor Ende des Sommers erfuhr sie es. Lucas hatte einen neuen Weg gefunden, sie verletzen zu können. Er überschüttete Catherine mit Geschenken, verwöhnte sie, unternahm mit ihr am Wochenende aufregende Ausflüge, kam auch immer öfter am Abend und spielte mit ihr. Kurz vor dem Schlafengehen tollte er mit ihr herum, ließ sie auf seiner Schulter reiten oder balgte sich mit ihr in einer Kissenschlacht. Catherine war dann ganz aufgedreht, wenn sie ins Bett sollte. Unter ihrem Kissen fand sie noch eine Überraschung, die ihr Vater dort für sie bereitgelegt hatte. Nach kurzer Zeit wollte Catherine nur noch von Lucas ins Bett gebracht werden. Für Elizabeth ergab sich nur noch ganz selten die Gelegenheit, ihre Tochter in den Schlaf zu begleiten. Ihr tat das weh; Lucas lächelte zufrieden. Er hatte erreicht, was er wollte.

Pinckney merkte nichts von dem, was sich wirklich zwischen den beiden abspielte. Er sah wohl, daß Elizabeth etwas von ihrer Strahlkraft verloren hatte, seit Lucas häufiger da war, und fragte sie auch nach dem Grund dafür. Aber sie beruhigte ihn, meinte, es sei alles in Ordnung, und begann, ihre zerbröckelte Fassade wieder aufzubauen. Sie verdrängte ihre Gefühle; und es dauerte nicht lange, dann merkte sie nicht einmal mehr, wie sehr sie Lucas' Verhalten und die dadurch bewirkte Abwendung Catherines schmerzte.

Mit der den Tieren eigenen Sensibilität strich Moosie in dieser Zeit immer häufiger um sie herum und sprang auf ihren Schoß, sobald sich die Gelegenheit dazu bot. Sie war zunächst etwas verärgert darüber; Moosie war inzwischen immerhin zu einer recht großen Katze herangewachsen. Doch das Tier schaffte es mit beständigem Schnurren, Elizabeths Widerstände zu zerschmelzen, und es dauerte nicht lange, dann nahm sie die Katze mit in ihr Bett. Dort wärmte der vibrierende, kleine Körper ihre Brust. Sie klammerte sich an ihn wie an einen Rettungsanker.

Unerbittlich wurden die Tage wieder kürzer, die Nächte kühler; es war an der Zeit, in die Stadt zurückzukehren. Pinckney hatte der Aufenthalt sehr gut getan. Er fühlte sich so kräftig wie lange nicht mehr; die Fieberanfälle hatten fast ganz aufgehört. Beim Abschied voneinander umarmte ihn Elizabeth mit so viel Gefühl, daß sie befürchtete, er könne sie nach dem Grund fragen. Sie vereinbarten, sich bald wiederzusehen.

Lucas empfing sie mit der Nachricht, er habe sich mittlerweile eine Geliebte zugelegt, die ihm alles das biete, was sie, Elizabeth, ihm nie zu bieten vermocht hatte. Elizabeth bemühte sich, ihm nicht zu zeigen, daß sie froh über alles war, was ihr seine Gegenwart ersparte. Doch Lucas ließ nicht lokker. Er erzählte ihr, daß er es mit einer ihrer engsten Freundinnen treibe, einer Freundin, die sie jeden Tag bei einer ihrer Frühstücksrunden traf. Sie sei ganz wild nach ihm. Hinter ihrem Rücken mache sie sich darüber hinaus über Elizabeth und ihr Versagen lustig.

Elizabeth glaubte Lucas kein Wort, aber selbst die Möglichkeit, daß es wahr sein könnte, ließ sie überraschend kalt. Sie spielte ihm vor, sein Verhalten verletze sie, bat ihn, nicht zu gehen, wenn er ankündigte, seine Geliebte zu besuchen, was dazu führte, daß er augenblicklich das Haus verließ. Dann fühlte sie eine ungeheure Erleichterung.

Natürlich fragte sie sich, ob sich wirklich eine ihrer Freundinnen mit ihm einlassen könnte. Sie war zwar nicht eifersüchtig, aber es hätte die Fassade einer guten Ehe, die sie so lange aufrechterhalten hatte, zerstört, und verletzte ihren Stolz. Daß sie von anderen um ihre gute Ehe beneidet wurde, war ihr schon lange gleichgültig. Sie wußte jedoch, daß es sie ungeheuer stören würde, wenn ihre Freundinnen ihr mit Mitleid begegneten. Es gab nicht das geringste Anzeichen dafür, daß Lucas recht haben konnte. Aber die Unsicherheit blieb. Mit erhobenem Kopf und einem Lächeln auf den Lippen benahm sie sich bei ihren Freundinnen so wie immer. Ihren Stolz würde ihr Lucas nicht nehmen können.

Der Keil, den er zwischen ihr und ihre Tochter getrieben hatte, machte ihr viel mehr zu schaffen. Als sie in die Stadt zurückkehrten, tat er weiterhin alles, um zu verhindern, daß Catherine und Elizabeth wieder mehr Zeit miteinander verbringen konnten. Sie mußte ohnmächtig Catherines Verwirrung mitansehen, wenn Lucas sie dazu veranlaßte, sich mit ihm von ihrer Mutter fortzubewegen. Sie mußte ihr Kind beruhigen, wenn er abends nicht in ihrem Schlafzimmer im dritten Stock des Hauses erschien und miterleben, daß sie Luft für Catherine war, wenn sie die Fußtritte ihres Vaters auf der Treppe hörte.

472

Elizabeth betrachtete zufrieden den Haufen aus Geschenkpapier und bunten Bändern, der im Salon auf dem Boden lag. Für einen kurzen Augenblick fühlte sie eine warme Freude in sich aufsteigen. So sollte Weihnachten sein. Die ganze Familie war zusammen; die Kinder waren durch das Fest und die Geschenke ganz begeistert und aufgeregt. Die Erwachsenen hatten ihr Vergnügen daran, zu beobachten, wie sie sich mit leuchtenden Augen mit ihren Geschenken beschäftigten.

Doch dann fühlte Elizabeth wieder die für sie inzwischen zur Gewohnheit gewordene, nach außen hin kaum sichtbare Resignation. Bald würden sie zu Mittag essen. Dann würden Mary und Adam mit dem Zug wieder nach Norden reisen; das alte Ehepaar Cooper würde ihren Wagen besteigen; Stuart würde Tante Julia und seine Familie mit dem Phaeton zum Landgut bringen, wo sie noch eine Weile blieben. Pinny würde mit der Pferdebahn zum Haus der Ansons fahren und Elizabeth und Lucas wieder allein zurückbleiben. Sie wußte, daß sie einen Preis für die Anwesenheit von Stuarts Kindern würde zahlen müssen. Bisher hatte Lucas noch jedesmal dafür gesorgt, daß sie es bereute, wenn die Frau ihres Bruders einem Sohn das Leben schenkte. Jetzt hatten sich die drei kleinen Rotschöpfe stundenlang vor seinen Augen getummelt und einen Tunnel aus Geschenkpapier gebaut.

Sie drängte die beunruhigenden Gedanken beiseite und ließ erneut den festlich geschmückten Raum auf sich wirken. Der weihnachtliche Geruch nach Mandarinen und Kiefernzweigen war für Elizabeth der schönste Duft, den sie sich vorstellen konnte. Er allein war ihr schon fast jeden Preis wert.

Sie klammerte sich während des ganzen Essens an diesen Gedanken, obwohl sie sehr wohl sah, daß Lucas wieder begann, sich zu betrinken.

Als alle Gäste das Haus verlassen hatten, dauerte es nicht lange, bis sie Lucas' haßerfüllte Tiraden wieder über sich ergehen lassen mußte. »Ich bin blond, und du hast rote Haare«, höhnte er. »Wie kommt denn nur das schwarze Haar von

Catherine zustande, von diesem Kind, das angeblich von mir sein soll?«

Elizabeth war entsetzt. Sie hatte selbst von Lucas nicht erwartet, daß er solche abgründigen Gedanken äußern könnte. »Mama hat doch auch dunkle Haare«, erwiderte sie. »Die ganze Familie Ashley ist dunkelhaarig. Bei Catherine kommt eben mehr von den Ashleys zum Vorschein als bei mir. Das ist alles. Deine Mutter hat doch auch dunkle Haare, und du bist blond.«

»Der Junge wäre blond gewesen! Wenn er überhaupt hätte leben können. Der arme kleine Lucas!«

Elizabeth merkte, auf was er hinauswollte. Er suchte nach irgendeinem Grund, sie für den Tod ihres zweiten Kindes verantwortlich zu machen. Sie kannte diesen Vorwurf von ihm, wappnete sich vor der Wut und dem Haß, den er ihr bald entgegenschleudern würde. Diese Situation war inzwischen so selbstverständlich zwischen ihnen geworden, daß sie sich kaum noch daran erinnern konnte, daß Lucas irgend etwas zu ihr sagte, was sie nicht verletzte. Sie hörte kaum auf seine Worte, antwortete automatisch, ohne innerlich dabeizusein, hölzern und leblos. Jedes Gefühl war in ihr erstorben.

Auch wenn er sie schlug, drang der Schmerz kaum noch durch ihren Panzer aus Gefühllosigkeit. Es war einfach noch eine unerträgliche Empfindung mehr, die sie aushalten mußte. Irgendwann erlöste sie dann eine willkommene Ohnmacht. Sie wartete förmlich auf diesen Moment und fühlte ein kurzes Glück, wenn sie Lucas' Angriffen endlich entkam und in das Dunkel der Bewußtlosigkeit glitt. Das war der einzige Moment, in dem sie überhaupt noch irgend etwas fühlte. Sonst war da nichts mehr; keine Abscheu, wenn Lucas morgens und abends in ihren Körper drang, kein Neid, wenn sich Catherine von ihr losriß und sich in seine Arme stürzte.

Wie eine Maschine erledigte sie die Arbeiten im Haushalt, erfüllte die Pflichten, die eine junge Ehefrau zu erfüllen hatte, unterhielt ihre Gäste und machte ihre Besuche. Sie war den ganzen Tag auf den Beinen und viel zu beschäftigt und erstarrt, als daß sie noch mitbekommen hätte, daß Lucas' Gewalttätigkeiten immer häufiger und hemmungsloser wurden. Sie war nicht einmal beunruhigt, als er sie im Februar in den mondbeschienenen Garten zerrte und ihr ein Geschenk zum Valentinstag ankündigte.

Mitten auf dem Gartenweg lag Moosies weicher Körper; das Fell wirkte ganz stumpf im nächtlichen Licht. »Ich habe ihr das Genick gebrochen«, sagte Lucas ruhig. »Und dasselbe kann ich mit dir machen. Vergiß das nicht.«

Elizabeth hatte das Empfinden, sie müsse um das kleine Tier trauern, immerhin hatte sie es geliebt. Aber es war ihr nicht mehr möglich, irgend etwas anderes zu spüren als eine große Leere, die sie fast zu verschlingen drohte. Und nicht einmal davor oder vor Lucas hatte sie noch Angst.

43

Während der Party bei Sarah Waring versuchte Elizabeth, nicht zu sehr auf Lucas zu achten. Äußerlich war er wie immer. Er bewegte sich sicher, sprach deutlich, lachte gefällig. Aber sie konnte an seinen geröteten Wangen und den immer glänzenderen Augen sehen, daß er sich betrank. Sie mußte sich dazu zwingen, wieder dem Geplauder über zahnende Babys und die Schwierigkeiten mit dem Personal zu lauschen. Weit entfernt schlug die Glocke der St.-Michaels-Kirche.

Es war schon spät. Mit raschelnden Röcken und leisem Gekicher bewegten sich die Frauen auf ihre Männer zu, um den Aufbruch einzuleiten. Elizabeth trug wie alle anderen auch ein freundliches Lächeln zur Schau, man tauschte die üblichen Bemerkungen über den Egoismus der Männer aus, bestätigte sich gegenseitig, daß es eine schöne Party gewesen war, machte den Gastgebern Komplimente und verabschiedete sich dann, nicht ohne vorher Ort und Zeit der nächsten Party festzulegen.

Dann saß Elizabeth allein mit Lucas im Einspänner. Er trieb das Pferd mit seiner Peitsche zu rasendem Lauf an; der Einspänner hüpfte nur so über das holprige Pflaster. Lucas wußte, daß Elizabeth dieses Tempo störte. Sie wurde in ihrem Sitz hin- und hergeworfen, klammerte sich mit ihren Händen fest. Sie beklagte sich nicht. Wenn sie ihm gesagt hätte, er solle langsamer fahren, hätte er nur versucht, das Pferd noch schneller anzutreiben. »Elender Klepper!« schimpfte er. »Wahrscheinlich kann man nicht einmal Leim daraus kochen!« Jetzt, wo er nur noch seine Frau bei sich hatte, gab er sich keine Mühe, deutlich zu sprechen.

Während Lucas den Einspänner in den Schuppen brachte, ging Elizabeth langsam die Treppe zum dritten Stock hoch. Das Nachtlicht fiel flackernd und warm auf die Wand des Kinderzimmers. Hattie und Catherine schliefen tief und fest. Es war kalt im Zimmer; Elizabeth schloß eines der Fenster und zog die Decke wieder über Catherines zusammengekrümmten Körper. Dann vergewisserte sie sich, daß sie die Tür zum Flur gut schloß. Die beiden sollten nicht durch Lucas aufgeweckt werden.

Sie hörte, wie die Eingangstür ins Schloß fiel, dann das Klirren eines Glases. Es würde eine üble Nacht werden. Sie zog sich aus, faltete fein säuberlich ihre Kleidung zusammen, legte ihr Nachtgewand an, wusch sich das Gesicht und setzte sich an ihren Schminktisch, um ihr Haar zu lösen, bewegte sich wie eine Marionette. Als sie seine Fußtritte auf der Treppe hörte, drehte sie der Tür den Rücken zu.

»Natürlich, wie sollte es auch anders sein«, hörte sie Lucas' verächtliche Stimme hinter sich. »Du bist wirklich der Inbegriff einer Frau, die sich auf ihren geliebten Mann freut und ihn kaum erwarten kann.« Er stand eine ganze Weile in der Tür, dann trat er langsam näher, packte plötzlich mit beiden Händen ihr Haar und riß ihren Kopf nach hinten, zwang Elizabeth, ihn anzuschauen. »Schau mir gefälligst in die Augen und lächle mich an, so wie du Jim de Winter angelächelt hast! Los!« knurrte er bösartig.

»Lucas, bitte, das war nichts als Höflichkeit.«

»Ich wette, du warst schon öfter sehr höflich zu ihm. Ist er es? Oder ist es David Mikell? Oder Charlie Johnson? Oder alle zusammen? Los, gib Antwort!« Mit einem plötzlichen Ruck zog er ihren Kopf zur Seite. Sie fühlte einen brennenden Schmerz; irgend etwas riß von ihrem Kopf los. Lucas schleuderte ein dickes Büschel Haare auf den Fußboden. »Vielleicht sollte ich dir dein ganzes Haar vom Kopf reißen. Dann ist es wahrscheinlich nicht mehr so leicht für dich, anderen zu Willen zu sein.«

Er ließ ihr Haar los und warf sie auf den Boden. Elizabeth versuchte, ihre Brust mit ihren Armen zu schützen.

»Verdammte Hure!« Er begann, ihr in den Bauch und gegen ihre Arme zu treten, versuchte, die weichen, zarten Stellen dahinter zu treffen. Elizabeth begann, erstickt zu keuchen. Sie rang nach Atem.

»Hör sofort damit auf«, schrie Lucas aufgebracht. »Hör auf, mich auszulachen!« Mit voller Wucht schlug er seine Faust gegen ihren Kopf; Elizabeth nahm nur noch ein gewaltiges Dröhnen in ihrem Schädel wahr. Warmes Blut lief ihr den Hals herunter. Ihre Kehle krampfte sich weiter zusammen.

Die schützenden Schichten ihrer Gefühllosigkeit waren mit einemmal wie weggeblasen. Eine Woge der Angst flutete durch ihren Körper. Lucas hatte ihren Kopf geschlagen. Das hatte er noch nie getan. Das erstemal hatte er sie an einer Stelle ihres Körpers mißhandelt, an der es jeder sehen würde. Mit Entsetzen merkte sie, daß er nicht mehr wußte, was er tat. Nie zuvor hatte sie ihn so erlebt.

»Lucas!« Mehr als ein Krächzen brachte sie nicht zustande. Sie fühlte mit ihrer Hand nach der blutenden Stelle an ihrem Kopf, zeigte ihm ihre blutverschmierten Finger. Flehend bat sie ihn, aufzuhören.

»So ist's richtig. Bettel nur darum, daß ich dir vergebe.«

Sein Mund war ganz verzerrt vor Haß. »Du hast es nicht verdient. Ich sollte dir das letzte Stück Leben aus dem Leib prügeln.« Dann begann er zu lachen. Es schreckte sie mehr als sein Haß. Sie hatte das Gefühl, sie hätte einen Wahnsinnigen vor sich. »Es wäre bestimmt nur ein kurzes Vergnügen«, fuhr er fort. »Du würdest wahrscheinlich erstickt sein, bevor ich richtig angefangen habe.« Seine Stimmung schlug wieder um. Auf einmal wirkte er ganz besorgt. »Habe ich dich am Ohr verletzt, Liebling? Komm, küß mich und mach es wieder gut. Es tut dir doch bestimmt leid, daß du es so weit hast kommen lassen, oder? Na komm, sei wieder ein braves Mädchen. Zeig mal, wie brav du sein kannst.« Seine Hände streichelten ihren Körper. Elizabeth schnappte nach Luft. Er muß völlig verrückt geworden sein, dachte sie. So war er wirklich noch nie gewesen, wirklich wie ein Wahnsinniger.

Sie spürte schmerzhaft den harten Boden unter ihrem geschwollenen Rücken, als er sich auf sie legte. Sie konnte kaum noch seinen röchelnden Atem und seine heiseren Verwünschungen hören, so laut war das Tosen in ihren Ohren geworden.

Es dauerte nicht lange, dann rollte er sich von ihr weg. Endlich kann ich in Ohnmacht fallen, dachte sie voller Bitterkeit. Es ist vorbei. Eine warme Dunkelheit begann über ihr zusammenzuschlagen.

»Sag mir seinen Namen«, hörte sie Lucas weit über sich. »Los, sag mir, wer es ist, oder ich bringe dich um!«

Zögernd öffnete sie die Augen. Mit einem Schlag war jedes Gefühl von Erleichterung verschwunden. Sie war hellwach. Lucas hatte einen Revolver in der Hand und zielte auf sie.

Seine linke Hand griff ihr erneut ins Haar, verstärkte den beißenden Schmerz in ihrem Kopf. Er zog sie an den Haaren in die Höhe. »Jetzt kommst du mir nicht mehr so einfach davon, du verdammte Hure. Du wirst es mir sagen.« Er drehte ihren Kopf zur Seite und legte den Lauf des Revolvers an ihr unverletztes Ohr. »Ich zähle bis drei. Wenn du es mir bis dahin nicht gesagt hast, bringe ich dich um.«

»Tu's doch«, sagte Elizabeth matt. »Für mich wäre es ein Segen.« Sie konnte es nicht mehr ertragen. Der Gedanke an einen letzten kurzen Augenblick des Schmerzes und dann eine ewige Ruhe erschien ihr wie eine Erlösung.

»Eins.«

Elizabeth schloß die Augen.

»Zwei.«

Sie hörte, wie sich mit einem scharfen Klicken der Hahn spannte, merkte, daß sie auf einmal wieder atmen konnte.

»Es ist mein voller Ernst, Elizabeth.« Sie blieb still. »Du zwingst mich dazu, es zu tun. Ich gebe dir noch eine letzte Chance.« Der Lauf des Revolvers drückte fester gegen ihr Ohr. »Drei!« Sie wartete, aber nichts rührte sich. Dann vernahm sie das leise Geräusch des sich bewegenden Abzugs. Elizabeth schoß der Gedanke durch den Kopf, zu beten, aber sie fühlte sich selbst dazu zu müde. Ich bin bereit, sagte sie sich. Ein hohles, metallisch dumpfes Schnappen war zu hören. Der Revolver war nicht geladen.

»Verflucht sei alles!« brüllte Lucas los, schleuderte die Waffe quer durch den Raum. Mit einem scharfen Geräusch prallte sie an eine Marmorplatte des Kaminsimses. »Betrogen, betrogen von meiner eigenen Pistole!« schrie er auf. »Betrogen von meiner Frau, betrogen von der Armee, betrogen von deinem gottverdammten Bruder.« Er warf seinen Kopf in den Nacken und heulte auf wie ein wildes, verwundetes Tier. »Wo ist mein Sohn? Sogar um meinen Sohn hast du mich betrogen! Eine Tochter! Welcher richtige Mann will schon eine Tochter!«

Elizabeth hörte den Wahnsinn in seiner Stimme. Ohne daß sie es wollte, fiel die letzte Benommenheit von ihr ab. Eine Welle plötzlichen Schreckens flutete durch ihren Körper. Seit Weihnachten hatte er in solchen Momenten Catherine kein einzigesmal erwähnt. Aber heute nacht wirkte er wirklich anders als sonst. Er schien zu allem fähig zu sein, war völlig unberechenbar. Sie öffnete wieder die Augen.

Lucas kroch auf dem Boden herum, suchte in der Asche

des Kamins nach dem Revolver. Elizabeth richtete sich mühsam auf. »Nein, Lucas, nein!« Mehr als ein Flüstern brachte sie nicht mehr heraus.

Lucas drehte sich ruckartig nach ihr um. »Dich mache ich nachher fertig«, knurrte er. »Ich werde schon noch ein paar Kugeln finden, und dann ist es vorbei mit dir. Für Catherine genügen meine Hände!«

»Lucas!« Auf einmal konnte sie schreien. »Lucas, hör auf! Sie ist dein Kind. Du liebst sie.«

»Ja, ich liebe sie.« Er sank auf die Knie, fing an, zu wimmern. »Mein kleines Baby.« Seine Schultern zuckten heftig; er schluchzte auf und weinte.

Dann hob er wieder den Kopf. Sein Gesicht war verzerrt, seine Augen geschwollen, sein Mund voller Geifer. »Du versuchst, mich reinzulegen«, sagte er. »Du hast immer schon versucht, mich reinzulegen. Woher soll ich denn bei einem Flittchen wie dir überhaupt wissen, daß es mein Kind ist? Jeder dahergelaufene Mann könnte sein Vater sein!« Wankend kam er wieder auf seine Füße und stolperte zur Tür.

»Lucas, wo willst du hin?«

»Ich gehe zu Catherine. Ich schaue nach, ob sie wirklich meine Tochter ist.«

»Lucas, tu es nicht!« Er ignorierte sie, kämpfte mit dem Türknauf. »Lucas. Bitte, hör auf, du erschreckst sie doch zu Tode.«

Er öffnete die Tür mit einem lauten Krachen. Sie konnte im vom Flur hereinfallenden Licht seine Silhouette sehen; sein Gesicht war schweißüberströmt, in seinen Augen lag ein gefährliches Glühen. Er wankte auf die Stufen zu.

Alle Schmerzen und jegliche Schwäche fielen von Elizabeth ab. Sie hatte nur noch einen Gedanken, einen Grund zum Überleben: Sie mußte ihn aufhalten. Elizabeth eilte zum Kamin, nahm den eisernen Schürhaken und stürzte hinter Lucas her. Er zog sich mit beiden Händen am Geländer hoch, um beim Aufstieg nicht aus dem Gleichgewicht zu kommen. Sie lief an ihm vorbei, baute sich auf dem nächsten Treppenabsatz vor ihm auf, stellte sich zwischen ihn und Catherine.

»Lucas, wenn du mir noch einen Schritt näherkommst, dann töte ich dich.«

»Aus dem Weg!« Lucas ging unbeirrt weiter nach oben.

Elizabeth zögerte keinen Augenblick, hob den Schürhaken und ließ ihn auf Lucas' Schädel krachen. Sie traf ihn mitten auf der Stirn.

Seine Arme flogen nach hinten, sein Körper neigte sich langsam über das massive Holzgeländer der Treppe. Elizabeth hielt sich die Ohren zu, als er hintenüberkippte und nach unten fiel.

Nach einer Weile beugte sie sich über das Geländer und blickte auf den leblosen, zusammengekrümmten Körper. »Mögest du in der Hölle verrecken«, flüsterte sie.

Von oben hörte sie ein Geräusch. Erschreckt blickte sie hoch. Es war wieder ruhig. Wahrscheinlich hat sich Catherine nur wieder freigestrampelt, dachte sie. Ich muß hochgehen und sie wieder zudecken. Sie fühlte das gefährliche Verlangen, über ihre kleinlichen, alltäglichen Gedanken in dieser Situation laut loszulachen, jetzt, wo sie gerade ihren Ehemann umgebracht hatte und die Mordwaffe noch immer in der Hand hielt. Ich muß diesen Schürhaken wieder an seinen Platz bringen, dachte sie. Sie erwachte aus ihrer Starre und eilte in ihr Schlafzimmer zurück.

Ungewöhnlich wach überprüfte sie, was sie jetzt tun mußte, um alles wie einen Unfall aussehen zu lassen. Zuerst mußte der Revolver verschwinden. Sie versteckte ihn in einem Bücherregal.

Dann wusch sie sich das Blut von ihrem Ohr und ihrem Hals, zog sich ein frisches Nachtgewand an, bürstete sich die Haare und legte es sich zurecht. Für die ausgerissenen Haarbüschel fand sie ebenfalls einen unauffälligen Platz.

So, ich bin jetzt fertig, sagte sie sich. Jetzt muß ich mich noch um Lucas kümmern. Bei dem Gedanken an ihn zog sich ihre Kehle wieder zu. Reiß dich zusammen, befahl sie sich. Alles muß wie ein Unfall aussehen. Catherine soll nicht in einer Welt aufwachsen, in der die Leute hinter ihrem Rükken darüber tuscheln, daß ihre Mutter ihren Vater ermordet hat.

Sie bewegte sich langsam die Treppen hinunter und ging auf den zerschmetterten Körper zu. Ich kann den Anblick nicht ertragen, jammerte sie innerlich. Aber dann brachte sie es fertig, den Leichnam ohne jedes Gefühl zu betrachten. Trotz der weit aufgerissenen Augen schien Lucas zu schlafen. Schau mich nicht so an, Lucas, mir blieb keine andere Wahl, sagte sie still zu ihm. Sie blickte woanders hin.

Die Tür zum Speisesaal stand offen. Elizabeth wußte plötzlich, was sie zu tun hatte. Prüfend sog sie die Luft ein. Ja, Lucas stank immer noch nach Whiskey. Sie holte die fast leere Karaffe und das Glas und trug beides ins Treppenhaus. Dann drückte sie das Glas zwischen seine Finger. Die Hand war noch warm; ihr schlug das Herz bis zum Hals, als sie ihn berührte. Ihr Ohr begann wieder zu bluten. Sie hielt sich ihre Hand an den Kopf, damit kein Blut auf ihr Nachtgewand tropfen konnte.

Dann ging sie hoch zum Treppenabsatz im zweiten Stock vor ihrem Schlafzimmer. Dort legte sie die Karaffe auf die oberste Stufe. Der Gestank nach Whiskey und das Brausen in ihren Ohren machten sie ganz schwindelig. Es ist gleich soweit, sagte sie sich. Gleich hast du es geschafft.

Sie taumelte in ihr Zimmer und wusch sich das frische Blut ab. Jetzt brauchte sie beide Hände. Sie nahm ihre Schere und riß eine Ecke des Treppenläufers hoch. Ich darf morgen nicht vergessen, die Ecke wieder zu befestigen, dachte sie. Man kann wirklich leicht darüber stolpern. Wieder spürte sie ein unwiderstehliches Verlangen, laut loszulachen. »Hör auf damit«, flüsterte sie sich selbst zu.

Der Klang ihrer eigenen Stimme ließ sie sich ihrer Situation gewahr werden. Sie ging auf ihr Zimmer zurück und schloß die Tür. Delia würde als erste erscheinen, würde dann Elizabeth und Hattie wecken und dafür sorgen, daß Catherine die Leiche nicht zu Gesicht bekam.

Es ist geschafft, dachte sie. Die drei Schritte bis zu ihrem Bett erschienen ihr auf einmal unendlich mühsam. Der Schmerz in ihrem Rücken, in ihrem Kopf und im Bauch erschien ihr urplötzlich unerträglich. Jetzt, wo die akuten Gefahren vorbei waren, merkte sie, wie erschöpft sie war.

Ich schaffe diese letzten Schritte nicht mehr, dachte sie sich. Sie fühlte sich so schwach wie nie zuvor in ihrem Leben.

Du mußt, befahl sie sich ein letztesmal.

Dann ließ sie sich in die Weichheit ihrer wolkenähnlichen Matratze sinken und fiel auf der Stelle in ein erschöpftes Dunkel. Bevor sich ihre letzten Gedanken verflüchtigten, wurde sie sich noch einmal der ganzen Situation bewußt. »Lieber Gott im Himmel«, betete sie, »vergib mir.«

Bei dem Begräbnis fiel vielen auf, mit welcher Fassung Elizabeth den plötzlichen Tod ihres Mannes verkraftete. Reglos wie eine Statue stand sie da. Catherine wand sich in ihren Armen, bis Pinckney sie herunterholte und an die Hand nahm. Schluchzend umklammerte sie sein Bein.

»Für die Kleine ist es bestimmt ein furchtbarer Verlust«, meinte Kitty de Winter. »Lucas war so ein guter Vater. Er war ganz vernarrt in seine Tochter.«

Als etliche Monate später bekannt wurde, daß Elizabeth ein zweites Kind erwartete, waren sich alle einig darüber, daß es eine Tragödie war, daß dieses Kind seinen Vater nie würde kennenlernen können.

Buch Sieben

1882–1886

44

»Joshua, ich brauche deine Hilfe.« Pinckney stellte die eiserne Schatulle vor Mr. Anson auf den Schreibtisch. »Es wäre auch gut, wenn Lucy dabei wäre. Ich brauche auch ihren Rat.«

»Natürlich, mein Lieber. Wir tun alles, was dir irgendwie behilflich sein kann. Ich rufe Lucy. Setz dich schon mal hin.«

Pinny ließ sich in den Stuhl fallen. »Ich glaube, wir könnten dabei alle einen kräftigen Schluck vertragen. In dieser Schatulle stecken allerlei Überraschungen.«

Pinckney sollte recht behalten. Noch ehe der Nachmittag vorbei war, hatte selbst Lucy ihr Glas mit Madeira gefüllt.

Die Schatulle hatte Lucas Cooper gehört. Sie enthielt die Korrespondenz und die Dokumente, die nicht für andere bestimmt gewesen waren und die er gesondert aufbewahrt hatte. Sie zeichneten ein düsteres Bild von Elizabeths Ehemann, waren es doch Belege über die Schulden, die er hinterlassen hatte und Beweise für seine Untreue. Sie enthielt längst überfällige Rechnungen vom Schneider, vom Schuster, vom Fleischer und vom Lebensmittelhändler, vom Weingeschäft und der Sattlerei, dem Charleston Club und Dr. de Winter. Lucas hatte das letzte Jahr über praktisch keine einzige Rechnung mehr bezahlt.

Erstaunlicherweise hatte er jedoch noch ein zweites Haus in der State Street angemietet. »Ich habe mir den Platz mal angesehen«, eröffnete Pinckney. »Eine junge Frau lebt dort, und das nicht schlecht. Schaut einmal her.« Er zeigte ihnen eine hohe Rechnung von einem der teuersten Geschäfte der Stadt für luxuriöse Frauenkleidung. »Das hat er alles bezahlt. Die Frau, für die er das gekauft hat, arbeitete früher in einem Bordell in der Chalmers Street.«

Um die Zahlungen für das Haus, das er mit Elizabeth bewohnte, hatte er sich dagegen ebenfalls schon lange nicht mehr gekümmert. Es war nur noch eine Frage der Zeit, bis der Gerichtsvollzieher bei Elizabeth auftauchen würde.

»Es kommt noch schlimmer«, ergänzte Pinckney. Er holte ein zerknittertes Stück Karton aus der Schatulle. »Er hat Elizabeths diamantene Kette verpfändet. Lucas hat damals den Hauskauf mit dem Geld finanziert, das er für diese Kette erhalten hat. Als er das zweite Haus für seine Gespielin bezahlen mußte, hat er das andere Haus mit einer Hypothek belegt. Die Kette war das Hochzeitsgeschenk meines Vaters an meine Mutter. Wenn ich mir vorstelle, daß es jetzt irgendwo in einem schmierigen Pfandhaus herumliegt, dreht sich mir alles um.«

Lucy wußte, daß Shad Simmons es Elizabeth geschenkt hatte, hielt aber ihren Mund. Shad war ein Thema, mit dem Pinny nichts mehr zu tun haben wollte.

Das Geld war auch gar nicht das eigentliche Problem, erzählte er. Irgendwie würde es schon eine Möglichkeit geben, die Gläubiger zufriedenzustellen. Er machte sich eher Sorgen um Elizabeth. Man konnte ihr nicht ersparen, über diese traurige Hinterlassenschaft ihres Mannes Bescheid zu wissen. Die Eltern von Lucas bestanden auf einem Bericht über das, was Lucas seiner Frau hinterlassen hatte. »Er hat sich auch von seinen Eltern Geld geliehen. Sie wollen es wiederhaben und weigern sich, zu glauben, daß nichts mehr davon übrig ist. Zumindest nehmen sie es mir nicht ab. Sie haben angedroht, Elizabeth gerichtlich zu verfolgen. Lucas' Eltern sind nicht gut auf sie zu sprechen; sie geben ihr die Verantwortung für den Unfall, sagen, sie habe Lucas zum Trinken gebracht. Ehrlich gesagt, weiß ich gar nicht, wie ich ihr das alles beibringen soll. Ich habe nicht das Gefühl, sie könne einen weiteren Schlag verkraften. Elizabeth läuft ohnehin schon herum wie ein Gespenst. Sie ist direkt nach Lucas' Tod in mein Haus gezogen, hat einfach Catherine an die Hand genommen und ist herüberspaziert. Seitdem hat sie das alte

Haus nicht mehr betreten und sich oben in dem Raum, den sie früher bewohnte, eingeschlossen. Dort bleibt sie jetzt den ganzen Tag und sitzt im Schaukelstuhl. Es erinnert mich alles ein wenig an die Zeit, als ich aus dem Krieg zurückkehrte. Sie sitzt da, schaukelt vor sich hin und ist überhaupt nicht ansprechbar.«

Lucy stellte ihr Glas so heftig auf den Tisch, daß Pinckney befürchtete, der Fuß könnte abbrechen. »Das geht doch nicht so weiter«, sagte sie. »Es bekommt ihr nicht gut und Catherine auch nicht, ganz zu schweigen von dem zweiten Kind.« Und du, Pinny, erträgst es doch auch kaum, sie so erleben zu müssen, dachte sie sich im stillen. »Ich werde morgen zu ihr gehen und versuchen, mit ihr zu sprechen. Richte ihr aus, daß ich sie morgen besuche.«

»Du bist ein Engel, Lucy«, meinte Pinckney. »Du standest ihr immer schon näher als irgendein anderer. Aber was um Himmels willen willst du ihr denn erzählen?«

»Überlaß das nur mir, Pinckney. Das ist Frauensache. Regelt ihr beide die Geldangelegenheiten. Das ist dann genug.«

Als Lucy am nächsten Tag wieder aus Elizabeths Zimmer herunterkam, sagte sie zu Pinckney, der schon auf sie gewartet hatte: »Sie will, daß du das alte Haus mit allem, was darin ist, verkaufst. Und sie hat mich zum Mittagessen eingeladen. Ich denke, sie wird sich von dem Schock erholen.«

Sie sah Pinckneys flehende Augen und erzählte ihm genauer, was vorgefallen war. Zunächst schien Elizabeth nichts von dem wahrzunehmen, was Lucy ihr erzählte. Sie verzog keine Miene und saß da wie eine Statue. »Ich glaube, sie wollte verhindern, daß ihr Bild von ihrem geliebten Lucas zerstört wurde. Ich dachte, ich würde sie nie erreichen können. Ich muß gestehen, daß mich das ganz verrückt machte. Immerhin ist sie nicht die einzige Frau auf der Welt, die plötzlich Witwe ist. Wenn man sich um andere zu kümmern hat, dann ist zu großer Kummer doch eher ein Luxus.

Ich habe dann kein Blatt mehr vor den Mund genommen.

›Dein Mann hat sich eine andere Frau gehalten‹, sagte ich zu ihr. ›Eine Gespielin, um genauer zu sein. Er hat sein ganzes Geld für sie ausgegeben und deines dazu.‹ Elizabeths Kopf schnellte herum, als wäre sie von einer Tarantel gestochen worden. Ich war mir in dem Moment sicher, zu weit gegangen zu sein.

Doch dann begann sie plötzlich, mich über diese andere Frau auszufragen, und das hat erstaunlicherweise das Eis zwischen uns gebrochen. Ich weiß auch nicht warum, aber sie schien sich plötzlich erleichtert zu fühlen. Ich denke, ihre Eifersucht war auf einmal stärker als ihr Kummer. Als wir über ihre Halskette sprachen, lächelte sie sogar! Ich habe dann gleich die Gelegenheit ergriffen und ihr die Geschichte von dieser Kette erzählt. Sie konnte sogar darüber lachen! Ich bin sicher, sie hat sich bald wieder gefangen, Pinny.«

»Welche Geschichte?«

»Na, das weißt du doch selber, Pinny.«

»Nein, wirklich nicht. Erzähl sie mir.«

»Du lieber Himmel! Alle Leute in Charleston kennen sie doch! Miß Emma hat es mir vor Jahren einmal erzählt. Dein Papa hat sie deiner Mutter umgehängt und ihr gesagt, die Diamanten seien so groß, daß die Kette nachts als einziges Bekleidungsstück ausreiche. Daneben sei sie so schwer, daß sie ihm nicht entkommen würde, wenn er hinter ihr her sei. Sie hat sie dann immer im Bett getragen... Nanu, du wirst ja richtig rot, Pinny. Das muß ich Elizabeth erzählen! – Ist ja schon gut. Schau mich nicht so böse an, ich erzähle ihr nichts.«

Oben saß Elizabeth in ihrem Stuhl, runzelte die Stirn und dachte angestrengt nach. Er hat mich also tatsächlich hintergangen, überlegte sie. Und keine meiner Freundinnen hat irgend etwas damit zu tun. Ich brauche also nicht zu befürchten, daß sich außer ihm noch irgend jemand über mich lustig gemacht hat. Ich brauchte eigentlich niemanden davon zu überzeugen, daß es mir egal ist, was man von mir erzählt. Es blieb und bleibt ein Geheimnis. Es ist, als ob mir eine Riesen-

489

last genommen wird... Eine Mörderin zu sein werde ich ertragen können. Das wird mir gelingen. Wenn Lucas noch länger gelebt hätte, hätte es nicht lange gedauert, und er hätte uns alle ruiniert und mich, die Kinder und alle Verwandten in Verruf gebracht. Ich bin wirklich froh, daß er tot ist. Und wenn ich dafür in die Hölle gehe. Ich danke dir, Gott, daß du mir Lucy geschickt hast. Ich werde ihr den Rest meines Lebens für das verbunden sein, was sie mir eröffnet hat.

Elizabeth nahm Catherine dieses Jahr früher mit zur Insel als je zuvor. Der Tod ihres Vaters hatte das kleine Mädchen ganz erschüttert. Immer wieder brach sie in Tränen aus, und als sie einmal mit Hattie auf dem Weg zum Park an dem Haus vorbeikam, in dem sie alle drei gelebt hatten, fing sie dermaßen an zu weinen, daß die alte Frau sie nicht mehr beruhigen konnte. Elizabeth hoffte, daß die gemeinsame Zeit am Strand helfen würde, den Schmerz ihrer Tochter zu lindern. Catherine liebte es, im Sand und am Wasser zu spielen, und Lucas war insgesamt so selten im Strandhaus gewesen, daß dort nicht viel an ihn erinnerte. »Du bist nicht allein«, flüsterte sie Catherine abends ins Ohr. »Ich verspreche dir, ich verlasse dich nicht. Wir bleiben zusammen.«

Während sich Elizabeth völlig der Aufgabe widmete, ihrer Tochter beizustehen, kümmerten sich Pinckney und Joshua Anson um die finanzielle Hinterlassenschaft ihres Mannes. Ein Käufer für das Haus war schnell gefunden; die Möbel übernahm ein Antiquitätenhändler aus Baltimore. Mit dem Erlös konnte Pinckney die Halskette wieder einlösen, die er im Safe des Büros verwahrte. Mit Lucas' Gläubigern einigte man sich darauf, das ausstehende Geld in Raten zurückzuzahlen. Lediglich mit der Familie Cooper gab es noch Schwierigkeiten; Joshua Anson mußte sich jeden Tag mit ihrem Rechtsanwalt herumschlagen.

»Es ist zuviel für ihn«, meinte Pinckney zu Lucy. »Ich hätte ihn nie in diese Aufgabe einspannen sollen.«

»Unsinn«, entgegnete Lucy. »Du hättest ihm keinen besseren Dienst erweisen können. Jetzt ist das alte Feuer doch wieder in seinen Augen lebendig geworden. Die letzten paar Jahre waren eine schlimme Zeit für ihn – nach Emmas Tod war er völlig verzweifelt, das weißt du doch noch. Als er dann endlich wieder zu sich selbst gefunden hatte, hatte er keine Aufgabe mehr. Einige seiner alten Klienten hatten während der Zeit, in der er für nichts ansprechbar gewesen war, andere Rechtsanwälte in Anspruch genommen; einige waren gestorben oder hatten ihre Rechtsstreitigkeiten in die Hände ihrer Kinder gelegt, die natürlich jüngere Kollegen bevorzugten. Mr. Joshuas Generation wird bald nicht mehr praktizieren; er ist immerhin fast siebzig.

Du ermöglichst es ihm, noch ein letztesmal für etwas zu kämpfen. Daraus schöpft er doch sein Leben. Seit dem letzten St.-Cecilian-Ball habe ich ihn nicht mehr so lebendig gesehen. Der Ball ist das einzige, mit dem er sich sonst noch verbunden fühlt und wo er das Gefühl hat, gebraucht zu werden.«

Als Pinckney das hörte, wurde er schmerzhaft daran erinnert, daß Lucy gezwungenermaßen sehr isoliert lebte. Er war auch insgeheim der Meinung, daß es nicht richtig von Joshua war, es zuzulassen, daß Lucy sich auch noch um ihn kümmerte. Doch er wußte genau, daß Lucy keine Kritik an ihrem Schwiegervater dulden würde. Und er würde es auch nicht wagen, ihn selbst darauf anzusprechen. Joshua Ansons Stolz war etwas, das ihn die ganze Zeit über aufrecht gehalten hatte, und auch wenn es ihn ein wenig reizbar machte, so wollte er nichts dazu beitragen, Joshua diese Stütze zu nehmen.

Immerhin gab es ja noch den kleinen Andrew, der inzwischen an der Schwelle zum Mannesalter stand und froh war, der Krankenhausatmosphäre zu Hause entronnen zu sein und seinen Dienst beim Militär in der Zitadelle zu tun. Er hatte sich wirklich gemacht; er befand sich im zweiten Jahr seiner Ausbildung, und es sah alles danach aus, daß er eine steile Karriere antreten würde.

Sein Vater siechte vor sich hin. Er hatte jetzt bereits zum zweitenmal einen Herzschlag überlebt und war vollkommen gelähmt. Sein Tod war nur noch eine Frage der Zeit. Wenn Lucy und ich irgendwann endlich heiraten, dann nehmen wir den guten Joshua mit zu uns, dachte Pinckney sich. Mit Elizabeth wird dann zwar alles ein bißchen enger, aber dieses Problem würde sich bestimmt lösen können.

Er bemerkte plötzlich, daß er ganz in seinen Gedanken versunken war und Lucy bereits seit einer geraumen Weile zu ihm sprach. »Entschuldige, Liebling, was hast du gesagt?«

»Ich sagte, daß ein Knopf an deinem Mantel so locker ist, daß ich ihn lieber annähen möchte, bevor er ganz verlorengeht.«

Pinckney lächelte. Er fühlte ein tiefes Glück, wenn irgendeine kleine Sache ihm einen Vorgeschmack vom Eheleben gab, das ihnen irgendwann vergönnt sein würde. »Ich würde mich sehr darüber freuen«, meinte er.

Lucy lächelte ebenfalls. Sie wußte genau, was er dachte.

Bevor Elizabeth im Oktober von der Insel zurückkehrte, war der Kampf mit den Coopers durchgestanden. Sie nickte nur kurz, als Pinckney ihr erzählte, sie hätte von der Familie ihres Mannes nichts mehr zu befürchten. Das Thema interessierte sie nicht sonderlich. »Diese Leute gehören nicht mehr zu meinem Leben«, sagte sie. »Ich will nichts mit ihnen zu tun haben.«

Elizabeth war nicht mehr die geisterhafte, bleiche Person, die im Mai die Stadt verlassen hatte. Ihr Gesicht war braungebrannt; die viele Sonne hatte ihre Nase gerötet und ihr ganzes Gesicht mit Sommersprossen bedeckt. Diesesmal war sie so lange in der Sonne geblieben, wie es ihr Spaß machte.

Auch Catherine war braungebrannt. Und darüber hinaus hatte sie sich von ihrem grenzenlosen Kummer erholt. Die unaufhörliche Aufmerksamkeit, die ihre Mutter ihr die ganzen Monate über hatte zuteil werden lassen, hatte ganz allmählich den Schmerz über den Verlust ihres Vaters ver-

492

drängt. Die beiden waren unzertrennlich geworden. Sogar Hattie wagte es nicht, Elizabeths Autorität in Frage zu stellen. Catherine brauchte ihre Mutter. Und auch die Mutter brauchte ihr Kind.

Ganz mühelos schlüpfte sie wieder in die Rolle des Haushaltsvorstandes im Hause der Familie Tradd. Clara war zunächst nicht sehr glücklich über die Veränderungen, die dies mit sich brachte. Seit Hattie sich um Catherine kümmerte, hatte sie ganz allein den Haushalt geführt und sich daran gewöhnt, ihre Dinge ohne Einmischung von anderen zu regeln. Doch Delia schmeichelte ihr dermaßen, daß sie sie irgendwann in ihrem Territorium wirken ließ. Bald hatte sich Clara bestens auf die neue Situation eingestellt, auch wenn Elizabeth für ihren Geschmack viel zu oft in die Küche kam, um ein paar Süßigkeiten für Catherine zu holen. »Wenn sie so weitermacht, wird das Kind noch kugelrund«, grollte sie.

Delia lachte gackernd. »Wahrscheinlich versucht sie, es ihrer Mama gleichzutun!«

Tatsächlich ließ sich inzwischen nicht mehr über Elizabeths Schwangerschaft hinwegsehen. Sie konnte nicht mehr auf die Straße gehen, hatte allerdings auch keinerlei Interesse daran. Catherine war ihr ein und alles.

Im November erreichte die Familie Tradd die überraschende Nachricht vom plötzlichen Tod Mary Tradd-Edwards'; sie war an einem Schlaganfall gestorben. Pinckney übernahm es, die anderen zu benachrichtigen, ihr Begräbnis zu organisieren und den Ort dafür zu bestimmen. Julia setzte sich dafür ein, sie auf dem Landgut der Familie Ashley zu beerdigen. Immerhin, so sagte sie, stamme sie aus dieser Familie. Sie machte sich auch dafür stark, daß die Trauerfeierlichkeiten in der kleinen Kapelle des Landgutes stattfinden sollten. Stuart unterstützte ihre Vorschläge. Adam Edwards wollte hingegen, daß sich alles in seiner Gemeinde abspielte.

Pinckney versuchte so gut es ging, den aufkeimenden Streit zu schlichten. Nach zwei Tagen erreichte er einen Kompromiß. Der Trauergottesdienst würde von Reverend Edwards in seiner Kirche abgehalten; dann würde Marys Leichnam auf das Landgut der Familie Ashley überführt werden und im Familiengrab die letzte Ruhestätte finden.

Elizabeth konnte an der Beerdigung nicht teilnehmen. Gott sei Dank, dachte sie insgeheim. Ich verspüre auch keinen Drang, dorthin zu gehen. Ich hasse Begräbnisse und kenne Adam Edwards so gut wie überhaupt nicht. Darüber hinaus konnte Elizabeth auch nicht gerade behaupten, ihre Mutter zu vermissen. Eigentlich ist das doch traurig, sagte sie sich. Sie hat mich damals einfach im Stich gelassen. Ich muß ja ein furchtbares Kind gewesen sein, wenn meine Mutter mich so einfach allein lassen konnte. Aber das heißt ja nicht, daß ich eine genau so fürchterliche Mutter werde. Catherine, dich lasse ich nicht im Stich! Ich werde die beste Mutter der Welt sein. Das schwöre ich dir.

Sie wiederholte diesen Schwur, als im Dezember ihr zweites Kind das Licht der Welt erblickte.

Es war ein Junge, ein dickes, kahlköpfiges, mit kräftiger Stimme schreiendes Baby. »Ich nehme an, es bekommt den Namen seines Vaters«, meinte Dr. de Winter.

»Kleiner Lucas? Auf keinen Fall. Schauen Sie sich doch die Härchen an seinen Augenbrauen an. Sie sehen aus wie Kupfer. Er wird Tradd heißen.«

45

»Halt still, mein Engel, und lächle.« Elizabeth sagte es zum fünftenmal. Der junge Andrew Anson betätigte den Verschluß seiner Kamera.

»Ich glaube, das wird eine tolle Aufnahme«, meinte er.

»Kann ich jetzt aufhören zu lächeln?« fragte Catherine mit einer Stimme, die schon einen ganz weinerlichen Klang angenommen hatte.

»Ja, meine Liebe«, antwortete Elizabeth. »Gut gemacht. Komm, wir schneiden die Torte an, und du darfst dir das erste Stück nehmen.« Sie eilten über den Rasen.

Catherine feierte ihren fünften Geburtstag. Dieses Jahr fiel er mit Ostersonntag zusammen; es gab also gleich zwei Gründe zum Feiern. Die ganze Familie war zusammen in die Kirche gegangen und kam jetzt auch gemeinsam zum Haus der Familie Tradd zur Geburtstagsfeier zurück. Lucy Anson brachte ihren Sohn und seine Kamera mit, um das Ereignis festzuhalten. Alle waren sie ganz fasziniert von dieser neuartigen Erfindung. Fotografien, die man außerhalb eines großen Studios machen konnte, waren etwas ganz Ungewohntes.

Bevor es Abend wurde, war die ganze Familie auf Film gebannt. Andrew hatte Talent zum Fotografieren. Er schaffte es trotz der steifen Posen und der gezwungenen Gesichter, von allen ein Bild zu machen, das ihren wahren Charakter festhielt. Alle kommenden Generationen, alle zukünftigen Tradds würden wissen, wie ihre Vorfahren ausgesehen hatten und was für Leute sie gewesen waren.

Auf einem Bild prosteten sich Pinckney und Stuart zu. Die Ähnlichkeiten und die Unterschiede zwischen den beiden waren deutlich zu erkennen: der ältere, größere, magere und geschmeidigere lehnte gelassen an einer der Säulen, die den Balkon unterstützten und die untere Veranda säumten; der jüngere, kleinere und drahtigere stand unbeweglich an seinem Platz, beugte sich streitlustig nach vorne und hob sein Glas. Einer war sauber rasiert, der andere bärtig, aber beide hatten die schmale, große Nase der Familie Tradd, die gleichen kleinen, enganliegenden Ohren und das gleiche widerspenstige Haar.

Julia Ashley thronte auf einem Stuhl; ihre immer noch sehr ansehnlichen Hände hatte sie entspannt auf ihren Schoß gelegt; die beiden Daumen berührten die Zeigefinger, als ob sie unsichtbare Zügel festhielte. Sie war so hager wie nie zuvor. In ihrem abgezehrten Gesicht spannte sich die Haut über die

Knochen und zeigte kaum Spuren ihres Alters. Trotz ihrer siebenundsechzig Jahre war ihr Haar noch immer dunkel und ihr Rücken kerzengerade. Nur ihre Augen wirkten alt; sie drückten eine Weisheit und eine Ausdauer aus, die nur jenen zu eigen ist, die Jahrzehnte den ewigen Kreisläufen der Natur, der Erde und der Felder ausgesetzt sind.

Henrietta Tradd, Stuarts Frau, war ein kleines, brav lächelndes Wesen, das kaum hinter ihren drei hintereinanderstehenden Jungen hervorragte. Die Kinder hatten alle drei auffällig rote Haare.

Catherine stand ganz stolz hinter der Geburtstagstorte und kam sich ungemein wichtig vor. Sie war das Geburtstagskind, wußte, daß sich an diesem Tag alles um sie drehte, und verhielt sich entsprechend. Sie war auch ein äußerst hübsches Kind; ihre schwarzen Locken erreichten fast die von Spitzen gesäumten Träger ihrer gestärkten Kinderschürze.

Nur das Bild von Elizabeth war unscharf. Sie hatte sich wegen ihres Babys auf dem Arm etwas bewegt; dadurch war ihr Gesicht nur ein verschwommener Fleck. Sie trug ein schwarzes Trauergewand mit hohem Kragen, das ihre weichen und weiblichen Formen unterstrich. Der kleine Tradd war mit seiner Haube und dem langen Säuglingsanzug fast nicht zu sehen; seine winzige Faust ruhte auf Elizabeths Schulter.

Es war eine ansehnliche und gesunde Familie, die da zusammengekommen war, und deren Tatkraft und andere auffällige Erscheinungsmerkmale die gebieterische Art von Julia Ashley in den Schatten stellten. Der junge Andrew Anson fotografierte alle mit einem liebenden Auge; er freute sich, daß er mit eingeladen worden war, und genoß die Verwandtschaft und die Behaglichkeit des schlichten Festes. Als er alle Fotos, die er machen wollte, gemacht hatte, gesellte er sich zu Pinckney und Stuart und trank mit ihnen einen Toddy. Er war jetzt zwanzig Jahre alt und ein richtiger Mann. Sogar bei einem Familientreffen wie diesem liebten es die Männer, sich abzusondern und unter sich zu sein.

Ganz entgegen dieser Gewohnheit kam Pinckney am späteren Abend zu Lucy herüber und fragte sie, ob sie mit ihm einen Spaziergang machen wolle. Erfreut willigte sie ein.

Es war nicht nötig, daß sie viel miteinander sprachen. Es war Frühling; sie waren zusammen, und das genügte.

Elizabeth schaute den beiden nach. Ja, dachte sie, dieses ganz Besondere, das ich einmal zwischen den beiden gespürt habe, ist immer noch da. Sie hatte nur beiläufig zu den beiden hinübergeschaut und dachte nicht weiter über sie nach. Daß ihr selber noch jemals dieser Zauber vergönnt sein würde, konnte sie nicht glauben. Sie hatte jegliche Hoffnung verloren. Sie brauchte ihre Energie, um die langen Tage und Nächte so zu durchstehen, daß der Anschein der Normalität aufrechterhalten wurde. Für irgendwelche Gefühle hatte sie keine Kraft mehr übrig.

Sie konzentrierte sich wieder auf Henriettas Geplauder. Stuarts Frau erzählte gerade etwas über die Geburtstagsparty ihres Mannes. Elizabeth hatte den Eindruck, als käme ihre Stimme von ganz weit her. Sie lächelte mechanisch und bemühte sich, stärker auf ihre Worte zu achten. Wenn sie sich anstrengte, konnte sie die Welt um sich herum so nah an sich heranlassen, daß keiner merkte, wie sehr sie sich eigentlich schon von ihr verabschiedet hatte; in der Zeit nach Lucas' Tod war sie gezwungen gewesen, das zu lernen. Es war für sie keine Schwierigkeit mehr, ihre Umgebung zu täuschen. Alle hatten den Eindruck, sie habe sich bestens erholt. Nur sie selbst wußte, daß sie sich im Grunde aufgegeben hatte. Im Alter von vierundzwanzig Jahren hatte sie das Gefühl, ihr Leben sei vorbei.

Manchmal bereitete es ihr richtig Mühe, die für ihren Körper erforderliche Menge an Nahrung herunterzukriegen. Sie malte sich dann aus, wie leicht es wäre, einfach alles sein zu lassen, auch das Essen. Nur ihre beiden Kinder hielten sie letztlich davon ab, diesen Gedanken auch Wirklichkeit werden zu lassen.

Catherine und Tradd waren ihr Rettungsanker. Sie gaben ihr nicht nur einen Grund, zu leben, sie waren auch die einzige Belohnung. Wenn sie mit ihnen zusammen war, war sie manchmal ganz von Zärtlichkeit erfüllt, und für diesen kurzen Moment wußte sie wieder, wie es war, lebendig zu sein.

Am ersten Oktober kam Catherine in die Schule. Elizabeth hatte sich lange geweigert, anzuerkennen, daß ihre Tochter nun einen großen Teil ihres Tages woanders verbringen würde. Sie hatte eine fürchterliche Angst davor, ganz für sich zu sein. Die ersten Wochen klammerte sich Catherine noch sehr an ihre Mutter, wenn Delia kam und sie zur Schule bringen wollte. Aber dann begann sie allmählich mit den anderen Schülerinnen warmzuwerden. Es dauerte nicht lange, dann stürmte sie aus dem Haus, sobald Delia verlauten ließ, sie sei fertig. Das hatte zur Folge, daß Elizabeth unmerklich begann, wieder in ihre Apathie zu fallen, die auf sie zu warten schien und sich wieder anschickte, sie erneut zu verschlucken.

Pinckney bemerkte die Veränderung und wandte sich hilfesuchend an Lucy.

»Sie muß sich irgendwie beschäftigen«, meinte sie. »Und sie sollte wieder unter die Leute gehen. Wenn die ganzen Festlichkeiten beginnen, ist ihre Trauerzeit um. Man wird sie einladen. Sorge dafür, daß sie die Einladungen nicht ausschlägt.«

Pinckney legte es ihr nahe, und Elizabeth gehorchte. Sie ging zu den vielen Empfängen und besuchte die Teegesellschaften und Kartenspielrunden, zu denen sie eingeladen wurde. Eine junge Witwe verhielt sich so. Pinckney begleitete seine Schwester, und die beiden rothaarigen Gestalten erregten überall, wo sie hinkamen, Aufsehen. Von überallher hörten sie, wie schön es sei, daß sie sich wieder blicken ließen. Pinckneys Fürsorge für seine lächelnde, hübsche Schwester erweckte allgemeine Bewunderung. Die menschliche Wärme, die Elizabeth entgegenschlug, brachte sie dazu, allmählich wieder Mut zu fassen und ein wenig aufzutauen. Ihr Lächeln verlor seine Starre. Als der nächste St.-Cecilian-Ball vor der Tür stand, war ihre Vorfreude echt.

Sie lachte laut auf, als sie merkte, daß man eine Tanzkarte für sie vorbereitet hatte, als wäre sie wieder Debütantin. Die Namen alter Freunde standen darauf, und alle waren überaus galant zu ihr. Die ihr entgegengebrachte Achtsamkeit rührte sie. Sie spielte die ihr bestens vertraute Rolle, gab sich harmlos flirtend, neckte ihre Freundinnen, indem sie ihren stattlichen Männern Komplimente machte und schimpfte Joshua Anson aus, weil er sich nur für einen einzigen Tanz auf ihrer Tanzkarte eingetragen hatte. »Ich weiß doch, daß du als Präsident der Gesellschaft verantwortlich dafür bist, wer auf den Tanzkarten steht. Du hättest so oft mit mir tanzen können, wie du wolltest. Du bist wahrscheinlich nur so vorsichtig, weil du ahnst, daß ich es auf dich abgesehen habe.«

Lucy und Pinckney sahen sich bedeutungsvoll an und lächelten. Sie standen nicht weit entfernt und hatten alles mitgehört. »Ihr geht es wirklich gut«, meinte Pinckney.

»Joshua auch. Er liebt diesen Ball.«

Man konnte es ihm ansehen. Seine Wangen waren gerötet, seine Augen leuchteten, sein freundliches Gesicht strahlte voller Freude. Der Anzug war zwar schon etwas abgetragen, seine weißen Handschuhe und die hellen Tanzschuhe zeigten schon deutliche Alterserscheinungen, aber keinem fiel das auf. Joshua bewegte sich mit einer solchen Würde und tanzte mit derart jugendlich wirkender Anmut, daß jeder, der ihn sah, nur einen einzigen Gedanken hatte: Er ist ein richtiger Gentleman alter Schule, im besten und reinsten Sinn des Wortes.

»Weißt du, Lucy«, meinte Elizabeth, »ich habe mit Onkel Joshua ein wenig herumgealbert, als ich ihm erzählte, ich habe ein Auge auf ihn geworfen, aber ich muß gestehen, daß er mich wirklich fasziniert. Er ist die charmanteste Person auf dem ganzen Ball.« Die beiden Frauen saßen nebeneinander auf den vergoldeten Stühlen an der Wand und beobachteten, wie die Debütantinnen sich in einer Reihe aufstellten, um sich feierlich zu präsentieren.

Lucy lächelte. »Da bist du nicht die einzige, Elizabeth. Viele unverheiratete Frauen in Charleston fühlen dasselbe. Einige sind nicht viel älter als du.«

»Wirklich?«

»Schau dir doch die beiden Ansons an. Der kleine Andrew steht seinem Großvater in nichts nach!«

Sie hatte recht. Andrew bot in seiner schmucken Uniform mit den glänzenden Messingknöpfen ein prächtiges Bild.

»Hat er denn schon eine Dame gefunden, die er den anderen vorzieht?« wollte Elizabeth wissen.

»Die Damen haben schlechte Karten bei ihm. Er hat mich bereits darum gebeten, den sechzehnten Tanz mit ihm zu tanzen. Und es ist gut, daß er sich noch nicht entscheiden will. Er wird im Juni mit seiner Ausbildung fertig sein und dann eine Weile zum Militär gehen müssen. Es dauert noch Jahre, bis er heiraten kann.«

Die große Parade begann. Elizabeth und Lucy verstummten. Sie beobachteten die nervösen jungen Damen in ihren wunderschönen, wogenden Röcken. Beide lächelten, ohne sich dessen bewußt zu sein. Lucy erinnerte sich daran, wie Elizabeth das erstemal auf dem Ball erschien; Elizabeth malte sich aus, wie es wohl sein mochte, wenn Catherine soweit war.

»Ich bin sehr froh, daß sie noch diese Reifröcke tragen«, flüsterten sie beide fast gleichzeitig. Dann blickten sie sich an, und ihr Lächeln wurde breiter.

»Laß uns doch zu Fuß nach Hause gehen, Pinny. Es ist kaum weiter als zwei Häuserblöcke. Die Nacht ist auch viel zu schön, um sie in einem lärmenden Straßenbahnwagen zu vergessen.«

Gemächlichen Schrittes schlenderten Pinckney und Elizabeth heimwärts. Sie winkten ihren vorbeifahrenden Freunden in der beleuchteten Bahn zu und genossen die Ruhe, die eintrat, als die Bahn verschwunden war.

»Allmählich verstehe ich es«, meinte Elizabeth, als sie zusammen die Tradd Street überquerten.

»Was verstehst du, Schwesterherz?«

»Ich werde noch irgendwann anfangen, dich ›Bruderherz‹ zu nennen.« Elizabeth kniff ihn in den Arm, um ihm zu zeigen, daß sie nur Spaß machte. Mit weicher, zögernder, nachdenklicher Stimme sprach sie weiter. »Ich meine diese ganze Sache mit der Tradition. Früher wurde ich ganz ungeduldig, wenn mir Lucy oder Tante Julia oder du erzählten, etwas sei wichtig, weil es den Traditionen entspricht und daß ich von Glück sagen könnte, eine Tradd zu sein. Es fiel mir nicht leicht, mich den Regeln entsprechend zu benehmen, nur weil andere das von mir erwarteten. Ich dachte, das mache alles nur unnötig kompliziert, und es sei ziemlich dumm, etwas genauso zu machen, wie es vor langer Zeit schon gemacht worden ist. Heute abend jedoch gab es mir ein Gefühl der Sicherheit, die altmodischen Gewänder zu sehen und mich daran zu erinnern, daß ich einmal wie sie an diesem Platz gestanden habe. Und es macht mich richtig glücklich, daß Catherine eines Tages genauso an derselben Stelle stehen wird. Es ist toll, daß zuletzt immer ›An der schönen blauen Donau‹ gespielt wird und daß noch lange nach meinem Ableben meine Enkel und deren Kinder sich zu diesen Klängen im Kreise drehen werden. Es ist schwierig, das in Worte zu fassen. Man ist irgendwie – nicht so einsam. Verstehst du, was ich meine?«

Pinckney blieb plötzlich stehen; Elizabeth hielt überrascht inne. Er entzog sich sanft ihrem Arm, mit dem sie sich bei ihm eingehakt hatte, nahm ihre Hand und neigte sich darüber. Er ließ ihre Finger nicht los, als er sich wieder aufrichtete und ihren verwirrten Gesichtsausdruck sah. Dann küßte er sie auf die Stirn. »Ich weiß, was du meinst, Miß Elizabeth. Du lebst jetzt als erwachsene Frau in Charleston. Bleib doch noch einen Moment so stehen und horch mal!«

Der zunehmende Mond ließ den abblätternden Putz der Häuserfronten in einem sanften, schmeichelnden Licht erscheinen. Ein wechselhafter Wind umspielte die Blätter des nahen Magnolienbaumes, der riesenhaft aus dem Dunkel eines Gartens ragte. Dann ertönte die Glocke der St.-Michaels-Kirche.

»Diese Glocken haben an dem Tag geläutet, als du geboren wurdest; sie haben auch mich begrüßt, als ich auf die Welt kam. Dasselbe geschah unserem Vater, unseren Großeltern und Urgroßeltern. Sie haben Catherine und Tradd begrüßt, und sie werden noch alle kommenden Generationen begrüßen. Wir merken kaum noch, daß sie da sind, außer wenn wir vielleicht wissen wollen, wie spät es ist. Aber sie sind die ganze Zeit da – für dich und für mich und für alle, die uns nahestehen. Du brauchst dich nie mehr in deinem Leben einsam zu fühlen. Alle Menschen, die diese Glocken hören, früher gehört haben und einmal hören werden, sind bei dir, sind ein Teil von dir. Jede Viertelstunde können dich diese Glocken daran erinnern. Du gehörst dazu.«

Elizabeth umarmte ihn und drückte sich für einen kurzen Augenblick an ihren Bruder. »Danke«, flüsterte sie. »Ich liebe dich wirklich, Pinny.«

In der nächsten Nacht bemerkte Elizabeth, daß sie ihr Leben seit dem St.-Cecilian-Ball auf einmal nicht mehr als Last empfand. Es schien, als würde die alte Stadt selbst das Gewicht auf ihren Schultern mittragen, ihre Schuldgefühle und Sorgen verstehen, sie in das Gewebe ihrer Geschichte hineintragen und sie zusammen mit den ganzen anderen Menschenschicksalen, die sich hinter ihren hohen Mauern abgespielt hatten, aufnehmen. Immer schon hatte es Menschen gegeben, die versagt hatten, die Niederlagen erlitten hatten und Kämpfe bestehen mußten. Sie hatte jedoch immer noch das Gefühl, daß ihr Leben vorbei sei. Sie konnte sich für nichts mehr begeistern, konnte sich auf nichts freuen. Sie fühlte sich immer noch vom Lebensstrom abgeschnitten; die Welt erschien ihr wie durch einen gläsernen Vorhang von ihr getrennt zu sein; sie schaute zu, wie es vorbeifloß, nahm aber nicht daran teil. Eigentlich war ihr alles egal.

Aber irgendwie beunruhigte sie das nicht mehr so. Zumindest im Strom der langsam verrinnenden Zeit trieb sie mit, und sie war zufrieden damit. Sie konnte sogar Catherine ziehen lassen, wußte, daß sie sie nicht verlieren würde, daß Catherine in denselben Strom eingebettet war, nur durch eine Generation von ihr getrennt.

Eines Tages betrat sie ihr Lesezimmer, um ein Buch zu suchen, das sie lesen wollte, und traf auf das kleine Mädchen, wie es gerade den Kaminsims mit der Wasserfarbe bemalte, die sie zu ihrem sechsten Geburtstag geschenkt bekommen hatte.

»Ich wollte doch nur, daß die Frauen da schön aussehen«, meinte Catherine entschuldigend, als Elizabeth die Stirn runzelte, und fing an zu weinen. Die Tasse mit Wasser lag umgestürzt auf dem Boden, ihre Kinderschürze war ganz bekleckst. »Sie sind so schön, aber sie sind so wenig bunt.«

Elizabeth betrachtete die blau und rot gefärbten Kleider und die roten Backen, die Catherine den anmutig tanzenden Nymphen verpaßt hatte. Ihr Ärger war auf einmal wie weggeblasen. Sie nahm ihr Kind auf den Schoß und trocknete ihr die Tränen ab. »Weißt du, daß deine Mama, als sie klein war, versuchte, so zu tanzen wie diese Figuren?« fragte sie ihr Kind.

Als sie die ganze Geschichte erzählt hatte, und Catherine den Sprung im Tintenfaß auf dem Schreibtisch untersucht hatte, hielten sich Mutter und Tochter an den Händen und tanzten herum. Dann wischten sie gemeinsam die Wasserlache auf und entfernten die Farbe vom Kaminsims. Elizabeth fühlte auf einmal wieder die Gegenwart ihres Vaters und war sich deutlich der stetigen Linie ihrer Familie bewußt, in der sie stand.

Die nächsten Tage bewegte sie sich wie im Traum, besuchte und empfing ihre Freundinnen, besuchte die Partys, die so groß waren, daß dabei auch Witwen ihren Platz hatten.

Sie vermißte das gesellige Leben, das sie mit Lucas genossen hatte, überhaupt nicht. Dieser spezielle Reigen aus Empfängen und Tanzveranstaltungen stand nur Paaren offen. Darum kümmerte sie sich nicht mehr.

Am dreiundzwanzigsten Juni wurde der junge Andrew aus seiner Ausbildung entlassen. Die feierliche Aufnahme in die Armee stand ihm bevor. Dann würde ihm auch sein Einzugsbefehl überreicht, der ihm sagte, wo er demnächst zu dienen hatte.

Alle fieberten diesem Ereignis entgegen. Im Hause der Ansons liefen die Vorbereitungen für ein großes Fest zu diesem Anlaß auf Hochtouren. Elizabeth half dabei nach besten Kräften mit und war froh darüber, so vieles von dem, was sie einmal bei Tante Julia auf dem Landgut gelernt hatte, in die Vorbereitungen einfließen lassen zu können. Mit Delia zusammen sorgte sie dafür, daß alles, was für eine so große Feier nötig war, organisiert wurde. Zwei Wochen lang wirbelten Delia und Estelle unter ihrer Anleitung durch das Haus und ließen alles erglänzen.

Dann war endlich der große Augenblick gekommen. Elizabeth hatte auf einer der eigens für diesen Anlaß errichteten Tribünen Platz genommen und folgte den endlosen Ansprachen mit ungeduldiger Aufmerksamkeit. Es war das erstemal nach dem Krieg, daß die Kadettenschule die Entlassung ihrer Schüler feiern konnte; entsprechend viele Ansprachen mußten die Zuhörer über sich ergehen lassen. Die Sonne brannte unbarmherzig auf die reglos stehenden jungen Männer in ihren prachtvollen und tadellos sitzenden Uniformen. Für einen kurzen Moment mußte Elizabeth an die Unionssoldaten denken, die ihr als Kind auf der Fahrt mit Sophie zum Waisenhaus einmal einen solchen Schrecken eingejagt hatten. Ein Schauer lief ihr den Rücken herunter. Gott sei Dank waren diese dunklen Zeiten ein für allemal vorbei!

Irgendwann kam auch der letzte Redner zum Ende. Eine Kanone donnerte, dann traten zwei Kadetten nach vorne und gingen auf den leeren Fahnenmast zu. Unter dem Jubel der Massen und begleitet von Trommelwirbeln hißten sie die Fahne der Konföderierten. Wenig später flatterte sie neben der Flagge der Vereinigten Staaten und der von South Carolina im Wind. Eine kleine Musikkapelle mit ihren wie Gold glänzenden Instrumenten spielte los. Alle Zuschauer hatten sich erhoben. Elizabeth fühlte, wie ihr die Tränen die Wangen herunterliefen. Sie war so gerührt, daß sie gar nicht mehr darauf achtete, ob andere sich daran stören könnten oder nicht. Diese jungen Männer in ihren kecken Uniformen waren so jung, so aufrecht und so tapfer. Die letzten Kadetten, die an dieser Stelle feierlich entlassen worden waren, marschierten 1863 in den Krieg, einige im Alter von sechzehn Jahren. Sie waren nie zurückgekommen. Jetzt konnten die Kadetten South Carolinas wieder ihren Mut und ihre Flagge zeigen. Wir haben schließlich doch noch gewonnen, dachte sie. Ihr Herz schlug heftig vor Aufregung. Keiner konnte uns besiegen, weder mit Waffen noch mit Steuern, auch nicht mit brennenden Fackeln. Wir sind immer noch Südstaatler. Wir können stolz sein auf unsere Herkunft. Keine Macht der Erde kann uns das nehmen. Sie schaute zu Pinckney hinüber und sah, daß auch seine Augen feucht geworden waren. Seine Haltung war die eines Soldaten, eines Mannes, der es gewohnt war, Menschen zu führen. Sein Kopf war hoch erhoben, seine Tränen ein Zeichen der Ehre. Ihr Blick fiel auf die anderen. Überall diese stolzen, hageren Gesichter. Sie liebte sie alle und wußte, daß sie von allen geliebt wurde. Alle teilten sie diese wunderbar anmutige Welt, deren höchste Blüte damals nicht mehr weiter gedeihen durfte. Aber das Wichtigste und Wesentliche würde niemals vergehen. Der ganze Luxus, um den sie alle anderen beneideten, war zu einem würdevollen Überleben unnötig. Solange es diese Menschen gab, die sich weigerten, einen Verfall ihrer Werte und ihrer Moral hinzunehmen, war alles in Ordnung. Die Grundlage jeder Kultur waren deren Werte und Maßstäbe, und nicht die materiellen Güter, die sie vielleicht geschaffen hatte. Dieses

Gefühl der Würde lebte in den Herzen aller weiter, und es würde auch in ihren Kindern und Kindeskindern weiterleben. Die Musik verklang, der Beifall der Menge toste los. Es war wie ein Siegesschrei.

Das Echo war noch nicht ganz verhallt und rollte noch über den breiten offenen Platz, da trat einer der Kadetten nach vorne, drehte sich zackig um und rief ein Kommando. Die glänzenden schwarzen Federn auf den hohen Mützen der jungen Männer erzitterten im Rhythmus ihrer Schritte.

»Jetzt kriegen sie die Urkunden überreicht«, murmelte Elizabeth Lucy ins Ohr. »Siehst du Andrew? Er ist der letzte in der rechten Reihe. Sieht er nicht toll aus?«

Elizabeth nickte. Andrew hob sich aus der Ferne kaum von seinem Nachbarn ab. Alle hatten sich prächtig herausgeputzt.

Der Kommandant verlas eine Erklärung. Es ging darum, eine neue Tradition einzuführen, indem der Kadetten gedacht werden sollte, die bereits einen Monat vor dem offiziellen Beginn des Krieges ein Schiff der Unionsstaaten beschossen hatten. Der Kadett, der in Zukunft am deutlichsten seine Integrität und seine Hingabe an die Ideale der Kadettenschule unter Beweis stellte, wurde mit einem Orden belohnt: dem ›Stern des Westens‹. Andrew Anson würde als erstem dieser Orden verliehen werden. Es war die höchste Auszeichnung, die ein Kadett jemals würde gewinnen können.

Elizabeth hatte anfangs Mühe gehabt, sich noch eine weitere Ansprache anzuhören. Dann hatte sie jedoch aufgemerkt und war inzwischen ganz beeindruckt. Von Herzen gratulierte sie später Andrews Vater, seiner Mutter und seinem Großvater.

Auf der anschließenden Party ahnte keiner, wie wichtig diese Auszeichnung für die Familie Anson war. Nachdem alle Gäste gegangen waren, verbrachten Joshua, Lucy und der junge Andrew eine lange, glückliche Stunde am Bett des alten Andrew Anson. Während sein Vater und seine Frau seine leblose Hand hielten, hörte er seinem hochgewachse-

nen Sohn zu, der ihm die Urkunde, die er zusammen mit
dem Orden bekommen hatte, vorlas. Dann löste der junge
Mann den Orden von seiner Uniform und befestigte ihn an
der Decke über dem Herz seines Vaters. »Ich möchte, daß du
diesen Orden trägst, Papa«, meinte er. »Ich habe ihn für dich
haben wollen.« Er küßte Andrews Wange, erhob sich und salutierte, bevor er den Raum verließ.

Andrew Anson konnte seine Lippen nicht mehr bewegen.
Doch seine Augen antworteten seinem Sohn und teilten ihm
die Liebe und den Stolz und den Frieden mit, den sein Herz
endlich gefunden hatte. Bis zu diesem Moment hatte sich
Andrew nie verzeihen können, die wichtigen Depeschen,
die man ihm vor zweiundzwanzig Jahren anvertraut hatte,
nicht überbracht zu haben.

46

»Nein, Miß Elizabeth, ich werde das Baby nicht mit auf die Insel nehmen. Uns allen steht demnächst großes Unheil bevor.
Alles wird durcheinandergeraten; ein großer Sturm wird losbrechen.«

»Hattie, erzähl nicht so einen Unsinn! Es steht nicht eine
einzige Wolke am Himmel. Pack jetzt deine Sachen! Ich will
nicht noch mehr Tage in diesem Backofen verbringen. Wir
gehen noch diesen Nachmittag zum Strand.«

»Nein, Ma'am.« Hatties Unterlippe schob sich trotzig nach
vorne. Die alte Frau pflanzte störrisch ihre breiten Füße auf
den Boden, als wären sie jetzt unverrückbar dort angenagelt.

Elizabeth legte ihre Fäuste auf die Lippen. So konnte sie
zumindest äußerlich Hatties bestimmter Haltung etwas ent-
gegensetzen. In ihren Augen lag ein wildes Funkeln. »Ich
sage, du gehst!« zischte sie wütend. Hattie hatte sie noch nie
so aufgebracht erlebt.

Aber ihre Angst war noch größer als Elizabeths Zorn.

»Nein, Ma'am«, sagte sie. »Die Zauberfrau hat das Unheil angekündigt. Ich will auf keiner Insel der Welt irgendeinem Unheil begegnen.«

Elizabeth stampfte mit dem Fuß auf den Boden. Ihr fehlten die Worte, so wütend war sie. Wenn sie es sich selbst eingestanden hätte, fühlte auch sie eine unnatürliche Angst. Egal wie oft sie sich sagte, daß das Wissen der Zauberfrauen nur ein afrikanischer Aberglaube war, erschauerte sie immer noch, wenn man in ihrer Gegenwart auf dieses Thema zu sprechen kam.

Auch als sie Pinckney wegen dieser Sache um Unterstützung bat, trug er wenig dazu bei, ihre Befürchtungen zu zerstreuen.

»Du mußt sofort Hattie zur Vernunft bringen«, rief sie, als sie in sein Arbeitszimmer stürmte. »Sie redet dummes Zeug und will nicht tun, was ich ihr sage.«

Pinckney hörte sich in aller Ruhe an, worüber Elizabeth sich beschwerte und blickte dann nachdenklich ins Leere. »Vielleicht solltest du deine Pläne besser ändern«, meinte er. »Wann soll denn dieser Sturm kommen?«

»Pinckney! Das ist nicht dein Ernst!«

»Ja und nein, Elizabeth. Du bist nicht wie ich auf dem Land aufgewachsen. Als ich noch kleiner war, habe ich die meiste Zeit mit den Schwarzen verbracht, und oft war es so, daß sie mehr über die Dinge wußten, als wir verstehen konnten. Ich glaube nicht an diese Geschichten von den Zauberfrauen, an Geister oder diese Knochenorakel. Aber ich bin mir andererseits auch nicht sicher, daß das alles Humbug ist. Ich weiß es einfach nicht... und ein Hurrikan ist schon lange überfällig. Seit ich ein kleiner Junge war, hat es schon keinen mehr gegeben.

Andererseits gab es noch nie einen Hurrikan im Juli. Hattie scheint mir ein wenig zu übertreiben. Vielleicht schiebt sie ja nur den Sturm vor, um irgend etwas anderes zu verbergen. Immerhin ist sie ja schon ziemlich alt, nicht wahr?«

»Das kann ja durchaus sein, aber dann weiß ich immer noch nicht, was ich mit ihr machen soll.«

Eine Stunde lang berieten sie sich. Dann sprach Pinckney mit Hattie; Elizabeth erklärte Delia die Situation. Am Nachmittag reisten Hattie und Elizabeth mit einer ganzen Truhe voller Sommerkleidung zum Strandhaus. Hattie half ihr dabei, das Haus zu öffnen, die Staubdecken von den Möbeln zu nehmen und den Sand herauszufegen, der die ganzen Monate über durch irgendwelche Ritzen ins Haus gedrungen war. Den übrigen Sommer blieb Hattie in der Meeting Street und übernahm Delias Arbeiten. Delia kam dann jeden Tag im Morgengrauen mit der ersten Fähre herüber. Über Nacht weigerte auch sie sich, auf der Insel zu bleiben.

»Das Unheil kommt immer nachts«, behauptete sie. »Solange ich vor Dunkelheit zurück bin, ist es gleich, wo ich den Tag verbringe.« Elizabeth versuchte gar nicht erst, sie davon zu überzeugen, daß es keinen Grund gab, anzunehmen, irgend etwas Schlimmes stünde bevor. Sie war ganz zuversichtlich, daß die vielen schönen, sonnigen Tage, die ihr bevorstanden, sie von allen düsteren Vorahnungen und Prophezeiungen erlösen würden.

Wie es sich herausstellte, sollten sich sowohl Elizabeth als auch Delia getäuscht haben. Der Sturm kam, und er kam tagsüber.

Elizabeth war gerade auf der Fähre und kehrte nach einem langen, heißen Einkaufstag auf die Insel zurück. Erfreut betrachtete sie die dunklen Wolken, die sich am Horizont zusammenballten. Vielleicht würde es ja später am Abend noch ein Gewitter geben, dachte sie sich. Gewitter fand sie immer aufregend und erfrischend. Die Blitze schienen durch die Nebelwand hindurchzustoßen, die sie sonst zwischen sich und der Welt aufbaute. Die knisternde Spannung in der Luft machte sie richtig lebendig.

Schnell überzogen die Wolken den ganzen Himmel, die heiße Augustsonne verschwand hinter ihnen. Urplötzlich kam Wind auf. Sie wünschte, sie könnte den Hut abnehmen und genoß die frische Brise.

»Schau sich das einer an!« rief plötzlich der Decksjunge. Elizabeth drehte den Kopf und blickte in die Richtung, in die er zeigte. Über dem Hafen bewegte sich die Unterseite einer ungeheuren Wolke nach unten, als wenn sie versuchte, das Wasser zu erreichen. Das knappe Dutzend Passagiere versammelte sich mit ungläubigem Blick auf der Steuerbordseite des Bootes an der Reling.

Die Wolke bewegte sich tatsächlich immer weiter nach unten, kehrte dann plötzlich ihre Bewegung um und stülpte sich nach innen wieder hoch. Alsbald wuchs sie wieder nach unten, wieder hinauf, bis sich schließlich eine gebogene dunkle Säule zwischen Himmel und Wasser erstreckte. Jetzt war die Verbindung hergestellt, und alle konnten ein weit entferntes, dumpfes Brausen hören.

»Gott stehe uns bei«, hörte man den Decksjungen. »Das ist ja wohl die riesigste Wasserhose, die ich jemals in meinem Leben gesehen habe!«

Elizabeth war völlig fasziniert von dem Geschehen. Sie hatte schon von Wasserhosen gehört, aber noch nie eine mit eigenen Augen gesehen. Sie schien auf dem Wasser zu tanzen. Mit einer furchterregenden, bösen Grazie schwankte der Schlauch hin und her. Dabei liefen unaufhörlich wellenförmige Bewegungen von oben nach unten. Dann bewegte sich der Wirbel immer noch schwankend auf den Hafen zu. Das Geräusch verstärkte sich. Der Decksjunge fiel auf die Knie und begann, laut zu beten. Mein Gott! Elizabeth formte ganz automatisch diese flehenden Worte. Die Wasserhose raste jetzt direkt auf das Boot zu, und erst jetzt sah sie, welch ungeheure Kraft sich da austobte. Das immer lauter werdende Geheul, das ihr vorauseilte, war nur ein kleines Zeichen dieses Wütens. Wenn das Boot von dieser Kraft getroffen würde, wäre alles vorbei; es würde einfach zerschmettert. Elizabeth versuchte, ihre Augen zu schließen und zu beten. Wenn sie schon sterben sollte, dann wollte sie um die

Vergebung ihrer Sünden bitten. Aber ihr Körper und ihre Gedanken gehorchten ihr nicht mehr. Atemlos starrte sie auf den auf sie zutreibenden Wirbel, der eine mächtige Woge gischtenden Wassers vor sich hertrieb.

Der hochgeschleuderte Schaum der Woge fiel bereits auf ihre Lippen und ihre Augen. Ihr Mund öffnete sich, sie merkte einen salzigen Geschmack auf der Zunge.

Dann änderte die Wasserhose ihre Richtung. Mit einer schwerfällig erscheinenden Bewegung tanzte sie wieder davon und ließ das kleine Boot hinter sich zurück. Eine fürchterliche Breitseite krachte gegen den Rumpf der Fähre; ihr folgten noch weitere Brecher. Elizabeth klammerte sich an der Reling fest, schnappte nach Luft. Jetzt konnte sie beten. Ihr Gesicht war tropfnaß vom Seewasser und von Tränen der Erleichterung. Aus vollem Herzen dankte sie Gott dafür, daß sie noch lebte.

In der Stadt hörten die Menschen den Wirbelsturm, bevor sie irgend etwas von ihm zu Gesicht bekamen. Der Bahnwärter an den Gleisen hinter den großen Speichern hielt verzweifelt nach der großen Lokomotive Ausschau, die da offensichtlich außer Kontrolle geraten war, doch wohin er auch schaute, waren die Gleise leer. Das Geräusch kam auch eher von hinten auf ihn zu. Dort waren gar keine Gleise! Mit jähem Entsetzen drehte er sich um, sah, wie die wirbelnde Säule eine mächtige Wasserwand gegen den Ostkai schleuderte. In einem sinnlosen Reflex hielt er ein kleines weißes Paddel hoch, als könnte er damit die tosenden Elemente zum Anhalten bewegen. Dann trafen ihn aus dem Kai gerissene Mauerstücke und schmetterten seinen Körper zu Boden. Er hatte das Bewußtsein bereits verloren, als riesige Wassermassen über ihn hinwegspülten. Aber das spürte er nicht mehr.

Der Tornado riß eine breite Schneise der Verwüstung durch die ahnungslose Stadt. Fenster explodierten, Dachziegel wurden wie Kanonenkugeln durch die Luft gewirbelt. Die Zerstörung hatte etwas Launenhaftes. Es war, als tobe sich ein riesiges Kind aus. Der Sturm schleuderte die goldene

Kugel von der Spitze des Turms der St. Michaels-Kirche, hüpfte die Meeting Street entlang, verwüstete ein Haus, ließ das nächste unbehelligt. In der Calhoun Street entfesselte er noch einmal seine ganze Macht und saugte den massiven romanischen Kirchturm der alten Kirche am großen Platz mit der Zitadelle gen Himmel. Die Spitze des Turmes kam kurze Zeit danach mitten im großen Bahnhof herunter. Dann raste der Wirbelsturm die Schienen entlang, bis er von einem Moment zum anderen seine Energie verlor und sich wieder in die Wolken zurückzog, die ihn so kurz vorher entlassen hatten. Eine Strecke von vier Meilen verbogener Gleise, die von Trümmern übersät waren, markierten den letzten Teil seines Weges.

Das ganze Ereignis hatte nicht länger als drei Minuten gedauert. Bevor irgend jemand begriffen hatte, was los war, war es schon wieder vorbei. Der größte Teil der Bevölkerung erfuhr erst durch die Abendzeitung, was eigentlich geschehen war. Der Deich am Hafen hatte eine etwa fünfzehn Meter breite Lücke, durch die das Wasser der steigenden Flut hereinströmte und sich seinen Weg in die Altstadt suchte. Innerhalb einer Stunde war es dort so hoch gestiegen, daß die überdachten Veranden des Erdgeschosses mehr als zehn Zentimeter tief unter Wasser standen. In der etwas tiefer liegenden Broad Street schaukelten die Möbel der Büros im hüfthohen Wasser.

Männer eilten sofort zu den überfluteten Speichern im Osten der Stadt und holten Säcke voller Getreide, Baumwollballen, alles, was irgendwie stopfen konnte, um die sich immer weiter verbreitende Bresche im Damm zu schließen. Nach acht mörderischen Stunden zog sich das Wasser wieder zurück. Am nächsten Morgen schwappte es nur noch kraftlos gegen die Unterkante der vollgesogenen Ballen, und die Sonne beschien die lange Reihe von Wagen, die immer mehr Sandsäcke herbeiholten, durch die man die notdürftige Sperre ersetzte. Die Frauen standen bis zu den Knöcheln in ihren Häusern im Wasser und dankten Gott, daß dieser

Sturm die Stadt im Sommer getroffen hatte, da die ganzen Teppiche auf dem Speicher lagen und auf kühleres Wetter warteten.

Erst nach fünf Tagen war das Wasser wieder versickert und abgelaufen. In dieser Zeit waren die Schäden im Damm wieder ausgebessert; die zerborstenen Fensterscheiben und die losgerissenen Dachziegel waren ersetzt; die goldene Kugel prangte wieder auf der Spitze der St. Michaels-Kirche; die Züge fuhren auf frisch verlegten Gleisen. Der Rumpf des Turmes der großen Kirche an der Zitadelle war abgesichert worden, und man sann nach Möglichkeiten, das Geld zusammenzubekommen, das man brauchen würde, um einen neuen Turm zu errichten. Das Kirchenschiff war intakt geblieben, man konnte sich also Zeit lassen. Im August war es sowieso zu heiß in Charleston, um irgend etwas in großer Eile zu tun.

Das war überhaupt das Schlimmste an der ganzen Sache gewesen: die Schnelligkeit, in der der Sturm durch die Stadt gewütet hatte. Bei einem normalen Hurrikan hatten alle Zeit, ihre Fenster zu verbarrikadieren und sich Extravorräte an Lebensmitteln und Trinkwasser anzulegen. Der Wind wurde dann ganz allmählich immer stärker. Jeder wußte, wie man mit einem Hurrikan umzugehen hatte. Wirbelstürme dieser Art gehörten zum Leben in Charleston dazu. Doch ein ganz unvorhergesehenes Unglück wie dieses war äußerst beunruhigend. Und dennoch hatte die Stadt es wieder einmal durchgestanden. So war es immer schon gewesen. Die Leute waren stolz darauf, die Schäden so schnell wieder behoben zu haben. Einige gaben offen zu, daß sie es ganz angenehm fanden, wieder etwas zu haben, über das sie reden konnten. Es passierte ja nichts mehr. Viele, die die wirren Jahre des Krieges erlebt hatten, fanden das Leben sowieso viel zu langweilig und eintönig.

Elizabeth Tradd-Cooper konnte diese Einstellung nicht teilen. Die Tatsache, daß sie auf der Fähre nur knapp dem Tod entronnen war, hatte sie schwer erschüttert. Als das Leben wieder zur gewohnten, gleichmäßigen, behäbigen Abfolge von Tagen und Nächten wurde, konnte auch sie sich ganz allmählich wieder entspannen. Die Gleichförmigkeit der Wochen gab ihr ein Gefühl der Sicherheit und Geborgenheit. Eine ihr bestens vertraute, dumpfe Mattigkeit hüllte sie wieder ein, und sie genoß die Behaglichkeit, die ihr dieses beruhigende Gefühl vermittelte.

Im Oktober starb Andrew Anson. Jedermann stimmte darin überein, daß es für ihn eine Erlösung war.

Und natürlich auch für seine Familie. Alle dachten es, aber keiner sprach es laut aus. Die Kirche war während seines Trauergottesdienstes bis auf den letzten Platz besetzt. Es war ein Zeichen der Liebe und des Respekts, das man seinem Vater und seiner Frau für deren lange, klaglose, aufopfernde Pflege entgegenbrachte. Der junge Andrew war unabkömmlich. Er diente gerade in New Mexico und schickte ein Telegramm und einen langen Brief. Lavinia Anson-Pennington übersandte Blumen.

Pinckney hielt formal bei Joshua Anson um die Hand seiner Tochter an. Der alte Mann mußte darüber lächeln, mit welcher Nervosität und Steifheit Pinckney vor ihm stand. Er hatte keinerlei Einwände.

Pinckney und Lucy hatten sich vor mehr als zehn Jahren ihre Liebe füreinander eingestanden. In der langen Zeit, die seitdem vergangen war, hatten sie nicht mehr als einen kurzen Blick oder eine flüchtige Berührung mit den Fingerspitzen geteilt, um einander ihre wahren Gefühle zu zeigen; ihre Herzen waren jedoch schon lange vereint.

Jetzt waren diese Jahre des Wartens, die lange Zeit der Vorsicht und der Andeutungen ihrer wahren Gefühle füreinander ganz plötzlich vorbei. Die früher notwendige Distanz zwischen ihnen war überflüssig geworden. Auf einmal spürten sie eine Scheu, eine Nervosität und eine Verlegenheit in der Gegenwart des anderen, die sie erstaunte. Pinckney war der erste, der sich dazu äußerte.

»Die neue Situation zwischen uns jagt mir eine ganz schöne Angst ein«, bekannte er. »Ich weiß gar nicht mehr, wie ich mich verhalten soll.«

Lucys blasses und verkniffenes Gesicht entspannte sich bei seinen Worten. Sie errötete. »Gott sei Dank, daß du das endlich einmal aussprichst, Pinny. Ich bin mit einem Schlag ebenfalls ganz schüchtern geworden. Ich bekam eine Zeitlang überhaupt nicht mehr mit, was du gerade gefühlt hast. Das machte mich sehr einsam. Ich dachte wirklich schon, du liebtest mich nicht mehr.«

»Lucy!« Pinckney schritt durch den Salon auf sie zu. Nur seine Sorge um ihr Wohlbefinden verhinderte, daß er in Tränen ausbrach. Er legte den Arm um sie und zog sie fest an sich. Lucy kuschelte ihren Kopf an seine Brust. Sie hatte das Gefühl, endlich heimzukommen.

Die fürchterliche Zeit, in der sie sich so fremd gefühlt hatten, war endlich vorbei. Beide waren sich ungewöhnlich klar darüber, wie kostbar die Verbindung war, die sie zwischen sich spürten. Und wie zerbrechlich Liebe sein kann. Ohne ein einziges Wort darüber zu verlieren, wußten Pinckney und Lucy, daß sie sich ganz behutsam der Intimität annähern mußten, die sie sich jetzt gestatten durften. Es war eine Zeit, in der sie ihre Gefühle füreinander auf eine ganz neue Weise entdeckten und dabei sorgsam darauf achteten, daß das, was sie in den ganzen Jahren an besonderen Umgangsformen füreinander entwickelt hatten, nicht zerstört wurde. Sogar Lucy, die gegen alle ungeschriebenen Gesetze der Gesellschaft verstoßen und nicht gezögert hätte, Pinckneys Geliebte zu werden, war jetzt froh über die ganzen Konventionen, die diesen Akt der Krönung ihrer Liebe verhindert hatten. Sie hatte geglaubt, sie seien sich so nah, wie sich zwei Menschen nur nah sein konnten, aber sie entdeckte jetzt, daß es ihnen beiden noch bevorstand, einander die tiefsten Gefühle ihrer Seele zu offenbaren, die tiefsten und die am leichtesten verwundbaren. Sie hatten noch genug Zeit, ganz sanft und behutsam

515

diese Tiefen beim anderen zu erkunden. Und diese Zeit war notwendig.

Sie entwickelten einen ganz besonderen Humor, mit dem sie die lächerlichen Aspekte einer jungen Liebe in ihrem Alter hervorhoben. Sie waren jetzt beide schon über vierzig; Lucys hellbraunes Haar hatte bereits etliche graue Strähnen; Pinnys rotgoldener Haarschopf war dunkler geworden und an manchen Stellen schon deutlich gelichtet. Auch an ihren Gesichtern hatten die vielen Jahre und die Schwierigkeiten und Probleme, denen sie gegenübergestanden und die sie schließlich überwunden hatten, ihre Spuren hinterlassen. Und doch gestanden sich beide in vielerlei Hinsicht ihre Gefühle mit einer größeren Unschuld ein als irgendein junges Paar. Sie waren der Überzeugung, daß die Liebe ein Wunder war, das nur sie in dieser Fülle erleben durften. Wenn sie zusammen waren, lag etwas unbeschreiblich Schönes in der Luft, das sogar beim alten Joshua Anson feuchte Augen hervorrief. Er hatte nur zu oft beobachten müssen, daß das Leben selten die belohnte, die es am meisten verdient hatten. Daß Lucy und Pinckney ihr Glück in diesem Maße genießen durften, war wirklich ein Segen. Es führte dazu, daß er wieder an einen gerechten und gnädigen Gott glauben konnte.

Alle, die das Paar schon länger kannten, teilten Joshua Ansons Sicht. Weil Lucy noch trauerte, konnten die beiden keinen Festlichkeiten beiwohnen. Aber sie konnten sich zu Hause treffen und lange Spaziergänge unternehmen, gemeinsam mit der Straßenbahn fahren und den Gottesdienst besuchen. Sie verströmten eine fast magische Atmosphäre der Zusammengehörigkeit, die auf keinen um sie herum ihre Wirkung verfehlte. Die Menschen, die die beiden erlebten, fühlten sich auf wunderbare Weise in ihr Glück einbezogen.

Auch für Elizabeth galt das. Sie beneidete sie nicht um ihre Liebe, obwohl dieses Gefühl ihr selbst nie vergönnt gewesen war. Sie war so glücklich über die beiden, daß sie gar nicht weiter an sich selber dachte. Lucy und Pinny waren außer ihren Kindern die Menschen auf der Welt, die sie am meisten liebte.

Als die Weihnachtszeit gekommen war, waren Lucy und Joshua Anson bei der Familie Tradd zu Gast und hatten am langen Tisch Platz genommen. Elizabeth genoß das schöne Gefühl, daß endlich die ganze Familie komplett war. Alle Menschen, die ihr nahestanden, hatten sich um sie herum versammelt. Als der Wächter auf dem Turm der St. Michaels-Kirche sein ›Alles ist in Ordnung‹ rief, hoben sie wie auf ein Kommando ihre Gläser und prosteten sich zu..

Die Zeit des St. Cecilian-Balles war gekommen. Lucy tanzte im riesigen, kalten Salonzimmer im Haus in der Charlotte Street im Kreise. Sie war allein und bewegte sich zur Melodie eines Walzers, die sie leise vor sich hinsummte. Es störte sie nicht, daß sie dieses Jahr nicht zum Ball gehen konnte; sie freute sich schon auf den im nächsten Jahr, zu dem Pinckney und Elizabeth sie begleiten würden. Dort würde sie mit ihrem Geliebten den sechzehnten Tanz teilen und damit ihre Liebe füreinander öffentlich bekunden. Dann würde auch der Moment für ihre Heirat gekommen sein.

In der Zwischenzeit genoß sie das unermeßliche Glück, beobachten zu können, wie sehr sich Pinckney verwandelte. Sie schloß ihre Augen, während sie sich drehte, und sah sein geliebtes Gesicht vor sich. Während der zehn Wochen, die sie jetzt zusammen waren, hatte es sich sehr verändert. Seine Augen leuchteten von innen, und auch in seinem Lächeln lag ein Glück und eine Aufrichtigkeit wie nie zuvor. Er sieht genauso aus, wie man sich immer Engel vorstellt, dachte sie sich. Von innen durchstrahlt von einem Licht, das nicht von dieser Welt zu kommen scheint.

Pinny lächelte, als sie ihm ihren Gedanken anvertraute. Weit gefehlt, meinte er.

Er hatte zwar wirklich das Gefühl, von innen heraus zu glühen. Was sie sah, war in seinen Augen jedoch einfach die

Tatkraft und die Aufregung, die er spürte. »Ich habe wieder etwas, auf das ich mich freuen kann«, meinte er. »Das war vorher nicht so. Ich arbeitete jeden Tag und habe gehaßt, was ich tat. Dann kam ich in ein Haus zurück, das eher von Geistern als von mir belebt wurde. Ich hatte keinerlei Pläne, habe einfach abgewartet. Jetzt gibt es auf einmal soviel zu tun, so viel, für das es sich zu leben lohnt. Auf einmal gefällt mir sogar dieses Geschäft mit dem Dünger, weil es bald dazu führt, daß dein Leben leichter wird.«

Pinckney steckte auf einmal tatsächlich voller neuer Pläne. Es waren schon so viele, daß er sie gar nicht alle verwirklichen konnte. Er überschüttete Lucy mit seinen Träumen, als wären es die schönsten Geschenke. Lucy stand ihm in nichts nach und beglückte ihn ihrerseits mit ihren Träumen. Die ganzen Monate eines unbändigen Frühlings hindurch spielten sie mit ihren Gedanken und Ideen. Es waren, darin waren sie sich einig, die schönsten Frühlingstage, die sie je erlebt hatten. Als dann der Sommer kam, waren die ganzen Wunschvorstellungen allmählich zu einem realistischen Lebensentwurf geworden. Eines Abends vertrauten sie Joshua Anson und Elizabeth ihre Ideen an. Auch die beiden hatten sie in ihre Überlegungen einbezogen. Wie alle wahren Liebenden wollten Lucy und Pinny alle, die ihnen nahestanden, an ihrer Liebe teilhaben lassen.

Pinckney war es, der feierlich das Wort ergriff: »Wir haben uns alles reiflich überlegt und wollen eigentlich gar nicht groß darüber debattieren. Besonders nicht mit dir, Joshua.« Er lächelte, damit Mr. Anson seine Worte nicht als Angriff auffassen konnte. »Eines ist jedenfalls sicher: Wir werden die glücklichste Familie in ganz Charleston sein.«

Mr. Anson sollte mit ihnen unter einem Dach wohnen. Sie stellten ihm das große Schlafzimmer im zweiten Stock zur Verfügung, das Pinckney momentan noch benutzte. Elizabeth konnte mit Catherine und Tradd den dritten Stock bewohnen.

Pinckney hob seine Hand, um allen vorschnellen Kommentaren entgegenzutreten, denn er wollte nicht unterbrochen werden. »Während Elizabeth mit den Kindern auf der Insel ist, wird Lucy mir zeigen, wie sie die Räume, die früher das Personal beherbergten, haben will. Das wird dann unser Schlaf- und Wohnzimmer. In den Sommermonaten haben wir genug Zeit, um alles fertigzubekommen. Dann brauchen wir auch nicht darauf aufzupassen, daß der kleine Tradd sich möglicherweise irgendwelche Nägel in den Mund steckt.

Für Hattie und Clara müssen wir natürlich etwas anderes finden. Hattie hat schon lange den Ruhestand verdient; Clara geben wir einfach genug Geld, daß sie mit einer ihrer Töchter zusammen woanders leben kann und nur tagsüber herkommt. Ich habe bereits mit ihr darüber gesprochen, und sie war ganz außer sich vor Freude über diesen Vorschlag. Estelle wird Lucy zur Hand gehen. Sie wohnt ja bereits außerhalb; das ist also überhaupt kein Problem.«

Elizabeth grübelte noch über Alternativen nach. Estelle war die Kinderschwester vom kleinen Andrew gewesen, sie wäre bestimmt auch gut geeignet, sich um den kleinen Tradd zu kümmern. Aber wenn Delia diese Aufgabe übernehmen wollte, ging das natürlich vor. Jedenfalls war sie froh, daß Hattie nicht mehr bei ihnen blieb. Sie kam immer schlechter mit der alten Frau klar. Der kleine Tradd überforderte sie, und sie beschwerte sich dauernd über ihn. Ihre Pension würde ausreichen, mit ihren Verwandten auf James Island zu leben. Sie würde sich bestimmt entscheiden, dorthin zurückzugehen. Plötzlich merkte Elizabeth, daß alle sie erwartungsvoll ansahen. »Ich denke, das ist ein wunderbarer Plan«, sagte sie.

Das Gefühl hatten sie tatsächlich alle.

47

Der Rauch von Pinckneys Manila-Zigarre stieg senkrecht in die Höhe. Nicht der kleinste Windhauch war zu spüren, nicht einmal hier oben, auf dem überdachten Balkon im zweiten Stock des Hauses, auf dem er mit Tante Julia Platz genommen hatte. Es war dunkel; die Nacht vermittelte den Eindruck einer Kühle, die in Wirklichkeit nicht vorhanden war. Pinckney kam die Idee, seinen Kragen und seine Krawatte etwas zu lockern, aber er verwarf den Gedanken wieder, da er wußte, daß Julia das nicht gerne sah. Er lehnte sich leicht mit dem Stuhl nach hinten gegen das Geländer des Balkons. Dieses Maß an Zwanglosigkeit konnte sie dulden.

Die Glocke von der St. Michaels-Kirche erklang. Es war Viertel vor zehn. »Sonst liege ich um diese Zeit schon im Bett«, meinte sie, rührte sich dennoch nicht vom Fleck. Es war einfach zu heiß, um sich groß zu bewegen.

»Warum fährst du nicht einfach für ein oder zwei Wochen zu Elizabeth auf die Insel? Das täte dir bestimmt gut.«

»Behandle mich nicht wie eine alte, tatterige Dame, Pinckney. Mit mir ist alles in Ordnung. Ich werde morgen in aller Frühe das erste Boot zum Landgut nehmen. Morgen ist der erste September, und ich muß mich darum kümmern, daß die Ernten eingebracht werden.«

Pinckney lächelte still vor sich hin. Mit wachsendem Alter war der Reis zum zentralen Lebensinhalt seiner Tante geworden. Sie würde keine Ruhe finden, bevor sie nicht sicher war, daß die ganze Ernte in den Speichern lag. Den ganzen Tag über war Julia ziemlich gereizt gewesen. Sie saß auf glühenden Kohlen. Jetzt, da der Reis voll im Saft stand, drängte es sie mit Macht, auf ihr Landgut zurückzukehren und dort nach dem Rechten zu sehen.

»Tante Julia«, meinte Pinckney gutgelaunt, »gib es doch zu. Du glaubst, daß der Reis nur richtig wächst, wenn du ihm gut zusprichst.« Herzlichkeit und Wohlwollen kam in

520

seiner Stimme zum Ausdruck. Pinckney merkte, daß er seine standhafte Tante ungeheuer gerne hatte.

Ein heiseres Kichern war die Antwort.

Pinckneys Stuhl rutschte ein Stück nach vorne. Ich muß mich wohl ein wenig zu weit nach hinten geneigt haben, dachte er und verlagerte sein Gewicht, um wieder ins Gleichgewicht zu kommen. »Was ist los?« fragte Julia.

»Meine Stuhlbeine machen sich selbständig«, antwortete er.

»Du bist wahrscheinlich gegen das Geländer gestoßen. Meinetwegen kannst du ruhig deinen Kragen öffnen. Es ist wirklich heiß genug. Du solltest vielleicht einmal die Säulen im Erdgeschoß überprüfen. Der ganze Balkon zitterte, als du dich mit dem Stuhl bewegt hast. Du solltest nicht das Risiko eingehen, daß das ganze Haus in eurer Hochzeitsnacht zusammenbricht.«

»Sehr wohl, Ma'am.« Pinckney tat ganz demütig.

»Die junge Frau gefällt mir.«

»Lucy ist schon etwas ganz Besonderes. Ich kann mich wirklich glücklich schätzen.«

»Du hast es verdient. Frag sie doch mal, was sie sich zur Hochzeit wünscht. Bei euch hat es ja keinen Zweck, Möbel vor die Tür zu stellen.«

Pinckney war so erstaunt über dieses unerwartete Kompliment von seiner Tante, daß er sich mit einem Ruck kerzengerade aufrichtete. Mit einem lauten Krachen kamen die vorderen Beine des Stuhles wieder auf dem Boden zu stehen.

Der Stoß hatte eine überraschend kräftige, alles erschütternde Wirkung. Der ganze Balkon schwankte, dann wurde Pinckney durch eine plötzliche Aufwärtsbewegung von seinem Stuhl heruntergeschleudert. Schmerzhaft landete er auf den knarrenden Bodenbrettern des Balkons. Er merkte, wie sie unter ihm einen Riß bekamen; darauf zerbarsten sie mit einem fürchterlichen Krachen. Dann hörte er Julias durchdringenden Schrei. Von den Glocken der St. Michaels-Kirche drang ein wüstes, dissonantes Dröhnen herüber. Pinckney merkte noch, daß er irgend etwas rief, aber er konnte den Sinn der Worte nicht mehr ausmachen. Dann wurde alles von einem tiefen Grollen übertönt; die Hauswände selbst erzitterten.

Die ganze Stadt gab ein dumpfes Ächzen von sich, als wälze sie sich in einem unerträglichen Schmerz hin und her. Die Kirchtürme, die die Silhouette der Stadt mit ihren typischen Spitzen so unverwechselbar gestalteten, gerieten in Bewegung und schwankten hin und her; die Glocken schienen mit ihren Klängen laut dagegen zu protestieren. Hölzerne Gebäude kreischten in betäubender Lautstärke auf, hohe Ziegelschornsteine fielen in sich zusammen wie Türme aus Bauklötzen. Riesige Staubwolken erhoben sich an der Stelle, wo sie eben noch gestanden hatten; die Erde erzitterte unter der Wucht des Aufpralls tonnenschweren Gesteins. In der St. Michaels-Kirche zog sich in Windeseile ein langer Riß wie ein lebendiges, rasendes Etwas über das ganze Kirchenschiff. Der Boden öffnete sich; die Galerien sackten nach unten, und die weiße Spitze des Turmes auf dem Dach kam mit einem ungeheuren, widerhallenden Seufzen in der unruhigen Erde zum Stehen. Sie hatte sich durch die Wucht des Aufpralls etwa einen halben Meter tief eingegraben.

Der Wächter auf dem Glockenturm, für immer taub durch das Dröhnen der riesigen Kupferglocken neben ihm, hielt sich verzweifelt an der Fensteröffnung fest. Mit ungläubigen Augen sah er, wie unter ihm die Fassade des Gerichtsgebäudes auseinanderbrach, wie die Arkaden eine nach der anderen wie Dominosteine einstürzten. Dann wölbten sich die hohen Steinwände nach außen und brachen auseinander. Wie eine Welle, die gegen einen Fels brandet, fiel das Gebäude schließlich mit einem knirschenden Krachen in sich zusammen.

In Summerville öffnete sich mitten in der Stadt ein über zwanzig Meter breiter Spalt und verschlang die ganze Hauptstraße. Die vielen Bäume, die den Ort für Sommeraufenthalte so beliebt gemacht hatten, fielen kreuz und quer auf die Straßen und Häuser; ihre Wurzeln wurden förmlich aus der schwarzen Erde gerissen.

Der uralte, stetige Rhythmus der Brandung auf Sullivan Island hörte plötzlich auf und wurde durch ein Durcheinander von weiß schäumenden, riesigen Wogen ersetzt, die sich scheinbar willkürlich hin und her bewegten. Die Pfähle aus Holz, die die meisten Häuser trugen, brachen zusammen, als der sandige Boden in Bewegung geriet. Das Mobiliar der Räume durchbrach die dünnen Wände und ergoß sich auf die breiten Veranden. Dort wurde es ein Opfer der gegen das Land drängenden Wassermassen oder des Sandes.

Um 21.52 Uhr endete der erste Erdstoß so abrupt, wie er begonnen hatte. Das Ganze hatte lediglich 70 Sekunden gedauert.

Über der Stadt lag auf einmal eine ungute, plötzliche Ruhe; nur ab und zu hörte man irgendwo mit gespenstischer Deutlichkeit einzelne Ziegelsteine irgendeinen Trümmerhaufen herunterkullern. Dann belebten sich die Straßen oder vielmehr das, was noch von ihnen übrig war, mit den unzähligen Tritten Hunderter unsicher stolpernder Menschen. Fast alle hatte die Katastrophe im Schlaf überrascht. Jetzt liefen sie herum, ganz benommen, wie Schlafwandler, sahen die Zerstörungen, begriffen nicht, was geschehen war. Sie flohen aus den Häusern, die plötzlich keinen Schutz mehr boten und zur Bedrohung geworden waren, suchten irgendwo Sicherheit, irgendwo, wo sie nicht von zusammenfallenden Mauern, einstürzenden Decken und explodierenden Fenstern gefährdet waren. Instinktiv begannen sie wie auf ein geheimes Kommando hin zu rennen. Sie standen zu sehr unter Schock, als daß sie noch hätten sprechen oder schreien können. Nur ein undeutliches, tiefes Stöhnen der Angst stieg von den Menschen auf. Hunderte von nackten Füßen klatschten auf den Schutt und die von Trümmern übersäten Straßen.

Alle strömten in die großen Parks. Es war eine schweigende, stolpernde, groteske Prozession geisterhafter Gestalten in weißen Nachtanzügen und langen, weißen Nachtgewändern, die da die Meeting Street entlanghuschten. Oft stürzten Menschen; viele hatten ihre Arme suchend nach vorne gestreckt. Die Dunkelheit verstärkte noch die allgemeine Furcht und Hilflosigkeit.

Im Garten des Tradd-Hauses lag Julia Ashley unter den Trümmern des Balkons. Ihre leblosen Augen starrten ärgerlich in den mondlosen Himmel. Keiner der vorbeieilenden Gestalten konnte sie sehen; keiner konnte Pinckney immer wieder vergeblich nach Lucy rufen hören, bis auch seine Stimme erstarb.

In der Oberstadt kamen die Menschen auf den großen Lichtungen der Parks und den großen, freien Plätzen in der Nähe der Bahnhöfe zusammen. Lucy Anson kämpfte gegen den Strom der vorüberhastenden Gestalten an, versuchte zu Pinckney vorzudringen. »Bitte«, sagte sie immer wieder, »bitte, laßt mich doch durch!« Aber die ihr entgegenflutende Menge schob sie unbarmherzig nach hinten. Endlose Minuten lang versuchte sie verzweifelt, dagegen anzukämpfen, aber es war vergebens. Dann wußte sie auf einmal tief in ihrem Herzen, daß Pinckney nicht mehr lebte. Plötzlich war da ein tiefes, schwarzes Loch in ihrer Brust. Sie gab ihren Kampf auf und ließ sich willenlos mit der Masse treiben. Pinckney war tot, sie wußte es.

Um Punkt 22.00 Uhr kam der zweite Erdstoß, und die Menschen fanden ihre Stimme wieder. Schreiend warfen sie sich auf die bebende Erde, legten schützend die Arme über den Kopf. Weniger als eine halbe Minute dauerte es, dann war der Boden wieder ruhig. Dieser Stoß vollendete die Zerstörung an den Plätzen, die den ersten Erdstoß unbeschadet überstanden hatten. Wuchtige Säulen, die einmal die stattlichsten Gebäude der Stadt gestützt hatten, lagen zerbrochen auf der Meeting Street. Die Glocken in den Kirchtürmen wiederholten die grauenhafte Kakophonie, mit der sie schon den ersten Erdstoß begleitet hatten. Auf der Broad Street explodierte die Hauptgasleitung. Eine riesige Feuersäule beleuchtete die sich gegenseitig haltenden, entsetzten Menschen mit ihrem zuckenden Licht.

Als sich die Erde wieder beruhigt hatte, kamen alle unsicher auf die Beine und rannten schreiend weiter in die Parks hinein.

Auf Sullivan Island lag Elizabeth auf einer Düne, drückte ihre beiden schluchzenden Kinder fest an sich und wartete darauf, daß der Ozean sie alle verschlingen würde.

Henrietta Tradd versuchte verzweifelt ihre Kinder zu trösten. »Kommt«, log sie, »es ist wieder alles in Ordnung. Es ist vorbei. Wir suchen jetzt Papa!« Stuarts gedrungener Körper war ungeheuer schwer. Bewußtlos lag er da; an seinem Kopf klaffte eine gräßliche Wunde, die ihm ein herabfallender Balken geschlagen hatte. Die Kinder zogen an den Beinen, während Henrietta Kopf und Brust ihres Mannes hochhob; gemeinsam zerrten sie ihn aus dem Haus und legten ihn in den Garten.

Irgendwann in dieser Nacht hatte die Erde sich dann wieder beruhigt. Noch sieben weitere Erdstöße hatten Mauern zertrümmert, die Zahl der Ruinen vergrößert. Nach jedem Erdstoß herrschte wieder eine ungute, trügerische Ruhe. Die Menschen hatten nicht mehr die Kraft, zu schreien. Als dann irgendwann die Sonne über dem unruhigen Wasser des Hafens aufging, sahen sich die Leute im Park mit wilden, ausgebrannten Augen um. Viele hatten in der Dunkelheit das Gefühl gehabt, daß das Ende der Welt gekommen sei. Um 8.30 hatte die Erde bei vollem Tageslicht ein letztes Mal gezittert. Die Sonne stieg höher in einem wunderschönen blauen Himmel, der die ganzen Verwüstungen zu verspotten schien. Als dann die Stunden verstrichen und keine weiteren Beben mehr zu spüren waren, faßte einer nach dem anderen den Mut, die Sicherheit

525

des freien Raumes zu verlassen und in die Trümmerland-
schaft zurückzukehren.

Sie hatten überlebt. Dieses Wissen erfüllte alle gleichermaßen mit einer seltenen Ehrfurcht. Sie hatten sogar den Angriff der Erde selbst überlebt. Nichts in der langen Geschichte
dieser Stadt konnte an die Erschütterung heranreichen, die
dieses Ereignis den Menschen und den Fundamenten ihrer
Bauwerke zugefügt hatte. Eine ganze Welt war ins Wanken
geraten. Als sie ihre Stimmen wiederfanden, grüßten sie die
anderen Überlebenden, dankten Gott mit ungehemmter
Freude dafür, sich wiederzusehen. Es erschien unglaublich,
sich gegenseitig umarmen zu können; unbeschreibliches
Glücksgefühl stellte sich ein, wenn man entdeckte, daß die
geliebten Familienmitglieder oder Freunde noch lebten.

Dann hinkten sie mit blutenden Füßen die Straßen entlang, suchten ihre Häuser, wollten sich vergewissern, ob sie
nicht doch noch ein Dach über dem Kopf hatten.

Taumelnd kamen sie aus den Parks heraus, immer noch
ganz benommen. Keiner achtete auf die blasse Frau, deren
Augen in dieser Nacht in die tiefsten Abgründe der Hölle ge-
blickt zu haben schienen; es war Lucy Anson. Ihre Furcht, ihr
Gefühl könnte wahr sein, überstieg die Schrecken dieser
durchwachten Nacht. Im Grunde ihres Herzens war sie sich
sicher, daß das Schreckliche Wirklichkeit war. Die unbe-
schreibliche Verbindung zwischen ihr und Pinckney war
nicht mehr; dafür gab es nur eine einzige Erklärung.

Doch sie mußte sichergehen. Irgend etwas in ihr weigerte
sich, den Verlust in seiner ganzen Tragweite zu akzeptieren.
Dieser letzte Rest von Ungewißheit trieb sie vorwärts, ver-
führte sie mit einer Reihe leiser Versprechen. Er ist nur verletzt, aber er wird überleben. Du kannst die Verbindung
nicht mehr spüren, weil er bewußtlos ist. Er kann nicht tot
sein. Er darf nicht tot sein.

Sie murmelte es laut vor sich hin. »Er kann nicht tot sein. Er
kann nicht tot sein.« Die Worte begleiteten ihre stolpernden
Bewegungen. Die Silben hatten längst jeglichen Sinn für sie

526

verloren. Aber immer und immer wieder sagte sie sich vor sich hin, bis ihr Mund trocken wurde und ihre Lippen aufsprangen. Dann erst verstummte sie. Doch ihre Gedanken klammerten sich weiter an diese Sätze, wiederholten sie in endloser Folge, bis sie die weite Strecke hinter sich gebracht hatte. Ihre Füße waren zerschnitten und geschwollen; sie taumelte über die Trümmer, zerriß sich ihr Nachtgewand und ihre Hände, wenn sie über die nachgebenden, tückischen Haufen aus zusammengefallenen Mauern kriechen mußte. Mauerstaub setzte sich auf ihre Haare und auf ihren Körper, überzog alles mit einer weißen Schicht, die nur vom Blut ihrer Wunden dunkel verfärbt wurde. Sie wirkte wie eine Erscheinung aus dem Totenreich, eine Verkörperung ihrer eigenen Ängste. Die anderen Menschen schraken vor ihr zurück und gaben ihr den Weg frei, wenn sie an ihnen vorbeikam.

Am späten Nachmittag erreichte sie dann das aufgesprungene schmiedeeiserne Gartentor vor dem Haus der Tradds. Ein Strahl der schrägstehenden Sonne fiel auf Pinckneys rotgoldenen Haarschopf, der aus den Trümmern ragte. Lucy sackte gegen die eisernen Schnörkel der Torverzierungen. »Nein!« schluchzte sie. »Nein!« Sie wollte nicht akzeptieren, was ihre Augen ihr zeigten.

Und immer noch hatte sie Hoffnung. Durch die ständige Wiederholung ihrer beschwörenden Worte hatte sie zum Schluß selber an sie geglaubt. »Er kann nicht tot sein«, schrie sie auf und bewegte sich mit einem Ruck auf Pinckney zu. Als sie gegen Julia Ashleys ausgestreckten starren Arm stieß, nahm sie nichts davon wahr. Pinckneys Augen waren geschlossen, sein Gesicht sah jung und friedlich aus, so als schlafe er. Lucy eilte zu ihm, achtete nicht auf die Trümmer ringsum. »Pinny, mein Lieber, ich bin es, Lucy. Es ist alles in Ordnung, es wird alles wieder gut. Wach auf, mein Lieber.« Sie fiel auf ihre Knie, nahm seine Hand.

Die leblose Kälte traf sie bis ins Innerste. Aber immer noch weigerte sie sich, die Wahrheit anzuerkennen. Liebko-

527

sungen murmelnd, versuchte sie seine Hand warmzureiben.

Dann drang deren fürchterliche Starre in ihr Bewußtsein. Sie zuckte zurück, stieß die Hand von sich weg und starrte auf Pinckneys friedliches Gesicht.

Das sengende Gefühl eines schmerzhaften Verlustes durchloderte sie, dann fühlte sie eine ungeheure Wut in sich aufsteigen. »Wach auf!« schrie sie. »Du kannst mich nicht einfach so hier zurücklassen, nachdem ich diese ganzen langen Jahre auf dich gewartet habe. Du kannst das nicht tun!« Sie warf sich über ihn, ihre blutigen Hände schlugen gegen seine kalte Brust, bis ihre Erschöpfung es nicht länger zuließ.

Dann war sie endlich fähig zu weinen, hielt seinen unverletzten Kopf gegen ihre Brust und küßte den Staub aus seinem Haar.

Als ihr irgendwann auch die Tränen versiegten, legte sie seinen Kopf ganz sachte auf ein Stück Gras, von dem sie jeglichen Staub und alle Splitter entfernt hatte. Ruhig und unbewegt saß sie dann lange an seiner Seite. Für diesen langen Augenblick waren ihre Wut und ihr Kummer wie weggeblasen. Sie fühlte nichts als eine grenzenlose Leere.

Dr. de Winter fand sie Stunden später immer noch so vor. »Laß ihn, Lucy«, sagte er. »Ich sorge dafür, daß man sich um ihn kümmert. Wir brauchen dich jetzt woanders. Du mußt deinem Vater helfen.«

Mr. Anson stand vor den Trümmern der Halle, in der er immer den Cecilianball eröffnet hatte. Seine Augen waren ausdruckslos und verstört. »Ich muß die Kerzen anzünden«, hörten sie ihn mit kindlicher Stimme sprechen. »Aber ich finde die Stufen nicht mehr.« In seinen zitternden Händen hielt er seine alten, abgetragenen Tanzschuhe.

Lucy legte ihm den Arm um die Schulter. »Heute ist kein Ball«, meinte sie sanft. »Ich glaube, du hast dich in der Zeit vertan. Komm, Mr. Joshua, laß uns nach Hause gehen.«

Dr. de Winter hatte irgendwo ein Pferd aufgetrieben. Ein Schwarzer, der gerade vorbeikam, half ihnen, Mr. Anson auf den Rücken des Pferdes zu setzen. »Ich kann ihn jetzt nicht nach Hause bringen, Mrs. Anson«, sagte er. »Es gibt genug Verletzte, die auf einen Arzt warten. Schaffen Sie es allein?«

»Ja, Doktor«, antwortete Lucy mit schroffer Stimme. »Ich habe genug Übung darin.«

Langsam trottete das Pferd zurück, um die Hindernisse herum, über die Lucy auf dem Hinweg geklettert war. Es war ein altes Pferd und leicht zu führen. Lethargischen Schrittes bewegte es sich dahin, wo Lucy es haben wollte. Nur ein einziges Mal scheute es kurz, als in der Meeting Street von ferne eine laute Dampfpfeife zu hören war.

Sie kündigte die Ankunft der Fähre an. Das Boot hing gefährlich tief in den unberechenbaren Fluten, war hoffnungslos überladen und hatte die Leute an Bord, die man von den Inseln evakuiert hatte. Mit auf der Fähre war Elizabeth mit den beiden Kindern. Wie bei den anderen Passagieren auch, waren ihre Augen tief in die Höhlen gesunken und unruhig. Am Nachmittag waren Catherine und Tradd immer wieder kurz in einen erschöpften Schlaf gefallen. Der lange Marsch zur Anlegestelle der Fähre hatte ihre Kräfte aufgezehrt. Auch Elizabeth fühlte sich so ausgelaugt wie nie zuvor in ihrem ganzen Leben. Sie hatte jetzt seit über sechsunddreißig Stunden kein Auge zugetan.

Als die Kinder die Zerstörungen in der Stadt sahen, fingen sie jämmerlich an zu weinen. Elizabeth schöpfte ihre letzte Kraft aus den unergründlichen Reserven einer Mutter und schaffte es, die Kinder mit fröhlicher Stimme aufzumuntern. »Ihr alten Quälgeister!« rief sie und hockte sich zwischen ihnen auf den Boden. »Catherine, du kannst auf meinen Rükken klettern und Reiter spielen. Tradd, für dich bin ich eine Känguruhmutter und stecke dich in meinen Beutel. Komm, kriech in meinen Rock. Dann laufen wir auch ganz schnell nach Hause. Ihr werdet staunen.« Schwer beladen mit den beiden kichernden Kindern kam sie auf die Füße und marschierte Richtung Meeting Street.

Eigentümlicherweise half ihr ihre Erschöpfung dabei. Sie

war viel zu betäubt, um das Gewicht der Kinder noch zu spüren oder sich bewußt zu werden, welche Katastrophe die Stadt heimgesucht hatte und die einst so vertrauten Straßen zu einer fremdartigen Landschaft hatte werden lassen. Es war kein Platz mehr für überflüssige Gedanken. Automatisch setzte sie einen Fuß vor den anderen und trug ihre kostbare Last durch die einsetzende Dämmerung dem weithin sichtbaren, weißen Turm der St. Michaels-Kirche entgegen.

Als sie an der Kirche vorbeikam, war sie kurz vor dem endgültigen Zusammenbruch. Dr. de Winter sah sie, als er gerade aus einem Haus trat. »Elizabeth!« rief er, aber sie reagierte nicht auf seine Stimme. Er rannte auf die Straße und breitete seine Arme aus, um sie anzuhalten. Sie schaute ihn geistesabwesend an, als er ihr Catherine und Tradd abnahm. »Komm hinter mir her«, sagte er. »Es ist nicht weit.«

De Winter führte sie zu einem improvisierten Lager in der Nähe einer der wenigen Kirchen, die unbeschädigt geblieben waren. Dort bereiteten einige Frauen frischen Kaffee zu und teilten eine kräftige, warme Suppe aus. Große Töpfe brodelten über kleinen Feuern. Die Männer arbeiteten schichtweise daran, die Straßen wieder freizubekommen und die stehengebliebenen Häuser auf ihre Begehbarkeit zu überprüfen. Sie standen in einer langen Reihe, um einen Krug mit einer dampfenden Flüssigkeit in Empfang zu nehmen, den sie dann in sich hineinkippten, bevor sie wieder zu ihrer Arbeit zurückkehrten. Auf dem ganzen Kirchplatz schliefen Kinder und alte Leute auf langen Bänken, die man aus der Kirche herausgeholt hatte.

»Hier ist eine Bank für dich«, sagte Dr. de Winter. »Ruh dich einfach ein wenig bei deinen Kindern aus. Ich sage Kitty, daß du hier bist. Sie wird dir eine Suppe bringen.« »Danke, Jim«, sagte Elizabeth. Sie tat wie ihr geheißen und war viel zu müde, um noch irgendwelche Fragen zu stellen.

»Ich habe dir auch etwas Kaffee besorgt«, flüsterte Kitty de Winter. »Schau dir doch nur diese Kinder an. Sie schlafen den Schlaf der Gerechten, wie kleine Engel! Ich kann ihnen die Suppe ja später bringen. Gönn dir doch jetzt auch etwas Ruhe, Elizabeth. Du kannst dich da neben das Feuer auf die Bank legen. Dort ist noch Platz.«

Elizabeth berührte den Arm ihrer Freundin. »Danke, Kitty. Ich muß nur noch Pinckney finden und ihm mitteilen, daß mit uns alles in Ordnung ist. Er macht sich wahrscheinlich fürchterliche Sorgen. Dann werde ich schlafen wie nie zuvor in meinem ganzen Leben.«

Die Art, auf die Kitty verstummte, drang wie ein schmerzhafter Stich zu Elizabeth durch. Auf einmal war sie hellwach.

»Was ist los, Kitty? Ist Pinckney verletzt?« Elizabeth beugte sich nahe an Kitty heran, versuchte im schwachen Licht des entfernten Feuers, ihr die Antwort vom Gesicht abzulesen. Was sie sah, ließ sie schaudern. Mit einem Satz sprang sie auf.

»Warte!« Kitty hatte ihre Stimme wiedergefunden. »Es ist zwecklos. Du kannst nichts mehr tun!« Sie rannte hinter Elizabeth her, aber plötzlich rührte sich der kleine Tradd im Schlaf und fing an zu weinen. Kitty schaute vom rasch verschwindenden Rücken ihrer Freundin zu dem kleinen Jungen. Dann setzte sie sich neben ihn und klopfte ihm beruhigend auf die schmale Schulter.

Von irgendwoher hatte jemand improvisierte Holzbahren herbeigeschafft. Pinckney und Julia lagen in würdevoller Haltung lang ausgestreckt nebeneinander auf dem Boden. Ihre Körper waren mit Wolldecken zugedeckt. Ein Riese von einem Neger saß neben ihnen. Er hatte eine Fackel und eine Keule bei sich. Als er Elizabeth erblickte, erhob er sich schwerfällig. »An diesen Toten hier wird sich kein Tier vergreifen«, sagte er. »Sie brauchen sich keine Sorgen zu machen, Missus.«

Irgendwo im Dunkel um die beiden Gestalten spürte man eine behende Bewegung. Dann glühte ein Paar roter Augen geisterhaft aus der Schwärze. Elizabeth schrie auf.

531

Sie schrie und schrie immer weiter, bis die Wache sie ihrerseits anbrüllte. »Missus, hören Sie doch bitte auf damit!«

Elizabeth blickte den Mann mit wilden Augen an. Er war den Tränen nahe; Elizabeth bekam Gewissensbisse. »Tut mir leid«, stammelte sie. »Ich wollte Sie nicht beunruhigen. Kenne ich Sie?«

»Nein, Ma'am. Ich heiße Manigo und fahre normalerweise den Doktor herum.«

»Danke, daß Sie auf meine Leute aufpassen, Manigo.« Ihre Dankbarkeit war echt. Sie spürte, daß der große Mann sich vor der Gegenwart der Toten mehr fürchtete als vor irgendwelchen herumstreunenden, aasfressenden Tieren. In ihrem Innern hörte sie Julia Ashleys Stimme: »Es ist deine Pflicht, stark zu sein und den Sklaven ein gutes Vorbild abzugeben. Sie sind von dir abhängig.« Elizabeth schaffte es, Manigo anzulächeln und hoffte, daß ihre Grimasse halbwegs überzeugend wirkte. Dann blickte sie hilfesuchend auf das Gesicht ihrer Tante, als wollte sie sehen, ob sie mit ihrem Verhalten einverstanden war.

Erst jetzt begriff sie, daß auch Tante Julia nicht mehr lebte, daß sie ihr nie mehr ihr knappes Nicken zeigen würde, mit dem sie das, was sie tat, billigte. Nie mehr würde sie mißbilligend die Stirn runzeln. Julia Ashley, der Krieg, Sturm und das Alter selbst nichts hatten anhaben können, war auf einmal tot.

Elizabeth war sich nie bewußt gewesen, wie wichtig ihre unbezwingbare Tante für sie war. Jetzt hatte sie das Gefühl, daß ihr Verlust ihr die letzte Sicherheit raubte. Wenn Julia Ashley dem Tod nicht mehr standhalten konnte, dann gab es nichts Standhaftes mehr in der Welt, keine Kraft, die ausreichte, nichts, was Elizabeth noch vor den unbekannten Schrecken des Lebens beschützen konnte.

Ihre Zähne begannen zu klappern. Mitten in dieser schwülen, drückenden Hitze der Nacht fühlte sie eine eisige Kälte, die ihren ganzen Körper ergriff. Tante Julia lebte nicht mehr.

Und Pinckney auch nicht. Elizabeths gefrorenes Herz

konnte nicht einmal mehr um ihren geliebten Bruder trauern. Sie sah sein ruhiges Gesicht und fühlte nichts. Endlich dachte er, er hätte sein Glück gefunden, und nun war alles vorbei. Das war nicht fair! Sie hielt inne. Ich bin wie ein Kind. Nicht fair! Das ist der Tod, kein Kinderspiel! Fairness hat nichts damit zu tun.

Ich sollte irgend etwas fühlen. Ich sollte losheulen. Der arme Pinny ist tot, Tante Julia, tot! Stuart, vielleicht ist auch er tot. Aber das einzige, was ich fühlen kann, ist nur diese gräßliche Kälte. Bitte, Gott, steh mir bei. Ich muß doch noch irgendein Gefühl empfinden, damit ich weiß, daß wenigstens ich noch lebe! Sie schlug ihre Arme um ihren eigenen Körper und versuchte so, das Zittern zu unterdrücken.

»Sind Sie krank, Missus?« Manigos Stimme schien von weither zu kommen. »Ich kann Ihnen etwas bringen. Ich suche den Doktor oder sonst jemanden, der Ihnen helfen kann. Wen soll Manigo denn holen, Missus?«

Elizabeth drückte ihre Arme noch fester an den Körper. »Keinen, Manigo«, sagte sie matt. »Es gibt keinen, der mir noch helfen kann. Sie sind alle fort. Ich bin ganz allein.«

Jetzt fühlte sie etwas, eine ungeheure Furcht und einen entsetzlichen Kummer. Wie eine heiße Welle schlugen diese Empfindungen über ihr zusammen, ließen ihre kalten Glieder prickeln, legten jeden Nerv bloß. Allein war sie, ganz allein. Keiner war mehr da, an den sie sich wenden konnte, keiner, der ihr helfen würde, keiner, der sich zwischen sie und die unabsehbaren Gefahren stellen konnte, die auf sie lauerten. »Tante Julia!« schrie sie auf. »Pinny! Laßt mich nicht allein. Was soll ich denn ohne euch machen?«

Der große Mann ergriff ihre Hand und schloß ihre Finger um die Fackel. »Halten Sie das gut fest, Missus«, befahl er. »Ich hole jemanden.« Er verschwand im Dunkeln, achtete nicht auf Elizabeths flehende Rufe, zu bleiben.

»Oh, mein Gott«, stöhnte sie auf. Ihre eigene Stimme jagte ihr einen Schreck ein. Es gab keinen, der ihr noch antworten würde. Sie sah sich um, hielt die Fackel hoch. Das flackernde

Licht spiegelte sich in einem Paar geisterhafter Augen, die sie beobachteten. Elizabeth gab einen kurzen, verzweifelten Laut von sich, dann hockte sie sich nieder und zog die Knie an den Leib. Sie vergrub den Kopf zwischen den Armen und versuchte, die Welt um sie herum zu vergessen.

Irgend etwas berührte sie an der Schulter. Elizabeth nahm den Geruch nach versengtem Stoff wahr, spürte Hände, die auf ihren Rock schlugen.

»Verdammt, du hast die Fackel fallenlassen. Hör jetzt auf zu jammern und schau mich an.«

Elizabeth zwang sich dazu, die Augen zu öffnen. Kitty de Winter und ihr Mann standen neben ihr und stützten sie an den Armen. Kitty schüttelte ihren Körper hin und her. »Es gibt genug Leute, die sind so schwer verletzt, daß sie dringend einen Arzt brauchen, Elizabeth. Du mußt dich jetzt zusammenreißen. Jim kann nicht dauernd hinter dir herrennen und sich um dich kümmern. Komm jetzt mit zur Kirche zurück und hör auf, dich so gehenzulassen. Du hast Manigo mit deinem Verhalten ja fast zu Tode erschreckt.«

»Laßt mich in Ruhe!« Elizabeth versuchte, sich aus ihrem Griff zu befreien.

»Elizabeth!« Kitty schüttelte sie fester.

Dr. de Winters Stimme ließ sie innehalten. »Kitty, nicht. Sie hat einen Schock. Halte ihren Kopf hoch, bis ich ihr ein wenig Laudanum verabreicht habe. Dann tragen wir sie zurück zum Lager.«

Kitty tat, wie ihr befohlen war, begann aber zu murren. »Es tut mir leid, Jim, aber ich kann mich nicht auch noch um Elizabeths Pflichten kümmern. Ich bin auch müde. Wir sind alle müde. Sie ist da weiß Gott nicht die einzige. Wer soll denn gleich auf Catherine und Tradd achten, wenn sie hungrig und weinerlich aufwachen? Ich kann mich auch nicht mal hinlegen!«

Elizabeth glitt immer tiefer in eine warme Dunkelheit hinein. Sie versuchte noch zu sprechen, aber sie brachte bereits keine Worte mehr über die Lippen. »Ich mache es schon«, hatte sie noch sagen wollen. »Ich kümmere mich um meine beiden Kinder.«

Das große Erdbeben von Charleston war die beherrschende Nachricht auf der Titelseite jeder Zeitung. Joe Simmons faltete das New Yorker *Journal* zusammen und bestellte eine Eisenbahnkarte in den Süden.

»Emily, ich muß zu den Spinnereien, um dort nach dem Rechten zu sehen«, sagte er. »Keiner weiß genau, wie es im Süden zur Zeit wirklich aussieht. Alle Telefonverbindungen sind unterbrochen. Ich muß mir selber ein Bild von der Lage machen.«

»Ich hoffe, du reist nicht nach Charleston. In der Zeitung steht, es könnte noch weitere Erdstöße geben.«

»Mach dir keine Sorgen, Liebes. Ich werde es nicht zulassen, daß irgendwelche Mauern über mir zusammenbrechen. Dem Platz bleibe ich fern.«

Simmonsville hatte das Erdbeben halbwegs unbeschadet überstanden. Die Erdstöße waren zwar spürbar gewesen und hatten ausgereicht, die ganze Bevölkerung in Angst und Schrecken zu versetzen, aber außer ein paar zerbrochenen Fensterscheiben waren keine größeren Schäden zu beklagen. Joe hätte bereits den nächsten Tag nach New York zurückkehren können.

Aber er blieb. Er nutzte die Gelegenheit, um mit seinem Rechtsanwalt den Stand seiner Geschäfte in South Carolina zu besprechen. In Wirklichkeit hatte ihn jedoch ganz überraschend eine Art wehmütige Erinnerung gepackt. Dieses flache, ausgedörrte Land war seine Heimat, der Ort, wo er geboren worden war. In einer dieser in sich zusammengesunkenen, winzigen Hütten hatte er einmal das Licht der Welt erblickt und seine Kindheit verbracht. Und eine häßliche und verwitterte Spinnerei hatte den Grundstein für sein Vermögen gelegt; die Stadt in der Nähe trug seinen Namen. Er sah

535

sich um und stellte fest, daß die schlimmste Armut nicht mehr existierte. Er schwor sich, niemals seine Herkunft aus den Augen zu verlieren. Inzwischen war er Joseph Simmons geworden, ein Mann, der die Wall Street und die Fifth Avenue in New York sein Zuhause nannte. Ein wenig selbstgefällig war er jetzt, sogar ein bißchen unzufrieden mit seinem Leben. ›Ich habe wirklich ungeheures Glück gehabt‹, dachte er sich. ›Ich sollte das nie vergessen.‹

Als er Emily gesagt hatte, er würde nicht nach Charleston gehen, war das ehrlich gemeint gewesen. Jetzt war er dieser Stadt jedoch so nahe, daß er das starke Verlangen spürte, einen kurzen Abstecher dorthin zu machen. Seine Erinnerungen waren durch die Zeit, die inzwischen vergangen war, ein wenig rosiger als die Wirklichkeit, der er damals begegnet war. Er sah die Tradds vor sich, wie sie beim ersten gemeinsamen Weihnachtsfest nach dem Krieg das wenige, das sie hatten, mit ihm teilten. Und er dachte voller Scham an die Wut, die er am Schluß gegenüber Pinckney empfunden hatte, und den Schaden, den er seinem Verhältnis zu ihm zugefügt hatte. Vielleicht sollte er ihn noch einmal besuchen und sich bei ihm entschuldigen. Doch noch verhinderte sein Stolz, daß er diesen Gedanken in die Tat umsetzte.

Allerdings nur bis zu dem Moment, als er erfuhr, daß er die letzten neun Jahre hindurch regelmäßig alle sechs Monate einen Scheck von der Tradd-Simmons-Phosphatgesellschaft überwiesen bekommen hatte. »Das darf doch wohl nicht wahr sein«, explodierte er. »Sie hätten mich sofort davon in Kenntnis setzen müssen! Die können es sich doch gar nicht leisten, mir soviel Geld zu schicken.« Jetzt entschloß er sich doch, nach Charleston zu gehen. Ich muß Pinckney sehen, dachte er. Und ich werde Lizzie besuchen, auch wenn es mich zerreißt, sie wiederzusehen.

Der Direktor des größten Hotels in Charleston war ›äußerst erfreut‹, ihm die beste Suite am Ort zur Verfügung zu stellen und ihm mit allen möglichen Informationen zu Diensten zu sein. Mr. Pinckney Tradd sei tot, sagte er. Der Trauergottes-

dienst habe auf dem Friedhof unter freiem Himmel stattge-
funden, da die St. Michaels-Kirche bis zu ihrem Wiederaufbau nicht mehr für Gottesdienste genutzt werden könne. Mr.
Stuart Tradd liege mit einer Schädelverletzung im Krankenhaus, würde aber bestimmt bald entlassen werden. Miß Elizabeth Tradd-Cooper? Nein, sie sei unverletzt geblieben.
Tatsächlich waren alle davon beeindruckt, wie gefaßt sie
beim Begräbnis ihres Bruders gewesen war. Auch bei dem ihrer Tante übrigens. Man munkelte, sie habe eigenhändig das
Boot mit ihrem Sarg bis zum Landgut der Familie Ashley ge-
rudert. Ja, diese Miss Cooper war schon eine außerordentlich
tüchtige Frau. Nicht ein einziges Mal hatte irgend jemand erlebt, daß sie zusammengebrochen wäre. Es erinnerte die
Leute an die Zeit, in der sie um ihren Mann, Lucas Cooper,
getrauert hatte. Auch damals war sie sehr gefaßt gewesen.

Joe warf dem Mann eine Zwanzig-Dollar-Note auf den
Tisch und stürmte zur Tür hinaus.

»Als wäre der Sheriff hinter ihm her«, meinte der Direktor
später zu seinem Empfangschef. »Ich frage mich, wieso einem so reichen Yankee wie ihm die Familie Tradd so wichtig
ist!«

48

»Miß Cooper, da steht ein Gentleman vor der Tür, der Sie
sprechen will.« Delia rollte bezeichnend mit den Augen und
gab damit zu verstehen, daß der Gentleman ihr unbekannt
war, daß sie aber sehr beeindruckt war von ihm und er alles
hören würde, was sie zu ihr sagte.

Elizabeth schaute über Delias Schulter auf den untersetzten, bestens gekleideten Mann im Flur. Er starrte sie an. Als
sich ihre Blicke trafen, verschwanden seine Augen in einem
Gewirr von Lachfältchen.

»Joe!« Sie rannte an Delia vorbei und warf ihm die Arme

um den Hals, beugte sich hinunter, so daß sie ihre Wange gegen seine legen konnte. »Oh, Joe. Ich bin so glücklich, daß ich dich wiedersehe. Gut siehst du aus! Komm, setz dich hin.« Elizabeth führte ihn zum kleinen Sofa in der Bibliothek. Sie hielt ihn an der Hand fest, als sie sich setzten und miteinander sprachen. Joe verbarg seinen Schreck über ihren Zustand. Sie sah beängstigend bleich aus. Ihre tiefblauen Augen und ihr rotgoldenes Haar hoben ihre farblose Haut besonders deutlich hervor. Ihre Augen lagen tief in den Höhlen, ihre Backenknochen standen vor; dunkle Schatten lagen über ihrem Gesicht. Sie war so zerbrechlich und verängstigt wie das kleine Mädchen, das er vor dreiundzwanzig Jahren zum ersten Mal getroffen hatte.

»Wie lange haben wir uns jetzt nicht gesehen, Joe? Es scheint mir eine halbe Ewigkeit her zu sein.«

»Es ist auch eine Ewigkeit her: zehn Jahre«, antwortete er. Und während dieser langen, langen Zeit gab es nicht einen einzigen Tag, an dem ich nicht an dich gedacht hätte. Was haben sie nur mit dir gemacht, Lizzie? Warum wirkst du so zerschlagen, so nervös? Er spürte tief in seinem Innern, daß es nicht nur das Erdbeben gewesen sein konnte, das für ihren Zustand verantwortlich war. Sie stand ja kurz vor dem Zusammenbruch!

Joe begann, mit seiner tiefen Stimme langsam und beruhigend zu berichten, was ihm in der Zwischenzeit alles widerfahren war. Er erzählte ihr von Victoria und ihren Teepartys, von New York und dem ungestümen Wachstum dieser Stadt; er versuchte ihr ein Bild von der Welt der Oper zu vermitteln und berichtete von seinen Europareisen. Als er seine langen, entspannten Schilderungen beendet hatte, lachte Elizabeth. Es war wie früher, als nur er die Fähigkeit besaß, das ernste kleine Mädchen mit den Zöpfen aufzuheitern. Es war ein befremdliches Gefühl. Er spürte das Verlangen, die kleine Lizzie in die Arme zu nehmen und vor der rauhen Welt in Schutz zu nehmen.

Aber das kleine Kind und diese einfachen Mittel hatten

jetzt keinen Platz mehr. Er mußte herausfinden, was für eine Frau vor ihm saß und was diese Frau brauchte, was er für sie und für die kleine Lizzie, die immer noch in ihr steckte, tun konnte.

In den folgenden Wochen erfuhr Joe eine Menge über Elizabeth, sich selbst und Charleston. Die Stadt gewann in erstaunlicher Geschwindigkeit wieder ihre vertraute Gestalt zurück. Die meisten Gebäude waren in Mitleidenschaft gezogen worden; die Fachwerkhäuser hatten die Erdstöße jedoch weitgehend unbeschadet überstanden und nur ihre Kamine verloren. Viele der Ziegelbauten waren eingestürzt oder hatten zumindest derartige Risse in den Wänden, daß sie nicht mehr sicher waren. Die Stadt griff auf die Handwerker zurück, die früher einmal die meisterhaften Verzierungen der prachtvollen Tore und Balkongitter geschaffen hatten. Jetzt trieben diese Männer lange Eisenstangen durch die Hauswände und stützten damit die tragenden Balken, die Fußböden und Treppenhäuser. An den ein wenig hervorstehenden Enden wurden große Bolzen angebracht, mit denen sich die Wände wieder in ihre ursprüngliche Lage bewegen ließen. Die Kamine wurden wiederaufgebaut, frischer Mörtel verschloß die vielen Risse und Sprünge in den Mauern. Dekorative Eisenkappen verdeckten die Bolzen. Man machte aus der Notwendigkeit eine Tugend, versuchte, aus dem Zweckmäßigen etwas Schönes werden zu lassen. Und in fast unheimlicher Geschwindigkeit erstanden die zusammengestürzten Gebäude neu aus den Trümmern.

»Es ist ein Überleben mit Stil«, meinte Joe fasziniert. Er schätzte diese Art sehr. Das war das Charleston, das er noch von früher her kannte. Er verglich es mit der rauhen Atmosphäre und dem leidenschaftlichen Willen zum schnellen Fortschritt in New York. Plötzlich machte das auf ihn einen sinnlosen, zerstörerischen Eindruck. Alte Dinge und alte Menschen wurden von jedem verabscheut, den er in dieser aufstrebenden Stadt, die er jetzt seine Heimat nannte, kannte. Hier, in dieser eigenartigen, abgeschotteten Welt südlich der Broad Street wurden die traditionellen Werte gehegt und ungeheuer hoch angesehen.

Joe merkte, daß es auch Aspekte seiner eigenen Natur waren, die er da wertschätzte. In seinen kurzen Augenblicken der Muße spürte er ihnen nach und machte weitere Entdeckungen. Es war eine höchst faszinierende Sache für ihn, dieses Neuland in ihm zu erkunden.

Doch er hatte nicht viel Zeit, sich darum zu kümmern. Es ging ihm vor allem darum, Lizzie wieder auf die Beine zu bringen. Er fragte sie nicht weiter aus. Aber er fühlte, daß sie vor irgend etwas zurückschrak und dabei war, sich von der Welt und ihrem Leben zu verabschieden. Sie tat es nicht so deutlich wie zu der Zeit, als sie als schweigsames Kind in ihrem kleinen Stuhl gesessen und den ganzen Tag vor sich hingeschaukelt hatte. Elizabeth lächelte, erzählte viel und überwachte die Arbeiten an den Decken und Wänden des Hauses. Und doch spielte sie dabei allen etwas vor. Joe wußte das. Mit jedem Tag zog sie sich tiefer in eine Welt in ihrem Innern zurück, in irgendeine Festung der Leblosigkeit, in der nichts und niemand sie mehr erreichen konnte.

Er dachte lange darüber nach und überlegte angestrengt, wie er ihr da wieder heraushelfen konnte. Er entschied sich schließlich, daß er das aufs Spiel setzen mußte, was ihm am meisten wert war: das Vertrauen, das sie ihm gegenüber hatte und die Zuneigung und Offenheit, die sie ihm aufgrund ihrer langen Freundschaft entgegenbrachte. Sein Herz verlangte danach, Elizabeth ganz nah an sich zu reißen, sich nur um sie zu kümmern, doch seine Liebe für sie brachte ihn dazu, sie weit von sich weg zu halten. Sie mußte aus ihrem selbstgezimmerten Gefängnis herausfinden, sonst würde sie für immer verloren sein. Eines Tages schob er nach dem Mittagessen seinen Stuhl zurück, kontrollierte seine Stimme und seinen Gesichtsausdruck, so gut es ging, um möglichst natürlich zu wirken, räusperte sich und begann dann zu sprechen.

»Ich glaube, du bist es, der sich um die Phosphatgesellschaft kümmern sollte, Elizabeth. Keiner sonst kann diese Aufgabe übernehmen. Stuart hat das Landgut geerbt, wird bald dorthin ziehen und ein Leben als Pflanzer führen. Pinckney hat dir dieses Haus und seine Firma hinterlassen. Wenn du deine Kinder ernähren willst, dann mußt du irgendwie dein Geld verdienen.«

»Aber das ist doch deine Sache, Joe. Du bist doch an der Firma beteiligt. Ich dachte, du übernimmst das.«

»Unsinn. Ich habe genug mit meinen anderen Geschäften zu tun, lebe in New York. Ich bin nur noch so lange hier, bis ich dich eingearbeitet habe.«

»Ich kann das nicht, Joe.«

»Natürlich kannst du es. Ich habe gesehen, wie du diesen Haushalt geführt hast, als du noch deine kurzen Röcke getragen hast. Eine Firma zu führen ist vergleichsweise einfach. Und es macht eine Menge Spaß. Du hattest doch immer schon eine herrische Ader, dir hat es doch Vergnügen gemacht, Befehle erteilen zu können. Jetzt hast du wieder Gelegenheit dazu. Es wird dir gefallen.«

»Aber Joe, das geht doch trotzdem nicht. Jeder würde daran Anstoß nehmen, daß ich eine Frau bin.«

»Erzähl keinen Unsinn. Die feinsten Damen haben sich hier nach dem Krieg irgendeine Existenz aufbauen müssen. Denk doch nur an Miß Allston und ihre Schule! Heute kannst du überall Frauen finden, als Klavierlehrerin, Lehrerin, Gastwirtin, Hausverwalterin, Tanzlehrerin. Alle diese Frauen verdienen sich ihr Geld selbst. Wenn du nicht gerade jemanden umbringst, kannst du alles machen, ohne daß sich irgend jemand daran stört.«

Er konnte sich ihren bestürzten Gesichtsausdruck nicht erklären. »Ich muß erst mal darüber nachdenken«, meinte sie.

Joe lächelte. Er würde schon erreichen, was er wollte. »Das hast du früher als Kind auch immer gesagt«, meinte er. »Und du hast dabei genauso ausgesehen wie jetzt und die Augenbrauen zusammengezogen. Ich fühle mich wieder ganz jung, wenn ich das sehe.«

Zwei Tage später besorgte Joe ein Boot und ließ sich mit Elizabeth nach Carlington bringen. Dort trafen sie keine Menschenseele bis auf einen uralten Schwarzen. Er hinkte aus einer der verlassenen Hütten heraus und stellte sich vor. Sein Name war Cudjo. Mit einer steifen Verbeugung verneigte er sich schwerfällig vor Elizabeth. »Sie müssen die Schwester von Mist' Pinckney sein, Ma'am. Keiner sonst könnte dieses prachtvolle Haar haben. Als ich hörte, daß er jetzt für immer von uns gegangen ist, hat es mir das Herz gebrochen. Es ist doch ungerecht, daß der Herr ihn zu sich nimmt und einen alten, gebeugten Neger wie mich leben läßt.« Tränen rannen über seine dunklen Wangen.

Elizabeth legte ihm einen Arm um die Schultern. »Nicht weinen, Daddy. Der Herr wird seine Gründe haben. Ich brauche deine Hilfe. Vielleicht hat Er dich ja verschont, damit du dich jetzt um einen anderen Tradd kümmern kannst. Mr. Pinckney hat mir erzählt, wie gut du für ihn gesorgt hast.«

Joe konnte miterleben, wie der alte Mann bei diesen Worten zusehends jünger wurde und regelrecht aufblühte. Er hatte in den langen Jahren in New York schon ganz vergessen, welches feine Netz von gegenseitigen Abhängigkeiten und Verantwortung zwischen den alteingesessenen Familien Charlestons und den früheren Sklaven bestand. Die Gewohnheit, alte Schwarze als ›Daddy‹ oder ›Mama‹ zu bezeichnen, spiegelte diesen besonderen Umgang miteinander. Für ein weißes Kind waren diese alten Schwarzen fast wie Eltern, und es brachte ihnen auch den entsprechenden Respekt entgegen. Die ›Eltern‹ wiederum führten die Kinder durchs Leben und kümmerten sich um ihr Wohlergehen, auch wenn das Kind irgendwann zum Mann oder zur Frau herangereift war. Es war etwas, das nie zum verbrieften Recht für irgend jemanden geworden war. Auch die ganze Sklavenbefreiung hatte an diesen Verhältnissen nichts geändert. Keiner, der von außerhalb kam, konnte verstehen, warum das so war. Deshalb versuchte Joe es auch gar nicht erst. Er akzeptierte die einfache Tatsache, daß Elizabeth sich

542

jetzt in einem Bereich bewegte, der ihr vertraut war, und daß sich Daddy Cudjo schon um sie kümmern würde. Er folgte den beiden und bemerkte mit scharfem Blick die angerosteten, veralteten Maschinen und die Zeichen eines allgemeinen Schlendrians. Pinckney war wirklich kein Geschäftsmann gewesen.

Die Ausgrabungen waren erweitert worden und erstreckten sich inzwischen über eine Strecke von mehr als einer Meile. Viele Gruben waren mit dem Aushub einer benachbarten Grube wieder gefüllt worden. Neben etlichen Vertiefungen wartete das kostbare Gestein auf seinen Abtransport. In den Löchern stand das Wasser. Elizabeth drückte ihr Mißfallen aus. Daddy Cudjo ließ ein heiseres Kichern hören. Die Hausfrau wird hier für einige Veränderungen sorgen, dachte Joe. Ich bin gespannt, was sie sagt, wenn sie die ganzen Fliegen im Lebensmittelladen entdeckt.

Auf der Rückseite war Elizabeth ganz in Gedanken versunken. Joe bemerkte, daß sie etwas Farbe bekommen hatte und ganz vergaß, den schwarzen Trauerschleier umzulegen. Alles sah danach aus, daß seine Strategie Erfolg haben würde. »Cudjo erzählte, wenn ich wollte, könnte er bis Ende der Woche die ganzen alten Arbeiter wieder zusammentrommeln«, berichtete sie Joe. »Wenn du allerdings die Firma verkaufen willst, dann solltest du dich nicht noch mit diesen Leuten belasten«, entgegnete er. »Jeder neue Eigentümer wird sowieso erst einmal anfangen, das Ganze von Grund auf zu modernisieren.«

»Wie denn?« fragte Elizabeth.

Joe ergriff die Gelegenheit, ihr Stück für Stück seine Ideen zu einer grundlegenden Neuorganisation der Firma schmackhaft zu machen. Er erzählte ihr, was sich in den letzten zwanzig Jahren im Bereich der Kunstdüngerindustrie alles getan hatte. Anfangs hatten Firmen wie die Tradd-Simmons-Phosphatgesellschaft einfach das Gestein gefördert und verschifft; die großen Firmen im Norden überneh-

543

men dann die Weiterverarbeitung. Die Kosten des Transports gingen zu Lasten der Förderer.

Irgendwann fingen dann einige Produzenten an, das Gestein zu zermahlen, um so den Transport rationalisieren zu können. Gemahlenes Gestein zu transportieren erwies sich als erheblich kostengünstiger für sie.

Die Verarbeitung wurde weiterhin im Norden durchgeführt, vor allem deshalb, weil dazu Schwefelsäure nötig war, eine gefährliche Substanz, die speziell ausgebildete Arbeitskräfte erforderte, und die darüber hinaus wieder von anderen Firmen bezogen werden mußte. Trotzdem ließ sich mit der Verarbeitung des phosphathaltigen Gesteins mehr Geld erzielen als mit dessen Förderung.

Elizabeth folgte gespannt seinen Ausführungen. Als sie ihn danach fragte, ob man die Schwefelsäure nicht irgendwo anders zu günstigen Bedingungen bekommen könnte, schlug sich Joe vergnügt mit der Hand auf sein Knie. »Gott steh einigen meiner besten Freunde bei, wenn du auf die Wall Street losgelassen wirst. Du triffst den Nagel auf den Kopf!«

Und er berichtete, daß sich darauf tatsächlich der Wohlstand der großen Firmen des Nordens gründete. Sie bezogen den Schwefel in großen Mengen und zu Spottpreisen direkt aus Europa, produzierten ihre eigene Schwefelsäure, und verarbeiteten damit das phosphathaltige Gestein. Der fertige Dünger wurde dann direkt nach England verschifft. Auf diese Weise entstanden nur noch minimale Transportkosten, man war völlig unabhängig von anderen Firmen.

Elizabeth lächelte. »Könnte man denn auch auf Carlington so etwas aufziehen?«

»Könnte man schon. Es braucht natürlich seine Zeit, bis es soweit ist, und einige Investitionen. Das Geld dazu kann ich dir besorgen. Was fehlt, ist eine kluge und umsichtige Frau, die mit dem nötigen Geschick dafür sorgt, daß diese Pläne auch Wirklichkeit werden. Was hältst du von der Sache?«

Elizabeth schaute ihn nachdenklich an. »Wie schwierig ist

es denn, Buchführung zu lernen? Das muß ich doch dann können, oder?«

»Nun, man muß noch ein wenig mehr lernen. Aber wenn du verstehst, wie eine gute Buchführung gemacht wird, dann ist das schon ein guter Ausgangspunkt.«

»Dann laß uns doch auf dem Heimweg kurz im Büro vorbeigehen. Wir werden die Bücher der letzten Jahre mitnehmen, du kannst zum Abendessen bleiben, und wenn die Kinder im Bett sind, kannst du mir alles Weitere erklären.« Elizabeth war ganz der Chef; Joe wich ihrem Blick aus, um seine wahren Gefühle vor ihr zu verbergen.

Die Glocke der St. Michaels-Kirche hatte gerade zwei geschlagen. Elizabeth rieb sich die Augen und schloß das dicke Buch, das vor ihr auf dem Tisch lag. »Du lieber Himmel«, meinte sie. »So spät bin ich schon wer weiß wie lange nicht mehr ins Bett gekommen. Warum bleibst du nicht einfach über Nacht, Joe? Ich sorge schon dafür, daß die Kinder morgen ruhig genug sind, damit du ausschlafen kannst.«

Er dachte daran, wie es wohl sein mochte, mit Elizabeth unter einem Dach zu schlafen, mit ihr zu frühstücken und vielleicht noch den nächsten Tag und den danach mit ihr zu verbringen. Die schlafende Stadt gab dem von einer Gaslampe erhellten Raum etwas ungeheuer Intimes. Joe hatte das Gefühl, er und Elizabeth existierten ganz allein in einer Welt, die nur für sie beide gemacht war, in der sie nichts von außen berühren konnte. Aber leider war es nicht so. Bald geht die Sonne auf, sagte er sich, und das Zimmer wird wieder ein ganz normaler Raum, eine winzige Ecke dieser großen Welt. Je eher du zu deinem Hotel zurückkehrst, desto leichter fällt dir der Abschied. Und dazu gibt es keine Alternative. Da sind Victoria und Emily und New York. Und alle warten auf dich.

Er stand auf und reckte sich. »Danke, Elizabeth, aber ich kann nicht bleiben. Im Hotel wartet noch eine ganze Tasche voller Papiere auf mich, die ich noch durchsehen muß. Ich sollte eigentlich schon längst wieder in Simmonsville sein und dort nach dem Rechten sehen. Ich denke, es ist das beste, wenn du dir die nächsten Tage über die Bücher einfach mal ansiehst und dann schaust, wie du damit klarkommst. Denke an all das, was du gesehen und gelernt hast. Ich komme Samstagabend nach Charleston zurück. Nach der Kirche am Sonntag kannst du mir dann sagen, wofür du dich entschieden hast.« Er sprach schnell und in kühlem Tonfall. Die plötzliche Veränderung in seiner Stimme gab Elizabeth einen Stich. Ihr verwirrter Gesichtsausdruck ließ Joe innerlich aufstöhnen. Sie konnte ja auch unmöglich wissen, daß er nur deswegen so grob zu ihr war, damit er sich davon abhalten konnte, die Dinge auszusprechen, die ihm wirklich am Herzen lagen. Wenn er ihr seine Liebe eingestand, würde sie dadurch wahrscheinlich noch stärker beunruhigt werden als durch seine hastig hervorgestoßenen, geschäftsmännisch nüchternen Worte.

»Joe?« fragte sie, und eigentlich sagte sie: »Warum?«

Er umarmte Elizabeth flüchtig. »Alles wird gut, Liebes«, sagte er. Dann riß er sich von ihr los, wie um sich an die Abmachung, die er mit sich selbst getroffen hatte, zu erinnern. Langsam schlenderte er zum Hotel und fühlte dabei die warme Nachtluft unerträglich schwer auf seiner Brust lasten.

Zwei Wochen später kehrte Joe nach New York zurück. Er unterhielt seine Freunde im Club mit der erstaunlichen Geschichte vom Geschäftssinn seiner damenhaften Partnerin. »Ich kann euch flüstern«, meinte er, »wir sollten froh sein, nicht mit Frauen ins Geschäft kommen zu müssen. So etwas habe ich wirklich noch nicht erlebt. Ich war drei Tage weg, und als ich wieder zurückkam, hatte ich nichts mehr zu melden. Wir halten uns doch immer für besonders gute Geschäftsleute, aber ich sage euch, kein Kartell der Welt kann es mit dieser Vetternwirtschaft in Charleston aufnehmen. Je länger ich darüber nachdenke, desto weniger weiß ich, ob ich lachen oder weinen soll.«

»Ich bin mittlerweile schon weit gekommen«, hatte ihn Elizabeth empfangen, »und habe alles reiflich überlegt. Dann wollte ich keine Zeit verstreichen lassen und habe direkt losgelegt.«

Elizabeth hatte ihre Cousine Aggie besucht, die mit dem Besitzer einer der größten und modernsten Kunstdüngerfabriken Charlestons verheiratet war. Dank ihrer Vermittlung wurden sich Aggies Mann und Elizabeth schnell handelseinig. Er würde das phosphathaltige Gestein aus Carlington aufkaufen und dabei fast den gleichen Preis zahlen wie der alte Abnehmer, die Firma in Baltimore. »Er verdient daran, und wir sparen die ganzen Transportkosten. Außerdem beteiligt er sich am Aufbau einer Bahnverbindung von Carlington zur Hauptlinie, über die das Gestein ohne Umwege zu ihm gelangen kann. Somit brauchen wir keinen kostspieligen Lagerplatz mehr am Hafen anzumieten. Darüber hinaus schließe ich das Büro in der Stadt. Das Geschäftsviertel am Hafen ist einfach nicht der richtige Arbeitsplatz für eine Frau wie mich. Ich baue den Fuhrwerkschuppen in Büros um. Ned Wragg wird mir zur Seite stehen; ich habe ihn von Pringles loskaufen können. Ned weiß einfach alles über Kunstdünger. Sein alter Arbeitgeber ist ganz wütend auf mich, weil ich ihm einen seiner besten Männer gestohlen habe.«

»Wie hast du denn das geschafft?« fragte Joe. »Nun«, antwortete sie mit einem milden Lächeln, »Ned Wragg ist mit meiner alten Freundin Caroline verwandt; sie waren früher alle zusammen in der Tanzschule. Seine Frau war um etliche Ecken mit Pinckney verschwägert. Darüber hinaus habe ich ihm fast das Doppelte seines bisherigen Gehalts geboten.

Und das sind immer noch eintausend Dollar weniger, als Pinny Lucas bezahlt hat. Ich werde übrigens auch den Betrag, den ich uns auszahle, kürzen. Wir müssen bestimmt viertausend Dollar im Monat investieren. Dann bleiben uns noch je dreitausend Dollar Gewinn.« Sie hatte ausgerechnet, daß ihren Plänen zufolge etwa acht Jahre vergehen würden, bis alle Vorhaben in die Tat umgesetzt werden konnten.

547

Das Budget für 1877 würde durch die anteiligen Kosten am Bau der Eisenbahnverbindung aufgebraucht werden. Achtundachtzig konnten sie dann eine neue Halle und die Maschinen zum Zermahlen des Gesteins aufbauen. Neunundachtzig würden die veralteten Waschanlagen ersetzt und die Halle vergrößert. Im Jahr darauf plante sie, die nötigen Anlagen zur Verarbeitung des Gesteins errichten zu lassen. Zwei Jahre würde man brauchen, um die für die Produktion von Schwefelsäure nötige Maschinerie zu beschaffen. »Dann kann es richtig losgehen. Anfangs beziehen wir die Säure noch von meinem Freund Edward Hanahan; spätestens 1894 ist es dann soweit: Wir können in großem Umfang den Schwefel, den wir brauchen, selber importieren. Catherine ist dann fünfzehn. Das ist genau die Zeit, in der ein Mädchen jeden Abend ein neues Kleid haben will. Bis dahin muß ich reich sein.«

Joe wollte sie dazu drängen, direkt das gesamte nötige Geld von ihm zu nehmen. Seiner Ansicht nach bestand keinerlei Veranlassung für Elizabeth, acht Jahre lang mit ihrem Geld rechnen zu müssen. Sie ließ sich jedoch nicht darauf ein. »Laß mich nur«, meinte sie. »Ich möchte gerne, daß das nötige Geld in Carlington erwirtschaftet wird. Es gibt mir ein gutes Gefühl, etwas aufbauen zu können. In den letzten Jahren ist so viel für mich in die Brüche gegangen, daß ich mir diesen Wunsch erfüllen will.« Joe blieb nichts anderes übrig als zuzustimmen. Eigentlich war es genau das, was er ihr gewünscht hatte. Dennoch hätte er es gerne gesehen, daß sie es ihm ermöglichen würde, ihr etwas zu schenken. Jetzt mußte er mitansehen, wie sie sich alles hart erarbeitete.

Buch Acht

1887–1898

49

›Charleston, 11. Juli 1887 . . . Lieber Joe! Hier ist alles in heller
Aufregung. Unsere kleine Bahnlinie nach Carlington ist ge-
stern eröffnet worden. Edward Hanahan ist wirklich ein
Goldstück; er hat uns eine seiner winzigen Lokomotiven und
einen Flachwagen ausgeliehen. Die Lokomotive war auf
Hochglanz poliert, der Flachwagen frischgestrichen und mit
bunten Wimpeln geschmückt. Stuart kam mit seinen drei
Jungs extra in die Stadt und brachte mich, Catherine und
Tradd nach Carlington. Der kleine Stuart war ganz aus dem
Häuschen, als er im Führerhaus der Lokomotive mitfahren
durfte und sogar einmal die Dampfpfeife betätigte. Danach
war natürlich alles zu spät. Jedes Kind wollte mindestens einmal die Pfeife erdröhnen lassen. Ein fürchterlich lauter Ausflug! Wir machten auf dem Flachwagen unser Picknick und
fuhren so lange hin und her, bis wir alles bis auf den letzten
Krümel verputzt hatten. Ich hatte meinen Schirm vergessen
und fürchte, jetzt so viele Sommersprossen wie nie zuvor in
meinem Leben zu bekommen. Aber es ist mir egal. Es war ein
wunderbarer Tag, und der erste Schritt des großen Planes ist
erfolgreich verwirklicht worden.

Wie ich Dir bereits geschrieben habe, hat es zuerst eine
Menge Geschwätz darüber gegeben, daß ich als Frau jetzt die
Firma führe. Doch inzwischen haben sie mich fast vergessen.
Ich gehe auch kaum aus. Die Arbeit für die Firma ist genau
das richtige für mich.

Manchmal vergesse ich sogar, daß Pinny gestorben ist. Gestern, als Stuart und seine Jungs alle mit ihrem roten Haarschopf um mich herum saßen, fühlte ich mich richtig glücklich. Irgendwann fiel mir dann schmerzlich auf, daß ein Rot-
schopf fehlte.

Doch dann beruhigte mich eine kleine, selbstgefällige

Stimme in mir und sagte, daß ich ja auch noch da sei. Und ich glaube mittlerweile, daß ich eine gute Tradd geworden bin. Erzähl das bloß keinem weiter, Joe. Es soll ein Geheimnis zwischen uns bleiben. Aber bisher habe ich noch jeden Fehler in der Buchführung gefunden und der Firma so manchen Verlust erspart. Ned Wragg ist ein wahrer Segen. Er hat die Arbeiter in Carlington gut im Griff.

Die letzten zwei Monate war ich leider viel zu beschäftigt, um Dir einen Brief zu schreiben. Es gab auch nicht viel zu berichten. Tradd ist jetzt zweieinhalb, ich will ihm dieses Jahr das Schwimmen beibringen. Catherine bewegt sich schon wie ein Fisch im Wasser.

Bestell bitte Emily und Victoria liebe Grüße von mir. Ich hoffe, wir werden uns irgendwann einmal kennenlernen. Und Dir, lieber Joe, einen ganz herzlichen Gruß von Deiner Geschäftspartnerin... Elizabeth.‹

Joe faltete den Brief zusammen und legte ihn zu den anderen in die Schublade. Sie schrieb ihm fast jeden Monat; er las die Briefe so oft, daß er sie fast auswendig kannte.

»Wie ist die Lage in Charleston, Liebling?« Emily Simmons war eine scharfsinnige Frau. Sie achtete darauf, ihren Mann nie bei der Lektüre seiner Briefe zu unterbrechen.

»Die Bahnverbindung nach Carlington ist fertig«, berichtete Joe. »Während der ersten Fahrt gab es für die Kinder ein Picknick auf dem Flachwagen.«

Emily überkam ein wohliges Schaudern. »Wie ungemütlich. Victoria würde so etwas Rauhes nicht aushalten.«

Joe blickte sie nachdenklich an. »Die Leute aus dieser Stadt werden fast mit allem fertig«, murmelte er.

»Das ist ja schön«, meinte Emily. »Du solltest dich jetzt besser umziehen, Joseph. Wir sind doch heute abend bei meinen Eltern zum Essen eingeladen.«

Ein Brief nach dem anderen landete auf seinem Schreibtisch. Er bewahrte sie alle auf. Jeden Monat wartete er sehnsüchtig auf den neuen Brief. Er konnte sein unausgeglichenes Festhalten an einer Liebe, der er schon lange entwachsen sein sollte, nicht abstellen. Joe war immer noch verliebt in dieses hagere Mädchen, das ihm vor so langer Zeit ihr erstes langes Kleid präsentiert hatte.

Emilys hingebungsvolle Fürsorge konnte er immer schlechter annehmen. Es wurde für ihn mehr und mehr zu einer unausgesprochenen Forderung, auf die er jedoch nicht in der gewünschten Weise einzugehen vermochte. Während Elizabeths Briefe immer deutlicher zeigten, daß ihr Selbstvertrauen wuchs, schien sich Emily immer mehr von ihm abhängig zu machen. Es wurde ihm immer deutlicher, daß sie ihr ganzes Glück auf ihm aufbaute. Joe machte sich Vorwürfe, daß er sie nicht lieben konnte. Er verhielt sich ihr gegenüber so aufmerksam und rücksichtsvoll, daß vieles von seinen fehlenden Gefühlen dadurch überdeckt wurde. Eigentlich sind Emily und ich in der gleichen unangenehmen Situation, dachte er. Meine und ihre Liebe bleiben unerwidert. Immerhin kann ich mich gut in Emily einfühlen und versuchen, ihr ihre Situation zu erleichtern. Und seine Bemühungen erzielten eine ungeheure Wirkung. Emily strahlte vor Glück; die Simmons galten bei allen Freunden als das ›vollkommene Ehepaar‹.

Mehr als fünf Jahre lang hielt sich Joe von Charleston fern. Er beantwortete die Briefe mit kurzen, ermutigender. Schreiben, stürzte sich in immer waghalsigere Finanztransaktionen, unternahm mit Frau und Tochter lange Reisen nach Europa, kaufte dort erlesene Kunstwerke und Möbelstücke ein. Er gab Unsummen von Geld aus. Und doch war es wie verhext: Er konnte Charleston nicht vergessen. Mit Elizabeth war es etwas anderes. Er wußte, daß er sie nicht haben konnte, daher machte er sich darüber keine Gedanken. Aber die Erinnerung an die Stadt, in der Elizabeth lebte, verfolgte ihn auf Schritt und Tritt. In London erinnerten ihn die Glocken von Big Ben an die der St. Michaels-Kirche. Es war dieselbe Tonfolge; nachts konnte er deswegen kein Auge zutun. In Nizza erinnerten ihn die pastellfarbenen Häuserwände, die üppigen Blumen, die Promenade am Wasser und der Wind in den Palmen an Charleston. Sogar in New York durchstreifte er stundenlang die engen Straßen von Greenwich Village. An diesem Stadtteil war die hastige Entwicklung Manhattans vorübergegangen. Es war ein Altstadtviertel, das eine Ruhe ausstrahlte, die er von Charleston kannte, die alten verschlafenen Gebäude, die Welt der kleinen Dinge, alles war wie in Charleston. Joe spürte eine verzweifelte Sehnsucht nach einem Ort, an dem sich die Leute Zeit ließen, miteinander plauderten und auf den anderen achtgaben.

An einem Tag im Frühjahr 1892 merkte er mit stillem Entsetzen, daß ihn das risikoreiche Spiel mit seinem Geld an der Börse nicht länger reizte. Er hatte sich zu lange nicht mehr um seine Aktien gekümmert, und irgendwelche Freunde hatten seine Sorglosigkeit ausgenutzt. An diesem Tag verlor er über dreihunderttausend Dollar, mußte aber feststellen, daß es ihm gleichgültig war.

Zu Hause fand er einen Brief von Elizabeth auf seinem Schreibtisch. Das erste Mal in all den vielen Jahren bat sie ihn um Hilfe. ›...Ich habe Dir jetzt soviel davon berichtet, wie gut es mit Carlington vorangeht, daß Du den Eindruck haben mußt, ich schwimme nur so in Geld. Doch weit gefehlt! Ich bin nur viel zu stolz, um zuzugeben, daß ich die hohen Preissteigerungen nicht in meinen Berechnungen einkalkuliert hatte. Tatsächlich mußte ich das Haus und die Fabrikanlagen mit einer Hypothek belegen, damit ich die Maschinen bezahlen konnte. Wenn wir damit anfangen können, unser Gestein selbst zu verarbeiten, bekommen wir das nötige Geld schon wieder herein, aber im Moment ist alles sehr knapp. Stuart bat mich, ihm das Geld, das er mir geliehen hat, zurückzugeben. Er hat großen Ärger auf dem Landgut. Henrietta erzählt, es sei eben Pech, aber ich fürchte, er kommt mit den Schwarzen nicht zurecht. Er behandelt sie, als wären sie sein Eigentum, und sie zahlen ihm das heim, indem sie nicht richtig arbeiten. Die Felder sind voller Unkraut, der Reis hat eine schlechte Qualität, das Vieh ist halb verhungert. Ich habe versucht, ihn darauf anzusprechen, aber er wollte nichts hören. Für ihn ist Abraham Lincoln und die Sklavenbefreiungsbewegung an allem schuld. Er ist jetzt bereits zwei Jahre mit seinen Steuern im Rückstand! Auch ein ehemaliger Richter muß irgendwann einmal zahlen. Er hat schon mehr als vierhundert Hektar Land verkauft, nur um das Geld für das Nötigste zu beschaffen. Wenn ich ihm jetzt nicht ein wenig unter die Arme greife, sind noch einmal einhundert Hektar fällig. Das Landgut ist riesig, aber mir tut der Gedanke weh, daß irgendein Teil davon weggegeben wird, egal, wie unbedeutend es sein mag. Könntest Du vielleicht sechs Monate auf Deinen Teil des Geldes von der Firma warten? Damit könnte ich Stuart erst einmal aushelfen. Ich kann Dir nicht versprechen, daß er es je zurückzahlen wird, aber ich gebe Dir mein Wort, daß Du das Geld auf alle Fälle von mir bekommst.

Doch genug davon! Es ist Frühling, die Natur ist wunderbar, überall blüht es, und die Luft ist voller Duft. ..‹

Joe legte seine Hände an den Kopf. Um was für eine lächerliche Summe Geld machten sich Stuart und Elizabeth Gedanken! Er gab das Zehnfache für eine Statue aus, die Emily in ihren Garten stellte. Natürlich würde er auf Elizabeths Vorschlag eingehen. Die einzige Schwierigkeit bestand für ihn darin zu akzeptieren, daß sie ihm das Geld zurückgeben wollte.

Plötzlich fiel ihm ein unförmiges Päckchen auf, das mit der Morgenpost angekommen war. Es war mit unvertrauter, weiblicher Handschrift an ihn adressiert und kam aus Charleston.

Er öffnete es, ein fleckiger Fetzen gelbes Seidentuch fiel heraus. Darin eingewickelt war ein Brief von Lucy Anson. Joe dachte zunächst, daß sie ihm etwas über Elizabeth mitteilen wollte. Vielleicht steckte sie ja in noch größeren Schwierigkeiten und war nur zu stolz, das zuzugeben. Er überflog die winzige, zusammengedrängte Schrift.

›...Elizabeth hat mir von Euren Plänen berichtet... Ich

freue mich, daß es Dir gut geht... viel gereist...‹ Dann wurden seine Augen langsamer.

›Mr. Joshua ist sanft entschlafen. Er war siebenundachtzig Jahre alt und seine Zeit wohl jetzt gekommen. Seit dem Erdbeben wirkte er sehr matt und durcheinander; in den letzten Wochen vor seinem Tod waren ihm jedoch noch ein paar glückliche Tage vergönnt. Er aß wieder mehr und war völlig klar. Er wußte, daß es nicht mehr lange dauern würde.

Wir haben auch über Dich gesprochen, Joe. Mr. Joshua war sehr erfreut und überhaupt nicht überrascht, als ich ihm erzählte, was ich von Elizabeth über Dich wußte. Er sagte, er hätte immer schon gewußt, was in Dir steckte, immerhin hättest Du Pinckney mehr als einmal und auf ganz unterschiedliche Weise das Leben gerettet. Er wollte Dir gerne etwas von sich geben, irgendein Zeichen der Zuneigung und des Respekts, den er für Dich empfand. Seine Taschenuhr war schon seinem Enkel versprochen, und es war nicht viel, was er noch besaß. Er stieg auf den Speicher und kramte dort in den abgestellten Sachen herum. Dann fand er dies. Es ist der Rest der Schärpe, die er als Teil seiner Uniform bei den Konföderierten getragen hat. Leider ist das meiste davon den Mäusen zum Opfer gefallen und dient jetzt wahrscheinlich als Polster für die kleinen Mäusejungen. Aber Mr. Joshua sagte, es ist das Zeichen, das zählt. Ich sollte Dir auf alle Fälle noch mitteilen, daß er Dich zum Offizier gemacht hätte, wenn Du in seiner Kompanie gewesen wärst. Und er sagte, Gott habe Dich als Gentleman in die Welt gesetzt, und andere Standeszeichen brauchtest du nicht...‹

»Joseph!« Emilys wundervolle Stimme riß ihn aus seinen Gedanken. Er blinzelte mit den Augen, damit er sie klar sehen konnte. »Victoria möchte dir etwas zeigen.«

Joe betrachtete seine Tochter. Ihr blasses Haar war zu einer genau festgelegten Frisur aus glänzenden Löckchen zusammengesteckt worden und wurde von kleinen goldenen Klammern gehalten. Ihr Gewand reichte ihr bis zu den Waden, es war aus schimmernder blauer Seide und wurde an den Ärmelenden und am Kragen von einer Fülle strahlendweißer Spitzenborden und Krausen gesäumt. Die Rückseite des Kleides war von Samtbögen und Zierfalten überzogen. Die überdimensionale, unförmige Tournüre war breiter als das Kind selbst. An beiden Handgelenken trug das Mädchen goldene Armreifen mit eingelegten Saphiren; eine Saphirkette glänzte an ihrem Hals.

»Gefällt dir mein Kleid, Papa?« Victoria drehte sich hin und her, damit er es besser bewundern konnte.

»Wunderhübsch, Liebes! Auf welche Party gehst du denn?«

Emily schüttelte ihren Kopf. »Du bist so geistesabwesend, Joseph. Victoria geht doch heute das erste Mal zur Tanzstunde. Das habe ich dir schon letzte Woche erzählt.«

»Ich dachte, du meintest die Ballettschule.«

»Um Himmels willen, natürlich nicht! Sie geht doch schon fünf Jahr lang zum Ballettunterricht! Unsere kleine Tochter wird allmählich eine Dame.«

»Sie ist doch noch viel zu jung, Emily!«

»Sie ist jetzt zehn. Alle Kinder betreten mit zehn Jahren das erste Mal das Tanzparkett.«

Joe schaute wieder auf sein Kind. Es wirkte auf ihn wie ein Modepüppchen, war frisiert und mit Schmuck behängt wie eine reife Frau. »Nein«, sagte er. »Das lasse ich nicht zu. Das ist viel zu früh und viel zuviel des Guten.« Er griff sich den Fetzen aus gelber Seide und hielt ihn triumphierend hoch. »Wißt ihr, was das ist?«

Emily legte ihren Arm um Victoria. Die beiden starrten ihn an, als sei er völlig verrückt geworden. Vielleicht war er das ja auch, dachte Joe. Sein Herz pochte, und er fühlte eine fürchterliche Wut in sich hochsteigen. Mit kaum hörbarer Stimme sagte er: »Es beweist mir, daß der Süden meine wahre Heimat ist. Ich hatte das eine ganze Weile fast vergessen. Aber so ist es, und ich möchte, daß auch mein Kind etwas vom Leben dort mitbekommt. Ich will ihr mehr geben als nur die Dinge,

556

die man mit Geld kaufen kann. Ich wünsche ihr ein gutes Leben. Wir werden diesen oberflächlichen Trubel hier hinter uns lassen und zusammen nach Charleston ziehen.«

Emily Simmons schaute aus dem Fenster der geschlossenen Kutsche, die die Familie vom Bahnhof zum großen Charleston-Hotel brachte. Ihre Stimmung sank. Die Straße war zwar voller Leben und man sah auch den Wohlstand, aber alles war so fürchterlich klein, eng und niedrig. Nicht ein einziges Gebäude war höher als vier Stockwerke. Ihr eigenes Haus in New York war ja größer als die größten Gebäude hier! Sie war nicht dabeigewesen, als Joe ihrem Vater seinen Entschluß mitteilte. Ihr Vater hatte jedoch später Gelegenheit gefunden, ihr seine Meinung dazu begreiflich zu machen. Sie konnte ihn immer noch schimpfen hören. »Provinziell... heruntergekommen... rückständig... langsam...«

Die eindrucksvolle Fassade des großen Charleston-Hotels beruhigte sie wieder ein wenig. Die großzügigen Ausmaße ihrer Suite ließen sie über das altmodische Mobiliar hinwegsehen. Emily suchte etwas, das ihr gefiel. Sie wollte es sich nicht unnötig schwermachen. Joseph bedeutete diese Stadt nun mal sehr viel, auch wenn sie es nicht nachvollziehen konnte, und sie liebte ihren Mann.

Sie wollte das Mittagessen loben und bezeichnete es als gelungenes zweites Frühstück. Immer wieder mußte Victoria getadelt werden, da sie die schwarzen Kellner so direkt anstarrte. Das Kind hatte noch nie im Leben einen Schwarzen gesehen und war ganz fasziniert. Auch für Emily war es das erste Mal, aber sie verhielt sich ganz natürlich.

Nach dem Essen fuhren sie in die Altstadt. Emily pries die Schönheit des Turmes der St. Michaels-Kirche. Joe ließ die Kutsche einen Moment anhalten. Die Glocken läuteten. Emilys Gesicht zeigte echte Freude. »Was für ein wunderbarer Klang«, meinte sie. »Es sind wirklich schöne Glocken.« Es war drei Uhr, und der Wächter rief die Zeit aus. Victoria konnte sich kaum noch halten vor Lachen. Ihre Mutter bedeutete ihr, sie solle sich nicht so auffällig benehmen. »Es ist wirklich zauberhaft«, meinte sie dann zu Joseph. »So entzückend altmodisch.«

Eine Stunde lang bewegten sie sich durch die engen Straßen, die Joe vor fünfundzwanzig Jahren zum ersten Mal durchwandert hatte. Emily gefror ihr Lächeln, aber sie war fest entschlossen, liebenswürdig zu wirken. Victoria sprach offen aus, was sie empfand, stellte arglose Fragen und gab zu allem und jedem, was ihrem Blick begegnete, ihren Kommentar ab.

An der Hafenpromenade stiegen sie aus und spazierten noch ein wenig am Wasser entlang. Das erste Mal war Emily aufrichtig erfreut über das, was sie sah. »Es ist so schön wie die Promenade in New York«, meinte sie. Sie bemerkte, wie stolz und glücklich ihr Mann war, und entschloß sich erneut, diesen seltsamen, schäbigen Ort mit den vielen Fensterläden möglichst schnell in ihr Herz zu schließen.

Joe hatte Victoria auf seinen Schultern getragen und stellte sie jetzt auf die Straße. »Folgt mir! Wir gehen zum Haus der Tradds. Heute ist ein ganz besonderer Tag, wir sollten ihn genießen. Fühlt ihr diese leichte Brise? Damit hat es an diesem Ort eine ganz spezielle Bewandtnis. Ihr habt vielleicht gemerkt, daß die meisten Häuser in einem ganz bestimmten Winkel zu der Hauptwindrichtung stehen...« Und so erzählte er unaufhörlich weiter, bis sie vor Elizabeths Haus standen.

Mrs. Cooper öffnete ihnen eigenhändig die Tür. Joe hatte ihren Besuch angekündigt, deshalb hatte sie die letzten Tage alles für einen kleinen Nachmittagsempfang vorbereitet. Die Fußböden waren frisch gewienert, die Möbel poliert, auf dem kleinen Teewagen wartete schon ein Kokosnußkuchen auf sie. Catherine und Tradd trugen ihren besten Sonntagsstaat.

»Herein, herein«, rief sie. »Ich freue mich sehr, euch zu sehen.« Nachdem sich alle miteinander bekannt gemacht hatten, führte sie sie in den großen Salon im ersten Stock, in

558

dem Tradd und Catherine bereits ungeduldig vor dem Kuchen saßen.

»Setzt euch doch, ihr seid bestimmt noch ganz müde von der Reise!« meinte sie. »Oh, nimm besser einen anderen Stuhl, Joe! Die Beine sind ein wenig wackelig. Kinder, kommt und sagt den Simmons guten Tag! Den Kuchen gibt es erst später, ihr braucht ihn also nicht schon jetzt mit euren Augen zu verschlingen.«

Sie stellte Catherine und Tradd vor, dann durften die Kinder verschwinden. Victoria hüpfte hinter ihnen her. »Sie spielen Erdbeben auf dem Schaukelbrett«, meinte sie leichthin. »Das wird Victoria bestimmt gefallen.«

Emilys Mut sank.

»Joseph hat mir schon viel von Ihnen erzählt, Mrs. Cooper. Es ist mir ein Vergnügen, Sie kennenzulernen.«

Elizabeth nahm Emilys Hand. »Bitte, nennen Sie mich doch einfach Elizabeth. Wenn Sie nichts dagegen haben, möchte ich auch Emily zu Ihnen sagen. Ich habe das Gefühl, ihr gehört zur Familie dazu. Hat Ihnen Joe eigentlich erzählt, daß er meinem Bruder einmal das Leben gerettet hat? Nein? Du bist wirklich zu bescheiden, Joe! Emily, er muß es Ihnen irgendwann einmal erzählen.«

Von allem, was Joes Frau in Charleston erwartet hatte, war die Begegnung mit Elizabeth Cooper das gewesen, was ihr die meiste Angst eingejagt hatte. Sie kannte alle ihre Briefe; Joe hatte nie seine Schreibtischschublade abgeschlossen. Aber ihre Unschuld im Umgang miteinander hatte sie nicht beruhigt. Sie teilten eine Intimität, ein Maß an ähnlichen Erfahrungen, Zielen und Plänen, das Emily Angst machte. Sie war der sicheren Überzeugung gewesen, Elizabeth sei eine überaus schöne Frau und verströme den sprichwörtlichen, koketten Charme der Frauen des Südens. Jetzt, da sie vor ihr stand, konnte Emily aufatmen. Elizabeth hatte kleine Falten um die Augen, und ihre schmale Nase und die vorstehenden Backenknochen waren bedeckt von Sommersprossen. Sie war auch viel zu dünn, dachte Emily glücklich. Sie hatte

559

überhaupt keine weichen und runden Kurven, und sie war viel zu groß. Sie war ja fast einen halben Kopf größer als Joseph! Ihre Augen waren wirklich von einer atemberaubenden Schönheit, groß und tiefblau wie das Mittelmeer. Aber sie tat nichts, um deren Schönheit zu unterstreichen. Nicht einmal ihr Kleid war blau. Bei ihren roten Haaren war das in einem blassen Rosa gehaltene Gewand mit Sicherheit der falsche Griff. Dabei war das Kleid nicht einmal besonders modisch geschnitten. Der Rock besaß nicht die Andeutung einer Tournüre. Sie ist ein wenig wunderlich, dachte Emily. Ich war wirklich ein Dummkopf, mir soviel Gedanken zu machen. Joseph ist nur deshalb so freundlich zu ihr, weil sie die Schwester eines seiner alten Freunde ist.

Auch Joe hatte dieser Begegnung mit Unbehagen entgegengesehen. Er wußte, daß Emily leicht eifersüchtig wurde. Er wußte auch, daß sie jeden Grund hatte, auf Elizabeth eifersüchtig zu sein. Als er merkte, daß Emily sich entspannte, konnte auch er gelassener sein. Es stand nicht zu befürchten, daß sein Geheimnis gelüftet werden würde.

Und Elizabeth, seiner teuren Lizzie, ging es blendend. Die Selbstsicherheit und das Selbstvertrauen, das sie ausstrahlte, machten sie zu einer in seinen Augen überaus schönen Frau. Ich habe das bewirkt, dachte er. Kein anderer hätte das tun können. Ich habe an sie geglaubt, und dadurch konnte auch sie wieder an sich glauben. Es war etwas, auf das Joe so stolz war wie selten in seinem Leben.

»Ich hoffe, ihr habt noch einen schönen, langen Besuch vor euch, Emily, auch wenn es dumm von Joe war, euch gerade im Juni hierherzuführen. Jetzt beginnt es wieder heiß zu werden. Es dauert nicht mehr lange, dann fahren wir auf die Insel und beziehen das Strandhaus. Ihr müßt uns begleiten. Victoria kann bei Catherine im Zimmer schlafen, und ihr könnt dann das Gästezimmer haben. Dort ist es ganz wunderbar und erfrischend kühl. Wir hätten dann viel Zeit für uns und könnten uns richtig kennenlernen. Und bis dahin hätten wir noch genug Zeit, um Carlington zu besuchen, Joe.

Du wirst staunen, wenn du die neue Halle siehst! Es ist ein beeindruckendes Gebäude.«

Joe hielt lachend die Hand hoch. »Immer mit der Ruhe«, sagte er. »Es braucht keine Eile. Emily und ich müssen uns erst einmal nach einem Haus umsehen, das uns gefällt. Wir ziehen nämlich nach Charleston. Dann haben wir genug Zeit, uns alles anzuschauen.«

»Oh, Joe, Emily! Das ist ja wundervoll!« Elizabeths Begeisterung war echt, auch wenn sie sich fragte, wie sich wohl derart exotische Gestalten wie Victoria und Emily an einem so ruhigen Platz wie der Altstadt von Charleston fühlen mochten. Nach allem, was sie wußte, waren ihre Kleider und ihr Schmuck der letzte Schrei; Victoria ähnelte eher einer kleinen Prinzessin und sah nicht gerade aus wie ein zehnjähriges Mädchen. Auch Joe war auffallend modisch gekleidet, aber bei ihm hatte sie das Gefühl, er war ganz der alte geblieben.

»So schöne Nachrichten verlangen, daß man sie sofort feiert!« meinte sie. »Laßt uns die Kinder rufen und den Kuchen anschneiden.«

»Die Häuser hier sind alle zu heruntergekommen, Joseph«, meinte Emily, als die beiden in der Nacht unter sich waren. Sie war entsetzt darüber gewesen, daß man bei Elizabeth im Putz an der Decke Risse sah. »Ich will auch in gar kein Haus ziehen, in dem schon vorher ein anderer gewohnt hat. Ich will mein eigenes Haus, ein Haus, das nur für mich entworfen wurde.« Joe hatte nichts dagegen einzuwenden. In diesem Fall würden sie eben einen Architekten aus New York kommen lassen, wenn das dazu führte, daß Emily sich mehr zu Hause fühlen konnte. Aber es würde bestimmt mindestens ein Jahr dauern, bis man darin einziehen konnte, wahrscheinlich sogar noch länger. Hätte sie wohl etwas dagegen, ein Haus nur für die Zeit zu kaufen, in der das eigene gebaut werden würde? Ihr Rechtsanwalt hatte bereits nach dem Frühstück einen Termin mit ihnen vereinbart und wollte ihnen ein paar interessante Objekte zeigen.

»Nun, ich kann mich ja darum kümmern, kann dir aber nichts versprechen.«

Erst einmal mußte er es dabei bewenden lassen, obwohl er seine Pläne für einen raschen Umzug nach Charleston schon in die Ferne rücken sah.

Der Rechtsanwalt, ein alteingesessener Bürger Charlestons, war ganz erleichtert, als er merkte, daß Emily Simmons keine der reichen Yankee-Frauen war, die es sich in den Kopf gesetzt hatten, unbedingt ein Haus in der Altstadt zu kaufen und es dann zu modernisieren. Er führte die Simmons direkt zum Haus William. Das Objekt war so teuer, daß man ihm eine Extraprämie zugesagt hatte, sollte es zu einem Vertrag kommen. Emily entschied sich sofort. Sie würde das Anwesen kaufen.

Das Haus William war ein riesiges, imposantes rotes Ziegelgebäude. Es war von einem Unternehmer aus Georgia erbaut worden, der in der Zeit des Bürgerkriegs über eine Million Dollar verdient hatte. Dieser Umstand machte ihn den Bewohnern der Stadt nicht unbedingt sympathisch. Er hatte das Haus allein nach seinem Geschmack errichtet und gleichzeitig die Gelegenheit genutzt, die Leute zu ärgern, die ihn so hochnäsig behandelten. Er ließ das gesamte Material, mit dem das Haus errichtet wurde, aus dem Ausland importieren, kein einziger Handwerker aus Charleston bekam irgendeinen Auftrag. Er verwendete original italienischen Marmor für die Kaminsimse, stellte italienische Handwerker ein, die diesen teuren Werkstoff in traditioneller Weise verarbeiten konnten, benutzte exquisite Edelhölzer für die Parkettfußböden und die Wandvertäfelungen, kaufte in Europa wunderbare französische Kristallüster und in Gold eingefaßte Spiegel. Der riesige Salon bestand eigentlich aus zwei miteinander verbundenen Räumen und war größer als der größte Ballsaal Charlestons. Die Ställe für die Zugpferde in der Nähe des gepflegten Gartens waren so ausgerichtet worden, daß die vorherrschenden Winde ihren Geruch bis weit über die unsichtbare Barriere hinweg trugen, die ihn die anderen nie hatten überwinden lassen.

»Du bist verrückt, Shad«, meinte Lucy Anson mit unverhohlener Freude, »das Haus William zu kaufen. Dann wirst du doch von keinem ehrenwerten Bürger Charlestons mehr zu irgend etwas eingeladen.«

Joe schaukelte gemächlich mit seinem Stuhl hin und her. »Emily gefiel es eben, Lucy. Dieser ganze Ortswechsel ist nicht einfach für sie. Außerdem könnten wir in den Glockenturm der St. Michaels-Kirche ziehen und würden immer noch nirgends eingeladen werden. Da brauchen wir uns doch nichts vorzumachen. Wir sind eben reiche Yankees, und wir schämen uns nicht deswegen. Uns werden halt andere reiche Yankees einladen, und das wird Emily genug auslasten. Victoria wird mit den anderen Kindern aus Charleston zur Schule gehen und den Regeln der Gesellschaft Charlestons gemäß aufwachsen. Ich will, daß sie hier im Süden groß wird.«

»Was ist denn mit dir, mein Freund? Was versprichst du dir denn von diesem Ortswechsel? Du denkst zuerst an deine Familie, und das ist gut so. Du solltest aber auch für dein eigenes Wohlbefinden sorgen.«

»Keine Bange, Lucy. Mich macht es schon glücklich, einfach wieder hier sein zu dürfen. Es ist sogar für jemanden, der nicht zu dem Kreis der Alteingesessenen gehört, ein besseres Leben als anderswo. Ich liebe den Rhythmus, nach dem sich hier alles vollzieht, dieses Empfinden für das richtige Maß. Ich bin jetzt fünfundvierzig Jahre alt und habe die meiste Zeit meines Lebens damit vergeudet, das dicke Geld zu machen. Neulich starb in New York ein guter Freund von mir. Er hieß Jay Gould. Hast du jemals seinen Namen gehört?«

Lucy schüttelte ihren Kopf. Joe lächelte.

»Er wäre bestimmt todunglücklich, wenn er das erfahren würde. Er stellte sich vor, daß jeder von ihm gehört haben müßte. Er war bestimmt einer der klügsten Geschäftsleute,

563

die je gelebt haben. Und doch – er war erst fünfundfünfzig, da war alles für ihn vorbei. Er war einfach ausgebrannt. Und für was? Für einen weiteren Haufen Geld, den er doch nie mehr hätte ausgeben können, selbst wenn er hundert geworden wäre. Ich will nicht, daß mir ein solches Schicksal bevorsteht. Mir und meiner Familie wünsche ich ein besseres Leben. Und ich will damit aufhören, mir etwas vorzumachen. Ich kann es ja doch nicht verheimlichen und will es auch gar nicht. Du und Elizabeth, ihr beide seid meine engsten Freunde. Schon allein das ist es doch wert, an diesen Ort zurückzudenken.«

»Es macht mich sehr glücklich, das zu hören. Wann stellst du mir denn Emily und Victoria vor?«

»Sobald sie von Rhode Island wieder zurück sind.«

»Ich hoffe, du machst keinen Fehler, indem du an diesen Platz zurückkehrst. Vielleicht öffnest du damit Wunden, die besser in Ruhe gelassen werden sollten.«

Joe schaute in ihre Augen. Er sah, daß sie Bescheid wußte.

»Diese Wunden heilen nie«, meinte er. »Aber das ist auch nicht der Grund für meine Rückkehr.«

Lucy küßte ihn auf die Wange. »Das brauchst du mir gar nicht zu sagen. Wie Mr. Joshua einmal sagte, du bist ein wahrer Gentleman. Ich hoffe, daß euch der Wechsel gut bekommen wird.«

Der Wechsel sollte Joe besser bekommen, als er je geahnt hatte. 1893 war der Beginn einer Depression, die viele an der Wall Street um ihr Vermögen brachte. Emilys Vater starb kurz vorher an einem Schlaganfall und erfuhr nie, daß er kurze Zeit später bankrott gewesen wäre. Joe hatte seine ganzen Besitztümer in New York verkauft und alle seine Aktien abgestoßen, als er nach Charleston zog. Dadurch war sein Geld jetzt mehr wert als je zuvor.

In Charleston gab es nicht viele Leute, die ein Vermögen verlieren konnten. Die Panik an der Börse beeinflußte das gleichförmige Leben südlich der Broad Street kaum. Die

Phosphatgesellschaft hatte nach sechs Jahren des Aufbaus ein halbes Jahr vor dem Crash angefangen, die riesigen Gewinne einzubringen, mit denen Elizabeth die ganze Zeit gerechnet hatte. Diese sechs Monate hatten ausgereicht, um die Hypotheken auf das Haus in der Meeting Street und die Fabrikanlagen abzubezahlen. Mit der einsetzenden wirtschaftlichen Depression fielen auch die Phosphatpreise weltweit ins Bodenlose. Carlington erwirtschaftete auf einmal trotz der ganzen neuen Verfahren weniger Geld als in der Zeit, in der man es noch beim Ausheben des Gesteins bewenden ließ. Es reichte gerade zum Überleben, aber nicht, um sich irgendeinen Luxus zu leisten.

Und Elizabeth war immer noch viel zu stolz, um von Joe finanzielle Unterstützung anzunehmen.

Joe sprach sogar einmal mit Lucy darüber. »Weißt du, was Elizabeth getan hat? Sie hat nicht nur steif und fest behauptet, daß sie sehr gut mit ihrem Geld klarkommt; sie versuchte sogar, mir die diamantene Halskette zurückzugeben, die ich ihr zur Hochzeit geschenkt habe. Sie sagte, sie fände es viel passender, wenn Emily sie tragen würde.«

Lucy mußte amüsiert lächeln. Die Geschichte von der ungeheuren Diamantkette war so abgegriffen und so sehr in aller Munde gewesen, daß sie Elizabeth sehr gut verstehen konnte. Joe mußte sich doch schon gefragt haben, warum sie sie nie trug. Immerhin war sie schon des öfteren auf einer der erlesenen Abendempfänge im Hause Simmons gewesen.

»Du solltest dich nicht so sehr darüber aufregen, Joe«, meinte sie beruhigend. »Du kennst Charleston gut genug, um zu verstehen, daß wir fast sündhaft stolz darauf sind, jeden Schicksalsschlag aus eigener Kraft zu überwinden. Armut ist in diesen Zeiten etwas durchaus Schickliches. Und was die Kette anbelangt, da muß ich Elizabeth recht geben. So ein Geschenk macht ein Mann vielleicht seiner Ehefrau, aber nicht einer Frau, die mit jemand anderem verheiratet ist. Sie hätte sie dir wahrscheinlich schon lange zurückgegeben, wenn sie nicht verpfändet gewesen wäre.«

»Verpfändet? Elizabeth hat sie ins Pfandhaus getragen?«

»Nein. Lucas hat es ohne ihr Wissen getan. Pinny hat es mir erzählt. Bitte sag es aber nicht weiter!«

»Nun, ich habe mich jedenfalls geweigert, sie wieder zurückzunehmen und ihr gesagt, daß mich ihr Angebot beleidigt hat. Immerhin war es die Kette ihrer Mutter, es ist also nur richtig, wenn sie sie behält.«

Lucy konnte sich gerade noch das Lachen verbeißen.

Als sie Elizabeth das nächste Mal traf, bemühte sie sich gar nicht erst. »Ich habe gehört, du konntest dieses Ungetüm von Kette nicht loswerden?« Die beiden schütteten sich aus vor Lachen und gaben dabei kein sehr damenhaftes Bild ab.

»Nun, ich muß sie ja jetzt zu diesen Parties bei Emily anziehen.«

»Dann fällst du ja da nicht weiter auf.«

»Wir sind wirklich schrecklich«, meinte Elizabeth. »Ist es nicht herrlich? Doch ich werde noch genug gestraft. Die Vergeltung steht schon vor der Tür: Catherine findet Gefallen an dem Ding.«

»Nimm's nicht so tragisch. Sie ist jetzt vierzehn, da hat man einfach keinen Geschmack. Du warst in dem Alter genauso.«

»Ich hoffe, du behältst recht. Im Moment komme ich mit ihr gar nicht gut zurecht. Egal, was ich mache, immer stößt es bei ihr auf Ablehnung. Ich kann es förmlich durch die Wände spüren.«

»Da wächst sie schon wieder heraus. Du wirst schon sehen, es ist nur eine Phase.«

50

»Warum bist du nicht wie andere Mütter auch? Es ist fürchterlich für mich, überall bin ich draußen. Die anderen Mütter besuchen Parties und treffen sich dauernd gegenseitig, sie spielen Whist und gehen zusammen einkaufen. Sie sind alle miteinander befreundet. Du hast überhaupt keine Freundinnen, nur die altmodische Tante Lucy und diese fürchterliche Frau Simmons. Das ist doch nicht normal!«

Der Wutausbruch ihrer Tochter machte Elizabeth ganz betroffen. »Catherine, mein Liebling, ich hatte keine Ahnung, daß du das so empfindest.«

»Du verstehst meine Gefühle doch sowieso nie! Dir ist das scheinbar alles auch ganz egal!«

»Das stimmt nicht, Catherine. Ich denke mehr an dich als an irgend jemand anderen.«

»Das tust du nicht! Ich könnte genausogut tot sein!« Catherine warf sich auf ihr Bett und schluchzte in ihr Kissen. Als Elizabeth sanft ihre Schulter berührte, zuckte sie zurück. »Laß mich in Ruhe!« schrie sie. »Laß mich bloß in Ruhe.«

Elizabeth ging nach draußen auf die Veranda und setzte sich auf die Schaukel. Ganz benommen stieß sie sich immer wieder mit einem Fuß ab, schaukelte hin und her, hin und her. Die Ketten, an denen die Schaukel aufgehangen war, quietschten in ihren Befestigungen; es gab einen höheren Ton, wenn die Schaukel nach vorne schwang, einen tieferen, wenn sie zurückschwang. Der gleichmäßige Rhythmus hatte eine hypnotisierende Wirkung und glättete ihre aufgewühlten Gefühle.

Sie versuchte wütend, ihr Verhalten zu rechtfertigen. Ich habe es dem Kind doch an nichts fehlen lassen, sie sollte mir dankbar dafür sein. Ich habe jahrelang auf ein vernünftiges Kleid verzichtet, nur damit sie schöne Sachen zum Anziehen hat. Sie kann Pinnys Zimmer bewohnen, während ich weiter im dritten Stock hause. Ich habe ihr sogar meine wertvollen Ohrknöpfe geschenkt, mit dem Erfolg, daß sie einen schon am ersten Tag verloren hat. Ich habe mich für sie abgerackert, nur damit sie es einmal besser haben sollte, um ihr ein schönes Zuhause zu bieten und sie auf eine gute Schule schicken zu können. Sie ist jetzt allmählich alt genug, um zu begreifen, daß auch mir das nicht immer so leichtgefallen ist. Sie hat doch miterlebt, daß ich bis tief in die Nacht über den Geschäftsbüchern saß und mir Sorgen darüber machte, wie ich die ganzen Rechnungen und die Steuern bezahlen sollte. Wie kann es dieses Kind nur stören, daß ich mich nicht auf irgendwelchen Teegesellschaften herumtreibe?

Die Schaukel bewegte sich schneller; das Quietschen wurde lauter und ärgerlicher. Elizabeth gestattete sich einen Augenblick der Wut. Dann mußte sie an ihre eigene Kindheit denken. War sie, Elizabeth, denn stolz auf ihre Mutter gewesen? Mary Tradd hatte für sie eigentlich so gut wie gar nicht existiert. Sie hatte irgendwann noch einmal geheiratet und war dann weggezogen. Elizabeth war damals neun Jahre alt gewesen. Das Jahr davor hatte sie auf dem Landgut der Familie Ashley verbracht. Stolz war ich auf Tante Julia, fiel ihr ein. Sogar als kleines Mädchen habe ich sie immer als eine ganz besondere Frau empfunden. Sie konnte einfach alles, und ich hatte eine fürchterliche Angst vor ihr. Und dennoch habe ich sie bewundert. Ich denke nicht, daß ich Catherine Angst mache; sie muß doch sehen, daß ich sie liebe. Andererseits – bewundern tut sie mich nicht. Irgendwie habe ich alles falsch gemacht.

Ihre Gedanken fingen an, sie zu quälen. Sie liebt dich eben nicht, sagte sie sich. Keiner liebt dich. Nie hat dich jemand geliebt. Deine Mutter nicht, dein Mann nicht, deine Tochter nicht. Du verdienst es auch nicht, geliebt zu werden. Du hast versagt.

»Tradd«, sagte sie laut. »Tradd. Er ist der einzige, der mich liebt.«

Aber was war das für eine Liebe, die ein achtjähriger Junge empfand? Er liebte wahrscheinlich das Wort ›Mutter‹, weil man es ihm so beigebracht hatte. Aber er kennt dich doch gar nicht. Als Catherine erst acht war, hat sie doch auch ihre ›Mutter‹ geliebt.

»Mama«, hörte sie plötzlich Tradds vertraute Stimme. »Bringst du mich heute nicht ins Bett?«

Sie wischte sich hastig mit ihrem Rock die Tränen vom Gesicht. »Ich komme!« antwortete sie. »Ich komme gleich!«

In dieser Nacht bekam sie kein Auge zu. Jede Viertelstunde hörte sie, wie die Glocken der St. Michaels-Kirche die verstreichende Zeit anzeigten. Das beständige ›Alles ist in Ordnung‹ des Wächters schien sie zu verspotten. Als das erste Morgengrauen die Fenster erhellte, mußte sie an Pinckney denken.

»Aber vieles könnte besser sein«, hatte er oft auf den Ruf des Wächters geantwortet. Dann mußte sie plötzlich lächeln. Ihre Gedanken hörten auf, sich gegenseitig immer weiter in eine unendliche Spirale der Selbstvorwürfe hineinzubewegen. Catherine hatte bestimmt in irgendeinem Punkt recht. Elizabeth nickte. Ja, sie hatte sich wirklich mehr von der Welt zurückgezogen, als notwendig war. Charlestons Stärke lag doch gerade darin, daß es eine so enge Gemeinschaft war. Lange hatte sie die Kraft, die man daraus beziehen konnte, abgelehnt und sich nur auf sich selbst verlassen. Wenn sie ehrlich war, mußte sie sich auch eingestehen, daß sie nicht deshalb so hart gearbeitet hatte, weil es für das Wohlergehen ihrer Kinder so nötig war. Sie liebte es, zu arbeiten, zu planen, zu befehlen. Aber keiner zwang sie dazu, dies zu ihrem alleinigen Lebensinhalt zu machen. Zu einem guten Stück versuchte sie damit, der schmerzhaften Realität auszuweichen, mit der sie ein geselliges Leben außerhalb ihrer eigenen vier Wände und der Arbeit in der Firma unweigerlich konfrontieren würde, nämlich die bittere Wahrheit anzuerkennen, daß sie alleine war, daß keiner sein Leben mit ihr teilte.

Ich kann berechtigterweise stolz auf vieles sein, was ich geleistet habe. Ich bin kein Versager. Aber ist es vielleicht falsch, mich mit meinen Schwächen zu brüsten? Sich vor der Welt zu verstecken ist sicherlich eine Schwäche, ein Fehler, den ich aus Angst begehe. Sicher, einige Menschen haben mir Schmerzen zugefügt und mich verletzt. Aber die Menschen haben mir auch Freude geschenkt, mich zum Lachen gebracht und mir geholfen – wenn ich es zulassen konnte. Ein wenig Schmerz in Kauf zu nehmen und dafür die vielen schönen Dinge erleben zu können – das scheint doch kein allzu schlechter Tausch zu sein. Das wichtigste ist es doch, sich dem Leben gegenüber zu öffnen und nicht vor ihm davonzulaufen.

Und was ist mit der Liebe? Sie erlaubte sich einen langen Seufzer des Selbstmitleids. Ihr verschlossenes Herz rührte sich; sie merkte, daß frische Energie durch ihren Körper strömte. Die Welt war doch voller Menschen, die keine Liebe kannten, und trotzdem ging es weiter. Die Blumen blühten und die Sonne tanzte auf dem Wasser – es gab genug Dinge, die einen glücklich machen konnten. Doch reichte das völlig aus?

Am nächsten Morgen war sie fest entschlossen, sich zu ändern. Nachdem die Kinder zur Schule gegangen waren, schaute sie in ihren Kleiderschrank und bemerkte, wie wenig sie sich in den letzten Jahren um ihre Kleidung gekümmert hatte. Sie ging zu ihrem Schreibtisch und schrieb Joe einen kurzen Brief, in dem sie ihn aufforderte, sich bei ihr zu melden.

»Ich steige allmählich von meinem hohen Roß herab«, meinte sie zu ihm, als er am nächsten Tag vor ihr stand. »Du bist reicher als König Midas, Joe. Ich möchte dich darum bitten, daß du mir eine Erhöhung meines Anteils genehmigst. Du weißt, daß das zur Zeit nur möglich ist, wenn du auf einen Teil deines Geldes von der Firma verzichtest.«

Sein Gesichtsausdruck zeigte ihr, wie sehr ihn dieses Ansinnen beglückte. Elizabeth mußte lachen. »Es ist schon seltsam«, meinte sie. »Da bin ich einmal ganz selbstsüchtig, und es stellt sich heraus, daß es das schönste Geschenk ist, das ich einem meiner besten Freunde seit langem gemacht habe.«

»Nun, ich habe früher Pinckney schon des öfteren gesagt, ihr Tradds seid ein Haufen alter Dickschädel!«

Ab Weihnachten ließ sich Elizabeth dann wieder auf den vielen Festlichkeiten blicken, bei denen sie auch als Witwe gern gesehen war. Sie war ganz erstaunt darüber, welch herzlichen Empfang ihr die anderen bereiteten und wie sehr sie es begrüßten, daß Elizabeth wieder an den Festen teilnahm.

Am ersten Januar wurde wie jedes Jahr in Carlington die große Versammlung abgehalten, bei der die Arbeiter die Verträge für das neue Jahr unterzeichneten und Neuerungen und Änderungen bekanntgegeben wurden. Ein Tisch und drei Stühle waren auf einer hölzernen Plattform aufgebaut worden. Joe half Elizabeth die Stufen herauf. Vor der Plattform hatten sich etwa einhundert Arbeiter versammelt. Ihre Frauen und Kinder hielten sich ein wenig entfernt im Hintergrund. Eine fast fühlbare Spannung lag in der Luft. Seit der letzten Versammlung vor einem Jahr hatten sich die wirtschaftlichen Verhältnisse grundsätzlich gewandelt. Viele Unternehmen hatten geschlossen werden müssen; es gab massenhaft Entlassungen, und die Arbeiter, die noch Arbeit fanden, mußten sich mit Lohnkürzungen abfinden. Auch Carlington ging einer unsicheren Zukunft entgegen. Alle wußten das. Doch keiner wußte, zu welchen Schritten Elizabeth sich entschlossen hatte. Ned und Joe befürchteten, daß es zu Gewalttätigkeiten kommen würde, wenn Elizabeth unpopuläre Maßnahmen ankündigen mußte, die allein der Firma ein Überleben sichern konnten. Ned hatte sie aufgefordert, ihm schon vorher zu sagen, wie hoch die Gehaltskürzungen ausfallen würden, damit er die Arbeiter beruhigen konnte. Doch Elizabeth ließ sich nicht auf ihn ein. »Laß das mal meine Sorge sein. Wenn ich eine Entscheidung treffe, dann stehe ich auch persönlich dafür ein. Da brauche ich mich hinter niemandem zu verstecken. Wenn irgend jemand wütend wird, dann bin ich es, der sich damit auseinanderzusetzen hat.« Sie hatte sich auch geweigert, auf Joes Vorschlag einzugehen und eine Schutztruppe zu engagieren, die die Plattform von den Arbeitern abriegelte. Das würde ihrer Meinung nach geradezu zu Gewalttätigkeiten einladen. Joe hatte dann ohne ihr Wissen vorsichtshalber dafür gesorgt, daß zwei Boote voller bewaffneter Männer sich im hohen Schilf versteckt hielten und im Bedarfsfall anrücken konnten. In

Simmonsville war es zu Aufständen und versuchter Brandstiftung in den Spinnereien gekommen. Joe wollte nicht das kleinste Risiko eingehen, daß Elizabeth zu Schaden kommen könnte.

Die Sonne schien warm; Elizabeth nahm ihren kurzen wollenen Überwurf ab und ging ein paar Schritte nach vorne bis zum vorderen Rand der Plattform. Die klare, goldene Sonne fiel auf die schillernden Farben der Fasanenfedern, die Elizabeths breiten Hut krönten und in denen der Wind spielte. Joes Hand umklammerte nervös die Pistole, die er in der Jakkentasche trug. Wenn es nötig sein würde, würde er in die Luft schießen und damit die Männer aus dem Schilf herbeirufen. Elizabeth begann mit ihrer Ansprache.

»Ein frohes neues Jahr wünsche ich euch allen«, rief sie. Mit einem vielstimmigen, undeutlichen Gemurmel antwortete die Menge auf ihre Begrüßung.

»Ich will nicht lange um den heißen Brei herumreden und mich über etwas auslassen, das allen hinlänglich bekannt sein dürfte. Wir haben jetzt seit sieben Jahren daran gearbeitet, diesen Platz so weit zu modernisieren, wie er heute dasteht. Jetzt, wo alles fertig ist, wirft er aber auf einmal nicht mehr das ab, mit dem wir alle gerechnet haben. Das liegt nicht an euch; es ist auch nicht ein Verschulden der Firmenleitung; ihr wißt das selber. Ich hoffe, daß sich die Lage wieder ändern wird und die Phosphatpreise wieder steigen, aber keiner weiß, wann das geschieht. Bis dahin müssen wir irgendwie durchhalten. Das heißt nicht, daß wir verhungern müssen. Dieses Jahr werden die Löhne nicht gekürzt; jeder Arbeiter, der den Vertrag unterzeichnet, wird das gleiche Geld erhalten wie letztes Jahr.«

Lautes Freudengeschrei ertönte; die Menge rückte näher an die Plattform heran. Elizabeth hob ihre Arme und bat um Ruhe.

»Wie will sie das denn machen?« murmelte Ned. »Die Preise für Phosphat sind doch seit August in den Keller gerutscht.«

572

Joe schlug ihm mit der Hand auf die Schulter und lachte. »Weiß der Himmel. Aber ich bin sicher, sie bringt es irgendwie fertig. Wenn Lizzie Tradd sich einmal etwas in den Kopf gesetzt hat, dann führt sie das auch durch, komme, was da wolle. Und sie hat sich ihre Entscheidung bestimmt gut überlegt, darauf kannst du Gift nehmen.«

»Ruhe!« Elizabeth lachte. Die Gesichter unter ihr strahlten vor Freude. Allmählich legte sich der Aufruhr.

»Bevor ihr jedoch jetzt den neuen Vertrag unterzeichnet, solltet ihr wissen, daß mehr Arbeit auf jeden von euch zukommt«, kündigte sie mit lauter, fester Stimme an. »Es ist nicht mehr möglich, nur vom Erlös des Phosphats zu leben. Wir müssen also noch auf andere Dinge zurückgreifen. Bisher haben wir freies Feld durchwühlt. Bald müssen wir die Flächen einbeziehen, auf denen heute noch Wälder stehen. Bevor wir dort mit dem Abbau beginnen können, müssen die ganzen Bäume gefällt werden. Das Holz werden wir verkaufen. Wir müssen also Flöße bauen, mit denen wir das Holz zum großen Sägewerk in Charleston bringen können. Und während ihr auf den Flößen den Fluß hinuntertreibt, erwarte ich von euch, daß ihr eure Angelruten auswerft, anstatt faul in der Sonne zu liegen. Auch Fisch läßt sich zu Geld machen.« Die Männer klatschten und riefen ihr bestätigend zu. Die Erleichterung stand ihnen im Gesicht geschrieben. Alle hatten befürchtet, daß ihnen viel Schlimmeres bevorstünde.

»Wir können uns auch keine neuen Maschinen, keine neue Ausrüstung mehr leisten. Wenn irgend etwas kaputtgeht, dann erwarte ich, daß ihr es wieder repariert. Wenn jemand von euch seine Schaufel verliert, muß er sich von seinem Lohn eine neue kaufen.

Viele von euch sind zu jung, um sich noch an die Zeit zu erinnern, als das Militär bestimmte, wie das Leben in South Carolina aussah. Ich kann mich noch sehr gut daran erinnern. Alles war knapp, und keiner hat irgend etwas vergeudet. Nicht einmal ein alter Knochen wurde einfach weggeworfen. Wenn man das Fleisch abgenagt hatte, hat man ihn ausgekocht und eine Suppe daraus gemacht. Und danach konnte man noch Knöpfe daraus machen. Wir Älteren haben diese Zeit noch gut in Erinnerung. Da werden wir uns doch nicht von so einer elenden Depression kleinkriegen lassen!«

Die Menge jubelte, begeisternde Rufe, schrille Pfiffe waren zu hören. Viele schossen vor Freude in die Luft. »Du lieber Himmel!« Joe sprang mit einem Satz von der Plattform und rannte zum Fluß. Er kam gerade rechtzeitig, um die Männer daran zu hindern, aus den Booten an Land zu springen. »Zieht wieder ab«, rief er. »Es ist alles in Ordnung. Falscher Alarm! Wir brauchen euch nicht!« Mit wilden Handbewegungen brachte er die Männer dazu, wieder in die Boote zu steigen. In einem Moment der Unachtsamkeit verfing sich dabei sein Zeh in einer Wurzel, Joe stürzte und fiel in den von der Ebbe freigelegten Schlick des Flußufers. Fluchend erhob er sich wieder. Die Boote mit den Männern bewegten sich bereits den Fluß hinab.

Als er wieder auf die Plattform kam, war er von oben bis unten mit einer Schicht blauschwarzen, stinkenden Schlamms bedeckt. »Der arme Joe«, meinte Elizabeth. »Und dabei achtet er doch sonst so auf sein Äußeres.« Sie hatte sich perfekt unter Kontrolle. Nicht der Anflug eines Lachens war auf ihrem Gesicht sichtbar.

Ned konnte sich nicht ganz so gut beherrschen. Seine Mundwinkel zuckten verdächtig. »Wir haben ja noch genug gute Arbeitsanzüge im Laden«, brachte er hervor.

»Zum Verkauf«, ergänzte Elizabeth mit unschuldiger Stimme.

Joe konnte sich ein Kichern nicht verkneifen; es war wie ein Signal, und die angestaute Spannung entlud sich bei allen in einem befreienden Gelächter.

Elizabeth hatte allerdings während der nächsten Monate keinen Grund zur Freude. Trotz des Geldes, das die zusätzlichen Arbeiten einbrachten, verringerten sich die Einkünfte der Firma. Im Jahr darauf bestand Elizabeth noch hartnäckig darauf, den Arbeitern denselben Lohn zu zahlen wie bisher, doch um das möglich zu machen, mußte sie ihr eigenes Gehalt halbieren. Im Juni war dann offensichtlich, daß auch das nicht mehr ausreichen würde.

Trotz ihrer ganzen Kunstgriffe mußte sich auch Elizabeth der bitteren Realität beugen und 1896 die Löhne um die Hälfte kürzen. Die Arbeiter akzeptierten es ohne Murren. Jeder wußte, daß sie dann immer noch mehr bekamen als alle anderen.

In diesem Jahr zeigte sich Catherine Mary Cooper feierlich das erste Mal auf dem St. Cecilian-Ball, tanzte die ganze Nacht hindurch auf dem Ball des Cotillion Club, ging das erste Mal zum Pferderennen und wurde am achtzehnten Januar in der South Carolina Hall bei einem von ihrer Mutter organisierten Tanz zum Tee den Männern vorgestellt, deren Eltern nicht zur St. Cecilian-Gesellschaft gehörten. Es gab inzwischen nur noch so wenig Männer, die für die jungen Damen als Partner in Frage kamen, daß man sich entschlossen hatte, mit diesem privaten Tanz zum Tee eine weitere Gelegenheit zu schaffen, bei der die heiratswilligen jungen Damen sich ihren zukünftigen Gatten aussuchen konnten.

Catherine erschien auf jeder Veranstaltung mit einem anderen Gewand. Sie wußte, sie sah hinreißend aus. Ihr langer Hals verlieh ihr die Grazie eines Schwans, wie etliche kühne junge Männer zu bemerken wagten. Ihr dunkles Haar umrahmte ihr liebliches Gesicht wie die Fittiche eines stolzen Raben, wie es Lawrence Wilson in einem langen Gedicht in Worte faßte, das er zusammen mit einem verschwenderischen Blumenstrauß am Morgen nach dem Ball bei ihr vorbeibrachte. Catherine drohte der Erfolg zu Kopf zu steigen. Daß ihre Mutter sich strikt weigerte, ihr die diamantene Kette der Großmutter für einen der Bälle zu geben, war der einzige Wunsch, der dabei für Catherine nicht in Erfüllung ging. Elizabeth gönnte ihrer Tochter ihr Glück aus vollem Herzen. Sie hatte sich während der letzten Jahre eifrig bemüht, Catherine eine gute Mutter zu sein, hatte sie oft zum Einkaufen mitgenommen, ihr den schwierigen Umgang mit dem Reifrock erklärt, den sie auf dem St. Cecilian-Ball anziehen würde, ihr beigebracht, wie man einen Haushalt führt und schmackhafte Speisen zubereitet. Catherine genoß die Aufmerksamkeit, die ihre Mutter ihr entgegenbrachte, und war ganz begierig, alles zu lernen, was eine richtige Dame können mußte.

»Eines Tages wirst du mir dankbar dafür sein, daß ich dir soviel beigebracht habe«, meinte Elizabeth. »Wenn du nämlich verheiratet bist, erwartet dein Mann von dir, daß du jeden Tag für ein warmes Essen sorgst und der Haushalt keinerlei Grund zu Beanstandungen gibt. Auch wenn du einmal gutes Personal haben wirst, das dir viele Arbeiten abnehmen kann, mußt du doch erst einmal selber wissen, wie die einzelnen Arbeiten gemacht werden. Sonst kannst du ja unmöglich deinem Personal entsprechende Anleitungen geben.«

Jeden Nachmittag, den sich Elizabeth freinehmen konnte, verbrachte sie damit, ihrer Tochter eine der unzähligen Fertigkeiten beizubringen, die sie später einmal können mußte. Sie lernte, wie man einen Fächer öffnet, ihn sich langsam entfalten läßt oder breit auseinanderspreizt oder schnell aufschnappen läßt, wußte bald, wie man Wasserflecken auf dem Tisch beseitigt, die Treppe hinuntergeht, ohne dabei auf seine Füße zu schauen, Tee richtig zubereitet und ausschenkt. Ganz allmählich bekam Catherine das Gefühl, daß ihre Mutter eine ganz außergewöhnliche Frau war. Wenn sie ausging und den engen Kreis ihrer Jugendfreundinnen verließ, war sie erstaunt, daß von überallher ihrer Mutter Komplimente gemacht wurden. »Ah, du bist die Tochter von Elizabeth Tradd...«, hieß es immer wieder, und begleitet wurde diese Äußerung von einem augenblicklich anwachsenden Interesse an ihr. Wie Catherine herausfand, galt ihre Mutter als Beispiel einer Frau, die die feinsten Traditionen Charlestons in meisterhafter Weise verkörperte und dabei eine Mischung aus Tatkraft, ungeheurer Energie, Witz und Charme in einer Person vereinte.

Als Catherine einmal allein mit ihrer Mutter war, sagte sie: »Mama, weißt du eigentlich, daß du für jede Frau in Charleston das große Vorbild bist?«

Elizabeth war regelrecht schockiert. »Worin denn? Habe ich mich irgendwann einmal mit den Ellbogen aufgestützt? Oder hat man mich erwischt, wie ich hinter meinem Fächer gegähnt habe?«

»Unsinn. Die Leute bewundern dich. Ich finde es übrigens auch überaus bewundernswert, wie du alles regelst.«

Elizabeth schossen die Tränen in die Augen. »Mein liebes Kind«, sagte sie, »das macht mich sehr, sehr glücklich.«

In dem ganzen Wirbel, der um Catherine veranstaltet wurde, wirkte der kleine Tradd wie eine verlorene Seele. Elizabeth versuchte, sich etwas einfallen zu lassen, um ihn aufzuheitern, aber nichts hatte den gewünschten Erfolg. Einmal hatte sie ihn mit einem Paar neuer Rollschuhe überraschen wollen. Zwei Wochen später fand sie heraus, daß das Geschenk immer noch unberührt in der Verpackung lag. »Du hattest dich doch so sehr darüber gefreut, mein Liebling. Ich verstehe gar nicht, daß du sie nicht anrührst«, sprach sie ihn beim Abendessen darauf an.

Tradd errötete und rutschte unruhig auf seinem Stuhl hin und her. »Es tut mir ja auch leid, aber ich bin einfach zu alt für Rollschuhe, Mama. Ich werde im Dezember dreizehn.« Elizabeth meinte, vielleicht sei ja dann ein neuer Anzug für ihn das Richtige.

»Ehe du dich versiehst, wirst du wahrscheinlich auf die ersten Parties eingeladen werden.«

Tradd griff sich an den Hals, tat so, als ob er ersticken müßte, ließ die Zunge aus dem Mund hängen und gab ein unangenehm gurgelndes, keuchendes Geräusch von sich.

O je, dachte sich Elizabeth. Was soll ich nur machen? Sie fragte Joe Simmons um Rat. Er schlug ihr vor, ihn eine Weile nach Carlington zu schicken. Irgendwann einmal würde er ja wahrscheinlich sowieso die Firma übernehmen. Sie fragte auch Stuart, ob er keine Idee habe, wie man Tradd aufmuntern könnte. Er solle auf das Landgut kommen, meinte ihr Bruder. Jagen und Fischen, das wäre genau das Richtige für ihn. Außerdem sei sein jüngster Sohn Anson nur zweieinhalb Jahre älter als Tradd.

Elizabeth versuchte, ihren Sohn dazu zu bringen, eine dieser Möglichkeiten wahrzunehmen. Doch der kleine Tradd war nicht sehr begeistert von ihren Ideen. Er versuchte auch gar nicht erst, ihr in dieser Hinsicht etwas vorzumachen. Ich gebe auf, dachte Elizabeth. In einem Monat sind Schulferien, dann fahren wir auf die Insel, ob wir es uns nun leisten können oder nicht. Tradd war immer gerne am Strand gewesen.

Doch kurz darauf schien sich das Problem von selbst zu lösen. Tradd stürzte eines Tages in ihr Büro, als er von der Schule nach Hause kam. »Mama! Mama, kann ich mit einem Freund in den Ferien nach Carlington? Bitte, Mama, sag ja! Bitte, darf ich?«

»Natürlich darfst du das, Tradd.« Sie war verwirrt und erfreut zugleich über seine plötzliche Begeisterung. Wenn er doch an einer Reise nach Carlington Gefallen fand, hatte er sich ja lange dafür Zeit gelassen, auf ihren Vorschlag zu reagieren. »Wen willst du denn mitnehmen? Ich muß der Mutter dann bald einen Brief schreiben.«

Tradd grinste triumphierend. »Nein, das brauchst du nicht. Mein Freund ist ein Erwachsener. Er ist der neue Lehrer an unserer Schule. Er braucht keine Erlaubnis mehr.«

»Im Juni? Ein neuer Lehrer? Aber das Schuljahr ist doch bald vorbei. Ich verstehe nicht ganz.«

»Der Direktor will ihn im nächsten Jahr einstellen. Er versucht jetzt herauszufinden, ob ihm die Arbeit liegt. Meine ganzen Klassenkameraden wollen, daß er bleibt. Er ist einfach toll, Mama!«

»Hat denn dieser Mensch auch einen Namen?«

»Mr. Fitzpatrick heißt er. Kann ich ihn mitnehmen? Das heißt, eigentlich nimmt er mich ja mit, aber er sagte, ich solle zuerst dich fragen.«

»Ich denke, ich bin einverstanden. Wenn dein Direktor meint, es sei in Ordnung, habe ich keine Einwände. Aber ich möchte ihn gerne vorher kennenlernen. Wir werden ihn nächste Woche zum Tee einladen.«

Tradd machte ein langes Gesicht. Er bemerkte den kühlen Ton in Elizabeths Stimme und fühlte, daß sie ihn entließ. Elizabeth wandte sich wieder den Geschäftsbüchern zu, die sie in den letzten Monaten wegen Catherine etwas vernachlässigt hatte. Außerdem war sie für den heutigen Abend auf eine Abschiedsparty im Hause der Simmons eingeladen. Sie würde das erste Mal mit ihrem neuen, eleganten Abendkleid dort erscheinen und ihre diamantene Kette tragen. Joe reiste am Tag danach mit seiner Familie nach Norden, wo sie den Sommer in einem luxuriösen Haus am Meer verbringen wollten, das er Emily als Belohnung für ihre Einwilligung, nach Charleston zu ziehen, geschenkt hatte.

»Mama«, hörte sie kurze Zeit später Tradds Stimme wieder an der Tür. Elizabeth schaute von ihrem Schreibtisch hoch. »Ich möchte dir Mr. Fitzpatrick vorstellen!«

Für einen kurzen Augenblick nahm sie einen großen Mann mit drolligen Gesichtszügen wahr, der ohne zu zögern auf sie zueilte, sich hinkniete und den Saum ihres Kleides mit seinen Lippen berührte. »Ihr bescheidener Diener, Majestät«, sprach er sie an. Elizabeth ließ vor Schreck ihren Federhalter fallen.

»Was in aller Welt tun Sie denn da, junger Mann?« fragte sie entgeistert. »Stehen Sie sofort auf!«

Er gehorchte augenblicklich. Dann nahm er sich mit elegantem Schwung einen imaginären Hut vom Kopf und verbeugte sich gekonnt mit einer Hand am Herzen. Elizabeth konnte förmlich den unsichtbaren Federbusch dieses nicht vorhandenen Hutes sehen, so überzeugend war die kurze Vorstellung. Das Gesicht Mr. Fitzpatricks blieb ihr verborgen, aber sie wußte, daß er lachte. Sie fühlte sich äußerst unbehaglich bei diesem Gedanken. Die ganze Situation war ihr

579

ungeheuer unangenehm. Sie mußte nicht nur dem Lehrer ihres Sohnes vor dessen Augen einen Rüffel erteilen, sie war auch völlig irritiert durch die knisternde Spannung, die sich zwischen ihr und dem unverhofften Besucher aufbaute. Elizabeth hatte plötzlich das Gefühl, sie werde elektrisch aufgeladen; die kleinen Härchen an ihrem Hals und ihrem Nacken standen ab, sie fühlte einen wohligen Schauer. Sein Kopf kam ihr einfach zu nahe. Eine Art Energie schien von ihm auszugehen, die sich ohne ihren Willen auf sie übertrug. Sie betrachtete seine tiefschwarzen Locken, die ihr förmlich entgegensprangen. Er hob rasch seinen Kopf, und sie starrte in ein Paar dunkelblauer, unergründlicher Augen. Sie lachten ihn an. Sein breiter Mund lag im Schatten einer weit hervorspringenden Nase.

»Ich fühle mich in keiner Weise geschmeichelt von diesem ungewöhnlichen Verhalten«, sagte sie kühl. Sie war verärgert und hatte kein Verlangen, das zu verstecken. »Benehmen Sie sich immer so?«

Fitzpatrick trat einen Schritt zurück. Er wirkte ganz bekümmert. »Ich bitte um Verzeihung«, meinte er in ernsthaftem Ton. »Ich habe mich einfach dazu hinreißen lassen. Ich blickte durch eine ganz normale Tür in einen ganz normalen Raum, und da sah ich – Gloriana, die Feenkönigin, die königliche Bess!« Er beugte sich wieder nach vorne, um ihr besser ins Gesicht schauen zu können. »Für diesen einen Augenblick war das Wirklichkeit für mich. Ihre Wirkung auf mich war einfach überwältigend. Das einzige, was noch fehlte, war die Krone auf dem Kopf und das Zepter in der Hand.«

Elizabeth blickte ihn finster an. »Was für ein Unsinn«, meinte sie. Dann sah sie Tradds Gesicht. Er wirkte wie ein Häufchen Elend. Um ihres Sohnes willen schlug sie eine sanftere Tonart an. »Ich schlage vor, daß wir diese ganze Posse jetzt schleunigst vergessen, Mr. Fitzpatrick. Mein Sohn hat Sie mir bereits vorgestellt. Wenn Sie wollen, kommen Sie morgen zum Tee. Aber nur, wenn Sie sich vernünftig benehmen. Guten Abend!« Sie reichte ihm ihre Hand.

Er legte die Rückseite seiner Hand unter ihre Handfläche und hob sie sanft an seine Lippen. »Ich verspreche, es zu versuchen«, sagte er. »Dann bis morgen!«

Elizabeth hatte den Eindruck, daß der unverschämte Besucher Tradd zuzwinkerte, als er den Raum verließ.

Bevor sie jedoch mit ihrem Sohn über diesen Mr. Fitzpatrick sprechen konnte, stand schon der Kutscher an der Tür, der sie zum Hause der Simmons bringen sollte. Auf dem Fest verlor sie keinen weiteren Gedanken an den ungehörigen Lehrer.

Elizabeth spürte eine boshafte Freude, als sie merkte, wie überrascht die anderen Gäste über ihr neues Abendkleid waren. Die Unruhe, die die Begegnung mit Mr. Fitzpatrick bei ihr ausgelöst hatte, war in eine haltlose Heiterkeit umgeschlagen. Sie lachte häufiger und lauter als sonst und flirtete mit allen Männern, die ihr begegneten. Es gibt da noch Dinge, ihr lieben Yankee-Frauen, von denen habt ihr absolut keine Ahnung, dachte sie. Joe beobachtete sie mit unverhohlenem Vergnügen. Er bewunderte sie, wenn die der Familie Tradd eigene Lust am Risiko bei ihr zum Vorschein kam. Für seinen Geschmack war das viel zu selten, zumindest außerhalb der Geschäfte, die sie tätigte.

Nach dem Abendessen spürte sie, wie ihr von allen anwesenden Frauen Feindseligkeit entgegenschlug. Sie geriet dadurch nur noch mehr in Fahrt. Als dann Emily sie darum bat, sich mit ihr für einen kurzen Moment in ihr privates Boudoir zurückzuziehen, bekam ihre Stimmung einen deutlichen Dämpfer. Da sie Emily mittlerweile liebgewonnen hatte, tat sie ihr ein wenig leid, denn sie spürte, wie wenig diese ihrem Leben in Charleston abgewinnen konnte. Wenn sie durch ihr Verhalten ihre Gastgeberin in Verruf gebracht hatte, sollte ihr das aufrichtig leid tun.

»Bitte, setz dich«, sagte Emily ernst und schloß die Tür hinter Elizabeth. Der Raum war erfüllt von dem Geruch des schweren Parfüms, das Emily gewöhnlich benutzte. Das Licht der Wandleuchter war ungemütlich grell. Emily sieht sehr müde aus, dachte sie sich, und viel älter als vierzig Jahre. Sie erwartete, daß Joes Frau ihr Verhalten tadeln würde, aber sie hatte nicht das Gefühl, sich für irgend etwas entschuldigen zu müssen.

Emily bekam einen Hustenanfall. Danach holte sie tief Luft. »Endlich«, meinte sie. »Den ganzen Abend kämpfe ich schon gegen meinen Husten an.« Ihre liebliche Stimme hatte heute etwas Rauhes. Elizabeth war es schon bei der Begrüßung aufgefallen.

»Ich überlege, wie ich anfangen soll, aber mir fällt nichts ein. Am besten rede ich nicht lange darum herum, sondern schenke dir reinen Wein ein.«

Elizabeth hielt die Luft an.

»Ich werde bald sterben«, flüsterte Emily. Dann sagte sie es ein zweites Mal, diesmal so laut, daß es keine Mißverständnisse geben konnte. »Ich werde bald sterben. Ich will es nicht, aber ich kann es nicht verhindern.«

Elizabeth schüttelte den Kopf und weigerte sich zu akzeptieren, was ihr da gerade eröffnet wurde. Ausgerechnet Emily, dieser verwöhnten Frau, sollte das Schicksal auf einmal so grausam mitspielen? Sie konnte es einfach nicht glauben. Elizabeth sprang auf und nahm Emily in die Arme. »Komm, das kann nicht stimmen. Du wirst sehen, es wird dir besser gehen, wenn du ans Meer kommst. Du verträgst einfach die drückende Stadtluft nicht.« Emily fühlte sich unter ihren Händen dermaßen zerbrechlich an, daß sie an ihren Worten zu zweifeln begann. Sie kam ihr vor wie ein kleines Vögelchen.

Die kleine Frau löste sich aus ihren Armen. »Bitte setz dich«, sagte sie. »Ich hatte in deiner Gegenwart immer das Gefühl, ein Zwerg zu sein.« Emily blieb stehen. Es fiel ihr dann leichter, mit Elizabeth zu sprechen. Das erste Mal bemerkte Elizabeth so etwas wie Würde bei Emily. Sie mochte die kleine Frau, aber sie hatte sie immer für verweichlicht und arrogant gehalten. Jetzt, als Emily vor ihr auf und ab ging, flößte sie Elizabeth Respekt ein, und sie begann zu fürchten, daß sie die Wahrheit sagte.

»Joseph weiß es noch nicht«, meinte Emily. »Aber ich werde es ihm bald sagen müssen. Es fällt mir auch jeden Tag schwerer, es zu verbergen.« Sie hatte Kehlkopfkrebs. Besonders schmerzlich für sie war, daß die Krankheit dem Punkt ihres Körpers zusetzte, der ihr ganzer Stolz war. Nach Einschätzung der Ärzte hatte sie noch ein Jahr zu leben. »Und ich kann den Gedanken nicht ertragen, in Charleston zu sterben«, meinte sie mit plötzlicher Leidenschaft. »Ich hasse diesen Ort! Ich habe versucht, ihn zu lieben, aber es geht nicht. Die letzten vier Jahre habe ich ihn immer mehr gehaßt. Dieser Platz ist wie ein Fluch für mich. Joseph hat diese Stadt von jeher in ihren Bann gezogen; jetzt beginnt Victoria, von dieser Stadt verzückt zu werden. Sie will sein wie alle Mädchen hier. Sie macht alles nach, was ihr die anderen Mädchen in der Schule vormachen. Sie kleidet sich wie sie, sie spricht wie sie. Die Stadt raubt mir noch mein Kind, nachdem sie mir bereits meinen Mann geraubt hat. Ich bleibe dabei einsam und allein zurück, und so will ich nicht enden. Ich will auch gar nicht mehr verstehen, warum ein paar dreckige Straßen und abblätternde Fassaden einen solchen Reiz haben können. Ich will weg von hier, zurück nach New York und dort sterben. Dann muß ich nur noch mit dem Tod fertig werden, aber nicht noch mit dieser furchtbaren Stadt.« Sie warf die Hände nach oben; ihre kleinen schwarzen Augen funkelten.

Elizabeth erschauerte. Sie konnte Emilys leidenschaftlichen Haß kaum nachvollziehen, aber ihr Gefühl war zweifellos echt. Für einen Augenblick spürte sie das Verlangen, genauso heftig ihre geliebte Stadt zu verteidigen, aber sie unterließ es und biß sich auf die Lippe. Emilys Lage würde dadurch auch nicht besser. »Wie kann ich dir denn helfen, Emily?« fragte sie statt dessen. »Ich tue alles, was du willst.«

Emilys Augen hatten ins Leere gestarrt; jetzt schaute sie Elizabeth wieder an. »Laß uns einfach in Ruhe. Das ist alles. Schreib Joseph keine tapferen, amüsanten Briefe mehr. Schick nicht dauernd Berichte über den Zustand eurer Firma hinter uns her. Erinnere Joseph nicht dauernd daran, daß

Charleston existiert und auf ihn wartet. Ich will, daß Victoria ihren Abschluß auf einer Schule des Nordens macht. Vielleicht kann sie dieser Stadt noch entrinnen. Joseph wird das Jahr schon bei mir bleiben. Ich will nicht, daß ihm das schwerer fällt als unbedingt nötig. Ich will nicht, daß ihn seine Erinnerungen an diese verführerische Stadt quälen.« Ihre Stimme war ganz schrill geworden; erneut wurde sie von einem Hustenanfall geschüttelt.

Elizabeth beruhigte sie, so gut es ging. Sie versprach, nichts zu tun, was ihren Wünschen zuwiderlaufen könnte. Dann gingen sie wieder zu den anderen Gästen in den Salon zurück und taten, als ob nichts geschehen wäre.

Als Elizabeth bald darauf nach Hause zurückkehrte, fühlte sie sich ganz zerschlagen. Obwohl Emily ihr nie besonders nahegestanden hatte, war sie doch als Frau von Joe ein Teil ihres Lebens. Sie hatte sich schon mit zu vielen Verlusten in ihrem Leben abfinden müssen, als daß sie glaubte, auch das noch ertragen zu können.

Und Joe würde am Boden zerstört sein, wenn er die traurige Wahrheit über Emily erfuhr. Elizabeth glaubte zu erkennen, daß Joe seine Frau über alle Maßen liebte. Daß er so sehr auf Emilys Wünsche einging, war für sie ein sicheres Zeichen dafür.

Und daß Emily so eifersüchtig auf sie war, brachte sie ganz aus der Fassung. Für sie war das Teil der tiefen Abneigung, die sie Joes unverhohlener Liebe für diese Stadt entgegenbrachte. Sicher, Joe war sehr großzügig zu ihr und kümmerte sich viel um sie. Aber immerhin gehörte er ja fast zur Familie. Nie hatte sie von ihm ein einziges Wort gehört, das darauf hindeutete, er wolle mehr als nur wie ein Bruder zu ihr sein. Joe bedeutete ihr sehr viel. Als sie noch ein kleines Mädchen war, war er ihr engster Freund gewesen. Seit Pinckneys Tod hatte er ihr sehr geholfen und die Lücke gefüllt, die Pinckney in ihrem Leben hinterlassen hatte. Emily hatte keinen Grund, darauf eifersüchtig zu sein.

Die ganze Nacht über sann Elizabeth darüber nach, was sie

eigentlich an Emilys Eröffnung so schmerzhaft berührt hatte. Irgendwann merkte sie, daß Emilys fast hysterische Wut auf Charleston sie an die Wut erinnerte, die sie in der Nacht, als sie Lucas ermordete, gefühlt hatte. Immer noch verfolgte sie diese Nacht des Wahnsinns bis in ihre tiefsten Träume. Immer wieder wachte sie schreiend und schwitzend auf und suchte im Dunkel nach seiner bedrohlichen Gestalt. Früher war das fast jede Nacht so gewesen; inzwischen war es seltener geworden. Emilys Leidenschaft hatte sie an ihre eigene, oft nicht kontrollierbare Wut erinnert. Mit der Erinnerung kamen die alten Gefühle wieder hoch. Sie brauchte ihren ganzen Willen, um die Gedanken an die furchtbare Zeit mit Lucas wieder zu verdrängen.

Als der Morgen graute, fühlte sie sich innerlich wie äußerlich ganz zerschlagen. Ihr Gemüt und ihr Herz hatten jedoch ihren Frieden wiedergefunden. Sie bat Catherine, das Frühstück allein zu bereiten und legte sich wieder hin.

Als Tradd in Begleitung Harry Fitzpatricks zum Tee erschien, war sie erst seit einer Stunde wieder auf den Beinen. Sie hatte völlig vergessen, daß sie die beiden eingeladen hatte. Fitzpatrick benahm sich so, wie man es von einem Mann seines Alters erwartete. Trotzdem drehten sich bald alle Gespräche nur noch um ihn. Sein außergewöhnliches Gesicht und die Schnelligkeit und die Kontraste seines Mienenspiels zogen alle Blicke auf sich. Er sagte geradeheraus, was er dachte, und faszinierte damit alle Anwesenden. Mit einem fröhlichen Lachen bekannte er sich dazu, ein herumvagabundierender Abenteurer zu sein. Er ließ sich ganz von seinen spontanen Einfällen treiben; blieb an einem Ort, solange es ihn nicht woanders hinzog, und ließ ihn auch gerne wieder hinter sich. Er beschäftigte sich mit dem, was ihn gerade interessierte, solange es spannend genug für ihn war. Ein Hansdampf in allen Gassen, nirgendwo zu Hause, immer in Bewegung, das war er, und er konnte sich nichts Schöneres vorstellen. Er stand dazu.

Elizabeth zwang sich, wieder dem Gespräch zu folgen. Für eine ganze Weile hatte sie über Emilys Situation nachgedacht. Immerhin war sie nur vier Jahre älter als sie. Und warum mußte die Krankheit ihr nur als erstes die Stimme rauben?

Sie richtete ihre Aufmerksamkeit wieder auf die seltsame Gruppe, die an ihrem Tisch zusammensaß. Die Vitalität dieses so absurd wirkenden Mannes zog nach wie vor alle in ihren Bann. Sogar Catherine, die es normalerweise gar nicht so gern hatte, im Schatten eines anderen zu stehen, hing an seinen Lippen.

Elizabeths Sinne schärften sich. Sie merkte bald, daß ihre Tochter diesen Lehrer keinen Augenblick aus den Augen ließ. Sie hatte heute selber einen Gast; Lawrence Wilson saß an ihrer Seite und war genauso fasziniert von diesem Mann wie Catherine. Lawrence wäre eigentlich keine schlechte Wahl für ihre Tochter, dachte Elizabeth im stillen. Er war ihr gegenüber sehr aufmerksam und hatte angefangen, sich im Rechtsanwaltsbüro seines Onkels einzuarbeiten. Er hatte etwas beruhigend Beständiges, und Elizabeth mochte seine Mutter. Dieser Dummkopf! Er hätte besser etwas von sich erzählen sollen, als sich von diesem Fremden so in den Hintergrund drängen zu lassen!

»Was hat Sie eigentlich gerade nach Charleston geführt, Mr. Fitzpatrick?« fragte sie laut. Der ganze Zauber verflog. Alle Blicke waren jetzt auf sie gerichtet; Catherine war ganz irritiert.

»Die Schönheit, Mrs. Cooper«, antwortete Harry. Er lächelte sie mit unangebrachter Vertrautheit an. »Ich hörte, daß Charleston die schönste Stadt Amerikas sein soll und eine der geschichtsträchtigsten Orte dazu. Ich habe großes Interesse an Geschichte, vor allem englischer Geschichte. Ich bin aus Kalifornien, einer Gegend, die die Spanier besiedelt haben. Von deren Kultur ist allerdings nicht mehr viel vorhanden. Ich hoffe, hier etwas von der Geschichte und den Traditionen meines eigenen Landes zu erfahren.«

Harry Fitzpatrick schaffte es, den ganzen Nachmittag über in blendender Laune auf Distanz zu bleiben. Doch allein schon durch seine Anwesenheit fühlte sich Elizabeth bedrängt. Sie sorgte dafür, daß die Runde nicht allzu spät aufgehoben wurde und verabschiedete sich mit angemessener Kühle von ihm. Sie kam nicht umhin, ihm auf seine Nachfrage und Tradds flehentliche Bitte hin den Ausflug nach Carlington zu erlauben.

Am nächsten Tag merkte Elizabeth mit einem gewissen Unbehagen, daß dieser Mensch sich einen größeren Raum in ihren Gedanken erobert hatte, als ihr lieb war.

51

Als am ersten Juli endlich die Schulferien begannen, war bereits alles für die Abreise zum Strandhaus vorbereitet. Es war Elizabeth sehr recht, Charleston den Rücken kehren zu können. Sie war es leid, Tradd ständig von Mr. Fitzpatrick erzählen zu hören; er sprach mit ihr über nichts anderes mehr. Catherine war noch schlimmer. Sie brachte ihm eine romantisch verklärte Verehrung entgegen, betonte immer wieder, was für ein charmanter Mann er doch sei, und fand Gefallen an seiner exotischen Vergangenheit und seinen schwarzen Locken. »Er ist ein richtiger Poet«, meinte sie. Der Poet hatte es sich zur Gewohnheit werden lassen, jeden Dienstag zum Tee vorbeizukommen; Catherine lud ihn immer wieder ein. Dazwischen brachte ihn Tradd öfter von der Schule mit nach Hause, wo die beiden sich mit den Fossilien beschäftigten, die sie von Carlington mitgebracht hatten. Sie bastelten einen Schaukasten für sie und wollten ihn in der Schule aufhängen.

Elizabeth mußte eingestehen, daß sein Verhalten ihr gegenüber keinerlei Anlaß zu irgendwelchen Beanstandungen bot; trotzdem regte er sie auf. Catherines Offenheit ihm gegenüber bereitete ihr Sorgen. Der Raum summte schlagartig

587

vor Energie, wenn er sich nur für einen kurzen Moment darin aufhielt. Er gefährdete Elizabeths Souveränität. Als sie sich endlich im Strandhaus niedergelassen hatte, konnte sie sich das erste Mal seit langer Zeit wieder richtig entspannen. Der irritierende Mr. Fitzpatrick würde ihren Frieden jetzt jedenfalls nicht mehr stören.

Eines Nachmittags war sie in ihrer Hängematte eingenickt; plötzlich hörte sie die ihr inzwischen bestens vertraute, aber wenig angenehme Stimme Fitzpatricks, die nach einer alten Melodie ein eigenartiges Lied sang. Sie lächelte und dachte, sie würde noch träumen.

Wohlig räkelte sie sich und öffnete die Augen. Das Lied aus ihrem Traum war noch immer zu hören.

»Du lieber Himmel«, entfuhr es ihr. »Was machen Sie denn hier?« Sie erhob sich, merkte, daß Fitzpatrick die Hängematte die ganze Zeit sanft hin und her geschaukelt hatte. Harry saß neben ihr.

»Ich wollte mit Ihnen über Ihren Sohn sprechen. Wußten Sie eigentlich, daß Sie wie eine Katze wirken, wenn Sie sich räkeln? Ich könnte Ihnen glatt ein Schüsselchen Rahm neben Ihr Bett stellen.«

Elizabeth stand jetzt vor ihm. Sie war so wütend, daß sie kaum noch sprechen konnte. »Wie können Sie es wagen...« war alles, was sie noch hervorbrachte.

Fitzpatrick lächelte. Es stachelte ihre Wut nur noch mehr an. Sie hatte gehofft, ihn jetzt los zu sein, aber er besaß tatsächlich die Frechheit, sich in ihr Haus zu schleichen und ungehörige Bemerkungen fallenzulassen. Dann noch darüber zu lachen war ja wohl die Höhe! Sie wußte nicht, wohin mit ihrer Wut.

»Mein Gott, Ihr Temperament gereicht jeder Königin zur Ehre«, sagte er. »Machen Sie mit mir, was Sie wollen, köpfen Sie mich, aber hören Sie sich erst noch an, was ich Ihnen über Ihren Sohn sagen will, wenn er Ihnen am Herzen liegt.«

Sie hatte ihre Sprache wiedergefunden. »Sie beleidigen mich mit jedem Atemzug. Es ist abscheulich. Wie können Sie es wagen, in meiner Gegenwart anzudeuten, mein Sohn könne mir nicht am Herzen liegen? Sagen Sie mir, was Sie mir zu sagen haben und verlassen Sie dann auf der Stelle dieses Haus!«

»Aber es wird eine Weile dauern, bis ich Ihnen all das gesagt habe, was Sie wissen sollten. Ich glaube auch nicht, daß dieser Augenblick so gut dafür geeignet ist. Wie wäre es, wenn ich ein anderes Mal wiederkomme?«

»Das werde ich Ihnen mit Sicherheit nicht erlauben!«

Er schüttelte seinen Kopf. »Das kann ich nicht glauben. Wahrscheinlich tut es Ihnen leid, nicht zuhören zu wollen. Sie haben die Wahl: Entweder komme ich noch einmal wieder, oder ich entschuldige mich und bleibe. Tradd wird übrigens jeden Moment vom Schwimmen zurück sein; es bezieht sich.«

Elizabeth schluckte ihren Ärger hinunter. »Ist es etwas Wichtiges, was Sie mir mitteilen wollen?«

»Es ist äußerst wichtig. Er ist ein außergewöhnlicher Junge.«

»Dann setzen Sie sich hin und erzählen es mir.«

»Ohne Entschuldigungen?«

Ihr Zorn flackerte wieder auf. »Sie müssen sich nicht dümmer geben als Sie sind.«

»Ich will es versuchen«, entgegnete er. »Aber ich kann Ihnen nicht versprechen, daß es auch klappt.« Sein Gesicht wurde ernst, als er sich setzte. Sie saß ihm gegenüber; ihre Sorge um Tradd überlagerte jetzt alle anderen Gefühle.

»Schießen Sie los«, bat sie.

»Sie brauchen sich keine Sorgen zu machen«, meinte er rasch. »Ich wollte Ihnen keinen Schrecken einjagen. Sie werden nur Gutes über Ihren Sohn zu hören bekommen. Es ist so, wie ich sagte: Ihr Sohn ist ein ganz außergewöhnlicher Junge.« Fitzpatricks Stimme sang beim Sprechen, sie klang wie Musik. Das, was er ihr erzählte, war ihr völlig unvertraut. Er benutzte keinen der Begriffe, mit denen die Leute üblicherweise über Jungen in Tradds Alter redeten. Tradds

589

Intelligenz, sein Feingefühl und sein Wissensdurst waren es, die er erwähnenswert fand. »Das macht ihn zum Außenseiter. Er liest lieber, als daß er mit den anderen Soldat spielt. Er versteckt seine Andersartigkeit, und er ist sehr geschickt darin. Die anderen ahnen gar nicht, wie sehr er sich von ihnen unterscheidet. Aber er selbst weiß noch, wer er ist. Wenn er Pech hat, wird er dieses Wissen irgendwann einmal auch vor sich selbst verbergen. Dann wird er jedoch die ganzen Qualitäten, die ihn jetzt so auszeichnen, verloren haben.«

Elizabeth dachte angestrengt über das Gehörte nach. Sie versuchte es zu verstehen, aber es fiel ihr schwer, Harrys Gedankengänge nachzuvollziehen.

»Ich meine nicht, daß er sich im klassischen griechischen Sinn von den anderen Jungen seines Alters unterscheidet«, stellte Fitzpatrick ungeduldig klar. »Ist er erst einmal älter, wird er sich genau wie jeder andere auch für Mädchen interessieren.«

Sie konnte ihn jetzt überhaupt nicht mehr begreifen. Ihr völlig verständnisloser Blick verriet es ihm.

»Sie Engel«, meinte er mit leichtem Erstaunen, »versuchen Sie nicht weiter, das zu verstehen. Ich will klarer ausdrücken, was ich meine: Ihr Sohn ist viel schlauer als alle seine Freunde. Er ist schlauer als die meisten Erwachsenen. Er ist noch nicht sehr gebildet, aber das läßt sich leicht ändern.«

»Worin liegt dann das Problem? Er geht doch zur Schule.«

»Er besucht eine Schule, die das Militär für wichtiger hält als Gelehrte oder Dichter. Er lebt in einer Gesellschaft und in einer Welt, die den Gewinn und den Wettkampf über das Streben nach höheren Werten setzt. Er ist noch zu jung, um sich für die Freuden des Geistes entscheiden zu können. Noch glaubt er an das, was alle anderen glauben.« Fitzpatrick lehnte sich nach vorne. Sein Körper war ganz angespannt, so sehr bemühte er sich, ihr verständlich zu machen, was er ihr sagen wollte.

590

»Denken Sie doch einmal kurz daran, wie es bei Ihnen war«, sagte er eindringlich. »Wissen Sie noch, wie Sie Lesen gelernt haben?«

Sie nickte.

»War das nicht etwas ungeheuer Aufregendes? Dachten Sie nicht, es sei ein Wunder, die reinste Hexerei?«

Sie lächelte, als sie sich diesbezüglich an ihre ersten Gefühle erinnerte. »Genau so war es. Es war ein Wunder; ich glaubte, ich könnte zaubern.«

»Wann haben Sie denn dieses Gefühl wieder verloren?«

Das Lächeln verschwand. »Ich weiß nicht.« Sie fühlte eine plötzliche Trauer.

»Ganz genau«, meinte Fitzpatrick. »Sie wissen es nicht. Die meisten Leute verlieren dieses Gefühl, ohne daß sie sich dessen bewußt sind. Es gibt zu viele andere Anforderungen, die an sie gestellt werden, zu viele andere Dinge, die wichtiger sind, zu viele andere Leute, denen man vermeintlich zu gefallen hat. Die ursprünglich beim Lernen verspürte Aufregung ist dahin. Keiner merkt, daß ihm da etwas abhanden gekommen ist. Normalerweise passiert das sehr früh. Tradd hat dieses Gefühl erstaunlicherweise immer noch. Er hat Glück gehabt. Ich wünsche ihm, daß er es behält. Wollen Sie mir dabei helfen? Ist Ihnen das wichtig genug?«

»Ja!« Es klang wie ein Aufschrei. Ja, es war ihr wirklich wichtig.

Er nahm ihre Hand. »Es ist wirklich traurig«, meinte er sanft. »Ich kann Sie gut verstehen. Nehmen Sie es nicht zu schwer. Wenn man wirklich will, kann man es wieder lernen, diesen Zauber zu spüren.«

Ihre Finger prickelten. Er überschritt eindeutig seine Grenzen. Sie zog ihre Hände von ihm weg. »Wir sprachen über meinen Sohn, nicht über mich, Mr. Fitzpatrick! Was kann ich denn für Tradd tun?«

»Das Wichtigste haben Sie bereits getan. Sie akzeptieren, daß es wichtig ist, sich diesen Zauber, dieses Staunen zu erhalten. Der nächste Schritt...«

»Mama, kann ich bis zum Abendessen zu Roger gehen?«
Tradds Stimme erklang plötzlich von der Veranda. Als er
seinen Lehrer sah, war Roger vergessen. Bald unterhielten
sich er und Fitzpatrick lebhaft über die unterschiedlichen
Wolkenformationen, die am Himmel zu sehen waren. Elizabeth sah ihren Sohn auf einmal mit ganz anderen Augen.
Anstatt daran zu denken, daß er bald aus seinem Badeanzug herausgewachsen sein würde und sich darüber Sorgen
zu machen, woher sie das Geld nehmen sollte, ihm einen
neuen zu kaufen, achtete sie diesmal genau darauf, was und
wie er fragte. Er war tatsächlich sehr wißbegierig, wollte alles über die verschiedenen Luftschichten, die unterschiedlichen Luftströmungen und die Entstehung von Gewittern
wissen. Fitzpatrick antwortete auf seine Fragen mit einer
ähnlichen Begeisterung. Wie sie bemerkte, war ›faszinie-
rend‹ eines der Worte, die er am häufigsten gebrauchte.

Einige Zeit später kam Catherine nach Hause, setzte sich
auf einen Stuhl in der Nähe des angeregt plaudernden, ungleichen Paares und lauschte ganz hingerissen Tradds Lehrer, der inzwischen abenteuerliche Geschichten von Stürmen auf hoher See erzählte. Fitzpatrick war ein Jahr bei der
Handelsmarine gewesen. Elizabeth wußte, daß Catherines
Begeisterung eher dem Mann als den Anekdoten galt und
begann, sich wieder Sorgen um sie zu machen. Doch wenn
sie Catherine vor seiner gefährlichen Ausstrahlung beschützen wollte, dann mußte sie in Kauf nehmen, Tradd die Begeisterung zu verwehren, die er mit Fitzpatrick teilen
könnte. Welchem ihrer beiden Kinder sollte sie denn jetzt
gerecht werden?

Als ob der Himmel die düsteren Gedanken, die sich in ihrem Schädel zusammenballten, unterstreichen wollte, überzog er sich in erstaunlicher Geschwindigkeit mit dunkel-
grauen Wolkentürmen. Die Luft war ganz schwül geworden; die leichte Brise, die die ganze Zeit vom Meer herüber-
wehte, hatte schlagartig aufgehört. Alles schien dem erlö-
senden Gewitter entgegenzufiebern. Der Ozean wirkte auf

einmal flach und regungslos. Auf der Veranda wurde es still. Elizabeth spürte, wie sich ihr Puls beschleunigte.

Ein einzelner Blitz zuckte wie in Zeitlupe von den dunklen Wolken zum Ozean herunter. Dann hörte man den Donner, und ohne Übergang setzte heftiger Regen ein. »Bravo!« rief Fitzpatrick. Elizabeth mußte lachen.

Ein heftiger Sturm kam auf. Eine prächtige Kulisse aus den verschiedenen Geräuschen baute sich auf. Der Regen prasselte auf das Blechdach, der Donner krachte, das Geräusch der Brandung schwoll mit dem Sturm an. Blitze zischten und knisterten und tauchten alles für Sekunden in ein zuckendes, gleißendhelles Licht. Catherine verzog sich unter die Bettdecke. Auch Tradd hatte Angst, aber er wollte es nicht zeigen und drückte sich tief in die Kissen und auf dem kleinen Sofa, auf dem er lag. Elizabeth wanderte auf der Veranda hin und her und genoß die spannungsgeladene Atmosphäre. Harry Fitzpatrick hatte sich neben Tradd auf dem Sofa niedergelassen und lächelte vergnügt in sich hinein. Jeder nahm auf seine Weise an dem Naturschauspiel teil.

Das Gewitter endete so unvermittelt, wie es begonnen hatte. Ein beständiger starker Wind blieb, und am Horizont türmten sich weiterhin die Wolken. Elizabeth sog genußvoll die klare Luft ein. Sie fühlte sich wie gereinigt und spürte ihre Kraft.

»Schaut mal«, meinte Tradd plötzlich und zeigte auf einen wunderschönen Regenbogen, der sich über den Strand spannte.

Fitzpatrick stand auf und ging an den Rand der Veranda. »Es reicht«, rief er einem imaginären Publikum zu. »So ein Gewitter ist genug für heute.«

Charleston wußte, was er meinte. Man konnte nur ein gewisses Maß an Schönheit auf einmal verkraften. Der Regenbogen strapazierte bereits die verzückten Sinne. »Wir sollten besser drinnen essen«, meinte Fitzpatrick dann. »Den Sonnenuntergang verkrafte ich nicht mehr.«

»Einverstanden«, entgegnete Elizabeth. »Haben Sie noch

593

Zeit, mit uns zu Abend zu essen? Danach können wir ja unser Gespräch fortsetzen.«

»Es gibt nichts, das ich lieber täte. Vielen Dank!«

»Ich werde es Delia sagen. Sie hat sich bestimmt unter dem Tisch verkrochen, als sie den Donner hörte. Gewitter sind nicht gerade ihre Sache.«

Tradd fand unzählige Gründe, die dagegen sprachen, nach dem Essen ins Bett zu gehen. Auch Catherine drückte sich im Zimmer herum, anstatt sich wie gewöhnlich für ihr Bett fertig zu machen. Sie saß jetzt neben Fitzpatrick und berührte sehr zum Entsetzen ihrer Mutter jedes Mal, wenn er sie zum Lachen brachte, seinen Arm. Es geschah viel zu häufig. So lustig war es nun auch wieder nicht, fand Elizabeth.

»Mr. Fitzpatrick«, sagte sie schließlich, »sollen wir uns nicht noch einen Moment nach draußen setzen? Es ist bereits dunkel; der Sonnenuntergang kann uns jetzt nichts mehr anhaben.«

Er erhob sich. Tradd und Catherine standen ebenfalls auf. »Ich habe noch eine viel bessere Idee, Mrs. Cooper. Lassen Sie uns doch eine Weile am Strand entlang spazieren, da können wir unter uns sein.« Er lächelte Catherine und Tradd zu. »Ihr könnt leider nicht mit. Wir werden uns bestimmt auch über euch unterhalten.« Dann bot er Elizabeth seinen Arm und achtete nicht weiter auf Tradds Proteste und Catherines beleidigte Schnute.

Elizabeth war seine Unterstützung nur willkommen. Die Nacht war sternenklar, und es war sehr dunkel. Sie geriet ins Stolpern, als sie die letzten Stufen zum Strand hinunterstieg. Blitzschnell griff Fitzpatrick jedoch nach ihrem Arm und hielt sie, bis sie beide auf dem Sand standen.

»Vielen Dank!«

»Keine Ursache!«

Einen Moment lang hatte sie den Eindruck, daß sie es war, die ihn stützte. Seine Knie schienen nachzugeben. »Ist alles in Ordnung, Mr. Fitzpatrick?« fragte sie. Sehen konnte sie ihn nicht; er war nur ein dunkler Fleck im Dunkel der Nacht.

»Ich ziehe mir meine Schuhe aus. Lehnen Sie sich doch an meine Schulter, dann können Sie sich ebenfalls von Ihren Schuhen befreien.«

»Das tue ich bestimmt nicht. Sie sind ein wirklich ungehöriger Mann, Mr. Fitzpatrick. Ich befürchte allmählich, daß Sie nicht der beste Begleiter für meinen Sohn sind.« Und für meine Tochter auch nicht, fügte sie innerlich hinzu. Sie begann wieder, sich um Catherine Sorgen zu machen. Das Mädchen hatte mehr als einmal betont, daß sie und Harry beide schwarze Haare und tiefblaue Augen hatten. Sie würde gerne auf einem der Bälle mit ihm tanzen und die Blicke der anderen genießen.

»Tradd ist jetzt genau im richtigen Alter, um seine eigenen Erfahrungen zu machen«, meinte Fitzpatrick. »Ich habe fast den Eindruck, daß Sie ihn ein wenig zu stark behütet haben.«

Elizabeth mußte zugeben, daß er damit nicht ganz unrecht hatte. Sie war wirklich sehr besorgt um ihn, versuchte, ihm alle möglichen Krankheiten und Unfälle zu ersparen. Sie nahm überrascht wahr, wie leicht es ihr fiel, sich mit der Stimme im Dunkeln neben ihr anzufreunden. Es kam ihr fast so vor, als spräche sie mit sich selbst.

Mehr als eine ganze Meile spazierten sie an der im Dunkel der Nacht nur undeutlich wahrnehmbaren weißlich schäumenden Wellenfront entlang. Fitzpatrick erzählte ihr Dinge über ihren Sohn, von denen sie nichts geahnt hatte. Sie erfuhr von ihm, welche Interessen er hatte, wovor er sich ängstigte und die vielen großen und kleinen Sachen, die ihn bedrückten oder durcheinanderbrachten oder mit denen er innerhalb der engen Mauern seiner Schule zu kämpfen hatte. Sie war beeindruckt und berührt von dem Ausmaß der Fürsorge und Zuneigung ihres seltsamen Begleiters für ihren Sohn und versicherte ihm, sich nach seinen Ratschlägen richten zu wollen.

»Sie können ihm am besten helfen, wenn Sie ihn ermutigen, auf seinen eigenen Füßen zu stehen. Er muß dringend ein größeres Vertrauen zu sich selber entwickeln. Ich kann

595

mich gerne um seine fehlende Bildung kümmern. Zumindest solange ich hier in Charleston bleibe. Wenn ich gehe, wird er bestimmt wissen, was er machen will.« Elizabeths Stimmung sank. Sie wollte nicht, daß Tradd ihn verlor.

»Wann wollen Sie uns denn wieder verlassen, Mr. Fitzpatrick?«

»Nennen Sie mich doch einfach ›Harry‹! Alle meine Freunde nennen mich so.«

»Harry. Der Name paßt zu Ihnen. Ja, ich freue mich, Sie zum Freund zu haben. Sie sind wirklich gut zu dem Jungen.«

Er wartete. Sie unternahm den nächsten Schritt. »Mein Name ist Elizabeth.«

»Ich weiß. Ich nenne Sie insgeheim ›Bess‹. Sie sehen genau so aus, wie ich mir die königliche Bess immer vorgestellt habe.«

»Sie sind ein Schmeichler.«

Sie gingen schweigend weiter. Es war ein behagliches, zufriedenes, gemeinsames Schweigen. Der Sand knirschte unter ihren Füßen. Elizabeth fragte sich, wie es wohl sein mochte, barfuß auf dem Sand zu laufen. Bisher hatte sie sogar im Wasser immer ihre Badeschuhe getragen. Harry Fitzpatrick hatte wirklich einen verwirrenden Einfluß auf sie.

Irgendwann mußte sie wieder an Catherine denken. Sie hatte versucht, weitere Begegnungen zwischen ihr und Fitzpatrick zu verhindern. Doch wegen Tradd konnte es ihr nicht gelingen. Sie holte tief Luft, dann sprach sie das heikle Thema an.

»Ja?« meinte Harry einladend.

»Ich möchte mit Ihnen auch über mein anderes Kind sprechen. Ich kann die Aufmerksamkeit, die Sie Catherine gegenüber zeigen, nicht unbedingt gutheißen. Andererseits bin ich durchaus erfreut über das, was Sie bei Tradd bewirken. Ich denke, Sie wissen, daß Catherine Sie sehr anziehend findet...«

»Wollen Sie wissen, ob ich ihr gegenüber irgendwelche Absichten verfolge?«

»Ja, das ist es.«

Harry lachte schallend auf.

Elizabeths schlimmste Befürchtungen schienen sich zu bestätigen. Impulsiv rannte sie los, wollte vor ihm im Haus sein und ihre Tochter vor diesem unberechenbaren Mann beschützen.

Harry holte sie ein, hielt sie am Handgelenk fest. »Lassen Sie mich gefälligst los, Sie...«

»Wüstling? Flegel? Gemeiner Kerl? Nein, ich hege keinerlei Absichten Ihrer Tochter gegenüber. Keine Angst. Hören Sie mir bitte noch einen Moment zu, Bess. Allein der Gedanke, ich würde Ihrer charmanten Tochter den Hof machen, ist einfach absurd. Merken Sie denn nicht, daß ich in Sie verliebt bin?«

»Sie sind verrückt!«

»Das hat man mir schon öfter gesagt. Aber es hat nichts damit zu tun. Ich verehre Sie, nicht mehr und nicht weniger. Und Catherine genießt es, ein wenig mit mir zu flirten. Ansonsten hat sie es ganz eindeutig auf den jungen Wilson abgesehen. Sie kennen Ihre eigene Tochter nicht. Sie ist viel zu prosaisch und hat viel zu wenig Feuer, als daß sie sich mit einem wie mir einlassen würde.« Für eine ganze Weile war er still, dann entspannte er seinen Griff, hielt sie aber immer noch fest.

»Sie dagegen, meine Königin, haben das wilde Herz und den scharfsinnigen Verstand einer Spielerin. Lassen Sie mich Ihre Schuhe ausziehen und Ihnen die Augen öffnen. Wir könnten sehr glücklich miteinander sein.« Er hielt sie wieder fester, dann zog er sie in seine Arme und beugte sich herab, um sie zu küssen.

In der Dunkelheit sah sie nur noch eine bedrohlich vor ihr aufragende, angreifende Gestalt. Elizabeth vergaß, wer er war, wo sie war. Sie bekam Panik; sie war wieder in einem dieser fürchterlichen Momente in der Vergangenheit, im Alptraum ihrer Ehe, wo ihr Lucas im Dunkeln unerträgliche Schmerzen zufügte. Sie keuchte, dann fiel sie in Ohnmacht.

Als sie langsam ihre Augen wieder öffnete, spürte sie ein kühles, feuchtes Tuch auf ihrer Stirn. Sie hörte die Brandung und erinnerte sich wieder an die Angst, die sie empfunden hatte. Sofort begann ihr Körper zu zittern.

»Bess, es ist alles in Ordnung. Keiner tut dir etwas zuleide.« Harrys Stimme war sanft wie ein Wiegenlied. Nicht einmal das unvertraute ›Du‹ schreckte sie mehr. Es dauerte nicht lange, dann fühlte sie sich warm und geborgen in seinen Händen. Er strich mit einem feuchten Taschentuch über ihre Schläfen, bis sie sich wieder völlig beruhigt hatte. Dann fragte er sie, ob er ihr aufhelfen und sie nach Hause begleiten dürfe.

Sie schämte sich. Wegen eines Kusses in Ohnmacht zu fallen! Sie wußte doch, daß Männer immer wieder versuchten, eine Frau zu küssen. Man brauchte nur nein zu sagen. Doch sie war nicht bereit, ihr Verhalten zu erklären oder es auch nur mit einem einzigen Wort zu erwähnen. Sie erlaubte ihm, ihr auf die Füße zu helfen und lehnte sich gegen seinen Arm, als sie langsam zum Haus zurückkehrten.

Am Fuße der Dünen hielt er an. »Entschuldige«, meinte er.

»Bitte, sag nichts.«

»Ich will nur, daß du mir verzeihst. Ich wußte doch nicht...«

Habe ich etwas gesagt, fragte sich Elizabeth. Habe ich vielleicht Lucas' Namen fallen lassen? Sie fühlte sich plötzlich wieder ganz kalt und ängstlich. »Was konntest du nicht wissen?« fragte sie ihn.

»Wie unschuldig du bist. Es tut mir wirklich aufrichtig leid. Wirst du mir verzeihen?«

Sie war so erleichtert, daß sie ja sagte. Sie gingen die Treppen hoch, sie spürte das starke Verlangen, irgend etwas zu sagen, etwas, das die Situation zwischen ihnen wieder in unverfänglichere Bahnen lenkte. »Wo hast du denn deine Unterkunft?«

»Ich weiß noch nicht genau, wo ich schlafe.«

598

»Aber du mußt doch schon etwas arrangiert haben. Es gibt doch gar kein Hotel hier auf der Insel.«

»Ich schlafe in den Dünen. Ich habe eine Decke dabei.«

Sie traute ihren Ohren nicht. Keiner kam auf einen solchen Gedanken. »Das ist ja schrecklich«, meinte sie.

»Überhaupt nicht. Eigentlich ist es wunderschön. Der Himmel ist das Dach, und die aufgehende Sonne weckt dich auf. Eine Hauswand steht nur zwischen einem selbst und der Schönheit, die einen umgibt.«

Elizabeth zuckte die Schultern. Er mußte wirklich verrückt sein.

Als sie später im Bett lag, starrte sie jedoch an die Zimmerdecke und versuchte, sich den Himmel dahinter vorzustellen. Und sie dachte über das nach, was ihr Harry zum Abschied gesagt hatte: »Ich will dir keine Angst einjagen, aber ich will dich dazu bringen, mich zu lieben. Davon wird mich keines deiner Worte abhalten können. Wenn du deine Tür verriegelst, klettere ich durch dein Fenster. Wenn du davonläufst, laufe ich hinterher. Du hast alle Zeit, die du brauchst. Aber irgendwann will ich dich für mich gewinnen, Bess.«

Er hielt sich an das, was er gesagt hatte. Zu den unmöglichsten Zeiten kam er für einen überraschenden Besuch vorbei. Wenn sie im Wasser umherschwamm, tauchte auf einmal sein Kopf neben ihr auf. Wenn sie in der Stadt etwas zu erledigen hatte, konnte sie sicher sein, daß er im letzten Moment ebenfalls auf die Fähre sprang. Ansonsten rührte er sie nicht an und war gegenüber Tradd und Catherine so aufmerksam wie immer. Doch der Blick seiner verschmitzten Augen verriet ihr, daß er meinte, was er gesagt hatte.

Zunächst war sie sehr ärgerlich. Dann war es ihr peinlich. Danach wurde seine Anwesenheit so vertraut für sie, daß sie ganz unruhig wurde, wenn er sich mal einen Tag lang nicht blicken ließ. Als der Sommer seinem Ende entgegenging, gestand sie sich ein, daß sie seine Bewunderung genoß. Noch nie hatte ihr jemand den Hof gemacht, auch Lucas nicht.

Noch nie hatte ihr jemand selbstgepflückte Blumen in die Kühltasche gelegt oder ihr aus Muscheln eine Kette gemacht, die sie zum Schwimmen anlegen sollte. Als sie sich dabei ertappte, in seinen Geschichten nach Hinweisen auf sein Alter zu achten, wußte sie, daß sie gefährlich nahe daran war, sich in ihn zu verlieben.

Als Elizabeth wieder in die Stadt zurückging, befürchtete sie, daß nun alles vorbei sei, sich alles ändern würde. Harry würde in der Schule unterrichten; sie würde ihr geselliges Leben pflegen. Außer wenn Catherine ihre Besuchszeit hatte, würde sie ihn wahrscheinlich kaum noch zu Gesicht bekommen. Sie konnte ihn auch nicht einfach dauernd zum Essen einladen. Das wäre viel zu direkt. Sie mußte aufpassen, daß sie ihn nicht durch irgendeine unüberlegte Aktion ermutigte. Eigentlich war sie davon überzeugt, daß er es nicht ernst meinte. Ein Sommerflirt, sonst nichts.

Als sie jedoch das Haus in der Meeting Street betrat, mußte sie zu ihrer Verwunderung feststellen, daß die ganzen Decken, die die Möbel vor Staub schützten, bereits entfernt waren und alles auf Hochglanz gebracht war. In jedem Raum standen Vasen voller frischer Chrysanthemen und Astern, das Holz für die Feuerstellen lag bereit, alle Betten waren gemacht. Elizabeth wußte, daß Harry dahinter steckte. Sie stellte ihn zur Rede, aber er rollte nur mit den Augen und begann, vor sich hin zu flöten.

»Du bist ein Schatz«, meinte sie. »Ich habe es immer gehaßt, vom Strand zurückzukommen und dann dieses Haus wieder bewohnbar machen zu müssen.«

»Beeindruckt? Dann ist es ja gut. Aber ich habe dabei einen Hintergedanken gehabt.« Er wollte sie fragen, ob er vielleicht die Zimmer des Personaltraktes über der Küche mieten könnte. Mit Pensionen habe er noch nie etwas anfangen können. Tradd war von dieser Idee ganz begeistert; Catherine war sich sicher, daß er sich in sie verliebt haben müsse und bildete sich darauf mächtig etwas ein.

Elizabeth fielen ein Dutzend Gründe ein, nein zu sagen. Dann sagte sie ja.

Fitzpatrick lächelte. »Ich bin sehr erleichtert«, sagte er. »Ich habe nämlich bereits meine ganzen Sachen auf die Zimmer gebracht. Ich werde auch keine großen Umstände bereiten. Um meine Wäsche kümmere ich mich selbst, und die Küche benutze ich nur, wenn Delia nichts dagegen einzuwenden hat. Grundsätzlich ist sie damit einverstanden, ich habe sie bereits gefragt.«

Elizabeth schüttelte ihren Kopf. »Du bist dir deiner Sache so sicher, es ist einfach unglaublich.«

»Ich wußte doch, daß so eine Dame wie du nicht einen armen Troubadour wie mich draußen in der Kälte stehen läßt!«

Sie stimmte in sein Lachen ein. Sogar für Charleston war es heute ein ungewöhnlich heißer Tag gewesen.

»Aber dann hast du ihn dauernd um dich herum«, meinte Lucy Anson, als Elizabeth ihr von den neuen Entwicklungen berichtete.

»Mir ist das nicht einmal unangenehm. Ich glaube, ich werde wirklich allmählich etwas unvernünftig. Er ist so lebendig, Lucy, und so unterhaltsam und interessiert; er ist wirklich Tradds bester Freund, und meiner dazu.«

»Liebst du ihn?«

»Ich weiß es nicht. Ich glaube eigentlich nicht. Ich kriege zumindest kein Herzklopfen, wenn er in der Nähe ist, so wie bei Lucas. Es macht mich einfach glücklich, daß er da ist. Alles macht mir dann mehr Spaß.«

»Dann kann ich darin nichts Falsches sehen. Genieß es. Für Tradd ist es bestimmt gut, einen Mann um sich zu haben. Und dir tut es auch gut. Du siehst wundervoll aus.« Lucy schaute sie sich genauer an. Nein, den leicht benommenen, strahlenden Gesichtsausdruck, der üblicherweise mit dem Verliebtsein einherging, konnte sie nicht bei ihr entdecken. Schade, dachte sie. Elizabeth hatte sich schon viel zu lange nicht mehr verliebt.

Wie sich herausstellen sollte, hielt sich Fitzpatrick mit seinen Besuchen sehr zurück. Er erschien nur noch, wenn sie ihn ausdrücklich dazu einlud. Aber er legte ihr jeden Tag einen frischen Blumenstrauß ins Büro und steckte ihr Zettel in die Schublade oder in ihre Schreibmaschine. Oft hatte er ihr Verse und Gedichte aufgeschrieben, die ihm besonders gut gefielen. Manchmal hatte er eine kleine Zeichnung dazugelegt, die er in den Dünen oder am Strand angefertigt hatte.

Er erschien regelmäßig zum Tee und faszinierte nach wie vor alle Anwesenden. Und er kümmerte sich weiterhin um Tradd. Elizabeth gestattete er zu bestimmen, wieviel Zeit er mit ihr verbringen durfte. Einmal in der Woche kam er dann zum Abendessen, sonntags zum Mittagessen. Es ergab sich für ihn kaum noch Gelegenheit, mit ihr allein zu sein. Ihr verlieh das ein Gefühl entspannter Sicherheit.

Elizabeth versuchte weiterhin, ihm seine Gefühle für sie auszureden. »Du bist noch wie ein Kind, Bess«, entgegnete er. »Die jungfräuliche Königin, Dornröschen, die Prinzessin, die man in einem hohen Turm gefangenhält. Ich bin tausend Jahre älter als du. Erlaube dir doch endlich, mich zu lieben, irgendwann wirst du es ja ohnehin tun, das weißt du doch genausogut wie ich. Verschwende doch nicht so viel Zeit! Unser Leben ist kurz genug. – Gib mir mal deine Hände.«

Sie reichte ihm ihre rechte Hand. »Beide«, sagte Harry. Sie hatte das Gefühl, er verlange zuviel von ihr. Doch ganz unwillkürlich legte sich auch ihre andere Hand in die seinen. Er hielt sie einfach fest, drückte sie nicht, hatte sie ganz locker in seinen Händen. »Jetzt schließ doch für einen Augenblick deine Augen und spür einfach, wie es ist, wenn ich deine Hände halte. Hab keine Angst. Vertraue einfach deinem Gefühl. Nutze die Chance, einfach ein wenig zu spüren.«

Sie tat, wie er es ihr gesagt hatte. Harrys Haut fühlte sich warm und trocken an. Sie spürte, wie seine Energie durch ihre Handflächen strömte und ihre Arme hochfloß. Sie konnte es ganz genau wahrnehmen, obwohl er sich überhaupt nicht bewegte.

Nach einer Weile legte er ihre Hände wieder auf ihren Schoß zurück.

Elizabeth öffnete die Augen. Harry war ganz dicht bei ihr, aber sie hatte nicht das Gefühl, auf Distanz achten zu müssen. »Danke, Harry!« sagte sie. Er lächelte. Sie wußte, daß er verstand, wofür sie ihm dankte.

Als sie sich Jahre später an diese Begegnung erinnerte, kam es ihr so vor, als wäre diese kleine, unwillkürliche Bewegung ihrer linken Hand eines der wichtigsten Ereignisse ihres Lebens gewesen.

52

Zu ihrem siebenunddreißigsten Geburtstag gab Elizabeth ein feierliches Mittagessen. Harry war herzlich dazu eingeladen. Sie ahnte nicht, daß mittags noch ein zusätzlicher Gast am Tisch sitzen würde. Am Morgen stürmte nämlich Catherine ganz aufgeregt in ihr Büro und zeigte ihr einen Blumenstrauß, den sie von Lawrence erhalten hatte. In seinem Begleitbrief hatte er sie gefragt, ob sie seine Frau werden wolle! »Er will heute gegen Mittag vorbeikommen und wissen, wofür ich mich entschieden habe, Mama!«

»Willst du Lawrence denn heiraten?«

Catherine warf die Arme in die Luft. »Aber natürlich, Mama! Ich habe doch schon seit dem Ball des Cotillion Club ein Auge auf ihn geworfen!«

So feierten sie mit Elizabeths Geburtstag gleichzeitig die Verbindung ihrer Tochter mit Lawrence Wilson, wünschten dem Paar eine glückliche Zukunft und machten sich Gedanken über den Termin ihrer Hochzeit. Wenn sie geschickt vorgingen, würde Catherine die letzte Braut vor dem St. Cecilian-Ball sein.

»Wir müssen sofort Lawrences Eltern Bescheid sagen. Können wir schon gehen, Mama?«

Elizabeth hatte nichts dagegen einzuwenden.

Harry hatte ihr zum Entsetzen Tradds ein Paar Rollschuhe zum Geburtstag geschenkt. Er hatte in ihrem Büro bereits die ganzen Möbel zur Seite gestellt und bestand darauf, daß sie ihn mit ihren Rollschuhen dort begleitete. »Hier kann uns keiner zuschauen«, meinte er. »Kommt, wir wollen gleich einmal üben.« Er hatte auch Tradds Rollschuhe dabei und ein Paar für sich. »Darf ich?« fragte er und bückte sich, um ihr die Rollschuhe anzuziehen.

»Du bist verrückt«, meinte Elizabeth und streckte ihm ihren Fuß entgegen. Als er dann selber ebenfalls auf Rollen stand, holte er ein wenig Schwung und glitt rückwärts durch das Zimmer. »Na, jetzt zeigt er uns aber, was er kann«, meinte sie zu Tradd. »Mach ihm das ja nicht nach!« Harry verzog sein Gesicht, als hätte er in eine saure Zitrone gebissen. »Ich meine, versuch es nicht eher, als bis du dich etwas an die Rollschuhe gewöhnt hast«, fügte sie schnell hinzu. Beide lächelten sie jetzt an.

Harry rollte in eine Ecke des Zimmers und kam mit einer großen Holzkiste wieder zu ihr zurück. Er kniete nieder, öffnete die Kiste und nahm ein scheinbar recht schweres Gerät heraus. Elizabeth klatschte in die Hände, als sie den trompetenförmigen Schalltrichter eines Grammophons erkannte; sie war überwältigt. Harry nahm ihre Hände und half ihr auf die Beine. »Jetzt tanzen wir auf Rollen«, lachte er sie an. »Königin Bess, die Musikanten spielen auf zum Tanz!«

Trotz etlicher Stürze bewegte sie sich am Ende dieses Tages schon recht sicher auf diese ungewohnte Weise. Noch nie hatte ihr etwas derart viel Spaß bereitet.

Und noch nie zuvor hatten ihr die Füße dermaßen wehgetan. Sie kam gar nicht mehr in ihre alten Schuhe hinein. Harry befahl Tradd, eine Schüssel heißes Wasser und etwas Salz zu holen. »Er muß das Wasser noch warm machen«, sagte er mit einem boshaften Lächeln. »Und du kannst mit deinen geschwollenen Füßen kaum noch laufen. Du bist mir völlig ausgeliefert.«

Er konnte sie nicht mehr so leicht irritieren, war keine Bedrohung mehr für sie.

»Komm, laß mich ein wenig deine Füße massieren, bevor du einen Krampf bekommst.« Er setzte sich vor ihrem Stuhl mit gekreuzten Beinen auf den Boden und begann, mit seinen starken Fingern die Wölbung ihrer Füße zu kneten, dann die Fersen, dann die Fußballen, zum Schluß jeden einzelnen Zeh. Elizabeth schloß die Augen. Sie war erschöpfter, als sie gedacht hatte.

»Ich könnte auf der Stelle einschlafen«, murmelte sie.

»Nur zu. Ich trage dich schon wieder in dein Haus.«

»Mmmh. Nein, das geht nicht. Ich muß doch noch das Abendessen vorbereiten.«

»Das Abendessen ist jetzt überhaupt nicht wichtig«, sagte er und rieb einen ihrer Füße mit beiden Händen.

Der Schreibtisch blieb von diesem Tag an in der Ecke des Büros stehen. Sie saß immer noch jeden Tag dahinter, übte aber auch jeden Tag das Rollschuhlaufen. Harry freute sich sehr darüber, daß sie so viel mit seinem Geschenk anfangen konnte.

In einem Zeitraum von drei Wochen feierten sie Weihnachten, Catherines Hochzeit und den St.-Cecilian-Ball. Alle lobten das Hochzeitspaar. Elizabeth kümmerte sich um die Danksagungen und sorgte dafür, daß die Hochzeitsgeschenke auch vollzählig zu dem kleinen Haus in der Water Street gelangten, das das junge Paar jetzt bewohnte. Dann war sie am Ende ihrer Kräfte und froh, daß sie sich immer wieder einmal Harrys langsamen, gewandten, zärtlichen und starken Händen anvertrauen konnte, die sie so lange massierten, bis sie in einen wohligen Schlummer fiel.

Innerhalb der nächsten Monate führte Harry Fitzpatrick Elizabeth in eine Domäne der Freiheit und des Glücks, die sie nie zuvor betreten hatte. Er brachte ihr das Spielen wieder bei und lehrte sie, zu fühlen.

Sie spazierten am winterlichen Strand entlang und genossen es, die verlassene Insel ganz für sich zu haben, erfreuten sich an den spröden Farben und dem milden Licht des Winters. Sie saßen mit ihrem Picknickkorb in den Dünen, spürten die Sonne und den warmen Sand. Harry legte seinen Kopf in ihren Schoß und erzählte von den vielen Stränden der Welt, die er gesehen hatte, von den Felsstränden Südfrankreichs, den Stränden aus zermahlenen Korallen in der Karibik, den Felsklippen Kaliforniens. Sie legte ihm ihre Hand auf den Kopf und betrachtete die schwarzen Locken, die sich um ihre Finger ringelten.

Als es Frühling wurde, erzählte er ihr von den griechischen Göttern und davon, wie unendlich blau sich der Himmel über dem Parthenon wölbte, ein Blau, das so tief und rein war wie ihre Augen. In Stuarts Baumhaus las er ihr im Schutz des dichten Blätterdaches Homer vor.

Er massierte ihre Schultern, wenn sie zu lange über ihren Büchern gesessen hatte, baute mit ihr Papierboote und führte sie in ihr völlig unvertraute Winkel der Stadt. Als Emily starb, hielt er sie lange in seinen Armen, tröstete sie und küßte sie auf den Hals, um den dort sitzenden Schmerz zu lösen.

Irgendwann war es dann Sommer. Elizabeth bot ihm an, ein Zimmer im Strandhaus zu beziehen, und fragte Lucy Anson, ob sie nicht mitkommen wolle und ihr ein wenig zur Seite stehen könne. Lucy willigte gerne ein. Sie sah, wie zerbrechlich Elizabeths Glück war und trug gerne ihren Teil dazu bei, es ein wenig zu beschützen. Sie wußte auch, wie sehr Elizabeth ihren Ruf gefährdet hätte, wenn sie allein mit Harry zum Strandhaus gezogen wäre. Elizabeth war inzwischen so vernarrt in ihn, daß sie sich keine Gedanken mehr darüber machte, was die anderen Leute über sie erzählten.

Lucy war ebenfalls durchaus empfänglich für die Wirkung, die Harry auf seine Mitmenschen hatte. Auch sie merkte, daß der Raum etwas von seiner Helligkeit verlor, wenn Harry gegangen war. Auch sie fühlte sich in seiner Gegenwart gewitzter und lebendiger. Seine unbändige Vitalität und sein begeistertes Interesse an seinen Mitmenschen hatte eben diese

Wirkung. Die vier hatten in diesem Sommer viel Spaß miteinander. Wie Tradd genossen es auch die beiden Frauen, am
Strand nach Muscheln zu suchen und sich deren Farben und
Strukturen genau anzusehen. Dutzende von Flaschen mit ihren Briefen warfen sie ins Meer, lasen viel und debattierten
stundenlang über Mark Twain, Dickens und Zola.

Und immer wieder gab es Zeiten, in denen Elizabeth und
Harry ohne Aufsicht zusammen waren. Lucy konnte es nicht
verhindern und mischte sich auch nicht ein, aber sie machte
sich Sorgen. Elizabeth wurde immer unbefangener. Sie zog
sich auf einmal im Wasser ihre Badeschuhe aus, dann lief sie
barfuß am Strand herum. Irgendwann ließ sie dann ihren
Hut zu Hause. Harry liebte sonnengebräunte Haut und Sommersprossen. Er schwamm leidenschaftlich gerne nachts; es
dauerte nicht lange, dann eiferte Elizabeth ihm nach. Als sie
schließlich Lucy eröffnete, sie wolle die Nacht draußen in den
Dünen schlafen, fühlte sich die alte Frau bemüßigt, ihr Einhalt zu gebieten.

Elizabeth zeigte sich nicht sehr einsichtig. »Lucy, wirklich,
ich finde, ich bin alt genug, um zu wissen, was ich tue. Und
ich tue bestimmt nichts Schlimmes.«

»Du weißt doch, daß die Leute immer gleich das Schlimmste denken, auch wenn es vielleicht nur den Anschein haben
mag. Ich freue mich, daß du so glücklich mit Harry bist. Aber
es muß ja vielleicht nicht ganz so offenkundig sein. Macht,
was ihr für richtig haltet, aber seid diskret dabei.«

»Wobei sollen wir diskret sein? Wir brauchen nichts zu verbergen, weil es nichts zu verbergen gibt. Harry ist ein Gentleman. Er hat mich ein einziges Mal auf den Hals geküßt, aber
sonst ist nichts weiter. Das ist ihm alles überhaupt nicht
wichtig. Deswegen glaube ich übrigens, daß seine Gefühle
für mich echt sind. Er macht nichts, was mir unangenehm
ist.«

Lucy wurde traurig, als sie das hörte. Sie wußte auf einmal,
daß Elizabeth nie auf eine schöne Weise mit einem Mann vereint gewesen war. Lucas muß sich wirklich wie ein Tölpel

verhalten haben, daß sie ihr Eheleben als ›unangenehm‹ empfand. Harry war sicherlich kein unerfahrener Mann. Dafür war er viel zu vital und viel zu männlich. Vielleicht war er ja – wie Pinckney – ein Idealist. Aber das konnte es auch nicht sein. Einer Heirat mit Elizabeth stand ja nichts im Wege. Welche Ziele verfolgte dieser Mensch dann? Sie begann, ihn genauer zu beobachten.

Er berührte Elizabeth häufig, hielt ihre Hand, wenn sie zusammen ins Wasser rannten, zog sie sanft an den Haaren, wenn sie ihn wegen irgendeiner Sache neckte, rieb ihr den Nacken, wenn sie müde war, tanzte mit ihr zu den Klängen des Grammophons und legte sich neben sie auf die Hängematte, wenn er ihr aus einem Buch vorlas, das ihm ein Freund aus Frankreich geschickt hatte. Und dennoch spürte Lucy an seinem Tonfall, daß er mehr wollte. Er liebte und begehrte sie, auch wenn Elizabeth das nicht spüren konnte. Lucy fühlte sich wie ein Eindringling, glaubte, etwas wahrzunehmen, das nicht für sie bestimmt war. Am liebsten hätte sie die beiden allein gelassen, aber ihre Sorge um Elizabeths Ruf verhinderte diesen Schritt. Als Elizabeth wegen der Firma einen ganzen Tag lang in der Stadt zubrachte, bat Lucy Harry, bei ihr zu bleiben und etwas in ihrem Zimmer zu reparieren. »Tradd kann ja seine Mutter begleiten«, meinte sie.

Harry hob fragend seine Augenbrauen, aber er fügte sich.

Als sie dann endlich unter sich waren, lief Lucy unruhig hin und her, schüttelte die Kissen aus und rückte die Möbel zurecht. Die ganze Zeit überlegte sie, wie sie am besten auf ihr Anliegen zu sprechen kommen konnte.

»Wenn Sie mich wahnsinnig machen wollen, dann sind Sie bereits auf dem besten Weg dazu«, sprach Harry sie an. »Heraus mit der Sprache, Miß Lucy! Was haben Sie auf dem Herzen? So machen Sie es sich und mir doch nur noch schwerer.«

Lucy schluckte. »Wollen Sie Elizabeth heiraten?« fragte sie schließlich und blickte dabei auf die verblichenen Muster des Sessels.

»Nein.«

Jetzt schaute Lucy Harry direkt ins Gesicht. »Warum tun Sie denn dann alles, damit sie sich in Sie verliebt? Sie werden sie ruinieren.«

Harry suchte nach Worten. »Ich habe mich in sie verliebt«, sagte er dann. »Sie erfreut mich, sie fasziniert mich, sie hält mich in einem Zustand permanenter Aufregung. Ich begehre sie mehr als jede andere Frau, der ich begegnet bin. Und ich will, daß sie mich auch begehrt... Kommen Sie, setzen wir uns doch besser, während wir uns unterhalten.«

Lucy fühlte sich auf einmal ganz schwach. Sie hatte befürchtet, daß Harry nein sagen würde, aber insgeheim hatte sie es nicht für möglich gehalten. Er bot ihr einen Stuhl an, sie ließ sich kraftlos darauf sinken. Er setzte sich ihr gegenüber, seine Schultern waren gebeugt, seine kräftigen Hände baumelten zwischen seinen langen Beinen.

»Lassen Sie mich kurz etwas über Bess sagen, das Sie wahrscheinlich gar nicht wissen«, sagte er. »Sie ist eine abenteuerlustige und leidenschaftliche Frau, die leider nie die Chance hatte, sich selbst zu finden. Sie ahnt nicht einmal, wie das ist. Sie kommt mir wirklich vor wie eine Wiederverkörperung von Königin Elizabeth – mit ihrem Feuer, ihrer Kraft, ihrer Intelligenz und ihrem Mut. Und gleichzeitig ist sie wie eine königliche Jungfrau. Trotz ihrer Ehe, trotz der Kinder. Ich weiß nicht, mit wie vielen Männern sie ihr Bett geteilt hat, es ist mir auch egal, aber sie ist noch völlig unschuldig.

Ich bin ein Wanderer. Normalerweise wäre ich schon lange weitergezogen. Ich habe alles gesehen, was ich in Charleston sehen wollte. Ich dachte, es würde ein Aufenthalt wie alle anderen auch. Als ich Bess das erste Mal traf, dachte ich, auch sie sei eine Frau wie alle anderen. Ich verliebe mich mit Begeisterung – in Frauen, Plätze, Ideen. Ich liebe mit der ganzen Kraft meines Herzens und meiner Seele. Und dann ist es von einem Tag zum anderen schlagartig vorbei. Und ich glaube, daß keiner durch die Begegnung mit mir ärmer wird. Zumindest hat sich noch keiner bei mir darüber beschwert.«

Lucy schnaubte verächtlich. »Wie auch? Sie waren ja dann schon immer woanders!«

Harry lächelte. »Touché. Vielleicht haben Sie sogar recht. Aber man kann mir nicht vorwerfen, daß ich nicht von vornherein sage, wie ich bin. Ich habe nie irgend jemandem vorgemacht, ich sei beständig und seßhaft.«

»Wie kann ein Mensch nur so werden wie Sie, Mr. Fitzpatrick? Sie sind das reinste Gift.«

»Wollen Sie das wirklich wissen? Bess weiß es. Ich habe ihr alles über mich erzählt. Ich bin ein Abenteurer und der Sohn eines Abenteurers. Eines irischen Abenteurers. Mein Vater verließ im Jahre 1848 seine Heimat, um in Kalifornien sein Glück zu machen. Ein Jahr dauerte es, dann fand er tatsächlich Gold und machte ein Vermögen. Darauf kehrte er nach Irland zurück, heiratete seine Geliebte, die in der Heimat geblieben war, und zog mit ihr nach San Francisco, einer wunderbaren, vor Leben strotzenden Stadt. Aber nicht wunderbar genug, um dort sein ganzes Leben zu verbringen. So packte ich im Alter von achtzehn Jahren mein Bündel, trat in die Fußstapfen meines Vaters und bestieg ein Schiff, das mich meinen Abenteuern in Südafrika entgegentragen sollte. Irrtümlicherweise war ich auf dem falschen Dampfer gelandet und fuhr in den Orient. In Japan blieb ich am längsten. Und so zog ich um die ganze Welt, zwölf, nein, dreizehn Jahre lang.«

»Und das wollen Sie bis an Ihr Lebensende machen?«

Harry zuckte mit den Achseln. »Ich kann es nicht sagen. Ich tue es, solange es mir Spaß macht. Vielleicht mache ich ja irgendwann auch etwas anderes.«

»Das reinste Gift.«

Er hob abwehrend seine Hand. »Nun mal langsam, Miß Lucy. Habe ich denn Bess in irgendeiner Hinsicht geschadet? Oder Tradd? Ich glaube nicht.«

Lucy konnte ihm nur beipflichten. »Aber was ist, wenn Sie

die beiden verlassen? Und was ist...« Sie biß sich auf die Lippe.

»Tun Sie bitte nicht so wie eine alte Jungfer, Miß Lucy. Was soll schon sein, wenn ich Bessies Liebhaber werde, wenn ich sie verführe? Glauben Sie denn, es bekommt ihr besser, ein Leben lang Jungfrau zu bleiben, um dann irgendwann zu sterben und nie von diesem Glück gekostet zu haben?«

Lucy konnte nichts dazu sagen.

»Sie werden doch nicht etwa versuchen, sie zu warnen, oder?« Seine Stimme klang ganz fröhlich, als er das sagte.

Lucy war verstummt. Sie wußte nicht, was sie denken sollte, aber sie wußte nur zu gut, daß sie im nachhinein bedauerte, so lange auf Pinckney gewartet zu haben. Wenn Harry sterben sollte, würde sich Elizabeth in einer ähnlichen Lage befinden wie sie nach Pinckneys Tod. Aber andererseits würde Harry sie irgendwann verlassen. Das war dann noch schlimmer. Oder nicht? Manchmal forderte Liebe einen gräßlichen Preis.

»Sie sind ein Schatz«, meinte Harry. Er küßte ihre Handflächen und machte sich an die Reparatur.

Lucy hatte sich mit Kopfschmerzen auf ihr Zimmer zurückgezogen, als Elizabeth und Tradd wieder aus der Stadt zurückkamen. Sie blieb auch dem Abendessen fern. Sie wußte immer noch nicht, ob sie Elizabeth etwas von ihrem Gespräch mit Harry erzählen sollte oder nicht. Und sie hatte das beunruhigende Gefühl, daß es ganz gleichgültig war, was sie unternahm, daß sie am Lauf der Dinge sowieso nichts ändern konnte.

»War es sehr heiß in der Stadt?« fragte Harry. Er und Elizabeth saßen auf der dunklen Veranda. Er sprach ganz ruhig. Tradd war schon zu Bett gegangen, und er wollte nicht, daß er wach wurde.

»Es war fürchterlich. Kaum zu glauben, daß es schon September ist.« Elizabeth seufzte. »Es ist sogar hier noch heiß.«

611

»Laß uns doch schwimmen gehen. Es wird dich erfrischen.«

»Ich weiß nicht, ob ich dazu noch die Kraft habe. Ich denke, ich sollte einfach die Nacht draußen in der Hängematte verbringen. Dort ist es viel kühler als drinnen im Haus.«

»Wie du willst. Ich hole dir ein Kissen... es sei denn, du willst am Strand schlafen. Ich denke, ich gehe noch ins Wasser und schlafe dann im nassen Badeanzug. Dann ist es kühl genug.«

»Oh, Harry, was für eine tolle Idee. Was meinst du, sollte ich das auch einmal ausprobieren?«

»Ich wünschte sehr, du würdest mitkommen. Ich habe schon den ganzen Tag Sehnsucht nach dir gehabt.«

»Ich habe dich auch vermißt, Harry. Ich ziehe mich eben um.«

Der Ozean war lauwarm. Immer wieder berührten einen unerwartet kühle Strömungen an den Knöcheln oder Hüften. Elizabeth ließ sich von den Wellen sanft hin und her schaukeln. Sie lag auf dem Rücken und träumte vor sich hin. Die Sterne waren ganz nah. Plötzlich hörte sie in der Nähe ein Platschen, dann spürte sie, wie Harry ihren Kopf hielt. »Ich bleibe auch ohne Unterstützung über Wasser«, sagte sie.

»Ich will die Fische mit deinen Haarnadeln füttern«, meinte Harry. »Dein Haar soll überall um deinen Kopf herum frei im Wasser treiben. Dann siehst du aus wie eine richtige Wassernixe.« Seine Finger pflückten die Nadeln aus ihrem Haar. Als es sich löste und auseinanderfiele, genoß sie überrascht das Prickeln, mit dem das kühle Wasser auf ihre Kopfhaut perlte. Das Gefühl war ihr gänzlich unvertraut. Es hatte etwas ungeheuer Befreiendes, war wie eine sanfte Liebkosung. Genüßlich verschmolz sie mit den Bewegungen der Wellen, fühlte sich wie ein Geschöpf des Meeres. Sie lachte auf und neigte ihren Kopf nach hinten unter Wasser, tauchte in einem Halbkreis hinein in die Fluten, spürte, wie das Gewicht ihrer nassen Haare an ihrem Kopf zog. Dann tauchte sie wieder auf, holte tief Luft und schaute sich nach Harry um. Er schwamm wie ein dunkler, geschmeidiger Seehund an sie heran.

»Ich wollte nie mit dem Kopf unter Wasser«, meinte sie. »Was in aller Welt hat mich eigentlich dazu getrieben, es jetzt zu tun?«

»Alle Wassernixen finden Gefallen daran«, meinte Harry lachend. »Wie war es denn?«

»Toll! Ich fühlte mich wie ein kleiner Fisch.«

»Wie prosaisch. Warum kein Delphin, wenn du schon keine Wassernixe sein willst? Ich werde es nicht zulassen, daß du nur ein Fisch sein willst.«

Sie drehte ihren Kopf von einer Seite zur anderen und beobachtete, wie sich ihr Haar dabei durchs Wasser bewegte. Im trüben Licht des Mondes hatte alles etwas Geheimnisvolles; ihr Haar wirkte wie flüssige Bronze oder Kupfer. Es hätte zu einer ganz anderen Person gehören können. Sie selbst fühlte sich wie nie zuvor in ihrem Leben. Immer wieder tauchte sie ins Wasser, berührte den sandigen Boden mit den Fingern, griff hinein, fühlte, wie er nachgab, fand etwas Hartes, Festes darin und holte es hoch. Sie betrachtete das glänzende Fundstück. »Ich habe einen richtigen Schatz gefunden«, meinte sie. »Schau nur.«

Harry schwamm noch näher heran. »Es ist ein wunderbarer Schatz, Bess. Bestimmt ein Juwel aus deiner Krone.« Er nahm zwei Strähnen ihres Haares und flocht den Stein hinein. Dann nahm er ihr Gesicht in seine Hände und blickte ihr lange in die Augen. »Bess, du bist so ungeheuer schön. Ich liebe dich. Ich freue mich, dich so ungebunden, so frei, leicht mondsüchtig und wild zu erleben.«

»Es ist herrlich, so zu sein. Ich wünschte wirklich, ich wäre ein Delphin oder eine Nixe.«

Harry ließ sie los und ließ sich ein wenig zurücktreiben. »Komm, zieh dich ganz aus. Laß das Wasser an deine Haut.«

»Harry!«

»Keine Angst. Ich verspreche dir, ich komme nicht näher. Ich ziehe mich auch aus. Vielleicht ist dies das letzte Mal, daß wir zusammen um Mitternacht im Wasser baden können. Laß uns keine Zeit verlieren . . . So.« Seine nackten Arme glitzerten im Wasser.

»Du schockierst mich, Harry!«

»Nein. Das weißt du besser als ich. Komm, Bess. Du erinnerst mich im Augenblick wieder an das dumme kleine Mädchen, das erst um keinen Preis der Welt seine Schuhe ausziehen wollte. Willst du denn noch ein Jahr verstreichen lassen, bis du mir vertraust? Ich glaube, du bist eher ein alter Wels als ein Delphin.«

»Geh noch ein bißchen weiter weg.«

Harry gehorchte. Elizabeth hob den Saum des Oberteils ihres Badeanzugs und spürte, wie das Wasser ganz zart an ihrem Zwerchfell vorbeistrich. Es war einfach atemberaubend. Die leichte Strömung umschmeichelte ihre nackte Haut mit kaum wahrnehmbaren, erregenden Wellenbewegungen. Plötzlich war sie sich ihres Körpers so bewußt wie nie zuvor in ihrem Leben. Mit einem Mal wollte sie ganz schnell ihren nackten Körper in den Fluten spüren. Rasch zog sie sich weiter aus. Eine kleine Welle platschte sachte gegen ihre nackten Brüste. Sie japste vor Entzücken.

Harrys Stimme erklang nicht weit von ihr entfernt. »Nun, habe ich zuviel versprochen?«

»Es ist wundervoll, einfach unvorstellbar.« Sie mühte sich mit ihrer mit Wasser vollgesogenen Hose ab.

»Was ist? Ertrinkst du? Was ist das für ein Geplantsche? Du weckst ja noch die ganzen Seepferdchen auf!«

»Diese weite Badehose bringt mich noch um! Ich kann sie kaum ausziehen!«

»Ich helfe dir.« Harry tauchte gewandt unter.

Elizabeth wollte ihm noch zurufen, ihr nicht zu nahe zu kommen, da fühlte sie schon, wie er ihre Knöchel berührte, sah, wie silberne Luftblasen nach oben stiegen und um sie herum zerplatzten. Dann spürte sie, wie der Ozean ganz

614

zärtlich von ihrer Haut Besitz ergriff, sie liebkosend um-
spülte und von ihrer Hüfte nach unten an ihr entlang-
strömte, als Harry die Hose über ihre Füße zog. Es war wie
ein Rausch. Ja, dachte sie sich, so müssen sich die Wassernixen fühlen.

Plötzlich tauchte Harry neben ihr auf. »Du hast doch gesagt, du wolltest nicht näher kommen«, sagte Elizabeth. Sie
konnte ihn nicht sehen, aber sie spürte seine Gegenwart. Sie
fühlte sich wie elektrisiert.

»Das wollte ich ja auch nicht«, flüsterte er in ihr Ohr.
Seine Hände berührten sie an der Schulter, fanden die vertrauten Stellen und begannen, sie sachte zu massieren. »Davor hast du doch bestimmt keine Angst, oder?«

»Nein. Aber es ist trotzdem nicht richtig von dir.«

»Es ist goldrichtig. Es ist genau das, was ich tun sollte. Dir
gefällt es doch auch, wenn du das Wasser auf deiner Haut
spürst und ich dich berühre. ›Nur eine kleine Berührung in
der Nacht.‹ Shakespeare.«

Elizabeth mußte lachen. Das Befremden, das sie zunächst
empfunden hatte, war auf einmal wie weggeblasen. Als
seine Hände mit der Strömung ihren Körper entlangglitten,
gab sie sich ganz ihren ekstatischen Empfindungen hin, die
seine Berührungen bei ihr hervorriefen. Es war einfach
traumhaft – die milde Nacht, das weiche Wasser, die Berührungen seiner Hände. Sie fühlte sich wie ein wildes, freies
Geschöpf des Meeres und ganz in ihrem Element.

Als sie allmählich zu frösteln begann, trug er sie zum
Strand und hüllte sie in eine Decke, die er vorsorglich dort
hingelegt hatte. Dann trug er sie in die Dünen und legte sie
auf die Bettdecke, die dort für die Nacht bereitlag. »Ich
küsse dich jetzt, Bess«, sagte er sanft.

Es war ein ganz zarter Kuß, nur der Anflug einer Berührung. Doch es genügte, um eine wahre Feuerwelle in ihr zu
entfachen. »Harry«, keuchte sie leidenschaftlich auf. Dann
murmelte Harry ihren Namen, küßte ihre Ohren und ihre
Schläfen, ihre Augenlider und ihre Kehle, bevor sich ihre

Münder fanden und miteinander verschmolzen. Sie befreite ihre Arme aus der Decke und legte sie um seinen Hals.

»Ich liebe dich, Bess.«

»Und ich liebe dich. Komm, küß mich!«

Als sie ganz berauscht war von seinen Küssen, öffnete er die Decke und legte sie um sich und um ihren Körper. Sie gab sich ganz seinen zarten, warmen Händen hin. Als lange danach die ersten Sonnenstrahlen die dünnen Wolken am Horizont mit ihrem goldenen Licht durchstrahlten, lehrte er sie, wie zwei Liebende eins werden können. Sie löste sich ganz in einer Welle der Glückseligkeit auf; ihr vibrierender Körper war nur noch ein Meer grenzenlosen Glücks. Ihre Erinnerungen waren wie weggewaschen. Sie fühlte sich wie ein neugeborenes Kind, geboren in seinen Armen, geboren in einer Woge der Liebe.

Dann liefen sie gemeinsam in die gischtenden Wellen, hielten sich an der Hand und lachten ausgelassen. Im Wasser küßten sie sich und verschlangen sich ineinander, während ein neugeborener Tag sie mit seinem klaren Licht umhüllte.

Lucy kochte gerade Kaffee, als sie hereinkamen. Sie sah auf den ersten Blick, daß sie sich keine Gedanken mehr darüber machen mußte, ob sie Elizabeth vor Harry warnen sollte oder nicht.

53

»Sich zu lieben ist das Höchste und Lächerlichste zugleich, das man als Mensch tun kann. Wir sollten es nicht zu ernst nehmen, sonst verlieren wir den Spaß dabei. Denk daran, meine Königin! All diese Ellbogen und Knie, die man dem anderen in den Leib stoßen kann! Ganz zu schweigen von dem ungeheuren Gesichtsfortsatz, den ich mein eigen nenne. Jedes Mal, wenn ich dich küsse, ist er eine beständige Gefahr für deine Augen.« Er erbrachte den Beweis, indem er mit seiner Nase ihre Augenlider berührte, fast ihre viel kleinere Nase zerquetschte, und erst dann ihre Lippen fand. Sie küßten sich lachend.

Die Senke in den Dünen, in der sie das erste Mal zusammengekommen waren, wurde zum neuen Zentrum in Elizabeths Leben. Jede Nacht verbrachten sie jetzt dort. Die Stunden, die vergingen, bis im Haus endlich Ruhe einkehrte, erschienen ihr wie eine halbe Ewigkeit unerträglich süßer Agonie. Ihr ganzer Körper fieberte Harry entgegen. Während sie aßen, mußte sie ihm gegenübersitzen. Wenn sie auf der Veranda plauderten oder zusammen sangen oder lasen, saß sie ihm ebenfalls gegenüber. Wäre sie ihm näher gekommen, hätte sie es nicht mehr geschafft, ihre Hände davon abzuhalten, seinen Arm oder sein Gesicht oder sein Knie oder seine Schulter zu berühren. Glücklicherweise war Tradd völlig unempfänglich für die Hochspannung, die zwischen den beiden herrschte. Elizabeth hielt es kaum für möglich, daß man überhaupt so blind sein konnte. Harry versicherte ihr jedoch, daß dreizehnjährige Jungen bekannt dafür waren, in diesen Dingen extrem unaufmerksam zu sein. Sie war dafür sehr dankbar. Und sie schätzte auch Lucys verschwiegene, stillschweigende Billigung.

Als dann die Zeit ihrer Rückkehr in die Stadt nahte, fühlte Elizabeth eine tiefe Verzweiflung. »Nimm es nicht tragisch«, riet ihr Harry. »Delia geht doch jeden Abend zu sich nach Hause. Wenn Tradd dann schläft, haben wir das ganze Haus für uns; Kerzenlicht und Champagner stehen schon bereit.«

Und so war es auch. Sie liebten sich sogar im Baumhaus und dämpften ihr lautes Stöhnen mit leidenschaftlichen Küssen. Einmal kehrten sie zum Strand zurück und genossen einen einsamen Herbsttag zu zweit.

Harry machte Elizabeth mit jedem Zentimeter ihres Körpers vertraut. Sie wurde so sensibel gegenüber Berührungen, daß es ein erotisches Erlebnis für sie wurde, sich anzuziehen, sich die Haare zu bürsten oder sich das Gesicht zu waschen. Dann lehrte er sie, das Essen und Trinken zu genie-

617

ßen, so daß jeder Bissen und jeder Schluck zu einem Abenteuer wurde, bei dem man sich in neue Regionen des Geschmacks und des Geruchs vortastete. Sie fühlte die Weichheit ihres Mundes, die Schärfe ihrer Zähne, die Bewegungen ihrer Kehle, wenn sie etwas herunterschluckte, die unterschiedlichsten Geschmacksempfindungen auf Gaumen und Zunge. Ihr ganzes Leben wurde eine einzige Exkursion ins Reich einer ihr vorher unbekannten Sinnlichkeit.

Dann brachte er ihr bei, wie sie seinen Körper mit der gleichen Sensibilität wie ihren eigenen erspüren konnte.

Obwohl sie in dieser ganzen Zeit kaum zum Schlafen kam, fühlte sie keine Müdigkeit. Sie schien Harrys dynamische Vitalität in sich aufzusaugen, und hatte eine größere Energie und geschärftere Sinne als je zuvor in ihrem Leben. Und sie brauchte diese neuen Qualitäten, um den wachsenden Anforderungen durch Tradd gerecht werden zu können. Die intellektuelle Neugier, die in ihm erwacht war, machte die Zeit mit ihm zu einer Herausforderung. Er verlangte, daß man sich auf seine Begeisterungsfähigkeit und sein staunendes Lernen einlassen konnte. Er war ganz aufgeregt von seinen ganzen Entdeckungen und brannte förmlich darauf, sie anderen mitzuteilen.

Elizabeth mußte sich auch auf die neuen Bedürfnisse ihrer Tochter einstellen, die diese an sie richtete. Sie würde im Februar Großmutter werden, und Catherine wollte bei jeder Veränderung in ihrem Körper genau wissen, was da eigentlich vor sich ging. Wie alle jungen Frauen, die zum ersten Mal Mutter wurden, hatte sie alle fürchterlichen Geschichten, die sich um Geburten rankten, begierig in sich aufgesogen. Ihre Schwangerschaft war für sie das Wichtigste auf der Welt, und sie fühlte sich berechtigt, Elizabeth damit bis an die Grenze ihrer zeitlichen und seelischen Möglichkeiten zu beanspruchen.

Zusätzlich zu den Forderungen, die ihre Kinder an sie stellten, hatte sie den Haushalt zu führen und die Geschicke der Tradd-Simmons-Phosphatgesellschaft zu lenken. Geld war dabei immer noch ein großes Problem. Es gab für sie keine Möglichkeit mehr, Verträge mit amerikanischen Abnehmern abzuschließen. So mußte sie den Dünger nach England verkaufen, was hohe Transportkosten mit sich brachte. Jede Unregelmäßigkeit bei der Organisation führte sofort zu großen finanziellen Verlusten. Es war auch wesentlich schwieriger geworden, die nötigen Arbeiter zu finden. Viele waren in die aufstrebenden Zentren des Nordens und Westens abgewandert. Die Maschinen konnten nicht mehr im erforderlichen Umfang gewartet werden, einiges ging zu Bruch. Hätte sie in dieser Situation nicht durch ihr Glück mit Harry soviel Freude und Kraft empfunden, wäre sie verzweifelt.

Im Laufe des Herbstes kehrte Joe Simmons nach Charleston zurück. »Du siehst sehr gut aus, Elizabeth«, sagte er, als er nach so langer Zeit wieder vor ihr stand. Er selbst hatte einiges an Gewicht zugelegt, sein Haar war gelichtet. Elizabeth hatte den Eindruck, er sei alt geworden. Und er wirkte sehr traurig auf sie. Jetzt, wo sie vor Glück schier überquoll, konnte sie es kaum ertragen, einen alten Freund so mutlos zu sehen. Sie suchte verzweifelt nach etwas, mit dem sie ihn aufheitern konnte.

Bei Gott, dachte sie, da gibt es einiges, über das er traurig sein kann. Er hatte ihr über Emilys Tod geschrieben, daß es eine Erlösung für alle war. Die letzten Monate hatte sie vor Schmerzen nicht mehr ein noch aus gewußt; Joe war die ganze Zeit nicht von ihrer Seite gewichen. Da er hilflos mitansehen mußte, wie sie dahinsiechte, waren die Schmerzen, die er empfunden hatte, bestimmt genauso unerträglich gewesen. Nach Emilys Tod war er dann mit Victoria nach Europa gereist und hatte versucht, seine Tochter aus ihrer tiefen Melancholie zu reißen. Die Schule fiel ihr nicht leicht, und der Tod ihrer Mutter hatte sie schwer getroffen. Joe befürchtete, sie könne vielleicht überhaupt nicht mehr darüber hinwegkommen. Er sah keine Möglichkeit, den Panzer aus

Schweigen, mit dem sie sich umgeben hatte, zu durchdringen.

»Du warst doch auch einmal so wie sie, Lizzie«, meinte er. »Aber ich konnte dich immer noch zum Lachen bringen. Bei Victoria bin ich völlig machtlos. Ich habe sie mit nach Charleston gebracht. Hier war sie doch einmal sehr glücklich, hatte ihren Freundeskreis. Ich hoffe, daß es ihr hier wieder besser gehen wird.«

»Aber die Schule hat doch schon im letzten Monat wieder angefangen, Joe. Wird sie denn jetzt überhaupt noch aufgenommen?«

»Sie wird im neuen Schuljahr nach den Weihnachtsferien in ihre alte Klasse kommen. Bis dahin kümmert sich eine Gouvernante um sie, so daß sie nicht hinter die anderen zurückfällt.«

Elizabeth schüttelte mißbilligend den Kopf. »Du liebe Güte, Joe, dein Kind ist doch jetzt seit unvorstellbar langer Zeit nicht mehr mit Gleichaltrigen zusammengekommen! Kein Wunder, daß es so finster dreinschaut. Du kannst einem fünfzehnjährigen Mädchen nicht alles das geben, was es braucht. Ich mache dir einen Vorschlag. Nächsten Samstag ist auf dem Landgut meines Bruders großes Erntedankfest. Wenn ihr um neun Uhr morgens hier seid, dann könnt ihr mit mir hinausfahren. Und besorge ihr ein schönes Kleid in der Art, wie es die jungen Mädchen hier in Charleston tragen, ja? Das wird sie bestimmt aufmuntern.«

Sie sollte recht behalten. Victoria wirkte sehr hübsch und sehr glücklich. Sie trug ein dunkelblaues, einfach gehaltenes Kaschmirkleid, mit dem sie nicht weiter aus dem Rahmen fiel, und hatte sogar ein bißchen Farbe bekommen. Die frische Luft tat ihr augenscheinlich gut; als Elizabeth sie das erste Mal gesehen hatte, war sie erschreckend blaß gewesen. Auch der ganze Trubel war sehr gut für sie. Die jungen Mädchen deckten die Tische und trugen emsig Teller, Servietten und Silberbesteck von der Küche nach draußen. Elizabeth machte es sich auf ihrem Stuhl gemütlich und war froh, daß sie zu den älteren Damen gehörte, die es sich leisten konnten, dem Treiben der jungen Mädchen zuzuschauen. Joe saß an ihrer Seite. Sie wandte sich zu ihm hin und lächelte ihn an.

»Du mußt dir ja vorkommen wie ein Pascha in seinem Harem«, meinte sie. Die meisten Männer waren noch auf der Jagd. Joe und vier ältere Herren waren die einzigen männlichen Personen unter etwa vierzig Frauen.

»Mir geht es gut«, antwortete er. »Du hast Victoria sehr geholfen. Dafür bin ich dir wirklich dankbar.«

»Unsinn. Ich habe doch gar nichts getan. Außerdem konnte ich heute länger schlafen, weil du mich hierher gefahren hast. Sonst hätte ich um fünf mit Tradd und Harry zusammen aus dem Haus gehen müssen. Du bist es, der mir einen Dienst erwiesen hat.«

Joe wandte die Augen ab. Er wollte, daß sie nichts von seinen Gefühlen für sie merkte. Verschämt hatte er sich daran erinnert, daß er selbst an Emilys Totenbett immer wieder hatte an sie denken müssen. Er glaubte durchaus, daß eine Rückkehr nach Charleston das Beste sein würde, was er für Victoria tun konnte, aber es hätte ihn auch unabhängig davon an diesen Ort zurückgetrieben. Er liebte seine Tochter, aber Lizzie Tradd liebte er mehr als alles andere auf der Welt. Während der Monate in Europa dachte er oft daran, wie schön es wäre, mit Elizabeth zusammenzuleben. In sechs Monaten würde seine Trauerzeit um sein; dann wollte Joe sie fragen, ob sie ihn heiratete. Dieses Mal wollte er von ihr selbst eine Antwort bekommen. Und wenn sie nicht einwilligte, würde er sie so lange fragen, bis sie ihm ihr Jawort gab. Er war geduldig. Er wartete jetzt seit zwanzig Jahren auf seine Chance.

»Da kommen sie zurück«, rief sie plötzlich. Joe schaute sie an. Als er ihr Gesicht sah, krampfte sich ihm alles zusammen. Eine eisige Faust legte sich um sein Herz. Er sah bei ihr eine Inbrunst, für die es nur eine Erklärung gab: einen anderen Mann.

621

Die Jäger ritten triumphierend auf den ungepflegten Rasen. Hinter ihnen wurden acht Stück Rotwild, die mit den Läufen an langen Holzpfählen hingen, von jungen Schwarzen mitgeführt. Einer der Reiter stieg von seinem Pferd und eilte auf Elizabeth zu. Joes Gesicht war weiß vor Wut.

Er kannte ihn nicht, aber er wußte sofort, dies war der Mann. Er konnte es an Elizabeths Reaktion auf ihn spüren, ohne sie dabei anzusehen. Seine Augen verengten sich zu schmalen Schlitzen, als er ihn musterte. Ein komischer Kauz, dachte er sich. Kaum erwachsen. Vielleicht täusche ich mich ja doch.

»Bess, ich könnte sie alle umbringen«, meinte Harry, als er neben ihr stand. »Ich möchte, daß du mit mir kommst, bevor ich ganz die Kontrolle verliere.«

Elizabeth erhob sich und nahm ihn am Arm. »Natürlich«, sagte sie rasch. »Darf ich dich kurz meinem Freund Joe Simmons vorstellen? Joe – Harry Fitzpatrick!«

Joe stand auf und schüttelte seine Hand. Nach einem flüchtigen »Wie geht's?« nahm Harry Elizabeth am Arm und eilte mit ihr zum Fluß.

Elizabeth mußte fast rennen, um mit ihm Schritt halten zu können. An der Anlegestelle hielt er inne. Sie atmete so heftig, daß sie kaum sprechen konnte. »Was ist denn los, Harry? So kenne ich dich ja gar nicht!«

»Ich mich auch nicht. Was mich so aufregt, ist diese besondere Art der Gastfreundschaft, die dein Bruder zu bieten hat. Worauf habe ich mich hier eigentlich eingelassen? Im Morgengrauen stand ich mit deinem werten Bruder und seinen Jagdkumpanen zusammen und mußte mit ansehen, wie sie erst einmal ein paar Whiskey kippten und mit markigen Sprüchen ihre Mordlust anstachelten. Dadurch kamen sie dann richtig in Stimmung. Es war einfach abscheulich. Dann sind sie losgezogen, um diese herrlichen Tiere abzuknallen. Sie hätten ihre Flinten besser aufeinander richten sollen. Die Tiere haben wenigstens noch eine gewisse Würde. Von den Jägern kann man das nicht gerade behaupten!«

622

Elizabeth legte besänftigend ihre Hand auf seine Wange. »Das kann doch nicht alles gewesen sein. Du weißt doch, wie Männer sein können. Du hast mir selber erzählt, wie sie sich in Kalifornien betranken und dann in den Bars wüste Schlägereien anfingen. Das ist doch schlimmer, als wenn sie sich Mut machen und dann auf die Jagd gehen.«

Harry nahm ihre Hand und hielt sie fest. Er drehte seinen Kopf, so daß seine zitternden Lippen ihre Handfläche berührten. Er schloß seine Augen. »Harry, bitte, erzähl es mir.«

Harry schluckte, dann richtete er sich auf und schaute sie an. »Du hast recht. Entschuldige. Ich bin ganz hysterisch. Komm, wir setzen uns hin. Ich fühle mich noch ein wenig wackelig auf den Beinen.«

Er hielt ihre Hand fest, während er sprach. Was ihn verrückt gemacht hatte, war die Prüfung gewesen, der der Junge an diesem Morgen unterzogen worden war. Er hatte das erste Stück Wild seines Lebens erlegt. Um dieses Ereignis zu feiern, hatte er eine Bluttaufe über sich ergehen lassen müssen. »Kennst du diesen Brauch, Bess?«

»Ja. Ich habe davon gehört, und ich finde es gräßlich. Aber alle Jungen müssen da durch, Harry. Es gehört zur Tradition.«

»Aber es ist Barbarei. Der ›kleine‹ Stuart packte das tote Tier und zog dessen Kopf am Geweih zurück. Dann mußte Tradd dem Bock die Kehle aufschneiden. Stuarts werter Onkel und seine Vettern fingen das herausspritzende Blut mit den Händen auf und beschmierten ihn damit. Dann wischten sie ihre Hände an seinem Haar und seinem Hemd ab. Es war ekelhaft. Mir wurde schon beim Zuschauen schlecht. Mir wird jetzt noch ganz übel, wenn ich daran denke.«

»Wie hielt sich Tradd?«

»Fabelhaft. Er tat so, als wenn es ihm nichts ausmachen würde. Er beherrschte sich meisterhaft. Als sie ihn dann in Ruhe ließen, verzog er sich in die Büsche und mußte sich übergeben. Ich habe seinen Kopf gehalten.«

»Nun, jetzt ist es doch vorbei. Kannst du es nicht einfach vergessen?«

»Ich kann nicht vergessen, daß ich wie angewurzelt daneben stand und nicht eingegriffen habe! Wenn sie das mit mir gemacht hätten, hätten sie ihr blaues Wunder erlebt. Aber ich sah keinen Weg, es Tradd zu ersparen. Ich mußte zulassen, daß er diese widerwärtige Prozedur durchlitt, sonst hätte sie ihm noch ein zweites Mal bevorgestanden. Es war die reinste Hölle. Ich verstehe nicht, wie du es ertragen kannst, eine Mutter zu sein und zu wissen, daß dein Kind an solchen Bräuchen teilnimmt.«

»Ist dies der Harry Fitzpatrick, der mir einmal gesagt hat, ich würde den kleinen Tradd zu sehr behüten?«

Harry wollte noch etwas darauf sagen. Aber er hielt plötzlich inne. Elizabeth wartete. Dann begannen seine Schultern zu zucken. Es dauerte nicht lange, und er bog sich vor Lachen. »Treffer! Jetzt hast du es mir aber gegeben! Und nicht zu knapp! Du rothaarige Hexe, ich liebe dich. Du bist ein ganz außergewöhnliches, perfektes, majestätisches Geschöpf! Gut, gehen wir; und ich werde mich deinem widerlichen Bruder gegenüber ganz freundlich verhalten.«

»Einverstanden. Und vergiß bitte das kleine blonde Mädchen nicht. Es heißt Victoria und ist Josephs Tochter. Ich habe dir ja schon von ihr erzählt.«

»Das arme Kind. Ich werde versuchen, sie mit Geschichten von Heinzelmännchen und vierblättrigen Kleeblättern etwas aufzuheitern.«

»Tu das.« Ich hoffe, es macht dich glücklich, mein Geliebter, dachte sie. Nicht ihr Sohn, sondern Harrys Überreaktion auf die Geschehnisse machte ihr Sorgen.

Elizabeth lag mit ihrer Intuition durchaus richtig, obwohl sie noch nicht genau erfaßte, was sie da spürte. Harry fühlte tatsächlich eine ihm wohlvertraute Unruhe. Er konnte diesem Ort, an dem er jetzt für seine Verhältnisse schon ungewöhnlich lange geblieben war, nicht mehr viel Reiz abgewinnen.

Die beiden Schwarzen warfen ganze Schaufeln voller Austern auf den riesigen Eisengrill über den glühenden Kohlen. Die Herumstehenden applaudierten; der Festschmaus begann. Es dauerte nur ein paar Minuten, dann öffneten sich die Schalen der Austern von der Hitze der Glut, und heißer Dampf stieg aus ihnen auf. Die fertigen Austern wurden auf große Tabletts geschoben, und eine neue Ladung Schalentiere landete auf dem Grill. Über ein Dutzend Körbe voller Austern warteten noch darauf, erhitzt zu werden.

Henrietta und die Mädchen trugen große Schüsseln voller Gemüse herbei, stellten frisches Maisbrot und Platten voller Fleisch auf den Tisch.

»Setz dich doch mit hier zu uns, Joe«, bat Elizabeth. Die ganze Familie Tradd hatte sich um sie herum versammelt. Harry saß neben ihr, auf der anderen Seite hatte ihr Bruder Platz genommen.

Stuart konnte es kaum erwarten, Joe nach den neuesten Nachrichten aus New York zu fragen. »Was schreiben denn die Yankee-Blätter über die jüngsten politischen Ereignisse, Simmons?« fragte er.

Joe legte seine Gabel wieder auf den Tisch. »Nun, die Spannungen zwischen den Vereinigten Staaten und Spanien haben sich so sehr verstärkt, daß alles nach einem baldigen Konflikt aussieht.«

»Meinst du wirklich, es gibt wieder Krieg? Wie lange wird es noch dauern?« Stuart war ganz begeistert von der Aussicht auf militärische Auseinandersetzungen.

»Ich glaube, das wird sich nicht vermeiden lassen«, antwortete Joe. »Spanien hat Kuba gerade eine begrenzte Selbstverwaltung zugestanden, aber die Spannungen dort sind so groß, daß es nur noch eine Frage der Zeit ist, bis das Pulverfaß explodiert. Die spanischen Landbesitzer werden die Selbstverwaltung nicht akzeptieren, die Kubaner werden die volle Unabhängigkeit anstreben. Amerika wird die Situation nutzen, den spanischen Einfluß in der Region zurückzudrängen; die Spanier werden an Macht verlieren. Die Fabriken im

625

Norden haben schon begonnen, auf Hochtouren Uniformen und Stiefel zu produzieren.«

Stuarts Augen leuchteten. »Diesen Krieg werde ich jedenfalls nicht verpassen, das kann ich euch schwören! Ich bin schon um den letzten Krieg betrogen worden; dieses Mal werde ich rechtzeitig losreiten und mit meinen Jungs zusammen einen Kampfschrei loslassen, der die Mauern Madrids erzittern läßt!«

Elizabeth konnte die martialischen Sprüche ihres Bruders kaum ertragen. Nie hatte sie die Bitterkeit nachvollziehen können, mit der Stuart selbst dreißig Jahre nach Ende des Krieges immer noch lieber heute als morgen gegen alles losschlagen würde, was damals den Südstaaten ihre Niederlage beigebracht hatte. Sie betrachtete Joe. Er schaut die ganze Zeit auf Victoria, dachte sie. Worum macht er sich nur so viele Gedanken? Seine Tochter wird doch nie in den Krieg ziehen müssen.

Doch sie sah nicht, daß Joes Blick Harry Fitzpatrick galt. Ich werde es noch herausfinden, was ihr miteinander habt, schwor er sich. Es hat mir überhaupt nicht gefallen, wie Lizzie so schnell hinter dir herlaufen mußte, daß sie fast gefallen wäre. Überhaupt nicht.

54

»Lizzie, ich müßte einmal unter vier Augen mit dir sprechen«, meinte Joe, als sie zusammen mit dem Einspänner nach Carlington fuhren.

Ich wünschte, er würde endlich aufhören, mich Lizzie zu nennen, dachte Elizabeth. Das habe ich ihm doch wirklich schon oft genug gesagt. Sie zügelte ihren Unmut und sagte mit ruhiger Stimme: »Nur zu, Joe. Wir haben jetzt die ganze Fahrt für uns.«

»Ich möchte wissen, ob du diesen Harry Fitzpatrick heiraten willst. Und erzähl mir nicht, das ginge mich nichts an.«

Elizabeth war durch Joes Frage wie vor den Kopf gestoßen. Sie mußte sich eingestehen, daß sie nicht ein einziges Mal darüber nachgedacht hatte. Wenn sie mit Harry zusammen war, war kein Platz für irgend etwas, das über die Gegenwart mit ihm hinausging. Sie fühlte sich dann völlig ihm zugehörig, folgte ihm, ohne zu fragen, überallhin, schenkte ihm vorbehaltlos und ohne zu zögern ihren Körper, ihre Liebe und ihr Herz. Und dennoch war das alles nur ein Teil ihres Lebens. Tagsüber war sie die Mutter von Catherine und Tradd und kümmerte sich um die Belange der Tradd-Simmons-Phosphatgesellschaft. Dann war sie die von allen Seiten bewunderte Witwe, zu der die Frauen aufschauten und die die Männer mit Respekt behandelten. Nur in den stillen Stunden der Nächte und den seltenen Momenten, in denen sie sich mit Harry an irgendeinen verborgenen Platz zurückzog, wurde sie zu Harrys Bess. Wieso hatte sie sich eigentlich nie gefragt, was einmal aus ihnen werden würde? Wieso erschien ihr dieses Doppelleben ganz natürlich? Wenn sich Mann und Frau liebten, dann heirateten sie irgendwann. So war sie doch erzogen worden. Warum hatte sie denn die ganze Zeit über kein einziges Mal darüber nachgedacht? Und warum hatte auch Harry das nie zur Sprache gebracht?

Joe hatte bereits eine ganze Weile mit ihr gesprochen, ohne daß sie ihm zugehört hätte. Sie riß sich aus ihren Gedanken und zwang sich, sich wieder auf ihn zu konzentrieren.

». . . war es ja ein Fehler. Ich war nicht da, als du Cooper geheiratet hast. Ich habe ihn nie kennengelernt. Aber ich weiß, daß er dich nicht glücklich gemacht hat. Und ich muß mit dir über diesen Fitzpatrick sprechen, weil ich nicht will, daß du erneut unglücklich wirst. Ich habe mich über ihn erkundigt. Er ist ein Taugenichts, Lizzie, ein Schmarotzer. Er wohnt in deinem Haus und tut nichts dazu. Wenn er ein richtiger Mann wäre, würde er sich darum kümmern, sich etwas Beständiges aufzubauen, einem ehrbaren Beruf nachzugehen,

627

für die Zukunft zu sorgen. Mit den paar Unterrichtsstunden verdient er doch nicht einmal genug, um einen Kanarienvogel zu ernähren, geschweige denn eine Frau!«

»Ich habe dich oft genug gebeten, mich nicht mehr ›Lizzie‹ zu nennen, Joe! Ich bin kein Kind mehr. Ich heiße Elizabeth und bin eine Frau von achtunddreißig Jahren.« Sie war ziemlich laut geworden. »Und ich würde es begrüßen, wenn du mir überläßt, wie ich mein Privatleben gestalte.« Sie wandte ihm den Rücken zu. Für den Rest der Fahrt herrschte ein unbehagliches, quälendes Schweigen.

Erst kurz vor der Zufahrt nach Carlington drehte sich Elizabeth wieder zu ihm um. »Joe«, meinte sie, »bitte, laß uns nicht miteinander streiten.« Sie lehnte ihren Kopf an seinen Oberarm. »Du bist einer meiner besten Freunde. Ich will nicht wütend auf dich sein. Aber respektiere mich als erwachsene Frau. Mehr verlange ich gar nicht. Wenn ich Fehler mache, dann gehört das dazu. Das mußt du einfach akzeptieren. Einverstanden?«

Sein Arm war hart wie Eisen. »Ich konnte dir noch nie einen Wunsch abschlagen«, antwortete er, ohne sie dabei anzuschauen. »Ich denke, das wird auch so bleiben. Aber ich kann es trotzdem nicht gutheißen. Ich werde mich nicht mehr dazu äußern. Reicht dir das?«

Elizabeth küßte ihn sanft auf sein Ohr. »Danke, Joe.«

Im Januar erlebte Kuba schwere Auseinandersetzungen zwischen Anhängern Spaniens und deren Gegnern. Die amerikanischen Geschäftsleute auf der Insel forderten die Regierung in Washington auf, ihnen zu Hilfe zu kommen. Ein Marineschiff, die *Maine*, stach in See und erreichte Ende des Monats den Hafen von Havanna. Durch ihre Präsenz sollten die gefährdeten Landsleute vor Übergriffen geschützt werden.

Harry versuchte, Tradd ein wenig vor der Kriegsbegeisterung zu schützen, die ihm von seinen Klassenkameraden entgegenschlug. Er unternahm lange Spaziergänge mit ihm und erzählte, wie es auf Kuba, der ›Perle der Karibik‹, einmal ausgesehen hatte, als dort noch Piraten ihr Unwesen trieben.

Elizabeth begleitete die beiden nicht; sie sagte, sie müsse arbeiten und sich um die Reparaturen in Carlington kümmern. Doch das war nur ein Vorwand. Sie benötigte einfach ein wenig Abgeschiedenheit, um über ihre Situation nachdenken zu können. Joes beunruhigende Fragen hatten sie nicht mehr zur Ruhe kommen lassen. Wenn sie mit Harry zusammen war, konnte sie nicht an ihre Zukunft denken. Sie liebten sich; das war alles und mehr als genug.

Doch sobald sie auseinander waren, überfielen sie auf einmal Ängste und quälende Zweifel. Sie versuchte, Anzeichen dafür zu finden, daß Joe recht haben könnte und Harry sie tatsächlich zum Narren hielt. Bei allem, was er sagte, suchte sie nach Zweideutigkeiten; sie betrachtete sich im Spiegel und spähte voller Sorge nach Falten und grauen Strähnen; sie quälte sich mit dem Gedanken, daß Harry sie bald verlassen würde und wurde fürchterlich eifersüchtig auf jedes jüngere Mädchen, das ihm auf den Parties Gesellschaft leistete, auf die sie als ältere Witwe nicht mehr eingeladen wurde.

Immer wieder nahm sie sich vor, Harry darauf anzusprechen, auf das Schlimmste gefaßt zu sein und dann damit leben zu lernen. Wenn es jedoch dunkel wurde und sie wieder in seinen Armen lag, verdrängte sie alle störenden Gedanken und gab sich ganz ihrem gemeinsamen Glück hin. Dann war alles in Ordnung...

Eines Nachts wurden sie durch lautes Hämmern an der Tür aus ihrer Umarmung aufgeschreckt. Harry löste sich von ihr und rannte zum Fenster. »Verflucht! Hast wenigstens du noch deine Kleider an? Gott sei Dank. Geh schnell zur Tür! Ich passe solange auf Tradd auf!« Er hatte bereits Hemd und Hose angezogen. Während er sich noch mit den Knöpfen beschäftigte, stürmte er bereits zum Haupthaus.

Lawrence Wilson stand vor der Tür und eröffnete Elizabeth, daß bei Catherine die Wehen eingesetzt hatten und sie nach ihrer Mutter verlangte. »Ich komme sofort, Lawrence!«

629

sagte sie. »Ich muß mir nur noch eben meinen Mantel holen!
Du brauchst keine Angst zu haben; es dauert bestimmt noch
eine ganze Weile, bis es soweit ist. Ich bin gleich wieder da!«

Harry und Tradd standen oben auf der Treppe. »Du wirst
bald Onkel«, rief Elizabeth Tradd zu. »Geht jetzt besser wieder in euer Bett. Ich komme morgen im Laufe des Tages wieder zurück.« Sie bemerkte, daß Harry in der Eile seine Hose
nicht richtig zugeknöpft hatte und mußte lächeln. Gar nicht
so schlecht für eine werdende Großmutter, dachte sie sich.

Es war eine schwere Geburt. Erst am Ende des nächsten Ta-
ges erblickte ein kräftiger Enkelsohn das Licht der Welt.
Catherine eröffnete ihrer Mutter, daß sie ihn Lucas Lawrence
Wilson nennen würde. Dann fiel sie in einen erschöpften
Schlaf.

Es wird also doch noch einen kleinen Lucas geben, dachte
sich Elizabeth. Ich werde mich wohl daran gewöhnen müssen. Vielleicht können wir ihn ja ›Luke‹ nennen. Sie fühlte
sich auf einmal ungeheuer müde. Lawrence begleitete sie
noch nach Hause.

Tradd begrüßte sie mit einem wahren Wortschwall. Zunächst verstand sie überhaupt nicht, was er sagte; Tradd war
ganz durcheinander vor Aufregung. »Immer mit der Ruhe«,
meinte sie. »Und etwas leiser, wenn es geht, ja?«

»Die *Maine*, Mama! Die Spanier haben die *Maine* versenkt!
Es gibt Hunderte von Toten. Ein trauriger Tag für Amerika.«

»Ah ja«, meinte Elizabeth matt. »Trotzdem werde ich jetzt
ins Bett gehen, mein Guter. Und jedem, der es wagt, mich
aufzuwecken, steht etwas Ähnliches bevor wie den Männern
auf der *Maine*.«

Der Vorfall mit der *Maine* beherrschte während der nächsten
Wochen die Schlagzeilen aller Zeitungen. Eine ungewöhnli-
che Hektik war auf den Straßen und Plätzen spürbar; fieber-
haft warteten die Menschen auf die neuesten Nachrichten;
alle erwarteten, daß es bald Krieg mit Spanien geben würde.

Auch Tradd wurde von dieser Aufregung ergriffen. Den halben Vormittag wurden in der Schule militärische Übungen durchgeführt. Er war zum Leutnant ernannt worden und ganz stolz auf seine Offiziersstreifen.

Harry unterrichtete mittlerweile Spanisch. »Ich bin zwar nicht besonders gut darin«, meinte er mit einem verschmitzten Lächeln, »aber sonst gibt es überhaupt keinen, der es kann, insofern auch keinen, der meine Künste beurteilen könnte.« Wie er erzählte, hatte er fünf Monate lang in der Nähe von Barcelona zusammen mit Zigeunern in Höhlen gelebt. Elizabeth gegenüber hatte er noch nie etwas von dieser Zeit erzählt. Als sie es jetzt zum ersten Mal hörte, war er ihr völlig fremd. Was ist das nur für ein Mensch, den ich da liebe, fragte sie sich irritiert.

Lucy Anson machte sich große Sorgen um Andrew. Bisher hatte er in Friedenszeiten in der Armee seinen Dienst getan. Das Militär hatte ihm ein ruhiges und beständiges Leben gesichert. Sie wußte, daß das jetzt vorbei war und er sich bald auf dem Schlachtfeld würde bewähren müssen.

Die allgemeine Spannung wuchs ins Unerträgliche. Als dann endlich am 25. April der amerikanische Kongreß Spanien offiziell den Krieg erklärte, war es für alle wie eine Erlösung.

Aus ganz South Carolina versammelten sich die Freiwilligen vor der Zitadelle, um in den Krieg zu ziehen. Stuarts drei Söhne gehörten zu den ersten, die sich in die Rekrutierungslisten eintrugen. Stuart selbst traf der Schlag, als er erfuhr, daß das Militär ihn nicht mehr nehmen würde, da er bereits zu alt sei. »Zu alt?« tobte er, als er wieder nach Hause zurückkehrte. »Wie kann es dieser Grünschnabel von Colonel wagen zu behaupten, ich sei zu alt fürs Militär? Ich bin vierundvierzig Jahre alt und muß mir von einem Vierzigjährigen sagen lassen, ich dürfe nicht mehr für die Ehre Amerikas kämpfen! Es ist unglaublich! Ich bin mir hundertprozentig sicher, er ist ein alter Republikaner und kann nicht vergessen, daß wir Red Shirts es waren, die sie aus dieser Gegend vertrieben haben!«

Elizabeth genoß in diesen unruhigen Zeiten die Entspannung, die ihr ihre Rolle als Großmutter bot. Jeden Nachmittag ging sie in die Water Street und nahm das frischgebadete, gepuderte und süßlich duftende Baby in Empfang, um mit ihm herumzualbern und es durch die Gegend zu tragen. Wenn dann die Großmutter und ihr Enkelkind das viele Spielen satt hatten, drückte Elizabeth den kleinen Jungen wieder in die Hände ihrer Tochter. Catherine meinte regelmäßig, Elizabeth würde ihr Kind hoffnungslos verwöhnen.

Doch Elizabeth ließ sich nicht beirren. »Das gehört dazu«, meinte sie gelassen. Für sie waren diese Stunden, in denen sie nur mit dem Baby zusammen war, etwas ungemein Befriedigendes. Drei Generationen waren dann unter einem Dach versammelt, in einem der alten Häuser dieser traditionsreichen Stadt. So war es richtig, so sollte es sein. Und daß Catherine sich über sie beschwerte, nun, das gehörte zum Umgang verschiedener Generationen eben dazu. Catherine konnte das nicht nachvollziehen. Sie hielt ihre Mutter für selbstsüchtig und halsstarrig. Doch Elizabeth ließ sich nicht beirren. Sie war in diesen unbeschwerten Stunden mit dem Kind einfach glücklich und fest entschlossen, sich dieses Glück durch nichts und niemanden nehmen zu lassen.

Im Mai zogen Stuart und seine Familie mit in das Haus in der Meeting Street. Stuart wollte nicht auf dem Landgut sitzen und die Nachrichten verpassen, daß sie jetzt auch ältere Jahrgänge berücksichtigten; Henrietta freute sich, daß ihre Kinder dann die Kasernen zur Mittagszeit verlassen und zu Hause essen konnten, was auf dem Landgut ebenfalls nicht möglich gewesen wäre.

»Hallo, Catherine! Du siehst ja wieder aus wie das blühende Leben. Was hast du auf dem Herzen, Bess?« Elizabeth hatte ihm einen Zettel an die Tür geheftet, daß sie ihn umgehend sprechen wolle. Daraufhin war er gleich zu Catherines Haus geeilt.

»Ich möchte gerne, daß du mich nach Hause begleitest. Ich

muß mit dir über Tradd sprechen.« Sie gab ihrer Tochter und ihrem Enkelkind einen flüchtigen Kuß und verabschiedete sich von ihnen.

»Welche Probleme gibt es denn mit Tradd?« fragte Harry, als sie auf der Straße waren.

»Keine. Aber es gibt ein Problem, das uns betrifft.« Sie berichtete ihm von den neuen Gästen in der Meeting Street. »Du mußt bei mir ausziehen. Wenn Stuart dahinterkommt, was sich zwischen uns abspielt, bringt er dich um.«

»Und wird wahrscheinlich meinen Kopf neben all die anderen Jagdtrophäen an die Wand hängen«, meinte Harry. Ihn schien die Nachricht nicht weiter zu bedrücken. Er lächelte Elizabeth an, zog eine schmale Blüte aus der Hecke, an der sie gerade vorbeigingen, und reichte sie ihr. »Komm, trink den Honig, während wir uns unterhalten. Laß uns in den Park gehen.«

Sie kletterten die Stufen zur Promenade hoch und schlenderten langsam am Wasser entlang. Es war Flut, und vom Meer wehte ein frischer Wind herüber. Die Gischt der Wellen, die sich an den Befestigungen brachen, sprühte ihnen ins Gesicht. Von hinten drangen aus einiger Entfernung Hammerschläge und die lauten Kommandos aus dem Kasernenhof an ihr Ohr. Über ihnen wölbte sich ein makellos blauer, klarer Himmel.

Harry drückte Elizabeths Arm sanft an seine linke Seite. Sie konnte seinen regelmäßigen Herzschlag spüren. »Nimm doch diesen gräßlichen Hut ab, Elizabeth«, meinte er. »Dein Haar soll im Sonnenlicht glänzen.«

»Harry, das geht doch nicht; die Leute könnten uns sehen!«

»Was gehen uns die Leute an? Wenn du deinen Hut nicht abnimmst, dann tu ich es.«

»Schon gut, ich mache es. Hinterher nimmst du mir noch meine Nadeln aus dem Haar.« Als sie den Hut abgenommen hatte, spritzte eine besonders kräftige Woge ein feines Netz glänzender Wassertröpfchen auf ihr Haar.

633

»Du siehst wunderschön aus«, meinte Harry. »Die Sonne macht aus diesen Wassertropfen ein Diadem aus funkelnden Diamanten. So solltest du immer gekrönt sein.« Er löste sich aus ihrem Arm und nahm die Blüte aus ihrer Hand. »Öffne deinen Mund, Gloriana, ich will dich mit Nektar füttern.« Er sah sie direkt an. Elizabeth dachte kurz daran, daß Leute, die sie kannten, sie von einem der blumengeschmückten Balkone auf der anderen Straßenseite aus beobachten konnten. Doch auf einmal war es ihr egal; sie neigte ihren Kopf nach hinten und fing mit ihrer Zunge die kleinen, aus der Blüte herabrinnenden, süßen Tropfen auf.

Die beiden spazierten bis zum Ende des Kais. Harry hielt Elizabeth fest, als sie die Treppen Richtung Park hinuntersteigen wollte.

»Laß uns ein wenig stehenbleiben und die Aussicht genießen«, meinte er. In einiger Entfernung sahen sie die niedrige Erhebung von Fort Sumter, die den Eingang zum Hafen bewachte. Dahinter erstreckte sich bis zum Horizont die weite Fläche des Ozeans. Das Wasser schien im klaren Licht zu tanzen. »Es ist wundervoll«, meinte Harry.

Elizabeth fühlte ein tiefes Glück. Die Kasernen lagen jetzt weit hinter ihnen; man hörte das Geschrei der spielenden Kinder und das Gelächter der Kinderschwestern aus dem Park. Das war Charleston, wie sie es kannte und wie es immer bleiben würde. Einst war sie selbst so ein Kind, dann waren es Harry und Tradd gewesen, die da herumgetollt hatten, jetzt würden es bald Catherines Kinder sein, irgendwann einmal Tradds Kinder. So würde es immer weitergehen, Generation um Generation.

»Ich werde dich verlassen, Bess.« Harrys Worte erschütterten mit einem Mal die heile Welt um sie herum.

»Das meinst du nicht im Ernst«, sagte sie ungläubig. »Das ist nur eines deiner Spiele.«

»Nein, kein Spiel, meine Liebe. Ich muß gehen. Schon seit einiger Zeit fühle ich den Drang zu gehen.«

»Es ist dieser dumme Krieg, nicht wahr? Du bist wie alle anderen Männer auch.«

»Ich gehe tatsächlich an den Ort dieses Krieges. Aber nicht wie alle anderen Männer. Mir liegt nichts daran, irgendeinen unglücklichen spanischen Bauernjungen über den Haufen zu schießen, der ausgesandt wurde, um der Ehre Spaniens willen auf einer Insel zu sterben, von der er nie zuvor etwas gehört hat. Ich bin neugierig, das ist alles. Kriege machen Geschichte, und Geschichte habe ich studiert. Ich habe aber noch nie selbst einen Krieg erlebt. Ich habe mich bei einer Zeitung in San Francisco als Kriegsberichterstatter beworben und den Auftrag bekommen. Sie bezahlen mir die Überfahrt und den Aufenthalt an den interessantesten Schauplätzen.«

»Man wird dich töten.«

»Nicht bei meinem sprichwörtlichen Glück. Aber ich komme trotzdem nicht zurück, Bess. Wenn mir die Füße jucken, dann nehme ich ein Schiff und fahre wieder weiter, aber nicht zurück. Ich werde dich nie vergessen. Ich habe dich mehr geliebt als jede andere Frau.«

Sie wollte weinen, wollte vor Schmerz aufschreien, wollte auf das geliebte Gesicht einschlagen. Aber sie konnte ihm nicht in aller Öffentlichkeit eine Szene machen. »Warum?« fragte sie nach einer Weile mit gebrochener Stimme. »Wenn du mich doch liebst, warum gehst du dann?«

»Es engt mich zu sehr ein, Bess. Dieses Xanadu von Stadt. Du kennst doch jenen alten Witz über Charleston: Es ist der Ort, an dem der Cooper und der Ashley zusammenfließen, um den Atlantischen Ozean zu bilden.« Er starrte auf das ruhige Wasser unter ihnen. »Es steckt mehr als ein Körnchen Wahrheit darin. Eine lange Zeit – für mich eine sehr lange Zeit – habe ich das fast selbst geglaubt. Dies ist ein Platz der Mythen und des Zaubers, und die Heimat der Märchenkönigin. Du und dein Charleston, ihr habt mich wirklich in euren Bann gezogen. Ich habe es noch nie so lange an einem Ort ausgehalten.«

635

»Dann bleib doch einfach, Harry. Laß dich doch verzaubern. Es zwingt dich doch keiner, zu gehen.«

»Doch. Ich. Ich habe mich immer als Vagabund zu erkennen gegeben, Bess. Du hast das schließlich immer gewußt.«

Sie konnte nichts dazu sagen. Sie hatte es eigentlich die ganze Zeit gewußt, aber nie glauben wollen. Jetzt blieb ihr keine andere Wahl.

Sie konnte nicht über die Endgültigkeit seines Entschlusses hinwegsehen.

»Wann gehst du?«

»Um Mitternacht. Wir verlassen Charleston mit der nächsten Flut.«

Es würde also nicht einmal Zeit für einen Abschied bleiben, keine letzte Nacht in seinen Armen geben. Stuart und Henrietta würden wieder zu Hause sein, wenn sie zurückkamen, und nicht fest genug schlafen, um ihnen noch ein letztes Zusammensein zu erlauben.

Es würde nicht einmal ein langer, letzter Abschiedskuß möglich sein. Sie waren die ganze Zeit, die ihnen noch blieb, der Welt ausgesetzt, durften sich nicht einmal mehr berühren.

Bitterkeit stieg in ihr hoch. »Wie meisterhaft du doch alles arrangiert hast«, meinte sie. »Du mußt dich ja schon oft auf diese Weise aus dem Staub gemacht haben.« Er wollte das nicht leugnen.

»Ich hoffe, daß dir irgendein spanischer Bauernjunge quer durchs Herz schießt, Harry. Darum werde ich beten. Und bevor du dann stirbst, sollst du noch genug Zeit haben zu fühlen, wie ich mich jetzt fühle ... Ich gehe allein zurück. Komm bitte nicht mehr in mein Haus. Du kannst deine Sachen nach Einbruch der Dunkelheit holen und dann durch die Einfahrt gehen. Ich will auch nicht, daß Tradd dich noch einmal sieht.«

Stolz ging sie die Treppen hinab und durch den Park. Als sie dann den Anfang der Meeting Street erreichte, konnte sie

es sich nicht verkneifen, sich ein letztes Mal nach ihm um-
zudrehen.

Harry war nicht mehr zu sehen.

55

Den Krieg, den Elizabeth zunächst so gehaßt hatte, empfand sie plötzlich als Segen. Jeder war so sehr mit den
neuesten Nachrichten und Gerüchten beschäftigt, daß keiner auf ihr langes Schweigen achtete. Joe Simmons hätte
mit Sicherheit sofort gemerkt, was mit ihr los war, aber er
war damit beschäftigt, sein Bankhaus in der Broad Street
errichten zu lassen und würde ihr noch eine längere Zeit
nicht begegnen. Auch vor Lucy Anson hätte sie ihre Gefühle nicht verheimlichen können. Sie war jedoch ganz von
der Nachricht erfüllt, daß ihr Sohn Andrew nach Charleston abbeordert worden war, um dort die Einschiffung der
Truppen zu organisieren. Andrew war dann eine Woche in
seiner Heimatstadt, als er seiner Mutter eröffnete, er würde
diesen Ort nie mehr verlassen wollen. »Ich wußte gar
nicht, was für ein besonderer Platz das ist, bis ich ihn für
eine Weile hinter mir ließ. Wenn ich unten an den Docks
meine Arbeit getan habe, werde ich der Armee den Rücken
kehren und wieder ein ganz normaler Mr. Anson werden.«

Andrew war jetzt fünfunddreißig. Die fünfzehn Jahre in
der Armee hatten ihm einen drahtigen, kräftigen Körper
geschenkt. Sein Gesicht hatte die Farbe eines gut gegerbten
Sattels, und er besaß die Selbstsicherheit eines Menschen,
der es gewohnt ist, Befehle zu erteilen. Noch bevor er das
erste Bataillon auf ein Schiff gebracht hatte, war er eine Li-
aison eingegangen mit einem Mädchen, das sich in diesem
Jahr das erste Mal auf dem Debütantinnenball gezeigt
hatte. Am vierzehnten Juni legten die Schiffe mit den Soldaten ab; eine Woche später konnte Andrew als Vizepräsi-

dent in Joe Simmons' Bankhaus anfangen. Seine erste Aufgabe bestand darin, den Bau der Bank zu überwachen und dafür zu sorgen, daß er termingerecht fertiggestellt sein würde.

Als die Truppen Charleston verlassen hatten, kehrten Stuart und Henrietta auf ihr Landgut zurück. In der darauffolgenden Nacht weinte Elizabeth zum ersten Mal, seit Harry sie vor nunmehr zwei Monaten verlassen hatte.

Auf Stuart und ihre Schwägerin konnte sie gut verzichten. Das ewige Geschimpfe ihres Bruders darüber, daß man ihn als zu alt ansah, ging ihr mächtig auf die Nerven. Immer wieder wurde sie dadurch an ihre eigenen Wunden erinnert. »Ich bin es, der zu alt ist«, hätte sie ihm am liebsten laut ins Gesicht geschrien. Deswegen hatte sie Harry verloren. Es war wirklich idiotisch von ihr gewesen, zu glauben, daß er es auf Dauer mit einer Frau aushalten konnte, die sieben Jahre älter war als er! Wahrscheinlich hatte er kurz nach seiner Ankunft eine sechzehnjährige Geliebte in Havanna gefunden.

In dieser Nacht kamen ihr die Tränen, weil sie das erste Mal sicher sein konnte, die Einsamkeit um sich herum zu haben, die sie brauchte, um ihrem Schmerz und ihren Gefühlen freien Lauf zu lassen. Ich brauche die Abgeschiedenheit, damit ich wieder zu mir finde, sagte sie sich. Und ich kann es nicht ertragen, daß mich irgend etwas an ihn erinnert. Sie bot Catherine und Lawrence das Inselhaus an unter der Bedingung, daß sie auch Tradd für einige Wochen dorthin mitnahmen. »Ich habe momentan viel zu arbeiten«, schützte sie vor, »daher kann ich dieses Jahr nicht mitkommen.«

Am ersten Juli hatte Tradd seine Sachen gepackt und war zur Insel abgereist. Damit war jemand, der sie unaufhörlich an Harry erinnerte, verschwunden. Tradd hatte nicht aufgehört, von ihm zu sprechen. Er war davon überzeugt, daß Harry jetzt in einer Geheimmission unterwegs war, die keinen Aufschub duldete.

Am vierten Juli kletterte Elizabeth mit einem Glas Champagner in der Hand auf das nächtliche Dach ihres Hauses, um sich das Feuerwerk anzusehen. Sie nahm es zum Anlaß

638

zu feiern, daß sie jetzt das Haus ganz allein für sich hatte. Es gab keinen, der ihr noch irgend etwas verbieten konnte, weil es zu gefährlich oder zu wenig damenhaft war. »Na, wenn ich jetzt nicht wirklich eine Königin bin«, sagte sie laut. »Königin auf meinem eigenen Dach! Und das am Unabhängigkeitstag!« Eine Träne rann über ihre Wange und fiel ins Glas hinein. Was machte das schon? Der Sekt war sowieso nicht mehr frisch. Sie hatte noch eine alte Flasche von Harry gefunden; sie stand für alles, was sie vergessen wollte.

Am zwölften August war der Krieg vorbei. Cuba, Puerto Rico, Guam und die Philippinen gehörten nicht mehr zu Spanien. Es gab wieder ein Feuerwerk in Charleston, aber Elizabeth stieg nicht mehr auf das Dach. Sie hatte endlich mit sich Frieden geschlossen.

Das erste Mal in ihrem Leben war sie ganz auf sich allein gestellt. Es hatte immer jemanden gegeben, der mit ihr zusammen gelebt hatte – ihre Mutter, ihre Brüder, ihr Mann, ihre Kinder. Noch nie zuvor hatte sie ihre eigenen Bedürfnisse und Wünsche an die erste Stelle setzen können. Bisher hatte sie unablässig anderen Leuten gefallen, anderen gehorchen oder sich um andere kümmern müssen. Die ersten Tage waren unvertraut und schwierig für sie. Sie erlebte ein Auf und Ab verschiedenartiger Gefühle; Selbstmitleid und Trotz, Wut und Schmerz, Glück und Niedergeschlagenheit.

Dann begann sie allmählich, die Ruhe und den Frieden im Haus wahrzunehmen. Wenn die Fensterläden die Räume vor der Sonne schützten, dann empfing sie in jedem Zimmer eine angenehme, beruhigende Kühle und Stille. Die Stühle mit den vertrauten Bezügen waren wie alte Freunde für sie; ihre einfachen, ausgewogenen Formen erquickten ihr Auge. Kam dann am Nachmittag die leichte Brise auf, öffnete Elizabeth die Läden wieder und ließ den kühlen Wind durch das Haus streichen. Jeder Tag, den sie auf diese Weise verbrachte, stärkte ihr Wohlbefinden. Natürlich gab es immer noch Zeiten, in denen sie ganz verzweifelt darüber war, daß sie Harry nie mehr wiedersehen würde. Dann pochte das

Herz schmerzhaft in ihrer Brust; ihr ganzer Körper tat ihr weh; sie verzehrte sich vor Sehnsucht nach ihm und wünschte sich, sie wäre tot.

Delia gab sie den ganzen September frei. Jetzt brauchte sie sich auf gar nichts mehr einzustellen. Es gab kein warmes Mittagessen um halb drei, keinen Tee um fünf, und kein Abendessen um sieben. Sie brauchte keine Speisepläne mehr auszudenken und keine Einkaufslisten mehr zu schreiben. Es war eine Zeit heiterer Ruhe, in der sie sich nur um sich selbst zu kümmern hatte. Wenn sie die Straßenhändler ihre Waren anpreisen hörte, ging sie selbst hinaus und wählte nach Lust und Laune aus, was sie an diesem Tag essen wollte. Sie machte sich keine Pläne mehr; sie schaute sich das Angebot an und wählte einfach irgend etwas. Sie probierte neue Rezepte aus, aß an einem Tag nur Melonen, weil sie gerade Appetit darauf hatte, und am nächsten Tag soviel Eiskrem, wie sie wollte, und erfüllte sich damit einen alten Kinderwunsch. Und sie genoß das berauschende, spontane Lebensgefühl, das dabei entstand.

Sie verstand allmählich, welche Gefühle Harry Fitzpatrick bewegten, wenn er ein Leben führte, bei dem er immer seinen Impulsen nachging. Es war verführerisch, so zu leben. Er tat das, nur in viel größerem Maßstab. Es war wirklich Unsinn, wenn sie bei sich selbst nach irgendwelchen Fehlern suchte, die ihn dazu veranlaßt haben könnten, sie zu verlassen. Er war einfach dem Gesang der Sirene des Hedonismus gefolgt und ihm erlegen. Es war kein geschraubtes Gerede, kein Kunstgriff gewesen, als er sagte, er wäre für seine Verhältnisse schon ungewöhnlich lange in Charleston geblieben. Jetzt, wo sie nachempfinden konnte, wie er sich fühlte, wunderte sie sich ebenfalls, wie lange er bei ihr geblieben war.

Eigentlich gibt es eine Menge, wofür ich dir dankbar bin, Harry, dachte sie. Ohne dich wäre es mir nie eingefallen, aufs Dach zu klettern oder den Zeitplan für die Mahlzeiten nicht einzuhalten oder nicht jeden Abend um neun ins Bett zu gehen. Ich hoffe, der spanische Bauernjunge läßt dich leben.

Mitte September verlor das impulsive Leben jedoch allmählich seinen Reiz für sie. Ohne Bedauern ließ sie es hinter sich und interessierte sich auf einmal wieder mehr für ihre Zukunft als für ihre Gegenwart. Mit einem wahren Feuereifer stürzte sie sich auf die Geschäftsbücher der Firma, brachte die Buchführung auf den letzten Stand, versuchte, sich ein Bild von den jüngsten Entwicklungen zu machen und traf dann Entscheidungen.

Dann fiel ihr auf, wie sehr sie den Garten vernachlässigt hatte. Er sah aus wie ein halber Urwald. Wie hatte sie nur so lange darüber hinwegsehen können? Tradd hatte sich bisher darum gekümmert, hatte das Unkraut im Zaum gehalten und den Rasen geschnitten. Elizabeth kletterte ins Baumhaus und entwarf die Grundrisse für eine ganz neue Gartengestaltung. Sie wollte erreichen, daß er leichter zu pflegen war. Efeu rund um die ganzen Gewächse auf dem Boden würde jedes Unkraut ersticken und die Wurzeln der Gartensträucher und Bäume feucht und kühl halten. Kieswege statt Rasenwege brauchte man nicht dauernd zu mähen. Tradd würde sowieso in zwei Jahren mit der Schule fertig sein. Wenn sie dann das entsprechende Geld besaß, würde sie ihn aufs College schicken. Sie würde dann voll für den Garten verantwortlich sein, und sie hatte nicht vor, ihr Leben damit zu verbringen, Unkraut zu jäten. Es gab viel zu viele andere Dinge, die sie mehr interessierten. Da die Phosphatpreise wieder stiegen, hatte sie das Gefühl, die finanzielle Durststrecke sei überstanden.

Am nächsten Tag stieg sie auf den Dachboden und durchstöberte die Kisten mit den alten Spielsachen nach irgend etwas Brauchbarem für Catherines Sohn, der wegen der Ereignisse an seinem Geburtstag den Spitznamen Maine bekommen hatte.

Die Zeit, bis Tradd wieder zurückkam, beschloß sie, noch für sich zu nutzen und ihr Alleinsein zu genießen. Sie hatte es sich wahrlich verdient, dachte sie. Ich habe gelernt, daß das Leben gut ist und daß ich auch ohne Harry zurechtkomme. Was will ich mehr?

Ende September kam Joe wieder in die Stadt. Er hatte die Sommermonate mit seiner Tochter im Sommerhaus in Newport verbracht. Freudige Nachrichten warteten in Charleston auf ihn: Das Bankgebäude war drei Wochen früher fertig als erwartet. Andrew erhielt eine Prämie, die zu keinem besseren Zeitpunkt hätte kommen können. Denn im Januar wollte er heiraten und danach ein eigenes Haus beziehen.

Joe ging noch am gleichen Abend in die Meeting Street, um Elizabeth und Tradd zusammen mit den Ansons zum Abendessen einzuladen. Victoria würde froh sein, noch jemanden in ihrem Alter dabeizuhaben, und er selbst hatte Elizabeth die ganze Zeit über sehr vermißt. Er wollte sie unbedingt sehen, auch wenn das eventuell bedeutete, daß er Fitzpatrick mit in Kauf nehmen mußte.

»... Harry ist nach Kuba gegangen, Joe; Tradd ist noch auf der Insel, aber ich freue mich sehr über die Einladung und werde gerne kommen. Du mußt mir nur einen Kutscher vorbeischicken.«

»Ich werde dich persönlich abholen«, meinte Joe. Er war ganz verwirrt. Die Soldaten waren doch schon lange wieder aus Kuba zurück.

Elizabeth lächelte ihn an. »Du bist ein Goldstück. Setz dich doch noch einen Moment, der Tee ist gleich fertig. Dann kannst du mir sagen, ich hätte besser auf dich hören sollen. Harry hat Charleston verlassen und wird nicht wiederkommen.«

»Ich brauche keinen Tee. Komm, setz dich neben mich«, meinte Joe. Sie nahmen zusammen auf dem kleinen Sitzsofa Platz. Er drehte ihr sein Gesicht zu; sein Arm hing hinter der Rücklehne herunter, so daß sie nicht merkte, wie er seine Hand zur Faust ballte und sich dabei vorstellte, Fitzpatrick zu erwürgen. »Wie geht es dir denn dann jetzt damit, Lizzie?«

»Es geht mir sehr gut, Joe, und das ist nicht gelogen.« Die Sorge in seiner Stimme war es, die plötzlich die Tränen in ihr hochsteigen ließ. »Du solltest dir nicht so viele Sorgen um mich machen, Joe«, meinte sie. »Und ich werde jetzt einen Tee trinken, auch wenn du es nicht willst. Ich bin gleich zurück.«

Als sie in der Küche war, ging Joe unruhig im Zimmer auf und ab. Er hatte seine Lippen zusammengepreßt und war ganz weiß im Gesicht. Er hätte Harry dafür umbringen können, daß er Elizabeths Gefühle verletzt hatte, und er wußte, daß das so war, egal, was sie behaupten mochte. Andererseits war er Fitzpatrick dankbar dafür, daß er endlich von der Bildfläche verschwunden war. Vielleicht konnte er sich ja jetzt um Elizabeth kümmern. Dann hätte er das erreicht, was er sich die ganze Zeit über so sehnlichst gewünscht hatte.

Er fand es nicht gerade fair, ihren Liebeskummer dafür auszunutzen, sie für sich zu gewinnen. Vielleicht bereute sie es ja später; und so wie er Lizzie kannte, würde sie ein einmal gegebenes Versprechen nicht mehr rückgängig machen, ganz gleich, wie schwer es ihr fallen würde, dazu zu stehen.

Joe hielt vor einem großen Spiegel inne und betrachtete sich darin. Glaubst du denn wirklich, sie kann etwas mit dir anfangen, fragte er sich im stillen. Doch die Antwort war ein eindeutiges Ja. Glaubst du denn, du kannst sie glücklich machen? Wieder ein Ja. Liebst du sie mehr, als je ein Mann eine Frau geliebt hat? Und würdest du alles für sie tun und nichts von ihr fordern, nicht einmal, daß sie dich genauso liebt wie du sie? Ja, immer wieder ja.

Dann offenbare dich ihr doch endlich, du Feigling. Du wirst immer Angst vor diesem Schritt haben. Tu es – jetzt. Das Schlimmste, was dir passieren könnte, wäre ein Nein von ihr. Aber auch dann weiß sie doch zumindest, daß sie geliebt wird. Und sie hat ein Recht darauf, das zu wissen. Und vielleicht hilft ihr dieses Wissen ja auch irgendwann einmal.

Elizabeth kam mit einem Tablett zurück. Sie stellte das Teegeschirr und zwei Tassen auf den kleinen Tisch vor dem Sofa.

Er lächelte. Nimm die ganze Sache nicht so schwer, sagte er sich. Und mach es ihr nicht schwer. Sie setzte sich neben ihn und goß den Tee ein. Joe räusperte sich.

»Erinnerst du dich noch an den Bären?« fragte er schließlich.

Elizabeth lächelte. »Natürlich. Ich habe ihn immer noch. Ich war erst gestern oben auf dem Dachboden und habe nach alten Spielsachen für mein Enkelkind gesucht, da ist er mir in die Hände gefallen. Sein Fell hat schon ganz kahle Stellen bekommen, sonst ist er aber durchaus noch in Ordnung. Ich wollte mich nicht von ihm trennen. Schön, daß du dich noch an ihn erinnerst, Joe. Es ist ja wirklich schon eine Ewigkeit her.«

Joe nickte. »Das stimmt. Du hattest damals noch deine Milchzähne und hast mir ganz stolz gezeigt, daß einer davon locker war.« Er holte tief Luft.

»Ich habe seitdem so mancher Frau so manche Dinge geschenkt, aber irgendwie ist mir dieses Geschenk am deutlichsten in Erinnerung geblieben. Ich denke, ich habe dir damals zusammen mit diesem Bären mein ganzes Herz geschenkt. Und dann ist es immer bei dir geblieben, Lizzie.« Seine Augen zeigten die vertrauten Lachfältchen, seine flehend geöffneten Hände und seine vorwärtsgeneigten Schultern sprachen jedoch eine andere Sprache, entlarvten seine wahren Gefühle.

Elizabeth war wie vor den Kopf geschlagen. »Aber, ich wußte ja nie… Ich meine… Ich könnte jetzt soviel sagen, Joe, aber irgendwie fallen mir nicht die richtigen Worte ein.«

Joe schüttelte den Kopf. »Sag nichts, hör mir einfach nur zu. Das genügt. Ich war damals fest entschlossen, dich zu heiraten, sobald du das entsprechende Alter erreicht haben würdest. Deswegen habe ich mich dann auch später mit Pinckney überworfen! Er sagte mir, ich sei nicht gut genug für dich, und ich Idiot habe ihm das damals sogar noch geglaubt! Er lag jedoch falsch. Als ich dich dann nach den langen Jahren wiedersah und merkte, was dieses Stinktier Lucas

644

dir angetan hatte, hätte ich ihn eigenhändig umbringen können, wenn er noch am Leben gewesen wäre. Und ich hätte
dich getröstet, und du hättest mich geliebt. Vielleicht nur wie
einen Bruder, aber das wäre für den Anfang mehr als genug
gewesen. Ich wollte nie etwas von dir bekommen, ich wollte
nur, daß ich dir etwas geben kann.«

Elizabeth spürte, wie die Tränen ihr den Hals zuschnürten.
Ihre Augen wurden feucht. Sie nahm Joes Hand und hielt sie
fest. Er hatte die ganze Zeit auf seine Knie gestarrt, während
er sprach. Das war keine poetische, sorgfältig vorbereitete
Liebeserklärung, da zeigte sich eine Seele, die sonst nur im
Verborgenen blühte. Als sie ihn berührte, schaute er hoch.
Der Schmerz, den er fühlte, stand ihm im Gesicht. »Du hast
in deinem Leben genug gelitten, Liebes«, sagte er.

Ein ganzes Kaleidoskop von Erinnerungen schoß plötzlich
durch Elizabeths Kopf. Joes Stärke, seine Verspieltheit, sein
intuitives Verständnis. Ja, sie hatte ihn geliebt und liebte ihn
immer noch. Sie schaute auf seinen Bauch, der die Weste
wölbte, und auf die kahle Stelle unter seinem sorgsam zurechtgelegten Haar. Eine Welle der Zärtlichkeit erfüllte ihr
Herz mit einer warmen Woge des Mitgefühls.

Sie wollte etwas sagen, irgend etwas, das ihn nicht verletzen würde. Wie konnte sie ihm erklären, daß sie ihm gegenüber nicht die Liebe empfand, die eine Frau einem Mann gegenüber fühlte, sondern eine Liebe, die aus langen Jahren geteilter Erfahrungen und ihrer Dankbarkeit für seine unaufdringliche Fürsorge gewachsen war? Sie suchte nach Worten.

»Du brauchst mir nichts weiter zu sagen«, fuhr er fort. »Ich
will dir keine Last bereiten. Ich weiß, ich bin nicht die beste
Partie für eine Frau wie dich. Ich bin ein einundfünfzig Jahre
alter Fettsack, weißer Abschaum im modischen Anzug. Es ist
schon gut, ich verstehe. Aber ich mußte es dir irgendwann
einmal gestehen. Seit zwanzig Jahren trage ich es mit mir
herum. Du sollst es wissen. Und ich will, daß du glücklich
wirst. Sei nicht wegen mir traurig.«

Sie fühlte sich gar nicht traurig, zumindest nicht in diesem Augenblick. Sie war ärgerlich. Sie ärgerte sich darüber, daß sie ihm nicht das geben konnte, was er gerne wollte. Sie ärgerte sich über eine Welt, in der es so selten zwei Menschen gab, die sich in gleicher Stärke gegenseitig liebten und denen es vergönnt war, ihr Leben und ihre Liebe ungestört teilen zu können. Am meisten ärgerte sie sich jedoch darüber, daß Joe sich selbst so heruntermachte. »Jetzt hör mir mal zu, Joe Simmons. Es gibt keinen Grund dafür, daß du dich selbst dermaßen herunterputzt. Nicht vor mir und nicht vor irgend jemand anderem. Wenn dich jemand so beschreiben würde, wie du es gerade selber getan hast, würde ich ihm die Augen auskratzen. Ich will das wirklich nicht hören, verstehst du? Du bist einer der feinsten Menschen, die Gott jemals geschaffen hat, der fürsorglichste, großherzigste, aufmerksamste...« Plötzlich übermannte sie eine tiefe Trauer. Sie hatte keinen greifbaren Grund. Elizabeth verlor von einem Moment zum anderen ihre ganze Stärke und hatte ein überwältigendes Bedürfnis nach etwas ganz Unbekanntem, nach etwas, das sie nicht benennen konnte und was sie ihr ganzes Leben lang vermißt hatte. Ihre Lippen bewegten sich, aber sie konnte nicht sprechen. Aus ihrem tiefsten Innern quoll es wie ein Aufschrei in ihr hoch; sie warf sich an Josephs Brust und schluchzte laut auf, während die Tränen eines ganzen Lebens aus ihrem Herzen flossen und in die Augen strömten.

Er hielt sie einfach fest und schaukelte sie sanft hin und her.

Als die Tränen versiegt waren, reichte er ihr ein Taschentuch. Er verlagerte ihr Gewicht, bis sie auf seinen Knien lag und mit dem Kopf in seiner Armbeuge ruhte.

»Du hast mir eben eine große Ehre erwiesen«, meinte Elizabeth. »Das will ich nie vergessen, auch du solltest es nicht vergessen.«

»Ich möchte aber, daß du es vergißt. Es soll dich nicht belasten.«

»Ich könnte es nicht, selbst wenn ich wollte. Aber ich will es auch nicht. So eine Liebeserklärung ist wie ein Schatz, auf den eine Frau ihr ganzes Leben lang stolz sein kann... Wenn du übrigens denkst, daß es das war, was mich zum Weinen brachte, dann irrst du dich. Eigentlich weiß ich selber nicht, warum ich geweint habe. Es war, als wollte auf einmal alle Trauer, die je in mir war, heraus. Ich habe noch nie in meinem ganzen Leben so weinen müssen. Ich glaube, erst du hast das möglich gemacht. Ich vertraue dir nämlich mehr als jedem anderen.«

Er wischte eine verlorene Träne aus ihrem Augenwinkel. »Mit deinem Vertrauen erweist du auch mir eine große Ehre.«

»Ich weiß wirklich nicht, was da über mich gekommen ist. Es war wie eine Springflut. Ich konnte einfach nicht anders als weinen. Jetzt kann ich nicht aufhören zu reden. Ich muß dir etwas gestehen, was mich die ganze Zeit belastet, Joe, und was ich noch nie einem Menschen gesagt habe.« Sie machte eine kleine Pause. »Joe... Joe, ich habe meinen Mann umgebracht. Ich habe ihn mit einem eisernen Schürhaken erschlagen. Und in meinen Träumen erschlage ich ihn immer und immer wieder. Joe, ich könnte ihn immer weiter schlagen, immer weiter...«

Er hob ihren Kopf zu seiner Brust und drückte sie fest an sein Herz. Elizabeth wand sich aus seinen Armen. »Nein, bitte tröste mich jetzt nicht. Es ist ja noch nicht alles. Es tut mir nicht einmal leid, daß ich es getan habe. Ich bin froh darüber. Ja, es macht mich sogar richtig glücklich, Lucas getötet zu haben. Glücklicher als alles andere, was ich je getan habe.« Sie suchte in seinem Gesicht nach Abscheu und Ablehnung. Alles, was sie sah, war ein tränenüberströmter Joe, der einen übermächtigen Schmerz empfinden mußte.

Er fühlte tatsächlich den ganzen Schmerz ihrer gemarterten Seele. Elizabeth merkte, wie dieser Schmerz von ihr wich, als er ihn aufnahm. Sie sehnte sich danach, Joe zu trösten, aber sie wußte, daß es für einen Menschen, der die Agonie

647

einer Schuld ohne Reue empfindet, keinen Trost geben kann. »Ich habe dir etwas Fürchterliches angetan, Joe. Aber jetzt ist es geschehen, und es ist zu spät, als daß ich noch irgend jemanden um Vergebung bitten könnte.«

Er strich ihr das Haar aus dem Gesicht. »Hör auf mit dem Unsinn, Lizzie«, meinte er. »Du hast mir doch genau das gegeben, was ich immer schon von dir bekommen wollte: eine Gelegenheit, dir dein Schicksal leichter zu machen. Darüber bin ich ungemein froh!«

Sie schlang ihm die Arme um den Hals und küßte seine Lippen. Er zwang sich mit aller Macht dazu, ihren Kuß nicht zu erwidern. Elizabeth spürte sein Zittern. Sie lehnte ihren Kopf an seine Schultern. »Halte mich einen Moment, Joe!« flüsterte sie. Seine starken Arme legten sich schützend um ihren zerbrechlich wirkenden Körper.

Nach einer langen Pause fand sie wieder zu sich. »Ich liebe dich, soviel steht fest«, meinte sie. »Ich weiß nur nicht genau, wie.« Dann setzte sie sich abrupt auf. »Da ist noch etwas Wichtiges: Du wolltest mich doch bestimmt gefragt haben, ob ich dich heiraten will, nicht wahr?«

»Natürlich. Aber soweit bin ich gar nicht gekommen.«

»Na, dann ist es ja gut.« Sie kuschelte sich wieder in seine Arme. »Ich werde darüber nachdenken.«

Über ihrem Kopf vernahm sie ein glucksendes Kichern. »Das hast du schon immer gesagt, Lizzie! Nimm dir alle Zeit, die du dafür brauchst.«

56

Am nächsten Morgen fühlte Elizabeth sich erleichtert, war aber auch etwas verlegen, wenn sie an das dachte, was sich am Abend zuvor abgespielt hatte. Es war nicht deswegen, weil sie das Gefühl hatte, Joe mit ihrer Eröffnung ungebührlich zur Last gefallen zu sein. In diesem Punkt glaubte sie seinen Beteuerungen, daß er es gerne mittrug. Sie war verlegen, weil sie es bei einem Kuß und einer flüchtigen Umarmung belassen hatte, als ob sie mit ihm kokettiere. Ihr Gefühlssturm hatte sich inzwischen gelegt. Zwischen ihr und Joe war eine Verbindung entstanden, die nichts mehr erschüttern konnte. Und doch fühlte sie keine romantische Sehnsucht nach ihm. Wenn er glaubte, daß sie sich bei ihrem nächsten Wiedersehen in der Intimität treffen könnten, in der sie auseinandergegangen waren, mußte sie ihn enttäuschen. Mit Unbehagen sah sie der Abendgesellschaft entgegen.

Doch nicht zum ersten Mal hatte sie Joe Simmons unterschätzt. Er holte sie mit dem Einspänner ab und tat so, als sei nichts Besonderes zwischen ihnen vorgefallen. »Schade, daß Tradd noch nicht wieder da ist«, meinte er. »Victoria hat gedroht, Trauerkleidung anzulegen, wenn er nicht erscheint.«

Elizabeth entspannte sich. Joe war ganz der gute alte Freund.

Am ersten Oktober fing die Schule wieder an, und der schläfrige Trott des Sommers wandelte sich zu einem Reigen von Einladungen. »Man merkt direkt, daß es wieder aufwärts geht«, stöhnte sie. »Ich sollte einfach ein Datum festsetzen und selber eine Party geben. Bei so vielen Einladungen bin ich das meinen Freunden allmählich schuldig.«

»Partys sind blöd«, maulte Tradd. Er hatte beschlossen, seiner Mutter nie zu verzeihen, daß sie ihn zur Tanzstunde geschickt hatte.

Doch Elizabeth ließ sich nicht erweichen. Tradd tat ihr zwar leid, weil sie wußte, daß die Jungen immer alles andere als begeistert von ihren ersten Tanzstunden waren, während die Mädchen es von Anfang an liebten; aber so war es immer schon gewesen. Es dauerte eben eine Weile, bis auch die Jungen auf den Geschmack kamen.

Als Geste der Versöhnung schlug sie ihm vor, ihn zum

Hafen zu begleiten und eines der großen spanischen Segelschiffe zu bestaunen, die dort für ein paar Tage festgemacht hatten. Tradd war von dieser Idee direkt begeistert.

Ein Decksoffizier winkte die beiden herauf. Die Schiffe waren zur Besichtigung für Schaulustige freigegeben. Das breite Deck war blitzblank gewienert. Elizabeth traute sich kaum, es mit ihren Straßenschuhen zu betreten. Tradd hatte diesbezüglich keinerlei Hemmungen, stürzte sich sofort auf den Offizier und überschüttete ihn mit interessierten Fragen. Elizabeth wollte ihm zunächst folgen, dann besann sie sich jedoch eines Besseren und ließ ihm seine Bewegungsfreiheit. Sie schaute sich um. Die meisten Besucher bestaunten die mächtigen Kanonen. Elizabeth sah kein bekanntes Gesicht. Sie schaute am riesigen Mast hoch und stellte sich vor, wie es wohl sein mochte, bei schwerer See dort oben im Ausguck zu sitzen. Wahrscheinlich wie ein endloses Erdbeben, dachte sie sich.

»Die Armada ist vernichtet, Bess«, tönte auf einmal eine wohlvertraute Stimme in der Nähe. Ihr Herz tat einen Sprung. Das war doch nicht möglich. Aber sie wußte, es gab keine andere Erklärung. Harry!

Er kniete an ihrer Seite, nahm den Saum ihres Kleides an seine Lippen. Einem ersten Impuls folgend, wollte sie sein schwarzes lockiges Haar streicheln. Doch dann hielt sie ihre Hände zurück. Er hob den Kopf. »Sie haben gesiegt, Majestät. Hier bin ich. Lang lebe Ihre Herrschaft.«

»Steh auf, Harry. Du machst dich selbst zum Narren und mich dazu.« Ihr Tonfall war eisig.

Mit einer gleitenden Bewegung erhob er sich. Wie konnte ich nur vergessen haben, wie groß dieser Mann ist, fragte sich Elizabeth verwundert.

Harry legte seine Hand auf ihren Rücken. Sie hatte das Gefühl, die Berührung ließe ihren Körper erglühen. Sein Mund war ganz dicht an ihrem Ohr. Sie fühlte sich auf einmal ganz schwindelig. »Ich mußte einfach zu dir zurück, Bess, du Hexe. Ich bin noch nie an einen Ort zurückgekehrt. Aber ich konnte mich einfach nicht von dir trennen. Du hast mich wahrscheinlich verhext.«

»Harry, laß mich bitte in Ruhe. Ich kann es nicht ertragen, noch einmal durch dieses Leid gehen zu müssen. Geh, sonst weiß ich nicht, was ich tun soll. Es ist grausam, Harry.«

Sie hörte Tradd näherkommen. Ich werde nicht in Ohnmacht fallen, befahl sie sich. Ihre Beine fühlten sich schon an wie Gummi. »Du bist so blaß, meine Königin.« Seine Stimme war eine einzige Liebkosung. »Komm, setz dich.« Er nahm sie am Arm und führte sie zu einer Bank. »Bis du wieder zu Kräften gekommen bist, gehe ich zu Tradd.«

Sie schaute ihm nach. Er trug keinen Mantel. Sein weißes Hemd lag dicht an seinem muskulösen Rücken an. Ihre Handflächen konnten die so vertrauten Muskelpartien förmlich spüren. Sie verdrängte den Gedanken an ein ungestümes, wildes, glückliches Zusammensein mit ihm. Als die beiden zurückkamen, hatte sie sich wieder völlig unter Kontrolle.

»Du kannst nicht im Küchengebäude wohnen.«

»Einverstanden.«

»Du kannst nicht mehr zu jeder Tages- und Nachtzeit bei mir auftauchen und erwarten, willkommen zu sein.«

»Einverstanden.«

»Du kannst mich nicht mehr in aller Öffentlichkeit in Verlegenheit bringen, wie du es heute nachmittag getan hast.«

»Einverstanden.«

»Du kannst mich nicht einfach mit deiner Hand irgendwo berühren, es sei denn, ich denke wieder anders darüber.«

»Darf ich denn deine Hand küssen?«

»Nein!«

»Kann ich dir nicht einmal einen dieser langweiligen, völlig unverfänglichen Wie-geht's-Mrs.-Cooper-Küsse geben?«

»Nein. Nichts davon. Ich muß erst einmal über alles nachdenken.«

»Nachdenken ist etwas für Langweiler. Du bist doch nicht

etwa langweilig geworden, Bess? Innerhalb von nur sechs Monaten?« Er stand auf.

»Bleib sitzen, Harry. Du hast mir gesagt, wir könnten in Ruhe miteinander sprechen.«

»Das können wir immer noch tun.« Er ging zur Tür der Bibliothek. Elizabeth hielt den Atem an. Er geht wieder, dachte sie. Und es ist genauso schlimm wie beim ersten Mal. Harry drehte den Schlüssel im Schloß. »Du kannst dir nicht vorstellen, wie sehr ich dich begehre«, sagte er. Dann ließ er die Lichter verlöschen, bis nur noch das flackernde Feuer vom Kamin den Raum erhellte. »Ich will die Flammen in deinen Haaren tanzen sehen«, sagte er mit heiserer Stimme.

Langsam und bestimmt ging er auf sie zu. Dann zog er ihr die Nadeln aus dem Haar. »Tradd«, brachte Elizabeth gerade noch hervor.

»Schläft den Schlaf des Gerechten und schnarcht vor sich hin.« Harry griff in ihr Haar und zog sie auf sich zu. Dann verschmolzen ihre hungrigen Münder.

»Bess, ich kann einfach nicht mehr ohne dich leben. Deswegen bin ich auch wieder zurückgekommen. Komm mit mir, wir durchstreifen zusammen die Welt. Es gibt so vieles, was ich dir zeigen möchte, so vieles, was ich zum ersten Mal mit dir erleben möchte. Wir nehmen Tradd mit und befreien ihn aus den Klauen seines Schuldirektors. Was ist das denn für eine Erziehung für einen Jungen wie ihn?«

»Du bist verrückt.«

»Du weißt, daß das nicht so ist. Du willst doch auch gehen. Ich spüre, daß dein Herz schon ganz wild ist vor Verlangen, auf der chinesischen Mauer zu stehen.«

»Du bist ein Dummkopf. Ich denke an etwas ganz anderes.«

»Du herrliches Biest von Weib, ich bin ganz verrückt nach dir.«

Das Feuer war erkaltet, doch sie nahmen es gar nicht

wahr. Erneut ließen sie die Raserei ihrer Körper zu und verschmolzen ein zweites Mal miteinander.

»Du hast mich doch zum Frühstück eingeladen. Was ist denn
mit unserer Kleidung nicht in Ordnung?«

»Wir haben uns gar nicht umgezogen, das ist nicht in Ordnung. Und mach dir diesmal deine Hose richtig zu.«

Über ihnen hörten sie, wie Tradd verschlafen auf die
Treppe zustolperte. Elizabeth hatte sich ihr Nachtgewand
wieder übergezogen und glättete ihre zerzausten Haare.

»Jungen in seinem Alter achten nie darauf, welche Kleidung die Leute anhaben«, flüsterte er. Dann schaute er sich
um, sah ihre geröteten Wangen, das erloschene Feuer, den
zerwühlten Teppich vor dem Kamin. Tradd war nicht mehr
weit von der Tür entfernt.

»Irgendwie hast du recht«, meinte Harry schließlich.
»Komm, leg dich auf das Sofa, erzähl ihm einfach, du seist
dort eingenickt. Ich schließe die Tür auf und klettere aus dem
Fenster.« Er schloß auf, drückte ihr einen schnellen Kuß auf
die Stirn und eilte zum Fenster. »Ich komme in einer Stunde
zurück. Und sei nicht so schlampig, sonst muß ich dich zur
Herzogin degradieren.«

Elizabeth drückte ihr Gesicht in ein Kissen. Sie konnte
nicht aufhören zu lachen. Sie fühlte den kühlen Luftzug, als
Harry das Fenster öffnete, hörte, wie Tradd Delia fragte,
warum sie noch nicht am Frühstückstisch sitze. Was ist nur
aus mir geworden, dachte sie.

Elizabeth schaute durch die trüben Fenster ihres Büros nach
draußen. Das müßte eigentlich dringend geputzt werden,
dachte sie. Der einfache Akt, einen Mann zu ordern, der
diese Aufgabe übernehmen würde, erschien ihr wie eine unendlich schwierige Aufgabe. Auf dem Hof fegte ein böiger
Wind einen Haufen herabgefallener Blätter von einer Ecke
zur anderen. Genauso fühle ich mich, dachte sich Elizabeth.
Hin und her geworfen, geschoben und gedrängt.

Harrys Rückkehr hatte dazu geführt, daß ihre Gefühle und ihre Kraft auf ganz unterschiedliche Weise in Anspruch genommen wurde. Diesen Herbst fanden außergewöhnlich viele gesellige Ereignisse statt, die sie wahrnehmen wollte. Sie hatte vor, Joes Tochter Victoria den Weg in die Gesellschaft Charlestons so gut es eben ging zu ebnen. Weil Joe aufgrund seiner Herkunft in diesen Kreisen nie akzeptiert werden würde, stand Victoria nur der Weg über eine Heirat offen, wollte sie in diese altehrwürdigen Zirkel aufgenommen werden.

Unabhängig von ihren gesellschaftlichen Verpflichtungen forderte auch die Firma mehr Zeit und Arbeit von ihr als je zuvor. Die Phosphatgesellschaft warf wieder Gewinn ab, und Elizabeth mußte sorgfältig überlegen, welche Reparaturen am dringlichsten waren und in welche Maschinen sie ihr Geld stecken wollte. Auch die Arbeiter hatten wieder Anspruch auf mehr Lohn. Wenn sie die Produktion steigern wollte, brauchte sie neue Arbeitskräfte. Sie mußte die unterschiedlichsten Möglichkeiten und deren Konsequenzen in kürzester Zeit gegeneinander abwägen und dann die notwendigen Entscheidungen treffen.

Natürlich hätte sie Joe um Rat fragen können. Aber sie wollte mit all der Hartnäckigkeit ihrer Familie selbst für den Aufschwung der Firma verantwortlich sein. Keinem anderen gönnte sie diese Befriedigung, nicht einmal Joe. Jetzt würde es sich zeigen, ob es sich gelohnt hatte, fünf Jahre lang mit knappsten Mitteln zu wirtschaften und so die Firma über Wasser zu halten. Aber sie liebte diese Herausforderung, war eine Geschäftsfrau aus Leidenschaft und genoß die Bewunderung, die ihr ihre Freunde, Geschäftspartner und Arbeiter entgegenbrachten.

Immer wieder mußte sie an Joes Heiratsantrag denken. Er wartete auf ihre Antwort. Zwar war er geduldig und machte keinen Druck, aber wenn sie jede Woche für zwei Stunden zusammensaßen und, während die Kinder in der Tanzstunde waren, beim Tee miteinander plauderten, spürte sie,

wie sehr er sie liebte. Das war Grund genug, ihm möglichst
schnell eine klare Antwort zu geben. Joe war jetzt seit zehn
Jahren Gast in ihrem Haus, und es kam ihr ganz natürlich
vor, ihm entspannt gegenüberzusitzen und sein Glück zu
spüren, das er in ihrer Anwesenheit verströmte. Das konnte
aber nicht einfach so weiterlaufen, soviel wußte sie. Je länger
sie mit ihrer Antwort wartete, desto mehr würde es ihn verletzen, wenn sie seinen Antrag ablehnte.

In der Zwischenzeit genoß sie die bedingungslose Herzlichkeit, die er ihr gegenüber an den Tag legte. Es war ihr völlig unvertraut, auf diese Weise behandelt zu werden. Für
Tradd war er wie ein Vater. Es freute sie, daß sie auch Victo-
rias Vertrauen genoß; über sie erfuhr sie die in jeder Generation gleichbleibenden Geschichten von erstem Glück und erstem Leid.

Doch wenn Joe und Victoria gegangen waren oder Elizabeth von einer Party zurückkehrte, klopfte Harry an die Tür.

Harry, den Tradd anhimmelte; Harry, der ihre Knochen
schmelzen ließ; Harry, der sie an so viele aufregende Dinge
erinnerte, die es zu leben und zu erfahren galt; Harry, ihr Geliebter. Sie teilte mit ihm die tiefsten und höchsten Gefühle,
die Mann und Frau in gemeinsamer Ekstase teilen können.
Wenn er sie dann im Morgengrauen alleine zurücklassen
mußte, war es für sie jedes Mal ein Stich ins Herz, Erinnerung
und Warnung zugleich vor dem Verlassenwerden. Dann begleiteten sie wilde und traurige Gedanken in den kurzen
Schlaf, bis nach ein paar Stunden ihr Tagwerk auf sie wartete.
Sie hatte sich auf einen geschäftigen Arbeitstag im Büro vorzubereiten und mußte sich vorher noch den Verantwortlich-
keiten des Haushalts und der Küche stellen...

Die Tage waren viel zu kurz für all das, was sie zu erledigen
hatte. Oft war Elizabeth so erschöpft, daß die Zahlen in den
Geschäftsbüchern vor ihren Augen verschwammen.

Heute hatte sie Catherine versprochen, ihr bei der Einrichtung des Speisezimmers mit Rat und Tat zur Seite zu stehen.
Elizabeth seufzte, als sie an all die vielen Dinge dachte, die sie

noch hatte erledigen wollen, zu denen sie aber einfach nicht mehr kommen würde, wenn sie jetzt Catherine besuchte. Aber versprochen war eben versprochen.

Als sie bei Catherine eintraf, schämte sie sich ihres Unwillens. Der Teetisch war gerichtet, ein kleiner Kuchen empfing sie hinter einem in buntes Papier eingewickelten Paket. »Herzlichen Glückwunsch zum Geburtstag«, begrüßte sie ihre Tochter. Maine zappelte in ihren Armen und brabbelte irgend etwas Unverständliches vor sich hin. »Herzlichen Glückwunsch zum Geburtstag, liebe Großmama«, übersetzte Catherine gutgelaunt.

Elizabeth hatte ihren Geburtstag völlig vergessen. Um so gelungener war die Überraschung. Maine überreichte ihr eine seiner schönsten Zeichnungen.

Sie zeigte es ganz stolz Joe, als dieser sie abends mit Victoria besuchte. Auch Joe hatte ein Präsent für sie. Sie durfte die breite Schachtel jedoch erst öffnen, wenn sie wieder weg waren. Elizabeth war die ganze Zeit neugierig wie ein kleines Kind und wollte unbedingt wissen, was sich wohl in der Schachtel verbergen mochte. Immer wieder schielte sie auf das Paket und versuchte herauszufinden, was wohl darin war.

Sie verbrachten einen gemütlichen Abend zusammen. Als es zehn schlug und der Besuch aufbrach, bedauerte es Elizabeth, daß es nun mit der familiären, vertrauten Atmosphäre vorbei war.

»Noch einmal einen herzlichen Glückwunsch zu deinem Geburtstag«, sagte Joe zum Abschied.

»Danke, Joe«, meinte Elizabeth, umarmte und küßte ihn mit unvertrauter Herzlichkeit.

Joes Gesicht strahlte auf einmal vor Freude. »Danke, Liebling«, sagte er überrascht.

Als die Tür hinter ihm und Victoria ins Schloß fiel, stürzte Elizabeth sich förmlich auf das große Paket. »Komm, Tradd, hilf mir mal, es aufzumachen, ja?«

Doch Tradd war unerwartet störrisch. »Ich habe auch noch ein Geschenk für dich, Mama«, meinte er mißmutig.

Ich glaube, mein Sohn ist eifersüchtig auf Joe, dachte Elizabeth erstaunt. Wie absurd! »Je mehr Geschenke, desto besser«, meinte sie besänftigend. »Komm, wir packen eben dein Geschenk als erstes aus.«

»Wir müssen aber noch etwas warten, Mama. Eigentlich ist es nur ein halbes Geschenk, weil ich es dir zusammen mit Harry schenke. Er hat es auch dabei. Es wird bestimmt nicht mehr lange dauern, bis er hier ist.«

Tradd hatte kaum zu Ende gesprochen, da hörte man auch schon ein Klopfen an der Tür.

Harry stand davor, nicht nur mit dem Geschenk, sondern auch noch mit einer Flasche Champagner und einer Schachtel mit exotischem Konfekt. »Jetzt können wir so tun, als säßen wir auf der Spitze des Eiffelturms. Nächstes Jahr wird er zehn Jahre alt, das können wir jetzt schon vorwegnehmen und dann im nächsten Jahr an Ort und Stelle feiern.«

Elizabeth runzelte die Stirn. Harry hatte ihr versprochen, seine abenteuerlichen Pläne für Weltreisen in Tradds Gegenwart nicht zur Sprache zu bringen. Er schien sich nicht mehr an dieses Versprechen zu halten.

Das Geburtstagsgeschenk bestätigte diesen Verdacht. In dem Paket war ein Stereoptikon mit Bildern aus den Hauptstädten der ganzen Welt.

»Ich will dich verführen, Bess. Stell dir einmal vor, wir laufen dort herum, wo diese Bilder entstanden sind, riechen, hören und fühlen alles das, was wir jetzt nur sehen.«

Tradd war ganz in die Bilder versunken. Er sah nicht, wie wütend seine Mutter war.

Harry bemerkte es sehr wohl und machte sich Sorgen. Vielleicht war er in seiner Ungeduld, mit der er von ihr verlangte, sie solle ihn begleiten, eine Spur zu weit gegangen. Nachdem Tradd im Bett war, entschuldigte er sich mit seltenem Ernst, einer seiner Waffen, gegen die sie nichts mehr ausrichten konnte.

Auch seine körperliche Anziehungskraft war nach wie vor unwiderstehlich für sie. Doch heute abend hatten seine Stärken nur eine begrenzte Wirkung. Elizabeth konnte sich noch gut genug an ihre Wut erinnern, um ihn später, als sie nur noch zu zweit im Salon saßen, für seinen Vertrauensbruch zurechtzuweisen und mit ihm eine Vereinbarung zu treffen, die ihr nötig zu sein schien.

»Du mußt mich für ein paar Wochen alleine lassen, Harry. Ich muß eine Entscheidung treffen, und dafür brauche ich eine gewisse Zeit zum Nachdenken. Es tut keinem von uns gut, die Dinge einfach so weiterlaufen zu lassen. Wenn du mich wirklich gewinnen willst, dann mußt du mir diese Zeit einfach lassen.«

Der plötzlich bei Harry aufflammende Ärger erschreckte sie. »Ich werde das nicht mehr lange mitmachen«, fuhr er sie an. »Seit Wochen geht das jetzt schon so. Ich hänge die ganze Zeit in der Luft, nur weil du dich nicht entscheiden willst. Treib es bitte nicht auf die Spitze! Wenn ich dich noch einmal verlasse, komme ich nicht wieder zurück!«

»Du kannst mich durch solche Drohungen nicht einschüchtern, Harry. Das macht mich nur wütend. Wenn du gehen willst, dann hau doch ab und laß mich in Ruhe!«

Nach einer kurzen Debatte hatte Elizabeth erreicht, was sie wollte: Die beiden einigten sich darauf, daß sie sich etwas über einen Monat lang bis nach Weihnachten nicht mehr sehen würden. Wenn er dann Anfang des neuen Jahres zurückkehrte, würde sie ihm ihre Entscheidung mitteilen.

Er weiß genau, wie sehr ich ihn vermisse, dachte Elizabeth, und er glaubt, daß ich nicht ohne ihn leben kann. Ich frage mich, ob er recht behält. Seit Harry gegangen war, erschienen ihr die Räume im Haus auf einmal fürchterlich kalt. Sie legte noch ein Holzscheit auf das langsam verlöschende Kaminfeuer und begann erneut damit, Joes Geschenk auszupacken.

Ein ganzer Stapel Briefpapier war darin, ferner ein luxuriö-

658

ser Briefbeschwerer. Zunächst konnte Elizabeth sich nicht vorstellen, was sich Joe dabei gedacht hatte. Sicher, es war sehr feines Briefpapier, aber es war ein so fürchterlich prosaisches, langweiliges, fantasieloses Geschenk. Sie fühlte dieselbe Enttäuschung, die sie früher als kleines Kind gefühlt hatte, als sie sich auf ein schönes Nachtgewand gefreut hatte und dann einen warmen Flanellanzug geschenkt bekam. Durchaus von praktischem Nutzen, aber nicht gerade ein sehr festliches Geschenk.

Doch dann schaute sie sich das Papier genauer an. Sie hatte erwartet, auf dem Kopf sei ihr Name und ihre Adresse zu lesen, aber tatsächlich stand da ›Tradd-Phosphatgesellschaft‹. »Du lieber Himmel«, entfuhr es ihr. Jetzt konnte sie es kaum noch erwarten, den kleinen Umschlag aufzureißen, der oben auf dem Papier lag.

›Zum Geburtstag alles Gute‹ stand da in Joes säuberlicher Handschrift auf einer einfachen weißen Faltkarte. Darin steckte ein amtliches Schriftstück, mit dem ihr Joe seine Hälfte der Firma übertrug.

Elizabeth war ganz überwältigt von diesem Geschenk. Es war nicht das Geld, über das sie plötzlich verfügen konnte, oder der hohe Wert, den dieses Schriftstück besaß. Sie wußte, daß selbst eine Summe dieser Größenordnung Joe nichts bedeutete. Aber die Gefühle, die dieses Geschenk zum Ausdruck brachte, trieben ihr die Tränen in die Augen. Joe schenkte ihr die völlige Unabhängigkeit. Sie war jetzt nicht nur durch das höhere Einkommen finanziell unabhängiger, sie brauchte nun auch keinerlei Gedanken mehr darauf zu verwenden, ihn bezüglich irgendeiner ihrer Entscheidungen zu fragen oder ein schlechtes Gewissen darüber zu haben, alles alleine regeln zu wollen.

Joe hatte kein Blatt vor den Mund genommen, als er ihr eröffnet hatte, was er sich eigentlich wünschte. Er wollte für sie sorgen, ihr Dinge abnehmen, sie von sich abhängig wissen. Und er schenkte ihr die Mittel, mit denen sie sich völlig unabhängig machen konnte, auch von ihm. Die Großzügigkeit

und die bedingungslose Liebe, die er ihr gegenüber empfand, wurde durch dieses Geschenk so deutlich, daß es ihr
den Atem raubte.

Sie erinnerte sich an Harrys Beschuldigung, sie ließe ihn
hängen. Eigentlich tat sie das auch mit Joe. Aber Joe stört es
nicht weiter, sagte sie sich schnell. Er ist immer so unendlich
glücklich, wenn wir uns treffen.

Doch sie wußte, daß sie sich da etwas vormachte. Sicher
war Joe die zwei Stunden glücklich, die sie am Freitagabend
gemeinsam verbrachten, wenn die Kinder in der Tanzstunde
waren. Aber es gab noch sechs Tage in der Woche, an denen
sie überhaupt nicht mitbekam, wie es ihm ging. Er war ein
fürsorglicher Mensch, er kümmerte sich gerne um andere.
Und er hatte jemanden verdient, der seine Sensibilität und
seine Achtsamkeit schätzen konnte. Victoria liebte ihren Vater, aber sie hielt seine guten Eigenschaften für selbstverständlich.

Victoria. Ihr fehlte immer deutlicher die Mutter. Sie kam
jetzt allmählich in ein Alter, in dem sie sorgfältig geführt werden wollte, getröstet werden mußte, und normalerweise
lernte, wie wonnevoll es sein konnte, eine Frau zu sein.

Wenn ich Joe nicht heirate, dann wird er irgend jemand anderen heiraten, dachte sie. Schon um Victoria willen wird er
das tun müssen. Und er wird sich hingebungsvoll um seine
Frau kümmern und damit glücklich sein. Eine plötzliche Eifersucht befiel sie bei diesem Gedanken.

Ich habe Harry versprochen, ihm nach Weihnachten
meine Entscheidung bekanntzugeben, sagte sie sich. Ich
werde mich auch bezüglich Joe bis dahin entschieden haben.
Das bin ich ihm einfach schuldig, auch wenn er es nie von mir
verlangen würde. Sie riß sich aus ihren Grübeleien und ging
ins Bett.

Beim Einschlafen fiel ihr ein, daß sie im nächsten Jahr vierzig Jahre alt sein würde. Diese Vorstellung raubte ihr fast den
Schlaf.

660

57

Trotz ihres Entschlusses, über die Entscheidung nachzudenken, hatte sie in den Wochen vor Weihnachten kaum Zeit dazu. Tradd machte ihr das Leben schwer. Er plagte sie damit, die eintönige Gleichförmigkeit ihres Lebens herauszustellen, las ihr unablässig aus Büchern über Europa vor und saß fasziniert vor einem alten Globus im Arbeitszimmer und träumte von weiten Reisen. Er unterbrach sie mit seinen Reisegedanken bei der Arbeit, stöberte sie auf, wenn sie gerade glaubte, eine ruhige Minute erwischt zu haben, und quälte sie damit, sie dauernd danach zu fragen, wann denn Harry wiederkommen würde und ob sie sich dessen sicher sei.

Elizabeth verspürte schon selbst genug Sehnsucht nach Harry, als daß sie immer wieder an ihn hätte erinnert werden wollen. Sie träumte jede Nacht von ihm, und morgens wachte sie mit einem tiefen, frustrierten Verlangen nach ihm auf.

Wie um ihn zu vergessen, stürzte sie sich in die Weihnachtsvorbereitungen. Das verhinderte, daß sie zuviel grübelte, und lenkte sie von den schwierigen Entscheidungen, die ihr bevorstanden, ab. Wie schon in den letzten Jahren versammelte sich zu Weihnachten die ganze Familie Tradd in ihrem Hause. Für Elizabeth war das immer der Höhepunkt des Jahres, auch wenn die Wochen intensiver Vorbereitung ihre ganze Kraft beanspruchten. Sie wickelte Geschenke ein, überprüfte die Vorräte für die Feiertage, mahlte Gewürze, backte Weihnachtsplätzchen und schmückte voller Vorfreude das Haus.

Dann war es soweit. Dieses Jahr hing das erste Mal auch ein Socken für Maine am Kaminsims. Der Kleine war ganz fasziniert von dem, was er aus dem sich geheimnisvoll ausbeulenden Socken alles herauszog. Alle im Raum fieberten mit ihm und freuten sich an seinem Staunen, wenn er eine Überraschung nach der anderen herausholte. Für eine glückliche Stunde lang fühlten sich alle in ihre Kindheit zurückver-

661

setzt. Das erste Mal in seinem Leben machte er dann auch Bekanntschaft mit der Mandarine, die traditionellerweise im Zeh des Strumpfes versteckt war. Nach dem Mittagessen setzten sich Stuart und Lawrence in eine Ecke des Gartens und debattierten über Politik. Catherine brachte Maine ins Bett, und Elizabeth bereitete mit Henriettas Hilfe den Salon für den Besuch vor, der sich für den Nachmittag angekündigt hatte.

»Elizabeth«, fragte Henrietta, »könnte Tradd nicht einfach nach Weihnachten mit uns aufs Landgut kommen? Die Jungs gehen alle auf die Jagd, und er kann dann ein bißchen Wild mit nach Hause bringen. Wir müssen dir ja heute die ganze Speisekammer leergemacht haben.«

Elizabeth erinnerte sich mit Entzücken an die Sommermonate, in denen sie das ganze Haus für sich gehabt hatte. Sie brachte Henrietta ganz durcheinander, als sie sie impulsiv in den Arm nahm und küßte. »Du rettest mir das Leben«, sagte sie. »Er ist bestimmt begeistert, und ich bin es auch!« Sie strahlte.

»Frohe Weihnachten!« erscholl es plötzlich von der Veranda.

Elizabeth rannte nach draußen. »Immer hereinspaziert«, empfing sie die ersten Besucher. »Ihr kennt ja den Weg. Frohe Weihnachten!«

Als die frühe Dämmerung des Winters einsetzte, waren die letzten Gäste gegangen. Die Familie aß noch zusammen zu Abend, dann war Elizabeth allein im Haus.

Langsam verriegelte sie die Tür. Eine wohltuende Stille kehrte in dem alten Haus ein. Elizabeth ging in die Bibliothek und ließ sich auf den großen Stuhl hinter dem Schreibtisch fallen. Sie merkte, daß der Raum ihr zu hell war. Mit einem Seufzer rappelte sie sich noch einmal hoch und löschte das Licht. Das Feuer im Kamin gab genug Helligkeit ab. Elizabeth kehrte wieder zu dem Stuhl zurück, zog ihre Schuhe aus, setzte sich mit angezogenen Beinen auf die Sitzfläche, legte die Arme um ihre Knie. Weihnachten war jetzt vorbei; sie mußte allmählich zu einer Entscheidung finden.

Jetzt bist du fast vierzig Jahre alt, sagte sie sich. Harry ist zweiunddreißig. Alte Ängste und Befürchtungen begannen in ihr hochzukriechen. Er war jedenfalls der aufregendste Mann, den sie je kennengelernt hatte. Kein anderer war wie er. Seine Abenteuerlust, seine Sorglosigkeit, sein unverblümter Hedonismus... all das faszinierte und erschreckte sie gleichermaßen. Wenn sie mit ihm ging, würden sie ein herrliches Leben führen. Bis es wahrscheinlich irgendwann mit ihm zu Ende ging. Harry war kein Mann, der einer Frau irgendwelche Garantien bot. Er hatte durchaus Anstand, kümmerte sich um seine Mitmenschen; er würde sie bestimmt nicht in einer entlegenen Ecke der Welt sich selbst überlassen. Aber es war durchaus denkbar, daß er sie irgendwann einmal leid war und nach Hause zurückschickte. Sie versuchte, an etwas anderes zu denken, aber dann gestand sie sich ein, daß es durchaus so kommen konnte. Sie mußte sich so früh wie möglich damit auseinandersetzen.

Es ist mir egal, sagte sie sich. Ich kann ihn deswegen nicht einfach ziehen lassen. Das tut mir zu weh. Sicher, wenn er mich irgendwann verläßt, wird das auch weh tun. Aber das ist irgendwann einmal, nicht jetzt.

Und es kann ja auch anders kommen. Immerhin war er ja aus Kuba zu ihr zurückgekehrt. Noch nie hatte er so etwas getan. Bestimmt würde er sie heiraten wollen.

Was macht es schon, daß ich älter bin? Ich kann ja ein wenig auf meine Figur achten.

Sie würden nicht gerade wohlhabend sein, das wußte sie. Das Geld, das er für seine sporadischen Aufträge bekam, reichte nur für das Nötigste. Aber diese Perspektive erschreckte sie nicht. Sie hatte ihr ganzes Leben lang mit wenig Geld auskommen müssen; sie wußte, daß sie das konnte.

Es wäre wirklich ein großer Schritt, ihn zu heiraten und mit ihm davonzuziehen, alles hinter sich zu lassen, was ihr vertraut war. Und der Wagemut der Tradds lag auch ihr im Blut.

Bisher hatte sie diese Seite von sich kaum ausleben können. Auf dem Landgut ihrer Tante hatte sie nichts unternehmen dürfen, was ihrer Rolle als Frau zuwiderlief. Stuart war auf Bäume geklettert, hatte sich bei Gewitter zum Fluß begeben; sie hatte derweil gehäkelt. Doch im Grunde ihres Herzens war sie genauso abenteuerlustig wie Pinckney, Stuart oder Tradd. Harry sah das und ermutigte sie darin, diese Seite auszuleben. Er hatte ihr gezeigt, wie es war, den Sand zwischen den Zehen zu fühlen, das Mondlicht und die Wellen des Meeres auf der nackten Haut zu spüren. Er wollte ihr noch viel mehr zeigen, eine ganz neue Welt, ein neues Leben, das die Einschränkungen, die ihr das Leben an diesem so traditionsreichen Ort auferlegte, hinter sich ließ. In Charleston war sie Vorbild, Großmutter, Dame, Geschäftsfrau. Mit Harry zusammen konnte sie sich alles erlauben, wurde zum Vagabunden, zum Abenteurer.

Neapel sehen und sterben... vor Erschöpfung, dachte sie. Sie mußte laut über diesen Gedanken auflachen. Der Klang ihrer eigenen Stimme hatte in der Stille des Raumes etwas Erschreckendes. Im Leben eines Abenteurers würde es keine stillen Zimmer mehr geben, dachte Elizabeth. Ein solches Leben war eine große Herausforderung, war voller Aufregung und immer neuen Überraschungen, strotzte vor Lebendigkeit...

Aber sie wäre dann ständigen Veränderungen unterworfen, würde dauernd in Bewegung sein müssen. Es würde keine Sicherheit mehr geben, keinen Platz für schöne Dinge, die man aufbewahren und sammeln konnte. Man würde sich neue Traditionen schaffen, hatte Harry einmal gesagt, und könnte die alten getrost ablegen.

Doch brauchte sie neue Traditionen? Sie sah sich in dem großen Raum um. Wie viele Tradds hatten wohl schon im Lichte des langsam verlöschenden Feuers in diesem Raum gesessen? Sie dachte an Catherine, die die Kleider der Nymphen auf dem Kaminsims angemalt hatte, an sich selbst, wie sie versucht hatte, wie diese Nymphen zu tanzen und dabei das Tintenfaß des Vaters zerbrach. Wie viele kleine Mädchen mochten wohl die Anmut in den Bewegungen dieser Figuren bestaunt haben? Alles dies war ein Teil von ihr, von Elizabeth-Lizzie-Bess. Egal, wie sie nun heißen sollte, Mrs. Cooper oder Mrs. Fitzpatrick oder Mrs. Simmons, im Grunde ihres Herzens blieb sie eine Tradd.

Und wenn sie Joe heiraten würde? In gewisser Hinsicht würde sie dabei einen größeren Sprung tun, als wenn sie mit Harry nach Italien abreiste. Die fünf Häuserblocks zwischen ihrem Haus und der Broad Street oder der Wentworth Street markierten eine größere Kluft zu ihrem bisherigen Leben als der ganze Atlantik. Charleston würde ihr eine Heirat mit Joe vergeben müssen; eine geborene Tradd konnte sich so gut wie alles erlauben. Aber man würde diesen Schritt alles andere als gutheißen, und das würde sie durch die ganzen Schichten perfekter Manieren hindurch zu spüren bekommen. Sie konnte sich zwar mit den gleichen subtilen Mitteln wehren, aber Joe würde es genauso bemerken wie sie. Er gehörte eben einfach nicht dazu. Das konnte sie ihm nicht ein Leben lang zumuten. Sie würden in die Oberstadt ziehen müssen, sich einen neuen Freundeskreis aufbauen.

Es war schon ulkig. Sie machte sich Gedanken darüber, wie sie Joe beschützen sollte, dabei war er doch derjenige, der immer zum Ausdruck brachte, sie beschützen zu wollen. Jeder von ihnen versuchte, auf die Verwundbarkeit des anderen zu achten und ihn möglichst zu schonen. Aber war das nicht die tragfähigste Grundlage für ein Leben zu zweit? Lag das nicht auch diesem Zauber zugrunde, den Pinckney und Lucy verströmt hatten? Vielleicht würde ja der gleiche Zauber zwischen ihr und Joe entstehen. Er liebte sie wirklich aus vollem Herzen. Und er kannte sie in einem Maß, das Harry nie erreichen würde, und liebte sie trotzdem. Bei Joe brauchte sie sich keine Sorgen über ihre Figur, ihr Aussehen oder ihr Alter zu machen.

Welch ein Luxus!

Sie würde Tradd auf jedes College schicken und ihm nach-

665

her jede Reise ermöglichen können, wenn er dann immer noch den Drang verspürte, die Welt kennenzulernen. Und doch... sie würde einiges bei Joe ändern wollen, ihn dazu bringen, ein wenig mehr auf ihren Geschmack zu achten.

Ihr kam ein erfrischend ungehöriger Gedanke. Vielleicht hatte Joe das Gefühl, sie durch und durch zu kennen, aber sie war sich sicher, inzwischen einige Dinge über ihren Körper gelernt zu haben, die ihn bestimmt überraschen würden. Sie mußte lächeln.

Als jedoch die Erinnerung an Harrys Körper in ihr hochstieg und sie sich dann vorstellte, eine Nacht mit Joe zu verbringen, verging ihr das Lächeln wieder. Sie sah Joe vor sich, mit seinem dicken Bauch und den schmächtigen Beinen, die Haut so weiß wie ein Fischbauch. Dazu war er auch noch ein gutes Stück kleiner als sie. Sie schauderte bei dem Gedanken, sich ihm hinzugeben.

Aber dann war da auch dieser Moment, wo sie ihm ihr tiefstes Geheimnis offenbart hatte. Joe hatte sie mit starken Armen gehalten und mit zärtlichen Fingern gestreichelt. Er würde sie zu nichts drängen. Er würde spüren, daß sie Zeit brauchte, um sich auf ihn einzulassen. Er wußte es jetzt schon. Joe wußte, was sie fühlte, das war schon immer so gewesen. Wenn sie in seinen Armen lag, fühlte sie sich sicher und geborgen. Wenn er sie berührte, dann spürte sie, daß er sie liebte. Und sie wußte, daß auch sie ihn liebte und bereit war, sich ihm anzuvertrauen. Nur nicht mit ihrem Körper. Konnte denn aus Liebe Leidenschaft werden? Sie dachte an das Glück, das ihm nach ihrem Kuß auf dem Gesicht geschrieben stand, erinnerte sich an ihre eigene Freude, als sie das so vertraute Gesicht nach so langer Zeit wieder vor sich sah. Es war schon ein besonderes Geschenk, jemanden so glücklich machen zu können. Wie wichtig würde es ihm sein, daß sie ihm auch ihren Körper schenkte?

Elizabeth merkte, daß ihr die Tränen die Wangen herunterliefen. Sie erkannte den unglaublichen Wert, den sie in den Augen dieses so unendlich zarten Menschen besaß, eines

Menschen, der sich für gewöhnlich tief im Innern von Joe Simmons verborgen hielt. »Ja«, flüsterte sie, »vielleicht könnte ich mich ihm mit der Zeit tatsächlich völlig öffnen.«

Doch denk auch daran, daß er dich mit seiner Verehrung förmlich ersticken würde, fiel ihr plötzlich ein. Es ernüchterte sie.

Du wirst ihm damit nicht gerecht, dachte sie. Joe würde sie in einem Kokon aus Wohlstand und Bequemlichkeit einspinnen, aber er würde nichts von ihr verlangen und nur versuchen, alles zu tun, was sie glücklich machte. Und er würde ihr bestimmt auch jede Freiheit gönnen, die sie für sich beanspruchte, einfach weil es ein Wunsch von ihr war. Wenn sie dann faul und selbstgefällig würde, läge das an ihr und nicht an ihm.

Sie dachte wieder an Harry. Er würde sie nie einengen. Im Gegenteil, er würde sie in eine Weite stoßen, die von ihr verlangte, daß sie immer wieder über sich hinauswuchs.

Warum hatte sie dann eigentlich das Gefühl, von ihm bedrängt zu werden? Elizabeth ärgerte sich über sich selbst. Dann atmete sie tief durch, bis sie wieder die Ruhe dieses altehrwürdigen Hauses spürte. Sie schloß ihre Augen und schwelgte für einen Moment in dieser Stille, nahm den festlichen Geruch nach Kiefernzweigen und Mandarinenschalen wahr, den sie so gerne mochte. Ihre unruhigen Gedanken wurden ganz allmählich von der ruhigen Gelassenheit verdrängt, die diese Mauern und diese ganze schöne alte Stadt ausstrahlte. Sie hörte den Glockenschlag vom Turm der St. Michaels-Kirche. Der letzte Ton klang im stillen Dunkel lange nach.

Kann ich das alles überhaupt aufgeben, das alles hinter mir lassen, grübelte sie. Diese ganze kleine Welt der Traditionen, des Stolzes, der Anmut und der Tugendhaftigkeit, der Verehrung alles Schönen? Eine Welt, die um so kostbarer erschien, je mehr sie die Krisen durchstand, die auch vor ihren Mauern nicht haltmachten?

Konnte sie sich überhaupt noch auf jemand anderen einlassen? Sie war jetzt seit mehr als zehn Jahren allein und hatte sich daran gewöhnt; sie liebte es inzwischen, allein und unabhängig ihren Weg zu gehen. Sicher, es gab Momente der Einsamkeit, die auch für sie nur schwer zu ertragen waren. Aber es gab auch diese erhabenen Augenblicke einer so überaus angenehmen Abgeschiedenheit, in der sie sich selbst genug war und eine tiefe Zufriedenheit verspürte. Und sie würde nie damit zufrieden sein, sich als Teil eines anderen zu begreifen, selbst wenn sie dessen ›bessere Hälfte‹ sein sollte. Elizabeth war durch sehr schwierige Zeiten gegangen und hatte es aus eigener Kraft geschafft. Sie hatte ihre Stärke kennen und schätzen gelernt, die Freiheit, selbst zu entscheiden, in welche Richtung sie sich bewegen wollte. Die Fehler und die Erfolge, alles war ihr eigenes Werk, ihr eigener Verdienst.

Sie erkannte, daß sie sich nicht nur zwischen Harry und Joe entscheiden mußte. Es gab noch mehr Rivalen. Da waren die Generationen von Tradds, und da war die unabhängige Frau, die sich freute, eine erfolgreiche Geschäftsführerin zu sein.

Wer bin ich eigentlich? Bin ich Lizzie? Bess? Elizabeth? Geschäftsführerin? Miß Tradd aus der alteingesessenen Familie der Tradds, einer der Familien, die einmal diese Stadt gegründet haben? Wer will ich denn sein?

Sie fröstelte. Das Feuer war mittlerweile erloschen. Ich bin müde, dachte sie sich, und bin genauso schlau wie vorher. Ich sollte schlafen gehen.

Der Raum lag jetzt völlig im Dunkeln, aber sie benötigte kein Licht. Sie kannte ihn bis in den letzten Winkel. Als sie zur Tür ging, schlug wieder die Glocke der St.-Michaels-Kirche. Es war elf Uhr. Der so vertraute Ruf des Wächters drang durch die nächtliche Stille über der Stadt. »Elf Uhr. Alles ist in Ordnung!«

»Aber manches könnte durchaus besser sein«, antwortete Elizabeth-Lizzie-Bess. Bedächtig schritt sie die Stufen hinauf zu ihrem Zimmer, zu ihrem kalten, leeren Bett.

HEYNE BÜCHER

Amerikanische Erzähler
des 20. Jahrhunderts

Über sechzig Erzählungen – über sechzig Autoren unseres Jahrhunderts. Die repräsentative Sammlung, die einen Überblick über das amerikanische literarische Schaffen unserer Zeit gibt.

JUBILÄUMSBAND
HEYNE VERLAG

Amerikanische
Erzähler
des 20. Jahrhunderts

Mit Erzählungen von
Ernest Hemingway
William Faulkner
John Steinbeck
Joyce Carol Oates
F. Scott Fitzgerald
Henry Miller
Mario Puzo

Heyne Jubiläumsband:
Amerikanische Erzähler
des 20. Jahrhunderts
Originalausgabe
50/27

WILHELM HEYNE VERLAG
MÜNCHEN

Leonie Ossowski

Leonie Ossowski ist eine der herausragenden deutschen Erzählerinnen der Gegenwart.

Neben anderen literarischen Auszeichnungen erhielt sie für ihr Gesamtwerk den Schillerpreis der Stadt Mannheim.

01/7817

01/7835

01/7922

01/7954

01/8037

01/8183

01/8255

——— Wilhelm Heyne Verlag München ———

HEYNE TASCHENBÜCHER

Klassiker unter den
Frauenromanen: fesselnde
Lebens- und Schicksalsromane
von Weltautorinnen.

Gwen Bristow:
Der unsichtbare
Gastgeber
01/7911

01/7934

01/7863

01/7794

Wilhelm Heyne Verlag München

»Amerikas größter Bestseller aller Zeiten«
DER SPIEGEL

Geschenkausgabe
01/8601

Normalausgabe
01/8701

Ein genau dokumentierter historischer Roman – und vor allem ein überwältigendes Leseerlebnis!

Wilhelm Heyne Verlag
München